Julian Letsche

TÖDLICHE RACHE IM FACHWERK

Krimi

Oertel+Spörer

Mit unsicheren Schritten betrat er die zugige Baustelle und fragte sich wie häufig in den letzten Tagen, worauf er sich da eingelassen hatte. Trotz der teuren Daunenjacke fröstelte er und hielt sein Handy mit der eingeschalteten Taschenlampe wie ein Schutzschild vor sich.

Weshalb war er hierher bestellt worden? Was man ihm zu sagen hatte, hätte man ihm auch am Telefon mitteilen können. Der Typ musste einsehen, dass es für ihn allmählich zu gefährlich wurde. Bereits mehrere Male hatte er das Gefühl gehabt, dass ihm jemand auf die Schliche gekommen war. Zu seinem Glück hatte sich dieser Worst Case nicht bewahrheitet - noch nicht.

Wenn er in fünf Minuten nicht da ist, dann haue ich ab, ich frier mir doch hier nicht den Arsch ab, dachte der Mann, als er plötzlich ein Geräusch hörte. Es klang, als ob zwei Metallstücke gegeneinanderschlagen würden. Das war bestimmt eine Katze, die hinter einer Maus herjagt und dabei etwas umgeworfen hat, redete er sich ein, als plötzlich wie aus dem Nichts etwas gegen seine Stirn krachte und ihn zu Boden streckte. Benommen spürte er, dass jemand auf ihm kniete und ihm mit einer Hand die Nase zuhielt. Nach Luft schnappend öffnete er seinen Mund, als sich sein Rachenraum auch schon mit einer klebrigen Masse füllte.

1

Wie jedes Jahr am Heiligen Abend hatte sich Friedrich Baur gemeinsam mit seiner Tochter auf den Weg nach Lech am Arlberg gemacht. Sie blieben dann meistens bis Dreikönig in dem Nobelskiort.

Bereits in dem Jahr, als seine Frau einem heimtückischen Krebsleiden zum Opfer gefallen war, hatte er Gianna, sein einziges Kind, gebeten, mit ihm über die Festtage hierher zu fahren. Baur war alles andere als sentimental, trotzdem gingen ihm diese emotionalsten Tage des Jahres an die Nieren und er vermisste seine verstorbene Frau. Natürlich hätte er das niemals zugegeben, nicht einmal seiner Tochter gegenüber. Gefühle zu zeigen, gehörte nicht in seine Welt. Souverän lenkte er den riesigen SUV durch die winterliche Landschaft und auch der hinter dem Dalaaser Tunnel einsetzende Schneefall beeindruckte Baur nicht.

»Ich freue mich schon auf das Abendessen und eine gepflegte Flasche Wein dazu.«

»Darauf freue ich mich auch, aber könntest du nicht ein wenig langsamer fahren? Wenn wir ins Rutschen kommen, nutzt uns der Allradantrieb auch nichts mehr«, gab Gianna zu bedenken und drückte sich wieder ein wenig tiefer in ihren Sitz.

»Keine Angst, ich habe alles im Griff«, antwortete er mit einem überlegenen Lachen, das seine Tochter überhaupt nicht an ihm mochte.

Kurz vor Lech schien sich Giannas Befürchtung doch noch zu bewahrheiten und der schwere Wagen brach aus.

Baur versuchte es mit Gegenlenken und vermied es, auf die Bremse zu treten. Er touchierte eine Leitplanke und schlitterte daran entlang.

»Nein!«, schrie Gianna und sah sich schon den Abgrund hinunterfallen, als der Wagen mit einem Mal stand.

»Verdammt, das war knapp«, stieß Baur hervor und stieg aus. Wütend betrachtete er den Schaden an seinem schwarzen Auto und strich mit der Hand über das eingedrückte Blech, bevor er sich wieder hineinsetzte. »Da werde ich mich morgen mal auf der Gemeinde beschweren. Schließlich lassen wir jedes Jahr ein kleines Vermögen an diesem Ort, da kann man doch verlangen, dass die Straßen anständig geräumt werden.«

Mit versteinerter Miene lenkte Baur seinen beschädigten Wagen die Auffahrt zum Eingang des luxuriösen Lecher-Hofs hinauf. Kaum war er zum Stehen gekommen, als auch schon ein Bediensteter, der frierend vor dem Portal stand, herbeieilte.

Wortlos stieg Baur aus und öffnete den geräumigen Kofferraum. Danach drückte er dem südosteuropäisch aussehenden Mitarbeiter die Autoschlüssel in die Hände. Seine Tochter hatte das Auto ebenfalls verlassen, nicht ohne sich vorher noch die Lippen nachzuziehen. Lässig hielt sie das edle Lederhandtäschchen in der einen Hand und hakte sich mit der anderen bei ihrem immer noch erzürnten Vater unter. Den jungen Hotelangestellten, der sie anstarrte, würdigte Gianna keines Blickes.

In der mondänen Hotellobby war reger Verkehr an diesem verschneiten Nachmittag. Neuankömmlinge als auch Gäste, die den Tag auf der Skipiste zugebracht hatten oder wenigstens so aussahen, schwirrten umher. Eine von mehreren Bars, die das Fünfsternehotel unter seinem Dach beherbergte, lag unmittelbar neben der Eingangspforte, und wie Baur aus den Augenwinkeln beobachten konnte, floss der Champagner bereits in Strömen. Diese Bar war offenbar hier im Eingangsbereich platziert worden, damit sich die Gäste nach dem Motto »sehen und gesehen werden« präsentieren konnten.

»Ah, der Herr Baur und seine reizende Tochter!« Sobald der hochgewachsene Concierge die neuen Gäste erblickt hatte, war er dienstfertig hinter seiner Rezeption hervorgekommen.

»Küss die Hand.«

Er nahm die Hand Giannas, verbeugte sich und deutete einen Kuss an. Danach begrüßte er Baur mit einem Handschlag.

»Ich hoffe, Sie hatten eine entspannte Anfahrt und können Ihren Aufenthalt in unserem Haus in vollen Zügen genießen.«

»Die Fahrt war so lange entspannt, bis wir Lech erreichten, Herr Huber. Aber aufgrund des miserablen Schneeräumdienstes hier bei Ihnen kam mein neuer Wagen ins Schleudern und wir haben mit einer Leitplanke Bekanntschaft gemacht.« Baur funkelte den Concierge mit seinen wasserblauen Augen an und stellte sich an die Empfangstheke.

»Das tut mir aber leid«, meinte der für schwierige Gäste geschulte Mann mitfühlend. »Ich werde mich sofort beim Bürgermeister beschweren und selbstverständlich überführen wir Ihr beschädigtes Fahrzeug zu einer Werkstatt. Derweil bekommen Sie ein adäquates Auto auf Kosten des Hauses.«

Huber vermutete, dass der Typ einfach zu schnell gefahren war, doch bei einem Hotel dieser Preisklasse war Kulanz ein eisernes Gesetz. Zudem war Baur ein gern gesehener Gast, den der langjährige Mitarbeiter ungern an die Konkurrenz verlieren wollte.

»Hm«, brummte Baur und seine Miene hellte sich allmählich auf.

»Wie ich sehe, haben Sie wieder die Arlberg-Suite gebucht. Hier gibt es eine kleine Neuerung.«

Er machte eine kurze Pause.

»Sie brauchen keinen Schlüssel mehr. Es genügt, wenn Sie jetzt Ihre Fingerabdrücke hier abgeben, und sobald Sie Ihre Fingerkuppe an den Scanner an der Wand vor Ihrem Zimmer drücken, öffnet sich die Tür. Das ist jetzt beinahe wie bei der Polizei, ha, ha. Sie müssen lediglich den Zimmerservice morgens hereinlassen, selbstverständlich nur, wenn Sie es wünschen.«

Vater und Tochter gaben ihre Fingerabdrücke wie verlangt ab.

»Dankeschön. Ihre Sachen werden in zehn Minuten in der Suite sein und danach wird der neue Code aktiviert. Wenn ich Sie derweil auf einen Begrüßungscocktail einladen dürfte?«

Kerzengerade, als ob er einen Stock verschluckt hätte, schritt der Empfangschef in Richtung Hirschbar vorneweg. Wie alle anderen männlichen Mitarbeiter trug er eine echte Wildlederhose, die knapp übers Knie reichte, ein kariertes Hemd sowie einen dezenten Trachtenjanker. Die Wollsocken steckten in glänzenden Haferlschuhen, das Ganze war wohl als kleine Reminiszenz an die alpine Vergangenheit des Traditionshotels gedacht.

»Machst du den Herrschaften bitte einen Drink ihrer Wahl, Susi? Natürlich auf Kosten des Hauses«, fügte er dezent hinzu und verabschiedete sich von seinen Gästen. Seine Art hatte etwas Einschmeichelndes, ohne schleimig zu wirken, was bei den meisten wohlhabenden Gästen sehr gut ankam. Außerdem war sein organisatorisches Geschick beinahe legendär.

Während er genüsslich an seinem Tequila Sunrise nippte, betrachtete Baur unauffällig das bunte, mitunter affektierte Treiben, das ihm gehörig gegen den Strich ging. In diesen Luxusschuppen ging er eigentlich nur seiner Tochter zuliebe, die eher ein Faible dafür hatte. Ihm selber hätte auch eine einfache Pension genügt. Zudem fühlte er beinahe körperlich die Blicke, die jeden Neuankömmling taxierten und in die Kategorie neureicher Emporkömmling oder alter Geldadel einordneten.

Im Gegensatz zu den meisten Anwesenden kannte Baur auch die Schattenseiten des Lebens wie etwa bittere Armut. Bei seiner Geburt hatte jedenfalls nichts darauf hingedeutet, dass er sich einmal solch einen Luxus würde leisten können. Seine Mutter war mit Friedrich Baurs älteren Halbschwestern aus Ostpreußen geflohen, wo sich die einstmals große und wohlhabende Familie komplett aus den Augen verloren hatte. Was seiner Mutter am meisten wehgetan hatte, war, dass ihr geliebter Bruder vermutlich in den Wirren der letzten Kriegstage umgekommen war. Nach einer langen Odyssee landete die kleine Familie schließlich völlig mittellos in einem Dorf auf der Alb. Auf dem Land schlug den Flüchtlingen manchmal blanker Hass entgegen und nicht wenige der Alteingesessenen betrachteten die Neuankömmlinge als nutzlose Parasiten. Zuerst kam die Familie im Armenhaus des Dorfes unter, wo die drei sich ein winziges Zimmerchen teilen mussten. In ihrer Verzweiflung fing die hübsche Frau ein Techtelmechtel mit einem der wenigen alleinstehenden Männer an, die es kriegsbedingt noch gab und heiratete ihn schließlich. Am Anfang war noch alles in Ordnung, als sie in das Bauernhaus ihres neuen Ehemanns Ernst zog. Und als kurz darauf der kleine Friedrich auf die Welt kam, schien das Glück perfekt. Doch mit der Zeit wurde aus ihrem Anfangsverdacht immer mehr Gewissheit, der gelernte Maurer war ein schwerer Säufer und seine Frau sowie die älteren Kinder wurden häufig Opfer seiner Gewaltausbrüche.

Lediglich Friedrich kam in seinen Anfangsjahren noch ungeschoren davon. Ernst hatte sich anfangs der Fünfzigerjahre selbstständig gemacht und wollte so von dem beginnenden Wirtschaftswunder profitieren. Seine Trinkerei und die daraus resultierende Unzuverlässigkeit verpassten ihm allerdings sehr schnell einen schlechten Ruf, was zur Folge hatte, dass das Geld immer knapp war. Bereits im zarten Alter von sechs Jahren musste Friedrich den Vater auf Baustellen begleiten und kleinere Hilfsarbeiten ausführen. So wuchs er von klein auf in dieses Metier hinein, und der aufgeweckte Junge lernte anhand des schlechten Beispiels vor allem, wie man es besser nicht machen sollte. Die beiden Arbeiter, die Ernst Baur im Laufe der Zeit eingestellt hatte, waren keine hellen Leuchten, doch ihrem Chef bei Trinkgelagen eine große Hilfe. Das Unternehmen steuerte unweigerlich auf die Katastrophe zu, auch weil Ernst Baur sehr widerwillig und zeitverzögert Rechnungen schrieb, die laufenden Kosten, wie Materialrechnungen oder Löhne jedoch sofort fällig waren. Die Hausbank sperrte das Konto und Ernst bekam von den Händlern Baumaterial nur noch gegen Bargeld. Sobald die Arbeiter die Schwierigkeiten ihres Chefs in Form von rückständigen Gehaltszahlungen mitbekamen, verließen sie das sinkende Schiff. Als sich das Ende der Baufirma abzeichnete, war Friedrich gerade einmal fünfzehn. Sämtliche Lehrer hatten sich in den letzten Jahren dafür eingesetzt, dass der intelligente Junge eine höhere Schule besuchen solle, doch die Mutter war zu schwach, um dies gegen ihren aggressiven Mann durchzusetzen. Andererseits machte ihm die Arbeit, in die er von klein auf hineingewachsen war, durchaus Spaß, bei seinem renitenten Vater jedoch wollte er auf keinen Fall eine Ausbildung beginnen. Je mehr er zu einem kräftigen Jungen, der seinen Vater um einen Kopf überragte, herangewachsen war, desto weniger ließ er sich von dem Alten sagen, und nicht wenige Augenzeugen prognostizierten eine schlimme Eskalation dieser unhaltbaren Situation.

Just in dieser schwierigen Phase seines Lebens kam eine entscheidende Wende. An einem Sonntag kurz nach dem Mittagessen klingelte es und ein gut gekleideter Mann stand vor der Haustür. Friedrich sah zum Fenster hinaus und betrachtete fasziniert das rot glänzende Porsche Cabriolet. Im selben Moment ertönte ein lauter Schrei und der Junge stürzte hinaus, um seiner Mutter, die geschrien hatte, zu Hilfe zu eilen. Selbst sein Vater, der auf dem Sofa lag und die Folgen des Frühschoppens verdaute, erhob sich langsam. Doch als Friedrich den Hausflur erreichte, sah er seine Mutter eng umschlungen mit dem Fremden.

»Stell dir vor, Friedrich, das ist mein Bruder Josef, den man für tot erklärt hat«, rief sie mit tränenerstickter Stimme.

Der hochgewachsene Mann löste sich langsam und gab dem Jungen die Hand. Danach begrüßte er auch den mittlerweile herangeschlurften Hausherrn. Bei Kaffee und Kuchen berichtete Josef von seiner Fahnenflucht kurz vor Ende des Kriegs und von seiner abenteuerlichen Flucht quer durch Deutschland. In den Gründerjahren der neuen Republik hatte er sich durchgeboxt und war in Stuttgart gemeinsam mit einem solventen Partner zu einem bedeutenden Immobilienhändler aufgestiegen. Nachdem er seine Existenz gesichert hatte, machte er sich auf die Suche nach seiner versprengten Familie und war schließlich hier auf der Alb gelandet. Die Besuche von Josef Lenzer häuften sich und recht bald fand er heraus, dass sein Schwager das

Leben nicht so richtig auf die Reihe brachte. Als er von seiner Schwester erfuhr, dass das Haus, in dem die Familie wohnte, zwangsversteigert werden sollte, nahm der harte Mann sich den schwachen Ernst zur Brust. Es kam nie ans Tageslicht, was genau besprochen wurde, doch Fakt war, dass der Maurer von diesem Tag an keinen Alkohol mehr anrührte und sich danach seiner Familie als komplett anderer Mensch präsentierte. Dank Josefs finanzieller Unterstützung konnte die drohende Insolvenz abgewendet werden und nach einiger Zeit stellte Ernst sogar wieder Leute ein. Der Sohn seiner Schwester gefiel Josef ausnehmend gut, und da er keine eigenen Kinder hatte, sah er in Friedrich so etwas wie seinen Ersatzstammhalter. Friedrich machte nun zwar doch eine Ausbildung als Maurer bei seinem Vater, doch es gab wohl eine stille Übereinkunft, denn an sehr vielen Tagen war der junge Mann in der Immobilienfirma seines Onkels tätig und bekam dadurch einen sehr guten Einblick in dieses lukrative Metier.

Die Spätfolgen seiner unmäßigen Trinkerei traten nun zutage, und Ernst konnte den auf mittlerweile fünfzig Mann angewachsenen Betrieb nur noch unter größten Mühen führen. Als Friedrich fünfundzwanzig Jahre alt war, starb sein Vater und er übernahm, ohne lange zu überlegen, das Unternehmen. Von da an wurde die aufstrebende Baufirma zur Erfolgsgeschichte, denn dank seines reichen Onkels konnte Friedrich als Generalunternehmer auch größere Objekte realisieren. Er hatte dadurch kaum Verpflichtungen bei den Banken und sparte auf diese Weise eine Menge Geld.

Die Kombination von Bautätigkeit und anschließendem Immobilienverkauf war der Schlüssel zu Friedrichs Erfolg. Lediglich die Rekrutierung von ausreichend Personal gestaltete sich etwas schwierig, da zu jener Zeit nahezu

Vollbeschäftigung herrschte. Kurzerhand klapperte Friedrich mit einigen seiner Leute die Baustellen der anderen Firmen ab und köderte sowohl Fach- als auch Hilfsarbeiter mit deutlichen Lohnzuwächsen. Der ehrgeizige Firmenchef machte sich dabei viele Feinde, doch das war ihm ziemlich egal. Auf diese Weise und auch weil es sich herumgesprochen hatte, dass er im Gegensatz zur Konkurrenz sehr gut zahlte, wuchs sein Unternehmen, das sämtliche Gewerke am Bau durchführte, in den siebziger Jahren auf mehr als fünfhundert Mitarbeiter an. Neben Neubauten kamen immer mehr Sanierungsobjekte in ganz Süddeutschland hinzu und sämtliche Bauvorhaben wurden von der Immobilienfirma seines Onkels finanziert, die nach dessen Tod gleichfalls in Friedrichs Besitz überging.

»Trinken wir noch was oder gehen wir aufs Zimmer?«

Gianna holte ihren Vater wieder in die Wirklichkeit.

»Wie du möchtest.«

»Na schön, dann bestelle ich uns noch zwei.«

Baur betrachtete seine Tochter mit väterlichem Stolz, aber auch mit einer Prise Melancholie, weil sie seiner verstorbenen Frau so ähnelte. Die olivfarbene Haut und die pechschwarzen Haare standen in deutlichem Kontrast zu den tiefblauen Augen, die das einzige äußerliche Merkmal waren, das sie von ihm geerbt hatte. Auch die Nase war deutlich feiner modelliert als Baurs Adlernase. Wo er breitschulterig und grob wirkte, war sie schlank und schmal. Mit ihren High Heels reichte sie jedoch beinahe an ihren Vater heran.

Lange Jahre schien es, als ob der gut aussehende Friedrich mit seinem Unternehmen verheiratet war, und außer gelegentlichen kurzen Affären oder Besuchen bei Prostituierten keinen Kontakt zum weiblichen Geschlecht zu suchen schien. Das änderte sich, als er eines Tages mit

Emilio, einem seiner Vorarbeiter, in dessen Heimatdorf nach Venetien reiste, um dort neue Angestellte für sein Unternehmen anzuwerben. Bereits als er die toughe Hotelchefin beim Einchecken das erste Mal sah, spürte er eine Art Blitzschlag und wusste von diesem Moment an, dass diese schöne Frau seine künftige Ehefrau werden würde. Obwohl Antonella verlobt war, machte er ihr heftig den Hof und fuhr beinahe jedes Wochenende nach Italien. Eines Nachts, als er spät ankam, lauerte ihm Antonellas Verlobter mit ein paar Kumpanen am Parkplatz auf. Sie prügelten wie wild auf Friedrich ein und ließen den Schwerverletzten in der eiskalten Nacht liegen. Zu seinem Glück stolperte ein betrunkener Gast auf der Suche nach seinem Auto über ihn und alarmierte die Hotelchefin. Antonella und der Betrunkene schleppten Friedrich ins Hotel und die junge Frau kümmerte sich rührend um den Tedesco. Ihr war natürlich sofort klar gewesen, dass es sich bei den Schlägern nur um ihren Freund und dessen Kumpane handeln konnte, denn Friedrich war nichts gestohlen worden. Nach diesem einschneidenden Ereignis entwickelte sich alles sehr schnell, und schon wenig später waren die beiden ein Paar. Ein Jahr nach der Schlägerei fand die Hochzeit statt und Friedrich überzeugte seine frisch angetraute Frau davon, zu ihm nach Deutschland zu kommen.

»Wollen wir uns dann vor dem Abendessen noch ein wenig frisch machen?«, fragte Gianna nach dem zweiten Cocktail.

Gemeinsam gingen sie zum Fahrstuhl und ließen sich in das dritte Stockwerk bringen, wo ihre Suite war. Obwohl er auch durchaus ohne Luxus auskommen konnte, war es doch immer wieder ein phänomenaler Augenblick, hier einzutreten und dabei zu wissen, dass er sich diese Pracht ohne Weiteres leisten konnte. Sein geräumiges Zweifamilienhaus in seinem Heimatdorf verriet gediegenen Wohlstand, ohne protzig zu sein, und auch das Ferienhaus, das er am Gardasee unweit der Heimat seiner Frau besaß, war beileibe nicht spartanisch eingerichtet. Doch dieses Appartement stellte alles in den Schatten.

Bereits die Eingangstür war aus hochwertigem Spiegelahorn, der auch beim Geigenbau eingesetzt wurde, gefertigt und konnte so verriegelt werden, dass sie jeden potenziellen Dieb in den Wahnsinn treiben würde. Aufwendige Schnitzereien zierten die im alpenländischen Stil gefertigte Kassettendecke, und auch der Bodenbelag aus hellem Granit fügte sich in diesen Baustil ein. Ein wiederaufgebauter Kachelofen, den der Architekt in einem alten Schloss in der Nähe von Innsbruck gefunden hatte, sorgte neben der Fußbodenheizung für eine behagliche Wärme. Baur hatte die anderen Suiten ebenfalls besichtigt, doch die in Glas-Stein-Stahlarchitektur gehaltenen Appartements waren ihm zu kalt erschienen. Diesen Stil hatte er schon bei seinen eigenen Objekten vermieden, wenn es sich irgendwie einrichten ließ. Friedrich hielt dies für austauschbar, auch wenn er dadurch mit einigen Planern schon aneinandergerasselt war. Er war in der glücklichen Lage, sich im Urlaub für eine andere Variante entscheiden zu können.

Eine frei stehende weiße Badewanne, die auf vier nachgebildeten Löwentatzen stand sowie WC und Waschbecken im gleichen Stil, rundeten das Ganze ab. Seine Tochter hingegen hätte liebend gerne in einer topmodernen Wohnung eingecheckt, fügte sich aber ihrem Vater in dieser Beziehung. Jemand, der Gianna nur oberflächlich kannte, sah in ihr die verwöhnte Tochter eines reichen Mannes, unnahbar und oberflächlich und dabei immer top gestylt. Ihre Mutter hatte sich heftig dagegen gewehrt, das Kind in ein Internat zu geben, doch nach deren tragischem Tod hatte Baur bei der damals Vierzehnjährigen keinen Ausweg mehr gewusst, als sie in eine teure Schule am Bodensee zu stecken. Inzwischen studierte sie in München Architektur und Baur war davon überzeugt, dass seine Tochter das Zeug hatte, in seine Fußstapfen zu treten. Klar genoss sie das Studentenleben, besuchte die angesagten Clubs der Stadt und traf sich hin und wieder mit Kommilitonen. Doch der Ehrgeiz, das Studium mit summa cum laude abzuschließen und ihrem Vater damit zu beweisen, dass seine Tochter die Beste war, stand eindeutig im Vordergrund. Friedrich Baur wunderte sich lediglich darüber, dass die ausgesprochen hübsche Gianna ihm bisher noch keinen männlichen Begleiter vorgestellt hatte. Dasselbe fragten sich natürlich auch die Mitstudenten, von denen einige bei ihr schon sauber abgeblitzt waren. Ihre Unnahbarkeit hatte auch mit ihrem großen Selbstbewusstsein zu tun, das sie von ihrem Vater geerbt hatte und dass sie dazu verleitete, auf andere hinabzusehen. Hier in Lech in diesem Sammelsurium aus wohlhabenden und erfolgreichen Menschen jedoch fühlte sich Gianna deshalb ausgesprochen wohl.

Nach dem turbulenten Ende ihrer Herfahrt erholten sich die beiden auf unterschiedliche Weise. Während sich Baur an der Zimmerbar schadlos hielt, ging seine Tochter in die Bäder- und Wellnesslandschaft. Gemeinsam betraten sie am Abend das mit einem Michelin-Stern ausgezeichnete Hotelrestaurant, wobei Gianna mit ihrem rückenfreien Kleid und ihrem würdevollen Gang die Blicke der meisten Männer auf sich zog.

»Bestimmt denken die, die uns nicht kennen, dass du dir mit deinem Geld eine junge Gespielin hältst, Papa«, meinte Gianna mit einem leichten Grinsen, als der aufmerksame Kellner sie zu ihrem Tisch führte, den Baur für die Zeit ihres Aufenthaltes reserviert hatte.

»Dann lassen wir sie einfach in dem Glauben, meinst du nicht?«, entgegnete Baur und nippte an seinem Weißwein, der vom Sommelier zur ersten Vorspeise empfohlen worden war. Wie immer in den letzten Jahren war die Zusammenstellung des fünfgängigen Menüs stimmig und jeder Gang für sich war ein lukullisches Highlight. Die Mischung aus bodenständiger alpenländischer Küche mit exotischen Einsprengseln kam bei den Gästen hervorragend an und es wurde gemunkelt, dass der einfallsreiche Koch demnächst mit dem zweiten Stern rechnen durfte.

»Kommst du mit der Sanierung dieser historischen Häuserzeile in Reutlingen gut voran?«

Wie meistens drehten sich ihre Gespräche um den väterlichen Betrieb und Baur wusste, dass das Interesse Giannas an seiner Arbeit nicht geheuchelt war. Wie einst er bei seinem Onkel, schnupperte seine Tochter in ihren Semesterferien bei ihm rein und lernte das Geschäft somit von der Pike auf.

»Im Prinzip ja, aber das Denkmalamt legt uns immer wieder Steine in den Weg, statt dass die Kerle froh wären, dass jemand diesen alten Schrott saniert.«

Sie redeten auch noch offen über die zu erwartende Rendite und Sonderabschreibungen, und da erwies sich der »alte Schrott« dann plötzlich als weitaus lukrativer als das hartumkämpfte Geschäft mit den Neubauten.

»Ich würde vorschlagen, dass wir uns jetzt schlafen legen«, meinte Gianna nach einem kurzen Blick auf eine Wetter-App auf ihrem Handy, die für den kommenden Tag traumhafte Bedingungen vorhersagte.

»Na, ich hätte mich jetzt im Hinblick auf mein fortgeschrittenes Alter sowieso bald verabschiedet, aber du gehst doch in der Regel noch in die hauseigene Disco, wenn wir hier sind.«

»Da hast du natürlich recht und bestimmt wäre mir dort heute der Mann meines Lebens über den Weg gelaufen, aber der muss dann bis morgen warten. Ich bin jetzt einfach zu müde.«

Nach dem Dessert, einer Kombination aus selbst gefertigtem Eis, wofür der Küchenchef extra einen italienischen Gelato-Spezialisten angeheuert hatte, gingen die beiden auf ihre Zimmer.

Die Wettervorhersage hatte sich absolut bewahrheitet, in der Nacht hatte es heftig geschneit und der Tag begrüßte sie mit strahlend blauem Himmel und Sonnenschein. Bei dem für das kulinarische Wohlergehen der Gäste zuständigen Angestellten bestellte Baur ein opulentes Frühstück aufs Zimmer.

»Papa, denk an deinen Bluthochdruck«, schalt Gianna, die sich lediglich ein Croissant zum Kaffee gönnte und bereits fertig angezogen und gestylt war.

»Ich weiß nicht, was du willst, schließlich wollen wir heute ausgiebig Sport treiben und dazu gehört für mich zuallererst ein gutes Frühstück«, verteidigte sich Baur und schob sich eine gehäufte Gabel des raffiniert zubereiten Omeletts in den Mund. Er wollte seine Tochter jedoch nicht bereits am ersten Tag verärgern und beeilte sich mit dem Essen. Gemeinsam gingen sie in den angegliederten Sportshop, in dem Hotelgäste ihr Equipment ausleihen konnten. Hier konnte man natürlich auch den Privatskilehrer buchen.

»Wollen wir morgen den Toni mitnehmen und ein wenig ins Gelände gehen?«, fragte Gianna, als sie die passgenauen Stiefel von Strolz anprobierte.

»Du kannst gerne mit dem Burschen heizen, aber ich glaube, ich bleibe dieses Jahr lieber auf der Piste.«

Baur entschied sich für breite Carver, während seine Tochter sich ein paar Freeride-Rocker unter den Arm klemmte.

»Mit deinen Spezialskiern willst du bestimmt nicht auf einen alten Mann warten, ich würde vorschlagen wir treffen uns um eins im Seekopfrestaurant.«

»Das ist eine gute Idee, ich mache eine kleine Tour nach Stuben und bin dann wahrscheinlich rechtzeitig dort. Wie mir scheint, ist heute nicht allzu viel los«, stellte Gianna fest, als sie an der Rüfikopfbahn standen und auf die Gondel warteten.

Die junge Frau in ihrem Edeloutfit zog viele Blicke auf sich, begehrliche von den zumeist älteren Männern und neidische von deren Ehefrauen. Ihr Vater beobachtete das Ganze mit einem Schmunzeln und Gianna blickte durch ihre Gucci-Sonnenbrille völlig desinteressiert aus dem Fenster. An der Bergstation blieb Baur erst mal stehen, um die grandiose Alpenwelt zu bewundern. Hier oben herrschten kalte fünfzehn Grad Minus, was ihn allerdings nicht störte. Seine Tochter wollte offenbar so schnell wie möglich abfahren und er sah ihr sehnsüchtig nach ob dieser jugendlichen Energie. Nach weiteren Minuten der stillen Bewunderung schnallte er seine Skier ebenfalls an und carvte davon.

Wie beinahe jedes Jahr war an den Weihnachtstagen wenig los und Baur konnte bei sämtlichen Liftstationen sofort den Sessel besteigen. Bereits nach einer Stunde Fahrt stellte er fest, dass er sich nichts mehr beweisen musste und kehrte in die nächstbeste Hütte auf einen Kaffee ein. Danach wiederholte er dieses Ritual und kam gerade noch rechtzeitig um ein Uhr an der urigen Hütte an. Er hatte sich kaum gesetzt, als seine Tochter hereinkam, im Schlepptau einen hochgewachsenen, braun gebrannten Mann.

»Schau mal, wen ich getroffen habe«, rief Gianna lachend und zeigte dabei ihre makellosen Zahnreihen.

»Ah, sieh an, Axel von Bose ist dieses Jahr auch wieder hier.« Baur erhob sich und schüttelte dem Industriellensohn die Hand. Sofort eilte eine Bedienung heran und fragte nach den Wünschen der Herrschaften. Nach kurzem Verhandeln bestellte Baur für alle einen Jagatee und Tiroler Gröstl, eine deftige Spezialität des Hauses.

»Normalerweise esse ich ja so etwas nicht«, stellte von Bose etwas pikiert fest. »Aber ich muss zugeben, dass das richtig gut schmeckt.«

Mit leichtem Kopfschütteln, das dieser jedoch nicht bemerkte, betrachtete Baur den jungen Mann. Der versnobte Typ hat noch nie einen Tag in seinem Leben Hunger gelitten, dachte der Bauunternehmer und ordnete ihn in die Gruppe derjenigen ein, die mit einem goldenen Löffel im Mund auf die Welt gekommen waren. Trotzdem hätte er gegen eine Verbindung seiner Tochter mit diesem künftigen Erben eines riesigen Vermögens nichts einzuwenden. Sie gönnten sich noch einen Espresso zur Verdauung, bevor Gianna und Axel wieder auf die Piste gingen. Baur blieb noch eine Weile auf der sonnigen Terrasse sitzen und ließ seinen Blick umherschweifen. Er genoss es, hinter seiner Sonnenbrille versteckt die anderen Leute zu beobachten wie etwa die schon ziemlich betrunkene russische Gesellschaft an einem Nebentisch, auf dem sich die Champagnerflaschen aneinanderreihten. Der genervte Kellner, der für diesen Tisch verantwortlich war, war beim Versuch abzuräumen rüde beschimpft worden. Es schien beinahe so, als ob die leeren Pullen für die offenbar ziemlich reichen Osteuropäer eine Art Trophäensammlung war. Als die besoffene Truppe dann anfing, lautstark irgendwelche melancholischen Heimatlieder in ihrer Sprache zu grölen, ohne dass jemand vom Personal dem Treiben Einhalt gebot, erhob sich Baur genervt und ging an den Tresen, um zu zahlen. Er nahm sich vor, noch ein wenig Ski zu laufen und dann ins Hotel zu gehen. Dort würden derlei Gäste höchstens einmal so unangenehm auffallen und dann diskret hinausgebeten werden. Ein Fünf-Sterne-Haus war nicht darauf angewiesen, ein Hüttenwirt hingegen, dem die Meute an einem Nachmittag den Großteil seines Monatsumsatzes bescherte, überlegte es sich dreimal, ob er sie an die frische Luft setzte.

Nachdem er mehrmals ziemlich unsanft kopfüber in einem Schneehaufen gelandet war, beschloss Baur es für diesen Tag sein zu lassen. Diesen Gedanken hatten offensichtlich noch mehrere Leute, denn als er mit seinen schweren Skistiefeln zum Hotel stakste, wimmelte es in den Après-Ski-Tempeln bereits von ausgelassen feiernden Menschen. Im hoteleigenen Shop gab er Ski und Schuhe zum Service ab und ging danach in die Bar unweit der Hotellobby. Zu seiner Überraschung saßen seine Tochter und Axel von Bose bereits am Tresen und schienen sich prächtig zu unterhalten.

»Hallo, ich hätte nicht gedacht, euch hier anzutreffen und dazu noch so früh.«

»Ihre Tochter hat mir heute deutlich meine Grenzen aufgezeigt und das kann ein von Bose sich nicht lange gefallen lassen«, entgegnete Axel und Baur erkannte, dass das Schmunzeln aufgesetzt wirkte, denn bestimmt hatte es ihn persönlich getroffen, sich von einer Frau ausstechen zu lassen. Mehrere Cocktails später löste sich die kleine Gesellschaft auf und Gianna verabredete sich nach mehreren Abschiedsküsschen mit von Bose nach dem Dinner in der Hoteldisco.

»Offenbar findet der junge Herr von Bose Gefallen an

dir, mein Kind«, stellte Baur fest, als sie den Hauptgang, einen Loup de Mer, verspeisten.

»Tja, das mag ja sein, trotzdem gehören da immer zwei dazu«, antwortete die junge Frau schnippisch.

»Ich möchte mich ja ungern in deine Angelegenheiten einmischen, aber vorhin in der Bar hatte ich den Eindruck, dass du den Burschen auch nicht ganz unattraktiv findest.«

»Es ist ja nicht zu glauben, was dir alles so auffällt, Papa. Aber lass uns doch lieber über was Belangloseres reden.«

Sie begruben das Thema fürs Erste und ließen stattdessen den heutigen Tag Revue passieren.

Gianna schlug vor, den nächsten Morgen gemeinsam zu verbringen, bevor sie dann die kommenden Tage mit Toni ein wenig extremer fahren wollte. Statt des Desserts entschieden sich die beiden für einen Digestif und danach trennten sich ihre Wege. Mit schweren Schritten ging Baur zum Aufzug, während seine Tochter trotz der Anstrengung leichtfüßig den Weg in die Katakomben des Hotels nahm, wo sich der Tanzschuppen befand.

Ein wummernder Bass begrüßte sie und zauberte ein Lächeln in ihr Gesicht. Der Raum war riesig und bot bestimmt zweihundert Menschen Platz. Auf einer zentral angeordneten Bühne standen zwei DJs mit ihrem Equipment und heizten den Gästen ein. Aufgestachelt durch den lauten Beat begab sich Gianna sofort auf die Tanzfläche und erregte durch ihre lasziven Bewegungen die Aufmerksamkeit der Männer. Die junge Frau war sich durchaus ihrer Wirkung auf das männliche Geschlecht bewusst, trotzdem ignorierte sie die Blicke. Sie tobte sich so richtig aus, bevor sie sich durstig der Bar zuwandte. Kaum hatte sie die Bestellung ausgesprochen, als sich auch schon mehrere Herren anboten, den Drink zu bezahlen.

»He, Jungs, die Dame gehört zu mir«, bemerkte Axel von Bose und knallte einen 50-Euro-Schein auf den Tresen. »Stimmt so.«

Besitzergreifend legte er den Arm um sie und führte sie in eine verschwiegene Nische, wo man sich trotz der lauten Musik einigermaßen unterhalten konnte. Von Bose war ein durchaus angenehmer Gesprächspartner, wenn man davon absah, dass sich seine Welt hauptsächlich um ihn selber drehte. Bereits im letzten Skiurlaub hatte Gianna ihn hier getroffen, doch da war er noch mit Bärbel, genannt Babs, einer ihrer Kommilitoninnen, liiert gewesen. Kennengelernt hatten sie sich eigentlich schon in dem Internat am Bodensee, das sie nach dem Tod ihrer Mutter besuchen musste und in das die von Boses bereits seit Generationen ihre Kinder zur Erziehung hinschickten. Aber dort war er in einer Jungs-Clique gewesen, die aus lauter Adelssprösslingen und Söhnen bedeutender alter Familienclans bestand und hatte Gianna nicht beachtet.

Friedrich Baur war es mitnichten schwergefallen, die Schulgebühren zu entrichten, trotzdem wurde in dieser traditionsreichen Institution auf neureiche Emporkömmlinge herabgeschaut. Hier wurden spätere Allianzen geschmiedet und die Beziehungen geknüpft, die für ein erfolgreiches Leben nötig waren. Bei einer von ihm ausgerichteten Party, die standesgemäß in seinem luxuriösen Loft in Schwabing stattfand, hatten sie sich nach Jahren wiedergetroffen. Babs hatte sie dorthin mitgenommen und Gianna in die Gesellschaft eingeführt. Sie hatten getanzt, getrunken und ein wenig gekokst und Gianna hatte schon damals die begehrlichen Blicke von Alex auf ihrem Körper gespürt. Auch beim letztjährigen Skiurlaub hatte er ihr Avancen gemacht, obwohl er offiziell noch mit Babs zusammen gewesen war.

Gianna wusste nicht so recht, wie sie sich verhalten sollte.

Sie fand Axel ganz nett und war sich durchaus bewusst, dass ein Leben an seiner Seite der reinste Luxus werden würde, doch was, wenn er ihrer gleichfalls überdrüssig würde, wie ihrer Freundin Babs? Insgeheim beschloss sie, ihn ein wenig zappeln zu lassen, wenn er ernsthaft an ihr interessiert war, würde er sein Ziel hartnäckig verfolgen, da war sie sich sicher. Den Arm, den er ihr wie selbstverständlich um die Schulter legte, tolerierte Gianna noch, doch als er nach seinem vierten Daiquiri die Hand auf ihrem Schenkel platzierte, bot sie ihm Einhalt. Nicht etwa, indem sie etwas zu ihm sagte. Gianna machte es subtiler und verabschiedete sich einfach aufs WC. Danach ging sie zur Bar und holte sich ein Mineralwasser. Sie setzte sich nicht mehr neben Axel, nachdem sie zurückgekehrt war, sondern ihm gegenüber, was ihm sichtlich die Laune verdarb. So schnell gab ein von Bose jedoch nicht auf. Jemand, dem in seinem bisherigen Leben kaum ein Wunsch abgeschlagen worden war, kam mit einer Zurückweisung nicht klar. Er änderte seine Taktik und holte sich nun gleichfalls ein antialkoholisches Getränk. Das Gespräch lenkte er in eine andere Richtung, sodass nicht mehr nur von ihm die Rede war. Er fragte Gianna über den Fortschritt ihrer Studienzeit aus und auch über die Firma ihres Vaters. So entspann sich ein munteres Gespräch, das die junge Frau durchaus genoss.

»Wollen wir uns noch ein wenig die Beine vertreten, nach all den Drinks?«, schlug Axel vor, als es bereits zwei Uhr früh war.

»Warum nicht«, willigte Gianna vordergründig ein.

»Da fällt mir ein, dass ich überhaupt keine Jacke dabeihabe und es bestimmt saukalt draußen ist«, gab sie zu bedenken und glaubte auf diese Weise aus der Nummer rauszukommen.

»Überhaupt kein Problem, du nimmst meine derweil,

ich friere nicht so schnell.« Mit diesen Worten entfernte er sich kurz und holte seine teure Daunenjacke bei der Garderobiere ab. Schwungvoll legte er die Jacke um Giannas Schultern und nahm sie bei der Gelegenheit fest in die Arme.

Die kalte Bergluft nahm den beiden erst mal den Atem, als sie in den sternenklaren Nachthimmel traten. Sie stapften durch den vom Schnee geräumten Park, in dem aufgrund der nahen Baumgrenze nur wenige winterharte Gehölze wuchsen.

»Brr, ich glaube, das reicht mir jetzt, lass uns ins Hotel zurückgehen, ich bin plötzlich hundemüde und außerdem habe ich meinem Vater versprochen, mit ihm morgen Ski zu laufen.«

Gianna blieb stehen und wollte sich umdrehen.

»Bitte tu mir den Gefallen und geh mit mir noch kurz zu dem orientalischen Pavillon. Wie ich dir vorhin erzählt habe, bin ich ja schon als Kind mit meinen Eltern hierhergekommen, und dort habe ich mich immer versteckt, damit ich nicht ins Bett musste. Es ist wirklich wunderschön und dort drin ist eine unwahrscheinliche Stimmung.«

»Na gut, meinetwegen«, gab Gianna nach und folgte Axel.

Das Häuschen am äußersten Rand des Parks war wirklich außergewöhnlich. Der Gründer dieses Traditionshotels hatte den Pavillon bereits in der Zeit vor dem Ersten Weltkrieg in Auftrag gegeben. Es wurde gemunkelt, dass er sich bei einem Aufenthalt auf Schloss Linderhof von dem dortigen Teehaus habe inspirieren lassen.

Sie betraten das auf einer Seite offene Häuschen und Gianna, die viel mit älteren Häusern zu tun hatte, betrachtete bewundernd die zahllosen geschnitzten Fresken und die kunstvollen Rundbögen.

»Wie gesagt, habe ich hier die schönste Zeit meiner Kindheit verbracht, und hier möchte ich den Grundstein legen für meine zukünftige Familie.«

Axel kam jetzt ganz nah und legte seinen Mund auf Giannas oder versuchte es wenigstens, denn die junge Frau hatte gespürt, was er vorhatte und zog den Kopf weg. Völlig konsterniert schüttelte Axel den Kopf.

»Aber was ist los mit dir, Gianna, weshalb zierst du dich so«, stieß er schweratmend hervor.

»Ich bitte dich Axel, mir geht das zu schnell.«

Diese Aussage schien den jungen Mann noch mehr anzuspornen.

»Du machst mich den ganzen Tag scharf und dann willst du einen Rückzieher machen? Jetzt stell dich nicht so an, du willst es doch auch«, keuchte er und drückte sie auf eine Bank, die in einer Ecke des Oktagons stand. Gianna versuchte sich mit Händen und Füßen zu wehren, doch gegen die körperliche Überlegenheit Axels kam sie nicht an. Als er ihr hart in den Schritt griff, konnte sie nur noch wimmern und beschloss, sich in ihr unvermeidbares Schicksal zu fügen.

2

Nach dem zwischenzeitlichen Stillstand ihrer Beziehung, an dem ein unverständlicher Eifersuchtsanfall von Sascha schuld gewesen war, hatten sich Miriam und ihr Freund langsam wieder angenähert. Grund dafür war unter anderem, dass Sascha Näheres über den Mord an Rudi Neuburg, Miriams Vater, herausgefunden hatte. Sascha hatte sich immer wieder dafür entschuldigt, dass er während der Ermittlungen zu den als »Tod auf der Achalm« bekannt gewordenen Morden eine krankhafte Eifersucht an den Tag gelegt hatte. Miriam war damals tagelang in einem Keller festgehalten worden und Sascha hatte, beleidigt, geglaubt, sie sei mit einem anderen Mann zusammen. Er war mehrfach zu Kreuze gekrochen, bis Miriam irgendwann der Kragen geplatzt war.

»Hör auf mit dieser Büßernummer, das passt überhaupt nicht zu dir. Ich habe dich als zupackenden Mann kennengelernt und mich in diesen Sascha verliebt. Also bitte verhalte dich wieder so wie früher!«, hatte sie ihn eines Tages angeschrien, als er sich wieder einmal wortreich für sein Fehlverhalten entschuldigen wollte. »Außerdem habe ich dir schon lange verziehen, diese Sache war zwar sehr verletzend für mich, aber sie ist es nicht wert, dass wir dadurch auseinandergerissen werden.«

Diese Liebeserklärung war zu viel für Sascha und ihm standen zum ersten Mal seit langer Zeit Tränen in den Augen.

»Aber nicht, dass du jetzt auch noch weinst«, kommentierte Miriam lächelnd die plötzliche Sentimentalität ihres Freundes.

»Nein, nein, ich muss irgendetwas ins Auge bekommen haben.«

Am selben Abend schliefen sie wieder miteinander und von da an kam Sascha auch wieder regelmäßig vorbei, was besonders die elfjährige Sylvie freute. Das unkomplizierte Mädchen nahm den Kommissar ziemlich in Beschlag und hüpfte die ganze Zeit um ihn herum. Auch für Anne, der älteren von Miriams Töchtern, war Sascha eminent wichtig. Sie befand sich gerade mitten in der Pubertät und brauchte neben ihrer überforderten Mutter dringend eine zweite Bezugsperson. Miriam kam mit den Stimmungsschwankungen und dem Rumgezicke überhaupt nicht zurecht. Zudem stand sie durch das Weihnachtsgeschäft ziemlich unter Strom. Die drei, vier Wochen vor den Festtagen bescherten ihrer Weinhandlung die besten Umsatzzahlen. Sowohl die Leute, die eine Flasche Wein verschenkten, als auch diejenigen, die sich über die Festtage einen guten Tropfen gönnen wollten, rannten ihr in diesem Jahr die Bude ein. Der Grund dafür lag vielleicht daran, dass ein längerer Artikel über Miriam und ihren Laden in einer großen Stuttgarter Zeitung erschienen war. Einer der Journalisten hatte irgendwie davon Wind bekommen, dass Miriam gemeinsam mit ihrer Freundin Susi und deren Mann mehrere Tage Gefangene im eigenen Keller waren. Bei weiteren Recherchen hatte der Reporter dann herausgefunden, dass Rudi Neuburg, der frühere Inhaber des Weinfachgeschäfts, ein Jahr zuvor Opfer eines Gewaltverbrechens geworden war. Er hatte Miriam kontaktiert und von seinem Vorhaben, einen ausführlichen Bericht über sie zu schreiben, informiert. Zuerst war sie alles andere als begeistert gewesen, doch dann hatte der sympathische Mann ihr den tendenziösen Artikel zur Ansicht gegeben und Miriam von dem unschätzbaren PR-Effekt überzeugt. Dann überschlugen sich die Ereignisse, ein ziemlich erfolgreicher Schriftsteller rief sie an und schlug vor, eine önologische Krimilesung zu veranstalten. Die Veranstaltung wurde ein voller Erfolg, und nach dem Einverständnis des Autorenverlags bedruckte Miriam die süffigen Côte-du-Rhone-Weine aus dem Weingut ihres entfernten Verwandten mit dem Cover des Romans. Gemeinsam mit einem Glas schwarzer Oliven, das gleichfalls das Titelbild des Krimis trug, verkaufte sie den Wein und das handsignierte Buch in einem speziell dafür angefertigten Holzkästchen. Die Form war einem aufgestellten, geöffneten Geigenkasten nachempfunden, in Anlehnung an diverse durch Mafiafilme bekannt gewordene Killer. Bisher war diese Kombination der absolute Renner bei Miriams Kunden, die noch ein Geschenk suchten.

An Heiligabend hatte Miriam am Vormittag wieder geöffnet. Diese Tradition übernahm sie von ihrem Vater, der an diesem besonderen Tag seine treuen Kunden immer eingeladen und mit ihnen ein Gläschen getrunken hatte. Natürlich auf seine Kosten, was sich jedoch im darauffolgenden Jahr mehrfach wieder auszahlte. Sascha hatte sich beim Weinkonsum deutlich zurückgehalten und übernahm es, die angeheiterten Gäste, die noch über die vereinbarte Zeit bleiben wollten, mit sanftem Nachdruck hinauszukomplimentieren.

In dieser Hinsicht hatte er sein Lehrgeld bezahlt, als er bei Miriams erster Weinprobe als neue Chefin einen stadtbekannten Anwalt etwas hart angefasst hatte, der ihn natürlich umgehend mit einer Strafanzeige überzog. Sein Chef Köttmann hatte ihn daraufhin suspendieren wollen, doch da sämtliche anwesenden Gäste der Weinverkostung für Sascha ausgesagt hatten, war die Sache zum Glück für den Kommissar im Sand verlaufen.

Nachmittags wurde dann der Baum geschmückt und Miriam genoss die Harmonie, mit der ihre Töchter mit ihr zusammenarbeiteten. Vergessen war in diesem Augenblick offenbar der Zwist der letzten Wochen und Monate und es war beinahe wie früher, als die Mädchen noch an den Weihnachtsmann glaubten. Die harmonische Stimmung hielt an bis zum gemeinsamen Essen, wozu Miriam seit einigen Jahren den Raclettegrill entstaubte und auf den Tisch stellte. Diese Form des Bratens hatte zwar mit der traditionellen Racletteküche in der Schweiz wenig zu tun, trotzdem war es immer wieder ein Renner sowohl bei den Kindern als auch bei Miriam. Für Sascha war es das erste Mal, dass er sich ein kleines Pfännchen mit Eiern, Pilzen, Shrimps und Kartoffeln auf die runde Platte stellte, um die alle herumsaßen. Der Kommissar hatte, genauso wie die drei anderen, großen Spaß an dieser Art Essen, bei dem jeder sich sein eigenes Menü aus den verschiedensten Zutaten zusammenstellen konnte.

»Kann ich nachher noch ein Weilchen rausgehen?«, kam unvermittelt die Frage von Anne, als alle sich satt den Bauch streichelten.

Miriam schaute ihre Tochter verständnislos an.

»Wie ›rausgehen‹, heute ist doch Heiligabend und wir sitzen doch so gemütlich beieinander. Außerdem ist es jetzt bereits neun Uhr und du bist erst dreizehn.«

»Ich muss mich aber dringend noch mit Bea treffen, das ist sehr wichtig. Du kannst mich doch nicht zu Hause einsperren.«

Der Tonfall war jetzt deutlich lauter geworden und Anne war wie aus dem Nichts sehr wütend.

»Jetzt sage ich dir mal was, mein Fräulein, du gehst heute nirgendwo hin und die nächste Woche auch nicht, wenn du dich nicht eines anderen Tons befleißigst, ist das klar!«

Miriam war nun gleichfalls laut geworden und eine Zornesfalte zeigte sich auf ihrer Stirn.

»Halt, jetzt beruhigt euch mal, aber alle beide.« Sascha war aufgesprungen und hielt beschwörend seine Arme in die Höhe. Er hatte eigentlich auch ein eher hitziges Temperament, doch heute erwies er sich als der ruhende Pol. Mit einer theatralischen Geste fasste er Anne um die Schulter.

»Mein kleines, großes Mädchen, ich habe schon lange nicht mehr einen so schönen Heiligabend verbracht, genaugenommen seit meiner Kindheit nicht mehr. Den willst du mir doch nicht vermiesen, oder?« Er blickte das zornige Mädchen mit großen Augen an und Anne konnte nicht umhin, leicht zu schmunzeln.

»Wir könnten es doch folgendermaßen machen, Anne kann sich noch eine halbe Stunde die Füße vertreten und wir anderen machen derweil den Abwasch. Danach könnten wir eine Runde Wizard spielen, wo ihr mich regelmäßig abzockt, bevor wir gemeinsam zur Mitternachtsmette gehen. Na, wie findet ihr meinen Vorschlag?«

Sascha sah fragend in die Runde und sein Blick blieb bei Miriam hängen, der er leicht zuzwinkerte.

»Also gut, meinetwegen, aber nur eine halbe Stunde.«

Anne fiel ihrem Stiefvater in spe kurz um den Hals, bevor sie sich eine Daunenjacke schnappte und verschwand. Die zwei Erwachsenen machten sich danach auf in die Küche, während sich Sylvie ihren Geschenken widmete. Als Anne nach einer guten Stunde wieder zurückkehrte, stellte Miriam ernüchtert fest, dass der Lippenstift ihrer Tochter total verschmiert war. Das war wohl nicht Bea, die das verursacht hatte, sondern eher ein Junge, dachte sie, hielt sich aber mit einem Kommentar zurück.

In der Nacht war das Wetter umgeschlagen. Waren die Temperaturen in der Woche vor Weihnachten wie so oft in den letzten Jahren noch beinahe frühlingshaft, so hatte am Morgen des ersten Feiertags der Winter Einzug gehalten. Selbst in den niederen Lagen war Schnee gefallen und Sascha fluchte angesichts der vielen Autofahrer, die offensichtlich das Geld für ordentliche Winterreifen gespart hatten. Sie brauchten deshalb die doppelte Zeit von Cannstatt bis zum Haus von Miriams Eltern in Hofen, wo sie diesen Tag traditionell verbrachten.

In Erwartung von vielen Geschenken stürmten Anne und Sylvie die kleine Anhöhe hinauf und öffneten die Eingangstür, die noch nie abgeschlossen war, seit Miriam zurückdenken konnte. In der riesigen Gemeinschaftsküche war Kurt, den alle von Anfang an als Chefkoch akzeptiert hatten, bereits dabei, die Gans, die sie bei einem befreundeten Biobauern gekauft hatten, zu zerlegen. Seine Frau Uschi, sowie Lilo und Gerd, das andere Paar, das gemeinsam mit Gerda Neuburg und ihrem verstorbenen Mann Rudi dieses Anwesen vor vielen Jahren erworben hatten, bereiteten die Beilagen zu.

Von Beginn an war es der Anspruch der damals noch jungen Bewohner gewesen, eine richtige Wohngemeinschaft zu etablieren. Jedes Paar hatte ein geräumiges Schlafzimmer und ein eigenes Bad, doch es war ihnen wichtig, sich abends nach dem Essen auf ein Gläschen Wein in dem gemeinsamen Wohnzimmer zu treffen, um so den Tag ausklingen zu lassen. All die Jahre hatte es ausgezeichnet funktioniert und abgesehen von kleineren Meinungsverschiedenheiten harmonierte die Gruppe nach wie vor, was ziemlich ungewöhnlich war.

Gerda und Rudi waren das einzige Paar, das ein Kind und deswegen Anspruch auf ein weiteres Zimmer hatte. Die Erziehung von Miriam wurde damals von allen geleistet, was für das Kind sowohl Vor- als auch Nachteile gehabt hatte. Wenngleich die Vorteile bei ihr überwogen, wie sie sich mittlerweile eingestand.

Bei Miriams Kindern setzte sich diese bewährte Tradition fort, sodass sich sämtliche Mitglieder der WG als Großeltern betrachteten und sich auch seit der Geburt der Mädchen bei deren Erziehung einmischten. Miriam war gut damit klargekommen, da sie diesen Zustand von klein auf gewohnt war, doch Harry Kolinski, der Vater der Kinder, war regelmäßig aus der Haut gefahren und hatte seine Frau ab einem gewissen Zeitpunkt nicht mehr hierher begleitet.

Auch Sascha hatte so seine Probleme mit den Mitbewohnern von Miriams Mutter gehabt, als einmal die Sprache auf seinen Beruf gekommen war. Es war lediglich Miriams vehementer Fürsprache zu verdanken gewesen, dass sie ihn nicht hochkant wieder rausschmissen. Denn wie Kurt es formuliert hatte, war sein Quadratschädel zu oft die Zielscheibe von willkürlich ausgeführten Schlagstockattacken bei den zahlreichen Demos gewesen, an denen er teilgenommen hatte. Mittlerweile hatten sie sich mit Sascha arrangiert und bei den teilweise heftig ausgetragenen Diskussionen, in denen es hauptsächlich um die haarsträubenden Missstände auf dieser Welt ging und hier im Besonderen um den ungerecht verteilten Reichtum, hielt sich der Kommissar einfach zurück.

»Kann ich dir helfen, Kurt?«, fragte Sascha, als er mit einem schnellen Blick erfasste, wie sich der ältere Mann mit der Gans abmühte.

»Mhm …, ich weiß auch nicht, was heute los ist, ich glaube, ich sollte meine Geflügelschere mal wieder schärfen lassen«, entgegnete dieser kopfschüttelnd und reichte das Küchenwerkzeug widerwillig an Sascha weiter.

In seinen frühen Berufsjahren hatte er auf dem Bau

gearbeitet und sich dann als Landschaftsgärtner durchgeschlagen, bevor er seinen alten Kumpel Gerd zufällig wieder traf. Der hatte Sozialpädagogik studiert und war nach seinen Wanderjahren, die ihn bis nach Indien geführt hatten, in einer größeren Einrichtung für geistig Behinderte und psychisch kranke Menschen gelandet. Gerd entdeckte eine ihm bislang völlig fremde Eigenschaft an sich, den Ehrgeiz, und stieg bis zum stellvertretenden Leiter auf. In dieser Eigenschaft vermittelte er seinem Freund einen Job als Arbeitserzieher, den Kurt bis zu seiner Pensionierung ausführte. Mit seiner knorrigen, aber herzhaften Art kam er bei den Klienten sehr gut an.

Umso mehr ärgerte es ihn jetzt, der sich immer mit seiner körperlichen Kraft identifiziert hatte, als er sah, wie scheinbar mühelos die Schere in den Händen des jüngeren Mannes die Knochen des Tieres durchtrennte.

»Na, an der Schärfe kann es ja offenbar nicht gelegen haben, Kurti«, meinte Uschi spöttisch.

»Irgendwie habe ich die Schere wohl falsch angepackt«, murmelte er vor sich hin und drapierte die Geflügelstücke auf die bereitstehenden Teller.

»Das Fleisch schmeckt sagenhaft, Kurt, wie machst du das nur«, lobte Sascha den Koch, als alle sich an dem großen runden Tisch im Wohnzimmer eingefunden hatten.

Der Koch brummte zustimmend und ein stolzes Lächeln trat in sein rundes Gesicht.

»Da muss ich dir zustimmen, mein Lieber, aber die großartigen Beilagen geben dem Gericht erst die besondere Note«, ergänzte Miriam und meinte damit die Knödel, das Blaukraut, das Püree und die mit Käse überbackenen Makkaroni.

»Der Wein, den du rausgesucht hast, ist aber auch nicht schlecht.«

Genießerisch nahm Gerd einen Schluck.

»Diesen vollmundigen Palazzo della Torre aus dem Veronese habe ich neu im Programm und jeder, den ich davon habe kosten lassen, ist begeistert.«

Das Gespräch drehte sich nun in erster Linie um die lukullischen Dinge des Lebens, bevor Gerd, der in der Regel eher asketisch lebte und auch etwas abgezehrt aussah, das Gespräch auf die immer noch anhaltende Flüchtlingsproblematik lenkte. Sascha, der Staatsdiener, hatte seine eigene Meinung dazu, die sich fundamental von der der am Tisch versammelten Leute unterschied, aber um des lieben Friedens willen tat er sie nicht kund.

»Man kann die Leute aus Afrika doch nicht einfach im Mittelmeer ersaufen lassen, das sind doch Menschen wie wir«, echauffierte sich Kurt.

»Ich hätte da eine Idee, die könnten wir doch im Osten unterbringen, wo viele Dörfer durchsetzt sind mit Nazis, dann käme da mal neues Blut rein. Das wäre eine sogenannte Win-win- Situation, die Geflüchteten bekämen eine neue Heimat und die Rechten müssten sich mit der Problematik auseinandersetzen«, schlug Gerd vor.

»Na, ich weiß nicht, dann gibt es vielleicht wieder so ein Pogrom wie in den frühen Neunzigern in Rostock-Lichtenhagen, das wäre dann eher kontraproduktiv«, gab Gerd zu bedenken.

Miriam nahm einen kleinen Schluck des hervorragenden Tropfens und ließ die Flüssigkeit im Mundraum hin und her rollen, bevor auch sie ihre Meinung kundtat.

»Wäre es nicht für alle Beteiligten das Beste, wenn man versuchen würde, die Lebensbedingungen in den Herkunftsländern, die wir Europäer jahrhundertelang ausgebeutet haben, zu verbessern?«

»Du hast recht, mein Kind, aber da spielen so viele Aspekte eine Rolle, wie etwa wirtschaftliche Interessen und Korruption, um nur zwei zu nennen. Wir müssten unsere Entwicklungshilfe selbst in den jeweiligen Staaten sinnvoll einsetzen, bevor sich irgendwelche Staatsbedienstete oder Politiker die Taschen füllen können, doch damit würden wir die souveränen Staaten wieder einmal bevormunden und das lassen sie sich nirgendwo auf der Welt gefallen.«

Wohlwollend betrachtete Miriam den Sozialpädagogen. In jeder Diskussion, die sie bisher in ihrem Elternhaus erlebt hatte, behielt Gerd einen kühlen Kopf und legte die besten Argumente dar, während Kurt sofort hitzig reagierte und ihr verstorbener Vater ständig versucht hatte, das ganze ins Lächerliche zu ziehen. Erst als Uschi, Lilo und Gerda das Dessert auftischten, verebbte das Streitgespräch.

»Eigentlich bin ich satt, aber bei Vanilleeis mit heißen Himbeeren konnte ich noch nie Nein sagen«, freute sich Sascha und strich sich über den Bauch.

»Das Eis habe ich selbst gemacht und die Himbeeren haben wir im Sommer im Wald gepflückt und eingefroren«, meinte Gerda nicht ohne Stolz und betrachtete den derzeitigen Mann des Lebens ihrer geliebten Tochter mit Wohlwollen. Sie freute sich aufrichtig, dass die beiden nach diversen Querelen verliebter wirkten als jemals zuvor.

»Miriam hat mir kürzlich erzählt, dass es eventuell neue Erkenntnisse um den Mord an meinem Mann gibt.« Gerda hatte zwar leise gesprochen und doch erstarben sämtliche Gespräche und alle Augen richteten sich auf den Kommissar.

»Mhm, ja, im Prinzip schon. Ich muss nur noch meinen Chef von der Dringlichkeit der Angelegenheit überzeugen«, erwiderte Sascha kleinlaut.

»Hä, aber ich denke, das mit der Verhaftung von diesem Typen ist alles längst in die Wege geleitet und es läuft bereits das Auslieferungsverfahren mit Belgien?«, fragte Miriam scharf.

Einer der Gründe für das Einlenken Miriams in ihrem Beziehungskrach war gewesen, dass Sascha die freudige Botschaft dahergebracht hatte, dass der Drahtzieher des Mordes an Miriams Vater in Brüssel ausfindig gemacht worden war. Rudi Neuburg hatte seinen Schwiegersohn Harry Kolinski damals im Affekt getötet und dabei einen Münzschatz von unermesslichem Wert erbeutet.

Bevor Neuburg den Schatz dem rechtmäßigen Besitzer zurückgeben konnte, hatte Schumann, wie der Mann damals noch hieß, von der Sache Wind bekommen. Als wirkungsvolles Druckmittel ließ er Miriam von seinem Handlanger entführen und hielt die verängstigte Frau in einem Kellerloch gefangen. Beim Showdown in einem aufgelassenen Steinbruch wurde Miriam zwar von der Polizei befreit, doch ihr über alles geliebter Vater wurde kaltblütig abgeknallt. Schumann machte sich mit den wertvollen Münzen aus dem Staub und legte sich eine neue Identität zu.

Durch Zufall war Sascha bei einem seiner letzten Fälle auf einen hiesigen Schmuckhändler gestoßen, der nach wie vor zu diesem Schumann oder wie er sich jetzt nannte, Kontakt pflegte.

»Ja, das dachte ich auch, aber du kannst dir nicht vorstellen, wie langsam die Mühlen der Justiz manchmal mahlen und mein Chef ist froh über jeden Fall, den er zu den Akten legen kann, auch wenn es wie bei dem Mord an deinem Vater noch reichlich Klärungsbedarf gibt. Ich verspreche euch jedoch hoch und heilig, dass ich und meine Kollegin Mertens, der es auch ein ernstes Anliegen ist, ihn nerven werden, bis er endlich mit Nachdruck in Belgien vorstellig wird«, antwortete Sascha ausweichend und sah dabei, wie sich Miriams Gesicht verdüsterte.

»Wenn die Polizei nicht weiterkommt, dann gehe ich selbst nach Brüssel und knöpfe mir diesen sauberen Herrn einmal vor.«

Sascha zweifelte keinen Moment daran, dass Miriam ihre Drohung wahrmachen würde.

3

DONNERSTAG NACH WEIHNACHTEN

Erich Kranzler war schon mit sehr schlechter Laune aus dem Bett gekrochen. Er hasste es, zwischen den Jahren arbeiten zu müssen und noch dazu an einem nasskalten Tag wie heute. Seine Frau wünschte ihm einen schönen Tag und begann beinahe im selben Moment wieder leicht zu schnarchen. Wie jeden Morgen hatte sich der sportliche Mittvierziger ein aus vielen Früchten und Cerealien bestehendes Bircher Müsli zubereitet und dazu einen Smoothie getrunken. Seit er vor zwei Jahren mit dem Rauchen aufgehört und dem Alkoholgenuss abgeschworen hatte, war mit dem exzessiven Radfahren eine neue Droge in sein Leben getreten. Mehrmals im Jahr machte er bei nicht ganz alltäglichen Rennen mit, die ihn in die ganze Welt führten. Dafür trainierte er jeden Abend und am Wochenende sowieso. Selbst im Winter bei Schneetreiben zog es ihn aufs Rad, was nicht nur bei seiner Frau, die auch Sport trieb, ungläubiges Kopfschütteln hervorrief.

Viele Behörden waren in diesen Tagen nur spärlich besetzt und auch Kranzler war beinahe allein in dem riesigen Gebäude. Bis vor ein paar Jahren hatte er noch Personenkontrollen auf den Baustellen des Landes durchgeführt. Dabei war er einige Male in brenzlige Situationen geraten und seine Frau hatte ihn danach inständig gebeten, sich in den Innendienst versetzen zu lassen. Er hatte den Kick gebraucht, der sich beim manchmal filmreifen Anschleichen an eine Baustelle und den dann erfolgten Verfolgungen und Festnahmen einstellte. Trotzdem kam er dem Wunsch seiner Frau nach und meldete sich zu Fortbildungen an, die ihn schließlich für eine Beförderung und zu dem daraus resultierenden Bürojob befähigten. Das war allerdings auch das Ende seiner körperlichen Fitness gewesen, auf die er sich früher etwas eingebildet hatte. Stattdessen hatte er sich gehenlassen und nur dank äußerster Kraftanstrengung und der unverhohlenen Drohung seiner Frau, sich scheiden zu lassen, die Kurve zu einem gesünderen Leben gekriegt.

Jetzt bestand seine Tätigkeit darin, die Anzeigen zu bearbeiten, die ihm seine früheren Kollegen lieferten. Seit sich die EU um die südosteuropäischen Länder erweitert hatte, wimmelte es auf den Großbaustellen des Landes von bulgarischen, rumänischen oder Bauarbeitern anderer sogenannter Billiglohnländer. Bei sehr vielen Projekten trafen die Zollpolizisten kaum jemanden an, der der deutschen Sprache mächtig war. Mittlerweile wurde zwar ein gewisser Mindestlohn bezahlt, doch dieses Geld wurde den Arbeitssklaven wieder für Kost und Logis aus den Taschen gezogen. Es war schwer, aus diesem raffiniert verschachtelten System aus Subunternehmern jemanden dingfest zu machen, der sich mithilfe dieser armen Hunde die Taschen füllte. Diese skrupellosen Kerle erinnerten in gewisser Weise an Zuhälter.

Kranzler waren diese Dinge durchaus bekannt, doch sein Job war es nicht, für eine gerechtere Welt zu sorgen, sondern dafür, dass der Staat seine Sozialabgaben und Steuern bekam. Der Grund für seine Anwesenheit an diesen besonderen Tagen nach Heiligabend war die Nachbearbeitung einer Razzia, die nach einem anonymen Tipp ausgerechnet auf der Baustelle eines Arbeitsamts durchgeführt werden musste. Hier waren die Kollegen auf einen Arbeitstrupp von Bulgaren getroffen, die scheinbar ordentlich angemeldet waren. Bei genauerem Hinsehen jedoch stellte sich heraus, dass die Pässe der Männer gefälscht waren und sie selber gaben irgendwann zu, aus der Ukraine zu stammen. Die Zollbehörde hatte bei dem Generalübernehmer angefragt, ob er die Männer kennen würde, doch der verwies auf seine Verträge mit Subunternehmern, die wiederum Subunternehmer beauftragt hatten und so weiter. Das Ende vom Lied war, dass die Firma, die am Ende der Kette saß und die die Männer mit Touristenvisa nach Deutschland geschleust hatte, schlichtweg nicht mehr existierte. So sehr sich Kranzler und seine Kollegen auch anstrengten, sie erwischten immer nur die kleinen Fische und ab und zu mal wurde ihnen ein unliebsamer Konkurrent auf dem Silbertablett serviert. Oft war sein Job äußerst frustrierend und besonders heute widerte ihn alles an.

Die Vernehmung der Ukrainer verlief trotz des hinzugezogenen Dolmetschers sehr schleppend.

»Fragen Sie die Leute doch einfach mal, von wem sie die gefälschten Pässe erhalten haben und wer ihnen den Lohn zahlt«, wandte sich Kranzler genervt an den Übersetzer und tigerte in dem spartanisch eingerichteten Raum umher. Mit einem Ohr lauschte er den Worten, die der Dolmetscher in der Landessprache sagte. Beinahe synchron zuckten die vier Männer mit den Achseln, bis einer nach einem lauten Räuspern das lange Schweigen brach.

»Der Mann sagt, dass die Pässe wohl an der deutschen Grenze bei Kiefersfelden, wo seit der Flüchtlingskrise wieder Kontrollen durchgeführt werden, vertauscht worden sind. Das Geld für ihre Arbeit wird ihnen zu Hause ausbezahlt, damit sie nicht alles gleich wieder auf den Kopf hauen. Hier bekommen sie lediglich Kost und Logis.«

»Wollen die mich verarschen? Als ob die Kollegen von

der Grenze fünf Pässe auf einmal verwechseln würden, wir sind ja schließlich nicht in der Ukraine. Und das mit dem Lohn nehme ich ihnen auch nicht ab. Sagen Sie der Bande, dass ich sie wegen Urkundenfälschung und Schwarzarbeit drankriege, dann gehen sie für mindestens drei Jahre in den Bau, wenn sie nicht mit mir kooperieren und die Namen der Hintermänner nennen.«

Diese Zahl hatte Kranzler natürlich erfunden, trotzdem verfehlte die Aussage nicht ihre Wirkung. Die Männer schienen den Ernst ihrer Lage zu erkennen, nachdem der Dolmetscher die deutlichen Worte unverblümt weitergegeben hatte. Offenbar dachten sie, dass die Verhältnisse in den deutschen Knästen denen in der Ukraine ähnelten. Übereinstimmend stießen sie nun einen Namen hervor, den der Wortführer auf einen Zettel schrieb. Schon als Kranzler ihn las wusste er, dass er wieder nicht weiterkommen würde. Diesen Namen hatte er bereits des Öfteren gehört und wusste daher, dass der Mittelsmann lediglich eine Stufe oberhalb dieser armen Würstchen rangierte. Außerdem würde sich der Kerl, den sie schon ein paarmal vorgeladen hatten, nicht so leicht einschüchtern lassen. Er pflegte stets mit einem gewieften Anwalt hier aufzutauchen, den ihm seine Bosse zur Seite stellten.

Kranzler hatte die Schnauze gestrichen voll und entließ wütend die Ukrainer samt ihrem Übersetzer. Gegen sechzehn Uhr räumte er seinen Schreibtisch auf und verließ kurz darauf die Behörde. Die Stunde Fahrzeit im Zug, die er morgens und abends in Kauf nehmen musste, verlief dank eines spannenden Hörbuchs wie im Fluge. Trotz des feinen Nieselregens schwang er sich auf sein Rennrad, das er am Bahnhof abgestellt hatte, und entschied sich spontan, noch ein wenig durch die festlich geschmückte Reutlinger Altstadt zu flanieren und bei einer Tasse Glühwein den Alltagsstress zu vergessen. Er stellte sein Rad am Marktplatz ab und wandte sich in Richtung Marienkirche. Bestimmt sind auch hier viele der Bedienungen illegal beschäftigt, dachte er und stellte sich vor seinem geistigen Auge bereits vor, wie eine Razzia hier ablaufen würde. Vorsichtig nahm er noch einen kleinen Schluck des heißen Getränks, als sich plötzlich eine Hand den Weg in seine Jackentasche bahnte und seine Rechte umklammerte.

»Du hast mich jetzt aber erschreckt, Tanja«, stieß er beinahe teilnahmslos aus, betrachtete dabei aber wohlwollend die junge Frau, die wie aus dem Nichts aufgetaucht war. Sofort wurde ihm dann aber die heikle Situation bewusst und er schob die Hand dezent aus seiner Daunenjacke heraus. Dabei blickte sich Kranzler verstohlen um, ob etwa irgendein Bekannter die vertraute Geste beobachtet hatte.

»Wir wollten uns doch im Hotel treffen. Du weißt doch, dass wir in der Öffentlichkeit nicht zusammen gesehen werden dürfen«, maßregelte er die Frau, die vom Alter her locker seine Tochter hätte sein können.

»Dann lass dich endlich scheiden, du liebst deine Gattin doch schon lange nicht mehr.«

»Wie ich dir schon oft gesagt habe, ist das nicht einfach, wegen dem Haus und so. Aber ich verspreche dir, dass ich im neuen Jahr einen entscheidenden Schritt tun werde, um die leidige Sache voranzubringen.«

Hatte Kranzler bei seinen früheren Affären diese Ausrede gebraucht, um Zeit zu gewinnen, so war es ihm mit der äußerst attraktiven Blondine ziemlich ernst. Er konnte sich ein Leben ohne die heimlichen Treffen mit Tanja schlichtweg nicht mehr vorstellen.

»Geh schon mal voraus, ich habe unser Zimmer von fünf bis sechs gebucht. In zehn Minuten komme ich nach.«

Mit einem mürrischen Gesicht gab Tanja nach und entfernte sich. Bereits seit einigen Monaten trafen sie sich regelmäßig in der verschwiegenen Pension und seine Frau ahnte nicht einmal etwas davon. Der einzige Wermutstropfen für Kranzler dabei war, dass sein Sport ein wenig zu kurz kam, denn er begründete zu Hause das häufige Zuspätkommen mit dem Fahrradfahren.

Dieser Scheißtag, der mit dem widerwilligen Aufstehen begonnen hatte und ihm dann diese Bande von illegalen Ukrainern beschert hatte, könnte vielleicht doch noch zu seiner Zufriedenheit enden, dachte er mit einem Lächeln und trank den letzten Schluck seines mittlerweile lauwarmen Gesöffs. Er ging zurück zum Marktplatz, wo er sein Fahrrad abgestellt hatte, und schnappte sich das teure Rennrad. Voller Vorfreude schwang er sich auf den Sattel und fuhr die fünfhundert Meter im strömenden Regen zur Pension. Mit demselben süffisanten Grinsen, das er immer zeigte, begrüßte ihn der Portier. Wie jedes Mal hätte Kranzler ihm dieses blöde Grinsen am liebsten aus der Fresse geschlagen, besann sich aber wie jedes Mal eines Besseren, schließlich waren diskrete Hotels wie dieses dünn gesät.

Schon als er die Zimmertür öffnete, roch er das schwere Parfüm, das seine Geliebte verschwenderisch versprüht hatte und allein der Geruch reichte aus, Kranzler zu stimulieren. Das durchsichtige Negligé, das Tanja trug, gab ihm den Rest und der biedere Zollbeamte wurde zum Tier. Er riss sich die nassen Klamotten vom Leib und warf sich förmlich auf die junge Frau. Tanja hatte alles, was das Herz eines Mannes höherschlagen ließ, doch irgendetwas stimmte nicht mit Kranzler an diesem Tag und seine Erektion fiel in sich zusammen. Sie versuchte alles, um ihn wieder zu stimulieren, doch heute war einfach der Wurm drin.

»Das kann jedem mal passieren, wir machen eine kurze

Pause und versuchen es dann noch mal«, schlug Tanja vor und Kranzler brummte zustimmend.

In der Minibar stand eine Flasche Prosecco, die Tanja öffnete und zwei bereitstehende Sektflöten damit füllte.

»Erzähl mir von deinem Weihnachtsfest, es interessiert mich, wie verheiratete Paare das so zelebrieren.«

Kranzler hatte keine Lust mehr, über irgendetwas zu sprechen. Am liebsten wäre er zurück zum Glühweinstand gegangen und hätte sich gegen seine Gewohnheit mal wieder so richtig die Kante gegeben. Doch er machte gute Miene zum bösen Spiel, schließlich wollte er die Beziehung mit Tanja nicht gefährden.

»Na ja, es war wie jedes Jahr seit zwanzig Jahren, wir schmücken gemeinsam den Baum und legen die Geschenke für unsere Tochter drunter. Danach macht meine Frau den obligatorischen Kartoffelsalat und ich gebe die Saitenwürstchen ins heiße ...« In diesem Moment klingelte sein Smartphone.

Verärgert darüber, dass er es nicht lautlos gestellt hatte, betrachtete er den Namen des Anrufers auf dem Display, fluchte kurz und nahm das Gespräch dann aber doch an, während er sich etwas überzog und auf den Balkon des Hotelzimmers trat.

»Ja, was gibt's?«, sagte Kranzler weniger patzig als er es vorgehabt hatte und hörte seinem Anrufer aufmerksam zu.

»Muss das sein? Ich habe heute den ganzen Tag gearbeitet und möchte jetzt nur noch heim zu meiner Frau.«

Wieder sagte die Stimme am anderen Ende etwas, woraufhin Kranzler blass wurde.

Nach einem weiteren kurzen Monolog des Anrufers ließ Kranzler die Schultern hängen und fügte sich.

»Na gut, ich bin in einer Stunde dort.«

Wütend beendete Kranzler das Gespräch und ging wieder ins Zimmer hinein. Er legte sein Telefon auf das kleine Tischchen und stellte sich herausfordernd vor seine Geliebte.

»Hast du jemandem von unserer Liaison erzählt? Und lüg mich ja nicht an, sonst werde ich ungemütlich.«

Tanja räkelte sich lasziv auf dem Bett und bedeutete Kranzler mit einem lockenden Zeigefinger, zu ihr zu kommen.

»Weshalb sollte ich das machen? Der einzige Mensch, dem ich es sagen würde, wäre deine Frau, damit du endlich einen Schlussstrich unter deine Ehe ziehst.«

»Ich habe gerade einen Anruf von jemandem bekommen, mit dem ich geschäftlich zu tun habe, und derjenige hat mich darauf angesprochen, dass ich wohl gerade mit einer Dame in einer Absteige zugange sei. Wie erklärst du dir das?«, beharrte Kranzler.

»Tja, manche Leute sind halt gut informiert, aber mit Sicherheit nicht von mir. Das musst du mir glauben und jetzt komm bitte wieder ins Bett.« Kranzler zögerte noch ein wenig, die Beteuerung seiner Geliebten schien ihn nicht allzu sehr zu überzeugen. Was, wenn Tanja auf der Gehaltsliste des Mannes, der ihn vorhin einbestellt hatte, stand und er sie als Druckmittel einsetzen wollte? Er wusste nicht viel von ihr, außer dass sie schon mal eine Zeit lang als Model gearbeitet hatte. Die Aufregung und die daraus resultierende Wut bewirkten wenigstens, dass er steif wurde. Sofort nachdem er gekommen war, stand Kranzler auf und zog sich an.

»Das ist aber nicht die feine Art, einfach mittendrin abzuhauen, ohne mit mir zu kuscheln.«

»Nächstes Mal wieder, ich muss zu einem dringenden Termin«, versprach Kranzler und rauschte hinaus. Er hielt noch kurz bei dem Portier an und bezahlte zähneknirschend die siebzig Euro, die der unverschämte Kerl ihm für die knappe Stunde abknöpfen wollte. Gerade als er das Hotel verlassen wollte, griff er gewohnheitsmäßig nach seinem Smartphone.

»Mist«, stieß er hervor, nachdem er registriert hatte, dass es nicht in seiner Jackentasche war. Mit schnellen Schritten ging er wieder zurück und klopfte dezent an. Tanja war bereits angezogen, als sie die Tür öffnete.

»Ich wollte dir gerade hinterherrennen«, meinte sie und überreichte Kranzler das Telefon. »Denn was hätte ich damit tun sollen, es zu euch nach Hause bringen?«

Er ignorierte den sarkastischen Gesichtsausdruck und wisperte ein schnelles »Danke«, bevor er wieder verschwand.

Das Nieseln war mittlerweile in Schneeregen übergegangen und Kranzler verfluchte den Kerl, der ihn bei diesem Sauwetter einbestellt hatte. Mehrmals verlief er sich, bevor er die Baustelle endlich fand, die ihm sein Kontaktmann als Treffpunkt genannt hatte. Bevor er in dieses dunkle, halbfertige Haus hineinging, schaute er auf sein Handy. Wie meistens in seinem Leben war er pünktlich. Er schaltete die Taschenlampe seines Smartphones ein und bewegte sich in Richtung der ersten Wohnung im Erdgeschoss. Der unangenehm kalte Wind pfiff durch die gähnenden Löcher, in die einmal die Fenster eingesetzt werden würden und brachte den Schnee gleich mit.

Vielleicht ist es im Keller besser, dachte Kranzler und ging zu der provisorischen Treppe, die hinunterführte. Das wacklige Ding gefiel ihm gar nicht und er hielt sich beim Hinuntersteigen krampfhaft an einem schartigen Brett fest, das als Geländer diente. Er wandte sich nach links in den künftigen Heizraum, wo es zwar noch düsterer war, dafür jedoch trocken und windstill. Kurz nachdem er hier angekommen war, hatte Kranzler entsetzlich zu frieren begonnen. Er schlug seine Arme um den Körper, was ihn einigermaßen warmhielt. Beinahe jede Minute blickte er auf seine Uhr und verfluchte den Kontaktmann. Nachdem er zehn Minuten gewartet hatte, gab er dem Kerl noch fünf Minuten, dann würde er nach Hause in die warme Wohnung zu seiner Frau gehen.

»So, jetzt reicht's mir, ich erfrier mir doch hier nicht den Charakter«, stieß Kranzler nach weiteren verstrichenen Minuten entschlossen hervor und schickte sich an, die Treppe wieder emporzusteigen. Gerade als er die erste Stufe erklommen hatte, sah er ein flackerndes Licht.

»Hallo, ist da wer? Ich bin hier unten«, rief er laut. Im Erdgeschoss angekommen, wandte er sich nach rechts und betrat das künftige Wohnzimmer. Hier war doch das verdammte Licht vorher noch, wollte ihn etwa jemand verarschen, dachte Kranzler ärgerlich, als ihn plötzlich ein Schlag auf den Kopf von den Beinen holte. Jemand drückte den Betäubten mit dem Knie nach unten und hielt ihm mit einer Hand die Nase zu. Es ging alles so schnell und bevor er um Hilfe schreien konnte, füllte sich sein ganzer Mund mit einer klebrigen Masse. Wie durch einen Nebel sah er die Spritzpistole und jäh kam die schreckliche Erkenntnis, was gleich mit ihm passieren würde.

4

»Ich fürchte, die Dame hegt nicht die gleichen Absichten wie Sie, mein Herr. Würden Sie sie deshalb bitte loslassen.«

Gerade als Axel von Bose der jungen Frau das Höschen herunterreißen wollte, hatte ein unschwer als Bediensteter zu erkennender Mann den Pavillon betreten und baute sich in drohender Kampfhaltung vor ihm auf.

Völlig überrascht drehte sich von Bose um und betrachtete den ungebetenen Besucher wie ein lästiges Insekt.

»Hau ab, du Idiot, das hier geht dich nichts an!«

Doch die Situation hatte sich durch das Erscheinen des Mannes bereits umgekehrt. Gianna hatte ihren Mut wiedergefunden und trat von Bose mit voller Wucht ans Schienbein.

»Versuch das ja nie wieder sonst Gnade dir Gott, du Arschloch!«, schrie sie ihn an und von Bose humpelte davon, um sich kurz danach nochmals umzudrehen. »Du kannst dir schon mal einen neuen Job suchen, du kleiner Pisser, und wir beide …«, er hob drohend seinen Zeigefinger und fixierte Gianna, »… sind noch nicht miteinander fertig. Einen von Bose wimmelt man nicht so einfach ab. Ich habe noch immer bekommen, was ich wollte.«

Mit dieser Drohung zog er sich zurück in den Club.

Gianna fröstelte plötzlich und sie fing schrecklich an zu zittern. Sie setzte sich auf die Holzbank und ließ ihren Tränen freien Lauf.

Der Bedienstete, dessen Teint an einen Süditaliener erinnerte, wusste nicht so recht, wie er sich verhalten sollte, denn Abstand und Diskretion waren die wichtigsten Dinge im Umgang mit den Gästen. Ihm war schon bei der Einstellung vom Concierge, Herrn Huber, eingebläut worden, dass der Gast der König sei und dass die Angestellten diesen auch so zu behandeln hatten. Sein erster Impuls war gewesen, diesen unseligen Platz so schnell wie möglich zu verlassen, doch dann hatte sein Gerechtigkeitssinn die Oberhand über die Dienstbeflissenheit gewonnen und er hatte sich eingemischt.

Er setzte sich neben sie und legte sanft seinen Arm um die schluchzende Frau. Dabei wartete er auf eine heftige Reaktion angesichts der bedrohlichen Situation, in der sie sich befunden hatte. Doch offenbar hatte sie ihn noch gar nicht richtig wahrgenommen und begriff erst allmählich die ganze Tragweite des Geschehenen.

»Das Schwein hätte mich vergewaltigt, wenn Sie nicht gekommen wären. Ich stehe tief in Ihrer Schuld, Herr …«

»Petrescu, Gheorghe Petrescu. Ich habe mit mir gerungen, ob ich eingreifen sollte, aber ich konnte doch nicht tatenlos zusehen, auch wenn es mich eigentlich nichts angeht und mich wahrscheinlich meinen Job kosten wird«, antwortete Petrescu in beinahe akzentfreiem Deutsch und löste sich langsam von Gianna.

»Da machen Sie sich mal keine Sorgen, mein Vater ist ein langjähriger Gast dieses Hauses und wenn es hart auf hart kommt, dann zeige ich den Kerl an. Die Verantwortlichen dieses Luxusschuppens werden Ihnen danach noch einen Orden geben und falls sie Sie dennoch rausschmeißen, wird Ihnen mein Vater in seinem Betrieb eine Anstellung geben, das verspreche ich Ihnen«, gab sich Gianna kämpferisch.

»Es wäre sehr freundlich von Ihnen, wenn Sie sich für mich einsetzen, denn ich brauche den Job dringend. Soll ich Sie jetzt zum Hotel begleiten, gnädige Frau, bevor Sie sich hier draußen noch den Tod holen?«, bot Gheorghe an und stand auf.

»Danke, aber ich würde gerne noch einen Moment hierbleiben, bis ich vollends ruhig bin. Wenn Sie mir so lange Gesellschaft leisten würden, das wäre nett.«

Ein Blick in die fast schwarzen Augen des Mannes und in das offene Gesicht hatte ihr genügt, um zu sehen, dass von ihm keine Gefahr drohte. Außerdem wirkte das Outfit, das jeder männliche Angestellte tragen musste, an ihm ein wenig deplatziert, was Gianna trotz der ernsten Situation ein kleines Lächeln abrang.

»Ihrem Namen und Ihrer Aussprache nach sind Sie kein Österreicher, oder?«

»Nein, wie viele der hier in Lech angestellten Bediensteten komme ich aus Rumänien, genauer gesagt, aus einer kleinen Stadt an der Grenze zu Ungarn. Ich denke, dass sie ohne uns ihre schönen Hotels zusperren könnten«, antwortete Gheorghe nicht ohne einen gewissen Stolz und setzte sich wieder, obwohl ihm in seiner alpenländischen Kluft ziemlich kalt war. »In meiner Heimat gibt es noch etliche deutsche Schulen, eine Hinterlassenschaft von vielen Jahrhunderten deutschstämmiger Besiedelung. Ich hatte das Glück, eine zu besuchen, nachdem meine Eltern sich das Schulgeld vom Mund abgespart hatten. Eigentlich hätte ich danach in Bukarest studieren sollen, doch dafür reichte das Geld nicht.«

Eine leichte Melancholie schlich sich in das ebenmäßige Gesicht, bevor er entschlossen fortfuhr.

»Aber ich habe keinen Grund zur Klage, denn im Gegensatz zu den meisten meiner Landsleute besitze ich eine für unsere Verhältnisse sehr gut bezahlte Arbeit und in diesem Hotel wird das Arbeitsrecht strikt eingehalten. Mir wird sogar etwas mehr als der Mindestlohn ausbezahlt und auch Urlaub sowie die sonstigen sozialen Leistungen, die mir zustehen, werden selbstverständlich gewährt.«

Dieser Typ ist alles andere als dumm, dachte Gianna und betrachtete den durchtrainierten Mann eingehend. Gheorghe mochte weit unter ihrer gesellschaftlichen Stellung sein, aber trotzdem hatte er ihr in dieser schwierigen Situation völlig selbstlos geholfen und damit seine gesamte Existenz aufs Spiel gesetzt. Es wollte ihr nicht so recht in den Kopf, dass ausgerechnet jemand aus ihrer Schicht versucht hatte, sie zu vergewaltigen und jemand, den sie unter normalen Umständen nicht einmal wahrnahm, ihr geholfen hatte. Doch plötzlich überkam Gianna eine bleierne Müdigkeit und sie erhob sich.

»Entschuldigen Sie, Gheorghe, ich darf Sie doch Gheorghe nennen, aber ich bin plötzlich völlig erschöpft und möchte jetzt nichts lieber als ins Bett gehen. Ich würde Sie aber liebend gerne mal auf einen Drink einladen. Wann haben Sie Ihren freien Tag?«, wollte sie wissen.

»Das ist flexibel gestaltet, ich könnte theoretisch morgen Abend früher Feierabend machen. Doch ich fürchte, wir müssen uns dazu außerhalb des Hotels treffen, es würde meiner Karriere hier den Todesstoß versetzen, wenn Herr Huber mich mit einem weiblichen Gast an der Bar antreffen würde«, gab Gheorghe süffisant zu bedenken.

»Vermutlich haben Sie Recht, daran habe ich ehrlich gesagt nicht gedacht. Ich schlage vor, wir verabreden uns für acht Uhr morgen Abend hier in diesem Pavillon.«

FREITAGMORGEN

Wie aus weiter Ferne hörte Gianna eine männliche Stimme und dachte zuerst an einen Traum, doch dann registrierte sie, dass es ihr Vater war, der nach ihr rief. Sie räkelte sich in dem gemütlichen Bett und erst allmählich kam ihr die gestrige Nacht wieder zu Bewusstsein. Gianna war mit einem Mal hellwach. Sollte sie ihrem Vater davon berichten, wie von Bose versucht hatte, ihr Gewalt anzutun? Ausgerechnet der Mann also, den Baur sich durchaus als künftigen Schwiegersohn vorstellen konnte?

»Können wir zum Frühstück gehen, Gianna?«

»Gib mir zehn Minuten, ich muss mich erst mal ein wenig frisch machen.«

»Na, wie war dein Abend, hast du dich gut amüsiert?«, wollte Baur wissen, nachdem sie sich an dem üppigen Büfett bedient hatten.

»Ja, es war nicht schlecht, die Musik war in Ordnung und die Drinks eigentlich auch«, meinte sie lapidar und lächelte gequält. Doch das war offenbar nicht das, was er hören wollte.

»Und wie hast du dich mit von Bose verstanden?«

»Och … na ja … wir, wir haben uns ganz gut unterhalten«, druckste sie herum und beschloss, ihrem Vater nichts von dem Vorfall zu erzählen.

»Nur unterhalten, weiter nichts?«

»Wie ›weiter nichts‹, du meinst, ob wir miteinander ins Bett gegangen sind?« Jetzt wurde sie langsam wütend, sie hatte zwar ein sehr gutes Verhältnis zu ihrem Vater, aber derlei Dinge gingen ihn nun wirklich nichts an.

»Jetzt sei doch nicht gleich eingeschnappt, ich würde es halt gerne sehen, wenn du und von Bose …« In diesem

Moment klingelte Baurs Smartphone und hielt Gianna davon ab, eine deutliche Aussage zu diesem Thema zu machen. Er erhob sich sofort und ging zum Ausgang des Frühstückraums, offenbar war es ein wichtiges geschäftliches Telefonat.

Lustlos stocherte Gianna in dem Müsli, das mit den frischesten Früchten zubereitet worden war und ihr normalerweise sehr gut schmeckte. Heute allerdings wollte sich der Appetit nicht einstellen, zu sehr beschäftigte sie die letzte Nacht. Niemals hätte die junge Frau damit gerechnet, dass ihr so etwas passieren würde. Sie nippte an ihrem Cappuccino und ließ ihren Blick unauffällig in dem weitläufigen Raum umherschweifen. Hoffentlich ist Axel noch nicht so weit für ein Frühstück, dachte Gianna bekümmert, seinen Anblick hätte sie an diesem Morgen nur schwerlich ertragen können. Automatisch schnappte sie ihr Handy, um die neuesten WhatsApp-Nachrichten zu checken, dabei fiel ihr auf, dass es bereits nach neun Uhr war. Wenn sie sich richtig entsann, waren sie und ihr Vater in einer halben Stunde mit dem Privatskilehrer verabredet.

»Da bist du ja endlich, Papa, wir müssen uns beeilen, wie du sicher noch weißt, wartet der Toni auf uns«, mahnte Gianna, als ihr Vater wieder herangetreten war. Dabei fiel ihr auf, dass er plötzlich ungewöhnlich bleich geworden war.

»Ich fürchte, daraus wird leider nichts, zumindest bei mir.«

Feine Schweißperlen hatten sich auf seiner Stirn gebildet.

»Aber was ist denn los?«

»Stell dir vor, auf einer meiner Baustellen ist ein toter Mann entdeckt worden.«

»Um Gottes willen, wie konnte das geschehen, war es ein Unfall?«

»Das ist es ja gerade, bei aller Tragik hätte ich einen Unfall noch verstanden, aber es handelt sich offenbar um Mord.«

Gianna stieß einen spitzen Schrei aus und die Leute am Nebentisch schauten indigniert herüber.

»Deshalb muss ich so schnell wie möglich abreisen und nach dem Rechten sehen. Du kannst jedoch gerne alleine hierbleiben, wenn du möchtest.«

»Aber Papa, ich lass dich doch in dieser Situation nicht alleine, selbstverständlich reisen wir gemeinsam zurück.«

Friedrich Baur hatte die schlimme Nachricht gleichfalls den Appetit verschlagen und nachdem die beiden schweigend ihren Kaffee getrunken hatten, standen sie auf, um zu packen. Gerade als Gianna den Aufzug betrat, sah sie, wie Axel von Bose die andere Kabine verließ. Kurz trafen sich ihre Blicke und Gianna stellte zufrieden fest, dass der Industriellensohn seine Augen nach wenigen Sekunden beschämt senkte. Zum Glück war ihr Vater bereits eingestiegen und hatte Axel nicht bemerkt. Schnell folgte sie ihm und drückte die Nummer ihrer Etage.

»Weiß man schon, um wen es sich bei dem Ermordeten handelt?«, fragte Gianna ungeachtet der pummeligen Frau, die ebenfalls mit ihnen nach oben fuhr.

»Ich hoffe, dass ich das heute im Lauf des Tages noch erfahre. Hoffentlich ist es nur ein schlimmer Zufall, dass der Tote in meinem Haus liegt und es handelt sich nicht um jemand, den ich kenne oder der bei mir arbeitet.«

Mit finsterer Miene schaute Baur durch die gläserne Wand des Aufzugs hinunter in die Hotellobby und Gianna hatte das unbestimmte Gefühl, dass ihr Vater ihr nicht alles erzählte, was er wusste. Während Gianna noch packte, rief Baur über das Haustelefon den Concierge an und bat ihn, die Rechnung fertig zu machen. Als sie die Suite verließen, stand bereits ein Page parat und nahm die Gepäckstücke in Empfang.

»Ich bin untröstlich, dass Sie uns so früh verlassen müssen, und spreche Ihnen meine herzliche Anteilnahme aus«, meinte Huber mitfühlend. Baur hatte ihm als Grund für ihre verfrühte Abreise die Geschichte von einem Todesfall in der Familie aufgetischt.

»Danke, Herr Huber, das ganze Jahr freue ich mich auf die zwei Wochen, die ich bei Ihnen verbringen kann und jetzt so etwas. Aber das ist der Lauf der Dinge und irgendwann erwischt es uns alle einmal. Wie immer waren wir sehr zufrieden mit dem Service und mit allem und ich buche schon mal vorab die Suite für das nächste Jahr. Das Finanzielle regelt wie immer meine Sekretärin, wenn ich Ihnen vorab ein kleines Trinkgeld für die Belegschaft geben darf.« Baur zückte seine Geldbörse und blätterte fünf Hunderteuroscheine auf den Tresen, was der Concierge mit einem zufriedenen Lächeln quittierte. Dieser deutsche Bauunternehmer hatte sich in dieser Hinsicht noch niemals lumpen lassen, im Gegensatz zu manch einem von den schwerreichen Geizkrägen, die Huber ebenfalls freundlich behandeln musste.

Der reparierte SUV stand bereits vor dem Eingangsportal und zwei Angestellte hievten die Gepäckstücke in den Kofferraum. Friedrich Baur drückte den Startknopf des Wagens und wollte gerade losfahren, als seine Tochter ihre Hand auf seinen rechten Arm legte.

»Warte bitte einen Moment, ich habe etwas vergessen.« Im letzten Augenblick war ihr eingefallen, dass sie heute Abend eine Verabredung mit ihrem rumänischen Retter hatte. Sie hätte das Date auch schwänzen können, doch bei allem Luxusgehabe war Gianna keine verzogene Göre, die rücksichtslos ihren Weg ging, ohne nach links oder rechts zu schauen.

»Herr Huber, können Sie mir bitte sagen, wo ich Herrn Petrescu finde?«

Gianna konnte sehen, wie dem freundlich lächelnden Mann die Gesichtszüge entglitten. So schnell er konnte, kam Huber hinter seinem Tresen hervor und drängte die junge Frau in eine ruhige Ecke.

»Können wir die Sache diskret behandeln, wir haben schließlich einen Ruf zu verlieren. Selbstverständlich haben wir diesem Petrescu sofort gekündigt, nachdem Herr von Bose mir davon erzählt hat, dass er sich Ihnen gegenüber aufdringlich verhalten hat.«

»Wie bitte?« Gianna starrte den Concierge ungläubig an.

»Natürlich werden wir den Vorfall auch bei der hiesigen Gendarmerie anzeigen, aber bitte haben Sie Verständnis dafür, dass alles unter äußerster Diskretion geschehen muss«, bat er eindringlich.

»Herr Huber, ich wollte eigentlich kein Aufsehen erregen und damit die Sache auf sich beruhen lassen, aber Herr von Bose lässt mir keine andere Wahl. Denn es hat sich mitnichten so zugetragen, wie der liebe Axel es Ihnen geschildert hat. Nein, er war es, der mich bedrängt und versucht hat, zu vergewaltigen, und Ihr ehemaliger Angestellter ist mir selbstlos zu Hilfe geeilt. Deswegen werde ich von Bose bei der Polizei wegen versuchter Vergewaltigung anzeigen«, rief Gianna mittlerweile so laut, dass mehrere Gäste stehenblieben und dem Gespräch lauschten.

»Um Himmels willen, tun Sie das nicht. Herr von Bose ist nicht nur ein sehr gern gesehener Gast, seine Familie ist sogar noch Miteigentümer unseres Hauses.«

»Und deswegen kann er sich alles erlauben?«

»Natürlich nicht, aber er hat zwei Zeugen benannt, die seine Aussage bestätigen und der Rumäne, der Sie angeblich gerettet hat, ist leider schon über alle Berge.«

Angesichts dieser haarsträubenden Lüge drohte Gianna zu platzen, mahnte sich jedoch zur Ruhe.

»Das heißt, Sie glauben mir nicht, Herr Huber? Bitte lassen Sie nach von Bose schicken, er soll es mir ins Gesicht sagen«, verlangte sie kalt.

»Tut mir leid, aber der gnädige Herr hat vor einer halben Stunde ebenfalls ausgecheckt.«

Gianna drehte sich abrupt um und wandte sich dem Ausgang zu.

»Sie wissen hoffentlich, dass Sie zwei Stammgäste verloren haben, denn in Ihrem Haus ist man ja als Frau nicht sicher vor einer Vergewaltigung und der Täter genießt auch noch besonderen Schutz. Aber egal, was der saubere Herr von Bose herumerzählt, die Wahrheit wird letztendlich ans Licht kommen«, schrie sie so laut sie konnte.

Eine Gruppe älterer Damen hielt Gianna an und fragte sie nach dem Grund ihrer Aufregung. Sie stand ihnen Rede und Antwort und verschwieg kein Detail der gestrigen Nacht, während Huber am liebsten im Erdboden versunken wäre. Trotz ihrer Aufregung lächelte Gianna in sich hinein, denn sie war sich sicher, dass innerhalb weniger Stunden das ganze Hotel über die Geschichte Bescheid wissen würde.

»Geht es dir nicht gut, mein Kind, du hast ganz rote Flecken im Gesicht?«, wollte Friedrich Baur wissen, nachdem Gianna wieder eingestiegen war.

»Doch, doch, das ist nur der Temperaturunterschied vom Hotel zur frischen Luft.«

Sie wollte ihren Vater vor der anstrengenden Fahrt nicht unnötig aufregen. Doch irgendwann musste sie es ihm sagen, spätestens, wenn es wieder in den Skiurlaub ging. Bis dahin war noch Zeit und sie würde einfach vorher etwas anderes buchen und sich dann eine Ausrede einfallen lassen.

Gerade als sie an der Hauptstraße entlangfuhren, schlich ein Mann mit einer Art Seesack auf dem Rücken den Gehweg entlang.

Magdalena überlegte sich ernsthaft, ob sie sich eine Schneefräse anschaffen sollte, als sie und Paul mit den Schaufeln versuchten, die Einfahrt und den Eingangsbereich ihrer Stadtvilla, von dem nassen Schnee freizuräumen.

»Das gibt's ja nicht, so einen schweren Schnee hatten wir ja noch nie. Und das in unserem fortgeschrittenen Alter«, stöhnte die Kommissarin und stellte ihre Schneeschippe an die Wand. Paul hingegen schaufelte unentwegt weiter.

»Entschuldige, ich bin fix und fertig. Macht dir das nichts aus?«

»Ich bitte dich, Magdalena, ich bin ein Älbler und musste schon in frühester Kindheit Schnee räumen. Dagegen fällt das bisschen, was der Klimawandel uns heute beschert, nicht ins Gewicht. Aber wenn du willst, hole ich das nächste Mal meinen Traktor mit dem Frontlader und fahr den Schnee gleich weg«, schlug Paul schmunzelnd vor und bekam von seiner Freundin einen leichten Knuff auf den Oberarm.

»Das ist lieb von dir, dass du bei dieser Saukälte mit dem Traktor von der Alb runterfahren würdest, aber ich denke wir schaffen das auch so. Ich gehe jetzt rein und mach ein kräftiges Frühstück für uns.«

Magdalena briet Speck und schlug Eier in die Pfanne, die sie darin verrührte. Dazu gab es Bauernbrot mit einem hohen Dinkelanteil, das Pauls Sohn in einem eigens dafür erbauten Holzbackofen buk. Dieses wohlschmeckende Brot verkaufte der Vollerwerbslandwirt in seinem Hofladen, den er seit wenigen Monaten führte, und wie ihm die Resonanz in der Bevölkerung zeigte, hatte er damit voll den

Zeitgeist erwischt. Die Viehherde, die Paul aufgebaut hatte und die nach strengsten Richtlinien eines Bioverbandes gehalten wurde, war inzwischen auf beinahe zweihundert Tiere angewachsen. Pauls Schwiegertochter erwies sich als gewiefte Geschäftsfrau und das Einzugsgebiet der Kunden für das wohlschmeckende Fleisch umfasste mittlerweile dreißig Kilometer.

»Mhmm, das riecht ja umwerfend und ist genau das Richtige nach dieser kräftezehrenden Arbeit«, freute sich Paul und schichtete sich Rührei und Speck auf seinen Teller. Der stattliche Mann konnte riesige Portionen vertilgen, das hatte Magdalena schon öfter fasziniert beobachtet und fragte sich, ob sie nicht zu wenig gekocht hatte.

»Hätte gar nicht gedacht, dass aus dem Bub ein so guter Bäcker werden würde.«

Genüsslich biss Paul in eine dick mit Butter bestrichene Brotscheibe.

»Weshalb bist du eigentlich damals nicht den Weg der Direktvermarktung gegangen?«, wollte Magdalena wissen.

»Na ja, ich habe natürlich schon mit dem Gedanken gespielt, doch es gab zu der Zeit einfach zu wenige Leute, die sich für ökologisch hergestellte Lebensmittel interessiert haben. Außerdem hatte in den Siebziger- und in den frühen Achtzigerjahren noch jedes Dorf mindestens einen kleinen Laden sowie eine Bäckerei und einen Metzger. Es wäre eine Ungeheuerlichkeit für den dörflichen Frieden gewesen, wenn ich denen Konkurrenz gemacht hätte. Das gehörte sich einfach nicht. Erst Anfang der Neunziger sprossen flächendeckend Discounter aus dem Boden, die den traditionellen Läden den Garaus machten. Mittlerweile gibt es ja so etwas wie eine Rückbesinnung und so entstehen quasi als Gegenbewegung zu den Billigheimern immer mehr so Hofläden wie der meines Sohnes. Die Leute haben mehr Geld in der Tasche und wollen sich auch mal was Gutes gönnen. Wer einmal unser Fleisch probiert hat, will kein billiges Steak mehr essen, für das eine gequälte Kreatur sein erbärmliches Leben lassen musste.«

»Das kann ich bestätigen, obwohl ich zugeben muss, dass ich mich früher auch nicht sehr bewusst ernährt habe. Mit ›früher‹ meine ich die Zeit, bevor wir uns kennengelernt haben. Du hast mir da in gewisser Weise schon ein wenig die Augen geöffnet.«

»Danke für die Blumen, apropos ›gutes Essen‹, wir könnten doch heute einen Winterspaziergang machen und danach in den Hirsch nach Erpfingen«, schlug Paul vor und lud sich den Rest der Eierspeise auf den Teller.

»Eine hervorragende Idee, schließlich habe ich morgen auch noch Urlaub.«

Magdalena lehnte sich zufrieden zurück und freute sich auf einen schönen Tag mit Paul.

Das aufgeregte Klingeln an ihrer Haustüre ließ die Hauptkommissarin zusammenzucken.

»Wer mag das sein?«, sagte sie mehr zu sich selbst und erhob sich.

»Bestimmt ein Paketzusteller, der verspätete Weihnachtspäckchen bringt.«

»Sie hier, Herr Gross?«, stieß sie irritiert hervor, als sie den vermeintlichen Postboten an der Tür als ihren Mitarbeiter erkannte.

»Hallo, Frau Mertens, ich habe versucht, Sie telefonisch zu erreichen, aber sowohl am Festnetz als auch am Handy hatte ich kein Glück.«

»Kein Wunder, das Mobile habe ich ausgeschaltet und den Hörer vom Festnetz wahrscheinlich nicht richtig auf die Station gelegt. Aber kommen Sie doch erst mal herein, bevor Sie erfrieren«, meinte sie mit Blick auf die Halbschuhe, die eher für den Sommer passend waren, sowie sein leichtes modisch geschnittenes Jackett.

Bevor Gross eintrat, schüttelte er den Schnee von seiner Kleidung.

»Hallo Paul, lange nicht mehr gesehen«, meinte Sascha grinsend, als er den Freund seines verstorbenen Vaters sah und umarmte den älteren Mann herzhaft.

»Grüß dich, mein Junge, gut siehst du aus.«

»Mir geht's auch ausgezeichnet.«

Sascha setzte sich auf die Eckbank, die genauso wie die anderen Möbel im Esszimmer ein Überbleibsel von Magdalenas Eltern war.

»Wie ihr wisst, habe ich mich ja mit Miriam wieder völlig ausgesöhnt und ich finde, mittlerweile verstehen wir uns so prächtig wie noch nie. Wir haben wunderschöne, besinnliche Feiertage erlebt und wollten eigentlich an Silvester mit den Kindern gemeinsam nach Berlin fahren.«

Magdalena Mertens und ihr junger Kollege hatten es sich so eingeteilt, dass Sascha an Heiligabend, den ersten beiden Weihnachtsfeiertagen und am letzten Tag des Jahres, sowie an Neujahr freihatte und sie zwischen den Jahren. So hatten sie es die letzten Jahre immer gehalten, da Magdalena bisher keinen gesteigerten Wert auf besinnliche Tage gelegt hatte, doch seit Paul in ihr Leben getreten war, sah es anders aus. Im nächsten Jahr würde sie sich stärker dafür einsetzen, an diesen Tagen komplett freizuhaben.

»Sie sagten, eigentlich wollten Sie fahren, das bedeutet, dass irgendwas Außergewöhnliches vorgefallen ist«, orakelte die Hauptkommissarin.

»In der Tat, es gibt ein Mordopfer und Köttmann hat deshalb eine absolute Urlaubssperre ausgesprochen.«

»Was jetzt speziell mich betrifft! Na gut, erzählen Sie schon, um was es sich handelt.«

Sascha nahm einen Schluck von dem dampfenden Kaffee, den ihm Paul eingeschenkt hatte und begann seinen Bericht, nachdem sich der Ältere ins Wohnzimmer zurückgezogen hatte.

»Eine grausliche Sache, die sich wohl gestern Abend auf einer Baustelle hier in Reutlingen zugetragen hat. Die Spurensicherer sind gerade vor Ort und müssen wohl zuerst den Schreck verdauen, der ihnen der Anblick des Toten bereitet hat.«

Der Kommissar berichtete weiter die wenigen Fakten, die er bereits kannte, und Margaretes Augen weiteten sich. Wenig später verließen die beiden Polizisten das Haus und Mertens schlug vor, zuerst bei Saschas Wohnung zu halten, um wärmere Kleidung für ihren Mitarbeiter zu holen. Anschließend fuhren sie in die angegebene Straße, wo sich der Tatort befand.

Der Rohbau war großzügig abgesperrt und von uniformierten Beamten gesichert. Wenn der Anlass nicht so ein schrecklicher gewesen wäre, hätte sich Mertens wahrscheinlich über die Bauweise gefreut, die sich von dem Trend abhob, überall Kuben mit Glas, Beton und Stahl hinzustellen. Das Haus würde sich zwischen die beiden älteren Stadtvillen prächtig einfügen, wenngleich sich der Vorfall bei Bekanntwerden wohl negativ auf die Stimmung der neuen Eigentümer auswirken dürfte. Die Kommissare balancierten über ein Holzbrett, das in dem schlammigen Eingangsbereich lag und zu der provisorischen Haustüre führte. Sie betraten den kalten Bau und bekamen von einem uniformierten Kollegen die obligatorische Schutzkleidung ausgehändigt.

»Ha, da kommen ja endlich die Spezialisten, ich hoffe

Sie sind bei guter Verfassung, Herr Gross«, wurden sie von Maier, dem leitenden Beamten, sarkastisch begrüßt. Er spielte damit auf einen anderen Fall an, bei dem Saschas Magen deutlich rebelliert hatte. Finster blickte Sascha auf den Mann, dessen Freund er in diesem Leben garantiert nicht mehr werden würde.

Der junge Kommissar war von Köttmann bereits vorgewarnt worden, was den Anblick des Ermordeten anging. Maier führte die beiden in einen kleineren Raum, der später wohl ein Kinderzimmer werden würde und in dem die Arbeiter derweil ihre Vesperstube eingerichtet hatten. Auf einem zerschlissenen Holzstuhl saß ein älterer Mann, dessen Gesicht die Farbe der mit weißen Ziegeln gemauerten Wand angenommen hatte und der auf den mit Verpackungs- und Essensresten übersäten Tisch starrte.

»Er war heute Morgen der Erste auf dem Bau und hat den Toten entdeckt, als er den Heizlüfter anwerfen wollte.«

Maier führte seine Kollegen in einen angrenzenden Raum, der unschwer als das spätere Wohnzimmer zu erkennen war und zeigte auf ein monströses Gerät, das Feuer spuckte. Es war in der Form einem Torpedo nicht unähnlich.

»Können wir kurz mit dem Mann reden? Danach würde ich ihn in die Obhut unserer Psychologin geben.«

»Ich glaube das können Sie vergessen, der Bursche kennt wahrscheinlich so viele deutsche Worte wie Sie rumänische, aber ich habe in meiner Umsicht jemanden losgeschickt, um einen Dolmetscher zu holen«, erklärte Maier stolz und schaute die beiden Kommissare in Erwartung eines Kompliments an.

»Das verstehe ich jetzt nicht, es muss doch auf dieser Baustelle irgendjemanden geben, der diesem Maurer die Arbeit angibt und wenn ich mich nicht sehr täusche, habe ich vorhin am Gerüst das Logo einer deutschen Baufirma gesehen«, meinte Mertens irritiert.

»Oh je, Frau Mertens, auf deutschen Baustellen ist die vorherrschende Sprache schon lange nicht mehr deutsch«, belehrte Maier die Kommissarin, als sei diese ein unwissendes Kind.

»Aber wer hat dann die Polizei gerufen? Dieser Mann ja sehr wahrscheinlich nicht.«

»Es gibt einen deutschen Vorarbeiter, der den Notruf abgesandt hat, aber der muss den anderen die Anweisungen wohl mit Händen und Füßen nahebringen. Jedenfalls habe ich einen Kollegen zur Volkshochschule geschickt, da bieten sie doch allerlei Kurse an und es wird sich doch jemand finden, der übersetzen kann.«

»Sehr umsichtig, aber ich habe eine bessere Idee.« Mertens wandte sich an ihren Mitarbeiter.

»Herr Gross, können Sie Nadja Krenz kurz mit ihrem Smartphone anrufen? Sie wissen schon, die Frau des wegen Mordes verurteilten Spediteurs. Ich denke, sie hilft uns weiter, wenn sie Zeit hat.«

Sascha nickte wissend und dachte an den Fall zurück, in dem sie es mit skrupellosen Müllschiebern zu tun gehabt hatten. Wenn Frau Mertens nicht gewesen wäre, hätte der rücksichtslose Ehemann seine Gattin an einen Zuhälter verkauft. Er hatte die Nummer von Nadja damals gespeichert, da sie eine wichtige Zeugin gewesen war und vergessen, sie zu löschen. Ob das jetzt datenschutzrechtlich seine Richtigkeit hatte, war ihm im Moment egal.

»Ah, Hallo Frau Krenz, hier spricht Kommissar Gross von der Reutlinger Polizei, erinnern Sie sich an mich? ... Gut, ich hätte eine Bitte.«

Nach Mertens Dafürhalten flötete Sascha zu sehr ins Telefon und es dauerte lange, bis er auf den Punkt kam.

»Das freut mich, Frau Krenz, dann sehen wir uns in einer Stunde in unserem Büro. Den Weg kennen Sie ja noch«, meinte Sascha und legte auf. Kopfschüttelnd betrachtete Mertens das strahlende Gesicht ihres Mitarbeiters und wandte sich der Leiche zu.

Obwohl Maier sie vorgewarnt hatte, war Magdalena Mertens einer Ohnmacht nahe und ihr junger Kollege wurde aschfahl. Das Gesicht des Toten war durch die Masse, die aus seinem Mund quoll und unschwer als Montageschaum zu erkennen war, monströs aufgedunsen, und auch der Bauch, wohin sich das Zeugs wohl ebenfalls ausgedehnt hatte, war grotesk aufgetrieben. Sascha spürte die Blicke Maiers beinahe körperlich und beherrschte sich mühsam, um nicht wieder Zielscheibe von dessen Spott zu werden.

»Manche Täter haben schon eine verdammt kranke Fantasie«, stellte die Hauptkommissarin fest.

»Offenbar reichte es diesem Killer nicht, sein Opfer einfach umzubringen, er wollte ein Exempel statuieren.«

»Man darf gar nicht daran denken, wie es dem armen Kerl in seinen letzten Sekunden ergangen sein muss, sobald sich der Schaum im Rachenraum ausgebreitet hat«, fügte Maier hinzu und überließ den Rest der Vorstellungskraft seiner Kollegen. Angestrengt sah Sascha zum Fenster hinaus und konzentrierte sich auf eine Straßenlaterne, um sich dieses Szenario nicht vorstellen zu müssen.

»Haben Sie irgendwelche Ausweispapiere oder dergleichen bei dem Toten gefunden?«, fragte Mertens und wandte sich von der Leiche ab.

»Weder Handy noch Geldbeutel oder Autoschlüssel, das Einzige, was er außer seiner Kleidung bei sich trug, war ein kleiner Schokoriegel mit dem Werbeaufdruck eines Hotels hier in der Stadt.«

»Das ist doch vielversprechend, dann müssen wir bloß

noch einen Angestellten mit dem Bild des Toten konfrontieren«, schlug Sascha, der sich gleichfalls von dem schrecklichen Anblick abgewendet und sich wieder einigermaßen gefangen hatte, vor.

»Ich fürchte, dass der Mann im Leben total anders ausgesehen hat und ihn deshalb nicht einmal seine Ehefrau …«, Magdalena deutete auf den goldenen Ring an der rechten Hand, »… mehr wiedererkennen würde.«

»Dann muss es halt auf die altbewährte Methode mit Fingerabdrücken, DNS oder einem Zahnabgleich funktionieren, das dauert dann halt ein wenig länger. Die Tatwaffe in Form einer Schaumpistole, mit der der Montageschaum versprüht wurde, haben wir bisher auch noch nicht gefunden«, entgegnete Maier und wandte sich wieder seiner Arbeit zu.

»Los, steh auf du Faulenzer und mach, dass du wieder an deine Arbeit kommst«, ließ sich eine laute Stimme vernehmen. Die beiden Kommissare eilten in den Vesperraum und trafen dort auf einen stiernackigen Mann, dessen Gesicht einen brutalen Ausdruck hatte. Er war gerade im Begriff, den Rumänen am Kragen vom Stuhl hochzuziehen.

»Hallo, was sind das für rüde Methoden, lassen Sie sofort den Mann los!«

Mit entschlossener Miene stellte sich Sascha vor den Kerl, der sich sofort umgedreht hatte und auf den Polizeibeamten losgehen wollte. In letzter Sekunde überlegte er es sich anders, auch wegen der anderen Polizisten.

»Der Bursche wird fürs Arbeiten bezahlt und nicht fürs Rumhocken. Mir reicht's schon, dass die anderen Kanacken die Biege gemacht haben, als sie gesehen haben, dass euer Trachtenverein hier reinmarschiert ist…«

»Ich denke, jetzt ist es genug, weisen Sie sich erst mal aus und falls Sie sich nicht eines anderen Tons bedienen, nehmen wir Sie wegen Beamtenbeleidigung mit aufs Revier, ist das klar!«, unterbrach Mertens entschlossen den unangenehmen Zeitgenossen.

»So weit ist es schon gekommen, dass sich der einzige aufrechte Deutsche und Steuerzahler unter all dem Gesocks, das sich auf dieser Baustelle rumtreibt, rechtfertigen muss. Aber wartet bloß, bis unsere Partei am Ruder ist, dann Gnade euch Gott!«, schrie der Mann auf die Beamten ein und stellte sich provokativ vor die deutlich kleinere Hauptkommissarin. Furchtlos fixierte Mertens den wütenden Bauarbeiter und wartete darauf, dass er nach ihr schlug. Blitzschnell packte Sascha den rechten Arm des Mannes und rang ihn mit einem bewährten Judogriff nieder. Fast gleichzeitig legte er ihm Handschellen an.

»Du Schwein«, keuchte der Gefesselte, »das darfst du gar nicht!«

»Für Sie immer noch Herr Kommissar und bei Gefahr in Verzug darf ich so ziemlich alles. Denn dass Sie gerade im Begriff waren, meine Kollegin anzugreifen, war offensichtlich und das werden die anderen Beamten sicherlich gerne bezeugen«, stieß Sascha hervor und half ihm auf die Beine. Mertens waren diese rüden Methoden, die ihr Kollege manchmal anwendete, suspekt, doch in diesem Fall durchaus angebracht.

»Wenn Sie sich gesittet verhalten, macht Herr Gross Sie wieder los«, lenkte die Hauptkommissarin ein und sah, wie es im Kopf des Mannes arbeitete.

»Na schön, mein Name ist Günther Malowski, wenn Sie mir die Handschellen abnehmen, zeige ich Ihnen meinen Ausweis.« Widerwillig kam Sascha der Anordnung seiner Vorgesetzten nach und befreite den Arbeiter wieder. Malowski zückte sein Portemonnaie und entnahm dem speckigen Geldbeutel einen Personalausweis.

»Danke, Herr Malowski, dass Sie sich entschieden haben, mit uns zu kooperieren. Ihre Identität ist ja nun geklärt, jetzt hätte ich noch ein paar Fragen. Zum Ersten würde mich interessieren, wann Sie heute Morgen gekommen sind und ob Ihnen etwas aufgefallen ist.«

»Wie jeden Morgen bin ich fünf vor sieben hier gewesen und da saß dieser Ka…, dieser Kerl da rum und wimmerte.«

»Das wundert mich jetzt aber, dass der Hilfsarbeiter vor dem Polier auf der Baustelle ist, das müssen Sie mir genauer erklären.«

»Mhm… also, das ist folgendermaßen… manchmal geht es abends ein wenig länger und die Jungs pennen dann hier, aber nur in äußersten Ausnahmefällen«, beeilte er sich hinzuzufügen, da er genau wusste, dass das gegen sämtliche Arbeitsgesetze verstieß.

»Dann hat dieses arme Würstchen auf der eiskalten, zugigen Baustelle geschlafen, dass der sich nicht den Tod geholt hat, ist ein Wunder.« Sascha schüttelte ungläubig den Kopf.

»Es kann sein, dass der Tod ihn in absehbarer Zeit holt, und zwar in Gestalt des Mörders, falls der Rumäne irgendwas mitgekriegt hat. Das wäre ja ein starkes Stück, wenn wir einen Augenzeugen hätten«, fügte Mertens hinzu und sah ihrem Assistenten an, dass er jetzt auch draufgekommen war.

»Haben Sie den Toten schon mal gesehen oder kennen ihn vielleicht sogar?«

Sascha führte den Polier in den Raum, wo die Leiche lag. Malowski warf einen kurzen Blick drauf, ehe er sich abrupt abwandte.

»Na ja, den erkennt die eigene Mutter nicht mal wieder, weshalb soll ich dann wissen, wer das ist. Kann ich jetzt endlich an meine Arbeit gehen, wir sind keine Beamten, die ihr Gehalt so oder so bekommen.« Der unsympathische Zeitgenosse konnte sich einen Seitenhieb nicht verkneifen.

»Ich fürchte, dass auf dieser Baustelle am heutigen Tag außer den von Ihnen nicht sehr geschätzten Beamten, niemand mehr arbeitet. Das heißt, Sie können Urlaub machen und morgen wieder kommen«, entgegnete Mertens bestimmt. »Aber vorher hätte ich gerne noch eine Information. Wer ist hier der Bauherr?«

»Die ›Baur baut GmbH‹ ist der Generalübernehmer, kann ich jetzt gehen?«

»Wenn Sie noch so freundlich wären und mir die Kontaktdaten des Chefs oder eines anderen Ansprechpartners in dieser Firma geben würden?«, hakte Mertens betont freundlich nach und Malowski schrieb eine Telefonnummer auf. Mit einem Nicken bedeutete sie ihm, dass er jetzt entlassen war. Offenbar war es für ihn ungewohnt, von einer Frau Befehle entgegennehmen zu müssen. Fluchend schnappte sich der wütende Polier seine Vespermappe und verließ das Haus.

»Und wir bringen unseren Zeugen so rasch wie möglich ins Präsidium, vielleicht können wir den Fall schnell lösen. Hoffentlich ist Frau Krenz schon dort.«

5

Malowski ging zu dem vor der Baustelle abgestellten Pick-up und brauste davon. An der ersten Bushaltestelle blieb er stehen und wählte eine Nummer.

»Gibt es etwas Neues, Malowski?«

»Die Bullen haben unsere Baustelle abgeriegelt und lassen niemand mehr rein. Einer der Kanacken hat das Ganze wohl mitbekommen und den nehmen sie jetzt mit aufs Revier. Sie haben mich gefragt, ob ich den Typ, der gekillt wurde, kenne, ich habe natürlich verneint. Es ist dieser Zollfuzzi, den ich schon ein paar Mal in Ihrem Büro gesehen habe, Boss. Der Kerl ist zwar total entstellt, aber trotzdem habe ich den gleich erkannt.«

»Gut, Sie halten jetzt erst mal die Beine still und ich kümmere mich um den Rest.«

Sein Gesprächspartner hatte aufgelegt und Malowski fuhr wieder an.

»Was ist los, Papa, du bist plötzlich so ungewöhnlich bleich?« In der Tat hatte Gianna ihren Vater noch nie die Fassung verlieren sehen. Baur wollte sich herausreden, doch diese blöde Freisprechanlage seines SUVs hatte den Nachteil, dass seine Tochter das Gespräch mitangehört hatte.

»Das ist nur die schlechte Luft hier drinnen, ich mache mal kurz mein Fenster auf.« Im nächsten Augenblick strömte ein eiskalter Wind ins Innere des Wagens.

»Ah, das tut gut, jetzt geht's mir wieder besser.«

»Was meinte Malowski mit der Bezeichnung ›Zollfuzzi‹?« Gianna war alles andere als begriffsstutzig und mit diesem wenig vertrauenserweckenden Polier war sie während ihrer verschiedenen Tätigkeiten im väterlichen Betrieb auch schon aneinandergeraten.

»Erich Kranzler ist ein leitender Beamter in der für unsere Baustellen zuständigen Zollbehörde und im Rahmen dieser Kontrollen hatte ich schon mehrfach mit ihm zu tun. Aber wieso er jetzt ausgerechnet tot auf einer unserer Baustellen liegt, das kann ich mir auch nicht erklären«, versuchte Baur sich herauszuwinden.

»Gibt es etwas, das ich wissen sollte?« Gianna ließ nicht locker.

»Ich bitte dich, mein Kind, bei uns geht alles legal zu, unsere Subunternehmer sind alle angemeldet und führen brav ihre Steuern und Sozialabgaben ab. So was wie Schwarzarbeit könnte ich mir doch gar nicht leisten. Außerdem entspricht das auch nicht unserer Firmenphilosophie.«

Die ruhig vorgetragenen Worte bewirkten, dass Gianna beruhigt war und ihren Vater nicht weiter löcherte. Nach etwas mehr als zweieinhalb Stunden bog der Wagen in die Straße des Dorfes ein, in dem die Baurs wohnten.

Wenngleich Baur keinen Wert darauf legte, seinen Reichtum zur Schau zu stellen, leistete er sich doch einen kleinen Luxus in Form von Albert, seinem Haus- und Hofdiener. Die Räder des Autos standen kaum still, als der langaufgeschossene, hagere Mann auch schon bereitstand und die Gepäckstücke aus dem Kofferraum hievte.

»Guten Tag, Herr Baur, ich hoffe Sie hatten einen schönen Aufenthalt«, begrüßte ihn der Bedienstete, der neben seinen verschiedenen Tätigkeiten auch noch ein ausgezeichneter Gesellschafter war. Sobald die beiden unter sich waren, war kein Standesunterschied mehr zu spüren und Albert und sein Chef hatten schon so manche gute Flasche Wein gemeinsam getrunken.

»Es ist immer wieder schön dort, aber dieses Mal mussten wir leider abrupt abreisen. Können Sie bitte die Koffer auspacken, ich muss noch mal kurz weg«, bat er seinen Diener, während er eine eingespeicherte Nummer auf seinem Handy auswählte. Baur schlenderte vom Wagen weg und legte wieder auf, nachdem er mit seinem Gesprächspartner einige Worte gewechselt hatte.

Als Baur wieder davonbrauste, verlor er die eiserne Beherrschung, die er vor seiner Tochter zur Schau getragen hatte und hieb mit voller Wucht auf das edle Lenkrad. Er musste diese leidige Geschichte aus der Welt schaffen, hier ging es jetzt um Kopf und Kragen.

6

Miriam war gerade dabei, die Bestellungen für Silvester aufzuarbeiten, die sie morgen ausliefern wollte, doch sie war mit ihren Gedanken nicht bei der Sache, zu sehr hatte sie das Gespräch beim Weihnachtsessen aufgeregt. Sie wurde das Gefühl nicht los, dass ihr Sascha in Bezug auf die Ermittlungen im Fall ihres Vaters etwas verheimlichte. Es war so offensichtlich, dass dieser Schubert der Drahtzieher bei ihrer Entführung sowie dem Mord an ihrem Vater war und jetzt sollte er nicht zu lokalisieren sein? Würde sie jemals Ruhe finden, solange dieser Kerl auf freiem Fuß war?

»Scheiße!«, schimpfte die Weinhändlerin, als ihr ein nicht ganz billiger Winzersekt aus den Händen glitt und auf dem Terrakottaboden zerschellte. Zum Glück hatten diese alten Tonfliesen schon eine deutliche Patina, dachte Miriam, während sie die Scherben zusammenkehrte. Sie zwang sich, konzentrierter zu arbeiten und schaffte es auch, ohne weiteren Bruch zu verursachen, ihren kleinen Lieferwagen zu packen. Der Kundenstamm, den ihr Vater aufgebaut hatte, war in der Zeit, seit sie den Laden führte, sogar ein wenig angewachsen. Trotz Amazon und Co., die dem Einzelhandel systematisch das Wasser abgruben, gab es noch Leute, die auf eine gute Beratung von Angesicht zu Angesicht Wert legten. Und bestimmt hatte es auch mit der legendären Weinprobe zu tun, als Sascha einen stadtbekannten Anwalt hochkant hinausgeschmissen hatte. Dachte sie damals zuerst, ihr Geschäft wäre durch diese Aktion ruiniert, so war genau das Gegenteil der Fall gewesen, denn viele Leute gönnten es dem eingebildeten Rechtsverdreher, dass ihm mal jemand seine Grenzen aufgezeigt hatte. Mit einem Grinsen dachte sie daran zurück und auch ihre erste Kundin, die sie heute beliefern musste, war damals dabei gewesen. Dazu musste Miriam allerdings einen längeren Weg in Kauf nehmen, denn die verwitwete Frau wohnte in einer Villa im feinen Stadtteil Sillenbuch. Im letzten Jahr hatte die Witwe einen leichten Schlaganfall erlitten und konnte nicht mehr Auto fahren, war aber sonst noch ziemlich fit. Die sehr vermögende Dame gab Miriam immer zusätzlich zu dem Geld für die hochpreisigen Getränke eine fürstliche Auslösung für ihre Fahrtkosten.

Dieser Freitagnachmittag hatte es in sich, das Verkehrsaufkommen war deutlich stärker als an einem gewöhnlichen Werktag. Wahrscheinlich muss jeder zweite sein Weihnachtsgeschenk umtauschen, dachte Miriam bitter, als sie in den dritten Stau fuhr. Zum Glück lag kein Schnee auf ihrer hügeligen Strecke. In der großzügigen Einfahrt der alten Gründerzeitvilla standen mehrere Wagen, an denen Miriam nicht vorbeikam.

»Mist!«, rief sie aus und stoppte ihren Citroën hinter der Oberklasse-Limousine, die als letztes die Auffahrt blockierte. Frau Schneider hatte insgesamt fünf Kartons mit den verschiedensten Getränken bestellt, das hieß für Miriam fünfmal die Einfahrt hoch- und runterzulaufen. Auf die Bedienstete der Hausherrin, die ihr auch schon geholfen hatte, brauchte sie an diesem Tag nicht zu zählen. Die Gesellschafterin, wie Frau Schneider ihre Angestellte etwas altmodisch nannte, hatte bestimmt genug mit der Bewirtung der Gäste zu tun. Schicksalsergeben klingelte Miriam und stellte den Karton auf dem Boden ab, während sie auf jemanden wartete, der ihr die Haustüre öffnete.

»Guten Tag, Sie wünschen?«

Ein smart aussehender Mann in ihrem Alter öffnete und betrachtete die Weinhändlerin interessiert.

»Hallo, ich bringe den Wein, den Frau Schneider …«, stieß Miriam hervor und verschluckte sich beinahe. »Kevin?« Es folgte eine längere Pause, in der keiner der beiden etwas sagte, bis ein Lächeln in die Züge des Mannes trat.

»Das glaube ich jetzt nicht, Miriam Neuburg.« Ungläubig starrte er auf die junge Frau. »Wie lange ist das her, seit wir uns das letzte Mal gesehen haben, bestimmt fünfzehn Jahre oder noch länger.«

Zaghaft gaben sie sich die Hände und Miriam kam sofort die Sommerromanze in den Sinn, die sie mit Kevin gehabt hatte. Damals musste sie sechzehn oder siebzehn gewesen sein und Kevin war zwei Jahre älter gewesen, wenn sie sich richtig erinnerte. Er war von einem Internat in die Privatschule gekommen, in die Miriams Eltern sie geschickt hatten, weil sowohl Rudi und Gerda als auch die anderen Mitbewohner nichts von den öffentlichen Schulen hielten. Kaum war der Neuankömmling damals zur Tür hereingekommen, wurde er von fast allen Mädchen umringt, die Kevin so süß fanden. Er war hochgewachsen und sein markantes Gesicht mit der Adlernase erinnerte an einen römischen Feldherrn. Es war beinahe grotesk, wie sie um seine Aufmerksamkeit buhlten. Kevin hingegen hatte nur Augen für Miriam gehabt, nachdem er das Terrain sondiert hatte. Sie war die Einzige, die auf seine Avancen eher spröde, wenn nicht gar zurückhaltend reagierte, was seinen Eroberungstrieb noch zusätzlich angefacht hatte. Bei einer von ihrer Altersstufe organisierten Hip-Hop-Party wurde der junge Mann nach langem Werben endlich erhört und das auch nur, weil er seine Kleidung und seine politischen Ansichten den linksliberalen von Miriam angepasst hatte. Es folgte eine wilde Zeit, in der sie sich schworen, niemals auseinanderzugehen, und Kevin war auch derjenige gewesen, mit dem Miriam das erste Mal schlief. Doch das mit der ewigen Liebe dauerte dann nur einen Sommer lang, weil Kevin von der Schule flog. Miriam wusste bis heute nicht, was der Auslöser dafür war. Jedenfalls waren die Liebesschwüre von kurzer Dauer gewesen und sie hatten sich nach den Sommerferien bis zum heutigen Tag nicht mehr wiedergesehen.

»Fünfzehn Jahre. Das kommt so ungefähr hin. Auf jeden Fall ist es eine faustdicke Überraschung, dich hier zu sehen. Bist du verwandt mit Frau Schneider?«

»Na ja, sie ist meine Mutter. Hattest du damals nicht die Ehre, dieses erlauchte Haus zu betreten?« Seine graublauen Augen blitzten schelmisch und Miriam wusste jetzt wieder, was ihr an ihm damals so gefallen hatte.

»Leider nein, dafür bin ich derzeit relativ oft hier. Es geht mich ja nichts an, aber weshalb trägst du einen anderen Namen?«

»Selbst die vermögendsten Familien sind nicht vor einer Scheidung sicher. Vor allem nicht, wenn attraktive Au-pair-Mädchen im Spiel sind wie bei meinem Vater. Er hatte ein Techtelmechtel mit einer Japanerin angefangen, die auf meine jüngste Schwester hätte aufpassen sollen und vom Alter her locker seine Tochter hätte sein können. Das Ende vom Lied war, dass Mutter ihren treulosen Gemahl hochkant rausgeschmissen hat, weil das Geld von ihrer Seite kam. Ich habe den Namen Haberland bisher lediglich nicht abgelegt, weil ich bereits einen gewissen Bekanntheitsgrad habe …. Man, das ist ja echt irre!«, rief Kevin aus und klatschte sich mit der Hand an die Stirn. »Ich erzähle dir Dinge, die ich meinem besten Freund vielleicht erzählen würde und habe dich seit Ewigkeiten nicht mehr gesehen. Hm, ich erinnere mich, dass es damals auch schon so war, du konntest einfach schon immer super zuhören, das war etwas, was mich zu dir hingezogen hat. Neben deinem phänomenalen Aussehen natürlich.«

»Da werde ich ja gleich rot bei so vielen Komplimenten, aber das war etwas, das du schon immer gut konntest, einer Frau das Gefühl zu geben, dass sie die Tollste und Schönste überhaupt ist. Doch jetzt sollten wir deiner Mutter ihre Getränke bringen, sonst macht sie sich noch Sorgen, außerdem habe ich noch mehr Kunden«, gab Miriam lachend zu bedenken und reichte Kevin den Karton. Sie eilte zu ihrem Wagen und schnappte sich die nächste Kiste. In der geräumigen Küche, wo ihr Jugendfreund auf sie wartete, stellte sie den Wein ab.

»Hast du noch mehr?«

»Ja, noch drei, aber die kann ich alleine hereintragen.«

»Das kommt ja überhaupt nicht in Frage«, protestierte Kevin in einem Ton, der keine Widerrede duldete und machte sich auf den Weg. Nachdem sie alles abgeladen hatten, gingen sie gemeinsam in das stilvoll eingerichtete Wohnzimmer.

Offenbar hatte Frau Schneider Wert darauf gelegt, die Möbel der ersten Einrichtung zu behalten. Kein flacher Bildschirm störte das antike Bild, ein altes Grammofon war der einzige Elektroartikel, der hier zu sehen war und ein riesiger Kronleuchter rundete das Ganze noch ab. Viele Besucher hätten gedacht, dass die antiquierte Wohnung auf die Bewohnerin rückschließen ließ, doch Miriam wusste, dass Frau Schneider keineswegs so altmodisch war. Sie hatte lediglich einen anderen Stil als die meisten Leute.

»Ah, Frau Neuburg, es ist immer wieder schön, Sie zu sehen. Wie geht es Ihnen?« Frau Schneider war eigentlich immer gepflegt und sah sehr gut aus. Miriam wusste, dass die Dame letztes Jahr ihren siebzigsten Geburtstag gefeiert hatte und sie hatte ihre natürliche Anmut erhalten. Und das ohne Schönheitsoperationen oder Botox-Behandlungen, obwohl sie sich das hätte locker leisten können.

»Danke der Nachfrage, mir geht es eigentlich ganz gut, die Feiertage waren sehr erholsam und jetzt wollen wir sehen, was das neue Jahr bringt.«

»Stell dir vor, Mutter, Miriam und ich haben vorhin festgestellt, dass wir vor vielen Jahren mal die gleiche Klasse besucht haben.«

Zum Glück verschweigt er unsere Liaison, dachte Miriam und atmete erleichtert auf. Die ältere Dame sah von einem zum anderen.

»Das ist aber eine Überraschung, aber in welcher Schule ist das gewesen, mein Sohn hat vieles ausprobiert«, sie räusperte sich demonstrativ, ehe sie fortfuhr, »bevor er endlich seine richtige Bestimmung gefunden hat, nicht wahr Kevin?«

»Um genau zu sein, ich war ein miserabler Schüler und bin von den meisten Bildungsanstalten hochkant hinausgeflogen. Wir waren zusammen in dieser … hilf mir Miriam …«

»Es war eine Privatschule nach Montessori-Richtlinien im Stuttgarter Osten, aber das ist wie gesagt lange her.«

»Ah, jetzt entsinne ich mich, das war doch diese verschrobene Schule, wo du eine Referendarin verführt hast.«

»Mutti, ich bitte dich!«, entrüstete sich Kevin und blickte entschuldigend zu Miriam, der es ein wenig peinlich wurde.

»Na ja, jetzt ist es ja egal, aber ihr beide hättet auch ein hübsches Paar abgegeben.«

»Äh, ich muss dann auch los, vielen Dank für die Bestellung. Der Beleg ist in dem obersten Karton, ich werde den Betrag wie üblich von Ihrem Konto abbuchen. Dann wünsche ich Ihnen noch eine schöne Silvesterparty, auf Wiedersehen.« Miriam hatte es plötzlich eilig, hier rauszukommen und sie sah aus den Augenwinkeln, dass Kevin ihr folgte.

»Tut mir leid, aber seit sie von meinem Vater verlassen wurde, ist Mutti sehr direkt und nimmt kein Blatt mehr vor den Mund«, beeilte Kevin, sich zu entschuldigen.

»Ist schon gut, ich sehe es einer guten Kundin nach. Hat mich wirklich gefreut, dich zu sehen, vielleicht laufen wir uns ja noch mal irgendwann über den Weg.«

»Warte, so schnell kommst du mir nicht davon, ich würde dich gerne zu einem schönen Abendessen einladen und mit dir ein wenig plaudern. Ganz zwanglos selbstverständlich.« Er kramte in seiner Geldbörse und zückte eine Visitenkarte, die er Miriam gab.

»Alles klar, Kevin, ich melde mich, mach's gut, tschüss!«

Miriam ging zu ihrem Auto und war ganz verwirrt, als sie auf dem Fahrersitz Platz nahm. Im Rückspiegel konnte sie erkennen, dass Kevin ihr nachstarrte. Das war jetzt wirklich eine faustdicke Überraschung gewesen und aufs Neue rief sie sich die drei Sommermonate ins Gedächtnis. Als sie plötzlich nichts mehr von Kevin gehört hatte, war sie unendlich traurig gewesen, wie man in diesem Alter eben reagiert, wenn man verlassen wird, und jetzt erfuhr sie viele Jahre später, dass ihr damaliger Lover eine angehende Lehrerein verführt hatte. Das musste genau zu der Zeit gewesen sein, als sie mit ihm zusammen war, denn ihre damalige Liaison war beinahe bis zum Ende der Sommerferien gegangen. Trotz dieser späten Erkenntnis war es schön gewesen, den attraktiven und charmanten Mann wieder zu treffen. Allerdings würde sie ihn sicherlich nicht kontaktieren.

7

FREITAGNACHMITTAG

Als Mertens und Gross mit dem verängstigten Rumänen im Schlepptau im Präsidium eintrafen, wartete Nadja Krenz bereits auf einem Stuhl vor dem Büro der beiden Kommissare. Fasziniert betrachtete Sascha die schöne Frau, die sich beim Anblick der Beamten erhob und Sascha ein geheimnisvolles Lächeln schenkte.

»Hallo, Frau Krenz, es freut mich, dass Sie sich Zeit genommen haben, um uns zu helfen, bitte kommen Sie.« Sascha konnte es sich nicht verkneifen, Nadja leicht an der Schulter zu berühren und ins Büro zu geleiten. Dahinter kam Mertens mit dem Bauarbeiter, der zusammengezuckt war, als er Nadja erblickt hatte. Sobald der Rumäne sich auf einen Besucherstuhl gesetzt hatte, begann die Übersetzerin in ihrer Muttersprache auf den Mann einzureden.

»Weshalb bist du hier und nicht zu Hause bei deiner Familie, Johannis?«, herrschte sie ihn an. Verängstigt sah er zum Fenster hinaus.

»Das kannst du dir doch denken! Alexis, der Bruder von Stepan, hat mich vor die Wahl gestellt, entweder schicken sie meine Tochter auf den Strich oder ich arbeite auf dem Bau für sie.«

Nadja kannte die Abläufe zur Genüge, ihr war ein Modelvertrag in Aussicht gestellt worden, stattdessen war sie in einem Bordell gelandet. Johannis war aus demselben Ort wie Nadja und seine Tochter Anda war ihre beste Freundin gewesen. Er war der einzige Maurer im Dorf und hatte sich damit und mit seiner kleinen Landwirtschaft einigermaßen über Wasser halten können. Dass sie sich hier trafen, grenzte beinahe an ein Wunder.

»Wie geht es Anda?«

»Ich hoffe, sie ist glücklich in ihrer Ehe. Bevor ich hierher gegangen bin, hat sie den Sohn des Bürgermeisters geheiratet.«

Das hatte bestimmt Alexis eingefädelt, um sich den Bürgermeister, der in dem Städtchen die Macht hatte, gewogen zu halten, dachte Nadja bitter. Stepan war zum Glück hinter Gittern, doch wenn Alexis mittlerweile erfahren hatte, wem sein Bruder das zu verdanken hatte, dann war sie hier nicht mehr sicher.

»Wo ist Alexis?«, wollte sie deshalb wissen.

»Weißt du das nicht, ich denke, du und Stepan seid ein Paar?«

Mitleidig blickte Nadja auf den Vater ihrer Freundin, deshalb also sah er sie so angsterfüllt an. Der einfache Mann, mit dem sie früher immer gut ausgekommen war, hatte Respekt vor ihr, weil er überzeugt davon war, dass sie mit Stepan Lopescu zusammen war.

»Er hat mich verkauft«, spie die junge Frau aus. »Genauso wie er zahlreiche Mädchen aus der Umgebung in die Prostitution geschickt hat. Aber das ist jetzt vorbei, er sitzt für längere Zeit im Knast, wo Leute wie er hingehören. Doch du hast meine Frage nicht beantwortet, was ist aus Alexis geworden?«

Stepan war ein übler Typ, der Frauen behandelte wie den letzten Dreck, besonders wenn er ihrer überdrüssig geworden war. Alexis hingegen war weitaus gefährlicher, er hatte Charisma und konnte jede und jeden um den Finger wickeln. Skrupel kannte er jedoch genauso wenig wie sein Bruder.

»Kennen Sie sich?«, fragte Mertens, die ein feines Gespür für derlei Dinge hatte.

»Weshalb soll ich Sie anlügen, ja, wir kennen uns, gut sogar, er ist der Vater einer sehr guten Freundin von mir. Während ich mich mehr oder weniger freiwillig meinem Zuhälter angeschlossen habe, wurde Johannis unter Druck gesetzt, damit er nach Deutschland geht zum Arbeiten. Sie haben Stepan Lopescu ja kennengelernt, als Sie damals meinen Ehemann festgenommen haben und der Mann, der ihn«, mit einem Nicken deutete sie auf den Zeugen, »rekrutiert hat, ist Alexis, der Bruder von Stepan. Er ist der Gefährlichere der beiden, weil er zu seiner Brutalität auch noch intelligent ist.«

»Können Sie Herrn Johannis fragen, ob er letzte Nacht jemanden gesehen oder gar den Mord beobachtet hat?«, bat Mertens aufgeregt.

Nadja beugte sich vornüber, als sie ihm die Frage stellte und fasste den Maurer an den Schultern. Sie konnte die Angst spüren, die von ihm Besitz ergriffen hatte.

Er stierte an ihr vorbei und schwieg.

»Bitte, du musst aussagen, wenn du was beobachtet hast, die Polizei kann dich schützen.«

»Und wer schützt meine Familie in Rumänien? Nein, nein, ich habe tief und fest geschlafen und absolut nichts mitgekriegt. Den Toten habe ich heute Morgen zum ersten Mal gesehen«, beteuerte Johannis schnell und fügte hinzu: »Kann ich jetzt gehen? Ich muss weiterarbeiten, sonst bekomme ich Schwierigkeiten. Alexis ist nicht zimperlich, du kennst ihn und seinen Bruder ja.« Sein ängstlicher Gesichtsausdruck wich einem spöttischen Grinsen. Offenbar glaubte er Nadja nicht, dass sie mit Stepan nichts mehr zu tun hatte.

»Er beteuert, dass er nichts gesehen hat, Frau Mertens,

aber ich glaube, dass er einfach Angst hat. Es wird meiner Ansicht nach jetzt auch nichts bringen, wenn Sie ihn unter Druck setzen. Das Geflecht aus Abhängigkeiten und Drohungen in unserer Heimat ist etwas, das Sie in Ihrem sicheren Deutschland nicht verstehen können«, meinte Nadja resigniert.

»Hm, in gewisser Weise kann ich das nachvollziehen, trotzdem ist es äußerst schade. Ich habe schon gehofft, dass wir den Fall schnell lösen können«, entgegnete die Hauptkommissarin enttäuscht. »Und Sie meinen wirklich, dass man nichts mehr aus ihm rauskriegt?«

»Sie können es mit einem anderen Dolmetscher versuchen, aber Johannis wird nicht mehr sagen, aus Angst, sie könnten Ihr Wissen mit Lopescu oder wem auch immer teilen. Er geht davon aus, dass hier die Polizei genauso korrupt ist wie in seinem Heimatland.«

Mehrere Minuten herrschte nachdenkliches Schweigen und Mertens und Gross konnten es nicht fassen, dass sie wahrscheinlich einen Augenzeugen hatten, der aber nicht aussagen wollte.

»Aber wenn er nichts gesehen haben will, weil er Angst vor diesem Alexis hat, dann würde das ja heißen, dass es irgendeine Verbindung zwischen dem Toten, dem Mörder und Ihren geknechteten Landsleuten geben muss.«

Die beiden Frauen schauten verblüfft auf Sascha.

»Das ist ein interessanter Gedanke, Herr Gross. Sie wissen nicht zufällig, wo dieser Kerl sich derzeit aufhält, oder seine Geschäfte abwickelt, Frau Krenz?« Erwartungsvoll blickte die Polizistin auf Nadja.

»Stepan und Alexis Lopescu sind zwar in unterschiedlichen Branchen tätig, aber wie ich mich erinnere, waren sie immer in Kontakt und was ein weiterer Vorteil ist, sprechen beide relativ gut deutsch. Warten Sie mal…«

Nadja fasste sich an die Nasenwurzel und überlegte.

»Aber ja, Stepan hat mir gegenüber mal spöttisch erwähnt, dass sein Bruder dasselbe mache wie er, nur eben mit Arbeitern und das würde sich auch mit der Aussage von Johannis decken. Er meinte vorhin, dass er jetzt wieder zur Arbeit gehen muss, weil Alexis nicht zimperlich ist.«

»Das heißt, er beutet keine Prostituierten aus, sondern verdient an der Arbeitskraft von Menschen, die er wahrscheinlich für einen Hungerlohn arbeiten lässt und die Leistungen bei den Betrieben teuer abkassiert. Dann müssen wir diesem Lopescu mal ein wenig auf den Zahn fühlen. Könnten Sie Herrn Johannis bitten, uns wenigstens die Adresse dieses Sklavenhändlers zu geben?«

Der Bauarbeiter hatte sich erhoben und wollte gerade zur Türe hinausschleichen.

»Halt, warte, wo finden die Polizisten Alexis? Ist er in der Heimat oder treibt er sich hier irgendwo rum?«

»Ich weiß es nicht, manchmal ist er hier, aber ich glaube nur zum Abkassieren und dann sehen wir ihn wieder wochenlang nicht mehr. Doch das hast du nicht von mir.« Er erhob sich und machte Anstalten, den Raum zu verlassen.

Schnell drückte Nadja ihm einen Zettel mit ihrer Handynummer in die Hand, den er sich widerwillig in die Hosentasche steckte. Ohne noch einen Blick auf die Beamten zu werfen, eilte Johannis davon. Nadja übersetzte die letzten Sätze und wollte sich dann gleichfalls verabschieden.

»Auch wenn es leider keine greifbaren Ergebnisse gegeben hat, so haben Sie uns doch sehr geholfen, Frau Krenz. Selbstverständlich können Sie Ihre Unkosten geltend machen und ich denke, dass wir Ihre Hilfe in diesem Fall wahrscheinlich noch mal in Anspruch nehmen müssen.« Mertens reichte ihr die Hand und Nadja wandte sich zum Gehen.

»Wenn ich das richtig deute, leben Sie ziemlich gefährlich, dieser Alexis wird doch bestimmt wissen, dass Sie nicht ganz unschuldig daran sind, dass wir seinen Bruder dingfest gemacht haben«, rief ihr Sascha hinterher.

Nadja drehte sich um und blickte den Kommissar so intensiv an, dass er weiche Knie bekam.

»Danke, dass Sie sich Sorgen um mich machen, Herr Gross. Vorhin im Gespräch mit Johannis ist mir diese Tatsache auch aufgegangen. Doch was solls, ich bin da eh ein bisschen fatalistisch veranlagt. Wenn er sich an mir rächen will, dann soll er es tun, deswegen kremple ich mein Leben nicht um und verstecke mich wie eine Maus. Auf Wiedersehen und ich hoffe, dass Sie den Kerl schnell finden.«

Die beiden Kommissare sahen ihr nach und auch die anderen Personen, die auf dem Gang standen, bewunderten den leicht wippenden Gang.

»Was für eine taffe Frau, nach all dem, was sie erlebt hat, würden die meisten sich in einem Loch verkriechen.«

»Sie gefällt Ihnen wohl, Herr Gross?«

Sascha drehte sich ein wenig zur Seite, damit seine Chefin nicht sehen konnte, wie er rot wurde wie ein Teenager.

8

Hoch erhobenen Hauptes betrat Friedrich Baur das italienische Ristorante in Tübingen. Sofort, als der Kellner ihn sah, kam er herbeigeeilt.

»Buona sera, Signore Baur, Sie werden bereits erwartet, wenn Sie mir bitte folgen wollen?« Baur nickte dem Ober mit den gegelten Haaren zu und folgte ihm. An einem kleinen Tischchen in einer Nische saß ein Mann mit olivfarbenem Teint und erhob sich, als er Baur sah.

»Guten Tag, Herr Baur, es ist immer wieder eine Freude, Sie zu sehen«, begrüßte er den Bauunternehmer in etwas holprigem, aber doch gut verständlichem Deutsch. Von Anfang an, seit er in diesem Land Geschäfte machte, war es ihm ein Anliegen gewesen, die Sprache zu erlernen.

Das mit der Freude beruhte nicht auf Gegenseitigkeit. Sobald Baur diesen miesen Sklavenhändler erblickte, ging ihm buchstäblich das Messer in der Hose auf. Doch der Kostendruck lastete auch auf dem alteingesessenen Bauunternehmer und so hatte er sich vor einigen Jahren, als die südosteuropäischen Länder Teil der EU geworden waren, mit Lopescu, den ihm ein Architekt hinter vorgehaltener Hand empfohlen hatte, in Verbindung gesetzt. Das Lächeln in dem markanten Gesicht konnte nicht über die gefährliche Aura des Rumänen hinwegtäuschen. Diese Type sollte man nicht zum Feind haben, dachte Baur, der keineswegs ein Feigling war. Er war sich sicher, dass Lopescu seine Verleihfirma mit harter Hand führte und wohl auch vor einem Mord nicht zurückschrecken würde.

»Wir haben ein Problem, auf einer meiner Baustellen ist jemand zu Tode gekommen«, begann Baur.

»Das kommt vor in diesem Metier, wenn es einer von meinen Leuten ist, bekommen Sie selbstverständlich sofort Ersatz«, entgegnete Lopescu ohne jegliche Gefühlsregung.

»Sie verstehen mich falsch, es gab keinen tödlichen Arbeitsunfall. Ein Mord wurde verübt, und zwar hat es nicht irgendeinen erwischt, sondern jemanden, den Sie auch kennen, wenn ich mich richtig entsinne«, reagierte Baur ein wenig aufgebracht, während das feine Lächeln im Gesicht seines Gesprächspartners wie eingemeißelt wirkte. Lediglich seine dunkelbraunen Augen verrieten, dass er auf der Hut war.

»Um wen handelt es sich?«

»Es ist dieser Kerl vom Zoll, der uns anfangs immer wieder Scherereien gemacht hat. Erich Kranzler, meine ich, heißt er.« Bei der Nennung des Namens beobachtete Baur aufmerksam die Reaktion seines Gegenübers.

»Haben Sie ihn getötet?«, fragte Lopescu geradeheraus.

»Weshalb sollte ich, ich habe ihn geschmiert und er hat dabei gut verdient.« Bezeichnend rieb der Bauunternehmer seinen Daumen an Zeige- und Mittelfinger.

»Wenn ich mich nicht irre, haben Sie ihn auch auf irgendeine Art und Weise in der Hand gehabt. Vielleicht hat Kranzler plötzlich das schlechte Gewissen gepackt und er wollte bei der Polizei auspacken«, stellte Baur in den Raum.

»Na ja, wenn er geständig geworden wäre, hätten Sie so viel zu befürchten gehabt wie ich und deshalb ein starkes Mordmotiv.«

»Hören Sie, Lopescu, ich pflege meine Probleme nicht durch Totschlag zu lösen, außerdem war ich in Österreich zum Skilaufen«, antwortete Baur ärgerlich, so einen Ton war er nicht gewohnt. Trotz seines Zorns registrierte er, dass das Lächeln des Rumänen ein wenig gequälter geworden war und er spürte wieder mit einer Art siebtem Sinn die Gefahr, die von diesem Mann ausging.

»So etwas kann man delegieren«, entgegnete Lopescu kalt und nahm einen kleinen Schluck aus seiner Espressotasse. »Aber lassen wir die gegenseitigen Schuldzuweisungen, der Kerl ist tot und daran kann man nichts mehr ändern. Deshalb haben wir uns aber sicher nicht hier verabredet.«

»Ich wollte eigentlich nur sichergehen, dass mir keiner gefährlich werden kann, wenn er die Hintergründe unserer Geschäftsbeziehung aufdeckt. Mein Polier meinte, dass es einen Augenzeugen gibt, der den Mord beobachtet hat. Einer Ihrer Rumänen hat wohl auf der Baustelle übernachtet und müsste das Verbrechen mitbekommen haben.«

Jetzt war das sardonische Lächeln Lopescus wieder deutlicher.

»Das lassen Sie nur meine Sorge sein.«

Baur wusste genau, was das für den Mann bedeutete, der das Pech gehabt hatte, zur falschen Zeit am falschen Ort gewesen zu sein. Er verfluchte den Tag, an dem er sich mit dem Sklavenhändler eingelassen hatte, trotzdem ließ er Lopescu auch in seinem eigenen Interesse gewähren.

»Die anderen Arbeiter, die Sie mir vermittelt haben, sind sofort abgehauen, als sie gesehen haben, dass die Polizei auf der Baustelle ist. Ich denke, es wird das Beste sein, wenn dort ab jetzt nur noch Leute mit gültigen Papieren beschäftigt werden, wenn Sie mir die besorgen können«, meinte Baur bestimmt, der sich wehmütig an die Zeit zurückerinnerte, als bei seinen Objekten hauptsächlich geschultes Fachpersonal beschäftigt und die vorherrschende Sprache Deutsch gewesen war.

»Kein Problem, angemeldete Arbeiter sind allerdings deutlich teurer, das ist Ihnen ja hoffentlich klar.« In Erwartung von höheren Gewinnen, die er erzielen würde, war das Lächeln nun vollständig in Lopescus Gesicht zurückgekehrt. Baur hingegen hätte diesen fiesen Typ am liebsten angezeigt, um ihn hinter Gitter zu bringen, doch das hätte auch für ihn unangenehme Konsequenzen gehabt. Noch brauchte er dessen Arbeiter, um seine Projekte zu Ende zu führen.

»Die Polizei wird jeden Stein umdrehen, um den Mord aufzuklären«, sagte Baur, »schließlich war Kranzler im weitesten Sinne einer von Ihnen. Wir müssen deshalb zusehen, dass unsere Geschäftsbeziehung als absolut legal dargestellt ist. Ich hoffe, Sie haben keine Belege für irgendwelche Zahlungen rumliegen, die ich Ihnen sagen wir mal inoffiziell geleistet habe und die Sie an Kranzler weitergeleitet haben.«

»Was denken Sie von mir, in meinem Büro ist alles safe, ich mache schon lange keine krummen Geschäfte mehr«, kam es aalglatt über Lopescus Lippen.

»Dann ist ja alles in Ordnung.« Baur konnte die Anwesenheit dieses Mannes nicht mehr ertragen und erhob sich. »Wir hören voneinander.«

Mit diesen Worten verabschiedete der Bauunternehmer sich ziemlich unfreundlich und spürte dabei beinahe körperlich die Blicke Lopescus in seinem Rücken. Tatsächlich dachte Alexis Lopescu in diesem Moment daran, die Geschäftsbeziehung mit diesem arroganten Alten auf seine Weise zu beenden. Aber im Gegensatz zu seinem hitzigen Bruder, der öfters rotsah, wenn ihm etwas gegen den Strich ging, hatte Alexis sein Temperament meistens im Griff.

Das war nicht immer so gewesen, in der Jugendbande, die er gemeinsam mit Stepan angeführt hatte, war es ständig zu Gewaltexzessen gekommen. Es war die Zeit, kurz nachdem der Diktator Ceaucescu vom Thron gestoßen und dabei getötet worden war. In Bukarest herrschte beinahe Anarchie und das Recht des Stärkeren, bevor die alten Kader der Kommunisten mit ihrer neuen Partei wieder die Macht übernahmen. Alexis' Vater war schon sehr früh dem Alkohol verfallen, weil er es in den Achtzigerjahren einmal gewagt hatte, einem Handlanger des Despoten die Stirn zu bieten. Er war eine Zeit lang in einem Lager interniert und dort mit den verschiedensten Methoden gebrochen worden. Die Mutter hingegen war eine resolute Frau, die die Jungs in ihre Schranken verwies, doch als Alexis fünfzehn und sein älterer Bruder sechzehn waren, ließen sie sich von niemandem mehr etwas sagen. Schon bald hatte die Gang das Viertel vollständig im Griff und es wagte niemand, sich den Schutzgeldforderungen zu widersetzen. Polizisten und Mitarbeiter von Behörden schauten weg, wenn man ihnen den richtigen Umschlag zukommen ließ. Alexis schreckte zwar genauso wenig vor Gewalt zurück, machte es aber meistens auf subtilere Art und Weise. Als die Bande jedoch einen größeren Reibach mit Drogen machen wollte, kamen sie einer Truppe aus ehemaligen Securitat-Angehörigen in die Quere. Diese nutzten ihre guten Verbindungen zur Staatsmacht und recht bald fanden sich Alexis und Stepan im Knast wieder. Hier wurde Alexis sein gutes Aussehen einerseits zum Verhängnis, weil sich der ungekrönte König des Gefängnisses den jungen Burschen als Gespielen aussuchte, andererseits hatte er ein angenehmes Leben, solange ihm der Unterweltboss gewogen war. Hinter Gittern schwor sich Alexis, dass dieses zweijährige Gastspiel das einzige Mal bleiben würde, dass er seine Freiheit verlor. Wieder draußen, nutzte er sein gutes Aussehen und seine Skrupellosigkeit und suchte gemeinsam mit seinem Bruder nach hübschen Mädchen, denen sie wie Nadja Krenz eine strahlende Zukunft als Model in Aussicht stellten. Es machte ihm zwar nichts aus, die Frauen zu verkaufen, doch dieser Markt war hart umkämpft, und als Rumänien 2007 in die EU aufgenommen wurde, erkannte Alexis als einer der Ersten den riesigen Bedarf der Industrieländer für billige Arbeiter, die zwar schon früher im anderen, im reichen Europa gearbeitet hatten, es ab sofort jedoch offiziell tun konnten. Er überließ seinem Bruder das Geschäft mit den Prostituierten und gründete eine Zeitarbeitsfirma. Endlich hatte er eine Firma mit legalem Anstrich, wenngleich die meisten seiner Tagelöhner schwarz abgerechnet wurden, weil seine Vertragspartner die immensen Lohnnebenkosten sparen wollten. Die Geschäfte liefen gut, auch wenn es manchmal Schwierigkeiten gab, so wie jetzt bei Baur. Doch Alexis hatte bisher noch alle Probleme aus dem Weg geräumt und er war sich sicher, dass es für ihn dieses Mal ebenfalls gut ausgehen würde. Zudem war er vor geraumer Zeit unter das Dach einer europaweit operierenden Organisation geschlüpft. Mit dem Augenzeugen würde er anfangen, dachte Lopescu und lächelte.

9

Am Silvestermorgen wurden Miriam und Sascha unsanft vom Wecker aus dem Schlaf gerissen.

»Wie… was ist denn los?«, stammelte Sascha und tastete unsicher nach dem Verursacher des Lärms, um ihn abzustellen.

»Oh, entschuldige, mein Schatz, habe ich dir nicht gesagt, dass ich heute für drei Stunden den Weinladen öffne? Außerdem muss ich die Kinder zu meiner Mutter bringen, damit wir heute Abend unbeschwert feiern können, gestand Miriam schuldbewusst. »Aber du kannst gerne noch liegen bleiben.«

Doch als sie gerade im Begriff war, das warme Nest zu verlassen, zog Sascha sie sanft zu sich her.

»Was soll ich denn ohne dich hier machen?« Zärtlich küsste er ihren Hals und spürte eine beginnende Erregung.

»Es fällt mir wirklich schwer, jetzt einfach aufzustehen, aber ich muss noch ins Bad und mich richten und noch eine Kleinigkeit frühstücken. Wie gesagt, kannst du deinen freien Tag gerne noch eine Weile im Bett verbringen.«

Mit diesen Worten löste sie sich von ihm und stand auf. Sascha seufzte und gab sich geschlagen.

Während sie duschte, huschte er in seine Klamotten und ging zum nächsten Bäcker, der glücklicherweise um die Ecke lag. Als sie mit nassen Haaren aus dem Badezimmer trat und den Kaffeegeruch wahrnahm, leuchteten ihre Augen. Sie eilte auf Sascha zu, der gerade die frischen Brötchen auf einen Teller legte, und umarmte ihn.

»Hoffentlich verläuft das neue Jahr so, wie der letzte Tag im alten angefangen hat.«

Sylvie und Anne waren von Sascha unsanft aus ihren Träumen gerissen worden und saßen mit verschlafenen Augen am Tisch. Nach dem Frühstück verabschiedeten sie sich voneinander und Sascha wünschte den Mädels einen guten Rutsch ins neue Jahr.

Bevor sie zu ihrer Weinhandlung aufbrach, würde Miriam die beiden bei ihrer Mutter abliefern. Ihr verstorbener Vater, der den Laden aufgebaut hatte, hatte aufgrund mehrerer Nachfragen beschlossen, an Silvester einige Zeit für seine kurzentschlossenen Kunden da zu sein. Manche Dinge hatte sie in ihrer Tätigkeit hier geändert, doch manche liebgewonnenen Traditionen von Rudi Neuburg hatte sie eins zu eins übernommen. Vielleicht war es auch eine Art Trotzreaktion, das Terrain an diesem wichtigen Tag nicht komplett den Discountern zu überlassen, wenngleich Miriam genau wusste, dass das Gros ihrer Kundschaft beim Wein- und Sektkauf weniger auf den Preis als auf die Qualität achtete.

Tatsächlich war sie auch an diesem Nachmittag keine Sekunde alleine in ihrem Laden gewesen und der Blick in die Kasse, als Miriam Feierabend machte, zauberte ein zufriedenes Lächeln in ihr Gesicht. Doch das Lächeln verschwand, als sie das Display ihres Handys betrachtete, wieder einmal hatte ihr das schlechte Zeitmanagement einen Streich gespielt. Es war jetzt bereits siebzehn Uhr dreißig und für neunzehn Uhr war der Tisch reserviert, dabei musste sie noch duschen und ihre Kleidung wechseln. Warum muss ich mich immer so hetzen?«, fragte sie sich genervt.

Trotz der Kälte und der unsicheren Wetterlage nahm sie ihren alten Porsche, nachdem alles erledigt war und ihr lediglich noch eine gute Dreiviertelstunde blieb, um auf die Alb zu kommen. Mit einem schlechten Gewissen ignorierte Miriam sämtliche Geschwindigkeitsbeschränkungen und stand wenige Sekunden vor dem ausgemachten Zeitpunkt auf dem Parkplatz des Restaurants. Mit gemischten Gefühlen blickte sie auf das hell angestrahlte Schloss Lichtenstein und verriegelte ihren Wagen.

Seit jenem verhängnisvollen Tag, als sie bei ihrer Tätigkeit als Schlossführerin einen ermordeten Mann in einer Ritterrüstung entdeckt hatte, hatte sie diesen Ort gemieden. Dabei hatte sie sich damals nur Gefallen halber von Sascha einspannen lassen, der gemeinsam mit seiner Kollegin Mertens in einem spektakulären Mordfall nicht mehr weitergekommen war. Jetzt war reichlich Gras über die Sache gewachsen und als ihr Freund vorgeschlagen hatte, im Forsthaus Lichtenstein, das bekannt für seine herausragende Küche war, ein Silvestermenü einzunehmen, hatte Miriam freudig zugestimmt. Mehrfach war sie zuvor mit ihren damaligen Kollegen hier gewesen und hatte den Service und das Essen in sehr guter Erinnerung.

Voller Vorfreude betrat sie das altehrwürdige Gebäude und ging die Treppe hoch. Wie ausgemacht wartete Sascha an der Theke und trank ein kleines Bier.

»Das nenne ich Pünktlichkeit«, begrüßte er sie mit einem leicht ironischen Unterton und wandte sich an die Frau hinter der Theke.

»Ein Gläschen Prosecco für die Dame, bitteschön.«

Sie stießen an und Miriam nahm einen herzhaften Schluck des perlenden Getränks, bevor Sascha sie zu ihrem reservierten Tisch geleitete. Miriam hakte sich bei ihm unter und betrachtete fasziniert den rustikalen Saal. Durch die Spitzbogenfenster konnte man die vielen Lichter der Städte und Gemeinden unten im Tal erkennen. Bei Tag sah man in den atemraubenden Abgrund, der unmittelbar an dem Forsthaus begann und beinahe so spektakulär aussah wie am Schloss. Sascha führte seine Freundin zu einem Tisch, der längs in dem wie frei schwebenden Erkeranbau stand. Als sie jedoch sah, wer dort bereits Platz genommen hatte, fiel ihr beinahe das Glas aus der Hand.

»Äh, das glaube ich jetzt aber nicht«, stieß Miriam heiser hervor und hätte am liebsten wieder kehrtgemacht. Sie funkelte Sascha zornig an, ließ sich aber trotzdem nieder. Wäre der Saal leer gewesen, hätte sie ihm eine Szene gemacht, die er und die zwei anwesenden Pärchen so schnell nicht wieder vergessen würden.

»Hallo Miri, es ist schön, dich zu sehen«, wurde sie von Susi, ihrer ehemals besten Freundin, zaghaft begrüßt. Seit der glücklichen Befreiungsaktion, nachdem Miriam gemeinsam mit Susi und ihrem Mann Torben mehrere Tage in einem Kellerverlies festgehalten worden waren, hatte sie keinen Kontakt mehr zu den beiden gehabt. Auch mit Karl und Gabi, dem anderen anwesenden Paar, wollte sie eigentlich nichts mehr zu tun haben.

»Die Freude ist ganz meinerseits«, entgegnete die junge Frau sarkastisch und erinnerte sich mit Grauen an die schreckliche Zeit. Der Grund für die Gefangennahme war der Fund von unschätzbar wertvollem Schmuck, den die vier bei einem gemeinsamen Urlaub mit Sascha und Miriam in Südfrankreich gemacht hatten. Statt die Hehlerware der Polizei zu übergeben, wollten die beiden Paare einen fetten Reibach machen und kamen dadurch in den Fokus einer äußerst gefährlichen Mafiaorganisation. Ohne ihr Mitwissen war Miriam in die Sache hineingerutscht, die sie beinahe mit dem Tod bezahlt hätte. Obwohl sie nicht nachtragend war, hatte sie die Versuche der Kontaktaufnahme stets abgelehnt und war jetzt von Sascha in diese für sie peinliche Situation hineinmanövriert worden. Das würde ein Nachspiel haben, doch im Moment machte sie gute Miene zum bösen Spiel und unterhielt sich mit den anderen.

»Darf ich dich bitten, den Wein für das Überraschungsmenü auszuwählen, Miriam?«, schmeichelte ihr Karl, was ihr ein feines Lächeln abrang.

Während die einzelnen Gänge des Überraschungsmenüs aufgetragen wurden, unterhielten sie sich, als ob nie etwas vorgefallen wäre, klammerten das heikle Thema geflissentlich aus. Mit vielen Ahs und Ohs wurden die Vorspeisen, wie etwa ein Feinschmeckersalat mit Entenbruststreifen oder selbst gemachte Teigwaren mit Jakobsmuscheln gewürdigt. Zum Hauptgericht, einem zartrosa gebratenen Alb-Weidelamm, hatte Miriam einen Chateauneuf du Pape ausgesucht, der zwar nicht ganz billig war, das köstliche Gericht aber aufs Feinste umschmeichelte. Nach einer Dessertvariation und dem obligatorischen Espresso beschlossen sie, sich erst mal die Füße zu vertreten. Es war noch nicht ganz Zeit für das Mitternachtsfeuerwerk und so flanierten die drei Paare zum nahen Schloss Lichtenstein. Das hell erleuchtete Bauwerk erstrahlte in neuem Glanz, nachdem die Fassade kürzlich erneuert worden war.

»Danke für den schönen Abend, Miriam und entschuldige, dass ich dich da so überrumpelt habe. Aber ich finde, jetzt ist genug Gras über die Sache gewachsen, dass wir wieder wie vernünftige Menschen miteinander reden können. Karl hat mich vor ein paar Wochen gefragt, ob ich mir ein gemeinsames Silvester vorstellen könne und da habe ich spontan zugesagt.« Das war zwar nicht ganz richtig, doch darauf kam es jetzt auch nicht an, dachte der Kommissar, wichtig war jetzt nur, dass sie einen harmonischen

Abend verbracht und wieder ein wenig zueinandergefunden hatten.

Miriam wollte scharf darauf antworten, wählte ihre Worte aber sorgfältig aus. Durch das kulinarische Highlight war sie milde gestimmt.

»Im Prinzip hast du richtig gehandelt, freiwillig hätte ich mich mit denen nicht mehr getroffen, soviel ist sicher«, antwortete sie und lehnte sich an den mächtigen Stamm einer ausladenden Linde. Sascha trat dicht heran und hauchte ihr einen zärtlichen Kuss auf die Lippen.

»Na, ihr Turteltäubchen, ich denke, es ist Zeit, umzukehren, wenn wir den wichtigsten Teil des Abends nicht verpassen wollen«, riet Karl gutgelaunt.

Langsam lösten sie sich voneinander und folgten ihren Freunden. Gerade rechtzeitig kamen sie vor dem Restaurant an, wo sich im Sommer die Gartenwirtschaft befand. Der Ausschank hatte zu diesem besonderen Anlass geöffnet und fleißige Hände füllten Sektglas um Sektglas. Etwas abseits war ein professioneller Feuerwerker damit beschäftigt, seine diversen Raketen und Feuerwerkskörper in Stellung zu bringen. Der Wirt hatte es sich nicht nehmen lassen, ebenfalls hier draußen zu warten und die letzten Sekunden des alten Jahres herunterzuzählen.

»Zehn, neun, acht…« Sein lautstarkes »Prost Neujahr!« ging in dem infernalischen Knallen unter. Seine Gäste umarmten einander stürmisch, egal ob sie sich lange kannten oder sich an diesem Abend erstmals sahen.

Sascha und Miriam standen eng umschlungen ein wenig abseits, bevor sie sich zu den anderen gesellten.

»Gibt es nicht ein Sprichwort, das besagt, dass die Leute, mit denen man Silvester verbringt, eine wichtige Rolle im neuen Jahr spielen?«, fragte Karl frohgelaunt in die Runde und die drei Pärchen prosteten einander ausgelassen zu.

Von Miriams anfänglicher Zurückhaltung war jetzt nichts mehr zu spüren und die Stimmung war beinahe so wie vor dem unsäglichen gemeinsamen Urlaub.

»Danke, dass du den heutigen Abend mit uns verbringst, Miri«, rief Susi gegen den Lärm an und drückte ihre Freundin fest an sich. »Ich habe dich so sehr vermisst, die Gespräche, die gemeinsamen Spaziergänge, einfach alles, was wir früher zusammen unternommen haben.« Tränen traten in ihre Augen und auch Miriam wurde ganz rührselig.

»Zum Glück hat Sascha das alles eingefädelt, dafür bin ich ihm ewig dankbar.«

»Er hat was getan? Ich habe mich wohl verhört.« Offenbar hatte Sascha sie angelogen. Ihre gute Stimmung war mit einem Mal verflogen.

»Na ja, eingefädelt ist vielleicht das falsche Wort«, relativierte Susi, die trotz ihres reichlichen Alkoholgenusses erkannte, dass Miriam gleich explodieren würde.

»Dein Schatz wollte einfach, dass wir uns wieder vertragen, und das ist ihm doch gut gelungen, oder?«

Miriam schluckte ihre Wut auf Sascha hinunter und machte gute Miene zum bösen Spiel.

»Du hast recht, im Prinzip ist es egal, wer unser heutiges Zusammensein organisiert hat, das Wichtigste ist, dass wir wieder miteinander reden.« Trotzdem nahm sie sich vor, Sascha am nächsten Tag zur Rede zu stellen.

»Darauf trinken wir!« Schon wieder hielt Miriam eine volle Sektflöte in der Hand und prostete den anderen zum wiederholten Male zu. Als auch dieses Glas getrunken war, hielt Torben plötzlich eine volle Flasche hoch, nahm einen kräftigen Schluck und ließ sie kreisen.

»Du hast vorhin gesagt, dass wir heute Nacht bei Gabi und Karl übernachten, aber wie kommen wir da eigentlich hin?«, fragte Miriam.

»Na, zu Fuß jedenfalls nicht, da würden wir uns im finsteren Wald verirren und ich habe nicht mal meine Waffe dabei wegen der Räuber. Im Ernst, im nächsten Ort gibt es einen privaten Personenbeförderer, der holt uns um halb drei ab. Mach dir also deswegen keine Sorgen, sag mir lieber, was du dir für das neue Jahr wünschst.« Sascha schaute seine Freundin erwartungsvoll an.

»Hm, was wünsche ich mir… Zuallererst natürlich, dass es meinen Mädels gut geht, in jeder Hinsicht. Insbesondere, dass Anne ihre Pubertätsprobleme in den Griff kriegt und unser aller Zusammensein nicht darunter leiden muss. Dann natürlich, dass unsere Beziehung sich hält und weiterentwickelt, damit wir irgendwann…«, sie blickte ihm tief in die Augen und ein Lächeln zeigte sich in ihrem hübschen Gesicht, »heiraten können.«

Jetzt gab es für Sascha kein Halten mehr und er fasste Miriam unter die Arme und warf sie hoch. Zum Glück hatten sie die Gläser vorhin abgestellt, als Torben damit begann, aus der Flasche zu trinken.

»Du machst mich zum glücklichsten Menschen der Welt, weißt du das, Miriam?« Sie küssten sich wild und Sascha wäre am liebsten mit seiner Freundin in eines der Gästezimmer verschwunden. Doch sie wurden unsanft unterbrochen, denn Torben drückte Sascha die Flasche ins Gesicht.

»Das könnt ihr heute Nacht immer noch machen, jetzt wird erst mal gefeiert«, meinte er ausgelassen.

Beide nahmen einen weiteren Schluck von dem Champagner, der Miriams Ansicht nach eigentlich zu teuer war, um ihn aus der Flasche zu trinken.

»Dann hätte ich noch einen Wunsch, bei dessen Erfüllung du mir helfen könntest«, meinte sie geheimnisvoll und Sascha blickte sie daraufhin fragend an.

»Nach unserem Gespräch neulich bei meiner Mutter kannst du dir ja denken, was ich mir außerdem wünsche.« Sie machte eine schöpferische Pause, doch seinem Gesichtsausdruck nach konnte sich Sascha immer noch keinen Reim darauf machen.

»Jetzt, nachdem wir wissen, um wen es sich handelt und wo er sich wahrscheinlich aufhält, will ich den Mörder meines Vaters endlich hinter Gittern sehen«, half sie ihm auf die Sprünge.

Sascha rollte genervt mit den Augen, er hatte schon gedacht Miriam, wünsche sich ein Kind von ihm. Doch offenbar nagte diese offene Wunde so sehr an ihr, dass sie wenig wichtigere Dinge sah. Durch den Alkoholnebel hindurch erkannte Sascha die Notwendigkeit, seiner Freundin reinen Wein über den Stand der Ermittlungen gegen diesen Schubert oder wie er sich jetzt nannte, einzuschenken. Das würde ein hartes Stück Arbeit werden, aber wann sollte er das heiße Eisen anpacken, wenn nicht jetzt in dieser gelösten Stimmung.

»Tja, das wird dir jetzt nicht gefallen, Miriam, Fakt ist, dass Köttmann sämtliche Ermittlungsakten im Fall Schubert an Europol weitergeleitet hat. Frau Mertens und mir sind somit leider die Hände gebunden. Außerdem müssen wir mit Hochdruck den Mörder von diesem noch unbekannten Mann fassen, der auf einer Baustelle unter grausamen Umständen zu Tode gekommen ist. Bestimmt hast du das mitgekriegt, es stand in sämtlichen Zeitungen und sogar Fernseh- und Radiosender haben darüber berichtet.«

Sämtliche Fröhlichkeit war aus Miriams Gesicht verschwunden.

»Das heißt nichts anderes, als dass das Schwein davonkommt. Als ob sich in diesem Riesenapparat irgendjemand darum kümmern würde«, entgegnete Miriam nüchtern und fügte gefährlich leise hinzu: »Seit wann weißt du das, Sascha?«

»Na ja … eigentlich …«, druckste der Kommissar rum.

»Gib zu, dass du es an Weihnachten schon gewusst und mich angelogen hast. Wie soll ich dir noch vertrauen?«, schrie Miriam so laut, dass die anderen sich zu den beiden umdrehten.

»Zuerst sagst du mir die Unwahrheit, dann überrumpelst du mich mit dieser komischen Festgesellschaft heute Abend. Ich habe die Schnauze voll von dir und deinen seltsamen Freunden und versuche ja nicht mir zu folgen!« Zornig stapfte sie in die Dunkelheit hinein und ließ den verdutzten Sascha zurück.

10

DIENSTAG NACH SILVESTER

Nach einer wahren Odyssee war Gheorghe Petrescu in Reutlingen angekommen und stand jetzt unweit des Zentralen Busbahnhofs. In Lech hätte er nach dieser Geschichte keine Anstellung mehr bekommen, das hatte ihm Huber, der Concierge, unmissverständlich klargemacht. Außerdem hatte Gheorghe genug gesehen vom Hotel- und Gaststättengewerbe und wollte sich in einem anderen Beruf verdingen. Zurück nach Rumänien wollte er nicht mehr und dann war ihm ein kühner Gedanke gekommen. Wieso sollte er das Angebot der jungen Frau, die er aus den Fängen dieses reichen Schnösels befreit hatte, nicht annehmen. Als Gianna Baur ihm eine Stelle in der Firma ihres Vaters angeboten hatte, war sie zwar in einer emotionalen Ausnahmesituation gewesen, doch so, wie er sie einschätzte, würde sie zu ihrem Wort stehen. Seine Menschenkenntnis hatte ihn in dieser Beziehung noch selten getrogen und einen Versuch war es wert. Sie hatte ihn schon bei ihrer Ankunft fasziniert, obwohl es damals noch äußerst unwahrscheinlich gewesen war, dass sie ihn beachten geschweige denn das Wort an ihn richten würde. In einem unbeobachteten Moment hatte er auf Hubers Computer nach der Adresse der unnahbaren Frau geschaut und diese mit seinem Handy fotografiert. Verstohlen hatte er sie immer wieder beobachtet und sich dabei vorgestellt, wie es wäre, so eine Freundin zu haben. An jenem schicksalhaften Abend hatte man ihn als Springer in die hoteleigene Disco beordert, weil die etablierten Servicekräfte nicht ausgereicht hatten. Zu vorgerückter Stunde hatte er einmal kurz Zeit für eine Rauchpause gefunden. Dabei war sie mit diesem Schnösel, der ihn während seines Aufenthalts wie den letzten Dreck behandelt hatte, an Gheorghe vorbeigegangen.

Es verwunderte Gheorghe nicht, dass er am nächsten Morgen zu Huber bestellt wurde und seine Papiere sowie seinen restlichen Lohn ausbezahlt bekam. Was ihm allerdings schwer zu schaffen machte war der Vorwurf, dass er die junge Frau versucht hatte zu belästigen. Huber stellte ihn vor die Wahl, sofort zu verschwinden oder ihn zur Polizei zu begleiten. Gheorghe erkannte sofort, dass er Ersteres tun musste, denn gegen diesen von Bose konnte er nur verlieren. Gerade als er traurig um die Ecke geschlurft war, hatte er gesehen, dass schwere Koffer in den riesigen SUV von Giannas Vater gehievt wurden. Das hatte bestimmt mit dem Vorfall letzte Nacht zu tun, hatte er gedacht, und sich in seinem Entschluss bestärkt gefühlt.

Mit Nahverkehrsbussen und per Autostopp war er schließlich ins verschneite Reutlingen gekommen. Unweit vom Bahnhof hatte ihn eine ältere Frau abgesetzt, mit der er von Ulm bis hierher mitgefahren war. Im Lauf der Fahrt hatte sich herausgestellt, dass es sich um eine pensionierte Gewerkschaftssekretärin handelte, die grundsätzlich alle Tramper mitnahm. Auf seine Frage nach Angst hatte sie nur abfällig gegrinst.

In dem Bahnhofsgebäude suchte er sich ein Schließfach, wo er seinen teuren Laptop hineinlegte. Von dort aus streifte er durch die weihnachtlich dekorierte Fußgängerzone und setzte sich irgendwann völlig durchgefroren in ein Café, das von einer angrenzenden Bäckerei betrieben wurde. Er kaufte sich einen heißen Glühwein und eine Butterbrezel und ging zu einem freien Platz. Am Nebentisch saßen zwei ältere Damen, die die Nase rümpften und ihn abschätzig taxierten. Mit seinem Seesack und seiner abgerissenen Kleidung sah Gheorghe aus wie ein Penner. Bevor er Gianna aufsuchen würde, musste er mal wieder duschen und sich neue Kleider kaufen. Von dem letzten Lohn, den ihm Huber zähneknirschend ausbezahlt hatte, konnte er die nächsten Tage in einem billigen Hotel logieren. Danach wollte er sich auf die Suche nach dem Wohnort der jungen Frau machen, die Adresse kannte er ja zum Glück. Nachdem es Nacht geworden war, griff Gheorghe seinen Seesack und schickte sich an, das Café zu verlassen. Bereits in der Tür drehte er sich nochmals um und wandte sich an die freundliche Bedienung.

»Entschuldigen Sie, aber können Sie mir sagen, wo ich hier in der Nähe ein günstiges Hotel finde?«

»Hm, das wird schwierig… aber warten Sie, da fällt mir was ein, in der Albstraße gibt es eine kleine Frühstückspension. Versuchen Sie es doch dort einfach mal.«

Sie beschrieb ihm den Weg und gab ihm die genaue Anschrift. Gheorghe verabschiedete sich dankbar und ging hinaus in die Kälte. Er folgte der Einkaufsmeile und kam an einer imposanten Kirche vorbei. Um diese Zeit waren nicht mehr viele Menschen unterwegs, was vielleicht der schneidenden Kälte geschuldet war, die sich wie ein lähmender Teppich über das Land gelegt hatte.

»He, du Kanake, was willst du in unserem schönen Deutschland, mach, dass du von hier verschwindest.« Etwa vier, fünf glatzköpfige Jugendliche hatten einen älteren Mann mit dunklem Teint in eine Nische an der Kirchenmauer gedrängt und kamen drohend auf ihn zu. Die wenigen Fußgänger wechselten die Straßenseite und ignorierten die Szene. Als der Vorderste das Opfer mit einer Hand am

Kragen schnappte und mit der anderen Faust zuschlagen wollte, griff Gheorghe ein.

»Ist das alles, was ihr könnt, ihr Hosenscheißer, zu fünft einen alten Mann verprügeln, der sich nicht wehren kann?« Mit verblüfften Mienen drehten sich die Kerle um.

»Das gibt's ja nicht, da ist ja noch so eine Ausländersau. Los Jungs, haut den Kerl zu Brei, dann sind schon mal zwei weniger, die uns auf der Tasche liegen.« Drohend umringten die vier Gheorghe, während der Anführer sich nach wie vor um den Alten kümmerte, der schützend seine Hände hochhielt. Gheorghe stand ganz ruhig da und ließ die Arme baumeln, doch plötzlich explodierte er. Ehe sie sich versahen, lagen die ersten beiden Angreifer am Boden und die anderen zwei entfernten sich eilig. Derjenige, der den Alten traktierte, drehte sich um und wollte auf Gheorghe losgehen, beim Blick in das entschlossene Gesicht besann er sich eines Besseren und gab gleichfalls Fersengeld. Doch er war nicht schnell genug und Gheorghe gab ihm einen saftigen Tritt in den Hintern mit auf den Weg.

Der Alte sackte in die Knie und hielt sich die Hände vors Gesicht. Er brabbelte irgendwelche Worte in einer fremden Sprache, doch Gheorghe erkannte sein Rumänisch.

»Steh auf, mein Freund, es droht dir keine Gefahr mehr, die Kerle sind abgehauen.«

Der Mann nahm die Hände herunter und Gheorghe sah, dass ihm Tränen die Wangen herunterliefen.

»Ich glaube es ja nicht, mein Retter in höchster Not ist auch noch ein Landsmann!«

Ein Lächeln trat in sein faltiges Gesicht.

»Danke vielmals, dass du mir geholfen hast, aber ich glaube, wir sollten verschwinden, bevor die Polizei kommt.«

Gheorghe nickte wissend, offenbar war der Mann nicht

offiziell hier gemeldet und arbeitete wahrscheinlich schwarz. Seiner mörtel- und dreckverschmierten Kleidung nach, die er trotz des Feiertags trug, war er auf dem Bau tätig, was auch die derben Schuhe erklärte. Nachdem sie die Hauptachse verlassen und in eine kleine, verschwiegene Gasse gewechselt waren, hatte sich der Alte soweit beruhigt, dass er sich seinem Retter vorstellte.

»Ich bin Johannis und bin seit drei Jahren hier, aber so etwas wie eben ist mir noch nie passiert. In der Regel lebt man hier deutlich sicherer als bei uns, es sei denn, man ist Ausländer und sieht auch noch so aus wie einer.« In der Nürtingerhofstraße blieb Johannis vor der Eckkneipe stehen. »Ich möchte mich meinem Retter gerne erkenntlich zeigen. Wie wäre es mit einem Bier und etwas zu essen?«

»Das ist freundlich von dir, Johannis, aber ich muss mich noch um eine Schlafstelle kümmern«, antwortete Gheorghe bedauernd.

»Vergiss es, du kommst natürlich mit zu mir.« Der Ältere fasste seinen Retter mit eisernem Griff am Arm und schleifte ihn in das altehrwürdige Gasthaus. Ein einzelner rustikaler Holztisch war noch frei, auf dem im Gegensatz zu den anderen kein Reserviertschild stand. Johannis bestellte zwei Bier und die Speisekarte, einige der wenigen Wörter, die er auf Deutsch sagen konnte. Wie die Liste der Gerichte unschwer erkennen ließ, befand sich das Traditionshaus in griechischer Hand, was dem Publikumsverkehr offensichtlich keinen Abbruch tat.

»Das schmeckt nicht schlecht«, resümierte Johannis, nachdem er einen großen Schluck aus dem Steinkrug genommen hatte. »Bierbrauen können sie halt hier.« Genüsslich streifte er sich den Schaum von seinem strähnigen Bart in den Mund. »Aber jetzt zu dir, ich habe dich noch gar nicht gefragt, wie du heißt und woher du kommst.«

»Gheorghe ist mein Name und ich komme aus Sibiu. Deshalb rede ich auch einigermaßen gut Deutsch. Aber es wäre mir recht, wenn das unser kleines Geheimnis bleiben würde.«

»Ich verstehe zwar deine Gründe dafür nicht, aber natürlich behalte ich das für mich. Kommst du direkt aus deiner Heimatstadt in Siebenbürgen?«

»Nein, nein, nachdem ich zuvor ein halbes Jahr in Österreich in der Gastronomie gearbeitet habe, bin ich heute hier in Reutlingen angekommen. Jetzt will ich mir hier eine neue Arbeitsstelle suchen«, antwortete der junge Mann wahrheitsgemäß.

»In meiner Firma kannst du gleich anfangen, wenn du willst und falls dir die Arbeit auf den Baustellen nicht zu hart ist.« Johannis betrachtete den Körperbau seines Retters eingehend. »Na ja, so wie du die Kerle vorhin verdroschen hast, scheinst du ja Kraft zu haben.«

»Das hat nicht viel mit Kraft zu tun, eher mit Schnelligkeit. Ich habe früher geboxt und offenbar hat mir mein Trainer genug beigebracht, dass ich mit ein paar Halbwüchsigen fertigwerde. Außerdem denke ich, dass deine Tätigkeit neben Kraft auch viel Ausdauer erfordert. Aber ich kann dich ja mal bei deiner Arbeit besuchen und vielleicht ein wenig reinschnuppern«, stellte Gheorghe vage in den Raum. Bevor er irgendetwas ausmachte, wollte er auf jeden Fall zuerst Gianna kontaktieren.

In diesem Moment kam die dunkelhaarige Bedienung und brachte die zwei bestellten Portionen Souvlaki. Gekonnt stellte sie die zwei Teller vor die Gäste und schenkte dabei besonders Gheorghe ein tiefgründiges Lächeln.

»Ha, ich bin zwar alt, aber so viel kann ich noch erkennen, dass du einen Schlag bei den Frauen hast«, stellte Johannis süffisant fest. Während des Essens unterhielten sie sich hauptsächlich über ihre Heimat und der Bauarbeiter erzählte so manche Geschichte von dem Dorf, aus dem er stammte. Es waren keine großen psychologischen Fähigkeiten vonnöten, um zu erkennen, dass Johannis großes Heimweh verspürte.

»Sobald ich genügend Geld beisammenhabe, kehre ich heim und betreibe einen Bauernhof mit ein paar Tieren.«

Diese Hoffnung hatten einige der älteren Rumänen ebenfalls gehabt, mit denen Gheorghe in Lech gesprochen hatte. Doch die Arbeitgeber hatten eine Art Abhängigkeit geschaffen, aus der die Menschen nur schwerlich wieder herausfanden.

»Bist du bei einer deutschen Firma direkt beschäftigt oder bei einer Verleihfirma?«, wollte Gheorghe wissen, nachdem drei Bier und zwei Ouzos seinen neuen Freund noch auskunftsfreudiger gemacht hatten.

»Schön wäre es, dann hätte ich dieselben Sozialleistungen wie die Leute, mit denen ich tagtäglich zusammenarbeite. Verleihfirma ist gut, ich würde Alexis eher einen Sklavenhändler nennen«, spie Johannis aus.

Wieder nickte Gheorghe mitfühlend, das kannte er gleichfalls zur Genüge, Männer wie dieser Alexis, die ihre Landsleute aussaugten, um selbst gehörigen Profit zu machen. Und auch die Art und Weise, wie die Kerle ihre Arbeiter gefügig machten, war überall dieselbe. Entweder waren es Familienbande oder aber den Leuten wurden die Reise und die Wohnung vorfinanziert und danach so hohe Zinsen darauf verlangt, dass ein Arbeitsleben nicht ausreichte, um sich daraus zu befreien.

»Zahlen!«, rief Johannis plötzlich zu der Bedienung, nachdem ihm ein Blick auf sein Handy gezeigt hatte, wie spät es bereits war. »Ich muss morgen früh wieder fit sein.«

Ein zehnminütiger Fußmarsch brachte die beiden schließlich zu einem ziemlich baufälligen Haus, das armselig inmitten bereits frisch renovierter oder neu errichteter Gebäude stand.

»Solange die Baugenehmigung noch nicht erteilt ist, können die Arbeiter hier wohnen. Wir Rumänen im ersten Stock und die Georgier unterm Dach, wo es ziemlich kalt ist. Ich glaube, das Gebäude gehört derselben Firma wie das, in dem wir gerade arbeiten«, erklärte Johannis und öffnete die knarrende Haustüre.

Bei der Erwähnung der Georgier wurde Gheorghe hellhörig, hielt sich aber mit einer Frage zurück. Beißender Gestank schlug ihm entgegen, als sie den ersten Stock erreichten, wo mehrere Männer hausten. Überall lagen halb vergammelte Essensreste herum und leere Bierflaschen und Bierdosen zwangen zu einem Hindernislauf. Die Heizung bestand aus einem alten, glühenden Holzofen, der aufgrund der mangelhaften Dämmung nur in unmittelbarer Nähe für wohlige Wärme sorgte. Gheorghe wäre am liebsten umgekehrt, doch er wollte Johannis nicht brüskieren, der seinen Mitbewohnern gerade die Geschichte seiner wunderbaren Rettung erzählte, natürlich nicht, ohne das Ganze ein wenig auszuschmücken. In die müden Gesichter trat ein Lächeln und ehe sich Gheorghe versah, hatte er eine frisch geöffnete Bierflasche in der Hand. Er war hundemüde und wollte sich nur noch hinlegen, doch er erzählte den Männern ein wenig von sich und seiner Reise, bevor er sich in eines der hinteren Zimmer legte, das ihm von Johannis als das seine beschrieben worden war. Selbst hier bei diesen armen Hunden gab es eine gewisse Hierarchie. Je näher einer dem Ofen war, desto höher sein Rang.

Durch ein monotones Dauerklingeln wurde Gheorghe mitten in der Nacht geweckt. Zuerst war er sich nicht bewusst, wo er sich befand. Erst allmählich dämmerte es ihm, was auch an dem beinahe nicht auszuhaltenden Geruch nach ungewaschenen Männerleibern und halbverschimmeltem Essen lag. Er sah schemenhaft, wie sich Johannis schwerfällig erhob und ein schleimiges Husten von sich gab. Aus Solidarität stand Gheorghe gleichfalls auf und begab sich zu dem abgewetzten Holztisch, wo die Arbeiter schweigend ihr karges Frühstück zu sich nahmen. Wenigstens war der Kaffee heiß und stark.

»Los, los, beeilt euch, ihr Faulpelze«, ließ sich eine befehlsgewohnte Stimme vernehmen, und wenig später stand ein mittelgroßer Mann im Türrahmen, den man durchaus als gut aussehend bezeichnen konnte, wenngleich Gheorghe meinte, einen verschlagenen Ausdruck in dessen Gesicht zu erkennen.

»Was macht der Fremde hier?«, fragte er zornig in die Runde und deutete auf Gheorghe. »Das ist doch hier kein Hotel, das ihr untervermieten könnt.«

Kleinlaut erklärte Johannis ihm die Sachlage und redete ihn dabei mit »Alexis« an.

»Hm, trotzdem, bis heute Abend bist du wieder weg, ist das klar?«, wandte er sich an Gheorghe. »Es sei denn, du willst bei mir anfangen zu arbeiten, dann kannst du bleiben.«

»Danke für das Angebot, Herr, und ich werde es gerne auch annehmen, doch zuvor muss ich noch etwas Wichtiges erledigen«, antwortete Gheorghe so unterwürfig, wie es ihm möglich war und taxierte dabei den Mann, bei dem es sich unzweifelhaft um den Sklavenhändler handelte.

»Also gut, ich will ja kein Unmensch sein, du kannst dich um deine Angelegenheiten kümmern, aber spätestens übermorgen beginnt für dich dann die Arbeit«, befahl er und musterte Gheorghe ein wenig genauer. »Sag mal, kennen wir uns? Ich habe das Gefühl, dich schon irgendwo gesehen zu haben. Wo kommst du her?«

»Aus Sibiu, Herr.«

»Hm, vielleicht bist du mir dort unten schon mal über den Weg gelaufen. Auf jeden Fall kannst du so lange hier ein bisschen Ordnung in den Saustall bringen.«

Gheorghe nickte und ging nach hinten, wo sich eine Toilette befand. So schnell sie konnten, stürzten die anderen Männer ihren Kaffee hinunter und nahmen sich eine Brotzeit mit. Sie drückten sich an dem breitbeinig im Raum stehenden Alexis vorbei.

»Johannis, du bleibst noch kurz hier.« Er bedeutete dem älteren Bauarbeiter, ihm in die Küche zu folgen.

»Was hast du den Bullen erzählt?«, wollte er mit einem drohenden Unterton wissen. Offenbar hatte Alexis vergessen, dass sich ein weiterer Mann in der Wohnung befand, denn Gheorghe konnte jedes Wort durch die dünne Wand mitanhören.

»Ich habe gesagt, dass ich geschlafen und überhaupt nichts von dem Mord mitbekommen habe«, antwortete Johannis ängstlich.

»Gut, wenn du bei dieser Aussage bleibst, wird dir nichts passieren, wenn nicht …«

Was läuft hier, dachte Gheorghe besorgt, in was für einen Schlamassel bin ich hier wieder reingeraten.

»Da war noch eine Frau als Dolmetscherin da, die Sie kennen.« Obwohl Johannis den Boss schon lange kannte, musste er die Höflichkeitsform wählen.

»Was für eine Frau, red' schon, wir haben ja nicht ewig Zeit«, nötigte er ihn.

»Nadja Simunic, die für Ihren Bruder gearbeitet hat. Ich glaube, sie heißt heute anders«, ereiferte er sich. Ursprünglich hatte Johannis nicht vorgehabt, sie zu verraten, doch er erhoffte sich eine Belohnung oder doch wenigstens eine bessere Behandlung.

»So, so, das ist ja ein Ding. Ich habe schon befürchtet, das Miststück ist abgehauen, nachdem sie Stepan hinter Gitter gebracht hat«, meinte Lopescu zufrieden und ein diabolisches Grinsen trat in sein Gesicht. »Dann ist jetzt die Zeit der Rache gekommen, die mein Bruder schon lange in seinem Loch einfordert.«

Stepan Lopescu war nach seinem Prozess in Deutschland nach Rumänien abgeschoben worden, wo ebenfalls eine lange Gefängnisstrafe auf ihn wartete. Sein Bruder hatte ihm zwar mithilfe käuflicher Wachmänner viele Annehmlichkeiten bereitet, trotzdem war das Leben in dem überfüllten Knast in Bukarest alles andere als ein Zuckerschlecken.

»Ich weiß auch schon, was ich mit ihr machen werde, wenn ich sie in meiner Gewalt habe.« Er heftete seine beinahe schwarzen Augen auf Johannis. »Du kannst mir dabei helfen, die Hure in eine Falle zu locken, überleg dir was. Danach können wir über eine Sondergratifikation reden. Aber jetzt erst mal an die Arbeit. Äh, eine Frage noch, haben dich die Kommissare nach einer Arbeitsbewilligung gefragt?«

Johannis verneinte und sein Boss nickte zufrieden. An der Wohnungseingangstüre blieb Lopescu stehen und händigte jedem der Männer, der das Zimmer verließ, eine Kopie seines Ausweises hin, den er einbehalten hatte. Sein Steuerberater hatte die Schwarzarbeiter nun offiziell bei den Behörden angemeldet. In dem Hotel in Lech waren ebenfalls Georgier beschäftigt gewesen und Gheorghe hatte Gerüchte gehört, dass diese mit einem gefälschten bulgarischen oder rumänischen Pass ausgestattet worden waren. So wird es hier wohl auch laufen, dachte er und beschloss, Johannis danach zu fragen.

»Sobald euch jemand kontrolliert, zeigt ihr ihm dieses Papier, ist das klar?«

Die Arbeiter nickten ergeben und gingen hinaus. Gheorghe wartete noch eine geraume Zeit, bis es vollkommen still war, bevor er wieder hervorkam. Hatte der Typ ihn absichtlich lauschen lassen oder ihn einfach vergessen? Er hatte sich eigentlich davonstehlen wollen, doch offenbar schwebte eine Frau in Lebensgefahr und Johannis war Zeuge eines Mordes gewesen und somit gleichfalls gefährdet. Aus seinem Seesack kramte Gheorghe Papiere und den Notgroschen heraus, den Rest ließ er liegen. Angewidert betrachtete er die Küche und den Esstisch und beschloss, das Bäckereicafé von gestern aufzusuchen, um dort zu frühstücken.

Es herrschte viel Betrieb, sodass er seinen Kaffee und seine Brezel an einer Stehtheke einnehmen musste. Wieder musste er feststellen, dass einige die Nase rümpften, er musste unbedingt duschen und dann schleunigst neue Klamotten kaufen.

»Entschuldigen Sie, wo finde ich hier ein Hallenbad?«, fragte er einen Afrikaner, der die Tische säuberte. Der angesprochene Mann schaute Gheorghe verständnislos an, offenbar war er der deutschen Sprache nicht mächtig. Er versuchte es auf Englisch und der Mann beschrieb ihm wortreich den Weg. In einem Drogeriegeschäft erstand er Duschgel und Rasierzeug und machte sich auf den Weg. Unterwegs fand er eine kleine Boutique, wo er sich eine Jeans und einen Wintermantel kaufte. Unterwäsche und ein bedrucktes Sweatshirt fand er nebenan. Die bequemen und ziemlich leichten Trekkingstiefel hatte er in Lech von einem Kollegen bekommen, der sie wiederum in einem Zimmer gefunden hatte, wo der verwöhnte Gast die sauteuren Markenschuhe nach einwöchigem Tragen liegengelassen hatte.

Nachdem Gheorghe das Bad verließ, fühlte er sich wie ein neuer Mensch und genoss die interessierten Blicke einiger Damen. Während er zum Zentralen Omnibusbahnhof schlenderte, kamen ihm erste Zweifel, ob es angebracht war, Gianna einfach so zu überfallen. Er hatte ja jetzt eine Arbeit gefunden, doch als er sich das Bild der jungen Frau ins Gedächtnis rief, wurde ihm klar, dass er sie gerne wiedersehen wollte. Schon allein deshalb, um ihr mitzuteilen, auf welch schäbige Art sein Arbeitgeber in Lech sich von ihm getrennt hatte. Auf dem übersichtlich gestalteten Platz genügte eine Auskunft, die ihm ein freundlicher Rentner bereitwillig gab, damit Gheorghe den richtigen Bus erwischte.

Offenbar wollte um diese Zeit niemand von Reutlingen auf die Alb fahren, denn Gheorghe war mit dem türkischstämmigen Busfahrer, der sich als Cem vorstellte, alleine. Sie unterhielten sich über die Deutschen auf Deutsch, wobei Gheorghe dem hier geborenen Mann gegenüber sprachlich eindeutig im Vorteil war. Erst in Pfullingen kamen an verschiedenen Haltestellen ein paar wenige Fahrgäste hinzu, sodass der Lenker alle Zeit hatte, sich mit Gheorghe, der auf dem Platz hinter dem Fahrer saß, zu unterhalten. Der hochmotorisierte Bus kam trotz der steilen Kehren und Kurven gut voran und Gheorghe dachte beim Blick aus dem Fenster, dass Cem angesichts der abfallenden Böschung ruhig ein wenig langsamer fahren könnte. Doch dank seiner Routine kamen sie unbeschadet auf der Hochfläche des Mittelgebirges an. Beim ersten Dorf schüttelte Cem den Kopf, erst beim dritten bestätigte er seinem Fahrgast, dass der aussteigen sollte.

»Ich danke dir für die freundliche Auskunft und gute Fahrt. Ah… fast hätte ich es vergessen, wann fährt der letzte Bus ins Tal?«

»Neunzehn Uhr, da triffst du wieder auf mich«, war die knappe Antwort, die ihm Cem mit auf den Weg gab.

Bereits kurz nachdem er ausgestiegen war, stach ihm etwas ins Auge. Hier musste er niemanden nach dem Weg fragen, denn schon von Weitem konnte man einen riesigen Kran mit der weithin sichtbaren Aufschrift »Baur baut« erkennen, der den Kirchturm des kleinen Dorfes deutlich überragte. Auf dem weitläufigen Gelände, das er nach einem fünfminütigen Fußmarsch erreichte, standen zahlreiche Lagerhallen und Gheorghe hatte den Eindruck, dass das seit Jahrhunderten gewachsene Dorf flächenmäßig gut hier reinpassen würde. Angesichts der schieren Größe des Firmenareals kamen ihm nun doch Zweifel ob seines Vorhabens, die Tochter des Patriarchen dieses Imperiums einfach so aufzusuchen. Bestimmt hatte sie ihn längst vergessen und würde ihn nicht einmal empfangen. Vielleicht war sie ja auch nicht da, malte er sich aus, sondern in einem Ferienhaus ihres Vaters in Südfrankreich oder auf Mallorca. Beharrlichkeit gehörte indes zu Gheorghes Eigenschaften und deswegen wollte er auf jeden Fall nach der jungen Dame fragen, jetzt war er schon hier. Durch ein geöffnetes Tor betrat er das eingezäunte Areal und suchte verzweifelt nach jemandem, den er nach dem Wohnhaus von Giannas Vater fragen konnte.

»Was suchst du hier?«, wollte ein finster aussehender Mann wissen, der plötzlich wie aus dem Nichts aufgetaucht war und einen großen Schäferhund an der Leine führte. »Das hier ist Privatgelände, kannst du keine Schilder lesen?«

Wie um die Worte seines Herrchens zu unterstreichen, fletschte der Köter die scharfen Zähne und kam bedrohlich näher.

11

MITTWOCH

Beinahe den ganzen gestrigen Neujahrstag hatte Miriam im Bett verbracht. Das Fiasko der Silvesternacht hatte sich noch ausgeweitet, als sie wutentbrannt in ihrem alten Porsche davongerauscht war. In Unterhausen hatte ihr ein dicker BMW die Vorfahrt genommen und war ihr in die rechte Seite gedonnert. Scheiße, hatte Miriam noch gedacht, der holt gleich die Bullen und mein Führerschein ist weg. Ein schwarzhaariger Typ war ausgestiegen und hatte erst mal in einer fremden Sprache losgeflucht. Miriam glaubte, italienische Schimpfwörter herauszuhören.

»Scusi, schöne Frau, ich hoffe, Ihnen ist nichts passiert.« Der ältere Mann sah sowohl die junge Frau als auch ihren Klassiker bewundernd an. »Ich bin ganz klar schuld und von mir aus brauchen wir auch keine Polizei benachrichtigen, Salvatore de Nisi ist mein Name. Mein Ristorante ist in der Parallelstraße und wir haben heute ein Silvestermenü gemacht. Jetzt bin ich auf dem Heimweg und war völlig in Gedanken.«

Miriam fiel ein Stein vom Herzen und gemeinsam mit dem ebenfalls alkoholisierten Pizzaiolo schob sie den nicht mehr fahrtüchtigen Porsche auf den Parkplatz einer Bäckerei. Zum Glück für beide kam in den wenigen Minuten, die sie brauchten, kein anderer Wagen vorbei.

Salvatore erwies sich als Gentleman alter Schule und bot Miriam an, ein Taxi für sie zu rufen. Bedenkenlos stieg sie zu ihm ins Auto und ließ sich noch auf ein Glas Wein in seinem Ristorante einladen. Er hatte ihr dann seine Visitenkarte gegeben und mit dem Taxifahrer einen Preis für die Fahrt nach Stuttgart ausgehandelt, den er ihm umgehend in die Hand drückte.

Seit der verhängnisvollen Nacht hatte Sascha schätzungsweise tausend Mal versucht, sie zu erreichen, doch Miriam hatte ihn immer wieder weggedrückt. Sie hatte sich fest vorgenommen, dieses Mal nicht wieder einzuknicken und seinen Versöhnungsversuchen standzuhalten. Das Telefonat, das sie führen musste, schob sie seit gestern vor sich her, doch es musste sein und Miriam gab sich einen Ruck.

»Hallo Mama, ich habe an Silvester Scheiß gebaut«, meinte sie geknickt und gestand ihrer Mutter reumütig, dass der Porsche ihres verstorbenen Vaters ziemlich verbogen war.

»Das kann doch jedem mal passieren«, meinte Gerda Neuburg versöhnlich anstelle einer Gardinenpredigt. »Du öffnest deinen Laden doch heute bestimmt um zehn wie üblich. Dann bin ich um neun bei dir, reicht dir das?«

»Mutti, du bist ein Schatz, aber was machen wir mit Anne und Sylvie?«

»Die können doch noch hier bei uns bleiben, sie haben ja eh keine Schule.«

Zähneknirschend stimmte Miriam zu. Ihr war es eigentlich nicht recht, ihre Mädels dauernd abzuschieben, noch dazu in die WG, wo sie von vorne bis hinten immer verwöhnt wurden. Besonders Anne mit ihrem pubertären Gehabe tat das in Miriams Augen nicht gut.

»Du siehst schlecht aus, mein Kind, ist das jetzt wegen dem Unfall, oder drückt dich sonst noch was?«, fragte Gerda beim Anblick ihrer Tochter, als sie an ihrer Haustüre stand und sie abholen wollte.

»Vor dir kann ich einfach nichts verheimlichen«, gestand Miriam kopfschüttelnd und berichtete während der Fahrt zu der Weinhandlung von der missglückten Silvesterparty und ihrem heftigen Streit mit Sascha.

»Dieses Mal ist es vorbei, und wenn er auf allen Vieren angekrochen kommt, ich gebe nicht mehr nach«, beharrte sie, nachdem ihre Mutter insistiert und Sascha, der ihr ziemlich ans Herz gewachsen war, verteidigt hatte.

»Hättest du noch ein oder zwei Stündchen Zeit? Einigen der Kunden, die Rudi schon beliefert hat, sollte man noch Wein vorbeibringen.« Miriam wusste, dass sie ihrer Mutter damit eher eine Freude machen würde als eine Last aufzubürden. »Das machst du doch gerne, ich sehe es deinem Gesicht an. Mit Kurt habe ich ausgemacht, dass er den Pkw-Anhänger und ein geeignetes Fahrzeug von einem Bekannten ausleiht und mich hier abholt. Er müsste eigentlich jeden Moment kommen. Mein Unfallgegner wollte zwar selbst nach einer Werkstatt schauen, aber ich vertraue lieber dem Schrauber, der sonst alle Reparaturen an dem edlen Stück ausführt.«

»Wie könnte ich da Nein sagen, du weißt ja, dass mir einige der alten Kunden an Herz gewachsen sind.«

Miriam lud ihrer Mutter die Pakete ins Auto und gab Gerda eine Liste mit den Lieferadressen.

»Nochmals vielen Dank«, rief sie ihr hinterher und betrat schnell den Laden.

Kurt hatte ihr noch nie einen Gefallen abschlagen können und freute sich tatsächlich, für ein paar Stunden seinem Alltag entfliehen zu können. Eigentlich wäre Miriam noch gerne im Ristorante von Salvatore, ihrem Unfallgegner eingekehrt, doch am Nachmittag wollte sie ihren Laden öffnen.

Seit Silvester hatte sich ein Hoch mit Polarluft eingerichtet und die Temperaturen stiegen selbst in Stuttgart kaum über die Nullgradgrenze. Gemeinhin war es an den ersten Tagen des neuen Jahres etwas ruhiger, da manche Leute über die Festtage zu viel getrunken und andere sich feste Vorsätze vorgenommen hatten, wie etwa kein Nikotin mehr und weniger Alkohol zu konsumieren.

Nachdem der Porsche bei der Autowerkstatt ihres Vertrauens abgeladen war, konnte Miriam an diesem ruhigen Mittwoch ihre Vorräte zählen und Inventur machen. Sie stürzte sich in die Arbeit und hoffte, dadurch nicht an Sascha denken zu müssen. Hoffentlich kommt er nicht hier vorbei, dachte sie noch, als es an der Ladentür auch schon bimmelte. Schnell eilte sie nach vorne und setzte ihr freundliches Verkäuferlächeln auf, doch beim Anblick des Kunden entglitten ihr die Gesichtszüge.

»Du …?«

»Hallo Miriam erst mal. Ja, ich weiß, eigentlich wolltest du dich melden. Aber erstens braucht meine Mutter noch ein paar Flaschen Wein für Dreikönig, wo sie traditionell entgegen der hiesigen Würfeltradition mit ein paar Freundinnen Canasta spielt und zweitens …«, er machte eine schöpferische Pause, »wollte ich dich einfach wiedersehen.«

Miriam musste lächeln ob des unschuldigen Blickes und der Miene, die kein Wässerchen trüben konnte. Kevin Haberland war offenbar immer noch der unwiderstehliche Charmebolzen, dem niemand etwas abschlagen konnte.

»Na schön, aber zuerst erledigen wir das Geschäftliche.« Sie bedeutete ihm, ihr ins Lager zu folgen, und gab ihm jeweils zwölf Flaschen von dem elsässischen Riesling, den seine Mutter immer bestellte und von dem badischen Secco, der einem italienischen Perlwein derselben Preisklasse in nichts nachstand.

»Darf ich dir einen Kaffee anbieten oder was anderes?«, fragte Miriam ihren Jugendfreund, nachdem er den Wein bezahlt und zu seinem Auto gebracht hatte.

»Gerne einen Kaffee mit Milch, aber nur, wenn du einige Minuten deiner kostbaren Zeit für mich opfern kannst.«

Sie unterhielten sich über Gott und die Welt, wobei Miriam hauptsächlich von sich erzählte. Kevin stellte gezielte Fragen zu ihrem Lebenslauf von dem Augenblick an, als sie sich aus den Augen verloren hatten. Miriam gab ihm bereitwillig Auskunft, klammerte jedoch die Geschichte mit ihrem Vater gezielt aus. Den Mord wandelte sie in ein Herzversagen um. In ihrer Erinnerung an früher war Kevin jemand gewesen, der zuallererst sich selbst präsentierte. Entweder hatte er sich grundlegend geändert oder er spielte ihr etwas vor, um bei ihr zu landen.

»Aber jetzt zu dir, alles Wichtige aus meinem Leben kennst du ja jetzt. Erst mal würde mich interessieren, was du beruflich so machst?« Gezielt hatte Miriam die Frage gestellt, weil sie daran dachte, dass Kevin zu der Zeit, als sie liiert waren, unbedingt Entwicklungshelfer in Afrika hatte werden wollen. Was in ihren Augen überhaupt nicht zu einem Sohn solch vermögender Eltern gepasst hätte.

»Tja, wie du dich vielleicht erinnerst, hatte ich damals noch Ideale und wollte den Menschen in der Dritten Welt helfen. Daraus ist leider nichts geworden, meine Eltern haben mich auf Linie gebracht und mich in ein Betriebswirtschaftsstudium gedrängt, nachdem ich mit Ach und Krach mein Abi geschafft hatte. Ich wollte dann wenigstens einen Zivildienst leisten, der der Allgemeinheit dienen sollte, doch mein Vater kannte Mittel und Wege, wie man aus einem sportlichen jungen Mann einen Bundeswehruntauglichen machen konnte. Nachdem ich das ungeliebte Studium in Tübingen abgeschlossen hatte, ließen sich meine Alten scheiden und ich zog von zu Hause aus. Das erste Mal im Leben wurde ich nicht mehr bevormundet und konnte tun und lassen, was ich wollte. Ob du es glaubst oder nicht, aber meinen dominanten Vater habe ich seither nicht mehr gesehen, wohingegen ich zu meiner Mutter nach wie vor ein gutes Verhältnis habe, wie du ja gesehen hast. Bereits während der Studienzeit habe ich meine Passion für Politik entdeckt und bin nach langen Sondierungen schließlich den Liberalen beigetreten. Wobei mir natürlich die Unterscheidung zu den sogenannten Neoliberalen wichtig ist. Ich sehe mich eher in der Tradition eines Gerhard Baum oder Burkhart Hirsch. Der Rest ist Geschichte, ich habe mich in der Parteihierarchie hochgearbeitet und bin mittlerweile Europaabgeordneter in Brüssel für den Wahlkreis Tübingen.« Der Name der belgischen Hauptstadt ließ Miriam aufhorchen.

»Das heißt, du wohnst in Brüssel?«, fragte sie atemlos.

»Na ja, da die Parlamentssitzungen abwechselnd in Straßburg und Brüssel stattfinden, muss ich in beiden Städten eine Wohnung unterhalten. Die meiste Zeit halte ich mich dort auf, bin natürlich auch oft in Tübingen in meinem Wahlkreis, wo ich ein Haus besitze. Obwohl die Wahlen für das Europaparlament gerade erst stattgefunden haben, ist es für mich selbstverständlich, meine Wähler nicht nur während des Wahlkampfs zu besuchen. Die letzte Abstimmung war ja eine Art Schicksalswahl, bei der wir aufrechten Demokraten und Europäer mit einem blauen Auge davongekommen sind. Wenn die Rechten so viel Zulauf bekommen hätten wie prognostiziert, wäre dies nicht nur mein politisches Ende gewesen, sondern auch das Ende der Europäischen Union, wie wir sie bisher gekannt haben. Doch so weit ist es Gott sei Dank noch lange nicht, und ich werde mit allen mir zur Verfügung stehenden Mitteln dafür kämpfen, dass es nicht dazu kommt«, meinte Kevin. Während seinen Ausführungen war ein entschlossener Zug in sein markantes Gesicht getreten.

»Das heißt, dass es sein kann, dass du mal in Straßburg und mal in Brüssel wohnst?« Miriam hatte einen verwegenen Gedanken. Sie interessierte sich zwar auch für Politik, doch in diesem Augenblick war ihr eine andere Sache wichtiger.

»Hm, richtig, es gibt einen festgelegten Terminplan für uns, ob die Plenarsitzungen in Frankreich oder in Belgien stattfinden, weshalb fragst du?«

»Ach, nur so ... und was ist mit deinem bewegten Privatleben als Politiker? Man hört da ja so einiges über euren Berufstand.«

»Was soll ich dich anlügen, ich bin seit zehn Jahren verheiratet und habe einen Sohn in demselben Alter. Allerdings besteht die Ehe nur noch auf dem Papier, meine Frau wohnt die ganze Zeit in unserem Haus in Tübingen, und wenn ich nach Hause komme, schlafe ich in der Einliegerwohnung, um den Schein zu wahren. Es kommt bei den meisten Wählern in unserem konservativen Landstrich besser an, wenn man wenigstens nach außen hin in einer intakten Ehe lebt.«

Miriam suchte in Kevins Gesicht nach Anzeichen für eine Lüge, doch entweder konnte er sich sehr gut verstellen oder er sprach die Wahrheit. Sie plauderten noch eine Zeit lang und erst als sich ein Kunde durch die Ladentüre drückte, beendeten sie das Gespräch. Den Neuankömmling kannte Miriam als zahlungskräftigen Mann, der ihre Weinhandlung nicht sehr oft im Jahr besuchte, wenn er aber hier war, forderte er eine ausführliche Beratung.

»Also gut, Miriam, es hat mich wirklich sehr gefreut, dich wiederzusehen«, begann Haberland, der durchaus merkte, wenn es an der Zeit war, sich zu verabschieden. »Ich würde dich ja gern an einem der nächsten Abende zum Essen ausführen, doch leider habe ich jeden Abend gesellschaftliche Verpflichtungen und muss am kommenden Sonntag auch schon wieder nach Belgien aufbrechen.«

»Macht nichts, Kevin, melde dich doch einfach, wenn du das nächste Mal wieder in Tübingen bist«, meinte Miriam und drückte ihm einem Impuls folgend einen Kuss auf die Wange.

12

»Ich wünsche Ihnen noch ein gutes neues Jahr, Herr Gross«, begrüßte Magdalena Mertens ihren Kollegen, »und hoffe natürlich, dass Sie es gut begonnen haben.«

Das hatte Sascha sicher nicht getan, doch das brauchte seine Chefin nicht zu wissen.

»Wie jedes Jahr mit zu viel Alkohol und am ersten Januar mit einem gewaltigen Kater«, meinte er flapsig und machte eine dementsprechende Handbewegung. Tatsächlich hatte er nach Miriams plötzlichem Verschwinden dem Wein zugesprochen, wie selten zuvor in seinem Leben, nachdem sie wieder ins Restaurant zurückgekehrt waren. Einem ersten Impuls folgend hatte er hinter ihr herrennen wollen, es dann aber doch sein lassen. Zu deutlich waren ihre Worte gewesen und er war ja auch selbst schuld an der vertrackten Situation. Als das Ende der Veranstaltung gekommen war, hatte der genervte Chef des Hauses Mühe gehabt, sie rauszuschmeißen, und Sascha wäre auf ihn losgegangen, wenn der kräftige Karl ihn nicht festgehalten hätte. Der Busshuttle war pünktlich gewesen und brachte die Gruppe zu Gabi und Karl, wo sie übernachteten. Die beiden Frauen waren fast sofort ins Bett gegangen, doch Sascha und Karl wollten mit Torben noch gemeinsam einen letzten Absacker trinken. Der Kommissar versuchte nun vollends seinen Liebeskummer zu ertränken, und zu dritt leerten sie noch eine Flasche teuren Single-Malt-Whisky aus Karls Bar. Sascha konnte sich beim besten Willen nicht mehr daran erinnern, wie er in sein Bett in einem der Gästezimmer gekommen war. Sobald er um die Mittagszeit aufwachte, verspürte er einen unangenehmen Brechreiz, der ihn den ganzen Tag über nicht mehr losließ. An feste Nahrung war nicht zu denken gewesen und auch am heutigen Mittwoch war ihm noch sterbenselend. Das waren die Momente, in denen man die hehren Vorsätze für das neue Jahr fasste, dachte er grimmig.

»Und wie haben Sie das neue Jahr begonnen?«, fragte Sascha, um ein wenig Small Talk mit seiner Vorgesetzten bemüht.

»Ach, Paul und ich waren bei unserem Stammitaliener und haben dort das Silvestermenü genossen. Mit Müh und Not haben wir bis um zwölf durchgehalten und mit einem Gläschen Sekt angestoßen. Also wahrscheinlich ziemlich langweilig für Ihren Geschmack. So, genug geredet, wir haben alle Hände voll zu tun. Zuallererst müssen wir herausfinden, wer der Getötete war. Gestern war ich kurz da und habe mit unserem Kollegen Ganter geredet. Er war einer von denjenigen, die in den letzten Tagen Bereitschaft gehabt haben. Ich habe ihn darauf angesetzt, herauszufinden, um wen es sich bei dem Mordopfer handelt.«

»Und, war er erfolgreich?«, wollte Sascha mit wachsendem Interesse wissen.

»Wir sind uns noch nicht hundertprozentig sicher, aber aller Wahrscheinlichkeit nach handelt es sich um einen Kollegen vom Zoll. Wie jedes Jahr in dieser emotional aufgeladenen Zeit sind einige Menschen abgängig und wurden von ihren Angehörigen als vermisst gemeldet. Der Einzige, auf den die Beschreibung vage zutrifft, ist ein zweiundfünfzigjähriger Beamter, der am vergangenen Donnerstag zuletzt gesehen wurde. Leider war Ganters Suche nach Übereinstimmung der Fingerabdrücke oder der DNA in unserer Datenbank nicht erfolgreich. Der Kollege hat aber herausgefunden, dass die Ehefrau sich bereits am Tag darauf, also am Freitag, bei der Vermisstenstelle gemeldet hat. Mit der Gegenüberstellung wollte er noch warten, bis der Gerichtsmediziner die Leiche ein wenig präpariert hat, nicht dass die arme Frau bei dem schrecklichen Anblick einen Schock bekommt. Trotzdem müssen wir das natürlich so schnell wie möglich erledigen, damit wir sicher sein können, ob es dieser Kranzler ist.

Sascha schluckte schwer, er konnte den Ausführungen seiner Vorgesetzten nur schwerlich folgen, am liebsten hätte er sich krankgemeldet. Doch dazu war es jetzt zu spät.

»Dieses Mal gehen wir gemeinsam zu der Frau, nicht dass uns wieder dasselbe Missgeschick passiert wie bei dieser Politikerin.«

Dieser dezente Hinweis trieb Sascha die Schweißperlen auf die Stirn, denn das war einer der schwärzesten Stunden seiner bisherigen Karriere gewesen. Mertens nahm ihren schwarzen Mantel vom Haken und verließ eilig das Präsidium, gefolgt von ihrem wehleidig dreinblickenden Kollegen.

»Was verdient man eigentlich beim Zoll?«, fragte Sascha bewundernd, als die beiden Kommissare vor dem schweren, schmiedeeisernen Zaun standen, der das weitläufige Grundstück von Kranzler eingrenzte.

»Wenn es sich bei dem Toten tatsächlich um diesen Kranzler handelt, dann war er im Rang eines Hauptkommissars, also nicht gerade sehr üppig«, antwortete seine Kollegin und klingelte. Erst beim dritten Mal meldete sich eine genervt klingende weibliche Stimme.

»Was gibt's?«

»Guten Tag, Frau Kranzler, ich bin Hauptkommissarin Mertens von der Kriminalpolizei. Wir müssten dringend mit Ihnen reden, es geht um Ihren vermissten Mann.«

»Ich sage meiner Mutter Bescheid.« Wenige Zeit später öffnete sich das massive Tor und am Haus stand eine drahtige Frau.

»Guten Tag«, begrüßte sie die Polizisten kühl. »Gibt es ein Lebenszeichen von Erich?« Sie blickte von einem zum anderen und machte keinerlei Anzeichen, die beiden hereinzubitten. Beiläufig registrierte Mertens den verbissenen Gesichtsausdruck.

»Guten Tag, Frau Kranzler, Sie waren am Freitag vergangener Woche auf dem Polizeipräsidium in Reutlingen und haben angegeben, dass Ihr Ehemann, Herr Erich Kranzler, nicht nach Hause gekommen ist. Wie ich Ihrer Reaktion gerade eben entnehme, ist er noch nicht wieder aufgetaucht.« Mertens ließ ihre Worte erst mal wirken, und als die Frau zaghaft nickte, fuhr sie fort. »Ich möchte Sie keineswegs erschrecken und in den meisten Fällen kehrt der oder die Vermisste nach kurzer Zeit wieder zurück, doch ich muss Ihnen mitteilen, dass wir einen toten Mann gefunden haben.«

Meistens, wenn sie die Nachricht vom Ableben eines nahen Angehörigen überbringen musste, trat den Menschen beinahe sofort die Trauer ins Gesicht. Doch dieser Ehefrau schien der mögliche Tod ihres Mannes nicht besonders nachzugehen.

»Es ist eher unwahrscheinlich, dass es sich dabei um Ihren Gatten handelt. Trotzdem möchte ich Sie bitten, mir eine Zahn- oder Haarbürste auszuhändigen, damit wir einen DNA-Abgleich mit dem Toten machen können.«

Wieder nickte die Frau leicht und trat ins Haus zurück. Dabei zog sie die Türe zu und die Kommissare standen in der Kälte. Einige Zeit passierte nichts, und sowohl Magdalena Mertens als auch Sascha Gross wechselten dauernd von einem Fuß auf den anderen und klatschten die Hände zusammen, um sich warm zu halten.

»Schauen Sie auf Ihr Handy, wenn sie in zwei Minuten nicht zurück ist, hauen wir ab und bestellen sie aufs Revier. Das ist schon eine bodenlose Frechheit, uns bei dieser Saukälte hier warten zu lassen.«

Gerade als Sascha das Zeichen zum Aufbruch geben wollte, wurde die Tür geöffnet und Frau Kranzler hielt ihnen wortlos eine abgenutzte Zahnbürste hin.

»Danke, Frau Kranzler, und auf Wiedersehen«, verabschiedete sich Magdalena betont freundlich.

»Ah, eine Frage hätte ich noch.« Sie hatte auf dem Absatz kehrtgemacht und zog den Schokoriegel mit dem Logo des Hotels hervor, in dem sich Erich Kranzler mit seiner Geliebten getroffen hatte.

»Bei dem Mann haben wir weder Ausweispapiere noch Kreditkarten gefunden, lediglich diese Süßigkeit. Kommt Ihnen das bekannt vor oder haben Sie irgendeinen Bezug zu diesem Hotel?«

Abfällig betrachtete Frau Kranzler das Emblem.

»Entschuldigen Sie, aber das ist nicht gerade die Kategorie von Hotels, die wir bevorzugen. War's das?«

»Sobald wir Neuigkeiten haben, geben wir Ihnen Bescheid und nochmals auf Wiedersehen.«

Eilig marschierten sie zu ihrem Dienstwagen und Sascha drehte die Heizung hoch.

»Die hat aber Haare auf den Zähnen, wenn ich das so salopp formulieren darf.«

»Sie dürfen, Herr Gross, trotzdem war das Ganze ziemlich aufschlussreich, finde ich. Stellen Sie sich vor, irgendjemand kommt zu Ihnen und sagt Ihnen, dass Miriam eventuell tot ist. Da reagieren Sie aber anders als die gute Frau Kranzler. Zumindest gehe ich davon aus.«

Sascha lächelte süß-säuerlich, das war jetzt nicht gerade ein Paradebeispiel am heutigen Tag.

»Ich wäre tief betroffen und würde die Tote so schnell wie möglich sehen wollen, um Klarheit zu bekommen«, machte er gute Miene zum bösen Spiel. Trotz der winterlichen Straßenverhältnisse fuhr Sascha ziemlich flott, und Magdalena befahl ihm unmissverständlich, seine Fahrweise anzupassen.

»Können wir noch irgendwo einen Kaffee trinken und eine Kleinigkeit essen, Frau Mertens?«, bat Sascha, als sie auf dem Weg zum Büro waren. Er brauchte ihr ja nicht zu erzählen, dass er seit der Silvesternacht so gut wie keine feste Nahrung mehr zu sich genommen hatte.

In einem Bistro, das an eine Großtankstelle angegliedert war, hielten sie an, und nach dem Verzehr einer Brezel und eines Cappuccino fühlte sich der Kommissar schon deutlich besser. Kaum waren die beiden danach in ihrem gemeinsamen Büro angekommen, als auch schon ihr Vorgesetzter auftauchte.

»Ich brauche Ihnen ja wohl nicht zu sagen, welche Dringlichkeit die Aufklärung dieses Falls hat«, fing Köttmann in seiner gewohnt ruppigen Art an, ohne seine Untergebenen zu grüßen, geschweige ihnen ein gutes neues Jahr zu wünschen. Unbeeindruckt fuhr Mertens ihren Rechner hoch, bevor sie antwortete.

»Wir kommen gerade von einer Frau Kranzler, deren Mann vermisst wird und dessen Beschreibung auf unseren Toten zu passen scheint. Ach, und ich wünsche Ihnen noch ein erfolgreiches neues Jahr, Herr Köttmann.«

»Wie, Sie haben den Mann noch nicht einmal identifiziert, und das nach beinahe einer Woche!«, konstatierte er mit wachsendem Unmut, ohne auf die guten Wünsche von Mertens einzugehen.

»Es ist nur noch eine Frage von Stunden, bis wir den DNA-Abgleich bekommen, dann haben wir Gewissheit.

Und leider hat unser Augenzeuge offenbar Angst, sonst hätten wir bereits den Täter gefasst. Sie sehen also, dass wir unser Bestes geben«, ergänzte die Hauptkommissarin in ruhigem Tonfall.

»Dann hoffe ich inständig, dass Ihr Bestes gut genug ist. Dieser Fall ist bereits wegen seiner außergewöhnlichen Tötungsmethode in der überregionalen Presse gelandet und ich habe keine Lust darauf, von diesen Kerlen als provinzieller Stümper dargestellt zu werden.« Mit diesen Worten rauschte er wieder hinaus.

»Auch im neuen Jahr ist unser Chef ein Charmebolzen wie eh und je«, stellte Mertens kopfschüttelnd fest.

13

»Entschuldigen Sie, ich suche Frau Gianna Baur«, presste Gheorghe hervor und blickte gebannt auf den Geifer, der dem Hund zwischen den scharfen Zähnen aus dem Maul troff. Abschätzig musterte der Wächter den Rumänen von oben bis unten.

»Ich kann mir beim besten Willen nicht vorstellen, was so ein dahergelaufener Strolch mit Frau Baur zu tun haben könnte. So, und jetzt mach, dass du verschwindest, bevor ich meine Bella auf dich hetze.«

Gheorghe wich noch mehr zurück und überdachte seine Situation. Egal, was er diesem vierschrötigen Wachmann erzählen würde, der würde ihm keinen Glauben schenken. Er wägte seine Chancen ab und erkannte dabei, dass mit diesem Kerl nicht zu spaßen war. Schon alleine der gefährliche Hund reichte aus, Gheorghe die Weiterführung seiner Pläne zu vermiesen.

»Hören Sie zu, ich will hier nichts klauen. Frau Baur kennt mich und wäre alles andere als erfreut, wenn sie erfahren würde, dass Sie mich nicht zu ihr führen wollen«, startete Gheorghe einen letzten verzweifelten Versuch.

»Raus hier, oder ich mach dir Beine«, war die deutliche Antwort des Wachmanns und er fasste mit seiner Hand demonstrativ an seinen derben Knüppel. Gheorghe gehorchte nun und stolperte zum Ausgang. In diesem Augenblick passierte ein riesiger Geländewagen das Tor und fuhr langsam auf die beiden Männer zu.

»Gibt es Probleme, Wagner?«, wollte der Fahrer wissen

und Gheorghe erkannte in ihm den Vater von Gianna, der ihm in Lech bei seiner Ankunft die Schlüssel des Wagens in die Hände gedrückt hatte.

»Ich …«, versuchte Gheorghe es erneut, wurde aber von dem entschlossenen Wagner weggedrängt.

»Der Ganove hier wollte das Gelände ausspionieren, aber Sie wissen ja, dass Sie sich auf mich verlassen können, Herr Baur.«

Mit einem knappen Nicken verabschiedete sich der Firmeneigentümer und fuhr weiter.

»Versuchs ja nicht noch mal, beim nächsten Mal kommst du nicht so glimpflich davon«, rief Wagner dem vermeintlichen Spion hinterher.

Na gut, einen Versuch war es wert, dachte Gheorghe resigniert, an diese Frau würde er niemals wieder herankommen. Er ging zurück zu der Bushaltestelle, wo ihn der freundliche Türke abgesetzt hatte, und betrachtete den Aushang mit den Fahrzeiten.

»So ein Mist!«, rief er aus, als er las, dass der nächste Bus erst in zwei Stunden kam. Offenbar war in den Nachmittagsstunden in diesem Nest kein Bedarf an Busverkehr. So lange wollte er auf keinen Fall warten und erinnerte sich an einen Ausspruch Cems, wonach im nächsten Dorf, das sich gleichfalls am Fuß des Mittelgebirges, aber in entgegengesetzter Richtung befand, der öffentliche Nahverkehr besser ausgebaut war. Das hatte wohl damit zu tun, dass es in einem anderen Landkreis wie dieses Albingen lag.

Als er durch die Ortschaft trottete, sah er an einigen Häusern Werbetafeln von »Baur baut« und auch an der einzigen Gastwirtschaft in der Ortsmitte war das auffällige Emblem angebracht. Gheorghe lenkte seine Schritte in das Gasthaus, um sich von dem Schock zu erholen und eine Kleinigkeit zu trinken. Vielleicht würde er hier auch erfahren in welche Richtung er wandern müsste und wie weit es bis zu diesem Ort war. Er setzte sich an den Tresen und bestellte sich eine Apfelschorle sowie eine Käseplatte, die auf einer Schiefertafel für fünf Euro angeboten wurde. Den zahlreichen Bildern an der Wand nach zu urteilen diente dieses Haus den verschiedenen Vereinen des Dorfs als Vereinslokal. Und offenbar fungierte »Baur baut« bei allen als Sponsor.

»Können Sie mir bitte den Weg in das nächste Dorf im Tal beschreiben?«, fragte Gheorghe die Bedienung, nachdem er seine Rechnung bezahlt hatte.

»Sie fahren einfach immer in Richtung Tübingen und der erste Ort nach der Steige ist dann Talheim«, antwortete die junge Frau deutlich freundlicher als bei seiner Ankunft, was mit Sicherheit an dem üppigen Trinkgeld lag, das Gheorghe ihr gegeben hatte.

»Leider habe ich kein eigenes Fahrzeug dabei, ich bin mit dem Bus gekommen.«

Daraufhin blickte sie ihn an wie ein Wesen von einem anderen Stern.

»Wie, Sie wollen zu Fuß dorthin laufen? Das sind ja bestimmt zehn Kilometer und das bei diesen Schneeverhältnissen. Ich bin mal als Kind mit meinen Eltern da runtergelaufen, aber das war im Sommer und wir haben ungefähr zwei Stunden gebraucht, wenn ich mich richtig entsinne. Wie ich sehe, haben Sie wenigstens die richtigen Stiefel an.« Die redselige Frau erklärte ihm den Weg, wies ihn jedoch immer wieder auf die Gefahren hin, als ob er einen Alpengipfel erklimmen müsste.

Beinahe hätte er sein Ansinnen aufgegeben und auf den Bus gewartet, doch schließlich entschied er sich für den Fußmarsch. In seiner Heimat hatte er ausgedehnte Gebirgswanderungen gemacht, weshalb ihn dieser Abstieg nicht sonderlich abschreckte. Der Schnee war pulverig und etwa knöcheltief, was das Weiterkommen nur geringfügig erschwerte. Dafür schien die Sonne und die hügelige Landschaft in ihrem Winterkleid gefiel ihm gut. Wenn die Bedienung ihm den Weg richtig erklärt hatte, musste er nach etwa vier Kilometern an die Abbruchkante der Schwäbischen Alb kommen. Dazu solle er sich immer an den verschiedenfarbigen Wandertafeln orientieren, hatte sie ihn belehrt. Das letzte Stück, bevor es in den Wald ging, war eine Art Hochebene, und Gheorghe stellte sich vor, dass hier im Sommer Weizenhalme im Wind wogten und auf den Wiesen bunte Blumen standen. Etwa zweihundert Meter entfernt bestaunte er einen einsamen Reiter auf einem weißen Pferd, das elegant dahingaloppierte. Dieses Idyll wurde plötzlich von aufgeregtem Gebell zerstört und Gheorghe sah etwa fünfhundert Meter voraus einen großen Hund, der dem Rappen hinterherjagte.

Das Tier geriet offenbar in Panik und stieg mit den Vorderbeinen empor. Der Reiter hatte alle Mühe, sich im Sattel zu halten und Gheorghe rannte so gut es die Verhältnisse erlaubten laut rufend in Richtung des Szenarios. Immer noch laut bellend umkreiste der Köter das verstörte Pferd und der Reiter verlor nun vollends die Kontrolle und wurde abgeworfen. Das Fluchttier gehorchte seinem Instinkt und preschte, gefolgt von dem Hund, davon, während der gestürzte Reiter reglos liegenblieb. Atemlos kam Gheorghe bei dem Unglücklichen an und kniete neben ihm nieder. Beinahe gleichzeitig langte ein älterer Mann an der Unglücksstelle an.

»Entschuldigen Sie vielmal, ich weiß auch nicht, was in meinen Hasso gefahren ist. So was macht er sonst nie.« Achselzuckend und mit schuldbeflissener Miene blieb der Hundehalter stehen.

»Haben Sie ein Telefon dabei?« Der Mann nickte.

»Dann rufen Sie so schnell wie möglich Hilfe herbei«, blaffte Gheorghe und beugte sich zu dem Verletzten hinunter.

»Aber … das ist ja …«

14

An diesem Tag war Malowski besonders schlecht gelaunt. Er machte den rumänischen Tagelöhnern das Leben schwer, wo er nur konnte. Besonders auf Johannis hatte er es abgesehen. Der erfahrene Maurer hatte sich geweigert, einen Befehl des Deutschen auszuführen, weil der ihm unrealisierbar erschienen war. Es fehlte Malowski eigentlich nur noch eine Peitsche, die er auf den Rücken der Männer knallen lassen konnte. Johannis vermutete, dass es mit dem Mordfall zu tun hatte und sich der Polier durch die Fragen der Polizei persönlich angegriffen fühlte.

Er musste die niedersten Tätigkeiten ausführen und fragte sich den ganzen Tag über, ob es nicht besser wäre, alles hinzuschmeißen und zurück in die Heimat zu gehen, auch auf die Gefahr hin, dass Alexis ihm dort unten das Leben zur Hölle machen würde. Das Gespräch am Morgen mit dem Chef der Leihfirma hatte ihm Auftrieb gegeben und langsam nahm ein Plan in seinem Kopf Gestalt an. Zuerst würde er Alexis die Frau auf dem Silbertablett liefern und danach würde der ihn gehen lassen, davon war Johannis überzeugt. Heute Abend rufe ich Nadja an, nahm er sich vor, und dann bin ich in wenigen Wochen zu Hause.

»Ja, das glaube ich ja nicht, der Kerl schläft im Stehen ein. Was mach ich noch mit dir, damit du schneller arbeitest, du Stinkstiefel.« Malowski stand breitbeinig neben Johannis, der gerade dabei war, mit einem Pickel ein Loch für ein Fundament auszuschachten. Der ein wenig abseitsstehende Minibagger hätte diese Arbeit in einem Bruchteil der Zeit ausgeführt, doch es gehörte zu Malowskis Taktik, seine Arbeiter zu quälen. Er wusste genau, dass das aus betriebswirtschaftlicher Sicht Blödsinn war und seinem Chef nicht gefallen würde, aber irgendwie verschaffte es ihm eine Art Befriedigung. Außerdem hatte Lopescu ihn gebeten, sein besonderes Augenmerk auf Johannis zu werfen. Nachdem er noch weitere Löcher gegraben und diese mit Beton gefüllt hatte, war Johannis völlig erschöpft, sein Arbeitstag hingegen noch nicht zu Ende. Bevor Malowski um achtzehn Uhr Feierabend machte, gab er seinem Lieblingsopfer noch die Anweisung, die komplette Baustelle aufzuräumen und zu kehren.

»Wenn ich morgen früh komme, ist es hier blitzblank, hast du mich verstanden, du alter stinkender Ziegenbock.« Auch ohne die Worte zu verstehen, wusste Johannis, was Malowski von ihm wollte und er wusste auch, dass er vor neun nicht fertig sein würde. Kurz spielte er mit dem Gedanken, wieder auf der Baustelle zu schlafen, doch dann kam ihm dieser Tote in den Sinn.

Malowski wohnte mittlerweile in einem Vorort von Reutlingen, aufgewachsen war er in der Trabantenstadt, die nach dem Krieg für die zahllosen Flüchtlinge aus den ehemaligen deutschen Ostgebieten entstanden war. Bevor er in seine Wohnung ging, besuchte er allabendlich seine Stammkneipe unweit des Hochhauses, in dem er seine Kindheit verbracht hatte. Hier traf er die Freunde von früher, mit denen er in der Jugend so manches Ding gedreht hatte und von denen einige wie er bereits mehrfach mit dem Gesetz in Konflikt geraten waren.

»Mach mir mal ’ne Halbe«, befahl er dem Wirt und setzte sich auf einen Barhocker am Tresen. Wenngleich an der Einrichtung vieles so war wie früher, hatte doch auch hier der Fortschritt in Form von zwei riesigen Flachbildschirmen Einzug gehalten. Hier flimmerten Tag und Nacht entweder irgendwelche Fußballspiele oder angesagte amerikanische Serien. Nach dem ersten kräftigen Schluck widmete er sich seinen vier besten Kumpels, die wie jeden Abend mit ihm am Tresen hockten.

»Ich hab' jetzt langsam die Schnauze voll von diesen Scheiß Ausländern, mit denen ich mich täglich rumschlagen muss. Das müsst ihr euch mal vorstellen, ich bin der Einzige auf dieser verdammten Baustelle, der die deutsche Sprache beherrscht«, polterte Malowski los.

»Such dir doch was anderes, Malo, zurzeit werden doch überall Leute gesucht«, riet ihm Heinz, ein blonder Hüne mit langen strähnigen Haaren und deutlichen Aknespuren im Gesicht, der gelegentlich als Dachdecker arbeitete.

»Das mag ja alles stimmen, aber der alte Baur zahlt mir einen Spitzenlohn, und ihr könnt euch ja vorstellen, was ich meiner Angie und den Gören jeden Monat abdrücken muss.« Dass er von Lopescu zusätzlich noch eine Art Schweigegeld bekam dafür, dass er die illegal Beschäftigten nicht bei den Behörden anschwärzte, brauchten seine Kumpels ja nicht zu wissen.

»Wenn es so weiter geht, dann ist eh bald Schluss mit der Überfremdung«, prophezeite Mike, ein abgerissener Typ, dessen Haare vor Fett glänzten. Er war der Intellektuelle in der Gruppe, hatte mehrere Studiengänge abgebrochen und war jetzt als Softwareentwickler selbstständig.

»Sollte nochmals eine Welle von Flüchtlingen das Land überschwemmen, dann gibt es hier eine Revolution.« Mike war der Erste von ihnen gewesen, der auf die neue rechte Partei aufmerksam geworden und dort eingetreten war. Was die fünf Kumpels zusammengeführt hatte, war der Fußball gewesen, aber nicht etwa das gemeinsame Spiel, sondern die Krawalle drum herum. Nachdem Malowski als Teenager die meisten Jungs in seiner Nachbarschaft verprügelt hatte, wurde ein unscheinbarer Typ auf ihn aufmerksam, der ihn dann mit in die Landeshauptstadt zu dem dort führenden Klub mitnahm. Nach einem ziemlich schmerzhaften Aufnahmeritual wurde Malo, wie er von seinen Kumpels genannt wurde, bei einer auf Radau programmierten Hooligan-Gruppe, aufgenommen. Fortan war er jeden Samstag, wenn der Klub ein Spiel hatte, im Einsatz. Meistens trafen sich die gewaltbereiten Schläger vor oder nach dem Spiel mit vergleichbaren Gruppen des gegnerischen Vereins, um ihre Kräfte zu messen. Mit der Zeit bekam Malo mehr Einfluss in der Truppe und konnte seine engsten Freunde rekrutieren.

Der Anführer der Hooligans wollte keine reine Schlägergang, sondern indoktrinierte seine hundertfünfzig Jungs auch mit rechter Gesinnung. Irgendwann lernte Malowski ein junges Mädchen kennen, und als sie im siebten Monat schwanger war, heirateten die beiden. Nun hatte er keine Zeit mehr für seine Randalebrüder und zog sich immer mehr von der Szene zurück. Auch für seine Kumpels wurden im Lauf der Jahre andere Dinge wichtiger, doch die fünf verloren sich nie aus den Augen.

Als Malowskis Frau genug hatte von den Schlägen, die ihr Mann ihr in immer kürzer werdenden Abständen verabreichte und die Scheidung einreichte, wurden die Treffen der Freunde wieder regelmäßiger. Seit Mike die neue Partei für sich entdeckt hatte, waren sie ganz euphorisch und sahen ihre Zeit bald gekommen. Das nationalsozialistische Weltbild, das ihnen der Chef ihrer ehemaligen Hooligan-Gruppe vermittelt hatte, hatte sich im Lauf der Jahre eher noch verstärkt und durch die Flüchtlingskrise gab es endlich ein Ventil. Die kampferprobten Männer verdingten sich als Saalordner bei Parteiveranstaltungen und hielten den Granden der Partei bei Demonstrationen die Gegendemonstranten vom Leib.

»Dann ist unsere Zeit endlich gekommen und wir können mit dem Gesocks aufräumen«, frohlockte Sven, ein eher kleingewachsener Muskelprotz, der sich zeitlebens mit Gelegenheitsjobs und längeren Perioden der Arbeitslosenhilfe durchgeschlagen hatte und grinste hämisch. Worauf Klausi, der fünfte in der Runde, sein Glas hob und den anderen zuprostete. Er hatte eine Ausbildung bei der Polizei angefangen und war wegen seines rechten Gedankenguts mehrmals unangenehm aufgefallen. Als er einmal grundlos einen dunkelhäutigen Asylbewerber zusammenschlug, konnte ihn auch der ihm wohlgesonnene Ausbilder nicht mehr retten. Seither arbeitete der massige Klausi bei einer Securityfirma.

»Genau, und mit den Rumänen auf meinen Baustellen fangen wir an, wenn ich nicht den einen oder anderen vorher erledige«, ergänzte Malowski grimmig und dachte dabei vor allem an einen.

15

Mit schlürfendem Gang schleppte sich Johannis in seine Unterkunft und drehte sich unterwegs dauernd um, aus Furcht vor etwaigen erneuten Angreifern.

Die anderen Bauarbeiter hatten sich bereits etwas gekocht, als er nach Hause kam. Der Oberste in der Hackordnung dieser Verdammten war gut auf Johannis zu sprechen und hatte darauf geschaut, dass für den Alten eine Portion übriggeblieben war. Voller Heißhunger fiel er über die einfache Gemüsepfanne her und trank dazu gierig eines von den billigen Dosenbieren, die sie palettenweise beim Discounter orderten.

Nachdem er seine dringendsten Bedürfnisse befriedigt hatte, ging er in seinen Teil der Wohnung. Der Schlafsack seines Retters war aufgerollt und lag in einer Ecke direkt neben dessen Rucksack. Damit hatte Johannis nicht gerechnet, er hatte geglaubt, dass er Reißaus vor Alexis nehmen würde. Das bedeutete, dass Gheorghe hierbleiben und das Angebot des Chefs annehmen würde. Dies freute ihn ungemein und er malte sich aus, wie der kräftige Mann dem Polier Malowski die Grenzen aufzeigen würde.

Falls er keine Unterstützung von außen bekam, würde er an diesem ungehobelten Kerl zugrunde gehen, dessen war sich Johannis sicher. Dabei fiel ihm wieder sein Vorsatz ein, den er heute schon gefasst hatte. Behutsam hob er seine Matratze an und förderte seinen größten Schatz zutage. Liebevoll strich er über die kalte Oberfläche seines Mobiltelefons und steckte es in die Brusttasche seiner Latzhose.

»Wo willst du hin, Johannis? Du weißt, dass du morgen früh aufstehen musst. Also betrink dich nicht zu sehr«, ermahnte ihn Josef, der Vorsteher, milde, dem nicht entgangen war, welchen Schikanen der ältere Mann seitens des deutschen Poliers ausgesetzt war.

»Keine Angst, ich muss vor dem Schlafengehen nur noch kurz frische Luft schnappen, wie jeden Abend.« Dieses Ritual war den anderen Männern bekannt.

Was sie nicht wussten war, dass Johannis jedes Mal, wenn er zu einem kleinen Spaziergang nach dem Essen aufbrach, bei seiner Frau zu Hause anrief. Das waren die kostbarsten Momente des Tages für ihn. Mit Ludmilla war er beinahe vierzig Jahre zusammen und er vermisste sie so sehr, dass es beinahe körperlich schmerzte. Wenn er es geschickt anstellte, würde er sie in wenigen Wochen wieder in die Arme schließen und dann würde sie nichts mehr trennen. Eine Euphorie breitete sich in der Brust des geknechteten Mannes aus, als er die Nummer seiner Frau wählte. Er berichtete ihr wie jeden Abend von seiner Arbeit und wie gut es ihm gefiel. Von seinen Problemen hatte er ihr noch nie berichtet, er wollte sie nicht mit diesen Dingen belasten. Regelmäßig schickte er Geld und er war sich sicher, dass Ludmilla die kostbaren Euro nur für das Notwendigste ausgeben und den Rest sparen würde.

Nachdem sie sich ihrer gegenseitigen Liebe versichert hatten, legte er auf und wählte eine andere Nummer.

»Hallo, Nadja, ich bin's, Johannis. Ich habe es mir anders überlegt, ich habe doch etwas gesehen in der Mordnacht. Können wir uns treffen?«

16

»Wenn du nicht gekommen wärst, würde ich jetzt noch im Schnee liegen, der Typ mit dem Hund war völlig überfordert«, stellte Gianna fest und nippte vorsichtig an ihrem heißen Tee. Außer einer leichten Gehirnerschütterung hatte sie sich keine Verletzungen zugezogen, dabei hatte sie noch Glück im Unglück gehabt. Etwa eine Handbreit von der Stelle entfernt, an der sie mit dem Kopf aufgeschlagen war, lag ein ziemlich großer Feldstein, der die Grenze zwischen zwei Äckern markierte.

Gheorghe war beinahe zu Tode erschrocken, als er erkannt hatte, um wen es sich bei dem Opfer handelte. Doch er hatte sofort reagiert und ihr Gesicht mit Schnee eingerieben.

»Oje, die ist bestimmt tot, was mach ich bloß, was mach ich bloß«, hatte der Hundehalter in den Himmel geschrien und sich wie Rumpelstilzchen gebärdet. Ohne mit seiner Therapie aufzuhören, registrierte Gheorghe das aufgeregte Tun des Mannes. Erst als sich der Unglückliche in den Schnee fallen ließ und schluchzend anfing zu weinen, platzte dem Rumänen der Kragen.

»Hören Sie endlich auf mit ihrem Selbstmitleid, Sie sind nicht das Opfer. Verschwinden Sie, ich werde mit der Situation schon alleine fertig.«

»Das werde ich sicherlich nicht tun, ich werde die Reiterin doch nicht mit einem Ausländer alleine lassen«, hatte der Mann nun mit deutlich festerer Stimme klargestellt und sich erhoben. »Nachher vergehen Sie sich noch an der Frau und rauben sie aus.«

Das war jetzt zu viel, er würde diesen Kerl jetzt zum Schweigen bringen, egal wie. Doch gerade als Gheorghe sich ebenfalls erheben wollte, schlug Gianna die Augen auf.

»Was, wo bin ich … wo ist Lucky …, und wer sind Sie?«

»Zu viele Fragen auf einmal«, antwortete Gheorghe.

»Aber wer ich bin, müssten Sie eigentlich wissen, ich trete immer dann in Erscheinung, wenn Ihnen irgendwas zustößt und bin so etwas wie Ihr Schutzengel.«

Vorsichtig hob die junge Frau ihren Kopf, um den Mann, der sich über sie beugte, in Augenschein nehmen zu können.

»Entschuldigen Sie, aber ich glaube, mein Kopf hat doch ein wenig gelitten, deswegen erkenne ich … aber Sie sind doch …« Gianna war völlig durcheinander gewesen und hatte schon geglaubt, Gespenster zu sehen.

»Bitte strengen Sie sich nicht zu sehr an, in wenigen Minuten kommt Hilfe. Aber ja, ich bin der Hotelangestellte aus dem Hotel in Lech, der Sie dort aus einer kompromittierenden Situation gerettet hat.«

Sie richtete jetzt langsam ihren Oberkörper auf und wirkte dabei sehr zerbrechlich.

»Bitte muten Sie sich nicht zu viel zu, es könnte irreparable Schäden nach sich ziehen und wie gesagt, müsste jeden Augenblick jemand vom Rettungsdienst kommen!«, hatte Gheorghe sie angefleht.

»Danke für Ihr Mitgefühl, aber ich glaube, der Sturz war nicht ganz so schlimm. Es fühlt sich zwar an, als ob mein ganzer Körper aus lauter Prellungen bestehen würde, aber ich habe mir definitiv nichts gebrochen, das spüre ich. Können Sie mir aufhelfen?«

Kopfschüttelnd fasste Gheorghe sie unter den Armen und zog sie hoch. Gianna stand noch sehr wacklig und wäre eingeknickt, wenn er sie nicht blitzschnell an sich gezogen und festgehalten hätte.

»Hui, jetzt ist mir doch ein wenig schwindelig.«

In diesem Moment hörten sie das Motorengeräusch eines Traktors, der langsam näherkam. Das riesige Gefährt kam in unmittelbarer Nähe des Unfallorts zum Stehen und zwei Männer und eine Frau, die unschwer als Mitarbeiter des Roten Kreuzes zu erkennen waren, kletterten vom Sitz herunter.

»Um Gottes willen, Frau Baur, was ist geschehen?«, stieß der Kleinere, der das Fahrzeug gelenkt hatte, hervor. Offenbar hatten die Sanitäter ihren VW-Bus gegen diesen geländegängigen Traktor eingetauscht. Hinten im Anhänger befand sich eine Trage, die sie sofort abluden und Gianna mit sanfter Gewalt hineinlegten.

»He, was soll das, mir fehlt nichts!«, wehrte sie sich vehement. »Ich habe nachher noch einen wichtigen Termin.«

»Das sehen wir dann, jetzt muss ich Sie erst mal untersuchen«, beharrte die ältere Frau, an deren Jacke das Notarztemblem aufgestickt war. Sie tastete das Unfallopfer ziemlich unsanft ab und Gianna musste sich sehr zusammenreißen, um nicht laut aufzuschreien.

»Da haben Sie wirklich Glück gehabt, gebrochen ist nichts, alles nur Prellungen. Jetzt würde ich aber gerne noch nach Ihrem Kopf schauen.«

Die erfahrene Ärztin machte mehrere Übungen mit Gianna und leuchtete ihr mit einer kleinen Taschenlampe in die Augen.

»Es besteht Verdacht auf eine Gehirnerschütterung, deshalb würde ich Sie gerne zur Beobachtung ins Krankenhaus bringen lassen«, diagnostizierte sie und wies die beiden Ersthelfer an, die Trage mit der Verletzten vorsichtig in den Anhänger zu hieven.

»Sie können mich nicht gegen meinen Willen ins Hospital bringen. Herr Grunwald, Sie und Ihr Kollege kennen mich und wissen, dass mich zu Hause die beste Pflege erwartet«, wandte sich Gianna an den kleineren Sanitäter mit der Nickelbrille. »Außerdem ist mein Freund ausgebildeter Krankenpfleger.« Sie wies mit dem Zeigefinger auf Gheorghe, der verdutzt nickte.

»Aber natürlich, Frau Baur, wir setzen Sie selbstverständlich Ihrem Wunsch gemäß zu Hause ab.« Der Sanitäter flüsterte der erstaunt dreinblickenden Notärztin etwas ins Ohr, und sie brummte vor sich hin, war dann jedoch einverstanden.

»Und was Sie anbelangt«, zischte Gianna den Hundehalter an, »können Sie von Glück sagen, dass mir nicht mehr passiert ist. So wie jeder hier in der Gegend, kennen auch Sie bestimmt meinen Vater Friedrich Baur von ›Baur baut‹. Sollte ich Sie noch einmal hier mit Ihrem Köter erwischen, dann gnade Ihnen Gott«, konnte sie sich nicht verkneifen zu rufen, während sich Gheorghe auf ihren Wink hin neben die Trage in den Anhänger setzte.

Ihrem Wunsch entsprechend war die junge Frau dann in ihre Wohnung auf dem riesigen Areal gebracht worden, wo der Rumäne vorhin abgewiesen worden war. Kaum war der Traktor zum Stehen gekommen, stand der Wachmann mitsamt seinem Hund neben dem Anhänger, aus dem die Sanitäter die Trage mit der jungen Frau vorsichtig heraushievten.

»Um Himmels willen, Frau Baur, was ist passiert?«

»Ein Reitunfall, wenn Sie jetzt bitte aus dem Weg gehen würden«, befahl Gheorghe gewichtig und freute sich insgeheim über die Verblüffung des Mannes.

»Aber Sie sind doch …«

»Alles halb so schlimm, Hubert, Gheorghe ist ein guter Bekannter, der mich als Erster gefunden hat. Könnten Sie meinem Vater Bescheid geben?«, mischte sich die Verletzte ein.

»Der Herr Baur ist nochmals weggefahren, soll ich ihn anrufen?«

»Nein, nein, sagen Sie ihm, er soll kurz bei mir vorbeischauen, wenn er wieder zurückkommt. Aber keine Silbe, von einem Unfall.«

Der Wachmann trollte sich und warf dem Rumänen einen bösen Blick hinterher.

»Sie wissen, was Sie zu tun haben, mein Herr?«, fragte die Ärztin, nachdem sie Gianna gemeinsam mit den Ersthelfern ins Bett gelegt hatten. Gheorghe nickte und erinnerte sich an eine Episode in seinem bewegten Leben, als er tatsächlich für vier Wochen in einer Klinik in Bukarest hospitiert hatte. Die Ersthelfer verließen das Haus und ließen die beiden allein, wobei die Ärztin kein gutes Gefühl dabei hatte und Grunwald nochmals eindringlich auf die Gefahren einer Kopfverletzung hinwies. Mittlerweile hatte die Dämmerung eingesetzt und Gheorghe schaute angestrengt auf seine Uhr.

»Mhm, ich sollte langsam gehen, wenn ich noch einen Bus erreichen will«, gab er zu bedenken.

»Aber das kommt ja überhaupt nicht in Frage, Sie sind mein Gast, und falls Sie noch dringend irgendwo hinmüssen, dann fährt Sie unser Hausmeister. Das ist das Mindeste, was ich tun kann. Außerdem können Sie mich gar nicht allein lassen, ich habe der Ärztin versprochen, dass Sie mich pflegen.« Der autoritäre Unterton duldete keine Widerrede.

»Sie bekommen wohl immer was Sie wollen«, konnte sich Gheorghe nicht verkneifen zu sagen.

»Meistens«, antwortete die junge Frau und rang sich ein gequältes Lächeln ab.

»Aber können wir das Lästige ›Sie‹ nicht weglassen, wir sind ja im Prinzip so etwas wie Schicksalsgefährten. Jedes

Mal, wenn ich mich in einer brenzligen Situation befinde, bist du da und rettest mich. Ich bin Gianna.« Sie funkelte ihn dabei mit ihren tiefblauen Augen an und ihm lief es heiß und kalt den Rücken hinunter.

»Gheorghe«, war die knappe Antwort.

»Gut, normalerweise sollten wir mit einem guten Champagner Bruderschaft trinken, aber ich fürchte, das müssen wir angesichts meiner Kopfverletzung verschieben. Na ja, aufgeschoben ist nicht aufgehoben.« Sie nahm einen weiteren Schluck Tee und legte sich wieder hin, offenbar strengte sie das Reden jetzt ziemlich an. Dann rang sie sich doch noch zu einer Frage durch: »Verzeih meine Neugier, doch was hattest du eigentlich auf der verschneiten Wiese zu suchen? Ich meine, immerhin sind wir uns das letzte Mal in Lech begegnet. Das ist jetzt nicht gerade um die Ecke.«

»Hm… nachdem dein Bekannter, der saubere Herr von Bose, mich der versuchten Vergewaltigung bezichtigt und Huber mir danach unmissverständlich klar gemacht hat, dass ich in dem Nobelskiort keine Anstellung mehr bekommen würde, habe ich mich an dein Angebot erinnert.«

Gianna seufzte laut auf.

»Und wollte dir unbedingt berichten, wie dieser reiche Schnösel seine versuchte Straftat einem niederen Bediensteten anhängt, der für ihn offenbar auf einer Stufe mit einem lästigen Insekt steht.« Weiter erzählte er ihr, dass er in Reutlingen bei Landsleuten untergekommen war. Von den asozialen Verhältnissen, in denen sie hausten und von dem Sklavenhändler, der sie ausbeutete, erwähnte er indes keine Silbe. Die Episode mit dem Wachmann ließ er ebenso aus und meinte lediglich, dass er sie hier bei seinem ersten Besuch nicht angetroffen habe.

»Das ist ja eine Riesenschweinerei, was dieses Aas dort veranstaltet hat. Aber weißt du, was das Beste ist? Mein Vater wollte mich mit ihm verkuppeln. Das hat noch ein Nachspiel für Axel von Bose, das versichere ich dir.« Wütend schleuderte sie die Teetasse auf den Boden, die in hundert Teile zerbarst. Gheorghe erstarrte einen Moment und ging dann in die Besenkammer. Notdürftig kehrte er die Scherben zusammen und erkannte bei einem Blick in ihre Augen, dass es ihr leidtat.

»Entschuldige bitte, aber das ist wirklich unglaublich, was sich dieser Kerl geleistet hat. Das Versprechen mit dem Job bei meinem Vater werde ich natürlich auf jeden Fall einlösen. Hast du außer in der Gastronomie auch schon in anderen Bereichen gearbeitet? Falls nicht, ist es auch nicht weiter schlimm.«

»Also … so eine richtige Berufsausbildung … die habe ich nicht«, druckste er herum. »Habe aber in verschiedene Branchen hineingeschnuppert und ich bin handwerklich nicht grade ungeschickt.«

»Das hört sich gut an und ich bin mir sicher, dass wir einen passenden Job für dich finden werden. Doch jetzt musst du mich entschuldigen, ich würde gerne schlafen. Du kannst dich oben im Gästezimmer ausbreiten, dort ist auch ein Bad und hier unten in der Küche kannst du dich nach Herzenslust aus dem Kühlschrank bedienen. Bitte, fühl dich wie zu Hause.« Erschöpft und kraftlos ließ sie sich in die Kissen sinken.

Gheorghe verließ das Schlafzimmer mit dem riesigen Bett und dem begehbaren Schrank, der so groß war wie das Zimmer von Johannis. Wie auch alles andere in dieser Wohnung das genaue Gegenteil zu der Behausung der Bauarbeiter war, in der er die letzte Nacht zugebracht hatte. Die Küche, in der Weiß und Edelstahl dominierten, hätte einem

Restaurant der gehobenen Kategorie alle Ehre gemacht. Schwungvoll erklomm Gheorghe die elegant geschwungene Stahltreppe und schaute sich in dem oberen Stockwerk um. Auch hier war alles vom Feinsten und Gheorghe zog seine Schuhe aus und ging behutsam über die teuer aussehenden Fliesen, aus Angst, irgendwelche Kratzspuren zu hinterlassen. Er legte sich mitsamt seinen Klamotten in das Bett, das dem von Gianna in nichts nachstand, und ließ seinen Blick in dem Zimmer umherschweifen. Die Wohnung war nicht protzig, zeugte jedoch trotzdem von unaufdringlichem Reichtum und Eleganz. Einige Zeit war Gheorghe versucht, einfach hierzubleiben und diesen Luxus zu genießen, bevor ihm Johannis in den Sinn kam. Entschlossen erhob er sich wieder, nachdem er einen Entschluss gefasst hatte. Dezent klopfte er an Giannas Schlafzimmertür.

»Ja?«

»Ich bin es.« Vorsichtig öffnete er und trat ein. »Es tut mir leid, aber ich muss dringend gehen. Gerade eben habe ich einen Anruf von einem Landsmann bekommen, den ich gestern nach vielen Jahren wieder getroffen habe. Er, äh… er steckt in ziemlichen Schwierigkeiten und braucht meine Hilfe. Es geht in diesem Fall beinahe um Leben oder Tod«, flehte Gheorghe und entschuldigte sich insgeheim für seine Notlüge.

»Schade, ich hätte gedacht, wir könnten den morgigen Tag zusammen verbringen und unsere nette Konversation fortführen, wenn es mir wieder besser geht«, meinte Gianna, und ihrem Tonfall nach war ihr Bedauern ernst gemeint. »Offenbar kann ich über meinen Lebensretter nicht nach freien Stücken verfügen. Aber das ist kein Problem. Anna, die Frau unseres Hausmeisters und Wachmanns, wird mich mit ihrer Pflege wahrscheinlich erdrücken.«

»Entschuldige, wenn ich indiskret bin, aber hast du…

ich meine … bist du mit keinem Mann zusammen?«, fragte Gheorghe vorsichtig.

»Oh je, das ist eine längere Geschichte, das mit der Männerwelt und mir. Dafür bräuchten wir wahrscheinlich allein einen Tag, um dieses Thema erschöpfend zu analysieren«, antwortete die junge Frau und verzog ihr hübsches Gesicht zu einem Lächeln.

»Sobald das mit meinem Bekannten geklärt ist, melde ich mich und wir treffen uns zum Reden. Dann können wir auch das mit dem Job bei deinem Vater klären.«

»Ich sehne mich geradezu danach, endlich einmal in lockerer Atmosphäre mit dir zu plaudern und nicht immer nur nach Katastrophen.« Sie blickte ihn lange an und Gheorghe meinte eine gewisse Sehnsucht in ihrem Blick zu erkennen.

»Kannst du mir mal mein iPhone reichen?« Sie tippte auf eine eingespeicherte Nummer und nach einem Wartezeichen meldete sich eine männliche Stimme.

»Hallo Hubert, wäre es möglich, dass du gemeinsam mit deiner Anna kurz zu mir kommst?«

Wenig später klingelte es und Gheorghe öffnete dem vierschrötigen Wachmann, der in Begleitung einer molligen Mittsechzigerin war.

»Mein Bekannter hier wollte die Nacht bei uns verbringen, muss jetzt aber wegen einer dringenden Angelegenheit noch nach Reutlingen. Könntest du ihn bitte dorthin fahren, Hubert? Und du, Anna, müsstest währenddessen ein wenig Krankenschwester für mich spielen.«

Kaum hatte Gianna die Worte ausgesprochen, als die resolute Frau auch schon das Regiment übernahm. Gianna nahm dies seufzend zur Kenntnis und ergab sich in ihr Schicksal.

Die beiden waren bereits seit dreißig Jahren für Friedrich Baur tätig, anfangs Anna als Putzfrau und Hubert als Fahrer, und als das Firmenareal immer mehr wuchs, übertrug ihnen Baur das Hausmeisteramt mit integrierter Wachbereitschaft. Anna hatte sich schon immer rührend um Gianna gekümmert, und seit dem tragischen Tod ihrer Mutter fühlte sie sich noch mehr für die junge Frau verantwortlich.

»Also gut, aber dann fahren wir gleich, nicht dass ich nachher auf dem Rückweg in der Steige hängenbleibe. So wie es aussieht, bekommen wir auf der Alb heute und morgen noch jede Menge Neuschnee«, stellte Hubert in seiner ruppigen Art fest und verließ demonstrativ die Wohnung.

Gheorghe stellte sich noch ans Bett der Kranken und wollte ihr zum Abschied die Hand reichen. Doch Gianna zog ihn zu sich her und hauchte ihm einen Kuss auf die Wange.

»Vielen Dank für alles und auf ein baldiges Wiedersehen.«

Gheorghe wandte sich zum Gehen.

»Warte, ich habe was vergessen. Hast du ein Handy?«, rief Gianna ihm hinterher, als er schon halb zur Tür hinaus war.

Gheorghe drehte sich nochmals um und nickte.

»Dann gib mir doch bitte deine Nummer.«

Gehorsam kam er ihrem Befehl nach, konnte sich ein Lächeln aber nicht verkneifen.

Kaum hatte er das riesige Haus verlassen, als er es auch schon bereute, nicht bei ihr geblieben zu sein. Nicht erst seit dem Wiedersehen heute fühlte er sich stark zu ihr hingezogen. Doch im nächsten Augenblick schalt er sich einen Narren, der gesellschaftliche Unterschied zwischen ihnen beiden könnte nicht größer sein. Gianna würde irgendwann einen standesgemäßen Mann wie etwa diesen von Bose heiraten, denn dass diese Kreise in der Regel unter sich blieben, war ein ungeschriebenes Gesetz.

Draußen im Schneetreiben stand ein größerer Geländewagen mit laufendem Motor und Gheorghe beeilte sich, auf dem Beifahrersitz Platz zu nehmen. Mit finsterer Miene stierte der Fahrer geradeaus und keiner der beiden sagte etwas. Ausgerechnet diesem Kerl bin ich ausgeliefert, der mich am liebsten seinem Hund zum Fraß vorgeworfen hätte, dachte Gheorghe.

»Sie haben nichts zu Gianna von dem Vorfall heute Nachmittag gesagt.« Das war keine Frage, sondern eine Feststellung. »Danke.« Das Wort kam dem Mann sehr schwer über die Lippen.

Es verging wieder eine Zeit, in der keiner der Männer etwas sagte. Mehrfach geriet das Fahrzeug trotz Allradantrieb ins Schlingern, doch der erfahrene Lenker bekam die Situation stets wieder in den Griff.

»Ich habe das Gelände widerrechtlich betreten, es war Ihr gutes Recht, mich rauszuschmeißen«, meinte Gheorghe kurz vor dem Ziel.

»Trotzdem habe ich einen Fehler gemacht. Ich habe Ihnen nicht geglaubt, dass Sie ein Bekannter von unserer Gianna sind, weil Sie Ihrem Aussehen und Ihrem Zungenschlag nach kein Deutscher sind. Das ist unverzeihlich, denn offenbar hält sie große Stücke auf Sie.«

Er parkte in unmittelbarer Nachbarschaft von Johannis' Unterkunft und Gheorghe war im Begriff auszusteigen.

»Ich wünsche Ihnen eine gute Heimfahrt und vielen Dank.«

In diesem Moment streckte der Fahrer ihm seine Pranke hin.

»Ich bin der Hubert und du bist ein feiner Kerl.«

»Gheorghe«, entgegnete der Rumäne lächelnd und schlug ein.

»Bis zum nächsten Mal.«

Während er die Straße überquerte, fragte er sich bang, was ihn wohl bei seinen Landsleuten erwartete.

17

DONNERSTAG

»Guten Morgen, Herr Gross, raten Sie mal, mit wem ich gerade telefoniert habe?«

»Keine Ahnung, aber Sie werden es mir sicher gleich sagen«, antwortete Sascha, der keine Lust auf Ratespiele hatte. Heute ging es ihm körperlich zwar besser, doch die Tatsache, dass Miriam sich seit dem verhängnisvollen Silvesterabend nicht bei ihm gemeldet und auch seine Anrufe weggedrückt hatte, belastete ihn sehr. Am liebsten hätte er heute krank gemacht und wäre zu ihr gegangen. Er wollte seine Kollegin jedoch nicht im Stich lassen und beschloss spontan, erst am Samstag nach Stuttgart zu fahren.

»Sie sind ein Spielverderber, na schön, ich habe mit dem Pathologen gesprochen und er meinte, der DNA-Abgleich sei eindeutig. Bei dem Toten handelt es sich also tatsächlich um diesen Kranzler. Dann können wir jetzt so richtig loslegen«, stellte Mertens tatkräftig fest, wobei sie das Gefühl nicht loswurde, dass mit ihrem Mitarbeiter etwas nicht stimmte. Sie würde ihm später auf den Zahn fühlen. »Wir müssen das berufliche Umfeld des Ermordeten durchleuchten, Freunde, Bekannte und natürlich die Ehefrau nochmals eingehend befragen.«

Sie einigten sich darauf, dass Magdalena sich Frau Kranzler vorknöpfte und Sascha nach Ulm zum Hauptzollamt fahren würde. Bei der Arbeitsstelle des Ermordeten sollte er mit dessen Kollegen und Vorgesetzten reden. Sie ging kurz zu Köttmann, um diese Aktion bei einer anderen Behörde von ihm absegnen zu lassen.

»Wenn es denn sein muss«, knirschte der Kriminalrat. »Aber bitte, auch wenn es Ihnen schwerfällt, gehen Sie mit dem nötigen Feingefühl vor. Ich möchte keine Klagen hören, schließlich war ich mit Dieter Gisel auf der Polizeihochschule. Er hat dann zwar einen anderen Weg eingeschlagen, trotzdem stehen wir bis heute in ständigem Kontakt. Haben wir uns verstanden?«

Mit einem eifrigen Nicken verließ sie Köttmanns Büro und instruierte Sascha dahingehend.

Er wurde von Ganter begleitet, der ihnen auf Ersuchen von Mertens als Aushilfe dauerhaft zur Seite gestellt worden war. Ursprünglich hatte Sascha über Bad Urach und dann auf die Alb fahren wollen. Doch angesichts der schwierigen Wetterlage und mehreren Meldungen, wonach mindestens ein Albaufstieg wegen querstehender Lkw gesperrt war, zog er es vor, über die A 8 zu fahren. Auch hier kamen sie am Albaufstieg mehrmals gefährlich ins Rutschen, erreichten aber ihr Ziel dann trotz der widrigen Straßenverhältnisse in relativ kurzer Zeit.

Der imposante Zweckbau erinnerte irgendwie an ihr Präsidium in Reutlingen, offenbar war für diese Form von Ämtern ein einheitlicher Baustil vorgeschrieben. Am Eingang befand sich eine ausladende Theke, wo zwei Frauen und ein Mann bereitwillig Auskunft gaben. Bei jedem Mitarbeiter hatte sich eine kleine Schlange gebildet und die beiden Polizisten stellten sich zähneknirschend an.

Auf der Herfahrt hatten sie sich eine Strategie zurechtgelegt. Keinesfalls wollten sie bei den Leuten, die ja in weitestem Sinne Kollegen waren, zu forsch auftreten. Nach einer halben Stunde kamen sie endlich dran und wurden an einen Herrn Gisel von der Abteilung Finanzkontrolle

Schwarzarbeit der Bundeszollverwaltung – kurz FKS – verwiesen, dessen Büro sich im dritten Stock befand.

»Das hätten wir auch einfacher haben können«, stellte Sascha genervt fest und klopfte an die massive Holztüre.

»Herein!«, ließ sich eine weibliche Stimme verlauten. Sie traten in das Vorzimmer ein, wo sie von einer jungen Sekretärin gebeten wurden, noch kurz zu warten. Es dauerte etwa eine Viertelstunde, bevor die beiden Beamten zu dem Kriminalrat vorgelassen wurden.

»Guten Tag, Herr Gisel«, begrüßten sie den rundlichen Mann mit dem auffallend roten Gesicht, das von einem ebenfalls roten Haarkranz eingerahmt wurde.

»Habe ich etwas verpasst? Haben wir einen Termin?«, fragte er unfreundlich.

Die beiden zogen ihre Ausweise und hielten sie dem Beamten vor die Nase.

»Es geht um Ihren Mitarbeiter Herrn Erich Kranzler. Sie haben bestimmt schon davon gehört, dass er gewaltsam zu Tode gekommen ist. Wir ermitteln in dem Mordfall«, beeilte sich Gross zu sagen.

»Ach ja, das ist natürlich tragisch, die Sache mit Erich«, entgegnete Gisel, und auf seinem Gesicht zeigte sich zum ersten Mal so etwas wie eine menschliche Regung. »Wir kennen uns schon lange, müssen Sie wissen. Bevor sowohl er als auch ich in den Innendienst gewechselt sind, haben wir gemeinsam Kontrollen durchgeführt. Wenn damals bei den durchaus nicht ungefährlichen Einsätzen jemand zu Tode gekommen wäre, hätte man es eher verstanden. Aber heutzutage hat Erich genauso wie ich die Aktionen der Kollegen nur logistisch begleitet und die zu kontrollierenden Objekte ausgesucht.«

»Aber da hätten wir ja vielleicht einen Zusammenhang. Wie mir Ihre Sekretärin vorhin erzählt hat, sind Sie auch für das Baugewerbe zuständig. Herr Kranzler wurde auf einer Baustelle in Reutlingen auf grausame Weise umgebracht. Es wäre doch durchaus denkbar, dass er beim Ausspähen eines zu kontrollierenden Objekts enttarnt und dann von den Drahtziehern der Schwarzarbeit umgelegt wurde«, mutmaßte Ganter, der sich bisher unauffällig im Hintergrund gehalten hatte.

»Sie haben wohl zu viel James Bond gesehen. Wir legen uns ja nicht an jeder Baustelle auf die Lauer und spionieren irgendwelchen verdächtigen Leuten nach. Dazu haben wir das Personal gar nicht«, machte sich Gisel über Ganter lustig und Sascha beschloss, die Befragung wieder an sich zu reißen.

»Wie läuft es dann ab, Herr Gisel?«

»Wenn es sich bei dem Toten nicht um meinen Freund Erich handeln würde, hätte ich Sie spätestens jetzt an meine Sekretärin weitervermittelt, denn meine Zeit ist kostbar, wie Sie sich denken können. Also gut, wir vom FKS führen stichprobenartige Kontrollen durch und sind natürlich auch auf Tipps aus der Bevölkerung angewiesen, von denen wir sehr viele meist nützliche bekommen. Des Weiteren machen wir mehrmals im Jahr sogenannte Schwerpunktprüfungen zur Aufdeckung von illegaler Beschäftigung und Schwarzarbeit. Diese Kontrollen finden im Transportsektor, in der Hotel- und Gaststättenbranche und im Dienstleistungsbereich statt, um nur einige zu nennen. Und natürlich auch verstärkt auf dem Bau. Doch wie bereits gesagt, führen wir hier im Innendienst keine Kontrollen mehr durch, deswegen bin ich mir sicher, dass der Ort, an dem Erich Kranzler gefunden wurde, nichts mit seiner Arbeit beim Zoll zu tun hat. So, war es das jetzt?«

Die belehrende Art dieses unangenehmen Menschen

ging Sascha auf die Nerven, schließlich machten sie auch nur ihre Arbeit.

»Eine letzte Frage hätte ich noch. Haben Sie mitbekommen, dass Herr Kranzler mit irgendjemand hier in seiner Arbeitsstätte Streit hatte oder wissen Sie von Feinden, die er sich in seinem Berufsleben gemacht hat?«, fragte er und beobachtete sein Gegenüber genau.

Gisel neigte den massigen Kopf und schürzte die Lippen.

»Erich war ein umgänglicher Mensch, dessen Loyalität unbestritten ist. Von einem Streit mit den anderen Mitarbeitern ist mir nichts bekannt und auch früher, als wir noch vorneweg an der Front standen, erinnere ich mich lediglich an kleinere Kabbeleien, wie sie unter Kollegen in dieser Stresssituation durchaus üblich sind. Was allerdings die unzähligen Ganoven angeht, die wir eingebuchtet haben und denen wir auf die Zehen getreten sind, gibt es bestimmt einige, die auf Rache sinnen. Leider kann ich Ihnen spontan keine Namen nennen, doch ich werde ein wenig recherchieren und mich umhören. Die Informationen werde ich Ihnen dann über meinen alten Freund Köttmann zukommen lassen. Wie Sie sich denken können, bin ich genauso daran interessiert wie Sie, zu erfahren, wer Erich umgebracht hat.«

»Das freut mich und vielen Dank, dass Sie uns Ihre wertvolle Zeit geschenkt haben. Ach, eins noch, wo finden wir das Büro von Herrn Kranzler und seinen Kollegen?«

»Das können Sie sich eigentlich sparen, dort werden Sie auch nichts Neues mehr erfahren. Aber meinetwegen, hier hinaus und rechts den Korridor entlang bis zur übernächsten Türe.«

Die Männer tauschten noch Visitenkarten aus und Ganter und Gross verließen das Büro. In dem beschriebenen Raum trafen sie zwei jüngere Männer und eine Frau mittleren Alters an. Doch wie Gisel gesagt hatte, erfuhren sie nichts Entscheidendes mehr. Frei nach dem Motto »Über die Toten nur das Gute« wussten die Kollegen außer Lobeshymnen auf den Verstorbenen nichts zu berichten. Auf Anfrage von Sascha versprach die Frau, eine Liste mit den letzten Objekten, an denen Kranzler gearbeitet hatte, zu schicken.

»Offenbar gab es eine Order von oben, bevor wir die Kollegen Kranzlers besucht haben«, mutmaßte Sascha, als die beiden wieder auf dem Heimweg waren.

»Diese Bande ist eine verschworene Gemeinschaft. Aber die Idee mit der Baustelle, die Sie hatten, Ganter, finde ich gar nicht schlecht und ich verstehe auch nicht, warum sich dieser Gisel darüber lustig gemacht hat. Ich bin gespannt, was sowohl Gisel als auch seine Kollegen schicken. Sicherlich nichts, was uns in irgendeiner Form weiterbringt.«

»Man sollte dort mal mit einem Durchsuchungsbefehl auftauchen und den Laden so richtig auseinandernehmen«, schlug Ganter vor.

»So was wäre nicht schlecht, aber bevor das passiert, werden wir beide suspendiert.«

Da sie beide seit dem Frühstück um halb sechs nichts mehr zu sich genommen hatten, fuhren sie noch nach Ulm hinein. Ganter hatte einen Cousin hier und kannte sich ein wenig aus. Er schwärmte von dem malerischen mittelalterlichen Fischerviertel und hatte Sascha nicht lange überzeugen müssen, noch einen kurzen Abstecher dorthin zu machen.

18

Mertens stand gemeinsam mit der Polizeipsychologin vor dem schweren, schmiedeeisernen Tor und klingelte. Nach kurzer Überlegung hatte sie die Hilfe dieser äußerst feinfühligen und kompetenten Frau angefordert.

»Ja bitte«, meldete sich dieselbe Stimme wie bei ihrem letzten Besuch. Dieses Mal würde sie sich nicht so einfach abwimmeln lassen, zumal sie eine schlimme Nachricht überbringen musste.

»Mertens, Kriminalpolizei, ich muss mit Ihrer Mutter reden. Es ist wirklich dringend.« Es dauerte wieder eine gefühlte Ewigkeit, bis sich die Tür öffnete, und Magdalena war bereits drauf und dran, eine härtere Gangart einzuschlagen.

»Guten Tag, Frau Kranzler, das ist meine Kollegin Dr. Gerland«, begrüßte die Hauptkommissarin die Frau freundlich, die ein abweisendes Gesicht machte.

»Guten Tag, haben Sie beim letzten Mal was vergessen?«, fragte die Hausherrin schnippisch.

»Können wir reingehen, ich fürchte, diese Angelegenheit kann man nicht zwischen Tür und Angel besprechen«, drängte Mertens mit einem für ihre Verhältnisse ziemlich harschen Ton. Doch der zeigte offenbar Wirkung, denn Frau Kranzler wies ihren ungebetenen Gästen widerspruchslos den Weg ins Haus.

Sie durchschritten ein ziemlich großes Treppenhaus mit einer offenen Galerie und kamen direkt in ein weitläufiges Wohnzimmer, das mit wuchtigen Möbeln vollgestellt war. Neben einem riesigen Flachbildfernseher fiel die modern gehaltene Heizstelle auf, die ein Mittelding zwischen Kachelofen und Kaminofen darstellte und hinter dessen Scheibe gelbe Flammen züngelten.

»Bitte nehmen Sie Platz«, bat Frau Kranzler und wies auf einen ovalen Tisch mit Chippendalestühlen, der einen schönen Blick durch die Glasfront in den verschneiten Garten bot. Sie offerierte ihren Gästen sogar Kaffee, den die beiden Frauen gerne annahmen. Wie schon beim ersten Besuch, der sie und ihren Kollegen Gross nur bis zum Eingang geführt hatte, wurde Mertens das Gefühl nicht los, dass die Kranzlers deutlich über ihre Verhältnisse lebten. Denn von seinem Beamtengehalt hatte sich der Verstorbene solch ein Prunkstück von einem Haus sicher nicht leisten können. Aber vielleicht tat sie ihnen unrecht und einer der Eheleute hatte eine stattliche Erbschaft gemacht. Sie musste Ganter darauf ansetzen, die finanzielle Situation der Kranzlers zu durchleuchten.

»Frau Kranzler, ich bin diesen schweren Gang schon etliche Male gegangen, doch jedes Mal aufs Neue fällt es mir schwer. Ich …«

»Er ist es, nicht wahr?« unterbrach Elisa Kranzler die Hauptkommissarin. »Der Mann, der ermordet wurde, ist Erich.«

Sekundenlang sagte keine der Frauen ein Wort, bis Mertens die Lippen kräuselte und nickte.

»Trauern Sie, weinen Sie, Frau Kranzler«, meldete sich nun Frau Dr. Gerland und legte vertraulich ihre Hand auf die der Hausherrin.

»Lassen Sie mich!«, fauchte die und sprang von ihrem Stuhl auf. »Bestimmt hat dieses Flittchen, das er seit geraumer Zeit bumst, etwas damit zu tun. Dann brauche ich mich wenigstens nicht mehr scheiden zu lassen.«

Mertens und Gerland schauten sich verwundert an, solch eine Reaktion eines nahen Angehörigen war äußerst untypisch.

»Und jetzt verlassen Sie bitte mein Haus, ich habe noch zu tun«, schrie Elisa Kranzler und wies mit einer unmissverständlichen Geste Richtung Ausgang.

»Was ist los, Mutti, weshalb bist du so aufgeregt?«, fragte ihre Tochter, die eben den Raum betreten hatte, besorgt und legte einen Arm um die Schulter ihrer Mutter. Beim Anblick ihres Kindes löste sich die Wut in Windeseile auf und Elisa Kranzler schmiegte sich an ihre Tochter und weinte hemmungslos.

Gerland war nun ebenfalls aufgestanden und redete beruhigend auf die verzweifelte Frau ein. Sanft drängte sie sie wieder auf einen Stuhl und bat die etwa fünfzehnjährige Tochter, sich gleichfalls zu setzen.

»Stell dir vor … dein Vater …«, stammelte Elisa mit tränenerstickter Stimme.

»Wie, was ist mit Papa?«, fragte das Mädchen in die Runde.

»Du musst jetzt ganz tapfer sein«, bereitete Dr. Gerland sie vor. »Dein Vater ist das Opfer eines Gewaltverbrechens geworden. Aber wir von der Polizei werden alles in unserer Macht Stehende tun, um den Täter zu fassen.« Wohlweislich vermied sie das Wort Mörder.

»Aber das kann nicht sein, das muss eine Verwechslung sein … wer hätte einen Grund, Papa umzubringen? Er war zu jedermann freundlich.«

Ihrer ehrlichen Reaktion und ihrer Mimik nach hatte das Mädchen ein gutes Verhältnis zu ihrem Vater gehabt, im Gegensatz zur Mutter, dachte Mertens als sie die beiden eingehend beobachtete.

»Es ist leider keine Verwechslung«, antwortete Mertens

bestimmt, und diese Gewissheit trieb auch in die Augen des Teenagers Tränen.

Mehrere Minuten sagte niemand etwas und es waren lediglich die schluchzenden Laute der Trauernden zu hören. Die Kommissarin und die Psychologin verständigten sich stumm über Augenkontakt.

»Ich hätte zwar noch Fragen, doch in Anbetracht der tragischen Situation kann ich auch ein andermal wiederkommen. Frau Dr. Gerland wird, wenn Sie es wünschen, noch eine Weile dableiben und Ihnen in dieser schweren Stunde zur Seite stehen.«

»Das kommt ja überhaupt nicht in Frage«, meinte Frau Kranzler, plötzlich wieder kämpferisch. »Ihre Fragen werde ich jetzt gleich beantworten. Aber ich möchte nicht, dass Bea das alles mitkriegt. Würden Sie bitte mit ihr in ein anderes Zimmer gehen?« Sie blickte fragend auf Gerland, die kaum merklich nickte und mit der Tochter den Raum verließ.

»Ich weiß nicht, ob Sie verheiratet sind, Frau Mertens?«

»Äh … so gut wie«, antwortete Magdalena zögerlich und dachte an ihre eheähnliche Wohngemeinschaft mit Paul.

»Dann wissen Sie ja, dass es in jeder Beziehung Höhen und Tiefen gibt und bei uns gab es viele Höhen, doch in den letzten Jahren leider nur noch Tiefen. Erich hatte seit Längerem Affären, aber ich will die Schuld an unserer Situation nicht alleine ihm zuschieben. Durch meine Krebserkrankung habe ich mich verändert und ihn durch mein Verhalten mehr oder weniger zu anderen Frauen getrieben. Seit einem Jahr jedoch, als mir die Ärzte bescheinigt haben, dass die Krankheit besiegt sei, hatte ich den Wunsch und das Bestreben, in unserer Ehe einen Neuanfang zu starten. Wir haben zusammen einen wunderschönen Urlaub auf Kuba verbracht und sind übereingekommen, es nochmals miteinander zu versuchen.«

»Wieso haben Sie dann vorhin so heftig reagiert und von einem Flittchen geredet, das mit dem Mord zu tun haben könnte?«

»Na ja, bei ihm waren das offenbar nur Lippenbekenntnisse, denn von seiner letzten Geliebten konnte er die Finger einfach nicht lassen. An dem Tag, an dem er Ihrer Aussage nach ermordet wurde, habe ich ihn am späten Nachmittag zufällig mit ihr beim Weihnachtsmarkt beobachtet«, ließ Frau Kranzler die Katze aus dem Sack und Mertens öffnete staunend ihren Mund.

»Wieso haben Sie das nicht gleich gesagt, mit der war er ja dann wahrscheinlich auch in dem Hotel«, echauffierte sich die Hauptkommissarin. »Wissen Sie zufällig auch noch den Namen der Frau?«

Anstatt zu antworten schaute Elisa Kranzler nachdenklich zum Fenster hinaus und fixierte einen Punkt in ihrem Garten.

»Nach meiner Krankheit habe ich meine Lebensweise völlig umgestellt und keinen Alkohol und keine Zigaretten mehr angerührt sowie meinen Fleischkonsum drastisch reduziert. Aus Solidarität hat sich mein Mann den radikalen Maßnahmen angeschlossen und zudem den Radsport für sich entdeckt. Manchmal kam es mir bei ihm vor wie eine Sucht, als ob er die früheren Genussmittel und Frauengeschichten kompensieren müsste. Etwa drei Monate nach unserem Kubaurlaub, wo wir unserer Beziehung eine zweite Chance gegeben hatten, nahm die Radfahrerei Dimensionen an, die für sonstige Freizeitgestaltung keinen Raum mehr ließ. Zaghaft habe ich Erich darauf angesprochen und ihn gebeten, doch etwas kürzer zu treten. Er meinte nur lapidar, ich solle mir doch auch ein entsprechendes Rad kaufen und ihn bei seinen Touren begleiten.« Gedankenverloren nippte sie an ihrem Kaffee, der inzwischen kalt geworden war. »In diesem Augenblick hatte ich das Gefühl, dass mein Mann nicht ehrlich zu mir ist, denn er wusste genau, dass ich diese Art von Sport nicht mehr treiben konnte, und habe daraufhin damit begonnen, ihm nachzuspionieren. Ich hätte einen Detektiv auf ihn ansetzen können, doch ich hatte viel Zeit und ehrlich gesagt, hat mich dieser Nervenkitzel auch ein wenig gereizt.«

Mertens betrachtete ungläubig die eingangs so reservierte und beherrschte Frau, die plötzlich ein Leuchten in den Augen bekommen hatte. Hatte sie hier die Mörderin vor sich sitzen? Grund genug hätte sie gehabt, der Mann, der ihr zwei Mal die Liebe geschworen hatte, hatte sich als skrupelloser Ehebrecher entpuppt. Andererseits gäbe es ja noch die Möglichkeit, den Partner zu verlassen, bevor man ihn umbringt.

»Recht bald hatte ich den Treffpunkt der beiden rausgefunden und war dann doch ein wenig enttäuscht von Erich, dass er seine Liebelei in solch einer Absteige auslebte. Den Namen der Dame, die das Zimmer immer unter ihrem wirklichen Namen gebucht hatte, habe ich von dem schmierigen Concierge für hundert Euro erfahren.« Wieder machte Elisa Kranzler eine längere Pause und die Hauptkommissarin befürchtete schon, dass die Witwe mit ihrer Beichte aufhören würde.

»Es war nicht schwierig, den Background dieser … dieser Person ausfindig zu machen«, berichtete sie stockend. Es war Elisa Kranzler anzumerken, dass das Thema sie viel Kraft kostete. »Sie ist eine gewöhnliche Stripperin, diese Tanja Paullinger, die auf diese Weise ihren Lebensunterhalt verdient. Offenbar glaubte sie, mit meinem Mann das große Los gezogen zu haben, um dem Milieu auf diese Weise entkommen zu können. Bis heute ist es mir ein Rätsel, was ihn zu dieser … entschuldigen Sie meine

Ausdrucksweise … zu dieser Schlampe hingezogen hat.« Wieder stierte sie beinahe apathisch zum Fenster hinaus. »Seine anderen Geliebten, von denen ich Kenntnis habe, waren verheiratete Damen gewesen. Alle waren ungefähr in seinem Alter und brauchten wohl etwas Abwechslung in ihrer Ehe. Diese Tanja hingegen ist deutlich jünger und lebt in einem völlig anderen Umfeld.«

Vielleicht war es gerade dieses Verruchte, das ihn nicht mehr von ihr loskommen ließ, dachte Mertens, behielt ihre Vermutung jedoch für sich.

»Ich danke Ihnen für die Auskunft und ich verspreche Ihnen, dass wir Sie jetzt nicht weiter belästigen werden«, erlöste Mertens die Hausherrin und erhob sich langsam von ihrem Stuhl. »Aber zwei Sachen sollten wir noch klären, bevor ich gehe. Zum einen müsste ich wissen, wo Sie in der Mordnacht waren. Nicht, dass ich Sie beschuldigen würde, doch als nahe Angehörige gehören Sie halt zunächst zum Kreis der Verdächtigen.« Magdalena Mertens war es sichtlich unwohl dabei, der Witwe diese Frage zu stellen.

»Sie können Bea fragen, wir waren den ganzen Abend hier und haben auf Erich gewartet. Nachdem ich ihn am Nachmittag mit seiner Freundin auf dem Weihnachtsmarkt gesehen hatte, nahm ich mir vor, ihn zur Rede zu stellen. Diese Ungewissheit nagte an mir und ich befürchtete, dass die Krankheit durch den seelischen Stress wieder ausbrechen würde.«

»Das kann ich gut nachvollziehen und ich werde Ihre Tochter rein routinemäßig fragen. Um einen Mord aus Geldgier ausschließen zu können, müsste ich ein wenig über Ihre finanziellen Verhältnisse erfahren. Das können wir so unbürokratisch wie möglich behandeln«, sagte die Hauptkommissarin behutsam.

»Äh … wie meinen Sie das?«, stellte Frau Kranzler verwirrt die Gegenfrage.

»Na ja, ich muss in alle Richtungen ermitteln, und wenn ich sehe, in welcher Toplage Sie in einem Luxushaus wohnen, frage ich mich natürlich, wie sich ein gewöhnlicher Zollbeamter so etwas leisten kann«, meinte Mertens vorsichtig und beobachtete dabei, wie das versteinerte Gesicht von Elisa Kranzler einen wütenden Ausdruck annahm.

»Was soll das heißen? Glauben Sie vielleicht, mein Mann habe sich von irgendwelchen Leuten schmieren lassen, oder was? Das ist ja der Gipfel der Unverschämtheit! Diesen Luxus, wie Sie das nennen, haben wir uns hart erarbeitet und durch eisernes Sparen erst ermöglicht. Außerdem sind meine Eltern nicht unvermögend, aber das geht Sie nichts an.« Frau Kranzler schrie nun fast und Magdalena fragte sich insgeheim, wieso sie ihren notorisch fremdgehenden Ehemann nun so vehement verteidigte.

»Ich wollte Ihnen nicht zu nahetreten, Frau Kranzler, aber das sind lauter Fragen, die ich bei jedem Mordfall stellen muss. Außerdem trägt das alles dazu bei, Sie als Täterin auszuschließen.«

»Bevor ich Ihnen hierzu etwas sagen möchte, würde ich gerne mit meinem Anwalt reden. Wenn Sie mich jetzt entschuldigen.« Elisa Kranzler war nun wieder so unnahbar wie zu Anfang des Gesprächs und die Hauptkommissarin spürte, dass sie heute nichts mehr erfahren würde. Also musste doch Ganter Auskünfte bei Banken und Versicherungen einholen.

»Natürlich verstehe ich Ihre Wut, trotzdem wäre es mir lieber, wenn Sie mit uns kooperieren würden, denn eines verspreche ich Ihnen, in einem Mordfall haben wir auf Ihre sämtlichen Daten Zugriff und finden in der Regel alles heraus«, konnte sich Mertens nicht verkneifen zu drohen, um im nächsten Moment wieder ein Friedensangebot zu unterbreiten. »Soll Frau Dr. Gerland Sie und Ihre Tochter noch eine Zeit lang betreuen? Es wird Ihnen guttun mit einer erfahrenen Psychologin zu reden.«

Elisa Kranzler schien Vor- und Nachteile abzuwägen und entschied sich dann zu Mertens' Überraschung dafür, sich noch ein wenig mit Gerland auszutauschen.

»Wo ist das Zimmer Ihrer Tochter? Ich würde mich gerne von den beiden verabschieden.«

Wortlos ging die Hausherrin voraus und schritt die elegante Treppe empor. Es ging einen breiten Gang entlang, bis Elisa vor einer Tür stehenblieb und dezent anklopfte.

»Ich hätte eine Bitte, Frau Dr. Gerland, könnten Sie vielleicht noch ein wenig hierbleiben und sich um Frau Kranzler und ihre Tochter kümmern?«

»Aber selbstverständlich, wenn Sie beide das wollen?«

Mutter und Tochter nickten und Mertens verabschiedete sich. Schnell wurde sie von Frau Kranzler zum Ausgang gebracht.

»Nichts für ungut, sobald sich etwas Neues ergeben hat, melden wir uns. Auf Wiedersehen.«

Mit Mühe erwiderte Elisa Kranzler den Abschiedsgruß und Magdalena stapfte zu ihrem Wagen.

Um nicht noch mehr Porzellan zu zerschlagen, hatte es sich die erfahrene Polizistin verkniffen, die Tochter nach dem Alibi ihrer Mutter zu fragen. Als sie hinter dem Lenkrad saß, schrieb sie eine SMS an Gerland mit der Bitte, diesbezüglich behutsam nachzuhaken.

Gerade als sie losfahren wollte, kam ein großer Audi SUV um die Ecke. Ein wuchtiger Mann mit einem auffallend roten Gesicht und einem ebensolchen Haarkranz stieg aus. Mertens wartete noch einen Moment und sah, dass der Rotgesichtige zu der Haustüre von Frau Kranzler ging.

Offenbar kannten sich die beiden, denn als Frau Kranzler geöffnet hatte, fiel sie dem Mann um den Hals. Wahrscheinlich ein guter Bekannter, der sie in dieser dunklen Stunde tröstete, dachte die Hauptkommissarin.

»Wir kriegen das Schwein, der das getan hat, das verspreche ich dir«, hörte Magdalena noch. Sie wartete, bis die zwei im Haus verschwunden waren und schrieb sich die Nummer des riesigen Wagens auf.

19

Sascha und Ganter trafen lange nach ihrer Vorgesetzten in dem gemeinsamen Büro ein. Mertens machte gerade Anstalten, das Büro wieder zu verlassen.

»Hallo, sind Sie schon wieder zurück, ich hoffe der kleine Ausflug nach Oberschwaben hat sich gelohnt?«

»Na ja«, begann Sascha und erzählte ihr von dem Gespräch mit Kranzlers Vorgesetztem und den Arbeitskollegen. Ihren kleinen Ausflug verschwieg er geflissentlich. »War also nicht sehr ergiebig, das Ganze. Wir sind uns beide einig, dass die Jungs dort ziemlich gemauert haben. Wer weiß, vielleicht führen sie auch selbst diskrete Ermittlungen durch. Aber unser geschätzter neuer Mitarbeiter Ganter hatte einen interessanten Gedanken.« Stolz berichtete der neue Kollege von seiner Hypothese.

»Das ist in der Tat sehr aufschlussreich«, hob Mertens hervor, nachdem Sascha geendet hatte. »Und ob Sie es glauben oder nicht, als ich vorhin bei der Witwe war, ist mir eine ähnliche Idee gekommen. Sie erinnern sich bestimmt an unseren ersten Besuch dort, Herr Gross und auch daran, dass wir uns gefragt haben, wie Kranzler sich solch einen Palast leisten kann. Sie können sich denken, dass sich der Luxus nicht auf das riesige Eingangstor beschränkt. Bei meiner Frage nach den Finanzen ist mir Frau Kranzler ausgewichen, was bei mir immer eine innere Alarmsirene auslöst. Deshalb werde ich anschließend zu Köttmann gehen und um Erlaubnis bitten, dem Ehepaar Kranzler ein wenig auf den Zahn zu fühlen. Ich habe mir gedacht, dass das genau die richtige Aufgabe für Sie wäre, Herr Ganter. Sie durchleuchten sämtliche Konten, Lebensversicherungen und so weiter. Es interessiert mich brennend, wie sie sich den ganzen Luxus leisten können. Dann hat mir Frau Kranzler den Namen der aktuellen Geliebten ihres verstorbenen Mannes mitgeteilt, eine Frau Tanja Paullinger. Es wäre schön, wenn Sie sie ausfindig machen und mit ihr sprechen könnten.«

Ganter nickte dienstbeflissen.

»Des Weiteren sollten wir herausfinden, wer der Bauherr des Gebäudes ist, in dem wir Kranzler gefunden haben und herausfinden, ob es irgendeine wie auch immer geartete Querverbindung zu dem Getöteten gibt.«

Sascha Gross konnte sich ein leichtes Grinsen nicht verkneifen, statt Dienst nach Vorschrift zu machen und sich langsam auf den Ruhestand hinzubewegen, sprühte seine Kollegin nur so vor Tatendrang.

»Last but not least wäre da noch dieser undurchsichtige Chef der Leiharbeiterfirma, wo unser nicht sehr aussagewilliger Tatzeuge angestellt ist. Lopescu oder so ähnlich, hieß er doch. Herr Gross, ich kümmere mich um den Eigentümer des Hauses und Sie könnten den derzeitigen Aufenthaltsort dieses Rumänen auskundschaften. Vielleicht können Sie Frau Krenz fragen, ob sie Ihnen dabei helfen kann, Sie haben doch einen guten Draht zu ihr.«

Sascha glaubte, ein anzügliches Lächeln im Gesicht seiner Vorgesetzten zu sehen und wurde rot.

»Aber passen Sie auf, nach allem was wir über den Kerl gehört haben, ist er gefährlich. Das heißt, keine Alleingänge, sobald Sie wissen, wo sich Lopescu befindet, melden Sie sich.«

20

DONNERSTAGABEND

»Ist Sascha krank, Mami?«, wollte Sylvie, die jüngere von Miriams Mädels wissen.

»Äh … weshalb meinst du?«

»Na ja, sonst besucht er uns meistens drei Mal die Woche und seit Weihnachten habe ich ihn nicht mehr gesehen.«

»Er hat gerade wenig Zeit … da er in einem heiklen Mordfall ermittelt. Doch bestimmt kommt er am Wochenende zu uns«, beruhigte Miriam das Mädchen, das genauso wie ihre ältere Schwester Anne für den Kommissar schwärmte.

Die junge Frau vermied es in der Regel, ihre Kinder anzulügen, doch in diesem Fall sah sie es als notwendiges Übel an. Bevor sie den entscheidenden Schritt in eine bestimmte Richtung tun würde, musste Miriam mit sich selbst im Klaren sein. Sie musste sich eingestehen, dass die jüngsten Meinungsverschiedenheiten nichts an ihren Gefühlen für Sascha geändert hatten.

Mittlerweile hatte er damit aufgehört, sie dauernd anzurufen und auf die Mailbox zu sprechen. Seine WhatsApp-Nachrichten hingegen hatte sie alle aufgemacht, somit konnte er am anderen Ende erkennen, dass sie die virtuellen Briefe empfangen und möglicherweise auch gelesen hatte. Zu lange wollte sie ihn aber auch nicht mehr schmoren lassen, denn am Ende würde er noch die Lust an diesem Theater verlieren und sie womöglich endgültig verlassen. Dass dieser Fall eintrat, wollte Miriam auf jeden Fall verhindern.

»Machst du dich dann langsam fertig fürs Bett, meine Liebe?«

»Aber Mami, es ist erst acht Uhr und ich bin kein Baby mehr«, protestierte das Mädchen.

»Und hast morgen eine Arbeit in Mathe, wo du bekanntermaßen keine Bäume ausreißt«, ergänzte ihre Mutter.

Schmollend zog sich Sylvie ins Bad zurück. Ihre ältere Tochter durfte in der Regel bis zehn aufbleiben, doch diese Woche war Anne mit ihrer Klasse im Schullandheim in Oberstdorf zum Skilaufen. Bisher hielten sich beide Töchter noch an die aufgestellten Regeln, wobei sich das pubertäre Verhalten von Anne weiter verschlimmerte. Diese Dinge versuchte Miriam so gut es ging zu verdrängen, aber sicherlich dauerte es nicht mehr lange, und sie musste mit ihrer älteren Tochter eine ernsthafte Aussprache führen.

Eigentlich hatte sie vor einem Jahr noch gedacht, dass sie und Sascha um diese Zeit längst zusammenwohnen würden. Er hatte mit einer Versetzung nach Stuttgart geliebäugelt, doch dann war die Sache mit der Hehlerware dazwischengekommen, die das Paar eine Zeit lang entzweit hatte. Vielleicht renkte es sich ja schneller wieder ein als sie dachte. Miriam nahm sich vor, in diesem Fall den ersten Schritt zu machen und ihn zu bitten, bei ihr einzuziehen.

In diesem Augenblick klingelte es an der Haustüre und Miriams Herz pochte wie wild. Das konnte nur Sascha sein, sonst erwartete sie niemanden.

Sie eilte zur Tür, nicht ohne sich in dem raumhohen Spiegel neben der Garderobe nochmals anzuschauen und die Haare ein wenig zurecht zu zupfen.

»Du …?«, stieß sie erstaunt hervor.

»Überrascht?«

»Ziemlich, ich hatte eigentlich jemand anderen erwartet.«

»Hoffentlich keinen anderen Mann«.

»Äh … nun … eher eine Freundin«, druckste Miriam herum.

»Darf ich trotzdem reinkommen?«, fragte der unerwartete Gast.

»Entschuldige, Kevin, aber selbstverständlich kannst du reinkommen, es ist sicherlich nicht meine Art, alte Freunde an der Haustüre abzufertigen.«

Miriam hatte ihre Selbstsicherheit wiedergefunden und wies ihrem Jugendfreund den Weg ins Wohnzimmer.

»Haben wir Besuch, Mama?«, rief Sylvie von oben herab. »Ist es Sascha?«, wollte das Kind erwartungsfroh wissen und Miriam spürte, dass ihr Teint sich rötlich verfärbte.

»Nein«, rief die Mutter kurzangebunden. »Geh jetzt bitte ins Bett, du kannst ja noch ein paar Seiten lesen. Ich komm dann in einer halben Stunde und wünsche dir eine gute Nacht.«

Miriam ging zu ihrem Gast, der interessiert die Familienfotos betrachtete, die eingerahmt in einem hohen Regal standen.

»Entschuldige meine Neugier, ist Sascha der neue Mann in deinem Leben?«

»Das geht dich eigentlich nichts an, Kevin«, wies sie ihn kopfschüttelnd zurecht, um dann allerdings wieder zu lächeln. »Aber ja, ich bin mit Sascha seit einiger Zeit zusammen. Leider gab es in letzter Zeit ziemliche Meinungsverschiedenheiten und wir haben quasi eine Auszeit genommen. Wie es mit uns weitergeht, wird man sehen. Lass uns von was anderem reden. Neulich, als du in meinem Laden warst, hast du gesagt, dass du jeden Abend ausgebucht bist und am Samstag wieder zurück nach Brüssel gehen musst.«

»Tja, wie soll ich mich da rausreden? Am besten mit der Wahrheit. Ich war vorhin bei dem stellvertretenden Landtagsfraktionsvorsitzenden unserer Partei und habe mit ihm über die Folgen des Brexits gesprochen. In der Regel folgt danach noch ein Essen auf der Wielandshöhe, das ich mir unter normalen Umständen nicht entgehen lasse. Da ich jedoch seit unserem Wiedersehen unentwegt an dich denken musste, habe ich einen wichtigen Familientermin vorgeschoben. Vielleicht können wir ja mal gemeinsam in dem Restaurant speisen.«

»Aber mit Vergnügen, bei dieser Gelegenheit könnte ich den Maître dann ja für meine exquisiten Weine begeistern«, entgegnete Miriam lachend.

»Ich bin mir sicher, dass er die edlen Tropfen dann nur noch bei dir ordert.«

»Apropos edle Tropfen, darf ich dir etwas zu trinken oder zu essen anbieten, nachdem du ein Menü in einem solch tollen Laden hast wegen mir platzen lassen«, kokettierte sie.

»Na ja, Hunger hätte ich schon und gegen ein Gläschen Wein hätte ich auch nichts einzuwenden. Aber bitte mach dir keine Umstände.«

»Ein Drei-Gänge-Menü mache ich dir sicherlich nicht, eher ein paar Schnittchen. Du kannst unterdessen in den Keller gehen und dir was raussuchen.«

Miriam zeigte ihm den Weg in das Untergeschoss des Hauses und ging derweil zu ihrer Tochter. Im Kinderzimmer brannte zwar Licht, doch Sylvie war über ihrer Lektüre eingeschlafen. Behutsam nahm Miriam das Buch aus den Händen des Kindes und gab ihm einen zarten Kuss auf die Wange. Sie löschte das Licht und begab sich in die Küche, wo Kevin gerade dabei war, aus einer Geschirrschublade einen Korkenzieher zu angeln.

»Gute Wahl«, lobte Miriam, nachdem sie gesehen hatte, dass er sich für einen Montepulciano d'Abruzzo entschieden hatte.

»Durch meine Tätigkeit in Brüssel kenne ich mich mit kulinarischen Dingen mittlerweile gut aus. Brüssel ist nicht nur die politische Hauptstadt Europas, auch das lukullische Zentrum findet man an diesem Ort. Seit Jahrzehnten wird den Europaabgeordneten ja ein Hang zum Schlemmen nachgesagt. Doch die Zeiten, in denen die Parteien abgehalfterte Politiker in Brüssel entsorgten und diese es sich auf ihre alten Tage dort gut gehen ließen, sind definitiv vorbei. Die zunehmende Bedeutung, die das Parlament durch das Zusammenwachsen Europas erhält, artet in verstärkter Arbeit für uns aus. Was mir allerdings nicht wehtut. Schließlich bin ich dort nicht nur zum Geldverdienen, sondern weil ich mit Herz und Verstand hinter dieser Idee der Vereinigten Staaten von Europa stehe.«

In seinen Augen konnte Miriam sehen, dass es dem einstigen Luftikus ernst war mit seiner Aussage und dass er offenbar für dieses Ziel brannte. Sie hielt ihm zwei dickbäuchige Burgundergläser hin, in die er die rubinrote Flüssigkeit goss. Beide vollführten das Ritual von schwenken, riechen und vorsichtig trinken.

»Ein herrlicher Tropfen«, konstatierte Kevin.

»Es hätte mich bei deinem Beruf allerdings gewundert, wenn es anders gewesen wäre.«

»Setz dich schon mal hin, ich mach noch Häppchen.«

Der Politiker nahm sein Glas und die Flasche und ließ sich an dem Wohnzimmertisch nieder. Wenig später kam Miriam mit einer Platte auf der Käse-, Wurst- und Gemüseaufstrichbrote verteilt waren.

»Wenn ich gewusst hätte, dass du kommst, wäre ich vorher noch zum Einkaufen gegangen. Das ist jetzt alles, was der Kühlschrank hergegeben hat, dafür stammt das Ganze ausschließlich aus biologischer Herstellung«, entschuldigte sich Miriam.

»Aber ich bitte dich, das sieht doch hervorragend aus.«

Kevin nahm sich eine Schnitte mit Ziegenkäse drauf und musste sich beherrschen, damit er in seinem Heißhunger nicht die ganze Platte alleine wegputzte.

»Wenn sich das einrichten ließe, hätte ich schon mal Lust, dich in Brüssel zu besuchen und mir den ganzen Politikbetrieb dort anzuschauen«, klopfte Miriam vorsichtig an.

»Nichts einfacher als das, du musst mir lediglich ein paar Tage vorher Bescheid geben, damit ich mir Zeit freischaufeln kann. Übernachten kannst du selbstverständlich bei mir … in meinem Gästezimmer natürlich«, ergänzte er augenzwinkernd.

Sie unterhielten sich über dies und das, wobei Miriam das Gespräch immer wieder auf die belgische Hauptstadt lenkte. Nachdem die erste Flasche des süffigen Weines getrunken war, ging Miriam in den Keller und kam mit einem Chianti eines italienischen Ökowinzers zurück. Sie stellte die entkorkte Flasche auf den Tisch und füllte noch Chips und Erdnüsse in Schalen.

»Ähm, eine kurze Frage, die ich meinen Kunden auch immer stelle, bisher bist du noch einigermaßen fahrtüchtig, und danach?«, sie deutete auf den Wein.

»Du hast recht, ich werde dir noch ein Weilchen Gesellschaft leisten und mir dann ein Taxi bestellen, wenn dir das recht ist.«

Mit zunehmendem Alkoholgenuss häuften sich die »zufälligen« Berührungen und auch die Bemerkungen Kevins wurden anzüglicher.

»Meinetwegen kannst du auch bei mir schlafen«, schlug Miriam nach einem besonders gelungenen Kompliment Kevins in Bezug auf ihr tolles Aussehen vor, »… natürlich in meinem Gästezimmer«, ergänzte die junge Frau kichernd. Als sie dann nach den Nüssen in der Tischmitte griff, legte sich wie selbstverständlich Kevins Hand auf ihre. Verbunden mit einem intensiven Blick aus seinen stechenden Augen war das der Moment zum Dahinschmelzen. Er wertete es als stummes Einverständnis, dass sie ihre Hand nicht wegzog.

»Entschuldige die späte Störung, aber ich habe es einfach nicht mehr ausgehalten.«

Keiner der beiden am Tisch Sitzenden zeigte eine Regung, zu sehr waren sie überrascht von dem späten Gast. Offenbar hatte Sascha mit seinem Schlüssel die Tür geöffnet und war eingetreten, ohne dass Miriam und Kevin es mitbekamen. Alles hätte Sascha erwartet, aber nicht, dass Miriam händchenhaltend mit einem ihm unbekannten Mann am Tisch sitzen würde. Schnell zog sie ihre Hand unter der Kevins hervor und sprang auf.

»Äh … hallo Sascha … das ist jetzt aber eine Überraschung. Darf ich vorstellen, Kevin Haberland, ein Jugendfreund, den ich neulich bei einer Kundin nach vielen Jahren wiedergesehen habe.«

»Offenbar ist die Zuneigung zu deinem ›Jugendfreund‹ noch immer ziemlich lebendig«, stellte der Polizist mit grimmiger Miene fest.

»Es ist nicht so, wie du denkst«, verteidigte sich Miriam.

»So, was denke ich? So wie es gerade aussah, wärt ihr in kürzester Zeit in der Kiste gelandet. Ist dir unsere Liebe nichts mehr wert?«

»Sie haben wohl kein Vertrauen zu Ihrer Freundin, wenn Sie ihr solche Dinge unterstellen. Wir haben lediglich ein paar Gläser Wein getrunken und uns über früher unterhalten. Wenn Sie das als Vertrauensbruch sehen, dann tun Sie mir leid«, mischte Kevin sich ein.

Diese Aussage bewirkte, dass Sascha noch zorniger wurde. All der aufgestaute Ärger seit Silvester schien sich entladen zu wollen.

»Hör mal zu, du Scheißkerl, wenn du nicht sofort abhaust, bekommst du ein paar aufs Maul!«, drohte Sascha und machte einen Schritt auf Haberland zu.

»Mach jetzt hier keine Szene, Sascha, Kevin hat sich gerade ein Taxi gerufen und außerdem hast du überhaupt kein Recht, meine Bekannten rauszuschmeißen. Das hier ist immer noch mein Haus.«

Kevin war jetzt ebenfalls aufgestanden und grinste den Kommissar an.

»Sie haben gehört, was die Dame gesagt hat und ich denke, das Beste wird sein, Sie verschwinden jetzt«, meinte er locker.

Das war zu viel für Sascha.

21

DONNERSTAGMORGEN – RÜCKBLENDE

Nach dem heftigen Schneetreiben am gestrigen Abend hatte sich das Wetter beruhigt. Als Gheorghe am Mittwochabend in dem abbruchreifen Gebäude, in dem die Bauarbeiter hausten, angekommen war, hatten ihn die Männer wie einen alten Freund begrüßt. Sie teilten das wenige, das sie besaßen, mit dem Neuankömmling und es wurde dank Bier und Wodka ein feuchtfröhlicher Abend. Irgendwann schlich sich jedoch eine Melancholie, die er auch von seinem Aufenthalt in Lech her kannte, in die prächtige Stimmung ein. Die Arbeiter begannen wehmütige Volkslieder zu singen und die Sehnsucht nach der Heimat war deutlich zu spüren. Gheorghe zog sich leise zurück und legte sich in seinen Schlafsack. Der viele Alkohol hatte bewirkte, dass er trotz des Lärms ziemlich schnell einschlief.

Am Donnerstagmorgen wurde er rüde geweckt.

»Steh auf, du Faulpelz, die Arbeit beginnt in einer halben Stunde«, schrie ihm Johannis ins Ohr und rüttelte ihn dazu noch heftig.

»Lass mich in Ruhe, ich habe eurem Chef doch gesagt, dass ich erst morgen anfange und Lopescu hat es akzeptiert, wie du dich vielleicht erinnerst«, entgegnete Gheorghe genervt.

Der Ältere zog die Schultern hoch und entfernte sich in Richtung Küche. Kaum war er weg, schlief Gheorghe wieder ein und kam erst wieder zu Bewusstsein, als die Männer schon längst bei der Arbeit waren. Er hätte auch heute schon mitgehen können, doch erstens hatte er noch genügend Geld und zweitens musste er noch etwas erledigen.

Vereinzelt kam die Sonne durch, als Gheorghe durch die verschneite Altstadt schlenderte. Er nahm sich Zeit und schaute in die Auslagen der Geschäfte, die sich in dieser Einkaufsstraße gruppierten.

Aus einer Laune heraus betrat er die imposante Kirche und setzte sich in eine der hinteren Bänke. Gheorghe war nicht besonders religiös, da seine durch den Sozialismus geprägten Eltern mit dem »Opium fürs Volk« nicht viel hatten anfangen können und ihren Atheismus in die Erziehung hatten einfließen lassen. Trotzdem war er hin und wieder in die Kirchen in seinem Heimatland gegangen und hatte den orthodoxen Gottesdiensten beigewohnt.

Wie so oft spürte er eine gewisse Spiritualität und konnte sich der Faszination, die von diesem Gotteshaus ausging, nicht entziehen. Nach einer halben Stunde, die er meditierend zugebracht hatte, ging er wieder hinaus in die Kälte.

Die Fußgängerzone gefiel ihm nicht schlecht, lediglich das imposante Betongebäude, das bei näherem Hinsehen als Rathaus der Stadt zu erkennen war, wirkte auf den jungen Rumänen wie ein Fremdkörper.

Ohne Mühe fand er den Weg wieder zum Bahnhof und holte dort seinen Laptop aus dem Schließfach. Unweit von hier suchte er nach einem Café, wo er in Ruhe die Ereignisse seit seiner überstürzten Abreise aus Lech eintippen konnte.

Die Zeit verrann wie im Flug und plötzlich war es wieder Nacht. Gheorghe bezahlte seine Getränke bei der nunmehr dritten Bedienung und brachte das Notebook wieder ins Schließfach. Als er gegen neunzehn Uhr die Flaniermeile entlangwanderte, rechnete er damit, wieder auf Johannis zu treffen.

Doch offenbar befand sich der Alte heute nicht in Schwierigkeiten und Gheorghe betrat gutgelaunt die Absteige der Arbeiter. Wie jeden Abend bereitete immer der gleiche Mann, der in seiner Heimat als Koch gearbeitet hatte, das Abendessen vor. Gheorghe ging in den hinteren Bereich, wo er und Johannis nächtigten, konnte seinen neuen Freund jedoch nirgends entdecken. Er fragte die anderen Männer, doch die machten sich einen Spaß draus und feixten, dass der Ältere wohl noch um die Häuser gezogen sei, weil er so einsam war.

»Wann hat er die Wohnung verlassen?«, wollte er von Josef, dem Capo, wissen, der gerade einen kräftigen Schluck aus der Wodkaflasche nahm.

»Woher soll ich das wissen, ich bin doch nicht das Kindermädchen von dem Alten.«

Gheorghe war drauf und dran, sich den Kerl zur Brust zu nehmen, überlegte es sich dann jedoch anders. Mit Gewalt erreichte er bei diesen vom Leben gezeichneten und abgestumpften Männern gar nichts.

»Kann es sein, dass er in dieser Eckkneipe rumlungert, wo er neulich mit mir war?«

Genervt rollte der Vorarbeiter mit den Augen.

»Du gibst keine Ruhe, also gut, lass uns dorthin gehen. Ich komme aber nur unter der Bedingung mit, dass du mich auf ein Bier einlädst.«

Scheinbar widerwillig akzeptierte Gheorghe die Forderung und zog sich wieder an.

»Wo hast du die teuren Teile her, sowas bekommt man bestimmt nicht unter fünfhundert Euro. Hast du die Latschen geklaut?«, fragte Josef und deutete auf die Stiefel. Gheorghe erzählte ihm wahrheitsgemäß, wie er in Lech zu den Markenschuhen gekommen war.

»Das ist schon ungerecht, wir reißen uns hier den Arsch

auf und kommen trotzdem auf keinen grünen Zweig, und ein reicher Sack schmeißt so was Teures weg, wie wir unsere löchrigen Socken wegwerfen.«

Gheorghe nickte zustimmend, während sie durch den Schnee stapften. Die Kneipe war gut gefüllt und die beiden bekamen gerade noch zwei Plätze an der Theke. Josef lief kurz umher und schaute sich die Leute, die an den Tischen saßen, an, konnte Johannis jedoch nirgends erkennen. Gheorghe hatte derweil zwei Bier bestellt und prostete dem anderen zu.

»Wo kann er sich sonst aufhalten? Meinst du, er sei tatsächlich zu einer Prostituierten gegangen?«

»Ach wo, das war ein Scherz vorhin. Ich habe einmal mitgekriegt, wie Johannis seine Frau, so wie jeden Abend, angerufen und mit ihr geredet hat. So viel Liebe habe ich selten aus einer Stimme herausgehört, das kannst du mir glauben. Sie ist es, die ihm hier in Deutschland am meisten fehlt, deswegen bin ich überzeugt, dass er nichts anderes am Laufen hat.«

Josef leerte seinen Krug und bestellte noch zwei Bier, als Gheorghe auf der Toilette war.

Als er zurückkam, betrachtete er ärgerlich das schäumende Getränk. Statt hier rumzuhängen, wäre er lieber auf die Suche nach Johannis gegangen. Vielleicht steckte der Alte wieder in Schwierigkeiten wie neulich, als sie sich kennengelernt hatten. Obwohl er ihn erst zwei Tage kannte, war ihm der Kerl bereits ans Herz gewachsen und Gheorghe spürte instinktiv, dass irgendwas nicht stimmte.

»Danach gehen wir aber los und suchen Johannis.«

»Ja, ja, das sehen wir dann. Der alte Sack wird uns schon nicht verloren gehen«, entgegnete der Capo genervt, doch Gheorghe ließ sich nicht abwimmeln.

»Was ist mit dem Mord, den Johannis angeblich beobachtet hat? Wenn er tatsächlich was gesehen hat, dann schwebt er in Todesgefahr, das ist dir hoffentlich klar.«

»Ach was, auf der Polizeiwache hat er ausgesagt, dass er tief und fest geschlafen und überhaupt nichts mitgekriegt hat.«

»Was meinst du, war das Zufall mit dem Mord auf eurer Baustelle oder hängt das damit zusammen, dass ihr schwarz arbeitet?«, fragte Gheorghe direkt.

»Wieso schwarz, wie kommst du darauf?«

»Johannis hat mir erzählt, das Lopescu eure Papiere eingesammelt hat und ihr den kümmerlichen Lohn bar und ohne eine schriftliche Abrechnung bekommt.«

»Du stellst zu viele Fragen, mein Junge, bist du etwa ein verdeckter Bulle oder so was ähnliches?« Josef blickte sein Gegenüber nun beinahe feindselig an.

»Mein Interesse gilt lediglich Johannis, schließlich ist er ein Landsmann und kommt aus meiner Gegend«, ruderte Gheorghe zurück und versuchte, so harmlos wie möglich zu klingen.

22

DONNERSTAG, CIRCA 19 UHR

Der Mann, den die beiden suchten, stand an einem Baum im Volkspark und wartete auf Nadja Krenz, mit der er sich hier verabredet hatte. Nachdem er sie angerufen hatte, schlug sie ihm vor, sich bei ihr zu Hause zu treffen. Doch das wollte Johannis nicht und gab als Erklärung an, eine Baustelle in der Nähe zu haben. Nadja war ein wenig verwundert über den Treffpunkt, willigte schließlich ein. Er war der Vater einer früheren Freundin und hatte sie damals immer gut behandelt, deswegen sah sie ihm einiges nach.

»Wo bleibt die Tussi, ich hab' nicht ewig Zeit.« Aus einer dunklen Ecke trat ein mittelgroßer Mann und fixierte den alten Maurer mit seinen stechenden Augen. Ihm folgten zwei Hünen, die unschwer als seine Leibwächter zu erkennen waren.

»Sie müsste jeden Moment kommen«, beeilte sich Johannis zu antworten, und die Angst war ihm ins Gesicht geschrieben. Beim Gedanken daran, dass diese drei Totschläger Nadja in Kürze in ihrer Gewalt haben würden, fühlte er sich hundeelend. Doch das war seine einzige Möglichkeit, aus diesem Schlamassel rauszukommen. Lopescu hatte ihm versprochen, er könne heute Nacht noch die Rückreise in die Heimat antreten. Der Sklavenhändler hatte einen Fahrdienst, mit dem er die Arbeiter aus Rumänien herankarrte. Johannis könne mit einem der Kleinbusse, die zwischen Deutschland und Rumänien verkehrten, zurückfahren. Zudem würde er ihn fürstlich entlohnen, hatte er ihm versprochen, wenn er Nadja in die Falle locken würde. Aber war es das wert, konnte er in seinem Leben noch eine Nacht ruhig schlafen, ohne dass er an die junge Frau und ihr grausames Schicksal denken würde?

Johannis hatte für sich beschlossen, dass es für ihn alles rechtfertigte, wenn er nur dieser Sklavenarbeit und dem kümmerlichen Dasein in ihrer Gemeinschaftsunterkunft entkommen und endlich zu seiner geliebten Frau zurückkehren konnte. Und dann war da noch dieser Malowski, mit dem es unweigerlich zur Katastrophe führen würde. Entweder würde der ihn zu Tode drangsalieren oder Johannis würde irgendwann der Kragen platzen und ihn im Affekt umbringen.

»Das hoffe ich für dich«, drohte Lopescu unverhohlen.

Die drei Männer in ihren maßgeschneiderten Anzügen umringten den Alten und ließen keinen Zweifel daran, was passieren würde, wenn irgendwas schieflaufen würde. Fluchend wandten sie sich ab und gingen wieder in ihr vorheriges Versteck hinter ein paar dichten Büschen.

Die Sekunden verrannen quälend langsam und bei jedem Scheinwerferpaar, das auf der wenig befahrenen Straße sichtbar wurde, hoffte Johannis, dass es die Frau sein würde. Er blickte auf seine billige Armbanduhr und rief sich zum wiederholten Mal das Gespräch mit Nadja in den Sinn. Dabei war er sich sicher, dass er ihr als Zeit neunzehn Uhr genannt hatte.

In diesem Moment fuhr langsam ein Wagen heran und blieb dann wenige Meter vor Johannis stehen. Es handelte sich um einen Mini mit getönten Scheiben. Schwungvoll öffnete sich die Fahrertür und zu Johannis großer Freude stieg Nadja Krenz aus. Mit federnden Schritten ging sie auf den Vater ihrer Jugendfreundin zu.

»Ich habe schon befürchtet, dir sei was dazwischengekommen«, meinte der Ältere erleichtert und blickte demonstrativ auf seine Uhr.

»Dann hätte ich mich auf jeden Fall bei dir gemeldet, Johannis, nein, es war lediglich der dichte Verkehr, der mich aufgehalten hat. Ich unterschätze ihn immer wieder und komme regelmäßig zehn bis fünfzehn Minuten zu spät zu meinen Verabredungen. Man könnte jetzt sagen, dass ich einfach früher losfahren könnte, aber bisher bin ich stets auf Verständnis gestoßen, was vielleicht auch mit meiner Herkunft entschuldigt wird.« Sie öffnete ihre Handtasche und entnahm ihr eine Packung Zigaretten und ein Feuerzeug. »Möchtest du auch eine?« Sie streckte Johannis die Schachtel hin und der Bauarbeiter griff sich zitternd eine heraus.

»Was ist los, weshalb zitterst du so? Bist du aufgeregt wegen deiner Aussage als Augenzeuge?«

»Nein, nein, das verfolgt mich bereits eine Zeit lang, das Alter, verstehst du?«

Sie gab ihm Feuer und steckte ihren Glimmstängel ebenfalls an.

»Du hast also doch etwas gesehen und willst gegen diesen Verbrecher aussagen. Endlich folgt das miese Schwein seinem Bruder in den Knast und ich kann wieder ruhiger schlafen.«

»Aber, aber, wie kann ein solch schönes Geschöpf so derbe Ausdrücke gebrauchen.«

Nadja erschrak, als plötzlich drei Männer vor ihr standen.

»Alexis, ich hätte es wissen müssen, nachdem du mich an diesen abgelegenen Ort bestellt hast, Johannis«, wandte sie sich an den Alten und suchte krampfhaft nach einer Möglichkeit, zu ihrem Auto zu gelangen.

»Das kannst du dir abschminken«, tönte der Sklavenhändler, der die Absicht Nadjas erkannt hatte. »Du gehörst jetzt mir, meine Liebe. Wir machen einen kleinen Ausflug.« Sein diabolisches Grinsen verhieß nichts Gutes.

»Los, schnappt sie euch«, befahl Alexis Lopescu seinen beiden Schergen.

Gheorghe und Josef waren noch ein wenig in der Stadt umhergestreift, doch von dem vermissten Johannis gab es keine Spur. Wortlos und frierend waren sie dann zu ihrer Behausung zurückgegangen. Hatte Gheorghe noch gehofft, den Alten dort vorzufinden, so wurde er enttäuscht, und auch in der Nacht kehrte Johannis nicht zurück.

23

FREITAGMORGEN

»Dann nehme ich eben seinen Platz auf der Baustelle ein«, bot er Josef beim Frühstück an. Der schaute sich den Neuen nochmals genau an und nickte schließlich.

»Du hältst dich an mich, ich werde dir einfache Tätigkeiten angeben.«

»Aber sollten wir nicht bei den Krankenhäusern und Polizeidienststellen der Umgebung nachfragen, ob Johannis dort aufgetaucht ist?«, schlug Gheorghe vor, als die Arbeiter gemeinsam durch die kalte Nacht zu ihrer Baustelle wanderten.

»Jetzt nerv mich nicht andauernd wegen dem alten Sack, er wird schon wieder auftauchen, verlass dich drauf. Unkraut vergeht nicht.«

Die provisorische Türe war bereits geöffnet und als die Männer eintraten, wurden sie von einem übellaunigen Malowski empfangen. Die Rumänen drückten sich an dem breitbeinig dastehenden Vorarbeiter vorbei und nahmen ihre Arbeit vom Vortag wieder auf.

Gheorghe hatte von Johannis einiges über diesen miesen Typen erfahren und wollte nicht gleich am ersten Tag mit ihm aneinandergeraten. Deshalb versuchte er gleichfalls so unauffällig wie möglich an dem Kerl vorbeizugehen.

»Nanu, da fehlt doch einer. Wo ist denn mein spezieller Freund abgeblieben? Der hat sich doch nicht etwa aus dem Staub gemacht, das würde mich ja um meinen Spaß bringen«, spie Malowski sarkastisch aus und Gheorghe warf einen unauffälligen Blick auf dessen hasserfüllten Gesichtsausdruck. Er konnte nun nachfühlen, wie sich Johannis fühlte und schwor sich insgeheim, dem Typen mal richtig die Meinung zu sagen, auch auf die Gefahr hin, dass es zu Handgreiflichkeiten kommen würde. Doch vorerst musste er sich beherrschen, um nicht gleich am Anfang unangenehm aufzufallen.

»Johannis hat hohes Fieber, aber ich schätze am Montag ist er wieder da«, log Josef, der am besten Deutsch sprach.

»Das hoffe ich aber schwer. Ihr Kanaillen werdet ja nicht fürs Blaumachen bezahlt. Und was bist du für einer, dich habe ich hier noch nie gesehen.« Malowski war zu Gheorghe herangetreten und baute sich vor ihm auf.

»Der versteht Sie nicht, er ist erst gestern hier angekommen, kann aber arbeiten wie ein Pferd. Außerdem ist es mit Herrn Lopescu so abgesprochen«, beeilte sich Josef zu antworten. Obwohl es ihm schwerfiel, senkte Gheorghe den Blick und ließ die stumme Musterung über sich ergehen.

»Ihr Kerle wisst, was ihr zu tun habt, ich muss noch mal kurz weg, um Material zu besorgen. Aber glaubt ja nicht, ihr könnt so lange einen faulen Lenz machen. Sollte ich das Gefühl haben, dass ihr zu wenig gearbeitet habt, gibt's auch weniger Kohle. Aber das Spiel kennt ihr ja.«

Nachdem die Spurensicherung die Baustelle wieder freigegeben hatte, waren am Mittwoch und am Donnerstag endlich die längst überfälligen Fenster eingebaut worden. Lopescu hatte seinem Auftraggeber Baur vorgeschlagen, diese ebenfalls in Rumänien zu ordern. Obwohl sie dort deutlich weniger gekostet hätten, entschied sich der Bauträger aus Gründen der Gewährleistung für einen regionalen Fensterbauer. Somit konnten jetzt die Putzarbeiten ausgeführt werden und Gheorghes Aufgabe bestand darin, eine laute Maschine zu füttern. Die schweren Säcke aufzureißen und den Inhalt in die dafür vorgesehene Öffnung zu leeren, war eine ziemlich staubige Tätigkeit. Vollautomatisch wurde dem pulverigen Gips Wasser zugesetzt und das fertige Gemisch mittels einer Pumpe in Schläuche gepresst, um dann am Ende der Kette von den Putzern an die Wände gespritzt zu werden.

Gheorghe hatte in seinem Leben schon zahlreiche niedere Tätigkeiten ausgeführt, aber diese Arbeit toppte alles. Bereits nach einer halben Stunde war er nassgeschwitzt und hustete so wie selten zuvor in seinem Leben. Da das Ding unablässig pumpte, hatte er keine Zeit, bei Josef um eine Staubmaske anzufragen und hielt sich immer wieder kurz den Ärmel seines Hemds vor Mund und Nase.

Offenbar zeigte die Drohung Malowskis Wirkung, denn die Männer ackerten wie wild. Gheorghe fragte sich erneut, weshalb sie sich das gefallen ließen. Es musste doch in diesem bekannt fortschrittlichen Land Firmen geben, die ihre Leute fair behandelten und entlohnten. Als er schon glaubte, seine Arme würden ihm abfallen und er müsste aufgeben, kam Josef und stellte die Maschine ab.

»Mittagspause!«, rief er freudig und bedeutete Gheorghe, ihm in den Keller zu folgen, wo ein provisorischer Vesperraum eingerichtet war. Hier stand ein Tisch, auf dem bereits Wurst, Käse und Brot drapiert waren und in dem sich auch ein kleiner Heizlüfter befand.

Die Männer langten herzhaft zu und auch Gheorghe hatte einen gehörigen Appetit. An seiner letzten Arbeitsstelle in Lech war es auch stressig gewesen, doch gegen diese harte körperliche Anstrengung kam ihm das nun vor wie ein Erholungsurlaub.

Wie immer drehten sich die Gespräche um die Heimat und wer wann wieder nach Hause gehen würde. Während der Pausen und auch am Feierabend wurde nie über die ungeliebte Arbeit geredet, das war ein ehernes Gesetz. Das Heimweh wurde fast greifbar und die meisten schütteten von einer bereitstehenden Flasche billigen Fusel in ihre dampfenden Teebecher, um die Strapazen besser aushalten zu können. Die Uhr an der unverputzten Wand zeigte eine Minute nach eins und die Männer waren gerade im Begriff, sich wieder zu erheben, als die Tür aufgerissen wurde.

»Es ist immer wieder dasselbe, wenn ich nicht da bin, wird die Pause überzogen. Macht, dass ihr an die Arbeit kommt, ihr Bastarde, sonst mach ich euch Beine!«

Wie aufgescheuchte Hühner fuhren die Männer auf und beeilten sich, den warmen Ort zu verlassen. Das halte ich nicht lange aus, dachte Gheorghe, und in seinem Inneren brodelte es.

»Du da, passt dir was nicht?«

Er hatte Malowski wohl einen Moment zu lange angeschaut und wollte gerade etwas entgegnen, doch im letzten Augenblick besann er sich eines Besseren und senkte ergeben die Augen.

»Sie müssen ihn entschuldigen, er ist noch neu hier, aber er hat den ganzen Morgen ohne Unterbrechung den Putzmeister gefüllt. Deshalb sind wir ja auch schon so weit«, beeilte sich Josef zu bemerken.

Der Deutsche brummte etwas vor sich hin und suchte sich dann zwei Arbeiter, die das Material von seinem Wagen luden. Er machte sich die Hände nur noch selten schmutzig, seit sein Chef die Rumänen beschäftigte.

Den ganzen Nachmittag füllte Gheorghe Sack um Sack in die Maschine und wünschte nichts sehnlicher, als dass ein technischer Defekt das Ding außer Betrieb setzen würde. Vielleicht hätte er sich auch mit Schnaps betäuben sollen, wie die meisten seiner Kollegen. Er nahm sich vor, am nächsten Tag gleichfalls etwas von dem Hochprozentigen in seine Tasse zu kippen.

Irgendwann glaubte er, dass ihm die Erschöpfung Halluzinationen vorgaukelte, denn plötzlich stand Gianna im Treppenhaus, wo der Putzmeister aufgestellt war. Doch die Stimme ihres Vaters, der gleichfalls zur provisorischen Haustür hereinkam, klang sehr real.

»Stellen Sie mal den Lärm ab«, befahl er Malowski, der gerade aus einem angrenzenden Zimmer kam, wo er sein Büro eingerichtet hatte. Gheorghe riss sich reflexartig die ungeliebte Staubmaske vom Gesicht, als die Maschine endlich schwieg. Als sie ihn erkannte, weiteten sich Giannas Augen, und gerade als sie etwas sagen wollte, bedeutete Gheorghe ihr mit einem unmerklichen Kopfschütteln, ihn nicht zu verraten.

»Zum Glück haben wir während der zwei schönen Tage die Fenster reinbekommen«, meinte Baur zu seiner Tochter und klopfte sich den Schnee von seinem teuren Kaschmirmantel. »Dann kann es ja jetzt so richtig losgehen, Malowski. Wir müssen die Tage aufholen, in denen wegen der Ermittlungen nicht gearbeitet werden konnte. Stellen Sie den Arbeitern einen Sonderbonus in Aussicht, wenn sie es schaffe, oder motivieren Sie sie anderweitig. Hauptsache, wir kommen um eine Vertragsstrafe rum. Also weiter geht's«, meinte der Boss zu Gheorghe gewandt.

Da Baur davon ausging, dass Gheorghe kein Deutsch verstand, bedeutete er ihm mit einem eindeutigen Handzeichen, die Arbeit wieder aufzunehmen. Dienstfertig betätigte Malowski den Startschalter und die Maschine rührte wieder, während Baur und seine Tochter ihren Rundgang fortsetzten.

»Ich denke, wir sind gerade noch mal mit einem blauen Auge davongekommen, Malowski«, stellte Baur erleichtert fest, als die zwei noch kurz vor dem Haus zusammenstanden. Gianna war nochmals ins Haus gegangen, weil sie ihre Handschuhe vergessen hatte.

»Das sehe ich auch so, hoffentlich stellen die Bullen keinen Zusammenhang zwischen dem Ermordeten und unserer Firma her«, entgegnete Malowski und wusste im selben Moment, dass er was Falsches gesagt hatte.

»Weshalb sollten sie?« Baur fixierte seinen Vorarbeiter kalt. »Dieser Mann hat früher lediglich ein paar Kontrollen bei uns durchgeführt, oder sehen Sie das anders?«

»Äh … natürlich nicht, Herr Baur, ich meinte ja nur.«

»Dann ist es ja gut, schauen Sie, dass die Kerle ordentlich arbeiten, und um den Rest kümmere ich mich, ist das klar?«

Malowski nickte ergeben, doch eigentlich passte ihm der Ton nicht, den sein Chef anschlug.

Währenddessen war Gianna ins Treppenhaus zurückgekehrt, in dem Gheorghe arbeitete. Sie winkte ihn zu sich her und er verließ widerstrebend seinen Arbeitsplatz, denn die Putzer würden innerhalb kürzester Zeit mosern, wenn kein Material mehr bei ihnen ankam.

»Hallo, mein Retter, weshalb verleugnest du mich und schuftest hier für ein paar Kröten?«, stieß die junge Frau hervor, nachdem sie in einen kleinen angrenzenden Raum gegangen waren, in dem sich niemand aufhielt. »Ich könnte dir eine deutlich besser bezahlte Arbeit in unserem Betrieb besorgen und du wärst nicht diesem grässlichen Malowski ausgeliefert.«

»Er ist bekannt als Schinder, nicht wahr?«

Gianna verzog das Gesicht und nickte.

»Das habe ich mir gedacht. Aber glaube mir, ich habe meine Gründe dafür, dass ich mein Los mit den armen Schweinen teile.«

Fragend blickte Gianna ihn an und Gheorghe wandte den Blick zuerst ab, bevor er sich eines anderen besann. Aus einem Impuls heraus fasste er die schöne Frau an den Schultern und gab sein Schicksal in ihre Hände.

»Ich muss dir etwas beichten.«

24

FREITAGMORGEN

Miriam traten Tränen in die Augen, als sie an den gestrigen Abend zurückdachte.

Die zwei Männer hatten sich tatsächlich wegen ihr geprügelt. Sascha hatte rotgesehen, nachdem Kevin ihn quasi ausgelacht hatte. Mit einem gezielten Faustschlag hatte er den Politiker niedergestreckt und wollte ihm den Rest geben, als Miriam lauthals schreiend dazwischen gegangen war. Mühsam hatte Kevin sich wieder erhoben und wollte seinerseits wutentbrannt auf den Polizisten losgehen. Ohne auf die Schreie Miriams zu achten, packten sich die beiden gegenseitig und gingen zu Boden. Sie rangen wild miteinander und gelegentlich verpasste der eine dem anderen einen Schwinger.

»Hallo Sascha, was machst du da?« Offenbar hatte der Kampflärm die schlafende Sylvie aufgeweckt und unbemerkt von den Erwachsenen war sie die Treppe heruntergekommen. Beim Eintreffen des Kindes hatten die beiden Streithähne wie auf ein geheimes Signal hin voneinander abgelassen und sich langsam erhoben. Besonders Sascha schien es besonders peinlich zu sein.

»Äh … also … ich, also …«

»Ach Sylvie, manche Männer sind ab und zu einfach so und müssen sich wegen einer Nichtigkeit prügeln«, erklärte Miriam und blickte müde auf Sascha, der mit hängendem Kopf hinaustrottete.

»Ich melde mich«, nuschelte der Kommissar und verließ das Haus.

»Das Beste wird sein, wenn ich mich auch vom Acker mache. Du kannst mich ja mal anrufen, Miriam.« Kevin schnappte seine Jacke und folgte seinem Kontrahenten.

»Aber nicht, dass ihr euch draußen weiter klopft«, rief die junge Frau hinterher. Als auch Haberland gegangen war, wollte Miriam am liebsten losheulen, doch aus Rücksicht auf ihre Tochter beherrschte sie sich.

»So, mein Kind, geh bitte wieder nach oben und versuch' einzuschlafen.« Sylvie wollte schon protestieren, beim Blick in das traurige Gesicht ihrer Mutter überlegte sie es sich jedoch anders und trollte sich.

DONNERSTAGABEND – RÜCKBLICK

»Auf ein Wort, Sascha«, hatte Haberland dem Kommissar zugerufen, der gerade in seinen alten Alfa einsteigen wollte.

»Was willst du, lass mich bloß in Ruhe«, entgegnete Sascha und blickte feindselig auf seinen Kontrahenten.

»Ruhig, ruhig.« Der Politiker hob beschwichtigend seine Hände.

»Ich möchte mich dafür entschuldigen, dass ich heute bei deiner Freundin war und mit ihr auch noch vor deinen Augen Händchen gehalten habe. Aber du musst wissen, dass wir uns schon lange kennen. Wir sind gemeinsam in eine Klasse gegangen und hatten sogar mit siebzehn ein kleines Techtelmechtel miteinander. Das ist lange her und du brauchst wirklich keine Angst zu haben, ich will nichts von Miriam. Heute Abend wollten wir lediglich ein wenig über die alten Zeiten quatschen, und wenn es für dich so aussah, als wollte ich sie anbaggern, so tut es mir leid.« Haberland sah, wie seine beruhigenden Worte Wirkung bei Sascha zeigten. Dessen Miene wirkte nun nicht mehr so feindselig wie zuvor.

»Mhm, ich möchte mich gleichfalls entschuldigen. Es ist sonst nicht meine Art, gleich rotzusehen, aber Miriam bedeutet mir sehr viel«, erklärte Sascha mit belegter Stimme.

»Komm, lass uns noch irgendwo was trinken«, schlug Kevin vor, und seine ausgleichende und diplomatische Art, für die er bekannt war, verfing auch bei Sascha.

»Warum eigentlich nicht«, willigte der Kommissar ein und begleitete Haberland zu dem Italiener vorne am Eck.

FREITAGMORGEN

Von dieser Verbrüderung der beiden am gestrigen Abend hatte Miriam natürlich nichts mitbekommen, da sie einerseits mit Sascha nicht mehr reden und zu Kevin auch erst mal auf Distanz gehen wollte.

Sylvie war bereits aus dem Haus und Miriam saß alleine an ihrem Esstisch. Gedankenverloren schlürfte sie aus ihrer Kaffeetasse, die sie bereits zum dritten Mal wieder gefüllt hatte. Wieder einmal war ihre Beziehung zu Sascha in einer Sackgasse angekommen und sie fragte sich, ob das Zusammensein mit ihm die ganze Aufregung wert war. Andererseits musste sie ihm zugutehalten, dass er nicht aufgab und ihm ihre Verbindung offenbar sehr wichtig war. Sonst wäre er gestern Abend sicher nicht mehr aufgetaucht, nachdem sie sich seit dem Eklat an Silvester nicht mehr gemeldet hatte. Und dass er auf seinen vermeintlichen Nebenbuhler losgegangen war, entlockte ihr ein Lächeln, trotz der tristen Stimmung, in der sie sich befand. Da war dann noch der ziemlich attraktive und charmante Kevin, der mit Sicherheit auch nicht nur um der alten Zeiten willen bereits mehrfach bei ihr aufgekreuzt war. Hatte sie sich erneut in ihn verliebt, nachdem sie sich so viele Jahre nicht mehr gesehen hatten?

»Kling« tönte es aus ihrem Smartphone. Eine Nachricht war eingegangen und riss Miriam aus ihren Gedanken. Es ging um die Weinprobe, die sie heute Abend bei einem erfolgreichen Start-up-Unternehmen in Filderstadt veranstaltete. Mittlerweile hatte sie ihren guten Ruf ausgebaut und verkaufte trotz Konkurrenz durch das Internet mehr Wein als ihr Vater in seinen besten Zeiten. Allerdings hatte Rudi Neuburg seine Prinzipien gehabt und hätte einen Event mit neureichen Säcken, wie er sie genannt hätte, nicht gemacht. Miriam war in dieser Hinsicht mit mehr Pragmatismus gesegnet, den sie unzweifelhaft von ihrer Mutter geerbt hatte. Doch die Fülle an Veranstaltungen hatte den Nachteil, dass sie die Kinder immer öfter zu ihrer Mutter bringen musste. Gewiss wurden sie dort sehr gut aufgenommen und in jeglicher Hinsicht verhätschelt, aber Miriam spürte deutlich, wie ihr besonders die pubertierende dreizehnjährige Anne langsam entglitt. Als ihre Verbindung mit Sascha noch intakt gewesen war, hatte sie bei ihrer älteren Tochter keinerlei Anzeichen bemerkt, dass diese den verstorbenen Vater in irgendeiner Form vermissen würde.

Miriam hatte Angst vor dem nicht allzu fernen Tag, an dem Anne von ihrem Schüleraustausch zurückkehren würde und sie ihr erklären musste, dass das mit Sascha nicht mehr funktionierte. Diese Dinge gingen der Weinhändlerin durch den Kopf, während sie mit ihrem kleinen Lieferwagen zu dem Event fuhr. Sie nahm sich fest vor, an den Pfingstferien mit Sylvie und Anne in das Ferienhaus in Südfrankreich zu fahren. Dorthin, wo die Kinder im letzten Jahr einen unbeschwerten Urlaub genossen hatten, wenngleich die äußeren Umstände alles andere als ungetrübt gewesen waren.

Staunend stand sie vor dem eindrucksvollen Glaskasten, dessen Fertigstellung noch nicht lange zurückliegen konnte. Diese Firma musste wirklich mega erfolgreich sein. Miriam betrat das Gebäude und sah vorwiegend jüngere Leute in legerer Kleidung. Keine Anzüge, geschweige denn Krawatten, selbst der Pförtner war völlig ungezwungen angezogen. Er schenkte der Weinhändlerin ein strahlendes Lächeln und führte sie vorbei an riesigen, eingetopften Palmen in eine Halle, die den Stehtischen und der ganzen Einrichtung nach der Gemeinschaftsraum war. Hier traf man sich zum Mittagessen oder zu sonstigen Pausen, wie ihr der freundliche Mann beiläufig erklärte. In der Mitte standen mehrere runde Tische, wo drei Mitarbeiter einer bekannten Cateringfirma bereits begonnen hatten, ihre Köstlichkeiten zu drapieren. Eingerahmt von den runden Tischen stand ein größerer rechteckiger, der mit dem Namensschild »Chez Rudi« reserviert war. Miriam ließ ihren Blick umherschweifen auf der Suche nach einem Hubwagen oder Ähnlichem. Sie wirkte dabei offenbar etwas hilflos, was einen Mann mit zu einem Zopf zusammengebundenen Haaren bewog, näherzukommen.

»Entschuldigen Sie, schöne Frau, kann ich Ihnen mit unserem Wagen behilflich sein? Da Sie sich für den noch leeren Tisch interessieren, nehme ich an, dass Sie für den Wein zuständig sind.«

Irritiert betrachtete Miriam den Mann, der sie an einen alternden Rockstar erinnerte. Selbst in fortgeschrittenem Alter fühlten sich diese Typen unwiderstehlich, was Miriam veranlasste, eine ablehnende Haltung einzunehmen. Doch das schien den Ehrgeiz des mittelgroßen Mannes noch mehr anzustacheln.

»Hier, nehmen Sie«, er drückte ihr den Griff des Servicewagens in die Hand und Miriam bedankte sich. Sie wollte das Gefährt gerade zu ihrem Auto bugsieren, als sich der Mann in den Weg stellte.

»Erlauben Sie, dass ich mich vorstelle, Jamie Red, na ja, das ist mein Künstlername, eigentlich Jürgen Rothgerber, aber das hört sich nun mal nicht so toll an. Neben meiner Cateringfirma mache ich noch Rockmusik. Sie haben bestimmt schon von meiner Band, den ›Skyscrapers‹, gehört.«

Tatsächlich war Miriam mit ihrem verstorbenen Mann schon mal bei einem Auftritt der Jungs gewesen. Sie erinnerte sich noch vage daran, dass ihr der eingängige Bluesrock gar nicht schlecht gefallen hatte, doch das wollte sie diesem eingebildeten Pseudorockstar nicht auf die Nase binden und zuckte nur mit den Achseln.

Rothgerber ließ sich nicht abwimmeln und beharrte darauf, Miriam mit den Weinkisten zu helfen. Während sie ihren Tisch herrichtete, drohte Miriam beinahe zu platzen, denn der Kerl hörte nicht auf, sie zuzutexten. Zum Glück kam in dem Moment ein Mensch daher mit dicker Hornbrille, Schlabbersweatshirt und Latzhose.

»Sie sind sicher Frau Neuburg, gestatten, Theo Leuze, ich bin quasi der Chef in diesem Laden.«

Miriam musste ihre Überraschung erst mal runterschlucken.

»Freut mich, Herr Leuze, dass Sie gerade mein Haus für Ihren Event ausgewählt haben, und ich verspreche Ihnen, dass es für Ihre Mitarbeiter ein unvergesslicher Abend werden wird. Wie ich sehe, haben Sie auch kulinarisch keine Wünsche offengelassen«, lobte sie und sah zufrieden, dass Rothgerber sich trollte.

»In gewisser Weise machen Sie ja eine Weinprobe der etwas anderen Art und haben damit eine gewisse Bekanntheit erlangt. Na ja, wenn ich ehrlich bin, mache ich mir ja nichts aus derlei Gaumengenüssen, mir reicht ein Burger und eine Cola. Aber heutzutage gehört das ja einfach dazu und mein Ziel ist es, dass unsere Mitarbeiter rundum zufrieden und motiviert an die Arbeit gehen. Wissen Sie, wenn ich dafür Purzelbäume machen und Rad schlagen müsste, so würde ich das auch noch machen. Sie ahnen ja gar nicht, in welchem Wettbewerb wir stehen, damit gute Leute zu uns kommen oder bei uns bleiben. Mit Geld allein locken Sie heutzutage keine Spitzenkraft mehr her. Aber das ist nicht Ihr Problem, ich lasse Sie jetzt in Ruhe aufbauen. Sollten Sie Hilfe brauchen, wenden Sie sich bitte an Herrn Pichler, unseren Pförtner, Hausmeister und gute Seele. Er wird Sie in jeglicher Beziehung unterstützen.«

Mit diesen Worten eilte der Nerd davon und Miriam wusste nicht so recht, was sie von diesem Typen halten sollte, der laut Bilanzbericht mit seiner Klitsche sechzig Millionen Euro im Jahr umsetzte und eigentlich nur einen Computer, einen Burger und eine Coke zum Leben brauchte.

Mit einem leichten Kopfschütteln begann Miriam ihren Stand aufzubauen. Sie drapierte die verschiedenfarbigen Amphoren in einer Reihe und begann den Rebensaft einzufüllen, damit er noch eine Zeit lang atmen konnte. Danach stellte sie vorsichtig die bauchigen, langstieligen Burgundergläser auf den Tisch. Ein schneller Seitenblick genügte ihr, um zu sehen, dass die Caterer ihre Arbeit getan und sich zurückgezogen hatten. Mehrfach umrundete sie den Tisch, und nachdem alles zu ihrer Zufriedenheit aufgebaut war, zog sie ihr Manuskript hervor. Während sie den Ablauf des heutigen Abends nochmals durchging, registrierte die junge Frau, dass sich außer ihr niemand in der Halle aufhielt. Es wird bestimmt niemandem auffallen, dachte sie und schnappte sich ein Häppchen mit Graved Lachs vom Nachbartisch. Es folgten weitere Canapes, die sie sich einverleibte und Miriam musste anerkennen, dass Jamie Red alias Jürgen Rothgerber sein Handwerk verstand. Gerade noch rechtzeitig sah sie, dass die ersten Gäste eintrafen und ging unauffällig hinaus ins Foyer.

Eine halbe Stunde später hielt der Nerd eine kurze Ansprache und eröffnete das Büfett für eine kleine Zwischenmahlzeit, wie er sich ausdrückte, damit seinen Mitarbeitern der Wein nicht sofort in den Kopf stieg. Nachdem sie sich an den Köstlichkeiten delektiert hatten, bat Leuze Miriam, mit ihrer Verkostung zu beginnen.

»Guten Abend, meine Damen und Herren, ich hoffe, Sie haben nun eine gewisse Grundlage, damit wir mit der Weinprobe beginnen können. Ich bin mir sicher, dass in Ihren Reihen nicht nur Weinkenner, sondern auch Biertrinker, Proseccofans oder etwa Whiskyliebhaber sind. Trotzdem möchte ich Sie bitten, dem Wein eine Chance zu geben, da Sie dieses Getränk nach dem heutigen Abend nicht mehr loslassen wird.« Bewusst trug Miriam ein wenig dick auf, denn sie musste die Leute irgendwie zu fassen bekommen. Wenn von den vierzig Anwesenden fünfundzwanzig aufpassten, hatte sie gewonnen.

»Bevor wir den ersten Wein, einen Weißen, verkosten, will ich Ihnen eine kleine Anekdote dazu erzählen. Wie meine sämtlichen Tropfen handelt es sich auch hierbei um einen biologisch Angebauten. Der Vater des jetzigen Winzers fing schon relativ früh mit dieser Form des Anbaus an, er ließ allerlei Kräuter zwischen den Reihen wachsen und freute sich über die zahlreichen Insekten, die seinen Weinberg bevölkerten. Sein Nachbar war ein alter Kumpel, mit dem er schon so manches Glas geleert hatte. Doch beim Thema Biowein gingen die Meinungen der beiden so weit auseinander, dass die Freundschaft darüber beinahe zerbrach. Eines Morgens im Mai betrat der Ökowinzer voller Vorfreude einen Weinberg, der direkt an den seines Nachbars grenzte und erschrak beinahe zu Tode. Statt des blühenden Lebens, das er erwartet hatte, sah er nur noch abgestorbene Pflanzen und fing an zu weinen.«

Miriam hielt kurz inne und schaute in die Runde. Zufrieden gewahrte sie, dass ihr alle gebannt lauschten.

»Der Biowinzer war ein ausgeglichener Mensch, der normalerweise keiner Fliege was zuleide tun konnte, doch jetzt sann er auf Rache. Nachdem im wahrsten Sinne ein wenig Gras über die Sache gewachsen und die Ernte des Jahres eingebracht war, lud er seinen Nachbarn zu einem kleinen Umtrunk ein, um mit ihm das im Barrique ausgebaute Gewächs des Vorjahres zu probieren. Er schenkte zwei Gläser voll und der Nachbar lobte die schöne Farbe. Dann roch er daran und setzte an, daraus zu trinken. Im selben Moment war der Gastgeber herangetreten und hielt das Glas so fest, dass der andere einen Riesenschluck abbekam. Er hustete und spie fast im gleichen Augenblick Blut aus. Das Round-up, das ihm sein ehemaliger Freund in den Wein gemischt hatte, zerfraß seine Eingeweide und er starb einen grausamen Tod. Der Biowinzer stellte sich augenblicklich der Polizei und wurde zu einer lebenslangen Haft verurteilt.«

Ein heftiges Raunen ging durch die Zuhörerreihen.

»Diese schlimme Erfahrung müssen Sie heute Abend natürlich nicht machen«, meinte sie lächelnd. »Der Sinn dieser Anekdote, die sich so ähnlich tatsächlich zugetragen hat, ist, Ihnen ein wenig Sensibilität in puncto Biodiversität mitzugeben. Wenn Sie einmal aufmerksam durch die

Weinberge gehen, werden Sie den Unterschied zwischen konventionell und biologisch deutlich erkennen können. Mir hat mein verstorbener Vater in dieser Hinsicht die Augen geöffnet, der den Betrieb bereits sehr lange in diesem Sinn geführt hat. Doch genug der Schauergeschichten, lassen Sie uns mit dem Probieren anfangen. Dazu habe ich mir eine Art Spiel überlegt. Normalerweise bekommen Sie bei einer Weinprobe die verschiedenen Geschmacksvarianten vorgesetzt. Wir drehen den Spieß einfach um, Sie goutieren den Wein und geben mir drei Geschmacksnuancen durch und den Alkoholgehalt, der Ihrer Meinung nach in der Flasche steckt. Mit jedem Glas bekommen Sie eine Art Stimmzettel, den Sie bitte ausfüllen. Damit das nicht meiner Willkür obliegt, bitte ich Herrn Leuze nach vorne, um als Schiedsrichter zu fungieren.«

Der Geschäftsführer tat, als ob er davon völlig überrascht wäre, in Wirklichkeit hatte Miriam ihn im Vorfeld eingeweiht. Erst nachdem seine Mitarbeiter mehrmals seinen Namen skandiert hatten, ließ er sich erweichen und ging zu der Weinhändlerin.

»Kann man bei dem komischen Spiel auch was gewinnen?«, ließ sich eine skeptische Stimme hören.

»In der Tat gibt es eine Belohnung, wer eine Nuance und den Alkoholgehalt richtig hat, bekommt eine Flasche des zu erratenden Weines. Das für sich wäre schon ein guter Preis, denn die Flaschen sind nicht billig. Aber der Clou ist, wer am häufigsten richtig tippt, gewinnt eine fünftägige Reise zu einer der hier vorgestellten Weingüter, die sich in Frankreich, Italien, Spanien oder Portugal befinden. Der Hauptpreis beinhaltet den Transfer, die Übernachtung bei einem der Winzer, was einem Fünf-Sterne-Hotel entspricht, sowie die Rundumversorgung während der Reise, und das selbstverständlich für zwei Personen.«

Zuerst war es mucksmäuschenstill, wahrscheinlich mussten die Leute das Gehörte erst mal verdauen, doch plötzlich brandete lautstarker Beifall auf und auf ein Zeichen Miriams gossen der Hausmeister und zwei Gehilfen den ersten Wein aus den Amphoren in die Gläser. Zuerst schien es zu einem Gedränge zu kommen, doch ein kleiner Zwischenruf Leuzes stellte die Disziplin wieder her. Offenbar hatte die Lockerheit dieser Firma auch ihre Grenzen und jeder seiner Angestellten war sich im Klaren darüber, dass Leuze das Ganze sponserte.

»Bitte lassen Sie sich Zeit, riechen Sie zuerst daran und lassen den Wein eine Zeit lang in Ihrem Mundraum kreisen, bevor Sie ihn schlucken«, gab Miriam mit auf den Weg. Sie beobachtete die Mitarbeiter, während sie mit Leuze einen Small Talk hielt. Konzentriert befolgten sie die Anweisungen der Weinhändlerin und füllten, angetrieben von der Aussicht auf den Hauptgewinn, die vorliegenden Zettel aus. Das bewirkte jedoch auch, dass jeder für sich allein den Geschmack und den Alkoholgehalt erraten wollte. Miriam sah nur wenige Leute, die sich austauschten.

Gemeinsam mit dem Schiedsrichter wertete sie die Zettel aus. Insgesamt fünfzehn Weine standen zur Degustation und Miriam erzählte zu jedem Weingut eine interessante Anekdote. Sie vermied es, den Namen zu nennen, sonst hätte vielleicht der eine oder andere die Charakteristika der Weine gegoogelt. Mit jedem Schluck, den sie nahmen, wurden die Menschen lockerer und natürlich betrunkener. Den Schlusspunkt setzte ein beinahe schwarzer, sehr gehaltvoller Wein, dessen Alkoholgehalt, wie Miriam wusste, bei stolzen sechzehn Prozent lag. Die teilweise geröteten Gesichter sahen nun gespannt nach vorne, wo Miriam und Leuze die Köpfe zusammensteckten und zusammenzählten.

»Ich bitte nun den Schiedsrichter, das Ergebnis bekannt zu geben«, rief sie aus und gab dem Chef einen entsprechenden Wink.

»Also ... das war wirklich eine spannende Angelegenheit. Ich wusste gar nicht, dass wir so viele Weinexperten unter uns haben. Leider kann nur einer oder eine die Reise gewinnen, aber die Trostpreise sind ja auch nicht ohne. Es handelt sich ja schließlich nicht um irgendwelche Billigweine vom Discounter, sondern um richtig teure Gewächse. Ich bitte nun die charmante Weinhändlerin, die Gewinner einzeln vorzulesen, Frau Neuburg«, mit einer nonchalanten Geste gab er das Wort weiter an Miriam.

»Also, wir beginnen einfach mit dem ersten Tropfen, den wir probiert haben. Hierbei handelt es sich um einen portugiesischen Vinho Verde, richtig geraten haben drei Personen.« Sie nannte langsam die Namen. »Und bedenken Sie, dass jeder Gewinner natürlich auch die Chance auf den Hauptgewinn hat«, ergänzte sie, um die Spannung aufrechtzuerhalten. Nach dem zehnten Durchgang zeichnete sich ein Kopf-an-Kopf-Rennen ab zwischen einem etwa vierzigjährigen Mann mit deutlich gerötetem Gesicht und einer Frau, die aufgrund ihres jugendlichen Aussehens auch als Praktikantin durchgegangen wäre. Die Auswertung des letzten Durchgangs brachte letztlich die Entscheidung für den Mann, der daraufhin in lautstarken Jubel ausbrach und alle um sich herum umarmte.

»Ich hätte nicht gedacht, dass es so knapp werden würde, und ich würde gerne einen Trostpreis für die Unterlegene, die sich so tapfer geschlagen hat, ausloben. Selbstverständlich nur, wenn der Schiedsrichter einverstanden ist.« Miriam blickte hoffnungsfroh zu Leuze, und er schien lange zu überlegen, bevor er leicht nickte, obwohl das vorher abgesprochen war.

»Frau ...« Fragend blickte sie zu der Dame.

»Buschmann.«

»Ah, Frau Buschmann, wenn Sie bitte nach vorne kommen würden.«

Leuze, der gleichfalls bei jeder Runde mitgetrunken hatte, ließ es sich nicht nehmen, die schüchtern wirkende Mitarbeiterin zu umarmen.

»Zum Glück habe ich für diesen Fall vorgesorgt und unverbindlich eine Weinprobe für zwei Personen inklusive Übernachtung bei einem namhaften Biowinzer im wunderschönen Remstal gebucht. Ich wünsche Ihnen viel Vergnügen, Frau Buschmann«, meinte Miriam lächelnd und drückte ihr einen Gutschein in die Hand. »Doch jetzt zum Sieger.« Sie wollte diesen gerade bitten, nach vorne zu kommen, als er auch schon vor ihr stand, begleitet von »Mairinger!-, Mairinger!«-Rufen. Der Typ reckte triumphierend die Hände und man hatte beinahe das Gefühl, er hätte einen Olympiasieg oder etwas Ähnliches errungen. Auch er wurde von Leuze umarmt, allerdings weniger heftig.

»Das war eine grandiose Leistung, Herr Mairinger, das ist doch ihr Name?« Der Gewinner nickte und stellte sich neben Miriam. Da sie selbst wenig getrunken hatte, traf sie der Alkoholatem des Mannes mit voller Wucht, und sie begann sofort durch den Mund zu atmen.

»Ich müsste mich schon arg wundern, wenn Sie kein Hintergrundwissen zum Thema Wein hätten. Könnten Sie bitte kurz schildern, wo Sie Ihr profundes Wissen zu unserem geistigen Getränk erlangt haben?«, gab Miriam dem Gewinner die Möglichkeit, sich zu erklären.

»Na ja, die ersten Flaschen habe ich schon als Fünfzehnjähriger im Keller der Eltern geklaut und mit den Kumpels geleert, wie wahrscheinlich die meisten von euch.« Herzhafte Lacher waren die Folge und Mairinger wurde aufgefordert, mehr aus seiner Trinkerkarriere zu erzählen, doch ein kurzer Seitenblick auf den Chef reichte ihm, um nicht noch mehr in dieser Richtung preiszugeben.

»Was soll ich sagen, ich habe seither einige Weinseminare und Weinverkostungen besucht und mir dabei ein gewisses Grundwissen erworben. Aber jetzt freu ich mich natürlich auf den tollen Kurzurlaub, egal wo es hingeht.«

»Es wird sicherlich ein toller Aufenthalt und in wenigen Augenblicken verrate ich Ihnen, wo das Schicksal Sie hinführt«, meinte Miriam im Stile einer erfahrenen Moderatorin, und hielt Mairinger eine Schale mit fünfzehn zusammengerollten Losen hin. Die anderen Mitarbeiter vollführten einen improvisierten Trommelwirbel, als Mairinger zielstrebig eines herausholte und an Miriam weiterreichte.

»Es ist die Nummer … dreizehn!«, rief sie aus.

»Und wer sich richtig erinnert, der weiß, dass es sich hierbei um den toskanischen Edelwinzer Antinori handelt.«

»Ja!«, schrie Mairinger seine Freude hinaus und gab der verdutzten Miriam einen Kuss auf die Wange. Sie hatte Mühe, sich aus der Umarmung des durchtrainierten Mannes zu befreien.

»Wissen Sie schon, wen Sie mitnehmen werden, Herr Mairinger?«, fragte Miriam, nachdem sie ihm den Farbprospekt übergeben hatte.

»Na, am liebsten Sie«, war die überraschende Antwort, und seine Kollegen fingen wieder herzhaft an zu lachen.

»Tut mir leid, aber ich bin schon vergeben«, gab Miriam spitz zurück und erntete einen finsteren Blick von Mairinger. Sie beeilte sich nun, die Weinprobe zu beenden. »Ich danke Ihnen für Ihre geschätzte Aufmerksamkeit und wünsche weiterhin einen schönen Abend. Die angebrochenen Weinflaschen lasse ich Ihnen zur weiteren Degustation da, und falls das nicht ausreicht, werde ich noch ein paar Kartons deponieren. Da ich noch ein Stück fahren muss, möchte ich mich nun von Ihnen verabschieden. Es hat mir viel Spaß gemacht, bis zum nächsten Mal.«

Die Antwort war ein frenetischer Beifall, und nacheinander kamen beinahe alle Anwesenden auf Miriam zu und beglückwünschten sie zu der gelungenen Veranstaltung. Besonders Mairinger wich nicht von ihrer Seite, offenbar glaubte er in seiner Weinseligkeit, dass das Schicksal sie beide zusammengeführt hatte. Hilfesuchend blickte sie zu Leuze, doch der war in ein angeregtes Gespräch mit zwei Mitarbeiterinnen vertieft. Das Finanzielle war bereits im Vorfeld geregelt worden und die Buchhaltung der Firma hatte Miriams Rechnung prompt bezahlt. Die Auslagen für die beiden Hauptpreise würde Leuze selber begleichen.

»Aber weshalb kommen Sie nicht mit, Frau Neuburg«, beharrte Mairinger, während er ihr half, die schweren Amphoren hinauszuschaffen. »Bestimmt haben Sie so etwas Exklusives auch nicht jeden Tag. Wir könnten noch ein paar Tage dranhängen, wofür selbstverständlich ich aufkommen würde, und ans Meer fahren.«

Eigentlich war der Typ ganz witzig, dachte Miriam, und hatte bestimmt einen Schlag bei den Mädels. Doch ihr Bedarf an Männerbekanntschaften war fürs Erste gedeckt. Sie musste erst mal den vermutlichen Schlussstrich unter die Beziehung mit Sascha verdauen.

Nachdem die letzte Amphore verstaut war, wollte sich Miriam von Mairinger verabschieden und nur noch nach Hause in ihr Bett. Plötzlich wurde ihr bewusst, dass sie sich in dieser stockfinsteren Nacht alleine mit dem Typen auf dem nahezu leeren Parkplatz befand. So wie es aussah, war das Gros der Belegschaft mit dem Taxi gekommen.

»Überleg es dir doch noch mal, Schätzchen, ich verspreche dir, dass du den Urlaub mit mir in deinem ganzen Leben nicht mehr vergisst.« Mairinger lehnte an der Fahrertür, sodass Miriam ihn hätte beiseiteschieben müssen, um in ihr Auto zu steigen.

»Haben Sie eine Visitenkarte dabei, dann melde ich mich, wenn ich es mir überlegt habe, versprochen«, suchte sie ihr Heil in Zugeständnissen.

»Nein, nein, so einfach kommst du mir nicht davon«, entgegnete Mairinger und war in einer für einen Betrunkenen blitzschnellen Aktion bei ihr. Er legte den Arm um Miriams Schulter und flüsterte ihr ins Ohr.

»Stell dich nicht so an, du willst es doch auch.«

25

DONNERSTAGABEND – RÜCKBLICK

Die beiden Hünen schnappten die sich heftig wehrende Nadja und schleiften sie zum Auto. Wie eine Furie biss sie um sich, bis Lopescu herantrat und ihr eine schallende Ohrfeige gab. Der Schlag ging in einem Knall unter und im nächsten Moment streifte eine Kugel haarscharf am Kopf Lopescus vorbei.

»Wenn Ihre Gorillas die Frau nicht sofort loslassen, sind Sie ein toter Mann, Lopescu.«

Sascha stand mit erhobener Waffe und zielte auf den erschrockenen Sklavenhändler, der die Entschlossenheit im Gesicht des Kommissars richtig deutete. Dessen Kollege Ganter trat furchtlos zu den überraschten Männern und legte ihnen Handschellen an.

»Danke Herr, Gross, Sie haben mir das Leben gerettet.« Stürmisch umarmte Nadja ihren Retter.

»Zum Glück haben Sie mir ihre Bedenken wegen des nächtlichen Dates mitgeteilt«, stellte Sascha fest und machte sich langsam los.

»Was haben Sie sich dabei gedacht«, schrie er den völlig apathisch am Boden sitzenden Johannis an und zog ihn am Jackenkragen hoch.

»Dafür buchte ich Sie ein paar Jahre ein, das schwöre ich Ihnen, und dann noch die Falschaussage in dem Mordfall. Es wird eine lange Zeit dauern, bis Sie Ihre Heimat wiedersehen.« Der Kommissar bat Nadja, seine Worte zu übersetzen.

Der alte Mann fing sofort an zu weinen und zu betteln. Deutlich waren jetzt die Polizeisirenen zu hören und wenige Augenblicke später wimmelte es von uniformierten Beamten. Sie umringten die vier Rumänen und führten sie ab.

»Du bist tot«, stieß Lopescu zornig hervor und spie vor Sascha aus.

Der impulsive Kommissar wollte sich auf den Sklavenhändler stürzen, doch Nadja hielt ihn am Arm fest.

»Lassen Sie sich nicht provozieren von dem Schwein, Herr Gross, er ist es nicht wert, dass Sie seinetwegen ein Disziplinarverfahren bekommen. Sagen Sie mir lieber, was jetzt mit denen geschieht?«

»Na ja, heute Nacht werden wir sie erst mal in unserem Gewahrsam behalten. Aber so, wie ich Lopescu einschätze, wird morgen eine Horde von Anwälten auf der Matte stehen und ihn erst mal auf Kaution raushauen. Dabei wird er versuchen, die drei anderen und natürlich unseren vermeintlichen Zeugen ebenfalls rauszuholen. Wenn es irgendwie geht, versuche ich Johannis in Untersuchungshaft zu behalten. Meiner Ansicht nach schwebt er in höchster Gefahr und ich weiß nicht, ob er sich dessen bewusst ist«, mutmaßte Sascha.

»Johannis tut mir leid. Er kommt hierher zum Arbeiten und wird dabei gnadenlos ausgebeutet. Das kann doch nicht der Sinn des europäischen Gedankens sein.«

»Das glaube ich auch nicht, trotzdem hat er Sie hierhergelockt und billigend in Kauf genommen, dass Sie dabei zu Tode kommen. Dafür wird er sich verantworten müssen«, beharrte der Kommissar.

»Gehen Sie nicht zu hart ins Gericht mit dem armen Kerl, Herr Gross. Vielleicht gibt es ja irgendeine Möglichkeit, dass er doch noch mit einer Bewährungsstrafe davonkommt. Wenn er etwa sagen würde, was sich in jener Nacht auf der Baustelle zugetragen hat.«

Sie blickte auf Sascha, den der letzte Satz zum Nachdenken gebracht hatte.

»Doch jetzt ist genug mit Verbrechen, wie wäre es mit einem gemeinsamen Abendessen. Zum Dank, dass Sie mich aus den Klauen dieser Bastarde befreit haben, würde ich Sie gerne einladen.« Das Lächeln, das Nadja ihm schenkte, war vielversprechend und wahrscheinlich wären die meisten Männer, ohne lange zu überlegen, auf ihr Angebot eingegangen.

»Mhm«, räusperte sich Sascha. »Vielen Dank Frau Krenz, aber meine Freundin hat heute extra für mich gekocht«, log er. »Ein andermal gerne.« Sascha schenkte ihr gleichfalls ein Lächeln und hielt sich alle Optionen offen.

Nachdem er in der Nacht nach dem frustrierenden Besuch bei Miriam mit dem Zug nach Reutlingen zurückgefahren war, schalt er sich einen Narren dafür, dass er die Einladung der schönen Witwe ausgeschlagen hatte.

26

FREITAGMORGEN

Paul wuchs immer mehr in seine Rollen als Hausmeister, Koch und Gärtner, die er für Magdalena bekleidete, hinein. Gestern Abend hatte er eine traditionelle schwäbische Schlachtplatte für die Kommissarin gemacht, die mit derlei deftiger Kost bisher nicht viel anfangen konnte. Doch das von ihm selbst eingelegte Sauerkraut, das er mit viel Weißwein, Honig und diversen Gewürzen gekocht hatte, hatte ihr ausnehmend gut geschmeckt. Dazu servierte er Püree von seinen eigenen Kartoffeln sowie Speck, Blut- und Leberwürste aus der biologischen Tierhaltung seines Sohnes.

»Das schmeckt so super, ich kann beinahe nicht aufhören zu essen, Paul. Und das Beste ist, wenn mir vor der Begegnung mit dir jemand gesagt hätte, ich würde so Zeugs wie Kutteln oder Schlachtplatte essen, hätte ich ihn für verrückt erklärt«, hatte Magdalena lächelnd gestanden.

Paul hatte sich angewöhnt, jeden Morgen um sechs aufzustehen und zum nahen Bäcker zu gehen. Es gab tatsächlich noch einen in ihrer unmittelbaren Nachbarschaft, der sich dem um sich greifenden Bäckereisterben entgegenstemmte und sein Handwerk mit Liebe ausübte. Das machte sich im Geschmack der Backwaren und insbesondere dem der Brezeln bemerkbar. Um diese frühe Zeit waren noch nicht sehr viele Kunden im Laden und Paul konnte sich mit dem sympathischen Handwerker unterhalten, der bis um sieben selbst verkaufte, bevor dann eine Angestellte kam.

»Lohnt sich die ganze Schinderei und das Aufstehen mitten in der Nacht unterm Strich eigentlich noch?«, hatte er den Bäcker an diesem Morgen gefragt.

»Na ja, was heißt schon ›lohnen‹, ich werde nicht reich dabei. Aber solange mir die Arbeit noch Spaß macht und ich meine Familie ernähren kann, mache ich weiter. Gegen die Discounter komme ich preislich nicht an, die ihre Backlinge in irgendwelchen Billiglohnländern herstellen lassen. Doch in der letzten Zeit habe ich immer mehr den Eindruck gewonnen, dass den Leuten der Geschmack wieder wichtiger wird und ich häufig Kunden habe, die ich vorher noch nie in meinem Laden gesehen habe.« Der pausbäckige Mann grinste und reichte Paul die Tüte mit den frischen Brötchen.

»Das freut mich, denn ich wüsste nicht, wo ich sonst so wohlschmeckende Backwaren bekommen könnte«, entgegnete Paul und verließ die Bäckerei gutgelaunt.

Als Magdalena aus der Dusche kam, war der Frühstückstisch bereits gedeckt und der Geruch nach frischem Kaffee verbreitete sich in der Küche. Gemeinsam mit einem befreundeten Schreiner hatte Paul einen hohen Stehtisch und vier Barhocker gefertigt. Magdalena war zuerst skeptisch gewesen, ob diese Möbel in das alte Haus passten und ob sie nicht unbequem wären, doch mittlerweile wollte sie sie nicht mehr missen. Es war wie mit beinahe jeder Neuerung, die Paul schleichend eingeführt hatte, am Ende gewannen das Haus und der Garten. Es gab lediglich den einen Punkt, über den sie sich immer wieder in die Haare kriegten, und das war Pauls Verhältnis zu den Ärzten. Sie lag ihm ständig in den Ohren wegen der Vorsorgeuntersuchungen, doch der störrische Älbler zuckte dann mit den Schultern und meinte, wenn seine Zeit abgelaufen sei, werde ihn der Herrgott zu sich holen.

»Und was wirst du heute unternehmen?«, Magdalena zog sich eine dicke Jacke an und schnappte sich ihre Handschuhe.

»Hab' ich dir das nicht gesagt? Heute kommt doch ein Zimmermann, der am vorderen Dach einen Schneefang anbringt, bevor es wieder losgeht mit dem Schneetreiben.«

Bei diesen Worten lief es Magdalena eiskalt den Rücken hinunter. Die für Reutlingen ungewöhnlich hohen Schneemengen hatten dazu geführt, dass im Eingangsbereich ihres Hauses eine Lawine abgegangen und einen Postboten beinahe erschlagen hatte.

»Auch wenn es abgedroschen klingt, ich wüsste wirklich nicht, was ich ohne dich machen würde, Paul.« Sie drückte ihm zum Abschied einen Kuss auf die Wange und verließ das Haus. In all den Jahren, in denen sie in diesem riesigen Haus wohnte, hatte sie sich noch nie mit dieser Problematik auseinandergesetzt. Doch wenn am Haus einer Kriminalhauptkommissarin ein Briefträger zu Tode kommen würde, wäre das fatal.

In ihrem gemeinsamen Büro wartete bereits Sascha Gross, und beim Blick in das zerknautschte Gesicht ihres jungen Assistenten zuckte Magdalena unweigerlich zurück.

»Um Gottes willen, was ist denn mit Ihnen passiert, Herr Gross, haben Sie die Nacht durchgemacht?«

Tatsächlich hatte er mit Haberland, seinem vermeintlichen Widersacher, einen Zug um die Häuser gemacht und der Politiker, der entweder mehr vertrug oder einfach weniger getrunken hatte, hatte den Kommissar in den Zug nach Reutlingen gesetzt. In der Regionalbahn war er eingeschlafen und erst an der Endstation in Tübingen von einem Schaffner geweckt und zum Verlassen des Zugs aufgefordert worden. Mit einem Taxi war er schließlich zum Präsidium gekommen und hatte während der Fahrt lange mit sich gerungen, ob er angesichts seines Zustands nicht einfach krank machen sollte. Doch trotz seines benebelten Kopfes hatte Sascha so viel Pflichtbewusstsein, dass er seiner Vorgesetzten die Ereignisse des gestrigen Tages berichten wollte.

»Ich glaube, ich habe mir eine Grippe oder so was Ähnliches eingefangen«, versuchte er sich rauszureden.

»Wollen Sie mich veralbern, Herr Gross? Sie stinken, als ob Sie in einem Whiskyfass gebadet hätten und wollen mir was von einer Grippe erzählen? Ich dachte, wir hätten mittlerweile so etwas wie Vertrauen aufgebaut, oder habe ich mich da getäuscht?«

Sascha brummte vor sich hin und ging mit seiner leeren Tasse zum Kaffeeautomat.

»Na schön, ich hatte mal wieder Stress mit Miriam und hab den Kummer wohl zu sehr ertränkt. Doch das ist meine Privatangelegenheit und ich möchte mich dafür entschuldigen, dass ich versucht habe, Sie anzulügen. Aber genug von meinen Problemen, gestern Abend gab es eine dramatische Entwicklung in unserem aktuellen Mordfall.« Mit drastischen Worten schilderte er der Hauptkommissarin von der versuchten Entführung und den daraus resultierenden Festnahmen.

»Sie haben was getan? Auf Lopescu geschossen? Dann hoffen wir mal, dass Ganter standhaft bleibt und die Notwehrsituation bestätigt. Ansonsten sehe ich tiefschwarz für Ihre weitere Karriere«, tadelte die Hauptkommissarin mit strengem Blick.

»Aber Frau Mertens, Sie müssen mir glauben, die hätten Frau Krenz umgebracht, wenn wir nicht eingeschritten wären.«

»Kommen Sie sofort mit«, unterbrach eine barsche Stimme die Unterhaltung der Kommissare. Ohne anzuklopfen, geschweige denn zu grüßen, war Köttmann hereingeschneit.

»Wir haben Besuch von mehreren Anwälten, die ihren Mandanten, den Herrn Lopescu, gerne wieder in Freiheit sehen würden. Könnten Sie mich bitte kurz informieren, was genau vorgefallen ist?«

Am gestrigen Abend, bevor er nach Stuttgart zu Miriam gefahren war, hatte Sascha als ranghöchster Diensthabender veranlasst, die vier Rumänen in Untersuchungshaft zu bringen. Die lautstarken Proteste der zwielichtigen Typen waren an Sascha angesichts der Schwere der Tat abgeperlt und er hatte als Antwort lediglich mit der Schulter gezuckt.

Sascha riss sich so gut es ging zusammen und schilderte seine Sicht des vergangenen Abends. Er musste höllisch aufpassen, damit Köttmann seinen derangierten Zustand nicht erkannte. Die Zeiten, da er bei seinem Chef einen Stein im Brett gehabt hatte, waren längst vorbei.

»Das sind schwere Anschuldigungen, die Sie da vorbringen«, meinte der Vorgesetzte nachdenklich. »Allerdings hätten Sie den zuständigen Staatsanwalt benachrichtigen sollen. Aber ich sehe Ihnen das nach, in einer solch prekären Situation hätte ich auch nicht anders gehandelt.«

Mertens blickte Köttmann verblüfft an, das war ja fast so etwas wie ein Lob.

»Na gut, dann lassen Sie uns jetzt gemeinsam zum zuständigen Haftrichter gehen, wo die ganze Mischpoke bereits wartet.«

Erst allmählich wurde Sacha klar, was das Ganze für Konsequenzen für ihn haben könnte und ausgerechnet so etwas sollte er in seiner üblen Verfassung durchstehen.

Das Büro des diensthabenden Richters befand sich im hiesigen Gerichtsgebäude, einem imposanten Bau aus wilhelminischer Zeit.

»Diese Gebäude sind bestimmt immer so beeindruckend gebaut worden, um den gewöhnlichen Menschen Respekt vor der Staatsmacht einzuflößen«, mutmaßte Mertens, die gemeinsam mit ihrem Kollegen Gross dem vorausstürmenden Köttmann in einigem Abstand folgte.

Vor dem Amtszimmer warteten bereits mehrere Männer, die unschwer als Anwälte zu erkennen waren, sowie ein Mann mit dunklem Teint, der als Übersetzer diente. Die Gruppe wurde von vier uniformierten Polizisten flankiert, die die Gefangenen bewachten. Der von Köttmann herbeigerufene Staatsanwalt stand ein wenig abseits und schien etwas Interessantes auf der Straße zu beobachten.

»Herr Staudinger, ich grüße Sie.« Köttmann riss den Mann, der als Vertretung für den erkrankten, diensthabenden Staatsanwalt eingesprungen war, aus seinen Träumen. »Die Kollegen Mertens und Gross kennen Sie ja.«

Gelangweilt nickte der hochgewachsene Staatsanwalt den beiden Kommissaren zu. In diesem Moment trat eine junge Frau aus dem Raum und forderte die Anwesenden auf, einzutreten. Der als ziemlicher Hardliner bekannte Richter saß hinter seinem mächtigen Schreibtisch aus massiver Eiche und putzte seine Brille.

»Guten Tag, Herr Doktor Wittler«, begrüßte Staudinger, der als Erster eingetreten war, den weißhaarigen Mann mit der markanten Adlernase. Der Richter erwiderte den Gruß knapp und wartete, bis es sich alle auf ihren Stühlen bequem gemacht hatten.

»Wir sind heute hier zusammengekommen, weil der zuständige Staatsanwalt einen Haftbefehl und somit Untersuchungshaft gegen die hier anwesenden Beschuldigten fordert.« Er sah auf den vor ihm liegenden Aktenordner und las die Namen der vier Gefangenen vor.

»Ihnen wird die Entführung der hier in Reutlingen wohnenden Frau Nadja Krenz zur Last gelegt. Das ist eine schwerwiegende Anschuldigung, Freiheitsberaubung ist kein Kavaliersdelikt. Was haben Sie zu Ihrer Verteidigung vorzubringen?« Wittler wandte sich den Verteidigern zu.

»Herr Vorsitzender, hier liegt ein Missverständnis vor«, meldete sich ein elegant gekleideter Mann, der wohl der Sprecher der Anwälte war. »Unsere Mandanten und die Frau Krenz kennen sich von früher und haben sich lediglich zu einem kleinen Spaziergang getroffen. Sie wollten anschließend in der Sportgaststätte einkehren und hatten zu diesem Zweck auch einen Tisch für fünf Personen reserviert.«

Er legte eine Bestätigung des Restaurants auf den Schreibtisch.

»Gerade, als sie auf dem Weg zu ihrem Abendessen waren, tauchten zwei Polizisten auf und ballerten in Wildwestmanier um sich. Unserem Mandanten, Herrn Lopescu, pfiff eine Kugel um Haaresbreite am linken Ohr vorbei. Er benötigt dringend psychologische Hilfe und anstelle dessen sperren Sie ihn ein. Wir werden unsererseits rechtliche Schritte gegen diesen Ramboverschnitt einleiten. Ich bitte Sie nun, Herr Vorsitzender, unsere Mandanten unverzüglich freizulassen, damit sie wieder ihren Geschäften nachgehen können.« Bevor er sich wieder setzte, strich er die Bügelfalten seiner maßgeschneiderten Hose wieder glatt.

»Bitte schildern Sie mir Ihre Sicht der Dinge, Herr Staudinger.« Der Richter bedeutete dem gelangweilt wirkenden Staatsanwalt mit einer eindeutigen Geste, zu antworten.

»Nun, Herr Vorsitzender, der Herr Kriminalrat Köttmann hat mir vorhin kurz von dem Vorfall berichtet. Danach sah es für die beiden Polizisten, die am Tatort waren, so aus, als ob sich die Frau Krenz in einer gefährlichen Situation befunden habe. Davon, dass sich die potenziellen Entführer und die Frau kennen, weiß ich nichts.«

»Aber Nadja hatte Angst, deswegen hat sie mich gebeten, ebenfalls zu dem Treffpunkt zu kommen. Ich …«

»Wenn ich Ihre Meinung hören will, dann rufe ich Sie auf, haben wir uns verstanden?«, wurde Sascha von dem Richter brüsk unterbrochen und bekam einen hochroten Kopf.

»Ich gehe mal davon aus, dass Sie, Herr Gross und Ihr Kollege eine Entführung von einem harmlosen Spaziergang unterscheiden können und nicht gleich grundlos losballern. Trotzdem sagen die vier Verdächtigen aus, dass es eine einvernehmliche Zusammenkunft war. Wem soll ich denn nun glauben?«

»Herr Richter, einer der Männer ist ein wichtiger Zeuge in einem Mordfall, in dem wir gerade ermitteln und der andere ist ein Sklavenhändler und einer unserer Hauptverdächtigen«, rief Magdalena Mertens aus, der ob dieser Posse der Kragen geplatzt war.

»Jetzt hören Sie mir mal alle gut zu, hier kann doch nicht jeder herumbrüllen, wie er will, das geht so nicht«, polterte Wittler.

In diesem Moment erhob sich der Sprecher der Anwälte wieder.

»Herr Vorsitzender, wenn Sie erlauben.«

Genervt erteilte Wittler ihm das Wort.

»Vorhin habe ich vergessen zu erwähnen, in welchem Verhältnis Frau Krenz zu meinem Mandanten Herrn Lopescu steht. Sie arbeitete als Prostituierte in einem Bordell, das dem Bruder von Herrn Lopescu gehörte.«

Man hätte jetzt die sprichwörtliche Nadel zu Boden fallen hören können. Mertens und ihr Kollege Gross hatten den Zuhälter damals im Hause von Nadja Krenz' Ehemann festgenommen und von ihrer Vorgeschichte gewusst. Im Prinzip war es heutzutage nichts Anrüchiges mehr, im horizontalen Gewerbe zu arbeiten, trotzdem reichte das aus, um Nadja als Zeugin zu diskreditieren.

»Haben Sie noch etwas hinzuzufügen?«

»Herr Vorsitzender, eine Sache muss ich noch klarstellen, mein Mandant, Herr Lopescu, ist alles andere als ein Sklavenhändler, das weisen wir entschieden zurück und behalten uns vor, rechtliche Schritte gegen die Hauptkommissarin einzuleiten. Vielmehr hat er als rumänischer Staatsbürger hier in Deutschland eine Firma angemeldet, die brav Steuern zahlt, um etwa das Gehalt von Kommissaren zu bezahlen.« Diesen Seitenhieb konnte sich der eloquente Anwalt nicht verkneifen.

»Wie ist es mit Ihnen, Herr Staudinger, wollen Sie sich nochmals äußern?« Der Aushilfsstaatsanwalt war offenbar mit anderen Dingen beschäftigt und schrak zusammen. Vehement schüttelte er den Kopf.

»Nun gut, wie Sie wissen, hat Frau Krenz Strafanzeige gestellt, das heißt, dass es zu einem Prozess kommen wird. Da die Beweislage nicht eindeutig ist und Sie alle vier hier in Deutschland einer geregelten Arbeit nachgehen, sehe ich von einem Haftbefehl mit Unterbringung in einem Untersuchungsgefängnis bis zur Verhandlung ab. Trotzdem lege ich eine Kaution für alle vier in Höhe von zwanzigtausend Euro fest. Außerdem würde ich Ihnen, Herr Köttmann, empfehlen, Ihrem Kollegen, bei dem die Waffe doch etwas locker sitzt, ein paar Tage Urlaub zu geben, damit er zur Besinnung kommt. Auf Wiedersehen.«

Die vier Angeklagten blickten fragend auf Lopescu, der ihnen die frohe Botschaft in ihrer Landessprache mitteilte. Von seinen Anwälten flankiert, schritt Lopescu mit triumphierender Miene an den Polizisten vorbei, gefolgt von seinen Leibwächtern und Johannis, der allerdings nicht wusste, ob er lachen oder weinen sollte. Die Kommissare und ihr Vorgesetzter hingegen verließen mit einem grimmigen Gesichtsausdruck das Zimmer des Richters.

»Nehmen Sie sich zwei Wochen frei, Herr Gross, denn sollte sich irgendwas ereignen, würde der Rat des Richters herangezogen werden und die Kacke wäre am Dampfen«, gab Köttmann nicht unfreundlich bekannt und verabschiedete sich von den beiden.

»Wollen wir noch irgendwo einen Kaffee trinken?« Sascha nickte ergeben und folgte seiner Vorgesetzten.

Das »Vis-a-Vis« in der oberen Wilhelmstraße war wie jeden Vormittag ziemlich gut besucht und die Kommissare bekamen lediglich einen Platz am Tresen, allerdings ohne Barhocker.

»So etwas habe ich noch nie erlebt, wie dieser Staatsanwalt sich gebärdet hat. Man hätte gerade meinen können, er stehe auf deren Gehaltsliste«, stieß Sascha hervor und nippte an seinem heißen Cappuccino.

»Herr Gross, ich bitte Sie, keine falschen Verdächtigungen. Die beiden Knackpunkte waren Ihr vorschneller Schuss und die Tatsache, dass Nadja und dieser Lopescu sich kennen. Der Richter hatte gar keine andere Wahl, als die Kerle freizulassen. Mit Staudinger muss ich Ihnen Recht geben, ich fand auch, dass der Herr Staatsanwalt ziemlich passiv war. Denn im Grunde hat die ganze Angelegenheit ja direkt mit unserem Mordfall zu tun. Sie haben mir erzählt, dass dieser Johannis auspacken wollte, doch offenbar war das nur ein Trick, um Frau Krenz in die Falle zu locken. Dieser Lopescu hat den armen Kerl in der Hand. Wahrscheinlich droht er damit, nahen Verwandten von Johannis etwas anzutun. Das würde mich jedenfalls nicht wundern.«

»Meinen Sie, die können mir was anhängen, weil ich dieses Aas beinahe abgeknallt habe?«

Nun hatte Mertens das Gefühl, dass die Sache ihren

Kollegen doch sehr beschäftigte, in seinem Gesicht war beinahe so etwas wie Angst zu lesen.

»Wir arbeiten nun ja auch schon eine Zeit lang zusammen und ich schätze Sie als zuverlässigen Kollegen. Deswegen kann ich mir eigentlich nicht vorstellen, dass Sie grundlos in der Gegend rumballern. Ich bin zuversichtlich, dass sich das Ganze in Wohlgefallen auflöst, zumal Sie mit Herrn Ganter und Frau Krenz zwei Zeugen haben, die über jeden Zweifel erhaben sind. Was man von den anderen Beteiligten absolut nicht sagen kann.«

Sascha nickte zustimmend über diese aufmunternden Worte. Seine Miene hellte sich jedoch nicht auf, weil ihm noch die Sache mit Miriam ständig durch den Kopf ging. Doch darüber wollte er mit seiner Chefin heute nicht reden. Vielleicht könnte er seinen Kumpel Karl Mader treffen und sich bei dem ausweinen.

»Also gut, Herr Gross, ich muss noch mal ins Büro. Sie ruhen sich jetzt erst mal ein paar Tage aus. Das mit den zwei Wochen Urlaub nehmen wir nicht so wörtlich, denn darauf, dass Köttmann mir einen Ersatz für Sie zur Seite stellt, verlasse ich mich lieber nicht. Wenn es Ihnen recht ist, werde ich Sie am Montag oder Dienstag kontaktieren und Sie auf den neuesten Stand bringen.« Mertens gab dem jungen Mann hinter der Theke das Geld für die zwei Cappuccini. »Erholen Sie sich gut, Herr Gross.« Mit diesen Worten verließ sie die gemütliche Kneipe und ließ ihren grübelnden Kollegen zurück.

»Möchten Sie noch was trinken?«, fragte eine hübsche Frau, die gerade eben ihre Schicht angetreten hatte und riss den Kommissar aus seinen Träumen.

Ihm fielen ihre schier endlos langen Beine auf und die Kurzhaarfrisur, die ihre feinen Gesichtszüge gut zur Geltung kommen ließen.

»Bringen Sie mir ein Radler«, bat Sascha nach einer kurzen Bedenkzeit, obwohl es eigentlich nicht seine Art war, am späten Vormittag schon mit Alkohol anzufangen. Sobald sich Gelegenheit bot, schäkerte er mit der Bedienung und stieg dann auf unverdünntes Bier um. Da Sascha bereits gestern Nacht sehr viel konsumiert hatte und alles andere als ein geübter Trinker war, stieg es ihm schnell zu Kopf. Nach der dritten Halben schlug ihm die nette Kellnerin unaufdringlich vor, eine Kleinigkeit zu essen. Der Kommissar war bereits in einem Zustand, in dem er keine Belehrungen mehr annahm, doch der Frau zulieb bestellte er ein Schinkenbaguette und einen kleinen Salat dazu.

»Wann hast du Feierabend, Sandy?«, fragte Gross, nachdem er sie während der kurzen Pausen immer wieder angesprochen, und sie dann begonnen hatten, sich zu duzen.

»Weshalb fragst du?«

»Na, wir könnten doch noch irgendwo anders hingehen und was trinken. Ich lade dich ein.«

Lachend schüttelte sie ihren Kopf und wandte sich einem Neuankömmling zu. Es war doch immer wieder dasselbe mit den Kerlen, sobald sie ausreichend Alkohol intus hatten, wurden sie aufdringlich. Aber dieser hier gefiel ihr und sie war sich ziemlich sicher, dass dieser Mann heute seinen Liebeskummer ertränken wollte. Sandy hatte zwar eine Beziehung, doch weder sie noch ihr Freund nahmen es mit der Treue besonders ernst. Sie war schon Ende zwanzig, doch um eine Familie zu gründen, war das in ihren Augen definitiv zu früh. Außerdem konnte sie sich den Job hier dann abschminken. Mit dem üppigen Trinkgeld, das ihr besonders die männlichen Gäste zusteckten, verdiente sie mehr als in ihrem eigentlichen Beruf im Einzelhandel. Und in dieser Kneipe machte das Arbeiten eindeutig mehr Spaß, wenngleich es mitunter ziemlich stressig werden konnte.

»Du bist wohl ein ganz Hartnäckiger, was? Wenn ich mit jedem mitgehen würde, der mich hier anbaggert, hätte ich sonst für nichts mehr Zeit, das kannst du mir glauben«, entgegnete sie schnippisch, nachdem sie dem neuen Gast eine Weinschorle gebracht hatte. Sie wollte den Burschen hier ein wenig zappeln lassen.

»Ich bin ja nicht jeder und ich verspreche dir, du wirst es nicht bereuen.«

Kopfschüttelnd ging sie in die Küche, ohne auf das zweideutige Angebot von Sascha zu antworten. Es dauerte eine weitere halbe Stunde, in der er sie immer wieder drängte, bevor sie endlich nachgab.

»Also gut, ich mach in einer halben Stunde Schluss, aber bilde dir ja nichts ein, wir gehen nur kurz was trinken, danach muss ich nach Hause zu meinem Freund.«

Sascha grinste euphorisch und nahm einen herzhaften Schluck aus seinem Glas. In seiner Bierseligkeit kam ihm die Frau äußerst attraktiv vor und sein Jagdinstinkt war geweckt. Klar hatte er ab und zu an Miriam gedacht, doch der Alkoholdunst und die Aussicht auf ein kleines Abenteuer hatten diese Gedanken zunehmend verdrängt. Als er die Türe öffnete, traf ihn die kalte, klare Luft wie ein Hammer. Er musste sich an die Fassade des Nachbarhauses lehnen, um nicht umzufallen, während er auf seine Begleiterin wartete.

»Na Großer, geht's dir gut?«, fragte sie flapsig und hakte sich wie selbstverständlich bei ihm unter. Sascha quittierte diese intime Geste mit einem Grunzen und ließ sich von Sandy Richtung Marktplatz dirigieren.

Ihre erste Station, der noch weitere folgen sollten, war ein Irish Pub, in dem es ziemlich laut zuging. Dem Kommissar wäre es lieber gewesen, wenn sie gleich zu ihm nach Hause gegangen wären, doch die junge Frau hatte auf seine diesbezügliche Frage nur mit »später vielleicht« geantwortet. Sandy kannte sowohl viele der Gäste als auch sämtliche Angestellten des Pubs und Sascha kam sich dadurch schon ein wenig verloren vor. Er kauerte in einer Ecke und hielt sich an seinem Guinness fest, während sie sich hier wie ein Fisch im Wasser bewegte.

»Wollen wir noch wo anders hingehen?« Mit dieser Frage riss sie ihn aus seiner zunehmenden Teilnahmslosigkeit. Ihm lag es auf der Zunge, sie zum wiederholten Mal zu sich nach Hause einzuladen, doch im letzten Augenblick konnte er sich den Satz verkneifen. Nach zwei weiteren Kneipen und einem Dönerladen führte Sandy ihn in einen Schuppen, der ein wenig abseits von der Innenstadt lag. Mittlerweile hatte sie gleichfalls ein ordentliches Level erreicht und die beiden knutschten unbekümmert miteinander. Das schummrige Licht verbarg die zwielichtigen Gestalten, die sich hier tummelten. Die erste Adresse war das zweifellos nicht, doch das störte weder die angeheiterte Sandy noch den betrunkenen Kommissar. Wie selbstverständlich setzte sie sich auf Saschas Schoß, was in dieser Kaschemme keinen zu interessieren schien.

»Was machst du eigentlich, wenn du nicht in den Kneipen hockst und Trübsal bläst«, wollte sie in einer Knutschpause wissen. Die Frage hatte Saschas vernebeltes Hirn ein wenig verzögert erreicht, deshalb nahm er sich Zeit zu überlegen.

»Ach weißt du, ich bin Beamter und das ist ein ziemlich langweiliger Job. Du würdest wahrscheinlich einschlafen, wenn ich davon erzählen würde.« Das zog immer und entsprach in gewisser Weise sogar der Wahrheit. Die meisten, denen er das auftischte, dachten, er wäre beim Finanzamt oder so ähnlich. »Na ja, wenigstens habe ich im Alter eine sichere Pension«, ergänzte er lachend.

»Dann bist du ja eine richtig gute Partie.« Mit diesen Worten nahm sie seinen Kopf in ihre Hände und öffnete mit ihrer Zunge seinen Mund. Dazu bewegte sie sich rhythmisch auf seinem Schoß und Sascha musste an sich halten, dass er nicht hier drin schon über sie herfiel. Das war eine verdammt scharfe Braut, mit der würde er heute Nacht viel Spaß haben, dachte er und nahm sich vor, so schnell wie möglich ein Taxi zu rufen.

»Scheiße, wenn das nicht meine Sandy ist«, rief eine rauchige Stimme quer durch den Raum. Sie stammte von einem der vier Typen, die kurz vorher lärmend die Kneipe betreten hatten. Verzögert nahm Sascha wahr, dass seine neue Flamme in ihren Liebesbezeugungen innehielt und sich dem Sprecher zuwandte.

»Na und, was geht's dich an, du hast mich neulich auch mit dieser blonden Schlampe betrogen«, keifte sie.

Sekundenbruchteile später war der Kerl herangerauscht und hatte Sandy an ihrem Pullover von Saschas Schoß heruntergerissen. Der Kommissar erhob sich ungelenk und wollte auf den ungebetenen Gast losgehen. Doch in diesem Moment wurde er auch schon von den drei Kumpels des Mannes umringt.

»Bitte, Klausi, das war doch nicht ernst gemeint, ich habe doch bloß ein bisschen mit dem Typen gespielt. Wäre ich sonst hier reingekommen, wo ihr euch immer trefft?«, versuchte Sandy, ihren Freund zu beschwichtigen. Der massige Mann ließ von ihr ab und wandte sich Sascha zu.

»Wer meine Alte anfasst hat ein Problem«, meinte er gedehnt und seine drei Kumpels grinsten hämisch, während sie den Kreis um den Kommissar enger zogen. Der Nebel in Saschas Hirn verzog sich langsam und ihm wurde klar, dass er hier nicht ungeschoren davonkommen würde.

27

FREITAGABEND

»Du bist was?« Fassungslos hatte Gianna das dreckverschmierte Antlitz von Gheorghe betrachtet. In diesem Moment war ihr Vater in den Raum gestürmt und hatte sich drohend vor Gheorghe gestellt.

»Hat der Dreckskerl dich bedrängt, Gianna?«

»Nein, nein«, beeilte sie sich zu sagen und suchte nach einer Erklärung.

»Ich bin nur kurz gestolpert und da hat er mir aufgeholfen.« Wie zum Beweis klopfte sie ihre schneeweiße Jeans aus.

»Aber hast du gerade nicht Deutsch mit dem geredet?«, fragte Baur misstrauisch.

»Das ist mir nur so rausgerutscht«, entgegnete die junge Frau schnell, als sie sah, dass Malowski ebenfalls hereingetreten war.

»Gibt's ein Problem mit dem Kerl?« Angriffslustig trat der Polier einen Schritt auf Gheorghe zu, der seinen Blick sofort demütig zu Boden gehen ließ.

»Nein, nein, er hat sich um mich gekümmert, als ich gestürzt bin. Lassen Sie ihn in Ruhe. Können wir dann wieder gehen, Papa, ich habe noch eine Verabredung.«

»Aber klar doch, mein Kind. Wir sind so weit durch, Malowski, oder war noch was?«

»Nein, nein, sollte etwas sein, dann melde ich mich telefonisch.«

Malowski war froh, wenn sein Chef nicht da war, dann konnte er die Rumänen behandeln, wie sie es seiner Ansicht nach verdient hatten. Ohne sich nochmals zu Gheorghe umzudrehen, verließ Gianna, gefolgt von ihrem Vater, die Baustelle.

»Mach hier keine Scherereien, du wirst fürs Arbeiten bezahlt, ist das klar?« Drohend erhob Malowski die Faust. »Ach, scheiß drauf, du Idiot verstehst mich ja sowieso nicht«, polterte er noch und ging hinaus.

Gheorghe schüttelte den Kopf und fuhr fort, die Maschine zu befüllen. Ihm war jetzt doch ein wenig mulmig zumute. Konnte er sich darauf verlassen, dass Gianna das Geheimnis, das er ihr erzählt hatte, nicht etwa ihrem Vater oder sonst irgendjemandem ausplauderte? Das hätte mit Sicherheit fatale Folgen für ihn. Wenig später summte sein Handy in der Tasche.

»Treffen uns um neunzehn Uhr am Haupteingang der großen Kirche in der Fußgängerzone. Hast du da schon Feierabend?«, zeigte die Mitteilung. Sein Herz tat einen Sprung und er beeilte sich, zu antworten. Der Nachmittag verging für Gheorghe wie im Flug, trotz der eintönigen und anstrengenden Arbeit. In der Regel verließ Malowski so gegen achtzehn Uhr die Baustelle, allerdings halste er seinen Untergebenen noch so viel Arbeit auf, dass die geschundenen Männer nicht vor acht oder neun Feierabend machen konnten.

»Und wehe, ich komme morgen und es ist nicht alles erledigt. Dann gnade euch Gott!«, war sein üblicher Satz, mit dem er sich verabschiedete. Malowski wusste genau, dass Lopescu jeden Einzelnen der Männer auf irgendeine Weise in der Hand hatte und sie deshalb niemals aufbegehren würden.

Heute war es wie verhext, offenbar war Baur mit dem

Verlauf der Arbeiten nicht so recht zufrieden gewesen, denn Malowski war um halb sieben immer noch da. Die Kirchturmuhr schlug Viertel vor, aber der Vorarbeiter machte immer noch keine Anstalten, seine Zelte abzubrechen. Gheorghe wurde nun langsam unruhig und überlegte, ihn einfach zu fragen, ob er früher gehen könne. Davon kam er ab, nicht etwa, weil er sich nicht getraut hätte, sondern weil er einfach noch nicht lange genug hier war, um sich so etwas herauszunehmen.

Als ob er es ahnte, dass Gheorghe einen wichtigen Termin hatte, stand der Vorarbeiter in dem Raum, in dem er arbeitete, und beobachtete ihn. Somit war ihm auch jegliche Gelegenheit genommen, Gianna eine Nachricht zu schicken.

Um fünf nach sieben bekam Malowski selber einen Anruf.

»Ich kann jetzt nicht weg hier«, blaffte er in sein Smartphone. Während er der Antwort lauschte, bekam sein Gesicht einen gestressten Ausdruck. »Also gut, verdammt, dann komm ich halt!«

Wutentbrannt stapfte er hinaus und rief Josef, den rumänischen Vorarbeiter, dem er seine Aufgaben, die heute noch zu erledigen waren, mitteilte. Währenddessen suchte Gheorghe krampfhaft nach einer plausiblen Ausrede, die er dem Capo auftischen konnte. Sofort, nachdem er die provisorische Haustüre hatte knallen hören, eilte Gheorghe in das zukünftige Bad, in dem der Vorarbeiter gerade dabei war, Fliesen zu verlegen.

»Josef, ich muss sofort gehen, Johannis hat mich gerade angerufen, er steckt in Schwierigkeiten. Die Polizei hat ihn festgenommen und ich muss einen Dolmetscher auftreiben.« Hoffentlich verzeiht mir der Alte die Lüge, wenn er wieder auftaucht, dachte er. Gheorghe hatte darauf spekuliert, dass Josef mit der Polizei lieber nichts zu tun haben wollte, und damit Recht behalten.

»Na gut, aber komm gleich wieder zurück und am besten gemeinsam mit dem Alten. Der deutsche Schweinehund hat uns heute wieder besonders viel Arbeit aufgetragen.«

Gheorghe klopfte sich notdürftig den Staub aus den Klamotten und schnappte sich seine Winterjacke. Mit schnellen Schritten eilte er dem Treffpunkt entgegen, sandte aber sicherheitshalber noch eine Nachricht an Gianna ab, dass er sich verspäten würde.

Schon von Weitem konnte er sie vor dem Kirchenportal ausmachen und sah, dass sie frierend von einem Bein auf das andere trat. Irgendwie kam sie ihm sehr verletzlich vor, und Gheorghe hätte die attraktive Frau am liebsten stürmisch umarmt.

»Hallo Gianna, tut mir leid, aber der überaus freundliche Vorarbeiter deines Vaters hat uns heute wieder besonders drangsaliert«, konnte er sich einen Seitenhieb nicht verkneifen.

»Ist schon recht, komm, lass uns schnell irgendwo hingehen, wo es warm ist, bevor ich mir hier noch alles abfriere.«

Sie gaben ein seltsames Paar ab, sie in ihrem teuren Designeroutfit und er in seinen staubigen Arbeiterklamotten. Gheorghe war versucht, die junge Frau in die Arme zu nehmen, um sie zu wärmen, wagte aber nicht, seine schmutzigen Hände um ihre schlanke Taille zu legen. Er schlug vor, in das Bäckerei-Café in der Oberen Wilhelmstraße zu gehen, das er kurz nach seiner Ankunft in Reutlingen aufgesucht hatte. Sie fanden noch ein kleines Bistrotischchen mit zwei Stühlen im hinteren Bereich und gerade als er sich setzen wollte, fiel Gheorghes Blick auf den Nachbartisch. Da saßen doch tatsächlich die gleichen Schnepfen, die schon bei seinem ersten Besuch hörbar die Nase über den stinkenden Ausländer gerümpft hatten. Er konnte sich ein Lächeln und ein Nicken in ihre Richtung nicht verkneifen. Heute würden sie sich gehörig die Mäuler darüber zerreißen, dass einer wie er mit solch einer elegant gekleideten Dame hier auftauchte.

»Kennst du die Damen?«, fragte Gianna, nachdem sie ihre Jacken abgelegt und bei der Bedienung zwei Espressi und zwei Mineralwasser bestellt hatte. Gheorghe schilderte schmunzelnd die Begebenheit und die junge Frau schüttelte ungläubig ihren Kopf. Doch fast im selben Moment kam ihr zu Bewusstsein, dass sie wohl genauso gehandelt hätte, bevor Gheorghe in ihr Leben getreten war.

»Du bist also Journalist, da wäre ich ja nie draufgekommen.«

»Pst, nicht so laut.« Verstohlen sah er sich um, ob jemand interessiert in ihre Richtung sah. Doch die Leute an den Nebentischen waren mit ihren eigenen Angelegenheiten beschäftigt.

Betont leise erzählte Gheorghe ihr seinen wahren Lebenslauf, der mit der Legende, die er sich zurechtgelegt hatte, überhaupt nichts zu tun hatte. Das Einzige, was stimmte, war, dass er eine deutsche Schule in Hermannstadt besucht hatte. Danach hatte er in Bukarest studiert und ein Angebot für ein Volontariat bei einer großen Tageszeitung bekommen. Leider war es aufgrund eines heftigen Streits mit seinem Ressortleiter nicht zu einer Festanstellung gekommen und Gheorghe war nach dem Praktikum wieder frustriert in die Provinz zurückgekehrt. Hier fand er eine Anstellung bei einer Lokalzeitung, wo er einige Jahre Berufspraxis sammeln konnte. Sein Ansporn war jedoch nicht, von irgendwelchen Vereinsfeiern oder Gemeinderatssitzungen zu berichten. Gheorghe träumte von investigativem Journalismus und schrieb unentwegt Bewerbungen an überregional tätige Zeitungen. Mitte der Zweitausender Jahre stieß er zufällig auf den korrupten Bürgermeister einer Kleinstadt, der mithilfe einer Baufirma mehrere Häuser für sich und seine Entourage erstellen ließ und auch sonst gerne die Hand aufhielt. Der Informant war einigermaßen seriös und Gheorghe witterte die Chance, durch diese Reportage die Provinz wieder verlassen zu können. Doch es stellte sich heraus, dass sein Chef ein sehr guter Bekannter des Politikers war. Er machte Gheorghe unmissverständlich klar, dass er sofort seine Recherchen einzustellen hatte. So schnell wollte er jedoch nicht aufgeben und wandte sich an andere Blätter, stieß jedoch auf eine Mauer der Ablehnung. Zudem bekam er eines Nachts Besuch von drei übel aussehenden Typen, die ihm zuerst eine gehörige Abreibung verpassten und danach eine Todesdrohung aussprachen. Die Einschüchterungen bewirkten das Gegenteil und stachelten Gheorghe noch mehr an. Trotz seines Rauswurfs damals bei dem überregionalen Blatt, bei dem er sein Praktikum gemacht hatte, verfügte Gheorghe dort noch über Kontakte. Der Artikel, der dann erschien, sorgte ziemlich für Furore und der Staatsanwaltschaft blieb nichts anderes übrig, als gegen den korrupten Lokalpolitiker zu ermitteln. Es war gut für Gheorghes Renommee und er wurde freier Mitarbeiter dieser Zeitung. Seine Deutschkenntnisse verhalfen ihm zu einer kleinen Reportage über Landsleute in Österreich. Hierbei kam ihm die Idee zu seinem Undercover-Job, bei dem er die Missstände der Billigarbeiter aufdecken wollte. Da er noch über ein wenig Erspartes verfügte und die Anstellungen ihm einen, wenn auch geringen, Lohn einbrachten, war die Finanzierung kein Problem.

»Eigentlich müsste ich jetzt sofort aufstehen und mit dieser Information zu meinem Vater gehen. Schließlich wird unsere Firma bei deinem Bericht wohl auch nicht so gut wegkommen, obwohl ich weiß, dass wir unsere Subunternehmer sehr gut entlohnen«, gab Gianna zu bedenken und musterte den Rumänen kritisch.

»Von dieser guten Entlohnung, wie du dich ausdrückst, bleibt bei meinen derzeitigen Kollegen leider nicht sehr viel übrig. Ich kenne die Strukturen hier noch nicht so genau, aber es wird wie überall sein. Das meiste Geld landet in der Tasche dieses Sklavenhändlers, der die Arbeiter auf die eine oder andere Art in der Hand hat.«

»Das verstehe ich jetzt nicht… welcher Sklavenhändler?«

»Bist du wirklich so ahnungslos oder tust du nur so? Der Mann, der hier abkassiert, heißt Lopescu«, echauffierte sich Gheorghe und sah, wie die junge Frau errötete. Er war unbeabsichtigt lauter geworden und die Damen am Nachbartisch bedachten ihn mit strafenden Blicken. Derweil starrte Gianna sekundenlang auf einen unbestimmten Punkt, bevor sie antwortete.

»Entschuldige, ich kenne keinen Lopescu, bin allerdings mit den Abläufen in der Firma noch nicht so vertraut. Aber du kannst dir sicher sein, dass ich meinen Vater darauf ansprechen werde. Trotzdem kann ich mir überhaupt nicht vorstellen, dass eine solche Parallelwelt in unserem Land existiert. Für solche Angelegenheiten gibt es doch Behörden, die dafür sorgen, dass so was nicht geschieht und die gegebenenfalls diese Missstände beseitigen.«

»Vielleicht können oder wollen sich die offiziellen Stellen nicht um sämtliche Missstände kümmern, aber Fakt ist, dass die Arbeiter, bei denen ich übernachte, dem Typen auf Gedeih und Verderb ausgeliefert sind und eine Heidenangst vor ihm haben. Einmal habe ich erlebt, wie er sie vor Arbeitsbeginn in ihrer Wohnung abgeholt hat. Dass sie nicht vor ihm auf die Knie gegangen sind und ihm die

Füße geküsst haben, war alles. Mit einem von ihnen habe ich mich angefreundet und er hat aus einer Bierlaune heraus ein wenig geplaudert.«

Sollte er ihr von dem Gespräch erzählen, das Johannis mit Lopescu geführt hatte? Was, wenn er sich in ihr getäuscht hatte und sie aus Loyalität mit dem Wissen sofort zu ihrem Vater gehen würde? Gheorghe war sich sicher, dass Lopescu etwas mit dem Mord zu tun hatte, bei dem Johannis angeblich Zeuge gewesen war.

»Und … was hat er gesagt?« Fragend blickte sie ihn an und spürte, dass er mit sich rang. »Du hast Angst, dass ich anschließend sofort meinen Vater aufsuche, um ihm von unserem netten Gespräch zu berichten, nicht wahr?«

»Mhm … du hast mit deiner Vermutung nicht ganz unrecht. Nicht nur Risikobereitschaft gehört zu meinem Beruf, manchmal muss man auch vorsichtig sein. Sonst wäre ich bestimmt nicht mehr am Leben«, gab Gheorghe zu bedenken.

»Bist du eigentlich nur wegen deiner Story nach Reutlingen gekommen?« Ein leichter Vorwurf schwang in ihrer Frage mit.

»Ich gebe zu, dass ich nach dem Angebot, dass du mir in Lech gemacht hast, über deinen Vater recherchiert und die Möglichkeit gesehen habe, in einem Baubetrieb undercover zu arbeiten. Doch als ich dich ohnmächtig im Schnee liegen sah …« Er schluckte schwer. Einem Impuls folgend, legte er seine Hand auf ihre und falls Gianna erschrocken war über diese intime Geste, so ließ sie es sich nicht anmerken.

»So abgedroschen das klingt, aber in jenem Moment habe ich gespürt, dass ich wohl nicht nur wegen der Recherchen nach Reutlingen gekommen bin. Mir ist aber auch die Aussichtslosigkeit meiner Gefühle für dich angesichts des Klassenunterschieds zwischen uns beiden bewusst. Bestimmt wirst du irgendwann von deinem Vater mit einem Typen wie etwa diesem von Bose verkuppelt.«

Die schöne Frau hatte ihre Hand immer noch nicht weggezogen, als sie antwortete.

»Tatsächlich hätte mein Herr Papa eine Liaison mit diesem Schwein gerne gesehen, aber bei aller Liebe zu ihm suche ich mir meine Männer immer noch selbst aus. Er vergisst manchmal, dass er selbst aus kleinsten Verhältnissen stammt. Trotzdem würde er mir nicht reinreden, selbst wenn ich mit einem Bahnhofspenner daherkommen würde. Mein Vater hat mir schon immer viele Freiheiten gelassen, was bestimmt mit dem frühen Tod von Mutter zusammenhängt«, meinte sie und ein melancholischer Zug trat in ihr Antlitz, der aber sofort wieder einem feinen Lächeln wich. Gianna kannte sich selbst nicht mehr, denn eigentlich entsprach es überhaupt nicht ihrer Art, mit einem schmutzigen Bauarbeiter händchenhaltend in einem Café zu sitzen. Sie war sonst eher in der Welt der Reichen und Schönen zu Hause, doch dieser Typ, der so absolut nicht ihrem Milieu entsprang, gefiel ihr ausnehmend gut. Hatte sie sich anfangs lediglich aus Dankbarkeit mit ihm auseinandergesetzt, so war dieses Gefühl mittlerweile einem anderen, intensiveren gewichen. Andererseits durfte sie sich nicht von Gefühlen leiten lassen, denn Gheorghe stand eindeutig auf der anderen Seite. Mit seinen Enthüllungen konnte er ihrem Vater durchaus gefährlich werden. Obwohl es ihr ziemlich schwerfiel, beschloss Gianna jetzt die Handbremse zu ziehen und sich erst mal nicht weiter auf ihn einzulassen.

»Ich geh mal kurz auf die Toilette.« Sanft zog sie ihre Hand unter seiner hervor und erhob sich.

Gheorghe blickte mit beseeltem Blick zum Fenster hinaus. Auch wenn er es sich nicht eingestehen wollte, wurde ihm bewusst, dass er sich in Gianna verliebt hatte. Er war sich ziemlich sicher, dass die junge Frau seine Zuneigung erwiderte. Doch wie würde die Geschichte weitergehen? Egal, er genoss den Augenblick und wollte nicht an morgen denken. Als Gianna wieder zurückkehrte, wirkte sie irgendwie verändert. Der Zauber von vorhin war verflogen und einem Geschäftsmäßigen gewichen. In diesem Moment piepte ihr iPhone.

»Oh, das hätte ich beinahe vergessen«, stieß sie nach einem schnellen Blick auf das Display hervor. »Tut mir leid, aber ich muss meinen Vater zu einem wichtigen Geschäftsessen begleiten.« Beinahe hektisch erhob sie sich und zog ihren Mantel an.

»Schade«, entgegnete Gheorghe mit belegter Stimme und schaute sie verständnislos an. Wie konnte jemand sich von einem Moment auf den anderen so verändern?

»Sehen wir uns wieder? Ich bin noch eine Zeit lang in der Stadt«, war sein verzweifelter Versuch, ihr wenigstens eine neue Verabredung abzuringen.

»Aber natürlich, du musst mich doch über deine Recherchen auf dem Laufenden halten, schließlich will ich wissen, ob etwas schiefläuft in der Firma, die ich einmal übernehmen soll.« Sie gab ihm zum Abschied wenigstens die Hand und rauschte dann hinaus in die Dunkelheit.

Völlig konsterniert starrte Gheorghe ihr nach.

28

SAMSTAGVORMITTAG

Kopfschüttelnd musste Miriam an den gestrigen Abend denken. Da hatte dieser besoffene Mairinger sie doch tatsächlich zu ihrem Wagen begleitet und sie hatte nicht geschnallt, dass er unlautere Absichten hegte. Trotz seines Alkoholkonsums hatte er Miriam geschnappt, als sie davonrennen wollte, und zu Boden gerungen. Sie wollte um Hilfe rufen, doch da hatte er ihr eine heftige Ohrfeige verpasst, die sie sofort innehalten ließ und ihr den Ernst ihrer Lage vor Augen führte.

»Wenn du jetzt stillhältst, tu ich dir nicht mehr weh, das verspreche ich. Im Gegenteil, es wird dir ordentlich Spaß machen, danach wirst du sogar freiwillig mit mir zu dieser Weinreise gehen.«

Miriam hatte nur noch gewimmert und gebetet, dass die Sache schnell zu Ende gehen würde. Doch plötzlich hatte Mairinger mit seinen Bemühungen aufgehört und war offenbar erschöpft auf seinem Opfer zusammengesackt. Miriam öffnete die Augen und nahm einen anderen Mann wahr, der eine Art Knüppel in den Händen hielt.

»Ich denke, der wird sie in der nächsten Stunde nicht mehr belästigen.«

Ihre Erinnerung war langsam zurückgekehrt und sie hatte den Caterer und verhinderten Rockstar Jamie Red erkannt.

»Der Typ hat Sie übel belagert, das ist mir drinnen schon

aufgefallen. Da dachte ich mir, Jamie, da gehste mal hinterher.«

Die Weinhändlerin erhob sich und fürchtete schon vom Regen in die Traufe gefallen zu sein, doch ihre Befürchtungen bewahrheiteten sich nicht. Rothgerber stützte Miriam und geleitete sie zu ihrem Auto.

»Sollen wir die Bullen anrufen, ich meine, der Arsch wollte Sie vergewaltigen, wenn ich richtig gesehen habe«, schlug er vor, doch Miriam hatte nur den Kopf geschüttelt. Sie wollte nur noch nach Hause und wie es aussah, hatte Mairinger einen Drandenker erhalten.

»Es wäre nett, wenn Sie ihn etwas auf die Seite ziehen würden, damit ich wegfahren kann. Und auch wenn er versucht hat, mir Gewalt anzutun, möchte ich Sie noch darum bitten, nach ihm zu schauen und ihn zurück zu seiner Gesellschaft zu bringen.« Miriam schaute bang auf den regungslos daliegenden Mairinger und hoffte, dass dieser Jamie nicht zu stark zugeschlagen hatte.

»Ja, ja, das mache ich doch gerne. Es war mir eine Freude, Sie kennenzulernen, Frau Neuburg und Kompliment, das mit der Weinprobe war große Klasse. Wenn es nicht zu viel verlangt ist in ihrer derzeitigen Verfassung, würde ich Sie um eine Visitenkarte bitten. Da ich von meiner Musik noch nicht leben kann, ist diese Cateringgeschichte mein Broterwerb und schon lange bin ich auf der Suche nach einem vernünftigen Partner, der für den Wein zuständig ist.«

Obwohl ihr dieser Jamie nicht übermäßig sympathisch war, hatte sie ihm – schon aus Dankbarkeit – eine Karte gegeben. Daraufhin hatte er seinerseits ein Kärtchen hervorgeholt und ihr überreicht.

»Gute Nacht und nochmals vielen Dank, dass Sie eingeschritten sind«, hatte sich Miriam verabschiedet und war eingestiegen. Als sie ihren Wagen langsam hatte anrollen lassen, hatte sie im Rückspiegel gesehen, wie Mairinger sich regte und atmete erleichtert auf.

Jetzt lud sie die Utensilien aus ihrem Auto, die sie gestern bei der Weinprobe dabeigehabt hatte, denn dazu hatte sie in der vorherigen Nacht keinen Nerv mehr gehabt. Gegen zehn kam der erste Kunde in ihren Laden, der sich nun allmählich füllte. Als eine langjährige Kundin an der Reihe war zu bezahlen, bat Miriam diese um Verständnis für eine kurze Pause, denn sie musste unbedingt ihre Mutter anrufen.

»Hallo Mutti, kannst du um eins in den Laden kommen? Ich muss unbedingt Anne abholen, sie kommt doch heute wieder vom Schullandheim zurück.« Davon, dass es mit ihrer älteren Tochter derzeit schwierig war und Miriam deshalb gut Wetter machen wollte, sagte sie nichts.

Gerda Neuburg musste zwar etwas anderes verschieben, sagte dann jedoch zu. Nach wie vor stand sie gerne in dem Laden, den sie gemeinsam mit ihrem verstorbenen Mann Rudi geführt hatte.

Obwohl ihre Mutter pünktlich war, kam Miriam erst an der Schule an, als der Reisebus bereits angekommen und die Schüler ausgestiegen waren. Die anderen Eltern hatten ihren Kindern bereits die Koffer abgenommen und Miriam suchte in dem Gewühl nach ihrer Tochter. Sie traute ihren Augen nicht, als sie sah, wie Anne etwas abseits händchenhaltend mit einem hochgewachsenen Jungen stand. Verliebt schaute ihn das Mädchen an und hatte um sich herum alles vergessen.

»Kommst du bitte, Anne«, rief Miriam bereits von Weitem und ging wutentbrannt auf ihre Tochter zu. Anne zuckte zusammen und der Junge ließ ihre Hand so abrupt los, als ob er einen Stromschlag erhalten hätte.

»Du bist wie immer zu spät, Mami. Das ist übrigens Patrick, wir sind zusammen.«

Der Junge trat von einem Fuß auf den anderen und Miriam fasste ihre Tochter an der Hand und riss die zeternde Anne mit sich fort.

»Was fällt dir ein, mein Fräulein, du bist gerade einmal dreizehn Jahre alt und präsentierst dich in aller Öffentlichkeit mit einem Jungen«, schrie Miriam ihre weinende Tochter an, nachdem sie das Gepäck eingeladen hatten und im Auto saßen. Da der Bursche älter aussah als Anne, ging Miriam davon aus, dass er nicht im Schullandheim dabei gewesen war und sie nach dieser Woche begrüßen wollte. »Wer ist der Kerl und wie lange geht das schon?«

Das Mädchen schwieg und starrte aus dem Fenster. Miriam hatte immer Wert darauf gelegt, zu ihren Töchtern ein gutes Verhältnis zu haben und ihnen gebetsmühlenhaft eingetrichtert, mit allen Sorgen und Nöten zu ihr zukommen. Das hatte all die Jahre gut funktioniert und auch der Tod des Vaters ihrer Kinder hatte daran kaum etwas geändert. Doch im letzten halben Jahr war ihr Anne irgendwie entglitten und das Schlimmste war, dass Miriam diesen Umstand nicht einmal bemerkt hatte.

Sie versuchte sich zu erinnern, wie es bei ihr selbst in dieser Phase des Erwachsenwerdens gewesen war. Damals hatte ihre Mutter gleichfalls sehr heftig auf ihre rebellische Art reagiert, doch ihr Vater hatte sie mit umso mehr Verständnis behandelt. Wieder kam ihr Sascha in den Sinn, der stets ein gutes Verhältnis zu Anne gehabt hatte und den sowohl sie als auch ihre jüngere Schwester als Ersatzvater akzeptiert hätten. Wie die Dinge im Moment standen, würde daraus jedoch nichts werden.

»Anne, bitte, das bringt doch nichts, lass uns vernünftig miteinander reden«, versuchte es Miriam in einer ruhigeren Art. Sie war an einer Bushaltestelle rechts rangefahren und legte ihrer Tochter, die sich immer mehr in ihr Schneckenhaus zurückgezogen hatte, versöhnlich die Hand auf die Schulter. »Also, wie lange kennst du Patrick schon?«

Der veränderte Ton ihrer Mutter bewirkte, dass Anne sich ein wenig entspannte und schließlich antwortete.

»Wir haben uns bei der Aufführung an Weihnachten in der Schule kennengelernt und seit drei Wochen sind wir zusammen. Er ist in der neunten Klasse«, meinte sie stolz und begann damit, von Patrick zu schwärmen. »Du hast ihn ja gesehen, sieht er nicht toll aus? Nett und intelligent ist er auch.« Die Augen des jungen Mädchens begannen zu leuchten, als sie noch mehr Vorzüge ihres Freundes aufzählte.

Miriam betrachtete ihre Tochter eingehend und stellte plötzlich fest, dass aus dem Kind, das sie noch vor kurzer Zeit gewesen war, eine junge Frau wurde. Und dazu noch eine ausnehmend hübsche. Nicht, dass ihr die Veränderung nicht aufgefallen wäre, doch so intensiv hatte sie es noch nie gespürt.

»Wir können ihn ja mal einladen, damit er den Rest unserer Familie ebenfalls kennenlernt«, schickte Miriam ein weiteres Friedensangebot.

»Das ist eine gute Idee, Sylvie kennt ihn natürlich schon und mich wundert sowieso, dass sie bisher dichtgehalten hat. Mit Sascha versteht er sich bestimmt auch ganz prächtig, da bin ich mir sicher.«

Verdammt, dachte Miriam, sie konnte ihrem Noch- oder Exfreund offenbar nicht entrinnen und versuchte ihrer Tochter die Situation so schonend wie möglich zu erklären.

»Also das mit Sascha und mir … ich meine, verstehe mich nicht falsch, aber ich bin mir nicht sicher, ob unsere Beziehung eine Zukunft hat. Wir hatten in letzter Zeit doch des Öfteren ziemliche Meinungsverschiedenheiten, die nicht selten in einen heftigen Streit ausgeartet sind.«

»Das ist nur wegen dir, weil du mit diesem anderen Typen rumgemacht hast«, entgegnete Anne heftig.

»Entschuldige mal, wie redest du mit mir. Ich habe mit niemandem rumgemacht und sowieso, woher weißt du das überhaupt«, fauchte Miriam. So schnell ihre Wut von vorhin, als es um diesen Patrick ging, verraucht war, so schnell war sie wiedergekehrt.

»Sylvie hat es mir geschrieben und sie findet auch, dass du dich wieder mit Sascha versöhnen solltest. Er ist der beste Papa-Ersatz der Welt.« Anne hatte ihren Ton geändert und hörte sich jetzt an wie das Kind, das sie bis vor Kurzem war.

»Bitte, Mama, gib Sascha noch mal eine Chance. Tu es auch mir und Anne zuliebe und rede noch mal mit ihm«, flehte der Teenager und sorgte dafür, dass Miriam ins Grübeln kam. Ihre Tochter hatte recht, sie musste endlich Klarheit in ihre Beziehung mit Sascha bringen. Entweder sie trennten sich endgültig oder sie zogen zusammen mit allen Konsequenzen. Dazu konnte es keine andere Möglichkeit als ein klärendes Gespräch geben, dessen war sie sich bewusst und nahm sich vor, Sascha noch heute anzurufen. Aber wie würde er reagieren, wenn sie ihm von ihrem Vorhaben erzählen würde, das ihr nicht mehr aus dem Kopf ging und beinahe ihr ganzes Denken beherrschte?

Als sie am Weinladen ankamen, stieg Miriam aus und umarmte ihre Tochter.

»Entschuldige, Anne, dass ich so schroff reagiert habe, ich habe dich lieb und freue mich, dass du wieder heil angekommen bist. Und ich verspreche dir, dass ich meine Beziehung mit Sascha noch nicht so schnell beenden werde und ihn heute anrufe. Aber jetzt geh erst mal rein und begrüß deine Oma und deine Schwester.«

Miriam betrat ihren Laden und sah, wie Gerda mit einem langjährigen Kunden sprach und ihn etwas probieren ließ, während Sylvie geschäftig mit einem Weinkarton umherlief, der viel zu schwer für das Mädchen zu sein schien.

Voller Freude betrachtete sie die Szene und musste sich eingestehen, dass sie ohne ihre Mutter verloren wäre. Sie müsste eine Aushilfskraft einstellen, aber ob ihr Laden so viel abwarf, wagte Miriam zu bezweifeln.

Die Stunden des Nachmittags verrannen und Miriam schob das angekündigte Telefonat immer wieder vor sich her, bis sie sich gegen siebzehn Uhr endlich einen Ruck gab und mit zitternden Fingern die eingespeicherte Nummer von Sascha wählte. Es klingelte endlos lange und Miriam wollte schon erleichtert auflegen, als sich eine Frauenstimme meldete.

»Hallo, wer ist dran?« Das gibt's doch nicht, dachte Miriam erbost und wollte das Gespräch sofort wieder beenden, besann sich aber eines Besseren. Sascha würde auf seinem Display sehen, dass sie angerufen hatte und sie durch seinen Rückruf in Erklärungsnot bringen.

»Ja… äh… hier spricht Miriam Neuburg. Ich wollte eigentlich mit Herrn Sascha Gross reden, aber vielleicht habe ich mich verwählt.«

»Keineswegs, Frau Neuburg, Sie haben die richtige Nummer gewählt, doch Herr Gross tut sich gerade etwas schwer mit dem Sprechen, deswegen bin ich rangegangen. Mein Name ist Elisabeth Trendwein und ich bin hier die Stationsschwester.«

Miriam erschrak und ihr Herz fing an zu rasen.

»Wie… ist… ist Sascha etwa im Krankenhaus?«

»Das haben Sie richtig erkannt und das bereits seit gestern Nacht.«

»Ist er … ist es etwas Schlimmes?«, fragte Miriam atemlos.

»Entschuldigen Sie, aber in welchem Verhältnis stehen Sie zu dem Verletzten?«

»Ich bin …«, Miriam überlegte kurz. »Ich bin seine Lebensgefährtin«, sagte sie mit fester Stimme.

»Dann sind Sie aber früh dran, haben Sie ihn heute noch nicht vermisst?«, entgegnete die Krankenschwester ironisch. »Außerdem war gestern Nacht eine andere Frau an seiner Seite, als er eingeliefert wurde.«

Diese Aussage versetzte Miriam einen Stich und sie fühlte, wie sie rot anlief, was die Krankenschwester zum Glück nicht sehen konnte. Trotzdem fuhr sie fort.

»Können Sie mir bitte sagen, in welchem Krankenhaus Herr Gross liegt?«

»Bleiben Sie kurz dran.« Miriam hörte, wie im Hintergrund getuschelt und geraschelt wurde.

»Also gut, Herr Gross hat sein Einverständnis gegeben. Er liegt hier in Reutlingen in der Klinik. Wo genau, erfragen Sie bitte an der Anmeldung.«

Miriam legte auf.

»Können die beiden mit zu dir?«, fragte Miriam ihre Mutter, die gerade dabei war, Kassensturz zu machen. »Ich muss noch etwas Dringendes erledigen.« Von ihrem bevorstehenden Besuch bei Sascha im Krankenhaus wollte sie lieber nichts sagen. Gerda würde sich sonst wahnsinnig aufregen und auch ihre Töchter würden dann so lange betteln, bis sie Miriam begleiten durften. Dazu hatte sie jetzt keinen Nerv, sie musste erst mal alleine mit dieser Situation klarkommen.

»Klar, wir haben heute Abend eine kleine Wintergrillparty, komm doch auch vorbei, wenn es dir reicht. Wenn nicht, können Anne und Sylvie selbstverständlich auch bei mir schlafen.« Ihre Mutter schaute Miriam vielsagend an.

Bestimmt denkt sie, ich treffe mich mit einem Kerl, was in gewisser Weise ja auch richtig ist. Sylvie hatte ihrer Oma mit Sicherheit von Kevin Haberlands Besuch erzählt.

Auf der Fahrt nach Reutlingen konnte sie keinen klaren Gedanken fassen. Die Krankenschwester hatte ihr nicht sagen wollen, wie ernst es um Sascha stand. Miriam wusste nicht, ob er auf der Intensivstation lag, fest stand nur, dass Sascha derzeit nicht in der Lage war, selbstständig zu telefonieren. Und wer war diese ominöse Frau, die bei seiner Einlieferung dabei gewesen war?

Ich darf mich nicht verrückt machen lassen, dachte Miriam, nachdem sie kurz unachtsam gewesen und um Haaresbreite auf einen Lkw aufgefahren war. Mit zitternden Händen umfasste sie das Lenkrad, als sie endlich auf einem Parkplatz unweit des Krankenhauses stand. Sie nahm ihre Winterjacke und machte sich auf den Weg. Es war zwar kalt, doch das Frösteln hatte eher mit der bangen Vorahnung zu tun, die sie beschlich. Was, wenn Sascha sterben würde? Als ihr diese schreckliche Möglichkeit im Kopf herumging, wurde ihr bewusst, wie sehr sie trotz allem, was in letzter Zeit vorgefallen war, an ihm hing.

»Guten Abend, können Sie mir bitte die Zimmernummer von Herrn Sascha Gross nennen?«

»Sind Sie mit dem Patienten verwandt?«, fragte der Mann mit unbewegtem Gesichtsausdruck.

»Mein Name ist Miriam Neuburg. Ich bin seine Lebensgefährtin und habe vorhin mit der Stationsschwester telefoniert. Sie hat mir zugesichert, dass Herr Gross sein Einverständnis gegeben hat«, entgegnete Miriam bestimmt. Sie würde sich nicht abwimmeln lassen.

»Können Sie mir Ihren Ausweis zeigen?«

Miriam gab dem Mann das gewünschte Dokument und

beobachtete, wie er ihren Namen mit einem auf einem Papier stehenden abglich. Offenbar hatte die Krankenschwester Miriams Namen hinterlegt und tatsächlich gab der Angestellte ihr den Pass zurück und schrieb etwas auf ein Kärtchen. Ohne eine Regung legte er den Zettel mit der Zimmernummer auf den Tresen und widmete sich dem nächsten Bittsteller.

»Danke«, rief Miriam ihm zu und machte sich auf den Weg zu einem Plan, der in der Nähe des Aufzugs hing. Sie betrachtete ihre Zahl und suchte die dazugehörende Station. Vor dem Fahrstuhl drängelten sich Besucher und Patienten und Miriam beschloss angesichts ihrer Klaustrophobie, die Treppen zu nehmen. Zweimal musste sie umkehren und Leute fragen, bevor sie endlich vor dem Eingang der Station stand. Miriam blieb unschlüssig stehen, als eine Krankenschwester heraustrat. Auf der massiven Tür waren große Lettern mit »Eintritt verboten« angebracht und Miriam blieb unschlüssig stehen. Wenige Sekunden später öffnete sich die Pforte und eine Krankenschwester trat heraus. Mit kurzen Worten schilderte sie ihr Anliegen.

»Kommen Sie mit, Frau Neuburg, wir haben vorhin telefoniert. Ich führe Sie zu dem Zimmer«, entgegnete die ältere Frau freundlich.

Ihr Herz pochte wie wild, was sicher nicht nur auf die Anstrengung zurückzuführen war, und Miriam musste sich zwingen, die Klinke zu drücken. Beinahe hätte sie den Mann, dessen Kopf teilweise einbandagiert war, nicht erkannt.

»Sascha!«, rief sie aus und stürmte auf sein Bett zu.

Der Kommissar hob erstaunt seine Augenbrauen und nuschelte irgendetwas. Sein Gesicht sah ziemlich ramponiert aus und sein rechter Arm war eingegipst. Miriam konnte die Tränen nicht mehr zurückhalten und wusste nicht recht, wie sie sich verhalten sollte.

»Gehen Sie ruhig zu ihm, er steht zwar unter ständiger Bewachung, aber sein Zustand ist stabil. Er hat Glück gehabt, dass es nur eine Gehirnerschütterung ist. Das hätte auch anders ausgehen können.«

Schließlich setzte sie sich auf sein Bett und nahm seine linke Hand in ihre. Mit der ihm verbliebenen Kraft drückte er ihre Hand und schien dadurch Halt zu bekommen. Erst jetzt nahm Miriam die junge Frau war, die sich ebenfalls im Raum befand und auf einem Besucherstuhl in der Ecke Platz genommen hatte.

»Mein Gott, wie ist das passiert, du siehst aus, als ob du unter eine Dampfwalze gekommen wärst.«

Wieder versuchte Sascha etwas zu sagen und wieder kam nur ein Brabbeln hervor.

»Entschuldigen Sie, wenn ich mich einmische, aber er hat den Kiefer ausgerenkt und tut sich mit dem Sprechen schwer. Ähm … wenn ich mich vorstellen darf, ich bin Sandy und habe ihn im Vis-a-Vis kennengelernt.«

Abschätzend betrachtete Miriam die Frau mit dem platinblonden Bubikopf.

»Sie sind sicher seine Freundin, er hat mir in seinem Suff viel von Ihnen erzählt und dass Sie gerade ziemlichen Stress hätten.«

Offenbar beschäftigte der Beziehungsstreit Sascha in gleichem Maße wie sie.

»Ja, ich bin Miriam und den Stress haben wir tatsächlich. Bis jetzt haben wir uns jedoch noch nicht getrennt«, entgegnete sie bestimmt und fuhr fort. »Auch auf die Gefahr hin, dass ich neugierig erscheine, aber wer sind Sie und in welchem Verhältnis stehen Sie zu Sascha?«

»Na ja, wie gesagt, Ihr Typ hatte einen schlechten Tag

und brauchte jemanden zum Ausheulen. Er hat gewartet, bis meine Schicht im Vis-a-Vis beendet war und dann sind wir ein wenig um die Häuser gezogen. Dabei haben wir so einiges getrunken und Sascha war bereits nachmittags gut drauf.«

Miriam betrachtete die hübsche Frau eingehend, deren Züge trotz ihres jungen Alters auf einen ausschweifenden Lebensstil hindeuteten. Wie verzweifelt war Sascha gewesen, dass er sich der erstbesten Bedienung an den Hals warf – und das war alles nur ihre Schuld.

»In der letzten Kneipe haben wir ein wenig rumgeknutscht und da ist zufällig mein Freund mit seinen Kumpels reingekommen. Wir führen eine mehr oder weniger offene Beziehung, aber sobald er getrunken hat, sieht er das ein bisschen enger und ist dann eh auf Randale aus.«

Miriam hielt noch immer Saschas Hand in der ihren und spürte, dass ihn die Erzählung aufregte.

»Entschuldigen Sie, Sandy, können wir das draußen auf dem Gang besprechen, ich fürchte, das geht Sascha zu sehr an die Nieren«, bat Miriam und fuhr dann zu Sascha gewandt fort: »Wir gehen mal kurz raus, bis gleich, mein Schatz.« So hatte sie ihn schon lange nicht mehr genannt und dieses Kosewort aus ihrem Munde schien ihm neue Kraft zu verleihen.

»Sie können offen mit mir reden und bitte nichts beschönigen. Glauben Sie mir, ich halte eine Menge aus«, meinte Miriam, nachdem sie im Schwesternzimmer zwei Kaffee geschnorrt hatten.

»Also gut… wo war ich stehen geblieben? Ach ja… … mein Klausi hat mich gesehen, als ich bei Ihrem Typ auf dem Schoß gesessen bin und mit ihm rumgeknutscht habe. Mehr war da allerdings nicht, das müssen Sie mir glauben.«

Trotz dieser Beteuerung spürte Miriam, wie es ihr einen Stich ins Herz gab und sie errötete.

»Der Arsch hat mich brutal an den Haaren gepackt und von Sascha runtergezogen. So schnell, wie es ihm möglich war, ist er dann aufgestanden und wollte mich verteidigen. Er nahm eine Kampfstellung ein und hat die vier gehörig beleidigt.«

Das konnte sich Miriam bildhaft vorstellen, Sascha hatte wirklich Mut, der aber hier offenbar fehl am Platze gewesen war.

»Klausi hat mich losgelassen und ging langsam auf ihn los, während seine drei Kumpels ihn umringten. Das sind gefährliche Schläger und wenn es um Randale geht, eine eingespielte Truppe. Ich wollte noch mal dazwischen gehen, doch Heinzi hat mich weggewischt wie ein lästiges Insekt.« Sie zeigte auf eine hässliche Wunde oberhalb der Augenbraue, die vor wenigen Stunden genäht worden war.

»Trotz seines besoffenen Zustands hat er dem schmierigen Mike eine reingehauen, dass der zu Boden gegangen ist, und ich bin mir nicht sicher, ob er im nüchternen Zustand sogar noch einen oder zwei der Kerle niedergestreckt hätte. Doch der Faust von Klausi, die ihm das Nasenbein zertrümmert und den Kiefer ausgerenkt hat, konnte er schlichtweg nicht mehr ausweichen. Sascha wankte nach hinten und der fiese Sven hat ihm dann ein Bein gestellt. Er krachte mit dem Kopf auf die Steinfliesen und verlor sofort das Bewusstsein. Ich habe daraufhin geschrien wie selten zuvor in meinem Leben, und als sie dem hilflos am Boden Liegenden den Rest geben wollten, mischte sich der Wirt ein, der die vier in der Regel gewähren lässt. ›Das ist ein Bulle!‹, schrie Mike plötzlich, nachdem er sich mühsam wieder erhoben hatte, und zeigte auf das Holster mit der Knarre. ›Los, wir verschwinden, wo einer ist, sind die anderen nicht weit‹, befahl Klausi und drückte mich im Rausgehen an die Wand. ›Wenn du denen auch nur ein Sterbenswörtchen erzählst, mach ich dich platt, du Schlampe, und das gilt für euch alle, ist das klar?‹, drohte er noch den anderen Gästen und schon waren sie verschwunden«, beendete Sandy ihren Bericht, und Tränen liefen ihr dabei über die Wangen.

»Aber Sie haben es jetzt doch weitererzählt. Werden Sie das bei der Polizei wiederholen?« Skeptisch betrachtete Miriam die Zufallsbekanntschaft von Sascha, die auf sie nicht den zuverlässigsten Eindruck machte.

»Das habe ich bereits gemacht, und so wie ich Klausi kenne, knipst er mir dafür das Licht aus. Der Kneipier hat mitgekriegt, dass Sascha ein Bulle ist, und weil er schon genug Ärger mit den Behörden hat, wählte er sofort, nachdem die Gang verschwunden war, den Notruf. Ich wollte zuerst nichts sagen. Eh, das müssen Sie verstehen, ich hatte echt Schiss, aber als ich den Sascha so daliegen sah, dachte ich ›Scheiß drauf!‹ und hab den Uniformierten die Wahrheit gesagt.«

Da gehörte Mut dazu, wenn diese Typen so gefährlich waren, dachte Miriam anerkennend und sah die junge Frau nun in einem anderen Licht.

»Dafür danke ich Ihnen und ich bin mir sicher, dass Saschas Kollegen alles tun werden, um diese Kerle dingfest zu machen. Ich gehe dann mal wieder rein«, meinte Miriam und trank den Kaffee aus.

»Äh … also, ich mach mich dann vom Acker und nichts für ungut. Der Sascha ist ein cooler Typ und hängt leider sehr an Ihnen. Bitte schauen Sie, dass die Beziehung wieder in Ordnung kommt. Wenn nicht, geben Sie mir Bescheid, ich kann einen Beschützer gut gebrauchen«, entgegnete Sandy augenzwinkernd, worauf Miriam lachen musste.

»Sie sind bereits die Zweite, die mir wegen Sascha ins Gewissen redet, meine Tochter liegt mir auch andauernd in den Ohren.«

Sandy hielt ihr die Hand hin, doch einem plötzlichen Impuls folgend umarmte Miriam sie und bot ihr daraufhin das »Du« an. Mit einem leichten Grinsen im Gesicht ging sie danach zurück in Saschas Zimmer.

Der Verletzte quittierte ihr Erscheinen mit einem erstaunten Gesichtsausdruck, so gut seine eingeschränkte Mimik es zuließ.

»Hast du gedacht, ich sei schon wieder abgehauen, mein Schatz? Aber da kennst du mich schlecht, diese Sandy hat mir die Augen geöffnet und mir gezeigt, wie sehr ich an dir hänge. Wir müssen besser kommunizieren und besonders ich sollte nicht gleich eingeschnappt sein.«

Saschas Antwort war ein zustimmendes, leichtes Nicken mit seinem malträtierten Kopf.

»Ich möchte, dass du deine Wohnung aufgibst und zu uns nach Cannstatt ziehst. Meine Kinder vergöttern dich und haben mir aufgetragen, mich mit dir zu versöhnen. Glaub mir, auch ich will endlich wieder eine richtige Familie. Doch zuvor muss ich noch eine Sache zu Ende bringen, die mir beinahe jede Nacht den Schlaf raubt.« Miriam erzählte ihm von ihren Plänen, und Saschas Augen quollen beinahe heraus vor Überraschung. Wenn er dazu in der Lage gewesen wäre, hätte er wahrscheinlich laut aufgeschrien – so allerdings kam nur ein weiteres Gebrabbel aus ihm heraus.

29

MONTAGMORGEN

»Frau Mertens, haben Sie schon mitgekriegt, was Ihrem Kollegen zugestoßen ist?«

Fragend betrachtete die Hauptkommissarin ihren Vorgesetzten Köttmann, der unvermittelt in ihr Büro hereingeschneit war. Sie wollte ihn schon maßregeln, weil er grußlos das Zimmer betreten hatte, doch das war jetzt nicht angebracht.

»Guten Morgen, Herr Köttmann. Ich war das Wochenende über zum Langlaufen auf der Alb und habe überhaupt nichts mitbekommen.«

Paul hatte sie am Samstagmorgen überredet, das Wochenende in Erpfingen zu verbringen. Er hatte dort noch sein altes Bauernhaus, das seit seinem Umzug in Magdalenas Villa leer stand. Pauls Sohn war es dort zu eng geworden und er hatte nebenan auf dem großzügigen Gelände ein neues, größeres Haus gebaut. Kurz war der Älbler in eine melancholische Stimmung verfallen, als er Magdalena bat, die Skistiefel und Langlaufski seiner verstorbenen Frau anzuprobieren. Tatsächlich passten die Sachen wie für die Kommissarin gemacht, und sie machte unter der Anleitung des erfahrenen Skiläufers gar keine so schlechte Figur.

Unter mehreren Loipen suchte Paul die seiner Ansicht nach landschaftlich reizvollste aus. Die Schneehöhe von einem halben Meter und die bereits mehrwöchige Kälteperiode waren selbst für die Alb mittlerweile ungewöhnlich geworden. Wie beinahe überall war auch hier der Klimawandel in Form von deutlich milderen Wintern zu spüren.

Magdalena war am Abend so erschöpft gewesen wie selten zuvor in ihrem Leben. Trotzdem ließ sie es sich nicht nehmen, Paul in das Gourmetrestaurant Hirsch zu begleiten, wo er bereits am Vormittag einen Tisch bestellt hatte. Den Sonntag waren sie deutlich ruhiger angegangen und hatten nach dem Frühstück lediglich eine Winterwanderung gemacht. Am heutigen Montagmorgen aber war sie mit ihren bleischweren Gliedern beinahe nicht hochgekommen und Magdalena beneidete Paul um sein Rentnerdasein.

»Aber erzählen Sie schon, was ist mit Herrn Gross passiert?«, war die bange Frage.

»Er wurde Freitagnacht in einer Gaststätte von mehreren Männern zusammengeschlagen und liegt auf der Intensivstation.«

»Um Gottes willen«, stieß sie erschrocken hervor. Noch am Freitagnachmittag hatte sie mit ihm in dem Café in der Oberen Wilhelmstraße zusammengesessen. Sie rief sich die Szene ins Gedächtnis und fand, dass er dort keinen besonders glücklichen Eindruck auf sie gemacht hatte.

»Wo liegt er?«, fragte sie entschlossen, während sie ihre Jacke wieder anzog und ihre Handtasche umhängte.

»Hier in Reutlingen in der Klinik. Aber warten Sie, ich glaube nicht, dass man Sie zu ihm lässt«, rief Köttmann hinterher.

»Das werden wir ja sehen.«

»Wo wollen Sie hin?«, herrschte die herbeigeeilte Stationsschwester sie an, nachdem Magdalena die Neurochirurgie betreten hatte.

»Hauptkommissarin Mertens, Kripo Reutlingen«, entgegnete sie und hielt der verdutzten Frau ihren Dienstausweis unter die Nase. »Es geht um eine sehr wichtige Befragung in einem Mordfall, deshalb muss ich dringend mit Herrn Sascha Gross reden.«

»Ich weiß nicht, ob das seiner Genesung förderlich ist, wenn es hier zugeht wie in einem Taubenschlag«, mischte sich ein hagerer Mann mit dem Schild »Oberarzt« an seinem weißen Kittel ein.

»Wenn er nicht gerade im Sterben liegt, muss ich zu ihm.«

Der Arzt schüttelte genervt sein schlohweißes Haupt.

»Ganz so dramatisch ist es Gott sei Dank nicht, trotzdem bitte ich Sie, Ihre Fragen behutsam zu stellen und den Verletzten nicht über Gebühr zu beanspruchen.« Mit einem Handzeichen bedeutete er ihr, ihm zu folgen. »Da er nicht mehr akut gefährdet ist, haben wir ihn in ein normales Krankenzimmer verlegt. Aufgrund seiner schweren Gehirnerschütterung steht er allerdings noch unter strenger Beobachtung«, gab ihr der Arzt freundlich, aber bestimmt mit auf den Weg und entfernte sich. Wie Miriam zwei Tage vorher, erschrak Magdalena, als sie sah, in welch derangiertem Zustand ihr Kollege sich befand.

»Guten Tag, Herr Gross, was machen Sie für Sachen? Kann ich Sie denn keine fünf Minuten alleine lassen? Aber mit unserem Mordfall hat das hoffentlich nichts zu tun?«

Sascha schüttelte den Kopf und setzte zu einer Antwort an. Mittlerweile konnte er wieder einigermaßen artikulieren, da der Kiefer zum Glück nicht gebrochen gewesen war. Miriam hatte ihm am Samstag von dem Gespräch mit Sandy erzählt und ihm verziehen, doch seiner Chefin wollte er das Ganze in einem für ihn besseren Licht schildern.

»Da war ich wohl zur falschen Zeit am falschen Ort«,

brachte er unter Mühen hervor. »Vier so finstere Typen haben eine junge Frau belästigt und ich konnte natürlich nicht tatenlos zusehen.«

Mertens nickte wohlwollend und legte ihm die Hand auf die Schulter.

»Gut gemacht, Herr Gross, ich bin stolz auf Sie, wenngleich das Ergebnis Ihrer Hilfe nicht gut aussieht.« Sie fragte ihn nach dem Ablauf des Abends, den er ihr dann beinahe wahrheitsgerecht schilderte. Nachdem sie eine Viertelstunde mit ihm geredet hatte, merkte sie deutlich, wie das Reden ihn zunehmend anstrengte und beschloss, zu einem anderen Zeitpunkt wiederzukommen. »Bei den Ermittlungen in der nächsten Woche werden Sie mir fehlen, aber ich verspreche Ihnen, dass ich Sie auf dem Laufenden halten werde. Zum Glück haben wir ja den Kollegen Ganter, der jetzt erst mal fest bei uns bleibt.«

Obwohl er jetzt erschöpft war und ihr nicht mehr antworten konnte, wollte Mertens ihn über ihre nächsten Schritte unterrichten.

»Für mich ist dieser Lopescu nach wie vor der Hauptverdächtigte, aber diesem Immobilienhai Baur, für den die Rumänen arbeiten, werde ich auch auf den Zahn fühlen.« Sie hielt kurz inne und betrachtete ihren lädierten Kollegen, der eifrig nickte, so gut es ihm möglich war.

»Und seinen besonders sympathischen Vorarbeiter Malowski werde ich mir bei der Gelegenheit auch gleich vorknöpfen. Wer weiß, vielleicht ist er ja der Mann fürs Grobe. Denn darüber sind wir uns ja einig, dass Erich Kranzler das Opfer eines gezielten Anschlags war und nicht zufällig seinem Mörder über den Weg gelaufen ist. Gut, dann will ich Sie nicht weiter beanspruchen, Herr Gross. Ich wünsche Ihnen gute Besserung und werde mich melden, sobald sich etwas Neues ergeben hat.«

Die Hauptkommissarin ging zur Tür und drehte dann noch mal auf dem Absatz um.

»Ach, und noch etwas, diese Typen, die Ihnen das angetan haben, finden wir, darauf gebe ich Ihnen mein Wort«, versprach sie Sascha mit entschlossener Miene.

Auf dem Gang begegnete sie wieder dem Oberarzt und gab ihm zu verstehen, dass sie mit ihm reden wolle.

»Was denken Sie, wie lange ist Herr Gross außer Gefecht?«

»Sie sind seine Chefin, nicht wahr?« Ein amüsiertes Lächeln zeigte sich auf den regelmäßigen Zügen des Arztes.

»Wie kommen Sie darauf?«

»Nun, ich bin zwar kein Kommissar, trotzdem kann ich eins und eins zusammenzählen. Außerdem kenne ich Sie, oder sollte ich sagen dich. Wenn ich mich nicht irre, haben wir zusammen am Friedrich-List-Gymnasium die Schulbank gedrückt.«

Fragend betrachtete Mertens das Gesicht des Mannes und endlich trat ein Ausdruck des Erkennens auf ihre Züge.

»Aber natürlich, Wolfram … Wolfram Ehlers, ich wusste gar nicht, dass du eine medizinische Laufbahn eingeschlagen hast.« Magdalena erinnerte sich nur ungern an ihre Schulzeit, sie war das graue Mäuschen gewesen und hatte im Stillen für den Mädchenschwarm Wolfram gebrannt. Doch der hatte natürlich nur Augen für die Klassenschönheiten gehabt. Trotzdem hatte sie Ehlers in guter Erinnerung, er war immer nett zu ihr gewesen, wenngleich *nur nett* für einen verliebten Teenager damals die Hölle gewesen war.

»Na ja, ich war zu der Zeit etwas … sagen wir mal – unstet. Nenn es Rebellentum meinem Vater gegenüber, der ja gleichfalls Mediziner war oder war es einfach meinem sprunghaften Naturell geschuldet, dass ich die Schule geschmissen und eine Lehre als Kfz-Mechaniker begonnen habe. Und das, obwohl ich ein Einserkandidat gewesen bin. Nach einem Jahr war meine Sturm- und Drangzeit dann auch schon wieder vorüber und ich hatte genug von Motoren und schmutzigen Händen. Mein strenger, aber gerechter Vater hat den reumütigen verlorenen Sohn dann wieder aufgenommen und ihm eine zweite Chance gegeben. Die ich dann ja auch genutzt und die Ausbildung zum Arzt zu Ende gebracht habe. Nach einigen Wanderjahren, die mich unter anderem nach Marburg und Heidelberg geführt haben, bin ich dann wieder ins Schwabenland zurückgekehrt. Aber jetzt zu dir, es ist für mich schon eine faustdicke Überraschung, dass du bei der Kripo gelandet bist, das muss ich schon sagen. Und wenn ich mir erlauben darf, du machst einen sehr zufriedenen Eindruck.«

Was man von dir nicht sagen kann, dachte Magdalena und betrachtete nochmals eingehend das vom Leben gezeichnete Gesicht ihres Schulkameraden. Er hatte offenbar nichts ausgelassen. In diesem Moment kam eine Krankenschwester und bat ihn eindringlich, mitzukommen.

»Die Pflicht ruft, aber hier …«, er nestelte in den Außentaschen seines weißen Mantels und förderte eine Visitenkarte zutage. »Ruf mich an und wir treffen uns mal zum Reden über die alten Zeiten und so.«

Kopfschüttelnd verließ Magdalena das Krankenhaus und dachte über die Begegnung nach. Wolfram Ehlers war früher der Star gewesen und musste sich heute vielleicht eingestehen, dass sie, das graue Mäuschen, glücklicher war als er.

Bevor sie ihren Wagen startete, besann sie sich, welchen Schritt sie als Nächstes unternehmen würde. Am liebsten hätte sie nach den Schlägern gefahndet, die ihren Kollegen so übel zugerichtet hatten, doch da waren bestimmt schon andere dran. Die Hauptkommissarin beschloss daher, zuerst einmal mit jemandem von dieser »Baur baut GmbH« zu reden, denen das Haus gehörte, in dem der Mord passiert war. Dass ein Zollbeamter auf der Baustelle einer Firma, die Immobilien baute und verkaufte, tot aufgefunden wurde, war schon ein ungewöhnlicher Zufall. Mertens wählte die Nummer, die ihr Malowski gegeben hatte.

»Baur baut GmbH, Frau Zerne am Apparat, was kann ich für Sie tun?«, meldete sich eine freundliche Frauenstimme.

»Guten Tag, Frau Zerne, mein Name ist Mertens, Hauptkommissarin Mertens von der Kripo in Reutlingen, ich hätte gerne Ihren Chef gesprochen.«

»Polizei? In welcher Angelegenheit?«, fragte sie irritiert.

»Das würde ich Ihrem Chef gerne persönlich sagen«, entgegnete Mertens bestimmt.

»Diese Woche ist es ganz schlecht, Herrn Baurs Terminkalender ist randvoll, aber für nächste Woche Dienstag hätte ich noch etwas frei. Passt es Ihnen da um sechzehn Uhr?«

»Hören Sie mir einmal genau zu, Frau Zerne, ich bekomme noch heute einen Termin mit Herrn Baur, wenn er nicht gerade in der Karibik weilt, oder er bekommt eine Vorladung für morgen früh um sechs hier auf dem Präsidium. Sollte er nicht erscheinen, werden ihn uniformierte Beamte mit Gewalt hier herbringen, was ihm sicherlich nicht gefallen wird. Haben Sie mich verstanden?« Ohne laut zu werden, hatte Magdalena ihre ganze Autorität in die Stimme gelegt und spürte deutlich, wie die Frau am anderen Ende der Leitung unsicher wurde.

»Wenn Sie kurz dranbleiben würden? Ich muss abklären, ob Herr Baur einen anderen Termin kurzfristig verschieben kann.«

Offenbar hatte die Drohung gewirkt, denn keine zwei Minuten später bekam Mertens eine Zusage für den frühen Nachmittag im Reutlinger Büro des Unternehmens. Da sich die Niederlassung in der Gartenstraße befand, beschloss die Kommissarin, spontan nach Hause zu gehen und Paul zu überraschen.

Die Gehwege waren so leidlich geräumt und auf den Straßen lag eine mehrere Zentimeter dicke Matschschicht. Offenbar arbeiteten die Frauen und Männer der Stadtwerke in diesem bisher sehr schneereichen Winter an ihrer Kapazitätsgrenze. Paul war gleichfalls mit Schneeräumen beschäftigt, als Magdalena die schmiedeeiserne Tür aufdrückte, die er bereits befreit hatte.

»Das ist aber eine freudige Überraschung, endlich kommt die ersehnte Hilfe«, begrüßte der stämmige Älbler seine Freundin mit einem breiten Grinsen.

»Hallo Paul, wie ich sehe, bist du eh beinahe fertig, aber ich habe mich gleichfalls nützlich gemacht und uns vom Metzger ein paar Leberkäsbrötchen und Kartoffelsalat mitgebracht.«

»Super, das ist jetzt genau das Richtige.« Paul legte die Schneeschaufel beiseite und folgte Magdalena ins Haus. Nachdem sie sich beide die nassen Klamotten ausgezogen hatten, deckten sie gemeinsam den Tisch.

»Damit hast du mir eine große Freude gemacht«, meinte Paul schmatzend. »Aber weshalb kommst du so überraschend nach Hause?«

Sie legte ihre feingliederige Hand auf seine Pranke und schilderte ausführlich Saschas nächtliche Schlägerei. Als er hörte, was mit dem Kommissar geschehen war, den er sehr gut kannte, verdüsterte sich Pauls Miene.

»Wenn du mir sagst, wo er liegt, fahre ich heute Nachmittag hin«, meinte der Älbler entschlossen. Magdalena nannte ihm das Krankenhaus und die Zimmernummer, bevor sie das Thema wechselte.

»Dieses Albingen ist ja nur zwei Ortschaften von deinem Heimatort entfernt. Dann kennst du die Firma ›Baur baut‹ ja vielleicht sogar.«

»Die kenne ich sogar sehr gut, Friedrich Baur hat die Maurerarbeiten bei unserem großen Laufstall durchgeführt. Das muss so …«, mit Daumen und Zeigefinger fasste er an die Nasenwurzel. »Zehn Jahre her sein, ja genau, zu der Zeit hat mein Sohn endlich beschlossen, meinen Hof zu übernehmen und in diesem Jahr ist auch mein zweiter Enkel Hannes geboren. Aber was hast du mit Baur zu tun? Willst du etwa dein Haus umbauen?«

»Nein, nein, ich bin ganz zufrieden mit meiner kleinen Villa. Es hat mit meinem neuesten Fall zu tun und eigentlich darf ich dir dazu nichts sagen. Aber was solls, dann ist das jetzt halt eine Zeugenbefragung. Ich treffe mich nachher mit Herrn Baur von ›Baur baut‹. Auf einer seiner Baustellen wurde jemand ermordet, und da das Opfer ein hochrangiger Zollbeamter ist, frage ich mich natürlich, ob dieser Baur irgendetwas damit zu tun hat.«

»Mhm, das kann ich mir beim besten Willen nicht vorstellen, dass Friedrich krumme Geschäfte macht oder gar jemanden umlegt. ›Baur baut‹ ist ein alteingesessener Betrieb und mit Sicherheit der größte Steuerzahler in Albingen. Baur sitzt im Gemeinderat und Kreistag und war meines Wissens noch nie in einen Skandal verwickelt. Gewiss ist es wahrscheinlich so, dass die anderen Räte der Ortschaft mitsamt dem Bürgermeister nach seiner Pfeife tanzen. Aber dafür lässt er des Öfteren eine größere Summe etwa für ein Hallenbad oder eine Mehrzweckhalle springen. Soviel ich weiß, kommt er aus einfachsten Verhältnissen und hat sich das alles selbst aufgebaut.«

»Du scheinst diesen Mann zu bewundern«, stellte die Kommissarin schnippisch fest.

»Na ja, bewundern würde ich das nicht nennen, trotzdem habe ich großen Respekt vor seiner Lebensleistung. Zudem ist er ein sympathischer Zeitgenosse, obwohl er sehr früh seine geliebte Frau verloren hat und seitdem mit seiner Tochter alleine in dem Riesenanwesen lebt. Doch jetzt wollen wir von etwas Angenehmerem reden, welchen Film sehen wir uns morgen im Kino an?«

Es war eine richtige Tradition bei den beiden geworden, am Dienstagabend in das Programmkino Kamino in Reutlingen zu gehen. Hier wurden im Unterschied zum herkömmlichen Lichtspieltheater auch kritische Filme gezeigt, die auf Missstände hinwiesen oder solche, die keine Millionen einspielen würden.

»Da läuft morgen dieser Film über die Ortschaft Genkingen, wo Mitglieder der dortigen Feuerwehr als Reminiszenz an Werner Herzogs ›Fitzcarraldo‹ ein Schiff den Steilhang vom Skilift hochgezogen haben«, meinte Magdalena lächelnd und war froh drüber, dass sie nicht mehr über ihren aktuellen Fall redeten.

Paul erzählte ihr noch ein wenig davon, wie diese Dokumentation seines Wissens nach entstanden war, und nach dem gemeinsamen Kaffee verließ Mertens das Haus wieder. Sie ging die Querstraßen bis zur Gartenstraße entlang, wobei sie mehrmals nahe daran war, auf dem glatten Gehweg auszurutschen. In dieser Straße standen einige schöne Häuser aus der Gründerzeit, deren Türmchen, Erker und Verschnörkelungen sie immer wieder aufs Neue fasziniert betrachtete.

Nach dem Fall der Stadtmauer im neunzehnten Jahrhundert hatten reiche Kaufleute und Industrielle die enge Altstadt verlassen und sich hier ihre standesgemäßen Anwesen gebaut.

In einem dieser repräsentativen Häuser war auch der

Firmensitz von »Baur baut«. Da könnte man fast etwas neidisch werden, dachte die Kommissarin beim Anblick dieses top restaurierten Gebäudes. Offenbar liefen die Geschäfte gut. Ein Arbeiter mit gelber Weste hatte gerade mit einer Schneefräse den Zugang geräumt, sodass Mertens bequem zu dem Eingangsportal gehen konnte. Als sie den Klingelknopf drücken wollte, öffnete sich bereits die Vintage-Türe automatisch. Wahrscheinlich war jemand ständig damit beschäftigt, die Außenkameras zu sichten. Das Foyer hätte einem Vier-Sterne-Hotel alle Ehre gemacht und hinter einer mit Backsteinen gemauerten Theke saß eine gut aussehende Frau mittleren Alters.

»Frau Mertens?« Magdalena nickte und zeigte ihren Ausweis, woraufhin die Sekretärin ein strahlendes Lächeln aufsetzte.

»Guten Tag, Zerne mein Name, wir haben heute Morgen miteinander telefoniert. Wenn Sie sich noch kurz gedulden wollen, Herr Baur hat soeben ein wichtiges Telefonat hereinbekommen. Bitte nehmen Sie in unserem Wartebereich Platz. Darf ich Ihnen einen Kaffee oder Tee bringen?«

Die Kommissarin entschied sich für Ersteres und ging langsam in Richtung des beschriebenen Warteraums. An den Wänden hingen Fotos von Referenzobjekten, die, der Bildqualität nach zu urteilen, von einem professionellen Fotografen stammten. Hier stimmte alles, was auf einen potenziellen Bauherrn sicher Eindruck machte. Während sie aus ihrer Tasse schlürfte, die ihr die Vorzimmerdame gebracht hatte, betrachtete Mertens ein Bild genauer. Wenn sie sich nicht allzu sehr täuschte, dann war das das Haus des getöteten Erich Kranzler. Mertens glaubte nicht an Zufälle, trotzdem wollte sie so unvoreingenommen wie möglich sein, wenn sie mit Baur redete.

»Frau Mertens, darf ich bitten.«

Sie stellte ihre Tasse auf ein kleines Tischchen und folgte der Frau, die sie bis zur Tür führte. Ein großer, breitschulteriger Mann bat sie herein und richtete seine tiefblauen Augen auf Magdalena.

»Grüß Gott, Frau Hauptkommissarin, nehmen Sie doch Platz.« Ganz Gentleman alter Schule war er hinter seinem wuchtigen Schreibtisch hervorgekommen und hielt ihr den Stuhl hin. »Ich nehme an, Sie sind wegen des Toten hier, den man auf meiner Baustelle gefunden hat. Da ich zu der Zeit in Österreich beim Skifahren war und somit ein lupenreines Alibi habe, gehe ich davon aus, dass Sie nicht mich verdächtigen«, meinte er augenzwinkernd.

Bevor sie antwortete, betrachtete die Kommissarin den Mann eingehend. Er hatte Charisma, das konnte sie nicht leugnen, und war ihr durchaus sympathisch. Irgendetwas an seiner Art jedoch störte sie.

»Wie Sie sich denken können, Herr Baur, müssen wir in alle Richtungen ermitteln und da, wie Sie schon gesagt haben, der Tote quasi in Ihrem Haus gefunden wurde, sind Sie einer der Ersten, den wir befragen. Entscheidend für unsere Ermittlungen dürfte sein, ob er sich zufällig in diesem Gebäude befand, als er ermordet wurde oder ob sein gewaltsamer Tod etwas mit Ihrer Baustelle zu tun hat. Deshalb meine erste Frage, kannten Sie Herrn Erich Kranzler?« Sofort heftete sie ihren Blick auf den Bauunternehmer, da sie darin geschult war zu erkennen, wenn jemand log.

»Ach, wissen Sie, Frau Mertens, ich kenne eine Menge Leute. Vielleicht kannte ich auch diesen Kranzler, aber wie er dazu kam, sich ausgerechnet in unserem Objekt umbringen zu lassen, das kann ich Ihnen beim besten Willen nicht sagen.«

Baur nahm das Ganze mit Humor und Magdalena konnte nicht den Hauch von Unsicherheit bei ihm erkennen. Deshalb beschloss sie, ein wenig mehr in die Offensive zu gehen.

»Herr Kranzler war beim Zoll beschäftigt und dort bei der Finanzkontrolle Schwarzarbeit der Bundeszollverwaltung, kurz FKS, die zuständig ist für Kontrollen im Hinblick auf Schwarzarbeit und illegale Beschäftigung. Sie beschäftigen rumänische Gastarbeiter, es könnte also durchaus sein, dass bei Ihnen Kontrollen durchgeführt werden. Falls Sie nun ein paar nicht gemeldete Arbeiter beschäftigen, wovon ich natürlich nicht ausgehe, wäre es doch durchaus von Vorteil, wenn man im Vorfeld wüsste, wann diese Kontrollen stattfinden.«

Baurs Grinsen verschwand und ein harter Zug trat in sein Gesicht.

»Wollen Sie etwa behaupten, ich hätte den Kerl geschmiert, und als er nicht mehr kooperieren wollte, umlegen lassen? Gerne gebe ich Ihnen Auskunft, doch wenn Sie mir so kommen, dann ist unsere Besprechung hiermit beendet und Sie können sich mit meinen Anwälten auseinandersetzen.«

Das war es, was Mertens anfangs an dem leutseligen Typen irritiert hatte. Er konnte genauso knallhart sein, sonst hätte er diese Position nicht erreicht.

»Etwas zu behaupten, gehört nicht zu meinem Berufsbild. Ich muss Beweise für Schuld oder Unschuld sammeln und wenn ich das nicht schaffe, bleibt ein Fall ungeklärt. Das wäre dann in etwa so, wie wenn Sie ein Haus nur halb fertig bauen, und das wollen Sie schließlich auch nicht. Im aktuellen Mordfall Kranzler ermitteln wir wie gesagt in mehreren Richtungen und unter anderem haben wir diesen Lopescu ein wenig durchleuchtet, der Ihnen die Arbeiter meines Wissens nach verleiht. Es wundert mich schon, dass Sie darauf angewiesen sind, mit solchen Typen

Geschäfte zu machen, denn dass dieser Kerl in seinen Methoden nicht wählerisch ist, wissen Sie so gut wie ich.« Mertens hatte die diplomatische Linie nun vollends verlassen und ging eindeutig auf Konfrontation.

»Das müssen Sie schon mir überlassen, mit wem ich zusammenarbeite und mit wem nicht. Fakt ist, dass es uns zunehmend schwerer fällt, geeignetes Personal zu finden, und da kommt unser Betrieb nun mal nicht drum herum, mit Leihfirmen zusammen zu arbeiten. Selbstverständlich werden diese Firmen auf Herz und Nieren geprüft, bevor sie für uns einen Handschlag ausführen, und Herr Lopescu hat hervorragende Referenzen. Soviel ich weiß, zahlt er sogar seine Steuern und Sozialabgaben pünktlich.«

»Hm, das wundert mich jetzt, Ihr Mitarbeiter Malowski hat bei seiner ersten Vernehmung erzählt, dass sich die Arbeiter beim Anblick der Polizeibeamten umgedreht und das Weite gesucht haben. Wenn jemand abhaut, unterstelle ich ihm, dass er was zu verbergen hat. Dann wäre da noch der vermeintliche Augenzeuge, der bei unserer Befragung zugegeben hat, dass jemand von seinen Angehörigen in seiner Heimat so unter Druck gesetzt wurde, dass er sich Lopescu auslieferte. Das klingt jetzt erst mal nicht nach einem guten Arbeitsklima.«

Diese Äußerung der Hauptkommissarin sorgte dafür, dass die Fassade von Baurs Selbstsicherheit ein wenig bröckelte und er nach Worten suchte.

»Na ja… Malowski trägt sein Herz auf der Zunge und fabriziert schon mal einen Schnellschuss. Da müssen Sie sich nichts dabei denken. Wahrscheinlich haben die Männer in ihrem Heimatland schlechte Erfahrungen mit der Staatsmacht gemacht und sind deshalb abgehauen. Ich gebe Ihnen eine Liste mit sämtlichen Baustellen, auf denen

Fremdarbeiter eingesetzt werden und garantiere Ihnen, dass darunter kein Einziger schwarz beschäftigt ist.« Das konnte Baur jetzt reinen Gewissens behaupten, nachdem Lopescu ihm heute Morgen am Telefon versichert hatte, dass in dieser Hinsicht alles geregelt war.

In diesem Moment ging die Türe auf und eine sehr attraktive Frau betrat den Raum.

»Oh, Entschuldigung, ich wusste nicht, dass du Besuch hast, Papa. Frau Zerne ist gerade nicht an ihrem Platz, sonst hätte sie mich davon unterrichtet.«

»Hallo Gianna, darf ich dir Frau Mertens von der Kripo vorstellen? Sie ermittelt in dem tragischen Mordfall, der sich auf unserer Baustelle ereignet hat.« Er war jetzt wieder der souveräne Patriarch wie zu Beginn des Gesprächs. »Aber wir sind eh gerade fertig, nicht wahr?«

Das war ein klarer Rauswurf, denn die Hauptkommissarin hätte durchaus noch einige Fragen gehabt.

»Hm … ja, eigentlich schon, sollte mir noch etwas einfallen, weiß ich ja, wo ich Sie finde. Oh …!«, rief sie scheinbar erstaunt aus, »eine Sache hätte ich beinahe vergessen. Draußen in Ihrer Galerie habe ich eines der abgebildeten Gebäude wiedererkannt. Dabei handelt es sich doch, wenn ich mich nicht täusche, um das Wohnhaus des ermordeten Erich Kranzler, an den Sie sich angeblich nicht erinnern konnten. Na ja, bei so vielen Projekten, die Sie betreuen, kann man schon den ein oder anderen Bauherren vergessen«, konnte sie sich eine Spitze nicht verkneifen.

Baurs gerade eben noch jovial wirkendes Gesicht nahm eine zornige Form an, wohingegen seine Tochter ziemlich überrascht wirkte.

»Also, dann bis zum nächsten Mal und Dankeschön für den Kaffee«, verabschiedete sie sich freundlich und ließ ihre letzten Worte ohne weiteren Kommentar wirken. Falls

Baur Dreck am Stecken hatte, wusste er nun, dass er es mit einer mindestens ebenbürtigen Gegnerin zu tun hatte.

»Papa, gibt es irgendetwas, das du mir in Bezug auf den Mord an diesem Zollbeamten sagen musst?«, fragte Gianna, nachdem die Kommissarin gegangen war und fixierte ihren Vater mit ihren gleichfalls stechend blauen Augen.

Baur seufzte und begann zu erzählen.

30

MONTAG – RÜCKBLICK

Am Freitagabend war Johannis wieder zurückgekehrt und Gheorghe hatte auf ihn eingewirkt, doch der Alte war ziemlich einsilbig gewesen und hatte nicht preisgegeben, wo er die ganze Zeit gesteckt hatte. Weder, dass er in Untersuchungshaft gewesen war, noch dass er Nadja Krenz in eine Falle gelockt hatte.

Gheorghe war an diesem Wochenende ziemlich durch den Wind gewesen. Er konnte immer noch nicht realisieren, dass Gianna ihn so abserviert hatte, nachdem es zuerst so ausgesehen hatte, als ob sie seine Zuneigung erwiderte. Die letzten beiden Tage hatte er inständig gehofft, dass sie ihn anrufen würde, und bei jedem Klingeln seines Telefons hatte er mit Herzklopfen auf das Display gestarrt. Andererseits hatte er damit gerechnet, von Lopescu kaltgestellt zu werden, falls Gianna ihrem Vater erzählt hatte, dass sich ein Journalist bei ihm eingeschlichen hatte.

In der Nacht auf Samstag war er beinahe stündlich aus dem Schlaf aufgeschreckt, weil Lopescus Schergen ihn in seinen Träumen aufs Übelste malträtiert hatten.

Der Samstag war für die Männer ein gewöhnlicher Arbeitstag, wenngleich Malowski an diesem Tag in der Regel nicht erschien, was sich positiv auf das Arbeitsklima auswirkte. Wie beinahe jeden Samstagabend zwackten die schwer schuftenden Männer von ihrem kargen Lohn etwas ab und gönnten sich einen Döner.

Den Sonntag verbrachte Gheorghe schreibend an seinem Laptop in dem Bäckerei-Café, in dem ihn die freundlichen Bedienungen schon mit Vornamen ansprachen. Seine Reportage war noch nicht so weit gediehen, dass er damit an die Öffentlichkeit gehen konnte. Aus Angst vor Lopescu wollte er sie jedoch so schnell wie möglich abschließen. Je mehr Gheorghe darüber nachdachte, desto mehr zweifelte er daran, dass Lopescu der große Zampano in der Geschichte war. Er verfügte zwar mit Sicherheit über die erforderliche Brutalität, um die Arbeiter einzuschüchtern, doch um am ganz großen Rad zu drehen hielt Gheorghe ihn einfach für zu wenig intelligent.

Für die Sache mit den Georgiern, die mit gefälschten rumänischen oder bulgarischen Pässen ausgestattet wurden, brauchte man eine größere Organisation, die die Abläufe koordinierte. Wie Gheorghe von Johannis wusste, verfügte Lopescu hier in Deutschland lediglich über die beiden Gorillas, die auch schon im Schlepptau ihres Bosses in der Unterkunft aufgetaucht waren.

»Gehen wir noch auf ein Bier?«, hatte Johannis gefragt, nachdem Gheorghe am späten Sonntagnachmittag wieder in die Bleibe der Bauarbeiter zurückgekehrt war.

»Warum nicht?« Gheorghe zuckte mit den Schultern. Ohne sich von den anderen zu verabschieden, die wie gebannt in die Glotze blickten, die ihnen Lopescu spendiert hatte, verließen die beiden die Wohnung. Im Kellerraum zogen sie ihre Stiefel an. Bei aller Unordnung, die in der Wohnung herrschte, war es eine eiserne Regel, dass sowohl Arbeitsschuhe als auch Freizeitschuhe hier unten an- und ausgezogen wurden.

Stumm wateten die beiden Männer durch den Matsch und jeder hing seinen Gedanken nach. Sie betraten das griechische Lokal, in dem sie bei ihrer ersten Begegnung eingekehrt waren, und hielten in dem überfüllten Raum Ausschau nach einem freien Platz.

»Was sollen wir tun?«, fragte Johannis ratlos.

»Folge mir.« Gheorghe steuerte auf einen größeren Tisch zu, an dem lediglich ein Pärchen saß, deren Schäferhund sich zu ihren Füßen fläzte. Sie hatten es sich gemütlich gemacht und ihre nassen Klamotten auf den freien Stühlen ausgebreitet. Offenbar hatte der große Hund andere Gäste davon abgehalten zu fragen.

»Entschuldigen Sie, aber wie ich sehe, sind die Plätze noch frei, oder haben Sie sie für jemand reserviert?« Gheorghes freundliche aber bestimmte Frage, bewirkte, dass die beiden ihn verblüfft anschauten. Er sah, wie die zwei etwa fünfzigjährigen, leger gekleideten Leute ihn und seinen Begleiter taxierten.

»Oh, aber sicher … bitte setzen Sie sich, unser Benni ist ganz friedlich.« Die Frau mit den kurzen Locken und den blitzenden grauen Augen deutete auf den Hund und gab die nassen Mäntel an ihren Begleiter weiter, der sie an die Garderobe hängte. Johannis wäre es lieber gewesen, wenn sie woanders hingegangen wären, doch insgeheim bewunderte er Gheorghe für seine forsche Art.

Gheorghe bedankte sich und setzte sich der Frau gegenüber. Kurz fragte er Johannis auf Rumänisch nach seinem Wunsch und bestellte dann bei der Bedienung zwei Weizenbiere.

»Sie sprechen sehr gut Deutsch, darf ich fragen, woher Sie kommen? Es ist nicht so, dass ich naseweis bin, aber es interessiert mich einfach, aus welchen Nationen Menschen nach Reutlingen kommen«, meinte die Frau und fing sich einen genervten Blick ihres Begleiters ein.

»Johannis und ich kommen aus Rumänien und arbeiten in Ihrem schönen Land.« Weil man bei uns zu Hause zu wenig verdient, wollte er hinzufügen, ließ es aber sein. Die Frau hatte eine offene, freundliche Art und auch ihr Begleiter schien sich lediglich über ihre Neugierde aufzuregen, ansonsten wirkte auch er umgänglich. Es entspann sich eine lockere Unterhaltung, in deren Verlauf sich herausstellte, dass Ursula, wie sie sich vorgestellt hatte, als Redakteurin bei einer hiesigen Lokalzeitung angestellt war und Heiko, ihr Lebensgefährte, als Berufsschullehrer arbeitete. Anfangs hatte Gheorghe noch für Johannis übersetzt, doch irgendwann klinkte sich der Maurer aus und starrte beinahe apathisch an die Wand.

»Was ist mit Ihrem Begleiter, geht es ihm nicht gut?«, fragte Ursula besorgt.

»Doch, doch… aber heute ist sein Hochzeitstag und er hat deshalb schreckliches Heimweh«, antwortete Gheorghe. Auf dem Weg hierher hatte Johannis ihm von dem Hochzeitstag erzählt und er konnte es sich nicht verkneifen, jetzt davon zu erzählen. Wenngleich ihm die beiden sympathisch waren, sollten sie doch wissen, unter welchen Umständen Menschen in ihrem reichen Land lebten.

»Das kann ich gut verstehen. Wie oft fahren Sie in Ihre Heimat?« Ursulas Mitgefühl hörte sich echt an und Gheorghe verstand nun auch ihre berufsbedingte Neugier besser.

»Leider nur ein bis zwei Mal im Jahr, dann aber gleich für mehrere Wochen.« Aber nur, wenn Lopescu keine dringenden Arbeiten hatte. Diese Information hatte ihm Johannis gleichfalls vorhin erzählt.

»Wenn es Ihnen was bringt, könnte ich einen kritischen Bericht in unserem Blatt bringen«, bot Ursula an, doch Gheorghe lehnte dankend ab. Das könnte sich als kontraproduktiv erweisen. Trotzdem nahm er die Karte der Berufskollegin entgegen. Man konnte ja nie wissen, wozu es noch gut war, jemanden bei einer der hiesigen Zeitungen zu kennen.

Johannis war plötzlich unruhig geworden und erhob sich. Er sagte zu Gheorghe, dass er kurz rausgehen und mit seiner Frau telefonieren wolle. Nachdenklich blickte der Journalist seinem Landsmann nach und bemerkte, dass dieser ohne Jacke in die Kälte hinausging. Gheorghe nahm einen herzhaften Schluck aus seinem Bierglas und unterhielt sich weiter mit seinen Tischnachbarn.

Ursula interessierte sich sehr für Gheorghes Heimat und auch Heiko hatte sich mittlerweile an der Unterhaltung beteiligt. Er wollte alles über die berufliche Bildung in Rumänien wissen und schlug sogar vor, eine Art Joint Venture seiner Schule mit einer Einrichtung in Gheorghes Heimat zu machen.

»Ich muss mal kurz raus und nach Johannis schauen«, sagte Gheorghe mit einem besorgten Unterton, nachdem sein Kollege eine halbe Stunde später immer noch nicht wieder reingekommen war. »Könnt ihr mir noch ein Bier bestellen, wenn die Bedienung wieder vorbeikommt?«

Ursula nickte und wandte sich ihrem Mann zu.

Ein eisiger Wind pfiff Gheorghe um die Nase, als er die Kneipentüre öffnete. Vorsorglich hatte er sich Johannis' Mantel unter den Arm geklemmt. Zuerst ging er etwa zweihundert Meter die Nürtingerhofstraße hoch, doch von Johannis war nichts zu sehen. Als er auch in der größeren Kanzleistraße auf und abgegangen war und den Bauarbeiter nicht angetroffen hatte, erfasste ihn Unruhe.

Sein Blick fiel auf das der Kneipe gegenüberliegende, beeindruckende Fachwerkgebäude. Beim Näherkommen konnte er erkennen, dass es sich um ein Gymnasium handelte und er beschloss, seine Suche hier weiterzuführen. Nachdem er die Schule beinahe umrundet hatte, sah er in einem Eingangsbereich Licht und davor eine dunkle Gestalt. Gheorghe erkannte seinen neuen Freund und wollte ihn gerade ansprechen, als er ein paar Sprachfetzen des Telefongesprächs aufschnappte.

»Ich halte diesen Druck nicht mehr lange aus, am liebsten würde ich zur Polizei gehen und denen alles erzählen. In meinem ganzen Leben bin ich nicht mit dem Gesetz in Konflikt gekommen und jetzt muss ich eine Frau, die ich kenne, verraten und dabei helfen, einen frei herumlaufenden Mörder zu decken.«

Johannis wirkte panisch und Gheorghe konnte die Todesangst seines Kollegen deutlich heraushören. Jetzt lauschte dieser der Person am anderen Ende der Leitung.

»Natürlich weiß ich, dass du dann ebenfalls in Gefahr wärst und das wäre für mich schlimmer als mein eigener Tod.« Es ging noch eine Weile hin und her und Gheorghe war entschlossen, diesem Treiben ein Ende zu machen.

»Hallo Johannis, ich dachte schon, du wärst nach Hause gegangen.«

Erschrocken drehte der Maurer sich um, entspannte sich jedoch im nächsten Augenblick ein wenig, als er Gheorghe erkannte.

»Mein Schatz, ich muss jetzt Schluss machen, ich melde mich morgen wieder«, beendete er das Gespräch abrupt und wollte zurück in die Kneipe.

»Warte, so kann das nicht weitergehen, du bist mir eine Erklärung schuldig.« Gheorghe fasste ihn an der Jacke und schaute ihm tief in die Augen. »Vergiss nicht, ich habe dir das Leben gerettet, du kannst mir vertrauen.«

Die Augen von Johannis flackerten und er wollte sich losreißen. Doch dann ging ein Ruck durch den alten Maurer und er schien sich in sein Schicksal zu fügen. Kurz darauf machte er sich auf den Weg und begann los zu stapfen.

»Lass uns jetzt zurückgehen zu unserm Bier. Sobald ich

weiß, dass meine Frau in Sicherheit ist, erzähle ich dir, was in jener Nacht geschehen ist.«

Gheorghe war ziemlich verstimmt, er hatte erwartet, dass er von Johannis den Namen des Mörders erfahren würde. Doch wohl oder übel musste er die Entscheidung von Johannis akzeptieren und folgte ihm, ohne weiterhin auf ihn einzuwirken.

Sie hatten jeder noch zwei Biere getrunken und sich mit dem sympathischen Pärchen unterhalten, wobei Gheorghe geduldig den Dolmetscher gespielt hatte.

Auf dem Nachhauseweg konnte er es sich nicht verkneifen, den Alten nochmals zu drängen, zur Polizei zu gehen. Johanni war nur stumm neben ihm hergetrottet und hatte getan, als ob er nichts hörte.

Am kommenden Montag auf der Baustelle konnte er ihn schwerlich unter Druck setzen, da sie jetzt wieder unter der Beobachtung von Lopescus Arbeitern waren, von denen mindestens einer ein eifriger Spion war und seinem Chef alles zutrug.

31

MONTAGMORGEN

»Kannst du mir mal das Salz geben, Cecile?« Wohlwollend betrachtete er die junge Frau in ihrem weit geöffneten Bademantel, der ihre runden, von einem erfahrenen Chirurgen modellierten Brüste kaum verhüllte.

Wie jeden Morgen seit seiner Ankunft in Brüssel nahm Schubert ein opulentes Frühstück zu sich. Während er sein auf den Punkt gegartes Ei köpfte, rief er sich den gestrigen Abend ins Gedächtnis. Er war mit einigen seiner Geschäftspartner in einem mondänen Restaurant in der Brüsseler Innenstadt gewesen, um sich mit ihnen über ein neues Geschäftsfeld zu unterhalten. Der Überfall auf sein Geschäft, bei dem er zum Glück jüngst mit dem Schrecken davongekommen war, hatte Zweifel in ihm ausgelöst, ob das Geschäft mit Juwelen noch das richtige für ihn war.

Gleich am Tag danach, nachdem er auf unrühmliche Art die Bekanntschaft mit einem Mitglied einer korsischen Verbrecherorganisation gemacht hatte, hatte Schubert zwei neue Sicherheitsleute eingestellt und verpflichtete auch gleich jemanden für das Ladengeschäft. Zudem hatte er bei einer verschwiegenen Agentur einen zuverlässigen Bodyguard angeheuert, der ihn in solch einer Situation beschützen würde.

An jenem schicksalhaften Tag war er einem Herzinfarkt so nahe gewesen wie noch nie zuvor in seinem Leben, und Schubert hatte es seit diesem Ereignis aufgegeben, hinter der Ladentheke zu bedienen. Das hatte er nicht mehr nötig, denn Geld besaß er mehr als genug. Doch für den Ruhestand fühlte er sich definitiv zu jung und war deshalb ständig auf der Suche nach neuen Betätigungsfeldern.

Der Juwelier und Hehler, der Schubert damals aufgrund eines Schlaganfalls gebeten hatte, das lukrative Geschäft in der Brüsseler Altstadt vorübergehend zu übernehmen, war inzwischen an den Folgen der Attacke verstorben. In seinem Testament hatte der Schmuckhändler noch verfügt, dass Schubert das Vorkaufsrecht für die Handelsniederlassung bekommen sollte. Nach zähen Verhandlungen war er sich mit dem einzigen Erben, einem Sohn, einig geworden.

Von dem korsischen Syndikat hatte Schubert allerdings ein weiteres Mal Besuch bekommen. Es war etwa zwei Wochen nach dem Überfall, als er in einem exquisiten Geschäft in der Nähe des Grand Place eine Tasche von Louis Vuitton als Geschenk für seine neue Freundin suchte. Die ersten Tage nach dem einschneidenden Ereignis hatte er sich in seiner Villa regelrecht verbarrikadiert und Cecile, die mittlerweile bei ihm eingezogen war, hatte sich ziemliche Sorgen gemacht. Erst allmählich hatte er seine Furcht abgelegt und mittlerweile Vertrauen zu Serge gefasst, einem vierschrötigen ehemaligen Angehörigen einer Eliteeinheit der belgischen Armee.

»Monsieur Schubert?« Eine elegant gekleidete Frau, die er bisher noch nie in dem Laden gesehen hatte, war herangetreten, als er sich einige ziemlich teure Stücke anschaute. Schubert hatte angenommen, dass es sich bei der attraktiven, etwa dreißigjährigen Dame, um eine neue Verkäuferin handelte.

»Ja, was gibt's?«, hatte er gefragt und sie neugierig angeblickt.

»Ich soll Ihnen das hier geben«, meinte sie und überreichte ihm eine Holzskulptur. »Mit den besten Wünschen von Monsieur Santini.«

Plötzlich fing Schubert an zu zittern und schaute sich panisch nach seinem Leibwächter um, von dem jedoch weit und breit nichts zu sehen war.

»Aber was…«, stammelte er, doch da war die Frau bereits wieder wie vom Erdboden verschluckt. Aufgeregt betrachtete er die Skulptur und erkannte, dass es sich dabei um eine Darstellung der drei Affen handelte, die symbolhaft für die Aussagen »Ich sehe nichts, ich höre nichts und ich sage nichts« standen. Schubert hatte sofort Bescheid gewusst. Die gestohlenen Juwelen waren offenbar wieder in Santinis Besitz und die Affen eine Warnung an ihn, niemandem von seiner Verstrickung in den Fall auch nur ein Sterbenswörtchen zu sagen.

Wie sich später herausstellte, hatte irgendjemand unbemerkt eine Kleinigkeit in Serges Jacke gesteckt, woraufhin der Leibwächter von einem Kaufhausdetektiv diskret abgeführt worden war. Auf diese perfide Art und Weise hatte ihm der Boss des Syndikats eindringlich vor Augen geführt, dass er jederzeit in der Lage war, Schubert zu schaden.

Er hatte einem ersten Impuls widerstanden, Serge sofort wieder zu entlassen, denn gegen so etwas Hinterhältiges war selbst der Beste machtlos. Am selben Abend war eine Mail eingegangen von einem unbekannten Server. Darin wurde angekündigt, dass die Firma Santini sich aufgelöst und der Eigentümer nach Korsika zurückgekehrt war. Diese Nachricht trug wesentlich zur Beruhigung von Schubert bei und er hatte aus dem wohltemperierten Sektkühler eine Flasche Dom Perignon geholt.

»Gibt es was zu feiern?« Cecile war herangetreten und legte ihre feingliederige Hand auf seine Schulter.

»In gewissem Sinne ja, kannst du bitte zwei Gläser holen?«

Er hatte ihr hinterhergeschaut und ihre aufregenden Kurven betrachtet. Das war einer der Vorzüge, viel Geld zu besitzen, denn solch ein Luxusgeschöpf würde nicht mit einem x-beliebigen Mittfünfziger eine Liaison beginnen.

Dass er seinen Reichtum auf einem hinterhältigen Mord aufgebaut hatte, wusste niemand und bereitete Schubert auch keine schlaflosen Nächte. Er dachte vielleicht ein, zwei Mal im Jahr an den Mann, der für die Goldmünzen, die Schubert sich unter den Nagel gerissen hatte, mit dem Leben bezahlt hatte. Ein schlechtes Gewissen hatte er nicht, im Gegenteil erfüllte ihn die Tatsache, dass er für dieses Vergehen niemals zur Rechenschaft gezogen werden würde, mit einem gewissen Stolz. Es war das perfekte Verbrechen gewesen und Empathie war in seinen Augen sowieso etwas für Schwächlinge. Lediglich als der Zwischenfall mit Santinis Killer passiert war, hatte er kurz gedacht, ob das wohl die Rache des Schicksals für sein Verbrechen war.

Die dreißigjährige Cecile hatte Schubert bei einem Empfang eines Lobbyistenverbandes kennengelernt, bei dem einige der ranghöchsten EU-Politiker anwesend gewesen waren. Im Dunstkreis der Mächtigen lauerten die unterschiedlichsten Menschen auf ihre Chance.

Schubert war von dem Juwelier, dessen Nachfolge er später angetreten hatte, in diesen elitären Zirkel eingeführt worden. Der nach außen hin unscheinbare Mann war damals einer der mächtigsten Strippenzieher der Organisation gewesen.

Die meisten Berufspolitiker hatten eine blütenreine Weste und waren somit uninteressant für Schuberts Verband. Es gab jedoch immer ein paar, die einer kleinen Zuwendung in Form einer Reise etwa oder eines amourösen Abenteuers nicht abgeneigt waren und sich im Anschluss dafür besonders für eine bestimmte Sache ins Zeug legten.

Cecile hatte Politikwissenschaften studiert und arbeitete für einen Hinterbänkler der Regierungspartei, fühlte sich aber eindeutig zu Höherem berufen. Der letzte Mann, mit dem sie eine Beziehung gehabt hatte, war ein ehemaliger Politiker, der bei seinen früheren Kollegen aktive Lobbyarbeit gemacht hatte und von Schubert und seinen reichen Freunden bezahlt wurde. Dieses investierte Kapital kam in der Regel sehr schnell wieder rein, und zwar um ein Mehrfaches.

Cecile hatte schnell gemerkt, dass sie mit diesem Typen nicht weit vorankommen würde. Er hatte zwar zweifelsohne Charisma und verfügte über ausgezeichnete Verbindungen, war aber als notorischer Fremdgänger völlig ungeeignet für eine Beziehung. Wenigstens hatte sie in Begleitung dieses Mannes die Bekanntschaft Schuberts gemacht und damals schon die begehrlichen Blicke des Juwelenhändlers auf ihrem Körper gespürt.

Als sie die Beziehung mit dem Typen entnervt beendet hatte, entsann sie sich an Schubert. Da dieser zu der Zeit gleichfalls solo gewesen war, war es für die einfallsreiche Frau ein leichtes gewesen, ihn von ihren unzweifelhaft vorhandenen Vorzügen zu überzeugen. Cecile wurde zwar insgeheim als hübsches Anhängsel eines einflussreichen Mannes betrachtet, doch die intelligente Frau registrierte sehr wohl, was in diesem Verband vor sich ging.

Die mächtigen Automobilverbände hatten ihre eigenen Interessenvertreter und traten sehr selbstbewusst in der Öffentlichkeit auf. Bei der Vereinigung, der Schubert angehörte, ging es subtiler zu, und hier wurden die verschiedensten Interessen vertreten. Schubert und seine Partner hatten ihre Geschäftsfelder breit gestreut, so handelten sie etwa mit landwirtschaftlichen Produkten genauso wie mit Diamanten. Aufgrund der niedrigen Zinsen auf Kapital waren sie in letzter Zeit verstärkt in den boomenden Immobilienmarkt eingestiegen. Kaufen und verkaufen gehörte ebenso zu ihrem Portfolio wie das Erstellen von Wohnungen.

Die Lobbyisten sorgten für die Rückendeckung durch die Politik. Es musste etwa verhindert werden, dass Brasilien für das Vernichten des Regenwaldes geächtet wurde und es deswegen einen Boykott auf Soja aus dem südamerikanischen Land gab. Genauso wenig durften die unmenschlichen Bedingungen in den Minen Afrikas Grund dafür sein, die dortigen Regierungen abzustrafen.

Für die Mitglieder dieses Interessenverbandes, dem Schubert angehörte, war es wichtig, dass alles mehr oder weniger so blieb wie es war. Die Forscher, die den Klimawandel leugneten, sowie die Parteien, die ihren Anhängern diese Sichtweise vermittelten, wurden von dem Verband großzügig unterstützt. Und wenn eine Veränderung wegen des öffentlichen Drucks, etwa durch die Fridays-for-Future-Bewegung doch unumgänglich war, musste sie in winzig kleinen Schritten geschehen.

Sehr gute Rendite für ihre Vereinigung brachten auch die zahlreichen Häuser, die Schubert und seine Kollegen nach und nach in deutschen Universitätsstädten gekauft hatten. Hier waren noch für heruntergekommene Bruchbuden hohe Mieten zu erzielen und der finanzielle Aufwand für Sanierungen hielt sich in Grenzen. Natürlich gab es immer wieder Rufe nach mehr Wohnheimen mit bezahlbaren Mieten, doch hierfür gab es Lobbyisten, die dafür sorgten, dass von staatlicher Seite nur begrenzt investiert wurde.

Auch wenn diese Art der Einflussnahme ein »Gschmäckle« hatte, so war es doch absolut legal. Daneben gab es noch eine verborgene Seite, in der illegale Geschäfte getätigt wurden. Es war keine Bedingung für die Mitgliedschaft und so gab es lediglich zehn Geldgeber von etwa dreißig Investoren, die den ungleich höheren Renditen des Schwarzmarktes nicht widerstehen konnten. Darunter befand sich der bei Weitem vermögendste und einflussreichste Mann, der so etwas wie Primus inter Pares, also Erster unter Gleichen in dem Zirkel war. Dieser erfolgreiche Unternehmer hatte sein Kapital in den verschiedensten Geschäftsfeldern stecken, vor allem im Bau und Handel von Immobilien. Genau hier gab es gravierende Probleme und der Mann, der aufgrund seiner Herkunft einen französischen sowie US-amerikanischen Pass besaß, hatte auf eine schnelle Lösung gedrängt.

Seit geraumer Zeit fehlten Bauarbeiter, weil die meisten der polnischen als auch rumänischen Maurer mittlerweile im eigenen Land mit ihrem Verdienst den Lebensunterhalt bestreiten konnten. Hierfür war nun Ersatz gesucht worden und man war in Georgien fündig geworden. Es existierten zwar Aufenthalts- und Arbeitsgenehmigungen, doch die Mehrzahl der Arbeiter wurden mit falschen Pässen ausgestattet. Diese moderne Form des Sklavenhandels brachte märchenhafte Gewinne und für Schubert und seine Partner einen zusätzlichen Kick. Um zu verhindern, dass Georgien bessere Arbeitsverträge mit der EU aushandelte, bezahlte die Organisation einen ehemaligen Minister, der bis in die höchsten Kreise vernetzt war. Den Markt mussten sie sich zwar mit anderen teilen, doch der Gewinn war immer noch exorbitant.

»Hast du dich gestern gut amüsiert?«, fragte Cecile interessiert und reichte ihm das aus purem Gold bestehende Salzgefäß. »Ich hätte auch gerne mal wieder in dem Restaurant diniert«, fügte sie in einem gespielt gekränkten Ton hinzu.

»Beim nächsten Mal nehme ich dich wieder mit. Das gestern war ein Treffen unter Geschäftspartnern und was wir da beredet haben, wäre nichts für deine schönen Ohren gewesen.« Wenn du diese Dinge mitangehört hättest, hätte man sie dir womöglich abschneiden müssen, dachte Schubert. Gestern zum Beispiel hatten sie einen der Männer, die für sie die Drecksarbeit machten, autorisiert, einen renitenten Arbeiter entweder wieder in die Spur oder auf eine andere Art und Weise zum Schweigen zu bringen. Es kam häufig vor, dass einer der illegal Beschäftigten sich nicht mit seinem Schicksal abfinden wollte, und in so einem Fall mussten Exempel statuiert werden, damit sich keine Nachahmer fanden.

»Bleibt es dabei, dass wir am Samstag auf die Bahamas fliegen?«, flötete sie und sorgte mit einer kleinen Bewegung ihrer Schultern dafür, dass der Bademantel weitere Zonen ihres Körpers entblößte.

Schubert, dem diese Geste nicht entgangen war, blickte kurz zu dem riesigen Panoramafenster hinaus und betrachtete den Schneeregen, der heftig vom Himmel fiel.

»Ich denke, das sollten wir auf jeden Fall machen, angesichts dieses Scheißwetters hier. Davor muss ich aber noch ein paar Kleinigkeiten erledigen.« Schubert war aufgestanden, er konnte sich nicht mehr auf sein Frühstück konzentrieren und ging auf die junge Frau zu, die ihren Bademantel nun vollends abgelegt hatte.

32

»Wieso machst du so was, Papa, das hast du doch nicht nötig. Wenn ich recht informiert bin, bist du mehrfacher Millionär und wir haben auf Generationen hinaus ausgesorgt.«

Gianna nahm einen Löffel von der wohlschmeckenden Linsensuppe. Nachdem die Kommissarin gegangen war, hatte sie stark insistiert und ihren Vater letztlich dazu gebracht, dass er ihr scheibchenweise die Wahrheit erzählte. Danach hatten sie sich minutenlang angeschwiegen und Baur hatte vorgeschlagen, in ein nahe gelegenes Bistro zu gehen, wo ein aufstrebender junger Koch einige pfiffige Speisen anbot, wie etwa diese mit orientalischen Gewürzen verfeinerte Suppe oder die Tapas aus regionalen Zutaten, für die Baur sich entschieden hatte.

»Da hast du vollkommen recht, was unsere Vermögensverhältnisse anbelangt, doch aus der Nummer mit den teilweise illegalen Leiharbeitern komme ich schwer wieder raus. Es ist nicht nur dieser Lopescu, der das Ganze aufzieht. Hinter ihm steht ein straff organisiertes Syndikat, das auch vor Gewalttaten nicht zurückschreckt, und mittlerweile weiß ich einfach zu viel, als dass sie mich einfach wieder meiner Wege ziehen lassen.«

Ihr sonst so souverän auftretender Vater wirkte mit einem Mal verletzlich und ängstlich. Gianna überlegte einen Augenblick, bevor sie antwortete.

»Dann gibt es nur eine Möglichkeit, die Selbstanzeige.«

Baur begann heftig zu husten, er hatte sich verschluckt,

als seine Tochter diese Lösung ansprach. Sekundenlang röchelte er und sie klopfte ihm letztlich mit der flachen Hand auf den Rücken.

»Das ist nicht dein Ernst«, meinte er mit fistelnder Stimme, nachdem er wieder einigermaßen zu Atem gekommen war. »Wir würden alles verlieren und du könntest mich die nächsten Jahre im Gefängnis besuchen.«

»Und die andere Alternative wäre weiterzumachen, bis man dich erwischt. Du weißt so gut wie ich, dass der Zoll sein Personal sukzessive aufstockt und die Kontrollen in letzter Zeit massiv verstärkt hat.« Gianna hatte sich in Rage geredet, schließlich ging es auch um ihre Zukunft.

»Ich habe heute Abend eine Besprechung mit diesem Lopescu, bei der Gelegenheit werde ich die Problematik noch mal ansprechen. Im Grunde …«

»Da will ich dabei sein«, unterbrach sie ihren Vater heftig, und als er noch um eine Ausrede rang, fügte sie hinzu: »Hast du etwas mit dem Mord an diesem Zollbeamten zu tun?« Sie beobachtete ihren Vater genau, als er etwas verzögert antwortete. Er konnte sehr überzeugend sein, wenn er log. Bereits während ihrer Kindheit hatte er des Öfteren geflunkert. »Natürlich nicht, wo denkst du hin«, antwortete Baur im Brustton der Entrüstung, doch Gianna war sich auch jetzt nach so vielen Jahren nicht sicher, ob es sich um eine Lüge handelte. Sie liebte ihren Vater, gestand sich jedoch ein, dass jemand mit reiner Liebenswürdigkeit niemals diese Firma aufgebaut hätte.

»Na gut, ich will dir glauben, aber heute Abend gehe ich mit.« Das war das Letzte, was Baur wollte, dass seine von ihm vergötterte Tochter mit diesem Halsabschneider zusammentraf. Er sah hingegen nach seiner unvollständigen Beichte keine andere Möglichkeit mehr, sein bei Gianna ziemlich angeschlagenes Ansehen wenigstens teilweise wieder in ein besseres Licht zu rücken. Deshalb sagte er widerwillig und mit einem heftigen Seufzer zu. Da die junge Frau vorgab, am Nachmittag noch etwas erledigen zu wollen, verabredeten sie sich für den Abend im selben Ristorante, in dem Baur den Sklavenhändler für gewöhnlich traf.

Absichtlich kam Gianna eine Viertelstunde zu spät zu dem Treffen. Sie wollte ihrem Vater ein wenig Zeit lassen, Lopescu darauf vorzubereiten, dass sie ebenfalls anwesend sein würde. Außerdem wollte sie die Wirkung testen, die ihr aufreizendes Outfit auf Lopescu hatte. Trotz der Kälte trug sie eine dünne schwarze Strumpfhose und einen ziemlich kurzen Rock in derselben Farbe. Dazu hatte sie ein ärmelloses Top gewählt, das eng an ihrem Körper anlag. Als sie an den Tisch herantrat, spürte sie instinktiv, dass der Typ, der ihrem Vater gegenübersaß, äußerst gefährlich war. Vermutlich würde er jeden, der ihm im Weg stand, ohne mit der Wimper zu zucken umlegen.

»Da bist du ja, mein Schatz, darf ich dir unseren Geschäftspartner Herrn Lopescu vorstellen.« Mit einem kühlen, fast schon arroganten Gesichtsausdruck gab Gianna dem Typen, der sie mit seinen Augen bereits ausgezogen hatte, die Hand.

»Gianna Baur, angenehm.« Lopescu war aufgestanden und hielt ihre Hand ein wenig zu lange für ihren Geschmack.

»Alexis Lopescu, es freut mich, dass eine solch schöne Frau unsere Gesellschaft bereichert.«

Sieh an, ein kleiner Charmeur ist er also auch noch, dachte Gianna amüsiert, ließ sich jedoch nichts anmerken.

»Danke für die Blumen, doch leider habe ich nicht viel Zeit, können wir deshalb gleich zum Geschäftlichen kommen?« Sie wandte sich ihrem Vater zu und forderte ihn mit dieser Geste auf, sein Anliegen vorzubringen.

»Äh, gut… Herr Lopescu… hm… wie soll ich mich ausdrücken…« Baur machte eine Pause und blickte hilfesuchend zu seiner Tochter.

Gianna war erstaunt, dass ihr Vater so nach Worten rang. Was war mit dem sonst so selbstbewussten Patriarchen los? Da fiel es ihr wie Schuppen von den Augen, Friedrich Baur hatte Angst vor dieser Type. So offenbar hilflos hatte sie ihn noch nie erlebt.

»Ich habe immer gerne mit Ihnen Geschäfte gemacht, doch seit sich dieser Mord auf meiner Baustelle ereignet hat, ist es mir nicht mehr wohl. In Zukunft werde ich wieder verstärkt auf Festangestellte zurückgreifen, deshalb werde ich die Zusammenarbeit mit Ihnen zum sofortigen Zeitpunkt kündigen«, meinte er mit belegter Stimme, und ein Seufzer der Erleichterung war zu hören.

Lopescu sagte einige Sekunden gar nichts und heftete seine beinahe schwarzen Augen auf den Bauunternehmer.

»Herr Baur, ich kann sehr gut verstehen, dass Sie beunruhigt sind. Aber eine Geschäftsbeziehung wie die zwischen uns kann man nicht so einfach kündigen, wie man etwa eine Versicherung zum 31. Dezember kündigt. Es steht für alle Beteiligten einfach viel zu viel auf dem Spiel. Außerdem bin ich für Ihr Anliegen der falsche Ansprechpartner. Ihren Wunsch auf Beendigung kann ich gerne weiterleiten, doch ich möchte Ihnen keine großen Hoffnungen machen, dass diese Leute ihn akzeptieren werden.«

»Sie müssen es einfach akzeptieren«, mischte Gianna sich heftig ein. »Sonst geht mein Vater zur Polizei und packt über Ihre Machenschaften aus.«

»Ich hätte Sie für klüger gehalten, schöne Frau. Sollte Ihr Vater diesen Schritt in Erwägung ziehen, so wird er einige Jahre ins Gefängnis gehen und dort das erste Jahr mit Sicherheit nicht überleben. Das kann ich Ihnen garantieren, denn diese Organisation ist mächtig und hat überall ihre Helfer. Und was Sie betrifft…«, er blickte ihr nun tief in die Augen und Gianna schauderte, »es wäre doch schade, wenn so ein schönes Gesicht verunstaltet werden würde.«

Wie damals, als Axel von Bose versucht hatte, sie zu vergewaltigen, verspürte Gianna nackte Angst und ihr wurde klar, dass der Sklavenhändler keine leeren Drohungen ausstieß. Wer sich mit solchen Leuten einließ, musste in Kauf nehmen, dass er aus der Nummer nicht unbeschadet rauskam.

»Sind Sie verrückt geworden, Lopescu«, stieß Baur aus, der seinen Kampfgeist aufgrund dieser Drohung wiedergefunden hatte. »Wir sind doch hier nicht bei der Mafia! Ich werde zur Polizei gehen und über Sie auspacken. Glauben Sie mir, ich habe die besten Anwälte und gute Beziehungen. Sie werden es sein, der in den Knast wandert.«

Die Drohung prallte an Lopescu ab und tat seiner Selbstsicherheit überhaupt keinen Abbruch. Im Gegenteil lächelte er überheblich und war sich seiner Macht bewusst. Da hatte Gianna plötzlich eine Idee.

»Herr Lopescu, ich habe etwas in Erfahrung gebracht, dass Ihrer Firma deutlich mehr schaden kann, als eine Beendigung unserer Zusammenarbeit. Mein Vorschlag wäre, Sie entlassen unsere Firma aus der Geschäftsbeziehung und ich gebe Ihnen dafür diese für Sie äußerst wichtige Information.«

Lopescus überheblicher Gesichtsausdruck war verschwunden und Gianna war sich sicher, dass sie sein Interesse geweckt hatte.

33

DIENSTAGMORGEN

»Guten Morgen, Frau Mertens, wie Sie mir aufgetragen haben, habe ich die Vermögensverhältnisse von diesem Erich Kranzler ein wenig durchleuchtet. Soll ich Ihnen die Ergebnisse gleich vorlegen?«

Die Hauptkommissarin war kaum zur Tür hereingekommen, als sie auch schon von dem hochaufgeschossenen, hageren Kollegen Ganter empfangen wurde. Er hatte sich bereits mehrfach als sehr nützlich erwiesen, dennoch wirkte er auf Mertens manchmal ein wenig übereifrig.

»Hallo, Herr Ganter, das ist schön von Ihnen. Jetzt muss ich jedoch zuallererst meinen feuchten Mantel ablegen und einen heißen Kaffee trinken, danach können wir über die Ergebnisse Ihrer Arbeit reden.« Obwohl sie von ihrem Haus nicht allzu weit gehen musste, hatte der nasse Schnee dafür gesorgt, dass ihr Wintermantel durchfeuchtet war. Das Angebot von Paul, sie zu fahren, hatte sie dankend abgelehnt und sich ins Schneegestöber gestürzt.

»Ah, noch etwas, Herr Ganter, bevor wir mit dem Tagesgeschäft beginnen, würde ich gerne Näheres über die Schlägerei am vergangenen Freitag erfahren, in die unser Kollege Gross verwickelt war. Haben Sie von Ihren früheren Kollegen schon was gehört?«, fragte sie den Assistenten, nachdem sie den Mantel aufgehängt hatte und mit einer dampfenden Tasse wieder in ihr Büro gekommen war.

»In der Tat hat mich mein früherer Dienstleiter angerufen und mir davon erzählt. Ich habe ihn daraufhin natürlich sofort aufgesucht.« Mit knappen Worten schilderte Ganter, was die Kollegen berichtet hatten, die in die Kneipe gerufen worden waren. »Obwohl sie von dem mutmaßlichen Haupttäter gehörig unter Druck gesetzt wurde, hat eine junge Augenzeugin den Beamten die Namen der Typen genannt. Die Kerle, die alles keine unbeschriebenen Blätter sind, wurden sofort zur Fahndung ausgeschrieben. Leider gibt es bisher noch keine Spur von ihnen. Doch wie Sie sich denken können, bleiben die Kollegen dran, zumal es sich bei dem Gewaltopfer um einen Kripobeamten handelt.«

»Danke, das freut mich, dass man die Schläger kennt und es nur eine Frage der Zeit ist, bis sie dingfest gemacht werden. Herr Gross liegt mit schweren Verletzungen im Krankenhaus und es ist mir ein persönliches Anliegen, dass die Täter so schnell wie möglich festgenommen werden. Wenn es meine Zeit zulassen würde, würde ich mich selbst darum kümmern, aber ich glaube, der Fall ist in guten Händen und ich selbst wäre wohl zu emotional an die Sache rangegangen. Trotzdem möchte ich Sie bitten, mich über die Suche nach den Männern auf dem Laufenden zu halten. So, kommen wir nun zu Ihrer eigentlichen Arbeit. Was haben Sie bei Ihren Recherchen herausgefunden, Herr Ganter?«

»Ich konnte leider überhaupt keine Unregelmäßigkeiten feststellen. Die Eltern von Kranzlers Ehefrau sind sehr vermögend und haben den beiden das Geld für das riesige Haus gegeben. Was sie zum Leben brauchen, wird durch das Gehalt von Kranzler bestritten und seit der Spende für das Haus gab es von den reichen Eltern nur noch sporadisch finanzielle Zuwendungen. Die gemeinsame Tochter hingegen wird von den Großeltern mütterlicherseits während ihres Studiums fürstlich unterstützt.«

»Was ist mit ausgefallenen Urlaubszielen, teuren Autos oder kostspieligen Hobbys?«, unterbrach die Hauptkommissarin ungeduldig den Assistenten. Sie war felsenfest davon überzeugt, dass entweder Baur oder dieser undurchsichtige Lopescu den Zollbeamten auf ihrer Gehaltsliste geführt hatten.

»Ich konnte nichts dergleichen finden. Lediglich seine Leidenschaft für außergewöhnliche Radrennen, die ihn überall auf der Welt hinführten, kann man als kostspielig bezeichnen. Aber auch dafür gibt es ausreichend Belege, und auf den Kontoauszügen des Ermordeten konnte ich keine Spur von illegal eingegangenen Geldern entdecken«, versuchte Ganter sich zu rechtfertigen. Ihm war nicht entgangen, dass seine Chefin mit dem Ergebnis nicht zufrieden war.

»Dann hat er die Schmiergelder mit seinen Geliebten verprasst oder hortet die Kohle auf einem Offshore-Konto, an das wir nicht rankommen.«

»Das trifft sich gut, wie Sie mir neulich aufgetragen haben, konnte ich die Adresse von dieser Tanja Paullinger ausfindig machen. Ich habe nachher einen Termin mit ihr, und falls sie von ihrem Lover teure Geschenke bekommen hat oder sonst irgendwie von ihm bedacht worden ist, finde ich das heraus.« Die Entschlossenheit des Polizisten war nun eindeutig zu spüren. Er wollte diese Chance, dauerhaft bei der Kripo zu arbeiten nutzen, zumal Mertens eigentlicher Assistent derzeit ausfiel.

Mertens berichtete noch kurz von ihrer Unterredung mit Baur und danach verabschiedete sich Ganter.

Er ging zu seinem Privatauto und gab die Adresse von Paullinger in sein Navi ein. Wenig später stand er vor einem offenbar erst kürzlich errichteten Mehrfamilienhaus, das sich in einem besonders bei Familien beliebten Randbezirk

Reutlingens befand. Ganter klingelte und überlegte sich eine Taktik, während er darauf wartete, dass sich jemand auf der Gegensprechanlage meldete. Man konnte Ganter weder als charmant noch gut aussehend bezeichnen, dafür galt er als akribisch und penetrant. Diese Charaktereigenschaften sorgten dafür, dass er schon manches Mal Erfolg gehabt hatte, wo andere versagt hatten. Im Vorfeld hatte er bereits ein wenig über die Dame recherchiert, damit er ihr nicht völlig unvorbereitet gegenübertreten musste.

»Ja«, meldete sich nach mehrmaligem Klingeln eine verschlafene Stimme.

»Hallo, Frau Paullinger, mein Name ist Ganter von der Reutlinger Kripo«, meinte er bestimmt. »Wir haben telefoniert.«

Statt einer Antwort wurde die Tür geöffnet. Das Klingelschild war ganz oben angebracht, was darauf schließen ließ, dass sie im obersten Stock wohnte. Ganter hielt sich mit Lauftraining fit, sodass er leichtfüßig die Treppen erklimmen konnte. Sein Atem ging auch im vierten Stock noch normal, als er vor der geöffneten Wohnungstür der rechts angeordneten Dachgeschosswohnung ankam.

»Kommen Sie rein.«

Beherzt trat er ein und… stand einer nackten Frau gegenüber.

»Gehen Sie durch ins Wohnzimmer, ich ziehe mir nur noch schnell was an.« Für sie schien es das Normalste der Welt zu sein, unbekleidet einen wildfremden Mann zu empfangen. Da er wusste, welcher Beschäftigung Paullinger nachging, hatte Ganter beinahe mit so etwas gerechnet, trotzdem traf ihn dieser ungewohnte Anblick mit voller Wucht und er konnte nicht verhindern, dass er errötete.

»Äh… ja… ist gut«, stotterte der Beamte und ging den Korridor entlang.

Mehrere riesige Dachfenster verwandelten das geräumige Wohnzimmer trotz des wolkenverhangenen Wintertages in einen lichtdurchfluteten Raum und Ganter konnte sich vorstellen, dass auch der Rest der Dreizimmerwohnung auf diese Weise erhellt wurde. In dieser beliebten Wohngegend lag die Miete für dieses Luxusappartement sicher im vierstelligen Bereich. Hier würde er auf jeden Fall nachhaken.

»Bitte, setzen Sie sich.« Tanja trug jetzt ein enganliegendes Top und eine Stoffhose, die wie eine zweite Haut wirkte. Normalerweise war Ganter immun gegen solch offensichtlich zur Schau gestellte Reize. Doch hier musste er sich beherrschen, dass er Tanja nur ins Gesicht schaute.

»Ich mach uns jetzt erst mal eine Tasse Kaffee, so viel Zeit haben Sie bestimmt, Herr Kommissar.« Ganter nickte und hörte die Beförderung natürlich gerne. Sie kam mit zwei dampfenden Tassen zurück und reichte ihm eine. Auf einem Sideboard lag eine halb volle Schachtel Zigaretten und Tanja fischte sich eine heraus.

»Rauchen Sie?«

Heftig schüttelte Ganter den Kopf, während die junge Frau die Balkontüre öffnete und hinausging.

»Äh, haben Sie keine Angst, dass Sie sich erkälten?«, fragte er, nachdem er seine Winterjacke geschlossen und ihr auf den kleinen Balkon gefolgt war.

»Ach was, das hat mir noch nie geschadet. Im Gegenteil, es härtet ab.«

Ganter hatte immer an dieses Klischee geglaubt, dass Frauen schneller froren als Männer. Seine Erfahrungen mit Frauen beschränkten sich allerdings auf zwei kurze Beziehungen mit dem weiblichen Geschlecht als Teenager. Seither hatte er zu seinem Leidwesen keine Freundin mehr gehabt.

»Können wir nun zum eigentlichen Grund meines Besuchs kommen? Wie Sie sich vorstellen können, habe ich noch einige Fragen zu Ihrer Beziehung mit Herrn Kranzler. Außerdem würde mich interessieren, wie Sie Ihren Lebensunterhalt bestreiten und etwa diese mit Sicherheit sehr teure Wohnung finanzieren.« Ganter fror entsetzlich und hielt sich an der Tasse mit dem heißen Getränk fest, während die Kälte der jungen Frau immer noch nichts auszumachen schien. Eine Veränderung in ihren Gesichtszügen konnte Ganter jedoch erkennen, nachdem er den Namen ihres Liebhabers genannt hatte. War sie vorher noch gut gelaunt gewesen, hatte sich ihre Miene jetzt verdüstert.

»Wie lange ging das Verhältnis zu dem verheirateten Mann, und entschuldigen Sie die Frage, hat er Sie in gewisser Weise ausgehalten? Etwa mit Geld oder kostspieligen Geschenken?«, fragte er bewusst provokativ.

»Was heißt hier ›Verhältnis‹, wir haben uns geliebt. Selbstverständlich hat er mir ab und an eine Kette oder einen Ring geschenkt, wieso sollte ich das leugnen?« Sie überlegte kurz, ob sie irgendwas verschweigen sollte und kam zu dem Schluss, dass Ganter Einblick in ihre Vermögensverhältnisse bekommen würde. »Die Kosten für die Wohnung hat er auch übernommen. Erich wollte seine Frau verlassen und hier einziehen«, entgegnete Tanja erregt und Tränen traten in ihre Augen. Impulsiv drückte sie ihre Zigarette aus und ging wieder hinein.

Ganter folgte ihr erleichtert.

»Das ist ja ein völlig neuer Aspekt.«

Tanja hatte sich auf die Couch gesetzt. Ihre Arme waren auf den niedrigen Tisch gestützt und ihr Kopf war in den Händen vergraben.

»Davon hat Frau Kranzler bei der Befragung gar nichts gesagt. Sie hat lediglich erwähnt, dass sie Herrn Kranzler und Sie am Tattag zusammen auf dem Weihnachtsmarkt gesehen hat. Das muss so gegen sechzehn Uhr gewesen sein. Laut unseren Spezialisten ist er ungefähr um einundzwanzig Uhr getötet worden. Wir wissen außerdem, dass Sie beide den Markt verlassen und ein Hotel hier in Reutlingen aufgesucht haben. Auch dafür haben wir einen Zeugen. Das heißt dann, dass Sie vermutlich eine der Letzten waren, die Herrn Kranzler lebend gesehen haben.« Das war jetzt ein Schuss ins Blaue, denn der Concierge der Absteige hatte sich an niemand Bestimmtes erinnert.

»Dann hat der Mistkerl geplaudert, obwohl Erich ihm immer ein fürstliches Trinkgeld für sein Schweigen gegeben hat. Nun gut, wir haben uns immer dort getroffen, weil der Portier nie viele Fragen gestellt hat. Doch das wäre nicht mehr lange nötig gewesen, denn Erich hat mir versprochen, seiner Alten endlich von uns erzählen. Er wollte wegen seiner Tochter bis nach den Feiertagen damit warten.« Plötzlich schlug sie sich mit der flachen Hand an die Stirn. »Dann ist mir alles klar, seine Ehefrau hat ihn aus Eifersucht umgebracht, nachdem sie von uns erfahren hat, und hat dadurch meine Zukunft zerstört«, stieß Tanja hervor und begann zu schluchzen.

Ganter beobachtete sie mitfühlend. Auf ihn wirkte die Trauer echt. Die junge Frau könnte jedoch auch eine gute Schauspielerin sein und ihn hier zum Narren halten. Doch das ergab keinen Sinn, weshalb sollte sie jemanden umbringen, von dem sie eindeutig profitierte?

»Es ist durchaus im Bereich des Möglichen, dass eine rasende Ehefrau ihren Mann aus Eifersucht tötet, aber bisher ist Frau Kranzler nicht unsere Hauptverdächtige.« Zudem hatte sie ein wackliges Alibi, das nur von ihrer Tochter gestützt wurde. Das brauchte er Tanja allerdings nicht auf die Nase zu binden.

»Wo waren Sie zu der fraglichen Zeit, Frau Paullinger?«

»Entschuldigung, Sie glauben doch nicht etwa, dass ich…?«

»Diese Frage muss ich Ihnen leider stellen, schließlich waren Sie wohl als eine der Letzten mit ihm zusammen.«

»Na gut, lassen Sie mich überlegen, Erich ist ungefähr um achtzehn Uhr gegangen. Danach habe ich meinen Sekt leer getrunken und verließ das Hotel etwa eine halbe Stunde nach ihm. Das kann Ihnen der Typ am Empfang ja bestätigen. Moment, da fällt mir was ein. Da hat einer angerufen und wollte Erich sofort sprechen, deshalb ist der so früh abgehauen. Ich bin kurz nach Hause und war so gegen neun Uhr in dem Club in Stuttgart, in dem ich tanze.«

»Sie müssten mir dann noch Name und Adresse der Location geben, wegen einer Routineüberprüfung. Welche Art von Tanz führen Sie auf, Ballett oder so ähnlich?« Bewusst stellte sich Ganter ahnungslos.

»Na ja, Ballett trifft es nicht ganz, ich mache eher so den erotischen Tanz«, antwortete Tanja, sie wollte nicht direkt sagen, dass sie an der Stange strippte, wenngleich sie sich denken konnte, dass der Polizist das bereits in Erfahrung gebracht hatte. Sie bat ihn um seine Nummer und schickte ihm die Adresse des Etablissements auf WhatsApp.

»Wenn Sie mir noch den Namen des Besitzers sowie dessen Telefonnummer hätten?« Ganter sah sie fragend an.

»Also den Besitzer kenne ich nicht. Aber der Geschäftsführer, der mir auch meinen Lohn aushändigt, heißt Carlo Hartmann«, antwortete Tanja und nannte ihm eine Nummer. »Er ist jedoch erst ab siebzehn Uhr abends erreichbar«, fügte sie hinzu und Ganter nickte verständig.

»War es das jetzt? Ich müsste mich jetzt für die Show ein wenig zurechtmachen.«

Seiner Ansicht nach bräuchte Tanja ihr Aussehen nicht durch Schminke verändern und er fand es schade, dass das

Gespräch schon beendet war, obgleich ihm bewusst war, dass solch eine Frau wie Tanja für ihn unerreichbar war.

»Beinahe.« Ihm war noch etwas eingefallen, was er sie fragen konnte.

»Hatte Kranzler irgendwelche Feinde oder Leute, mit denen er nicht klarkam? Können Sie sich an irgendwas erinnern, auch die kleinste Kleinigkeit kann von Bedeutung für unsere Ermittlungen sein?« Ganter überwand seine Schüchternheit und blickte der jungen Frau tief in die Augen. Sie erwiderte den Blick und er meinte einen leicht spöttischen Zug in ihrem Gesicht zu erkennen.

»Hm, da muss ich kurz nachdenken. Ich gehe mal so lange ins Bad, vielleicht fällt mir unter der Dusche noch was ein. Sie können sich derweil noch mal einen Kaffee rauslassen. Die Maschine steht in der Küche.« Sie erhob sich und ging mit einem provozierenden Gang durch die Wohnung, wohl wissend, dass der Blick des Polizisten auf ihrem wohlgeformten Hintern haftete.

Ganter tat wie ihm geheißen, und mit der vollen Tasse schlenderte er durch das Wohnzimmer. Er blieb vor einem Regal stehen und versuchte sich anhand der Bücher eine Vorstellung von Tanja zu machen. Offenbar gehörten Krimis zu ihrer bevorzugten Literatur. Wie passend, dachte er amüsiert. Vor einem Wandabschnitt, an dem zahlreiche Bilder hingen, blieb er gleichfalls stehen. Die meisten Aufnahmen zeigten Tanja mit knapp sitzenden Bikinis an irgendwelchen Stränden und auf mehreren Bildern war ein attraktiver, dunkelhäutiger Mann abgebildet. Ganter glaubte, den Typen schon irgendwo gesehen zu haben, kam trotz krampfhaften Überlegens jedoch nicht drauf, wer das sein könnte.

»So eine Scheiße, jetzt habe ich das Handtuch vergessen«, unterbrach Tanja seine Überlegungen. »Es muss auf dem Sofa liegen, können Sie es mir bringen?«

Hastig drehte er sich weg von den Bildern und griff sich das Handtuch.

»Ich hänge es hier an die Türklinke.«

»Seien Sie nicht so schüchtern, bringen Sie es mir einfach rein.«

Ganter war hin- und hergerissen, er wusste, welche Wirkung diese Frau auf ihn hatte. Trotzdem öffnete er vorsichtig die Badtüre und streckte das Handtuch hinein. Dabei kniff er die Augen zu.

»Haben Sie noch nie eine nackte Frau gesehen?«

»Ich… äh… also natürlich«, stammelte Ganter und schlug die Augen auf.

Tanja nahm ihm das Handtuch aus der Hand und trocknete sich ab. Schnell wandte sich Ganter um und wollte das Bad verlassen.

»Wenn Sie schon mal da sind, können Sie mir auch den Rücken abtrocknen. Keine Angst, ich tue Ihnen nichts.« Wie paralysiert drehte er sich wieder um und nahm das Tuch entgegen. Mit weichen Bewegungen strich er ihren Rücken auf und ab. Ich muss hier raus, dachte er erregt, sonst falle ich noch über die Frau her und das war es dann mit der Karriere bei der Kripo.

»Dankeschön, Sie machen das gut.« Sie drehte sich um und blieb wenige Zentimeter vor Ganter stehen, dem beinahe die Luft wegblieb.

»Äh, ja… ist Ihnen in der Zwischenzeit etwas eingefallen?«, fragte er mit belegter Stimme und wandte sich zitternd ab. Beinahe konnte er Erich Kranzler verstehen, diese Frau konnte einen Mann um den Verstand bringen.

Während er auf eine Antwort wartete, durchmaß er die Wohnung und riss die Balkontüre auf. Die kalte Luft verhalf ihm wieder zu klaren Gedanken. Tanja hatte sich einen Bademantel angezogen und schnappte sich eine Zigarette.

Trotz ihrer nassen Haare trat sie zu ihm auf den Balkon.

»Erich hat mal einen Herrn Baur erwähnt, in dessen Häusern er ab und zu Prüfungen durchgeführt hat und mit dem er hin und wieder Schwierigkeiten hatte. Dieser Baur hat ihn wohl mal bedroht, weil er mit einer Prüfung nicht einverstanden war. Aber wie genau das ausgesehen hat, weiß ich nicht mehr.«

Ganter erinnerte sich an das Gespräch mit seiner Vorgesetzten Mertens über diesen Bauunternehmer und wurde hellhörig.

»Das ist doch dieser Baulöwe, auf dessen Baustelle der Ermordete gefunden wurde. Bestimmt ist das kein Zufall und wenn ich höre, dass Herr Kranzler von dem mal bedroht wurde, entpuppt sich dieser Baur als ein ernstzunehmender Tatverdächtiger. Allerdings war er zur Tatzeit in Österreich beim Skilaufen«, gab Ganter zu bedenken.

»Aber ich bitte Sie, solche Leute haben doch ihre Handlanger fürs Grobe. Oh, entschuldigen Sie, ich möchte Ihnen natürlich nicht in Ihre Ermittlungen reinreden, Herr Kommissar.«

»Nein, nein, ist schon gut, ich bin für jede Hilfe dankbar. So, jetzt muss ich aber gehen, ich habe Sie jetzt schon zu lange aufgehalten.« Ganter verließ den Balkon und schnappte sich seine Jacke. Tanja drückte ihre Zigarette aus und folgte ihm. An der Tür blieb er stehen und wollte ihr die Hand reichen, doch sie war schneller und gab ihm einen Kuss auf den Mund.

»Bis zum nächsten Mal, Herr Kommissar«, flötete sie und Ganters Gesicht nahm die Farbe einer überreifen Tomate an. Während er beseelt die Treppe hinunterging, schnappte sich Tanja Paullinger ihr Telefon und wählte hastig eine Nummer.

34

DIENSTAGMORGEN

Zitternd vor Aufregung stand Miriam an der Eingangstüre der sehr schön restaurierten Jugendstilvilla und fragte sich, ob dieser Schritt richtig war.

Bereits seit geraumer Zeit wollte sie in dieser Sache tätig werden, hatte es jedoch immer wieder vor sich hergeschoben. Als sie heute Morgen in ihrem Weinladen stand, der sie stark an ihren Vater erinnerte, und sie zeitgleich eine WhatsApp-Nachricht von Kevin Haberland erhielt, war es mit ihrer Beherrschung vorbei gewesen. Miriam konnte sich später nicht mehr daran erinnern, dass sie jemals zuvor in ihrem Leben so sehr geweint hatte. Offenbar hatten sich in letzter Zeit so viel Frust und Kummer bei ihr angestaut, dass es nicht viel brauchte, um das Fass zum Überlaufen zu bringen.

»Oh, Papa«, hatte sie geschluchzt. »Du fehlst mir so sehr und das Schlimmste ist, dass dein eigentlicher Mörder noch frei rumläuft.« Nachdem sie sich beruhigt hatte, fuhr sie zielstrebig nach Hause und packte ein paar Sachen zusammen. Sie weckte die Kinder, die in ihren Ferien normalerweise lange schliefen, und besonders Anne reagierte ziemlich ungehalten.

»Ich muss ein paar Tage verreisen, es hat sich in geschäftlicher Hinsicht etwas ergeben. Jemand verkauft mir einige Flaschen sehr guten Wein zum halben Preis. Ihr dürft so lange zu Oma gehen.«

»Das geht nicht, ich muss hierbleiben. Am Nachmittag gehe ich mit Patrick ins Kino.«

Miriam wollte schon eine heftige Antwort geben, besann sich aber noch rechtzeitig eines Besseren.

»Na gut, dann helft ihr Oma im Laden und du kannst von da aus zu deiner Verabredung. Versprich mir, dass du nicht zu spät nach Hause kommst.« Annes Gesicht hellte sich auf und sie nickte zustimmend.

Danach rief Miriam ihre Mutter an und bat sie darum, die Weinhandlung zu betreuen und auf ihre Enkel aufzupassen.

»Es kann allerdings ein paar Tage dauern, bis ich wieder zurückkomme.«

Wie ihren Kindern zuvor, erzählte Miriam ihr die Geschichte von dem guten Deal, den sie in Frankreich machen konnte. Gerda Neuburg sagte bereitwillig zu und versprach, sich gleich auf den Weg zu machen. Nach einer kurzen Einweisung in die aktuellen Bestellungen schärfte sie ihrer Mutter noch ein, auf Anne in der Zeit ihrer Abwesenheit besonders achtzugeben.

Schließlich stieg sie in ihren Lieferwagen und brauste davon. Während der Fahrt kamen ihr andauernd Zweifel an der Mission, die sie jedoch so gut es ging ausblendete. Hin und wieder sah sie mit bangem Blick zum Himmel hoch und hoffte, dass es nicht schneien würde, denn Miriam wusste, dass ihre Winterreifen nicht mehr die Besten waren. Ihre Angst erwies sich als unbegründet, denn ungefähr bei Aachen begann es wärmer zu werden und die Temperaturen gingen in den Plusbereich. Selbst als die Autobahn die Ausläufer der Ardennen streifte, regnete es und die Landschaft war schneefrei.

Dank des Navis fand Miriam die Rue des Boers im Stadtteil Etterbeek ohne Probleme, und lediglich die Parkplatzsuche gestaltete sich etwas schwierig. Nachdem sie eine halbe Stunde im Karree herumgefahren war, wurde sie etwa fünfhundert Meter entfernt von ihrem Zielort fündig.

Miriam staunte nicht schlecht über die schönen Jugendstilgebäude, die diese Straße säumten. Vor einer kunstvoll ziselierten Haustüre blieb sie stehen und suchte auf dem Klingelschild nach dem Namen. Doch weder der, den sie suchte, noch irgendein anderer war hier abgebildet, es standen lediglich erleuchtete Nummern drauf. Sie erinnerte sich daran, dass er eine kleine Dachterrasse in seiner Wohnung erwähnt hatte und drückte die oberste Klingel.

»Oui?«, meldete sich am anderen Ende eine weibliche Stimme. Hastig nannte Miriam auf Französisch ihren Namen und ihr Anliegen. Ihr verstorbener Vater, ein gebürtiger Elsässer, hatte immer Wert darauf gelegt, dass Miriam zweisprachig aufwuchs. Hier in dieser mehrheitlich französischsprachigen Stadt würde ihr das zugutekommen.

»Non, il est pas a la maison, au revoir", war die knappe Antwort.

»Madame, madame il est ou?«, wollte Miriam noch wissen, doch am anderen Ende war Stille. Bestimmt zehn Minuten klingelte sie Sturm, aber es meldete sich niemand mehr.

Damit hatte sie nicht gerechnet. Er hatte sie schließlich eingeladen und von einer anderen Frau war überhaupt nicht die Rede gewesen. Im Gegenteil war es ihrem Empfinden nach so gewesen, dass er ein starkes Interesse an ihr gezeigt hatte. Wutentbrannt wählte sie seine Nummer, hielt jedoch im letzten Moment inne und schickte lediglich eine WhatsApp-Sprachnachricht.

Die Dämmerung hatte bereits eingesetzt und Miriam war kalt. Sie hatte fest damit gerechnet, um diese Zeit jetzt bei ihm zu sitzen und einen heißen Tee zu trinken, denn seiner Beschreibung nach war er um diese Zeit meistens zu Hause. Vielleicht war er aufgehalten worden und befand sich noch gar nicht in der Stadt.

»Was soll ich jetzt machen?«, fragte sich Miriam bang, auf diesen Fall war sie nicht vorbereitet. Letztlich gewann ihr Pragmatismus die Oberhand und sie rief Booking.com in ihrem Handy auf, während sie zu ihrem Auto zurückschlenderte. Aber offenbar war zu dieser Nachweihnachtszeit viel los in der Stadt, denn außer zwei, drei Zimmern für über dreihundert Euro war nichts zu finden und das überstieg ihr Budget bei Weitem. Miriam tippte noch auf andere Portale, doch ihre Bemühungen waren nicht von Erfolg gekrönt.

Trotz ihrer misslichen Lage stellte sie fest, dass ihr dieser quirlige Stadtteil gut gefiel. Es gab zahlreiche Kneipen und Restaurants, aber auch Mode- und Schmuckläden und Miriam beschloss, sich angesichts der nassen Kälte, die ihr den Rücken hochkroch, irgendwo reinzusetzen. Sie entschied sich für ein Bistro, das sich im Erdgeschoss eines der alten Häuser befand.

Die Einrichtung hatte sich offenbar in den letzten hundert Jahren wenig geändert und sie setzte sich an ein kleines rundes Metalltischchen. Bei einem freundlichen Ober bestellte sie ein Bier und eine Portion Pommes, für die dieses Land berühmt war. Während sie an dem wohlschmeckenden Getränk nippte, schaute sie zum wiederholten Mal auf ihr Handy, doch es blieb stumm. Bei dieser Gelegenheit schickte sie eine kurze Nachricht an Sascha, dass sie gut angekommen war. Langsam füllte sich der Laden und Miriam beobachtete das Publikum, das der Kleidung und dem ganzen Auftreten nach einer gut verdienenden Gesellschaftsschicht angehörte. Das alkoholische Getränk stimmte sie allmählich ein wenig optimistischer, nichtsdestotrotz war das Problem mit der Übernachtung nicht aus der Welt geschafft.

»Excusez moi, Madame, ist hier noch frei?« Ein hochaufgeschossener Mann mit einem freundlichen Gesicht wollte sich offenbar zu ihr setzen.

»Bitte setzen Sie sich, Monsieur«, antwortete Miriam auf Französisch und bedeutete ihm mit einer nonchalanten Geste, Platz zu nehmen. Es schien sich um einen Stammgast zu handeln, denn der Ober brachte wenig später, ohne eine Bestellung aufzunehmen, eine Flasche Rotwein und ein bauchiges Burgunderglas. Er schenkte dem Gast einen kleinen Schluck ein, den dieser mit Kennermiene im Mund auf und abrollen ließ. Ein leichtes Nicken genügte, und der Garcon füllte das Glas. Interessiert blickte Miriam auf das Etikett und staunte nicht schlecht.

»Ein ausgezeichneter Tropfen, wenngleich der vierundneunziger Jahrgang für meinen Geschmack eine Nuance gefälliger schmeckt.«

»Oh, Madame kennen sich aus. Normalerweise trinke ich den von Ihnen genannten Wein, doch den gibt es in dieser Kaschemme leider nicht. Darf ich Sie auf ein Glas einladen?«

Miriam rang mit sich. Sie hatte noch immer kein Bett für die Nacht und im angeheiterten Zustand wäre die Suche sicherlich nicht einfacher. Andererseits war dieser Mann ein absoluter Weinkenner und die Weinhändlerin in ihr konnte dem Angebot nicht widerstehen.

»Vielen Dank, da sage ich nicht Nein, wenngleich das Bier ebenfalls nicht schlecht schmeckt.«

Auf einen Wink des Mannes hin brachte der aufmerksame Kellner ein weiteres Glas.

»Aber ich bitte Sie, wir Franzosen trinken doch am liebsten unseren Wein, der auf dieser Welt seinesgleichen sucht.

Sie sind doch Französin, nicht wahr? Aus dem Elsass, wenn ich mich nicht irre.«

»Im Grunde schon, mein Vater war Elsässer und meine Mutter ist Deutsche«, korrigierte ihn Miriam, während er das Glas füllte und ihr reichte.

»Ah, das ist doch eine gute Mischung«, entgegnete er lächelnd und hob sein Glas.

»A votre santé, ich bin übrigens Pierre.«

»Santé, mein Name ist Miriam.«

Sie vollzog das Ritual mit sehen, riechen und schließlich schmecken und bemerkte dabei, dass Pierre sie aufmerksam beobachtete.

»Die feinen Noten von Waldbeeren und der Hauch von Tabak ähneln dem Vierundneunziger. Doch im Abgang ist dieser Tropfen ein wenig zu eckig, wenn Sie wissen, was ich meine«, dozierte Miriam.

»Das ist großartig, meine Liebe, wie ich sehe, haben Sie Ihren Weinverstand von Ihrem französischen Vater geerbt.«

»Nicht nur den Weinverstand, auch eine Weinhandlung habe ich von ihm, der leider viel zu früh verstorben ist, geerbt.« Das relativ starke Bier und nun der Wein hatten Miriams Zunge gelöst.

»Das tut mir leid, aber dann hat Ihr Vater den vornehmlich biertrinkenden Deutschen ein wenig Kultur beigebracht, das freut mich.« Es tat gut, mal wieder so richtig Französisch zu sprechen und Miriam erzählte von ihren diversen Verwandten. Pierre erwies sich als guter Zuhörer und ließ die junge Frau berichten.

»Jetzt habe ich aber genug geplappert. Kommen wir mal zu Ihnen, aus welchem Teil Frankreichs stammen Sie und was machen Sie beruflich? So, wie Sie mich als Elsässerin erkannt haben, würde ich bei Ihnen auf Provence tippen.«

In der Tat stammte er aus Orange und Miriam konnte nicht umhin, ihm von dem Ferienhaus ihrer Eltern in der Nähe von Bagnols-sur-Céze zu erzählen, wobei sie unweigerlich ins Schwärmen geriet.

»Am liebsten würde ich in dieser herrlichen Gegend leben, aber meine beiden Kinder sind noch nicht so weit, dass ich sie alleinlassen kann.«

»Was spricht dagegen, die Kinder mitzunehmen und komplett neu anzufangen? Doch was sagt Ihr Partner eigentlich dazu?«

»Mein Mann ist verstorben, ich bin alleinerziehend.« Miriam biss sich auf die Zunge, weshalb hatte sie Sascha verschwiegen?

»Na, dann ist es ja umso besser, sich umzuorientieren. Wenn Sie es wünschen, helfe ich Ihnen dabei, in meiner Heimat Fuß zu fassen. Ich bin da unten bestens vernetzt.«

»Wir kennen uns noch keine zwei Stunden und Sie bieten mir Hilfe bei einer Umsiedelung an. Das finde ich gut.« Miriam musste herzhaft lachen, bis ihr plötzlich die leidige Sache mit der Schlafstelle wieder einfiel.

»Oh, Mist, ich muss mich noch um ein Hotelzimmer bemühen, der Bekannte, bei dem ich eigentlich unterkommen wollte, ist aus unerfindlichen Gründen nicht zu Hause.«

»Bitte entschuldigen Sie, wenn ich aufdringlich wirke, aber ich habe in meiner Wohnung eine Gästesuite, die ich Ihnen zur Verfügung stellen könnte«, bot Pierre an und fügte hastig hinzu: »Natürlich ganz ohne Hintergedanken.«

»Das kann ich nicht annehmen«, beteuerte Miriam, dachte aber insgeheim, dass sie das sehr wohl könnte. Denn welche Alternativen hatte sie schon? Für eine Parkbank oder um im Auto zu schlafen war es definitiv zu kalt, und die wenigen Hotels, die freie Zimmer hatten, waren für sie unbezahlbar. Außerdem wirkte der Typ nicht wie jemand, der wildfremden Frauen an die Wäsche ging. Im Gegenteil war er sehr nett und zuvorkommend, lediglich seine Liebe zu seinem Heimatland schien ziemlich ausgeprägt zu sein. Doch das störte Miriam nicht, wusste sie ja durch ihre Verwandten, dass diese bei vielen Franzosen offenbar verbreitet war.

»Ich bitte Sie, Sie sind in dieser Gästewohnung für sich, mit Bad, Schlafzimmer und Küche und ich freue mich, dass ich Ihnen in dieser unangenehmen Lage helfen kann.«

»Mhm … klingt in der Tat nicht schlecht. Entschuldigen Sie mich bitte für einen Moment, danach gebe ich Ihnen eine Antwort.«

Miriam erhob sich und ging in Richtung der Leuchtschrift »Toilettes«, wobei sie sich doch einigermaßen konzentrieren musste, um keinen Ausfallschritt zu machen. Mit Wein konnte sie umgehen, doch das verdammte Starkbier hatte ihr ziemlich zugesetzt. Während sie sich erleichterte, sann sie über das Angebot des Franzosen nach und entschloss sich, die Nacht in seinem Gästezimmer zu verbringen.

»Und, wie haben Sie sich entschieden?« Neugierig betrachtete Pierre die junge Frau.

»Wenn Sie nichts dagegen haben, übernachte ich heute Nacht bei Ihnen.«

»Freut mich, dann würde ich vorschlagen, wir verlassen dieses Bistro und gehen in ein Restaurant, Sie haben bestimmt noch nichts zu Abend gegessen?«

Erst jetzt, nachdem die Sache mit der Übernachtung geklärt war, bemerkte Miriam, dass sie einen richtigen Heißhunger hatte. Nachdem sie gezahlt hatten, wobei Pierre gegen ihren entschiedenen Widerstand Miriams Zeche mit übernahm, verließen sie das Bistro und gingen die Boerenstraat entlang. Wenige Meter weiter bog Pierre in eine Seitengasse ab und blieb vor einem unscheinbaren Haus stehen.

»Das hier ist ein Geheimtipp, der Maître hat letztes Jahr achtzehn Gault & Millau-Punkte bekommen und man kann davon ausgehen, dass er sich demnächst einen Michelin-Stern erkocht. Er stammt natürlich aus Südfrankreich und bietet eine Melange aus vegetarischen Gerichten und Fischspezialitäten an.«

Sie betraten den kleinen Gastraum und wurden nach einer kurzen Wartezeit von einer wasserstoffblonden Bedienung an das einzige freie Tischchen geleitet.

»Während Sie auf dem WC waren, habe ich mir erlaubt zu reservieren«, verriet er grinsend, nachdem die Kellnerin ihre Jacken in Empfang genommen hatte. Miriam wollte schnippisch etwas entgegnen, besann sich aber eines Besseren angesichts der Aussicht auf einen Schlafplatz. Pierre zeigte auf eine Tafel, auf der mit weißer Kreide zwei Menüvorschläge ausgewiesen waren.

»Es gibt in diesem Restaurant keine Speisekarte, sondern lediglich diese beiden Menüs, eines vegetarisch, das andere mit Fisch oder Meeresfrüchten. Würden Sie mir den Gefallen tun und den Wein aussuchen?«

Miriam hatte vorgehabt, den Rest des Abends auf Alkohol zu verzichten, doch angesichts dieser Auswahl an erstklassigen Weißweinen änderte sie ihre Meinung. Sie entschied sich für einen Sancerre von der Loire, der nach einem ersten Schluck ihren hohen Erwartungen mehr als entsprach.

»Das war eine vorzügliche Wahl und wie machen Sie es mit dem Essen?«

»Na ja, ich könnte heute mal mein Gewissen beruhigen, indem ich fleischlos genieße. Meine ältere Tochter liegt mir ständig damit in den Ohren und hat neulich demonstrativ verkündet, kein Fleisch mehr zu essen.«

Pierre schaute sie belustigt an.

»Ja, ja, die Angst vor dem Klimawandel macht sich bei der jungen Generation breit. Wenngleich ich die Furcht nicht teile, ich denke, das ist ein Zyklus, der alle paar Jahrhunderte auftritt. Doch heute Abend erkläre ich mich mit Ihnen solidarisch und nehme dasselbe.« Hätte er diesen Satz nicht hinzugefügt, hätte Miriam eine Diskussion mit ihm angefangen. Denn sie teilte die Ansichten von Anne, die bereits mehrfach freitags die Schule geschwänzt hatte, um an den Fridays-for-Future-Demos teilzunehmen. Um der guten Stimmung willen, die zwischen ihnen herrschte, verkniff sich Miriam eine scharfe Replik. Stattdessen schluckte sie die kleine Meinungsverschiedenheit mit einem herzhaften Schluck Weißwein hinunter. Einem kleinen Gruß aus der Küche folgten Gallettes mit Pfifferlingen, die hervorragend schmeckten. Zum Hauptgericht bestellte Miriam einen Elsässer Pinot Gris, woraufhin Pierre schmunzelte.

»Eine kleine Reminiszenz an Ihren verstorbenen Vater, aber gleichwohl eine sehr gute Wahl«, lobte Pierre.

Die Basis des Hauptgangs waren Auberginenschnitzel, die in ihrer Konsistenz an Fleisch erinnerten, sowie eine Art Kartoffelwedges als Beilage.

»Dieser Koch hätte einen Michelin-Stern mehr als verdient, und wenn er seine Rezepte in Buchform bringen würde, könnte der Fleischbedarf drastisch gesenkt werden.«

Pierre wollte gerade etwas erwidern, als ein Mann das Restaurant betrat und sich an den Nebentisch des Pärchens setzte. Der Neuankömmling blickte zu ihnen herüber, um zu grüßen, dabei blieb Miriam beinahe das Herz stehen.

»Kevin?«

»Miriam, was machst du hier?«

35

DIENSTAGMORGEN

»Kannst du nicht aufpassen, du Idiot?« Malowski gab dem unglücklichen Johannis noch zusätzlich einen Tritt in den Allerwertesten. Der alte Maurer hatte sich wohl zu viel zugemutet und zwei Päckchen der wertvollen Fliesen auf seine Arme geladen. Nach dem Tritt verlor er das Gleichgewicht und fiel mit dem verbliebenen Paket hin.

»Ja, was meinst du, wer diesen Schaden ersetzt? Dafür musst du Armleuchter einen ganzen Monat arbeiten.«

Entgegen dem Versprechen, das er Gheorghe gegeben hatte, war Johannis heute Morgen nicht zur Polizei, sondern zur Arbeit gegangen. Das hatte damit zu tun, dass er nicht alleine dorthin gehen wollte und Gheorghe sich gestern wohl eine Erkältung eingefangen hatte und heute mit Fieber im Bett lag. Selbst Lopescu hatte anlässlich der glühenden Stirn klein beigegeben und Gheorghe in Ruhe gelassen. Aber sicherlich nicht aus Rücksicht auf seinen neuen Arbeiter, sondern einzig und allein wegen der Ansteckungsgefahr.

Johannis beeilte sich, die Scherben aufzusammeln und schnitt sich dabei noch in die Hände. Der Vorarbeiter, der nebenan arbeitete, hatte den Vorfall mitbekommen und Johannis bat ihn, für ihn zu übersetzen. Er wollte Malowski bitten, nichts von dem Vorfall an Lopescu zu verraten und schlug vor, Überstunden zu machen.

»Du kannst mich mal, bei deinem mickrigen Lohn

kannst du gar nicht so viel arbeiten, solange du lebst. Nein, nein, das sage ich deinem Boss, der wird es dir schon aus dem Kreuz leiern.«

Wäre er nur heute zur Polizei gegangen und dann mit einem Überlandbus nach Rumänien gefahren. Gheorghe hatte angeboten, ihm das Geld dafür auszuleihen. In seinem aufgeregten Zustand hatte ja etwas Derartiges passieren müssen.

»Was werde ich ihm aus dem Kreuz leiern?«

Wie aus dem Nichts war Lopescu aufgetaucht und starrte mit finsterem Gesicht auf Malowski und seinen Arbeiter.

»Na, sehen Sie sich mal die teuren Fliesen an, alles Scherben, und bis wir dafür Ersatz bekommen, das dauert eine Ewigkeit. Das heißt, solange kann man das Bad im Obergeschoss nicht fertig machen«, erklärte Malowski und grinste hämisch.

»Wie Sie das Herrn Baur erklären, das ist Ihre Sache.« Lopescu ging auf den sich in Erwartung eines Angriffs duckenden Johannis zu und blieb breitbeinig vor ihm stehen.

»Weshalb passieren dir immer wieder solche Sachen, du alter Trottel«, sagte er betont ruhig auf Rumänisch.

»Bitte tun Sie mir nichts, ich habe es doch nicht mit Absicht gemacht«, flehte Johannis angsterfüllt.

Amüsiert beobachtete Malowski die Szene und lachte laut auf, als er sah, wie sich die Arbeitshose des Mannes im Schritt dunkel verfärbte.

»Schaut euch den Kerl an, der hat sich vor Angst bepisst.«

Wortlos drehte sich Lopescu um und bedeutete Malowski, mitzukommen. Die anderen Arbeiter hatten ihre Tätigkeit unterbrochen und waren nun ebenfalls ins Treppenhaus gekommen. Noch niemals in seinem Leben hatte sich der alte Maurer so erniedrigt gefühlt und konnte nicht mehr anders als davonrennen.

36

MITTWOCHMORGEN

»Was sagen Sie da, die Tatwaffe wurde gefunden, Herr Maier?«, rief Magdalena Mertens aus.

»Es geschehen noch Zeichen und Wunder, Frau Mertens. Hinter einer Vormauerung in einem der Bäder gab es eine undichte Wasserleitung. Daraufhin musste ein Arbeiter die Verkleidung wieder entfernen und raten Sie mal, auf was er da gestoßen ist? Dahinter befand sich die vermisste Schaumpistole. Wir haben die Konsistenz der Masse im Körper von Kranzler mit dem Rest, der sich in der Dose befand, verglichen. Es besteht kein Zweifel, dass es sich hierbei um die Tatwaffe handelt.«

»Das gibt's ja nicht.« Mertens war perplex.

»Es gibt weitere gute Nachrichten. Wir haben eine verwertbare Spur daran gefunden und ich habe ein wenig meine Beziehungen spielen lassen, damit das Labor die DNA so schnell wie möglich auswertet.« Maier machte eine theatralische Pause und betrachtete genüsslich das Gesicht der Hauptkommissarin, die es offenbar kaum erwarten konnte.

»Jetzt lassen Sie sich nicht jedes Wort einzeln aus der Nase ziehen, Maier.«

»Gönnen Sie mir doch ein wenig meinen Spaß, Frau Mertens. Den dazugehörigen Mann habe ich ausfindig gemacht. Da er ein guter Bekannter der Polizei ist, habe ich ihn in unserer Datenbank gefunden.« Er legte ihr einen Zettel mit der Adresse des Tatverdächtigen auf den Tisch.

Genauso wie Mertens war er noch nicht dazu übergegangen, sich vollkommen den elektronischen Medien auszuliefern. »Wenn ich Ihnen einen guten Rat geben darf, dann nehmen Sie lieber ein paar Beamte mehr mit. Der Kerl hat bereits mehrfach wegen schwerer Körperverletzung und Drogenhandel gesessen.«

»Danke für den Tipp. Aber eigentlich kann ich mir fast nicht vorstellen, dass sich lediglich ein Haar und sonst keine weiteren verwertbaren Spuren an der Tatwaffe befunden haben. Mit diesem Ding müssen doch mehrere Arbeiter rumhantiert haben«, gab Mertens zu bedenken und blickte skeptisch auf Maier.

»Ich denke, das können wir ausschließen. Die Spritzpistole war fabrikneu und wies genauso wenig irgendwelche Fingerabdrücke auf wie die Schaumflasche. Es fanden sich keinerlei Beweismittel bis auf das Haar. Da hat jemand gut aufgepasst und dann passiert ihm trotz aller Vorsicht ein verhängnisvoller Fehler.«

»Gute Arbeit, Maier«, entgegnete Mertens grinsend und verabschiedete sich von ihm. Im Gegensatz zu ihrem Kollegen Gross verstand sie sich gut mit Maier.

Um den vermeintlichen Mörder nicht aufzuschrecken, parkten die Streifenwagen in einer Seitenstraße, und die bewaffneten Männer näherten sich vorsichtig dem Reihenendhaus, in dem der Verdächtige laut Kartei seinen Wohnsitz hatte. Auf Anraten des Kollegen Ganter hatte Mertens eine kugelsichere Weste angelegt und stand gemeinsam mit ihm abwartend auf der Straße, während die uniformierten Kollegen das Häuschen umstellten. Zwei Beamte warteten angespannt und mit den Händen an den Waffen, nachdem sie an der Freisprechanlage ihr Anliegen vorgebracht hatten. Als nach fünf Minuten noch niemand geöffnet hatte, klingelten sie erneut und pochten massiv an die Haustüre.

»Öffnen Sie, oder wir müssen die Tür mit Gewalt aufbrechen!«, rief einer der Männer ungeduldig und winkte einen anderen herbei, der einen massiven Rammbock in Händen hielt. In diesem Moment wurden Rufe aus dem Garten laut.

»Halt, stehenbleiben!« Mertens und Ganter rannten auf die Südseite des Hauses, aber als sie ankamen, lag ein Mann bereits bäuchlings am Boden und bekam Handschellen angelegt. Offenbar hatte sich der Kerl gewehrt, denn es waren vier Polizisten nötig gewesen, um ihn zu bändigen. Zwei davon hatten sich eine blutige Nase geholt.

Als ranghöchste Beamtin trat die Hauptkommissarin heran und zeigte ihren Ausweis.

»Sind Sie Herr Sven Pätzold?«

»Nein, ich bin der Weihnachtsmann«, stieß er hervor.

»Ich denke, Sie sind nicht in der Position hier, Witze zu reißen«, stellte Ganter klar und bedeutete den Kollegen, ihn auf die Beine zu stellen. Der Assistent hatte sich das Bild des Verdächtigen aufs Handy geladen und verglich es mit dem Gefesselten. Der Mann mit der kurzen Stoppelfrisur und den scharfen Gesichtszügen war relativ klein, aber äußerst muskulös.

»Er ist es, Frau Mertens«, raunte er seiner Chefin zu.

»Herr Pätzold, wir wollten Sie lediglich zu einem Mordfall befragen, doch durch Ihre Flucht haben Sie sich verdächtig gemacht. Deshalb nehmen wir Sie fest und bringen Sie aufs Präsidium.« Sie klärte ihn über seine Rechte auf und zwei Uniformierte führten ihn zu einem Streifenwagen.

Gerade als die Beamten den Verdächtigen ins Polizeipräsidium bringen wollten, stellte sich ihnen ein gut gekleideter, mittelgroßer Mann in den Weg.

»Was fällt Ihnen ein, einen freien Bürger derart vorzuführen und zu misshandeln?«

»Misshandelt wurden eher die Polizisten.« Mertens drängte sich an den Männern vorbei. »Darf ich fragen, wer Sie sind und was Ihnen das Recht gibt, sich uns in den Weg zu stellen?«, fragte sie scharf.

»Das dürfen Sie, gestatten Kleinhaus mein Name, ich bin sein Anwalt. Die Frau von Herrn Pätzold hat mich darüber informiert, dass mein Mandant festgenommen wurde. Von jetzt an sagt er nichts mehr, Ihre Fragen richten Sie bitte an mich. Und nehmen Sie ihm die Handschellen ab, schließlich ist er kein überführter Schwerverbrecher.«

Magdalena erinnerte sich an die Sozietät, der Kleinhaus als Partner angehörte. Das waren die Leute mit den richtig hohen Stundensätzen und sie fragte sich, wie ein kleiner Schläger und Drogendealer sich so jemanden leisten konnte.

»Na gut, kommen Sie mit, Sie kennen ja das Prozedere«, gab sich die Hauptkommissarin geschlagen und bedeutete den Kollegen, Pätzold zu befreien. Sie ging voraus in das Vernehmungszimmer und prüfte das Aufnahmegerät. Nachdem sowohl Pätzold als auch sein Anwalt sich gesetzt hatten, begann sie mit der Vernehmung.

»Wir ermitteln in dem Mordfall Erich Kranzler, der auf einer Baustelle hier in Reutlingen am 27. Dezember getötet wurde. Bei einer Überprüfung der Tatwaffe wurde ein Haar gefunden, dessen DNA zweifelsfrei mit der des Herrn Pätzold übereinstimmt. Können Sie mir sagen, wo Sie am 27. Dezember in der Zeit zwischen siebzehn und einundzwanzig Uhr waren und haben Sie irgendeine Erklärung dafür, wie eines Ihrer Haare an besagte Tatwaffe gelangt ist?« Kleinhaus beugte sich zu seinem Mandanten und flüsterte ihm etwas ins Ohr, woraufhin Pätzold nickte.

»Herr Pätzold würde sich gerne zu den Vorwürfen äußern.«

»Na ja, was soll ich sagen, seit ich vor sechs Monaten aus dem Knast gekommen bin, suche ich Arbeit und find nix. Und von irgendwas muss ich ja leben. Zum Glück gehört das Häuschen meiner Mama und ich muss keine Miete zahlen.« Mertens konnte sich gut vorstellen welche Art von Arbeit dieser Berufsverbrecher suchte, der die meiste Zeit seines Lebens hinter Gittern zugebracht hatte.

»Dazu muss man erwähnen, dass die Frau Pätzold bettlägerig ist und Herr Pätzold sie fürsorglich beinahe rund um die Uhr pflegt«, warf der Anwalt ein, wohl um seinen Mandanten in ein günstigeres Licht zu setzen.

»Dann hat mich mein Kumpel Malowski gefragt, ob ich für seinen Chef, den Herrn Baur, was erledigen könnte. Der hatte Stress mit so einem Typen von irgendeiner Behörde, und den sollte man plattmachen. Eigentlich hat er meinen Kumpel gedrängt, das zu machen und ihm damit gedroht, ihn auf die Straße zu setzen, wenn er es nicht macht. Malowski hat mich gefragt, ob ich den für zehn Riesen umlegen kann. Wir haben uns dann auf zwanzig geeinigt.«

»Das gibt es ja nicht. Soll das heißen, dass Friedrich Baur bei Ihnen einen Mord in Auftrag gegeben hat?« Fassungslos betrachtete Magdalena Mertens den angeblichen Killer.

»Hm, er hat mich gefragt, ob ich es machen kann und ich habe es gemacht.«

Mertens war sprachlos, sollte sich der Fall so einfach auflösen? Auf Grundlage dieses Geständnisses konnte sie eine Hausdurchsuchung bei Baur rechtfertigen. Nur so konnten sie mehr darüber erfahren, was einen angesehenen Bauunternehmer dazu bringt, einen Zollangestellten ermorden zu lassen. Zudem musste sie den Augenzeugen Johannis nochmals eingehend befragen. Jetzt, da der Täter geständig war, brauchte der rumänische Arbeiter keine Angst mehr zu haben. Sie konnte sich nach dem Auftritt von Malowski bei der ersten Begegnung am Tatort denken, dass Johannis von seinem Vorarbeiter drangsaliert worden war und damals vor nackter Angst nicht bereit war, eine Aussage zu machen.

»Nun gut, wir haben eine eindeutige Spur an der Tatwaffe und ein Geständnis, das müsste für eine Anklage wegen Mordes reichen«, warf Mertens ein und bedeutete dem uniformierten Kollegen, der sicherheitshalber neben der Tür gestanden war, näherzukommen.

»Herr Pätzold, ich nehme Sie wegen des dringenden Tatverdachts im Tötungsfall Erich Kranzler in Untersuchungshaft. Der zuständige Staatsanwalt wird die entsprechenden Dokumente ausfüllen und Ihrem Anwalt zukommen lassen.«

»Und was passiert mit diesem feinen Herrn Baur, für den ich das Ganze gemacht habe? Kommt der etwa so davon?«, echauffierte sich der Angeklagte, nachdem ihm sein Verteidiger schnell etwas ins Ohr gesagt hatte.

»Keine Angst, um den kümmern wir uns sofort.«

Nachdem Pätzold abgeführt war und sie sich von dem Anwalt förmlich verabschiedet hatte, machte sich die Hauptkommissarin auf den Weg zum Büro des Staatsanwalts. Mertens hoffte inständig, dass der planmäßige Staatsanwalt wieder gesund war, doch in dem Raum saß zu ihrem Unmut immer noch dieser Staudinger, der in der richterlichen Vernehmung von Lopescu und Krenz eine ganz schlechte Figur gemacht hatte.

Nach einer frostigen Begrüßung schilderte sie ihm den Fall und bat ihn, den Beschluss für eine Hausdurchsuchung in sämtlichen Büroräumen und auch im Privathaus von Baur auszustellen. Zu ihrer großen Überraschung zeigte sich Staudinger sehr kooperativ und stellte sämtliche Dokumente aus, auch den Haftbefehl gegen Sven Pätzold.

Schockiert blickte Gianna auf Herrn Wagner, den Hausmeister.

»Das muss sich um einen Irrtum handeln, die können doch nicht hier in unsere Privatsphäre eindringen. Ich werde mich darum kümmern, rufen Sie derweil meinen Vater an, er soll sofort unsere Anwälte einschalten.«

Die junge Frau begab sich zur Eingangspforte und begrüßte die Kommissarin.

»Darf ich Sie fragen, aus welchem Grund Sie mit einer halben Armee hier auftauchen und alles durchsuchen wollen, Frau Mertens?« Nur mit Mühe behielt Gianna die Beherrschung und funkelte die Beamtin an.

»Momentan darf ich nicht über die laufenden Ermittlungen berichten, nur soviel, es haben sich neue Verdachtsmomente in dem Mordfall auf Ihrer Baustelle ergeben, die diese drastischen Maßnahmen leider erforderlich machen. Wie Sie erkennen können, wurde die Durchsuchung vom zuständigen Staatsanwalt genehmigt, es hat also alles seine Richtigkeit.« Mit diesen Worten ließ Magdalena Mertens die junge Frau stehen und betrat das riesige Gebäude.

Gianna Baurs Auftreten wirkte sehr arrogant, was in diesen Kreisen durchaus nicht unüblich war. Trotzdem hatte die Beamtin durchaus Verständnis für die junge Frau, deren Mutter, wie sie wusste, sehr früh gestorben war. Bestimmt hatte der vielbeschäftigte Vater kaum Zeit für seine Tochter gehabt und sie war im goldenen Käfig aufgewachsen. Doch sie durfte sich nicht von Sentimentalitäten leiten lassen, sagte sie sich, und bemühte sich, objektiv ihre Arbeit zu tun.

Die Kollegen durchsuchten sämtliche Räume und sicherten zahllose Ordner, Belege und Schriftstücke. Es dauerte allerdings nicht sehr lange, bis zwei piekfein gekleidete Herren auf der Matte standen und versuchten, das Ganze zu stören.

»Unser Mandant möchte von Ihnen wissen, was Sie zu diesem Schritt veranlasst hat, Frau Mertens. Sie greifen hier massiv in die Privatsphäre von Herrn Baur und seiner Tochter ein. Bitte nennen Sie uns die genauen Gründe für dieses impertinente Verhalten.«

Mertens war lange genug in ihrem Beruf in leitender Position tätig, um sich nicht von den Anwälten einschüchtern zu lassen.

»Sobald wir das Gesuchte gefunden haben, setze ich Sie in Kenntnis, und jetzt lassen Sie mich bitte meine Arbeit zu Ende bringen.«

Giannas Zorn hatte sich aufgelöst und war zuerst in Trauer und dann in Angst übergegangen, als sie sich in den Stall begab. Die Blessuren durch den Reitunfall waren zum Glück nicht so schlimm gewesen, und so sattelte sie ihre braune Stute, um einen Ausritt zu unternehmen. Da zu Hause jeder Raum akribisch durchsucht wurde, war das für Gianna jetzt die einzige Möglichkeit, mit ihren Gedanken alleine zu sein.

Seit ihrem Treffen mit Lopescu hatte sie gedacht, dass die Sache endgültig vom Tisch sei. Sie galoppierte über die gefrorenen, schneebedeckten Felder, und als sie an der Stelle vorbeikam, an der Gheorghe sie nach dem Unfall entdeckt hatte, lief es ihr heiß und kalt den Rücken runter. Immer wieder in den letzten Tagen hatte sie an den Journalisten denken müssen und sich ständig gefragt, ob es richtig gewesen war, Lopescu von der Existenz eines verdeckt arbeitenden Journalisten zu erzählen. Mittlerweile plagte sie ihr schlechtes Gewissen so sehr, dass sie nachts kaum mehr schlief.

Abrupt stoppte Gianna die Stute und stieg ab. Sie lehnte sich an das Pferd und tätschelte ihm die dampfenden Flanken. Was war aus ihrem behüteten Leben geworden? Zuerst versuchte ein Mann, von dem Gianna geglaubt hatte, er sei ein guter Freund von ihr, sie zu vergewaltigen, und dann musste sie erfahren, dass ihr Vater sich mit dubiosen Geschäftspartnern eingelassen hatte, die auch vor Mord nicht zurückschreckten. Schließlich traf sie auf einen Mann, der ihr zwei Mal das Leben gerettet hatte und in den sie sich beinahe verliebte. Beinahe? Und eben diesen Mann lieferte sie ans Messer, um ihre heile Welt zu retten.

Gianna raufte sich die Haare, fasste eine Entscheidung und beschloss, Gheorghe zu warnen. Wenn es nicht schon zu spät war …

Zeitgleich wurden die Räume in Baurs Reutlinger Geschäftsgebäude durchsucht. Der Patriarch hatte sich anfangs lautstark gegen die Durchsuchung gewehrt. Er bedachte die Beamten mit unflätigen Ausdrücken und schloss sich, nachdem er dadurch keine Wirkung erzielt hatte, in seinem Büro ein.

»Bitte, Herr Baur, das bringt doch nichts, wir werden die Türe mit Gewalt aufbrechen müssen, wenn Sie nicht kooperieren«, drohte Ganter, dem es lieber gewesen wäre, wenn einer seiner Vorgesetzten hier gewesen wäre. Nachdem auch noch Baurs Anwalt mit Engelszungen auf seinen Mandanten eingeredet hatte, öffnete sich endlich die Bürotür. Der Firmenchef hockte in sich gekehrt auf seinem Stuhl, als Ganter den Raum betrat. Offenbar hatte er eingesehen, dass es sinnlos war, sich gegen die Staatsmacht zu stellen.

»Ich habe immer brav meine Steuern gezahlt, und das ist jetzt der Dank dafür! Wie einen Schwerverbrecher muss ich mich behandeln lassen, nur weil auf einer meiner zahllosen Baustellen jemand zu Tode kommt«, unternahm er einen letzten Versuch, sich zu wehren. Zahllose Schriftstücke, Laptops und Festplatten wurden im Lauf der nächsten Stunden hinausgetragen und aufs Polizeipräsidium gebracht. Als die Beamten mit ihrer Arbeit fertig waren, kam es noch dicker für Baur.

»Herr Friedrich Baur, ich möchte Sie bitten, uns zu begleiten, es besteht der dringende Verdacht, dass Sie in den Mordfall Erich Kranzler verwickelt sind.« Der beinahe apathisch dasitzende Firmenchef sprang aus seinem Sessel auf und baute sich vor Ganter auf.

»Das wagen Sie nicht, ich kenne die richtigen Leute, die Sie zur Verkehrspolizei degradieren werden, das verspreche ich Ihnen! Und jetzt würde ich gerne nach Hause gehen.« Er drückte sich an dem überraschten Ganter vorbei und ging zu seiner Sekretärin.

»Frau Zerne, wenn Sie so freundlich wären, mir meinen Mantel zu reichen, ich halte das nicht mehr aus.« Die Frau blickte verwirrt auf ihren Chef und tat, was er von ihr verlangte. Auf einen Wink Ganters hin stellten sich zwei Polizisten dem Patriarchen in den Weg.

»Es geht zwar auch ohne Handschellen, aber wenn Sie Wert darauf legen, dass Ihre Nachbarn ein interessantes Schauspiel miterleben, können wir das gerne so machen«, stellte Ganter unmissverständlich klar und war selbst überrascht, wie er so schnell in die Rolle hineingewachsen war. Baur wollte aufbegehren, fügte sich dann aber angesichts der Drohung in sein Schicksal.

Köttmann traute seinen Augen nicht, als er aus seinem Büro trat und beinahe mit einem der Uniformierten zusammenprallte, die den Bauunternehmer rechts und links flankierten.

»Aber … Sie sind doch Herr Baur von ›Baur baut‹?«

»Guten Tag, Herr Köttmann, das ist gut, dass ich Sie sehe. Bestimmt können Sie diese schlimme Scharade auflösen und ich kann dann wieder meinen Geschäften nachgehen.«

Vergangenes Jahr hatte Köttmanns Schwager seinen Traum von einer umgebauten alten Stadtvilla mit »Baur baut« verwirklicht und war hoch zufrieden gewesen. Bei der Einweihungsparty hatte sich Köttmann sehr gut mit Baur unterhalten und der Kriminalrat hatte damals beschlossen, sein Haus gleichfalls in die professionellen Hände dieser Firma zu geben. Sie hatten bereits lose ausgemacht, dass Baur in drei Jahren anfangen könnte, sobald Köttmann einen größeren Bausparvertrag ausgezahlt bekommen würde.

»Wer hat veranlasst, Sie festzunehmen?«, wollte Köttmann wissen, denn dass es sich um eine Festnahme handelte, konnte er unschwer an den ernst dreinblickenden Polizisten erkennen, die Baur argwöhnisch beobachteten.

»Ein gewisser Herr Ganter hat mich mit seinen Kollegen überfallen, und wie mir meine Tochter telefonisch mitgeteilt hat, wurde zeitgleich mein Wohnhaus in Albingen von dieser Frau Mertens heimgesucht.«

Hinter Köttmanns Fassade brodelte es, was hatte sich die alte Schachtel dabei gedacht, einen der größten Steuerzahler des Landkreises einfach abzuführen?

»Sie können wieder Ihrer Arbeit nachgehen, ich kümmere mich um den Mann«, wandte sich Köttmann an die Uniformierten, die zuerst unschlüssig wirkten, dann jedoch dem hochrangigen Beamten Folge leisteten. »Kommen Sie mit in mein Büro, Herr Baur, und dort erzählen Sie mir, was man Ihnen vorwirft.«

Köttmann geleitete den Bauunternehmer in einen großen, hellen Raum und wies seine Sekretärin an, Kaffee zu machen. Kurze Zeit später kam Ganter an der Spitze einer Truppe an, die unter der Last der zahlreichen Ordner und PCs beinahe zusammenbrachen. Mertens und ihre Einsatztruppe kamen beinahe zeitgleich an, und nach kurzer Beratung wurde das zu sichtende Material in einen größeren Aufenthaltsraum geschafft.

»Wo haben Sie diesen Immobilienhai hin verfrachtet, Herr Ganter?«, fragte die Vorgesetzte, als sie sowohl im Vernehmungsraum als auch in ihrem Büro nachgeschaut hatte.

»Das verstehe ich jetzt nicht, die Kollegen Treiber und Butzbach sind mit dem Verdächtigen vorausgefahren und hatten die Order, ihn hierher zu bringen.« Ganter kratzte nachdenklich mit dem Zeigefinger an seinem vorstehenden Kinn.

»Vielleicht wurden sie noch aufgehalten oder haben irgendwo eine Mittagspause gemacht«, war die leicht ironische Antwort von Mertens. »Trotzdem wüsste ich gerne, wann wir ungefähr mit Baurs Eintreffen rechnen können. Bitte kontaktieren Sie die Kollegen unverzüglich.«

Aufgeregt wählte Ganter die Handynummer von Treiber, mit dem er sich auch privat gut verstand und den er als Kumpel bezeichnete.

»Das ist jetzt aber komisch, Treiber müsste meine Nummer auf seinem Display sehen und geht dann normalerweise auch ran.« Ganter hatte plötzlich ein mulmiges Gefühl und fühlte sich nicht mehr wohl in seiner Haut.

»Meinen Sie, Baur ist getürmt?« Scharf fixierte Mertens ihren Mitarbeiter.

»Entschuldigen Sie, Frau Mertens, aber das kann nun wirklich nicht sein. Die beiden Kollegen sind sehr erfahrene Polizisten, und wenn sie die Order haben, den Verdächtigen hier abzuliefern, dann führen die das gewissenhaft aus«, verteidigte sich Ganter, dem langsam Schweiß auf die Stirn trat.

»Mag ja sein, Herr Ganter, Fakt ist, dass weder Ihre früheren Kollegen noch Herr Baur irgendwo zu sehen sind.«

Gerade, als sie an Köttmanns Büro vorbeigingen, hörten sie von drin lautes Gelächter.

»Unser sonst so griesgrämiger Chef scheint heute einen seiner besseren Tage zu haben …« Kaum hatte sie ausgesprochen, kam ihr Vorgesetzter gemeinsam mit Baur heraus.

»Wir machen es dann so, wie ausgemacht, und ich bekomme den aktuellen Preis«, konnte Mertens noch aufschnappen.

»Kann ich dann gehen, Herr Kriminalrat?«

»Aber selbstverständlich, auf Wiedersehen.« Aus den Augenwinkeln sah er die Hauptkommissarin und seine Miene verdüsterte sich, als er sah, wie Mertens energisch auf Baur zuging.

»Ich wende mich nur ungern gegen meinen Vorgesetzten, doch ich fürchte, Sie müssen hierbleiben.«

Magdalena stellte sich vor Baur, der im Begriff war zu gehen, während ihr Kollege Ganter sich dezent im Hintergrund hielt.

»Was fällt Ihnen ein, Frau Mertens, ich werde …« Sie hielt dem mittlerweile rotgesichtigen Köttmann einen Wisch unter die Nase.

»Lesen Sie das, und wenn Sie dann immer noch überzeugt sind, dass er wieder gehen kann, stelle ich mich nicht in den Weg.«

Der überraschte Köttmann überflog das Schreiben des Staatsanwalts und wurde plötzlich ganz kleinlaut.

»Äh … also … Herr Baur, das tut mir jetzt aber leid, aber aufgrund der doch fast schon erdrückenden Beweislage muss ich Sie bitten, doch noch hierzubleiben!«

Baur blickte vom einen zum anderen und fixierte dann Mertens.

»Können Sie mir vielleicht jetzt mal konkret sagen, was ich eigentlich getan haben soll?«

»Selbstverständlich, Herr Baur, der Mann, der den Mord an Kranzler gestanden hat, bezichtigt Sie, ihn dazu angestiftet zu haben. Sie hätten ihm Geld geboten, damit er den Zollbeamten, der Sie irgendwie auf dem Kieker hatte, umbringt. Um Genaueres herauszufinden, haben wir Ihre Unterlagen beschlagnahmt.«

»Das gibt es ja nicht, irgendein zwielichtiger Typ will mir was anhängen, und das nennen Sie erdrückende Beweislage? Wenn Sie mich jetzt nicht sofort gehenlassen, werde ich Himmel und Hölle in Bewegung setzen, und dann Gnade Ihnen Gott!« Unwirsch drehte Baur sich um und wollte gehen.

»Es gibt für das Gespräch zwischen Ihnen und dem Killer einen Zeugen, den Sie sehr gut kennen«, warf Mertens ein und ihre Miene nahm einen siegessicheren Zug an.

Baur hielt in seiner Bewegung inne.

»Wer soll das sein?«

»Malowski.«

Als Gianna ihre Stute gestriegelt und wieder in die geräumige Box im Pferdestall geführt hatte, waren die Beamten bereits wieder abgezogen. In der Schleuse zwischen Stall und Wohntrakt war eine Dusche, unter die sie sich stellte. Nachdem Gianna sich angekleidet hatte, griff sie nach ihrem Handy und wählte die Nummer ihres Vaters. Sofort schaltete sich die Mailbox ein und Gianna versuchte es bei Frau Zerne im Büro.

»Sagen Sie, dass das nicht wahr ist!«, rief sie aus, nachdem die Sekretärin ihr mitgeteilt hatte, dass man ihren Vater wie einen Schwerverbrecher abgeführt hatte.

»Leider doch, Frau Baur, die Akten, sämtliche Laptops und Rechner sowie Ihren Vater hat die Staatsgewalt mit aufs Polizeipräsidium genommen. Ständig fragen mich die anderen Angestellten, was sie jetzt machen sollen?«

»Sagen Sie Ihnen, dass sie heute und morgen Urlaub nehmen sollen. Der Spuk hat sich bis übermorgen aufgelöst, das verspreche ich Ihnen«, entgegnete Gianna und versuchte, dabei entschlossen zu klingen. Nachdem sie sich von Frau Zerne verabschiedet hatte, wählte sie die Nummer der Kanzlei, die die Firma vertrat. Dort erfuhr sie zu ihrem Entsetzen, dass man ihren Vater der Anstiftung zum Mord bezichtigte und dass die Beweise wohl ausreichten, ihn in Untersuchungshaft zu behalten.

Die eigentliche Überraschung war jedoch Malowski, der seit einigen Jahren in der Firma ihres Vaters arbeitete und gegen seinen Chef ausgesagt hatte. Eiskalt lief es Gianna den Rücken runter. Was, wenn an den Vorwürfen etwas dran war? Sie wusste von den Schwarzarbeitern, die Lopescu ihrer Firma vermittelte, doch dass ihr Vater etwas mit dem Mord an Kranzler zu tun haben sollte, hatte er ihr gegenüber vehement abgestritten.

Ein seltsames Gefühl beschlich die junge Frau. War der Mann, der sie alleine aufgezogen und zu dem sie immer aufgeschaut hatte, ein Mörder? Zwar nicht eigenhändig, aber sollte er einen anderen beauftragt und bezahlt haben, war das vor dem Gesetz einem Mord gleichzusetzen und ihr Vater würde dafür eine lebenslange Strafe absitzen.

Gianna rief sich verschiedene Situationen ins Gedächtnis, bei denen sie ihn als knallharten Verhandlungspartner kennengelernt hatte, der, wie man so flapsig sagt, über Leichen gehen würde. Aber jemanden umbringen? Nein, soweit würde er nicht gehen. Das hieß also, folgerte sie, dass ihm jemand etwas anhängen wollte. Dafür kamen eigentlich nur dieser Lopescu oder seine Hintermänner infrage, weil ihr Vater sich aus deren Umklammerung hatte lösen wollen. In diesem Zusammenhang fiel ihr Gheorghe ein, der nach eigener Aussage mit dem Augenzeugen des Mordes gut befreundet war. Bei ihrem Ausritt hatte Gianna beschlossen, den Rumänen zu warnen, dabei konnte sie ihn auch gleich über seine Einschätzung von Lopescu fragen. Aus Angst, er könnte ihren Anruf wegdrücken, wenn er Giannas Nummer sah, lieh sie sich Wagners Handy aus.

»Hallo, wer ist da?«, meldete sich eine heißere Stimme.

»Gheorghe, ich bin es, Gianna.«

Es dauerte fast eine Minute, bis er sich wieder meldete.

»Das ist jetzt aber eine Überraschung.«

Sie konnte deutlich heraushören, dass es ihn anstrengte, mit ihr zu sprechen.

»Was ist los mit dir, bist du krank?«, fragte sie besorgt.

»Ja, mich hats voll erwischt, Fieber, Husten, Schnupfen, das volle Programm.«

»Dann arbeitest du gerade nicht?«

»Nein, das ist unmöglich in meinem Zustand. Auskurieren lässt mich Lopescu die Grippe aber auch nicht. Zwei Tage darf ich zu Hause bleiben, dann muss ich wieder auf die Baustelle oder er schmeißt mich raus.«

Gianna bekam ein noch schlechteres Gewissen, als sie das hörte. Was hatte sie denn geglaubt, wie der Sklavenhändler seine Leute auf Trapp hält? Und dabei war die Firma ihres Vaters einer der Profiteure dieser rüden Methoden.

»Können wir uns treffen, ich muss dringend mit dir reden.« Sie hörte lautes Husten am anderen Ende.

»Eigentlich bin ich nicht einmal so richtig in der Lage aufzustehen, aber für dich mache ich natürlich eine Ausnahme. Komm doch einfach hier vorbei und wir gehen ein paar Schritte. Ich sollte mich sowieso nicht zu weit von dem Haus entfernen, falls mein Freund Lopescu einen seiner Kontrollbesuche hier macht. Wenn er mich hier nicht vorfindet, bin ich sowieso erledigt«, erklärte Gheorghe, begleitet von mehreren Niesanfällen.

»Danke, dass du dich trotz der Krankheit mit mir treffen willst, in einer halben Stunde bin ich da.«

»Die Laus in unserem Pelz kann ja dann nur dieser Gheorghe sein«, spie Lopescu aus.

»Ich wüsste nicht, wer sonst noch dafür in Frage käme«, entgegnete der rumänische Vorarbeiter, der die Order hatte, die anderen Arbeiter für Lopescu auszuhorchen und zu beobachten. »Für die anderen Kerle lege ich meine Hand ins Feuer.«

Abgesehen von dieser Aussage hielt Lopescu die anderen Arbeiter auch nicht für schlau genug, sich undercover als Journalist hier einzuschleichen und darüber nachher einen Bericht zu verfassen.

»Gut, dann weiß ich, was ich zu tun habe, du hältst weiterhin Augen und Ohren auf. Es soll nicht zu deinem Nachteil sein.« Insgeheim musste er schmunzeln, doch dieses gegenseitige Bespitzeln funktionierte sehr gut, denn natürlich hatte er auch jemand auf ihn angesetzt.

Er ging hinaus zu seinem Wagen, wo seine beiden muskulösen Mitarbeiter warteten und beschloss, das Problem jetzt sofort zu lösen. Heute Morgen hatte er gesehen, dass dieser Gheorghe ernsthaft krank war, sie würden also leichtes Spiel haben.

Ungeachtet dessen, dass hier Tempo dreißig vorgeschrieben war, gab Lopescu Vollgas und jagte sein schwarzes Mercedes Coupé die enge Straße hinunter. Kurz darauf standen die drei Männer vor dem Abrisshaus, wo die Arbeiter hausten.

»Ihr wisst Bescheid, wir können den Kerl ruhig ein bisschen härter anfassen, schließlich hat er sich bei uns eingeschlichen und will mein Geschäftsgebaren öffentlich machen. Das kann ich nicht zulassen, da sind wir uns einig. Man muss hier mal ein Exempel statuieren.« Die beiden Gorillas nickten zustimmend und fielen in ein fieses Grinsen ein. Solche Aufgaben führten sie mit Freude aus.

Langsam drückte Lopescu den Hausschlüssel ins Schloss und drückte vorsichtig die Klinke nach unten. Als die drei in dem zugigen Hausgang standen, hörten sie, wie drinnen jemand lautstark hustete. Auf ein Zeichen Lopescus hin betraten sie die Wohnung.

37

MITTWOCHMITTAG

Sascha sah deutlich besser aus als bei ihrem letzten Besuch, dachte Magdalena Mertens erfreut und begrüßte ihren lädierten Mitarbeiter.

»Hallo, Herr Groß, wenn Ihre Genesung weiterhin so große Fortschritte macht, kann ich ja am kommenden Montag wieder mit Ihnen rechnen.« Sascha versuchte ein Grinsen, was ihm jedoch ziemlich misslang.

»Bis auf die Tatsache, dass ich nur flüssige Nahrung zu mir nehmen darf, geht's mir eigentlich ganz gut. Aber das mit nächstem Montag wird wohl nicht ganz klappen, wenngleich ich froh wäre, wieder arbeiten zu können. Hier drin fällt einem die Decke auf den Kopf. Zum Glück hat mir dieser Oberarzt Ehlers in Aussicht gestellt, dass ich am Freitagvormittag wieder nach Hause kann. Irgendwie habe ich das Gefühl, dass dieser Ehlers mich mag, er besucht mich relativ häufig.« Magdalena musste schmunzeln, offenbar hatte sie bei ihrem Schulfreund noch was gut.

»Mit dem Arbeitsbeginn können Sie sich noch etwas Zeit lassen, denn es ist bei unserem Mord der Fall eingetreten, von dem alle Kommissare träumen.« Sie berichtete in wenigen Worten von dem Haar und dem Geständnis von diesem Pätzold und der daraus resultierenden Anklage gegen Baur.

»Das ist ja der Hammer, obwohl das ja, wenn Sie mich

fragen, schon fast ein wenig zu glatt läuft. Denn das würde ja bedeuten, dass dieser Lopescu, der sowohl Frau Krenz als auch unseren Augenzeugen bedroht hat, unschuldig ist. Aber dieser DNA-Test ist ja wahrscheinlich über jeden Zweifel erhaben. Oder gibt es eine Querverbindung von dem geständigen Täter zu dem Sklavenhändler?«, fragte Sascha interessiert und fasste sich an seinen Kiefer, der offenbar schmerzte, sobald er zu viel redete.

»Nicht, dass ich wüsste. Dieser Lopescu ist mir allerdings auch äußerst suspekt und es würde mich schon stark wundern, wenn bei dessen Geschäften alles legal zuginge. Mein Gefühl sagt mir, dass ich den Fall nicht zu den Akten legen und ein wenig rumschnüffeln sollte, obwohl er sich als gelöst darstellt.«

»Dürfen Sie von Köttmann aus überhaupt noch ermitteln? Er ist doch in diesen Dingen ziemlich stur.«

»Diesmal ist es anders, weil er Baur von irgendwoher kennt und auch ein Bauvorhaben mit ihm realisieren will. Deshalb hat er mir dezent die Anweisung gegeben, die Ermittlungen nicht ad acta zu legen.« Sie berichtete ihm auch ausführlich von den Nachforschungen, die sie im Umfeld des Getöteten betrieben hatten.

»Unser lieber Ganter ist hin und weg von Kranzlers Geliebter, dieser Tanja. Er überlegt sogar, ob er sie in dem Striplokal, in dem sie arbeitet, mal besuchen soll.«

»Kann er dann überhaupt noch objektiv arbeiten, wenn ihm diese Dame den Kopf verdreht hat?«, gab Sascha mit einem gequälten Schmunzeln zu Bedenken.

»Hm, vielleicht müsste ich mich mal mit ihr unterhalten, denn eines gibt mir nach wie vor zu denken, die Aussage von Frau Kranzler, dass diese Tanja überhaupt nicht ins Beuteschema ihres Mannes gepasst hat. Bis zu dem Geständnis von Pätzold hatte ich immer den leisen Verdacht, dass entweder Baur oder Lopescu die Affäre mit dieser Paullinger eingefädelt haben, um den Zollbeamten weiter unter Druck setzen zu können.« Mertens überlegte, während sie in dem Zimmer auf und ab ging.

»Nach allem, was Sie über die Frau erzählt haben, habe ich so meine Zweifel, ob Sie etwas aus ihr rausbringen. Nein, man müsste die Sache anders angehen.«

»Haben Sie eine bessere Idee, Herr Gross?«

»Na ja, vielleicht schon. Man müsste jemanden in das Striplokal schicken, der sich dort ein wenig umschaut. Es müsste natürlich jemand sein, den sie nicht kennt.«

»Da falle ich ja schon mal aus und Sie, Herr Gross, kommen in Ihrem derzeitigen Zustand gleichfalls nicht infrage. Sonst kommt mir außer Ganter, und der ist gewissermaßen befangen, gerade niemand in den Sinn.«

»Mir schon, und bitte verwerfen Sie meine Idee nicht gleich wieder. Wie wäre es, wenn Paul mal als Gast in dieses Etablissement gehen würde. Er wäre in jeder Hinsicht unverdächtig, das Landei, das sich in der großen Stadt mal vergnügen will.«

Magdalena Mertens betrachtete ihren Kollegen, als ob er bei seiner Schlägerei den Verstand verloren hätte.

»Hat Ihr Gehirn ein wenig unter den Schlägen gelitten, oder was? Ich schleuse meinen Partner doch nicht in diese Szene ein und bringe Paul dadurch in Gefahr.«

»Können Sie sich noch daran erinnern, dass meine Freundin Miriam bei dem Mord im Schloss Lichtenstein gleichfalls verdeckt als Schlossführerin gearbeitet und zur Lösung des Falls entscheidend beigetragen hat?«

Das ist etwas anderes, wollte die Hauptkommissarin erwidern, besann sich jedoch eines Besseren. Denn Miriam hatte sich damals in tödliche Gefahr begeben und bei näherem Überlegen war die Idee mit Paul gar nicht mal so abwegig. Der Älbler konnte sich seiner Haut durchaus erwehren und war bestimmt ein passabler Schauspieler.

»Na gut, Herr Gross, ich werde ihm von Ihrer Idee berichten und wer weiß, vielleicht macht er ja mit.«

In diesem Moment kam Professor Ehlers mit drei weiteren Herrschaften mit weißen Kitteln im Schlepptau herein. Als er die Hauptkommissarin erkannte, trat ein Lächeln auf sein Gesicht.

»Hallo, Magdalena, das ist jetzt aber eine freudige Überraschung. Ich hoffe, du hast unseren Patienten nicht über Gebühr strapaziert. Wir wollen doch nicht, dass er einen Rückschlag erleidet.« Ehlers stellte die wiederentdeckte Schulfreundin seinen Kollegen vor.

»Ich wollte mich eh gerade von ihm verabschieden. Also, Herr Gross, wir machen es wie besprochen. Melden Sie sich einfach, wenn Sie wieder zu Hause sind«, bat sie ihn und begleitete den Professor zur Tür hinaus.

»Auf Wiedersehen, Wolfram.«

»Ich hoffe auch auf ein Wiedersehen, vielleicht können wir uns ja mal auf einen Kaffee irgendwo treffen.«

»Bestimmt, also bis dann.«

38

DONNERSTAGMORGEN

»Das war nicht schlecht, wie du dem Typen gestern die Meinung gegeigt hast, Kevin«, meinte Miriam schmunzelnd und strich ein wenig von der vorzüglichen Himbeermarmelade auf ihr getoastetes Weißbrot.

Nachdem sie Haberland in dem Lokal erkannt hatte, waren beide ziemlich überrascht gewesen. Zumal sie in Begleitung eines Mannes war, den der Politiker gut kannte.

»Was machst du denn hier? Weshalb bist du nicht zuerst zu mir gekommen? Außerdem wolltest du dich im Fall eines Besuchs ein paar Tage vorher bei mir melden«, hatte er auf Deutsch gefragt.

Mit wenigen Worten hatte Miriam ihre Anreise und ihren vergeblichen Versuch, in seine Wohnung zu kommen, geschildert.

Unterdessen war Bartez ein wenig pikiert aufgestanden und entschuldigte sich für einen kurzen Moment, um einen an der Theke stehenden Bekannten zu begrüßen.

»Und weshalb, um Gottes willen, sitzt du mit einem Front National-Hardliner am Tisch? Er gilt als rechte Hand der großen Vorsitzenden dieser Partei, im wahrsten Sinne des Wortes. Ich habe dich politisch eigentlich anders eingeschätzt.«

»Oh, das habe ich nicht gewusst, ich habe ihn zufällig in einer Kneipe kennengelernt und er hat mich dann hierher zum Essen geführt. Außerdem wollte er mir ganz uneigennützig ein Quartier für die Nacht anbieten. Aber jetzt, wo du es sagst, über einige Ansichten von ihm war ich doch etwas erstaunt.«

»Pierre Bartez ist bekannt für seine Masche, er hätte die Finger sicher nicht von dir gelassen. Es kursieren zahlreiche Gerüchte über sein Verhalten Frauen gegenüber, die ihm nicht freiwillig zu Diensten waren.« In diesem Moment kehrte der Franzose zurück und auf Haberlands Züge trat ein überlegenes Grinsen.

»Pech gehabt, Monsieur Bartez, das wird heute nichts mehr mit der heißen Liebesnacht, die Sie sich bestimmt schon in allen Farben ausgemalt haben. Miriam ist eine alte Bekannte von mir und wird in meiner Wohnung übernachten. Sie können es ja bei Ihrer Chefin probieren, vielleicht hat die heute Nacht Lust auf Sie.«

Das Gesicht des galanten Kavaliers, den Miriam kennengelernt hatte, verzerrte sich zu einer Maske des Hasses. Urplötzlich hatte sich der Franzose erhoben und sich drohend vor Kevin gestellt.

»Sale boche!«, hatte er herausgepresst, und wenn sich nicht der hochgewachsene Kellner zwischen die beiden gedrängt hätte, wäre Bartez bestimmt auf seinen deutschen Parlamentarierkollegen losgegangen.

»Diese Beleidigung hat ein Nachspiel.« Mit dieser geknurrten Drohung war der Franzose zur Rezeption gegangen und hatte auf die Dame eingeredet. Danach hatte er sich seine Jacke geben lassen und war grußlos in die Nacht entschwunden.

Der Ober war ganz aufgelöst hinterhergegangen, während Miriam und Kevin unschlüssig vor dem Tisch standen.

»Wir können uns auch setzen, das Dessert steht noch aus und wie ich das einschätze, kommt Bartez heute nicht mehr zurück«, schlug Miriam pragmatisch vor. In diesem Moment kam der Ober wieder zurück und beugte sich zu Kevin.

»Bon soir, Monsieur Haberland, soll ich das Dessert servieren und noch eine Flasche Wein?«, fragte er geschäftsmäßig und überging den kurzen Disput.

»Monsieur Bartez hat das Menü und die bisherigen Getränke übernommen und ich soll der jungen Dame noch einen schönen Gruß ausrichten. Wenn Sie genug von Monsieur Haberland hätte, sei sie herzlich bei ihm willkommen, das waren seine Worte, nicht meine.« Entschuldigend hob er die Hände und entfernte sich wieder.

Haberland wollte schon zu einer Tirade ansetzen, beim Blick in Miriams grinsendes Gesicht ließ er es sein.

»Na ja, Stil hat der Knabe wenigstens, er hätte dich auch auf den Kosten sitzen lassen können«, meinte er stattdessen und löffelte genießerisch die Panna cotta vom Teller. »Aber jetzt zurück auf Anfang.« Galant nahm er Miriams rechte Hand und küsste sie formvollendet, wobei er ihr dabei tief in die Augen blickte.

»Ich freue mich riesig, dich zu sehen, Miriam. Die Überraschung ist dir geglückt, das muss ich dir lassen. Wir wollen darauf anstoßen, dass du eine schöne Zeit hier in Brüssel hast.« Er hielt ihr sein Weinglas hin und Miriam stieß ihres dezent dagegen. »Zwei Sachen würden mich allerdings noch interessieren. Zum einen, wie lange du hierbleibst und zweitens wüsste ich gerne noch den Grund deines Besuchs bei mir. Es würde mir natürlich schmeicheln, wenn du wegen mir hergekommen wärst, doch das glaube ich dir nicht. Bei unseren Treffen in Stuttgart ist mir schon dein gesteigertes Interesse an der belgischen Hauptstadt aufgefallen.«

Freilich hatte sie mit der Frage nach dem Grund ihres

Hierseins gerechnet und sich schon auf der Herfahrt eine passende Antwort darauf überlegt.

»Falls du nichts dagegen hast, würde ich so ungefähr eine Woche bei dir wohnen, für die Unkosten komme ich selbstverständlich auf. Wenn ich mich richtig entsinne, habe ich dir von dem tragischen Tod meines geliebten Vaters erzählt, als wir uns getroffen haben. Einer seiner besten Kumpels, den ich auch kannte, ist irgendwann abgehauen und ich wollte ihm die traurige Nachricht überbringen. Ich habe ein wenig nachgeforscht und bin durch Zufall darauf gestoßen, dass er sich womöglich in Brüssel aufhält. Weil er mit dem Gesetz in Deutschland ein wenig im Clinch liegt, hat er sich hier einen falschen Namen zugelegt, was die Suche natürlich ein wenig erschwert.«

Miriam hoffte, dass Kevin ihr die Erklärung abnahm und sie bei der Suche nach dem Kerl, der ihren Vater auf dem Gewissen hatte, nicht behinderte.

»Das hört sich ja richtig spannend an. Wenn ich dir in irgendeiner Form dabei helfen kann, kannst du dich gerne an mich wenden. Und was das Wohnen anbelangt, so bist du natürlich sowohl was Unterkunft als auch Verpflegung betrifft, mein Gast und da gibt es keine Widerrede.«

Später waren sie noch auf einen Absacker in einem englischen Pub gelandet und trotz des enormen Alkoholkonsums war Kevin nicht zudringlich geworden.

»Wer war jetzt eigentlich die Frau, die mich gestern nicht in die Wohnung lassen wollte, war das deine kleine Freundin?«, fragte Miriam und nahm vorsichtig einen Schluck von dem heißen Milchkaffee, dabei sah sie, wie Kevin leicht errötete.

»Nein, nein, wie ich dir schon in Stuttgart erzählt habe,

bin ich derzeit solo. Das darf ich eigentlich nicht sagen, es handelt sich bei ihr um meine Putzfrau, die… sagen wir mal, sich nebenher etwas dazuverdient.«

»Sie arbeitet schwarz, willst du sagen, obwohl die Zuwendungen für einen Europaabgeordneten ganz üppig sein sollen, wie man hört«, entgegnete Miriam schnippisch.

»So würde ich das nicht nennen, sie ist eine Studentin aus Montenegro und ich unterstütze sie in gewisser Weise, aber ja, es ist an der Steuer vorbei. Deshalb war sie auch so verschreckt, als du geklingelt hast und wollte dich nicht reinlassen. Doch ich entlohne sie fürstlich, das kannst du mir glauben. Vielleicht sollte ich sie doch in naher Zukunft anmelden.«

Miriam nickte zur Bestätigung und konnte deutlich sehen, wie das schlechte Gewissen an Haberland nagte.

»Kommst du nachher mit ins Parlament, heute ist eine Plenarsitzung? Es geht um den Brexit, der nun nach langem Hin und Her endlich vollzogen wurde. Außerdem wird die leidige Flüchtlingsdebatte weitergeführt.«

»Aber klar doch, wenn ich schon mal hier in Europas Hauptstadt bin, lasse ich mir das nicht entgehen. Wirst du auch eine Rede halten?«, fragte sie Kevin und blickte ihn erwartungsvoll an.

»Tatsächlich habe ich mich für heute als Redner angemeldet. Dann musst du mir natürlich ein Feedback geben.«

Nachdem sie das gemeinsame Frühstück beendet hatten, duschten sie abwechselnd und begaben sich dann auf den Weg.

»Der große Vorteil dieser Wohnung in Etterbeek ist, dass man das Parlamentsgebäude locker zu Fuß erreichen kann«, stellte Kevin fest, als sie trotz des einsetzenden Schneetreibens aufbrachen. Sie gingen die Boerenstraat entlang und Kevin erwies sich als idealer Reiseführer. Er erklärte ihr, dass viele der Häuser im Art-déco- und Art-Nouveau-Stil erbaut waren.

»In Brüssel gibt es noch viele Beispiele von Gebäuden dieser Weiterentwicklung des Jugendstils mit weniger Verschnörkelungen, die in der Zeit zwischen 1920 bis zum Beginn des Zweiten Weltkriegs entstanden sind.«

Der Jourdan-Platz mündete in den Leopoldpark, und die riesigen Gebäude des Europäischen Viertels schoben sich bereits in ihr Blickfeld. Sie flanierten an dem schön angelegten Teich entlang, und Miriams Blick fiel dabei immer wieder auf das monumentale Gebäude des EU-Parlaments mit der markanten Kuppel.

»Im Volksmund heißt es »Caprice des Dieux«, also »Laune der Götter«, meinte er schmunzelnd.

»Na ja, die Art-déco- und Jugendstilhäuser gefallen mir persönlich besser als diese kalte Glas-Stahl-Architektur frei nach dem Motto ›Nicht kleckern, sondern klotzen!‹«

»Mich hat es auch beinahe umgehauen, als ich dieses Viertel das erste Mal gesehen habe. Doch mittlerweile habe ich mich daran gewöhnt. Vielleicht sollen die Bürger ein wenig in Ehrfurcht erstarren und in der EU das sehen, was sie eigentlich sein müsste, nämlich ein starker Staatenverbund, der mit China und den USA auf Augenhöhe agieren könnte.« Trotz der Kälte setzten sie sich auf eine Bank direkt am Seeufer und besprachen die Tagesplanung.

»Ich möchte so schnell wie möglich den Freund meines Vaters, diesen Schumann, ausfindig machen. Trotzdem werde ich natürlich mit reingehen und mir deine Rede anhören.«

»Weißt du ungefähr, wo du suchen musst? Ich meine Brüssel ist keine Kleinstadt«, gab Kevin zu bedenken.

»Da Schumann offenbar keine Homepage hat und auch

sonst im Internet nicht gelistet ist, habe ich mich, ehrlich gesagt, auf deine Ortskenntnis verlassen.«

Seit Sascha ihr beim Weihnachtsessen offenbart hatte, dass wahrscheinlich nicht nach dem Mann, den sie als Schumann kannte und der sich mittlerweile Schube werden würde, hatte sie längere Zeit damit verbracht, ihn im Netz zu suchen. Sie fand keinerlei Anhaltspunkte, was für Miriam wenig überraschend war.

»Manche dieser Händler sind ein wenig altmodisch oder nenne es vorsichtig. Auf jeden Fall würde ich an deiner Stelle mal die Gassen rund um den Grand-Place absuchen. In dieser Gegend wimmelt es von Schmuckhändlern. Du sprichst ja zum Glück fließend Französisch und kannst dich durchfragen. Es tut mir leid, dass ich dich nicht begleiten kann, doch wie gesagt, ist die Sitzung heute nicht ganz unwichtig.« Er nahm ihr den Reiseführer aus der Hand und zeigte ihr darauf den Hauptplatz in der historischen Stadtmitte. Mit einem Kugelschreiber zeichnete Kevin außerdem die Strecke auf dem Metrofahrplan nach.

Wenig später erhoben sie sich und schlenderten zu dem glaskuppelgekrönten Parlamentsgebäude. Kevin zeigte seinen Ausweis und wurde ins Innere eingelassen, während sich Miriam zu der Zuschauertribüne begab. Inmitten von mehreren lärmenden Schulklassen fand Miriam schließlich einen Platz, von wo sie einen guten Überblick über das Halbrund der parlamentarischen Sitzreihen hatte. Sie musste nicht lange warten, bis der Präsident des hohen Hauses die Sitzung eröffnete. Gestern Abend hatte sie auf die Frage Haberlands, ob sie wisse, wie die EU funktioniere, kleinlaut verneinen müssen. Wahrscheinlich ging es den meisten Einwohnern so, hatte Kevin beinahe resigniert gemeint und ihr einen Überblick gegeben.

Es war in groben Zügen fast wie in Deutschland, wo der

Bundesrat dem Bundestag zustimmen musste. Das EU-Parlament konnte zwar Gesetzesvorlagen machen, diese mussten jedoch vom Europäischen Rat, der Versammlung der Staatschefs der einzelnen Mitgliedsländer, gebilligt werden. Seit der Vertrag von Lissabon ratifiziert war, konnte das Parlament deutlich mehr Entscheidungen treffen, wenngleich man von dem Ideal der Vereinigten Staaten von Europa noch meilenweit entfernt war. Die nationalen Regierungen waren noch nicht bereit, tiefgreifende Kompetenzen an Brüssel abzugeben. Eine Art Regierung mit verschiedenen Ministern besaß die EU auch, nämlich die EU-Kommission, die vom Parlament gewählt werden musste.

Das alles hatte Kevin ihr gestern Abend beim Absacker erklärt. Sie hatte ihn irgendwann bremsen müssen, weil sie aufgrund des anstrengenden Tages sowie des nicht unerheblichen Alkoholgenusses einfach nicht mehr aufnahmefähig gewesen war.

Die Plätze in dem einem griechischen Theater nachempfundenen Sitzungssaal waren fast alle besetzt, was, wie Haberland gesagt hatte, sicherlich dem wichtigen Thema geschuldet war.

Nachdem der Präsident die Sitzung eröffnet hatte, begab sich der erste Abgeordnete ans Pult, und zu ihrer Überraschung stellte Miriam fest, dass es sich um Pierre Bartez handelte. Der Franzose war ein hervorragender Redner, wenngleich seine abstrusen Theorien bei Miriam Kopfschütteln hervorriefen. Er sah den Ausstieg der Briten als Chance für die anderen Länder, die EU in ihren Kompetenzen deutlich zu beschneiden, im Sinne von »Frankreich zuerst«, »Deutschland zuerst« und so weiter. Er forderte im Prinzip nichts anderes, als die EU in ihrer jetzigen Form aufzulösen und die Nationalstaaten mehr zu stärken.

Genauso wie am Abend zuvor in dem Restaurant, trat

jetzt Haberland gegen Bartez an, nur eben mit Worten. Fasziniert hing sie an Kevins Lippen, der seinen zweifellos guten Vorredner in Grund und Boden redete. Jeder der beiden sprach in seiner Heimatsprache und Miriam bewunderte die Simultanübersetzer für ihr Können.

Haberland spannte einen Bogen vom Beginn des kriegerischen zwanzigsten Jahrhunderts bis zum heutigen Tag und verglich das britische Volk mit einer Herde verirrter Schafe, deren durchgeknallter Hirte sie an einen Abgrund führte und sich dann aus dem Staub machte. Am Ende seiner Rede war Miriam richtig stolz auf ihren Jugendfreund und applaudierte wie wild. Selbst die zumeist deutschsprachigen Jugendlichen waren für ihre Verhältnisse ziemlich ruhig gewesen und hatten dem Redner gelauscht.

Nachdem der Applaus abgeebbt war, erhob Miriam sich und ging zum Ausgang. Sie hätte sich gern noch ein wenig die Redner der verschiedenen Parteien angehört, aber sie musste Prioritäten setzen.

Sie wandte sich in nördliche Richtung und passierte auf dem Weg zur nächsten Metrostation einige andere Gebäude, wie etwa den Sitz des Rats der EU oder das Palais Berlaymont, wo sich die Regierung der EU, die Europäische Kommission, befand. Am Brouckère-Platz stieg sie aus und ging durch die quirlige Altstadt. Als sie wenig später auf dem Grand Place stand, wurde sie von der Pracht der Gebäude beinahe erschlagen. Nicht umsonst galt dieser Platz im Herzen Europas als einer der schönsten weltweit. Miriam konnte sich nicht sattsehen an den wunderschönen Zunfthäusern, die, wie sie in ihrem Reiseführer gelesen hatte, im barocken Stil erbaut waren. Die Krönung war aber das neogothische Hôtel de Ville, das Rathaus, das in seiner Pracht seinesgleichen suchte. Mehrere Minuten stand Miriam nur da und ließ den Blick umherschweifen.

Wie Kevin ihr geraten hatte, wandte sie sich einer kleinen Gasse zu, die vom Grand Place abzweigte. Erst allmählich kam ihr zu Bewusstsein, dass es sich bei dem von ihr gesuchten Schumann beileibe nicht, wie sie Haberland hatte weismachen wollen, um einen guten Freund ihres Vaters, sondern um einen skrupellosen Verbrecher handelte.

Die lange Autofahrt hierher hatte Miriam genutzt, um sich eine Strategie zurechtzulegen, doch jetzt, als sie kurz davor war, dem Kerl Auge in Auge gegenüberzutreten, kam ihr der Plan ziemlich riskant vor. Von der hiesigen Polizei konnte sie sich keine Hilfe erhoffen und den einzigen Verbündeten, der ihr vielleicht helfen würde, hatte sie angelogen. Das hier war kein Spiel und Schumann würde sich garantiert an sie erinnern.

Miriam hatte ihn damals nicht gesehen, sondern nur seine Stimme gehört. Er hingegen hatte ausreichend Zeit gehabt, seine Gefangene zu betrachten. Deshalb hatte sie bei einem Optiker die schwächste Brille gekauft sowie eine Mütze aufgezogen, die ihre wilde Lockenpracht verhüllte.

Beim ersten Geschäft starrte sie betont interessiert in die Auslage und dann klammheimlich auf ein kleines Schild, auf dem der Name des Besitzers eingraviert war. »Bijouterie de Cigogne« las Miriam, Besitzer war ein gewisser Henri van Houten. Sie drückte auf die dezente Klingel, die daneben angebracht war.

Wie gewöhnlich hatte Schubert an diesem Morgen wieder ausgiebig gefrühstückt und sich dann telefonisch mit einem seiner Mitarbeiter, der den Schmuckladen in der Rue de Cigogne leitete, unterhalten. Es waren mehrere Transaktionen geplant, die sich nicht am Telefon regeln ließen, deshalb musste Schumann wohl oder übel im Laden vorbeischauen. Serge, sein Leibwächter, begleitete ihn und bescherte Schumann das angenehme Gefühl von Sicherheit. Seit dem Vorfall mit Santinis Geschenk war dem bulligen Mann nicht mehr der geringste Fehler unterlaufen.

»Guten Morgen, Madame, wie kann ich Ihnen helfen?« Der gut gekleidete Mann hatte die Kundin von oben nach unten taxiert, bevor er auf den Türöffner gedrückt hatte. Er war zu dem Schluss gekommen, dass es sich vielleicht lohnen könnte. Außerdem hatte er ein Faible für hübsche Frauen.

»Guten Tag, Monsieur, ich bin nicht wegen Ihren schönen Stücken hier, sondern weil ich eine Auskunft brauche.« Der Schmuckhändler verzog das Gesicht, er wollte schon erwidern, dass er kein Touristenbüro sei, beließ es dann aber mit einem abfälligen Räuspern.

»Wonach suchen Sie, gnädige Frau, ich helfe, wo ich kann?«

»Es geht um einen Ihrer Kollegen, einen gewissen Herrn Schubert, er ist ein alter Freund meines verstorbenen Vaters. Mir wurde gesagt, dass er gleichfalls hier in der Nähe ein Schmuckgeschäft besitzt, doch ich konnte ihn trotz längerer Suche nicht ausfindig machen.« Miriam war ziemlich aufgeregt und hatte keinen Blick für die schönen Antiquitäten, die in dem Ladenraum verteilt waren. Ihr Blick fiel auf den riesigen Spiegel an der dem Tresen gegenüberliegenden Wand und fragte sich, was sich wohl dahinter verbarg.

Schubert war gerade dabei, diverse Überweisungen an sein Bankinstitut in Nassau auf den Bahamas zu tätigen, als er hörte, dass vorne eine Kundin war. Interessehalber sah er auf den riesigen Bildschirm, der den Laden überwachte. Er betrachtete das Gesicht der jungen Frau mit der unscheinbaren Brille und der roten Kappe und wollte sich wieder abwenden. Plötzlich lief ein Film in seinem Kopf ab und er starrte entsetzt auf den Bildschirm.

»Das darf nicht wahr sein.«

39

DONNERSTAGMORGEN

Gheorghe schlug die Augen auf und betrachtete ungläubig das Zimmer, in dem er die Nacht zugebracht hatte. Dann kam ihm der gestrige Abend wieder in den Sinn und er wusste, wo er war. Offenbar hatte der ungestörte Schlaf Wunder bewirkt, denn er fühlte sich fast wieder im Vollbesitz seiner Kräfte.

Gianna hatte ihn am vorigen Tag wie ausgemacht vor der Haustüre abgeholt und war erschrocken zurückgewichen, als sie sah, in welchem Zustand sich ihr Lebensretter befand.

»Du musst sofort zu einem Arzt«, rief sie statt einer Begrüßung aus.

»Hallo Gianna, solch ein Luxus ist für einen Schwarzarbeiter nicht drin, entweder man wird wieder gesund oder man geht vor die Hunde. Das ist der Lauf der Dinge, die einen profitieren von der Schwäche der anderen«, philosophierte Gheorghe. »Nicht einmal der sogenannte Sozialismus bei uns hatte etwas daran geändert. Aber du bist bestimmt nicht hier, um dich mit mir über die Schlechtigkeit dieser Welt oder über meine Krankheit zu unterhalten. Lass uns ein paar Schritte gehen, ich denke, die frische Luft tut mir gut.« Abwechselnd musste er husten und niesen und Gianna schaute ihn besorgt an. Sie hatten beinahe das Rathaus erreicht, als Gianna das Elend nicht länger mitansehen konnte.

»Komm mit, wir gehen jetzt da rein.« Sie deutete auf ein Bistro. »Da trinkst du erst mal einen heißen Tee, und keine Widerrede!«

Gheorghe ergab sich in sein Schicksal und trottete ihr hinterher. Aus dem Tee wurde ein Grog, und er registrierte, wie das starke Getränk ihn von innen heraus wärmte.

»Weshalb wolltest du dich so dringend mit mir treffen?«, kam er schließlich auf den Punkt, denn nachdem sie ihn bei ihrem letzten Treffen hatte so richtig abblitzen lassen, glaubte er nicht, dass sie ihm jetzt ihre Liebe gestehen würde.

»Ich weiß nicht mehr, was ich machen soll, Gheorghe, die Polizei hat meinen Vater verhaftet. Sie haben einen Mann festgenommen, der den Mord an diesem Kranzler gestanden und dann meinen Vater bezichtigt hat, ihn dafür bezahlt zu haben. Ich … ich bin völlig neben der Spur. Sollte sich das bewahrheiten, dann … dann bricht meine Welt zusammen.« Tränen liefen ihre Wangen hinunter, und als sie sie mit der Hand abwischen wollte, verwischte ihr Make-up.

»Du kennst doch Gott und die Welt, weshalb wendest du dich ausgerechnet an mich?«, stellte er nüchtern fest.

»Weil … na, du hast mich schon zweimal gerettet und … na ja, ich dachte, du hast vielleicht schon was herausgefunden, dass meinen Vater entlasten könnte. Schließlich bist du doch ziemlich eng mit diesem Augenzeugen befreundet.«

Gheorghe blickte mit ernstem Gesicht geradeaus, als sie plötzlich ihre Hände auf seine legte.

»Außerdem habe ich mich …«

In diesem Moment kam der Kellner mit einer zweiten Runde Grog und Gianna zog ihre Hände wieder zurück.

»Johannis ist verschwunden und er hat mir auch nichts verraten. Es tut mir leid, ich kann dir nicht helfen, er ist wahrscheinlich nach Rumänien abgehauen.«

Die junge Frau sackte noch mehr in sich zusammen und Gheorghes Züge wurden weicher. Gianna kreuzte laufend seinen Lebensweg und er hatte sich ziemlich heftig verliebt, wenngleich er sich keine Illusionen machte, dass sie ihn irgendwann erhören würde. Ihre Welt war von seiner Lichtjahre entfernt. Trotzdem konnte er nicht umhin, sie in den Arm zu nehmen und zu trösten.

»Danke, dass du mir in dieser dunklen Stunde Halt gibst«, sagte sie leise.

Mehrere Minuten verharrten sie in der Umarmung und Gheorghe wünschte sich, dass dieser Augenblick nie zu Ende gehen würde.

»Ich muss dir etwas beichten«, zerstörte Gianna die traute Zweisamkeit und löste sich sanft von ihm. Sie erzählte ihm von jenem Abend, als sie sich gemeinsam mit ihrem Vater mit Lopescu getroffen hatte. Heftig gestikulierend führte sie ihm die Angst und die gefährliche Situation vor Augen. »Irgendwann habe ich mir nicht mehr anders zu helfen gewusst, als ihm einen Deal vorzuschlagen.«

Erwartungsvoll betrachtete er sie und ahnte doch insgeheim, was jetzt kommen würde. Gianna begann leise zu schluchzen, bevor sie fortfuhr.

»Hinterher hat es mir außerordentlich leidgetan, und ich habe mich geschämt. In jenem Moment schien es mir die einzige Möglichkeit zu sein, meinen Vater aus der Umklammerung dieser Leute zu befreien. Dieser Lopescu hat meinem Vater gedroht, ihn ins Gefängnis zu bringen und ihn dort umlegen zu lassen. Er hat das so emotionslos gesagt, als ob es um eine Fliege gegangen wäre, die man an eine Wand klatscht. Daraufhin habe ich ihm meinerseits gedroht, ich wisse, unter seinen Arbeitern wäre ein Journalist, der undercover arbeitet und seine rüden Geschäftsmethoden öffentlich machen will.«

Gianna sah, wie das Gesicht von Gheorghe einen traurigen Zug annahm.

»Deinen Namen habe ich ihm nicht genannt und so getan, als ob ich nichts Näheres wüsste. Lopescu hat mir versprochen, dass er meinen Vater vom Haken lässt, wenn er den Reporter erwischt hat.«

Der Rumäne erhob sich und griff nach seiner Jacke.

»Wie naiv bist du, Gianna? Wenn du einmal in die Fänge von Typen wie Lopescu geraten bist, lassen sie dich nicht mehr los, egal, was du ihnen bietest.« Mit diesen Worten ging er zum Ausgang.

»Warte!«, rief sie ihm hinterher. Sie zog einen Zwanzig-Euro-Schein aus ihrem Portemonnaie und knallte ihn auf den Tisch. Ihren Fellmantel und den Schal nahm sie unter den Arm und rannte hinaus. Sie konnte gerade noch sehen, wie er in eine Seitengasse einbog.

Gheorghe rannte, so schnell es seine angegriffene Gesundheit zuließ. Er wollte nur weg von dieser Frau, die er gemeint hatte zu lieben. Um die eigene Haut und die ihres Vaters zu retten, hatte sie ihn ans Messer geliefert. Diese reichen Säcke sind alle gleich, murmelte er vor sich hin. Sie glaubten, für sie galten eigene Gesetze und leider war es meistens so. Kurz bevor er das heruntergekommene Gebäude erreichte, in dem die ausgebeuteten Arbeiter hausten, legte sich eine Hand auf seine Schulter.

»Bitte, Gheorghe, lass uns noch mal darüber reden. Ich weiß, dass ich einen schweren Fehler gemacht und dir deine Rettungsaktionen mit Verrat vergolten habe. Aber du musst mich auch verstehen. Ich war in einer Ausnahmesituation und hatte einfach nur Angst vor diesem Lopescu.« Ungeduldig schüttelte er sie ab und zog seinen Hausschlüssel hervor.

Gerade, als er öffnen wollte, hörte er von drinnen laute Schreie.

»Psst!« Er hielt sich den Zeigefinger vor den geschlossenen Mund und bedeutete Gianna, ruhig zu sein. Gheorghe ließ seinen Blick kurz umherschweifen und entdeckte ein auffälliges schwarzes Mercedes Coupé.

»Lopescu und seine Männer sind hier«, flüsterte Gheorghe und entfernte sich erst langsam und dann schneller werdend von dem Haus. Gianna bekam beinahe eine Panikattacke, als er den Namen des Sklavenhändlers ausgesprochen hatte. Vorhin, als er gegangen war, hatte er dem georgischen Arbeiter, der gleichfalls wegen einer Grippe zu Hause geblieben war, erzählt, dass er gleich wieder da sein würde. Den hatten sie sich jetzt wohl vorgeknöpft.

»Verdammt!«, stieß Gheorghe heiser hervor, als sie wieder in der Nähe des Rathauses waren. »Offenbar hat er zwei und zwei zusammengezählt und ist dabei auf mich gekommen. Dabei habe ich keinem etwas von meiner geheimen Arbeit erzählt, nicht einmal Johannis. Was mache ich jetzt bloß, meine gesamten Klamotten sind noch da drin, sowie Ausweispapiere und das wenige Geld, das ich besitze. Ich habe nur noch das, was ich am Körper trage und bin außerdem obdachlos.« Von seinem Laptop und den anderen Dingen, die er in einem Bahnhofsschließfach deponiert hatte, sagte er ihr nichts. Gianna hatte ihn schon einmal verraten.

»Selbstverständlich kommst du mit zu mir nach Hause, ich habe dir diese Misere schließlich eingebrockt.« Das war allerdings das Letzte, was er wollte und er befahl ihr unmissverständlich, zu verschwinden.

»Irgendwie komme ich auch aus dieser verfahrenen Situation wieder alleine raus, das ist mir bisher immer gelungen«, machte sich Gheorghe selber Mut, doch eigentlich wollte er in diesem Moment nur ein warmes Bett und schlafen.

»Schau dich an, du holst dir vollends den Tod, wenn du bei dieser Kälte im Freien umherstreifst. Ich bitte dich um alles in der Welt, komm mit zu mir. Dein Stolz in Ehren, aber der hilft dir in diesem Moment auch nicht weiter. Lass dir helfen, so wie du mir geholfen hast. Außerdem wird Lopescu in unserem Haus zuletzt nach dir suchen, nachdem ich ihm von dir erzählt habe.«

Sie spürte deutlich, wie sein Widerstand langsam bröckelte und fasste seine Hand.

Gheorghe versuchte noch, sie ihr zu entziehen, doch dazu fehlte ihm jetzt schlichtweg die Kraft und er fügte sich in sein Schicksal.

Ihren Wagen hatte sie im Parkhaus am Rathaus abgestellt und zog ihn mehr dorthin, als dass sie ihn führte. Mehrmals drehte sie sich ängstlich um, weil sie glaubte, Lopescu könnte ihnen folgen, doch zu Giannas Erleichterung waren es nur irgendwelche Passanten, die ebenfalls zu ihren Autos wollten.

Während der Fahrt sprachen sie so gut wie nicht, und etwa auf halber Strecke hörte Gianna, wie sein Atem gleichmäßiger wurde. Die Erschöpfung verlangte ihren Tribut und sie ließ ihn so lange schlafen, bis sich das Garagentor hinter ihrem Wagen geschlossen hatte.

Von unterwegs hatte sie Anna Wagner angerufen, die Frau des Hausmeisters, und sie gebeten, alles für den kranken Gast vorzubereiten.

Der völlig entkräftete Gheorghe wollte sich mitsamt seinen Kleidern ins Bett legen, doch die resolute Anna hatte ihm bereits ein Erkältungsbad eingelassen und drängte ihn ins Badezimmer. Unter wüsten rumänischen Flüchen legte sich Gheorghe hinein und musste sich danach eingestehen, dass das heiße Wasser mit der wohlriechenden Essenz darin wahre Wunder bewirkte. Als er das Bad mit dem bereitliegenden Bademantel bekleidet verließ, wartete die nächste Überraschung auf ihn. Auf dem Tisch stand ein großer Teller mit Suppe und trotz seines Unwohlseins zwang er sich, die dampfende Hühnerbrühe auszulöffeln. Während er aß, klopfte es an der Tür und Gianna trat herein.

»Jetzt hast du eine kleine Vorstellung davon, wie es mir als Kind erging, wenn ich krank war. Wahrscheinlich waren es nicht die Maßnahmen von Anna, die mich wieder gesund machten, sondern das Verlangen, ihren Klauen zu entkommen«, mutmaßte Gianna schmunzelnd. Im nächsten Moment wurde sie wieder ernst und stellte sich vor ihn hin.

»Ich freue mich, dass du meinem Rat gefolgt bist, Gheorghe, keine ruhige Minute hätte ich gehabt, wenn ich dich nicht mitgenommen hätte. Liebend gerne würde ich dich küssen, doch angesichts der Ansteckungsgefahr verschieben wir das lieber auf ein anderes Mal. Erhol dich und dann sehen wir weiter.« Sie ging aus dem Zimmer und ließ einen ziemlich ratlosen Gheorghe zurück.

Er nahm den Rest der Suppe zu sich und trank widerstrebend den Grog mit einer gehörigen Portion Rum leer, bevor er sich ins Bett legte. Sein letzter Gedanke hatte Gianna gegolten und er hatte beim besten Willen nicht gewusst, wie er sich ihr gegenüber zukünftig verhalten sollte, bevor er in einen tiefen Schlaf gefallen war.

Die ganze Nacht über hatte es geschneit und nun blickte Gheorghe fasziniert aus dem Fenster.

Beim Aufwachen hatte er das Gefühl gehabt, vollständig genesen zu sein, doch nachdem er auf beiden Beinen stand, war ihm schwarz vor Augen geworden und er musste sich wieder aufs Bett setzen. Beim nächsten Mal erhob er sich langsamer und sein Kreislauf war stabiler.

Die Aussicht war herrlich, im Sonnenlicht glitzerte der weiße Schnee und bildete einen wunderschönen Kontrast zu dem strahlend blauen Himmel. Seine Heimat mit den schneebedeckten Karpatengipfeln kam ihm in den Sinn und auf seine Züge trat Wehmut.

In diesem Moment klingelte das hausinterne Telefon und riss Gheorghe aus seinen Gedanken. Am anderen Ende war Gianna, die ihn fragte, ob er mit ihr gemeinsam frühstücken wolle. Vergeblich suchte er seine alten Kleider, stattdessen fand er verschiedene Jeans und bunte Sweatshirts. Offenbar war Anna nochmals gekommen und hatte die Kleider ausgetauscht sowie das Geschirr abgetragen. Im nahe gelegenen Bad machte er sich frisch, bevor er sich in Giannas Wohnküche begab. Wie beim letzten Mal, als er hier gewesen war, fiel ihm der unaufdringliche Luxus auf, der in sämtlichen Räumen zu sehen war. Mit einem leichten Kopfschütteln quittierte er seine Lage, gestern lag er noch in einem zugigen Raum, der vollgepfercht war mit stinkenden Männerleibern, und heute saß er vor einem fürstlichen Frühstücksbüfett mit einer aufregend schönen Frau zusammen.

»Hallo Gheorghe, ich hoffe, du konntest ein wenig schlafen und dich erholen.«

»Ehrlich gesagt, habe ich schon sehr lange Zeit nicht mehr so gut geschlafen. Das liegt vielleicht mit daran, dass heute Nacht niemand neben mir geschnarcht oder mit den Zähnen geknirscht hat.« Er schnappte sich eine frische Brezel aus einem geflochtenen Korb und bestrich sie mit Butter.

»Falls du lieber einen Tee willst, mache ich dir selbstverständlich einen«, bot sie an, als sie einen Cappuccino vor ihn hinstellte.

»Danke, das ist nett von dir, aber du darfst mich nicht so

verwöhnen, sonst wirst du mich nicht mehr los«, meinte Gheorghe mit einem Augenzwinkern.

»Wer weiß, vielleicht will ich das ja auch nicht«, entgegnete sie kokett. »Außerdem solltest du die nächsten Tage sowieso hierbleiben, bis du wieder völlig auf dem Damm bist. Da ich an deiner schwierigen Lage nicht ganz unschuldig bin, ist es das Mindeste, was ich tun kann. Du musst mir noch sagen, welche Utensilien du wegen Lopescu zurücklassen musstest. Selbstverständlich werde ich dir alles so gut es geht ersetzen.«

Bei diesem Vorschlag betrachtete Gheorghe das hübsche Gesicht seiner Gastgeberin und fragte sich erneut, inwieweit er ihr trauen konnte.

»Das ist schon gut, manche Dinge kann man mit Geld nicht ersetzen und meine Barschaft war nicht so üppig, da Lopescu zum einen keinen Spitzenlohn bezahlt und zum anderen das, was einem zusteht, nur in kleinen Tranchen ausbezahlt. Selbstverständlich, nachdem er uns für die Unterkunft ordentlich hat bluten lassen«, erklärte er ihr.

»Wie, ihr bekommt doch den gesetzlichen Mindestlohn oder etwa nicht?«

»Oje, Gianna, südosteuropäische Schwarzarbeiter bekommen den Mindestlohn und die Erde ist eine Scheibe. In deiner heilen Welt ist alles geregelt, doch da draußen herrschen in vielen Bereichen miserable Zustände, von denen du nicht einmal etwas ahnst. Auch wenn es für dich überheblich klingt, so war mein Antrieb schon immer, durch meine verdeckten Recherchen solche Missstände aufzudecken, um die Welt ein wenig besser zu machen.« Er sah, wie es bei diesen Worten in ihrem Gesicht arbeitete.

»Ich kann dir nur zum wiederholten Mal sagen, dass es mir so unendlich leidtut, dich ans Messer geliefert zu haben. Bitte glaube mir, dass meine Entschuldigung wirklich aufrichtig gemeint ist. Wie konnte ich bloß so naiv sein zu glauben, dass ich mit diesem Verbrecher einen Deal abschließen könnte. Mein Angebot zur Wiedergutmachung beinhaltet nicht nur, dir das Materielle zu ersetzen, ich würde dich auch gerne bei deiner Reportage unterstützen.« Giannas tiefblaue Augen hatten sich flehend auf Gheorghe gerichtet und der Rumäne kam immer mehr ins Grübeln.

»Wer sagt mir, dass du nicht schon längst mit Lopescu Kontakt aufgenommen hast, um dadurch deinem Vater die Haft erträglicher zu machen?«, sagte er eine Spur zu scharf und diese Worte bewirkten, dass sie sich abrupt erhob. Sie ging zu der raumhohen Fensterfront und blickte traurig hinaus.

»Es tut mir leid.« Er hatte sich gleichfalls erhoben und war neben sie getreten.

»Aber du musst mich verstehen, für mich steht bei dieser Arbeit viel auf dem Spiel, unter anderem mein Leben.« Unschlüssig stand er dicht neben ihr und spürte ein Kribbeln in seinem Körper. Einem Reflex folgend stellte er sich hinter die junge Frau und umfasste ihre Schultern. Sie ließ sich gegen seine Brust fallen und Gheorghe gab ihr einen sanften Kuss in den Nacken. Mehrere Augenblicke standen sie einfach so da und genossen die Wärme des anderen. Endlich drehte sie sich um und sie fielen sich in die Arme.

»Darauf habe ich schon lange gewartet«, hauchte sie ihm ins Ohr und ihre Münder trafen sich zu einem langen Kuss.

Gheorghe musste sich sehr beherrschen und hätte sie am liebsten in ihr Bett getragen. Doch angesichts seines trotz der Besserung noch deutlich geschwächten Körpers hielt er sich zurück und genoss einfach den süßen Moment der Zweisamkeit, der sich urplötzlich eingestellt hatte. Erst als ein leichtes Hüsteln erklang, lösten sie sich voneinander.

»Ich … äh … habe hier noch etwas Rührei mit Speck, das du vorhin bestellt hast, Gianna«, kam plötzlich Annas Stimme von der Zimmertür. Offenbar war sie entgegen ihrer Gewohnheit ohne Anklopfen eingetreten.

»Danke, Anna, stelle es doch einfach auf den Tisch«, erwiderte Gianna.

Als die Frau des Hausmeisters wieder gegangen war, setzten sie sich. Die Stimmung hatte sich völlig verändert und sie blickten sich verliebt an.

»Kannst du mich ebenfalls verstehen? Mein Vater ist mein Ein und Alles, er hat mich großgezogen, nachdem meine Mutter so früh verstorben ist. Ich kann es immer noch nicht glauben, dass er im Gefängnis sitzt, das ist so unwirklich. Heute Nacht habe ich mich von einer Seite auf die andere gewälzt und mir immer wieder vorgestellt, welche schrecklichen Dinge ihm während seiner Haft zustoßen können. Das … das überlebt er nicht«, stieß sie schluchzend hervor und Tränen liefen ihre Wangen hinunter.

Erneut legte Gheorghe ihr die Hände auf die Schultern.

»Ich werde dir helfen, vielleicht gibt es einen Weg, ihn da wieder rauszuholen oder ihm wenigstens ein verhältnismäßig angenehmes Leben dort zu bereiten. Dazu kann ich mein Wissen über diese Organisation einsetzen und im Gegenzug könnten die sich im Knast um deinen Vater kümmern.«

»Du willst diese Verbrecher erpressen? Das ist in höchstem Maße gefährlich und du riskierst dabei dein Leben. Zudem war dann deine ganze Arbeit umsonst!«

»Für dich würde ich noch ganz andere Dinge tun«, flüsterte er ihr ins Ohr.

»Das ist furchtbar lieb von dir. Trotzdem möchte ich dich nicht verlieren.«

Gheorghe rang abermals mit sich, welche Informationen er ihr anvertrauen konnte und was er besser für sich behalten sollte.

»Ich kenne Lopescu nicht nur von seinen Aktivitäten in dieser Umgebung, in Lech habe ich ihn auch einmal getroffen. Zum Glück hat er mich hier nicht wiedererkannt, wenngleich er beim ersten Mal, als er mich in unserer Absteige sah, ein wenig gestutzt hat.« Er hatte sich wieder gesetzt und nippte an seinem Kaffee.

»Was hat er dort gemacht? Er erscheint mir nicht der Typ zu sein, der in einem Nobelhotel dieser Kategorie absteigt. Obwohl, das Geld dafür müsste er deinen Schilderungen nach haben.«

»Lopescu ist eine Art Gebietsvertreter dieser Vereinigung und sämtliche dieser lokalen Capos in Süddeutschland und Österreich haben sich zu einer Art Tagung dort mit ihren nächsthöheren Bossen getroffen. Das war wohl auch als Belohnung für treue Dienste gedacht. Weil man davon ausging, dass ich weder deutsch noch englisch verstehe, durfte ich die erlesenen Speisen auftischen. Als die Herren schon einiges getrunken hatten, habe ich mir beim Abräumen ein wenig mehr Zeit gelassen und konnte einiges aufschnappen.«

»Aber eine Frage stellt sich mir doch, woher konntest du wissen, dass es sich bei diesen Leuten um eine Organisation handelt, die im großen Stil illegale Arbeiter vermittelt?«

»Der Kerl, der mich in Rumänien angeworben und in Lech ›betreut‹ hat, war auch anwesend, und im Vorfeld hat er damit geprahlt, wie wichtig man sein muss, um bei diesem Treffen dabei sein zu dürfen. Die genauen Strukturen dieses Syndikats habe ich noch nicht genau herausbekommen, aber ich weiß grob, wie das System funktioniert. Ein befreundeter Journalist aus Belgien recherchiert ebenfalls in dieser Richtung und wir tauschen gegenseitig Informationen aus.«

Gianna hing an seinen Lippen und wartete, dass er weitererzählen würde. Sie spürte jedoch, dass er noch nicht im Vollbesitz seiner Kräfte war und längere Ruhepausen brauchte.

Nachdem sie ihm einen weiteren Cappuccino gebracht und er die Brezel aufgegessen hatte, fuhr er fort. Er berichtete davon, dass unter dem Deckmantel einer offiziell operierenden Lobbyisten-Vereinigung auch illegale Geschäfte getätigt wurden. Dank ihrer weitreichenden Verbindungen durch ehemalige Spitzenpolitiker hatten sie Zugang zu Botschaften von EU-Staaten in Drittländern, die interessant waren, um Schwarzarbeiter zu rekrutieren. Hier wurden gefälschte Papiere ausgestellt, mit denen die Männer und Frauen legal in die EU einreisen konnten. Die gepfefferte Rechnung für Pässe und Arbeitsgenehmigungen war das Erste, was die Unglücklichen an ihrem neuen Arbeitsplatz präsentiert bekamen. Das hieß, bevor sie überhaupt irgendwo Fuß fassen konnten, waren sie schon hoffnungslos überschuldet. Von der hierarchisch strukturierten Organisation wurden sie in die verschiedenen Länder verteilt, in denen Arbeiter gebraucht wurden.

»Und das hast du alles in der Zeit, als du in Lech warst, und in den wenigen Tagen in Reutlingen erfahren?«, fragte sie erstaunt.

»Nicht alles, einen guten Teil davon habe ich bereits in Rumänien herausgefunden, bevor ich mich auf die heikle Undercover-Mission gemacht habe. Meine Reise nach Reutlingen war alles andere als geplant und dem Umstand geschuldet, dass mich der Hotelmanager nach dem Vorfall mit deinem Bekannten rausgeschmissen hat. Dann habe ich mich an dein Angebot, für einen Bauunternehmer zu arbeiten, erinnert. Das war sehr verlockend für mich, um meine Recherchen voranzutreiben. Doch wahrscheinlich ist es ganz anders und ich bin hierhergekommen, weil ich mich in Österreich schon in dich verknallt habe«, meinte Gheorghe augenzwinkernd. Ihre Züge wurden weich bei seinem Geständnis und sie gab ihm einen Kuss.

»Aber eine Sache ist mir noch nicht ganz klar, Rumänien ist doch Mitglied der EU, dann müssten die Arbeiter von dort doch eigentlich hier ohne Probleme arbeiten können und somit auch den Mindestlohn erhalten.«

»Auf dem Papier schon, doch während die Georgier wegen ihrer gefälschten Papiere unter Druck stehen, arbeiten viele meiner Landsleute hier für wenig Geld, weil sie zu Hause in irgendeiner Form drangsaliert werden. Wie etwa mein Freund Johannis, dessen Tochter von Lopescu in ihrem Heimatdorf in Rumänien bedroht wird«, erklärte Gheorghe und sein Gesicht verwandelte sich dabei in eine zornige Maske. »Bei uns herrscht keine Rechtssicherheit, solche Ganoven wie Lopescu können sich im Prinzip alles erlauben, weil sie an den entscheidenden Stellen schmieren. Ob wir die Korruption jemals in den Griff bekommen, wage ich zu bezweifeln. Trotzdem gebe ich nicht auf, wenngleich mir manchmal angst und bange wird. Wenn ich zum Beispiel an diesen Journalisten in der Slowakei denke, der aufgrund seiner Recherchen umgebracht wurde. Letztendlich ist es wie seit Tausenden von Jahren, alles dreht sich um Geld und Macht und wahrscheinlich wird sich das auch nicht ändern, solange Menschen existieren.«

Gianna betrachtete ihn nachdenklich und musste sich dabei eingestehen, dass es auch in ihrem Leben nicht anders war. Durch den Reichtum ihres Vaters gehörte sie einer privilegierten Klasse an, die von den Leuten, die

Lopescu ausbeutete, erstklassig lebten. Diese Erkenntnis behielt sie jedoch für sich.

»Du hast vorhin gesagt, dass dies quasi ein Stellvertretertreffen war in Lech. Aber wer sind dann die Hintermänner, hast du das auch schon rausgefunden?«

»Mein belgischer Kollege hat einen konkreten Verdacht, wer dahinterstecken könnte, aber es ist sehr gefährlich, sich mit diesen Leuten anzulegen. Denn neben solchen Typen fürs Grobe, wie etwa Lopescu, beschäftigen sie die besten Anwälte, die sie der Presse bei einer Veröffentlichung sofort auf den Hals hetzen würden. Zudem haben sie etliche Angestellte der Sicherheitsbehörden unter ihrer Kontrolle. Sobald wir etwas in der Hand haben, muss das absolut niet- und nagelfest sein. Danach müssen wir unbestechliche Ermittler und Richter ausfindig machen, die bereit sind, für so etwas den Kopf hinzuhalten.« Gheorghe war aufgestanden und ging unruhig umher, während er ihr von seinen ausgiebigen Recherchen berichtete. »Wenn wir die Schweinereien zu den Auftraggebern zurückführen können, ist es, als ob eine Bombe platzen würde. Dann würden einige der einflussreichen Nadelstreifenträger, die hinter den Kulissen die Strippen ziehen, auf lange Zeit hinter Gittern wandern. Ich würde ihnen keine Träne nachweinen, denn speziell der Milliardär, der laut meinem Kollegen als eine Art Anführer fungiert, ist ein besonders gutes Beispiel für einen rücksichtslosen Kapitalisten.«

»Entschuldige, wenn ich deine Illusionen zerstöre, aber solche Leute werden immer über dem Gesetz stehen. Sie werden sich aus jeder Situation freikaufen, ich kenne mich in diesen Kreisen ein wenig aus, das musst du mir glauben«, gab Gianna resigniert zu bedenken.

»Dein Vater ist auch nicht unvermögend, trotzdem sitzt er in Untersuchungshaft.«

»Da hast du recht, doch gegen diese Typen ist er ein kleines Licht. Aber da du meinen Vater erwähnst, du willst wirklich einen Deal mit diesen Leuten machen, um ihm die Haft zu erleichtern? Dazu müsstest du dich ja mit den oberen Chargen arrangieren. Lopescu wird nicht genügend Einfluss haben, um so etwas zu entscheiden, und mir ist ehrlich gesagt noch nicht ganz klar, wie du das einfädeln willst. Außerdem ist mein Vater noch lange nicht rechtskräftig zu einer Gefängnisstrafe verurteilt.« Sie war ebenfalls aufgestanden und stellte sich ihm in den Weg.

»Diese Leute werden deinen Vater opfern, um andere Aussteigewillige abzuschrecken. Deshalb ist es besser, im Vorfeld mit ihnen zu verhandeln, und wie ich das anstelle, musst du meine Sorge sein lassen«, erwiderte Gheorghe, in dessen Kopf ein vager Plan Gestalt annahm. »Aber zuerst musst du mir einen Gefallen tun.«

Er hatte sich dazu durchgerungen, ihr von seinem Laptop sowie den anderen Habseligkeiten, die in dem Schließfach am Bahnhof lagen, zu erzählen, und Gianna erklärte sich dazu bereit, die Dinge zu holen, wenngleich sie immer noch ihre Zweifel an der Geschichte hatte. Es klang alles so fantastisch und einem abgedrehten Thriller entlehnt. Andererseits war die Tatsache, dass ihr Vater im Gefängnis saß, nicht zu leugnen und genauso wenig, dass ihn mit Lopescu ein äußerst gefährlicher Mann bedrohte.

40

DONNERSTAGNACHMITTAG

»Oh, Madame, da wird sich Monsieur Schubert aber freuen. Zufällig sind Sie im richtigen Geschäft gelandet, es gehört ihm. Doch für gewöhnlich ist er nicht hier, da er noch andere Verpflichtungen hat«, antwortete der Angestellte achselzuckend.

Miriam überlegte kurz, bevor sie etwas auf einen Zettel schrieb.

»Sagen Sie ihm bitte, dass er mich unter dieser Adresse erreichen kann. Ich wünsche Ihnen noch einen schönen Tag.« Mit diesen Worten verließ sie den Juwelierladen wieder, nicht ohne einen letzten Blick auf den riesigen Spiegel zu werfen.

Nachdem sie gegangen war, öffnete sich knarrend die Verbindungstür und Schubert trat, gefolgt von Serge, in den Laden. Wortlos schnappte er sich den Zettel und blickte der sich in Richtung Grand Place entfernenden Miriam hinterher.

»Gehen wir«, befahl er seinem Leibwächter.

Die Transaktionen mussten warten, es gab jetzt Wichtigeres zu tun. Zum wiederholten Male fragte er sich, wie die Frau ihn ausfindig gemacht hatte. Denn daran, dass es sich bei ihr um die Tochter des von seinem damaligen Mitarbeiter getöteten Mannes handelte, bestand keinerlei Zweifel. War die Polizei auch schon hinter ihm her?

Während die beiden versuchten, der jungen Frau in

ausreichendem Abstand zu folgen, ließ sich Schubert mit einem deutschen Innenpolitiker verbinden, der auf der Gehaltsliste seines Syndikats stand. Der umtriebige Mann versprach, sich an den richtigen Stellen umzuhören und sich schnellstmöglich wieder zu melden.

Schuberts großer Vorteil den meisten Menschen gegenüber, mit denen er es zu tun hatte, war sein messerscharfer Verstand. Dazu kam, dass er bei drohender Gefahr nicht in Hektik verfiel. Wer konnte ihm noch gefährlich werden außer dieser Frau, fragte er sich und gab sich selbst die Antwort. Niemand. Sein damaliger Komplize war tot, genauso wie dieser Rudi Neuburg, der Vater von Miriam. Auch deren Ehemann, der ihm die Münzen abgeluchst und dann an seinen Schwiegervater wieder verloren hatte, weilte nicht mehr unter den Lebenden. Sonst war keiner involviert gewesen.

Ein zufriedenes Grinsen umspielte seine Lippen, er hatte die Adresse, wo sie in Brüssel abgestiegen war, und um den Rest musste sich Serge kümmern. Doch eine Sache wollte ihm noch nicht so recht schmecken, was bezweckte die Schnepfe damit, ihn hier aufzusuchen. Sie musste damit rechnen, dass er sie zum Schweigen bringen würde, und woher um alles in der Welt kannte sie seinen Aufenthaltsort, das war die entscheidende Frage. Serge musste äußerst vorsichtig agieren und sie eingehend befragen, bevor er sie umlegte.

Als Miriam über den Grand Place eilte, hatte sie keinen Blick mehr für die imposanten Gebäude, die diesen historischen Marktplatz säumten. Immer wieder drehte sie sich betont unauffällig um, konnte jedoch kein bekanntes Gesicht entdecken.

Sie hatte diesen Schubert unter seinem früheren Namen Schumann gegoogelt; doch es existierten lediglich ein paar alte Bilder und sie konnte sich vorstellen, dass der frühere Anwalt sich einer Reihe von Operationen unterzogen hatte, die sein Aussehen nachhaltig verändert hatten. Vorhin war alles so klar gewesen, sie würde in den Juwelierladen spazieren und Schubert rauslocken, doch was danach geschehen sollte, darüber hatte sie sich nur einen vagen Plan gemacht.

Wieder einmal war ihr impulsives Temperament mit Miriam durchgegangen. Die Suche nach dem Mörder ihres Vaters hatte ihre gesamte Gedankenwelt beherrscht und jetzt, da sie den Köder ausgelegt hatte, kam ihr die Gefahr, die sie dadurch heraufbeschworen hatte, erst richtig zu Bewusstsein.

Dem Angestellten Schuberts hatte sie die Adresse von Kevin Haberland aufgeschrieben, dorthin wollte sie den Juwelier locken. Erst allmählich wurde ihr klar, dass sie ihren Jugendfreund hätte einweihen sollen. Sie hatte darauf gesetzt, dass er ihr bei Schuberts Erscheinen zur Seite stehen würde. Egal, jetzt war es erst mal wichtig, dass Schubert oder irgendwelche Helfershelfer sie nicht vorher in ihre Gewalt bringen konnten.

In den überfüllten Metrozügen würden sie es nicht wagen, trotzdem beschloss Miriam, ein paar Haken zu schlagen und nicht den direkten Weg nach Etterbeek zu nehmen. Sie stieg in die Metro, die in nördlicher Richtung fuhr, verließ sie an der nächsten Station wieder und wandte sich nach Westen. Die nächste Bahn bestieg sie und lauerte hinter der Tür. Kurz bevor sich die Türen schlossen, drückte sie sich wieder hinaus. Sie drehte sich kurz um und sah, dass ein vierschrötiger Mann zum Ausgang drängte und das Manöver ebenfalls durchführen wollte. Doch die Türe verriegelte sich, bevor der Typ ihr folgen konnte. Sie sah ihm in die Augen und erschrak, als er wutentbrannt mit der Faust gegen das Glas schlug. Jetzt hatte sie wenigstens ein Gesicht zu einem der Verfolger, und da er deutlich jünger wirkte als Schubert, musste es ein Scherge des Juwelenhändlers sein. Diesem Kerl war anzusehen, dass er nicht lange fackeln würde, sollte er sie in die Finger bekommen.

Plötzlich hatte sie es sehr eilig, wieder zurück in die Wohnung von Haberland zu kommen. Während sie auf den nächsten Zug in Richtung Hauptbahnhof wartete, haderte sie mit ihrer impulsiven Art. Weshalb nur hatte sie nicht gewartet, bis Sascha wieder gesund war, er hätte sie sicher hierher begleitet. Sie hatte zwei Kinder, für die sie sorgen musste, und brachte sich hier unnötig in Gefahr. Denn eines war klar, für Schubert war sie eine Altlast, die ihm durchaus gefährlich werden konnte.

Derart in Gedanken versunken, hatte Miriam nicht bemerkt, dass sie in die völlig falsche Linie eingestiegen war. Erst als sie am nächsten Bahnhof zufällig hinausschaute und den Namen auf ihrem Fahrplan betrachtete, fiel es ihr auf.

Sie versuchte, sich zu konzentrieren, und kam dann ohne erneute Falschfahrten zu ihrem Ziel im Europaviertel. Ob Kevin wohl noch da drinsaß und Politik machte, dachte sie, und ein Lächeln trat in ihr Gesicht, als sie an dem hell erleuchteten Abgeordnetenhaus vorbeiging in Richtung Leopoldpark. Um sieben spätestens wollte er zu Hause sein und Miriam hatte ihn nahezu genötigt, heute Abend ihr Gast zu sein in dem Restaurant, in dem sie sich gestern zufällig getroffen hatten. Trotz der Dunkelheit konnte sie sich an dem See, dessen Ufer beleuchtet war, orientieren. Danach folgte sie einer baumbestandenen Allee, die geradewegs zur nächsten Kreuzung führte. Vorhin war Miriam sich unsicher gewesen, ob sie bei Nacht zurückfinden würde, doch jetzt atmete sie auf. Von der Kreuzung aus ging es immer geradeaus bis zur Boerenstraat.

»Ich habe mir gedacht, ich verlege unser kleines Rendezvous hierher in diesen schönen Park, Madame Kolinski.« Beinahe blieb ihr das Herz stehen, als Miriam den Mann sah, der sich ihr in den Weg stellte. Einem Impuls folgend, drehte sie sich um und wollte davonrennen, doch da stand der Kerl aus der U-Bahn, den sie geglaubt hatte abgehängt zu haben.

41

FREITAGMORGEN

»Was soll ich tun?«, stieß Paul hervor, und seine Miene zeigte eine Mischung aus Ungläubigkeit und Belustigung.

»Ich habe gleich zu Sascha gesagt, dass das eine Schnapsidee ist. Außerdem ist das meiner Meinung nach zu gefährlich«, gab Magdalena zu bedenken und räumte ihr Frühstücksgeschirr ab.

»Na ja, die Gefahr hält sich dabei in Grenzen, denke ich, und ich könnte mich meiner Haut durchaus noch erwehren, wenn es hart auf hart kommen würde. Es ist eher eine Frage von Eifersucht deinerseits, wenn ich den leicht oder gar nicht bekleideten Mädchen beim Tanzen zusehen würde.« Paul lächelte verschmitzt und sah Magdalena an, deren Gesicht im Begriff war, leicht zu erröten. »Wärst du denn eifersüchtig?«

»Mit jeder Faser meines Körpers, wenngleich ich mir ziemlich sicher bin, dass du zu mir zurückkehren und nicht mit so einem jungen Ding abhauen würdest«, antwortete sie und strich ihm dabei zärtlich über den Kopf. Vorhin hatte sie Paul von der Idee Saschas erzählt, dass der Älbler das Stripteaselokal, in dem Tanja Paullinger arbeitete, mal ganz ungezwungen besuchen könnte.

»Da ich weder besonders vermögend noch ein berühmter Sänger oder Schauspieler bin, habe ich da bestimmt keine Chancen. Einzig mit meinem guten Aussehen könnte ich punkten, findest du nicht?«

»Absolut, für mich bist du der attraktivste Mittsechziger, den ich kenne.«

»Aber jetzt mal im Ernst, wenn es für eure Ermittlungen wichtig wäre, mache ich das auf jeden Fall. Haben wir heute Abend schon was vor?«

»Mir ist nichts bekannt.«

»Dann mache ich dir folgenden Vorschlag, ich fahre mit dem Zug nach Stuttgart und gehe in das Striplokal. Dort schaue ich mich um und flirte ein wenig mit dieser Tanja. Vielleicht kann ich auf diese Weise feststellen, ob jemand von den Typen, die mit ihr dort zu tun haben, bei euch auf dem Schirm ist. Du holst mich, sagen wir mal so gegen elf, dort ab, und natürlich brauchst du nicht reinzukommen. Danach können wir noch was trinken gehen. Ein Bekannter hat neulich in den höchsten Tönen von einer neu eröffneten Gaststätte in Stuttgart geschwärmt, die ihr sogenanntes Craftbeer selbst vor Ort braut.«

Widerstrebend willigte Magdalena schließlich ein und gab Paul die Adresse des Etablissements, die Ganter von Paullinger bekommen hatte. Des Weiteren gab sie ihm ein Bild von Tanja sowie Fotos von mehreren Männern, die in Frage kamen. Gestern hatte sie sie vorsorglich ausgedruckt, denn sie hätte schwören können, dass Paul bei der Aktion mitmachen würde.

»Ich werde wohl nachher schon losziehen, dann kann ich noch eine Ausstellung über präkolumbianisches Leben in Mexico besuchen. Davon habe ich neulich in der Zeitung gelesen.« Paul war jetzt voller Vorfreude auf den Tag und Magdalena hatte ein mulmiges Gefühl dabei.

»Bitte versprich mir, dass du aufpasst, ich könnte es nicht aushalten, wenn dir etwas passieren würde. Mit diesen Leuten ist nicht zu spaßen«, warnte ihn die Hauptkommissarin.

Paul erhob sich und legte seine Pranken auf ihre Schultern.

»Keine Angst, mit denen werde ich schon fertig, die sind auch nicht gefährlicher als meine Rindviecher.«

Sie umarmten sich und Magdalena drückte ihm zum Abschied einen Kuss auf die Wange. Ein kalter Wind schlug ihr entgegen, als sie auf die Straße trat. Es war eine eisige Nacht gewesen, dafür versprach der blaue Himmel einen strahlenden Wintertag.

Auf dem Weg zum Präsidium wurde sie den Gedanken nicht los, dass es ein Fehler gewesen war, Paul dorthin zu schicken. Sie zerstreute ihre Bedenken, schließlich war der Mörder von Kranzler gefasst und die Überwachung dieses Lokals war lediglich eine zusätzliche Maßnahme, um absolute Gewissheit zu erlangen.

»Guten Morgen, Herr Ganter, wenn Sie gerade dabei sind, können Sie mir auch einen machen«, begrüßte Mertens ihren Kollegen, der gerade im Begriff war, sich an dem Kaffeevollautomaten zu bedienen.

»Hallo, Frau Mertens, das mache ich doch gerne«, antwortete er strahlend.

Ihr war aufgefallen, dass ihr Mitarbeiter seit seinem Besuch bei Frau Paullinger ein völlig verändertes Verhalten zeigte. Er wirkte seither irgendwie beschwingt.

»Bitteschön«, flötete er und stellte die Tasse vor Magdalena hin. »Der Herr Baur leugnet nach wie vor, etwas mit dem Mord an Kranzler zu tun zu haben, doch sein Selbstbewusstsein ist ziemlich erschüttert, seit sein langjähriger Mitarbeiter Malowski als Zeuge gegen ihn ausgesagt hat.«

»Wurden bei der Sichtung der Akten von Baur irgendwelche Unregelmäßigkeiten festgestellt?« Sie hatten die Finanzaufsicht gebeten, sich die Daten anzuschauen, da die sich am ehesten mit dieser Gemengelage auskannten.

»Bisher habe ich noch keine Nachricht von den Kollegen bekommen.«

»Hm, dann müssen wir diesen Befund noch abwarten, aber sonst ist der Fall für uns abgeschlossen und wir können uns dem nächsten Verbrechen widmen«, stellte die Hauptkommissarin klar und verschwieg Pauls Undercover-Aktion. Sie war sich nicht sicher, ob Ganter die Stripperin davon in Kenntnis setzen würde. Mertens schätzte den Kollegen sehr und seit Saschas Klinikaufenthalt war er unentbehrlich. Aber irgendwie schien er an dieser Tanja einen Narren gefressen zu haben.

»Na ja, es fehlt noch jede Menge Schreibkram, den wir erledigen müssen, aber das ist nur noch reine Routine. Das meiste davon bleibt eh an mir hängen, nicht wahr?« Diese kleine Frechheit sei dir erlaubt, dachte Magdalena amüsiert. Sie würde ein paar Tage freinehmen und mit Paul in den Bregenzerwald fahren. Der Älbler hatte anklingen lassen, dass er in diesem Winter in den Alpen Ski fahren würde und Magdalena gebeten, ihn zu begleiten. Da es für sie das erste Mal war, hatte er angeboten, ihr einen Anfängerskikurs zu geben. Kopfschüttelnd hatte sie mit dem Verweis auf ihr fortgeschrittenes Alter abgelehnt, sie wollte die schöne Gegend lieber mit Schneeschuhen erkunden.

Mertens erhob sich und warf einen Blick auf den Kalender. Nächste Woche waren keine Ferien, das war optimal. Frohgestimmt machte sie sich auf den Weg zum Büro ihres Vorgesetzten, um ihn davon in Kenntnis zu setzen. In Gedanken an die freie Zeit versunken, prallte sie mit Köttmann auf dem Gang zusammen.

»Können Sie nicht aufpassen«, blaffte der Kriminalrat. »Ach, Sie sind es, Frau Mertens«, entschuldigte er sich widerwillig.

»Zu Ihnen wollte ich gerade, es geht um meine Urlaubs…«

»Ein Toter wurde gefunden. Schnappen Sie sich Ihren Kollegen und fahren Sie sofort dahin. Die Spurensicherung dürfte schon vor Ort sein.« Er reichte der völlig verdutzt dreinblickenden Hauptkommissarin einen Zettel mit der Adresse.

»Aber ich wollte …« Bevor sie ihren Satz zu Ende sprechen konnte, war Köttmann wieder verschwunden.

»Verdammt«, fluchte Mertens laut, was völlig untypisch für sie war, und überlegte, wie sie aus der Nummer rauskommen könnte. Doch da Sascha immer noch krankgeschrieben war, konnte sie den Skiurlaub mit Paul vergessen.

»Herr Ganter, der Schreibkram muss warten, wir haben einen Toten.« Sie bedeutete ihrem Mitarbeiter, seine Jacke anzuziehen und ihr zu folgen.

Im Auto nannte sie ihm die Adresse und er fuhr los.

»Da wären wir zu Fuß bestimmt schneller gewesen, sowieso, seit die Ampeln für Autofahrer unfreundlich getaktet sind.«

»Natürlich haben Sie Recht, Herr Ganter, doch jetzt sind wir leider schon unterwegs.«

Tatsächlich kamen sie sehr schlecht voran, da das Verkehrsaufkommen wie jeden Vormittag sehr hoch war. Die Maßnahmen, den Verkehr aus der Stadt zu bekommen, griffen einfach noch nicht so richtig.

»Sie wissen das ja nur noch vom Hörensagen, aber früher gab es in Reutlingen eine Straßenbahn, an die ich mich noch sehr gut erinnere. Ich denke, die heutigen Verantwortlichen wären froh, wenn man damals diese sinnvolle Errungenschaft nicht dem aufkommenden Autoverkehr geopfert hätte«, erzählte Mertens, als sie an einer Ampel standen.

»Davon habe ich schon gehört, Frau Mertens, vielleicht erleben wir eine Renaissance, wer weiß. Aber soll ich nicht das Blaulicht aufs Dach setzen? Dann wären wir schneller da.«

»Ich bitte Sie, Herr Ganter, wir fahren zu einem Mordfall, da ist keine Gefahr mehr in Verzug.«

Das Erste, was die beiden sahen, nachdem sie den Tatort erreicht hatten, war ein riesiges Banner mit der Aufschrift »Baur baut«, das am Außengerüst angebracht war.

»Das gibt's doch nicht«, stieß die Hauptkommissarin hervor und blickte nochmals auf die Adresse, die ihr Köttmann aufgeschrieben hatte. Es gab keinen Zweifel, in einem weiteren Bauvorhaben von Baur war ein Mensch zu Tode gekommen.

»Wissen Sie, dass dies die derzeit berühmteste Baustelle von Reutlingen ist, Herr Ganter?«

Der Kollege sah sie fragend an.

»Entschuldigen Sie, wenn ich Sie dauernd belehren will, das ist wahrscheinlich dem Altersunterschied geschuldet.« Entschuldigend hob sie beide Hände.

»Aber Frau Mertens, das macht mir doch nichts aus«, meinte Ganter, aber innerlich freute er sich darüber, dass seine Vorgesetzte ihn offenbar ernst nahm.

»Auf jeden Fall ist diese Häuserzeile, die derzeit saniert wird, eines der ältesten Ensembles in Süddeutschland, wenn nicht sogar im gesamten Bundesgebiet. Sie hat den großen Stadtbrand genauso überlebt wie die danach folgende Zerstörung historischer Bausubstanz durch Spekulanten. Warum denen wie im benachbarten Tübingen keine Knüppel zwischen die Beine geworfen werden, weiß ich leider nicht. Es ist ein kleines Wunder, dass dieses Kleinod überlebt hat. Jetzt allerdings wird es zusätzlich zum Alter durch den Mord traurige Berühmtheit erlangen.«

Sie betraten eines der Häuschen durch die schiefe Haustür, vor der zwei uniformierte Polizisten Wache standen.

Einer löste sich und führte die Kommissare durch das verwinkelte, niedrige Gebäude. Eine steile, knarrende Treppe ging es empor, bevor eine weitere Stiege in den Dachstock führte, die man aber bestenfalls als Hühnerleiter bezeichnen konnte. Jetzt konnte Magdalena bereits deutlich den sonoren Bass Maiers hören, und nachdem sie ächzend und stöhnend oben angekommen war, den dicklichen Spurensicherer auch sehen.

»Ah, Frau Mertens, ich grüße Sie. Irgendwie habe ich das Gefühl, dass es derzeit einen Wettbewerb darin gibt, wer den abgefahrensten Mord inszeniert. Ich habe ja schon viel gesehen in meiner bewegten Laufbahn, aber das hier toppt alles. Hoffentlich haben Sie gut gefrühstückt und heute einen robusten Magen. Dasselbe gilt natürlich auch für Sie Herr…?«

»Ganter.«

»So, so, hat mein spezieller Freund Gross Sie verlassen, Frau Mertens?«, fragte Maier schadenfroh.

»Aber nein, wo denken Sie hin, er ist lediglich ein wenig lädiert, weil er für eine bedrängte Frau den Retter gespielt hat«, konnte sich die Kommissarin nicht verkneifen, ihren etatmäßigen Mitarbeiter zu loben.

Zuerst konnte sie gar nichts erkennen außer den Dachsparren, die leicht verkohlt wirkten. Durch zahllose Ritzen schien das Tageslicht zwischen die alten Dachziegel, die einzige Lichtquelle hier oben. Erst als Maier mit seiner starken Taschenlampe einen der beiden Giebel beleuchtete, konnte sie etwas erkennen. Als sie näherkam, sah sie einen Mann, bei dem sie zuerst dachte, er stünde auf dem Boden und lehnte, Arme und Beine gespreizt, an der Wand. Doch dann konnte sie erkennen, dass durch beide Handflächen jeweils eine lange Schraube getrieben war und dass vor seinem Herzbereich eine große Bohrmaschine baumelte.

Als sie nur noch wenige Meter von dem getöteten Mann entfernt war, erkannte sie, dass in der Bohrmaschine ein dicker Bohrer steckte, der durch den Unglücklichen hindurch an die Wand gebohrt war.

»Das ist allerdings eine perfide Art, jemanden ins Jenseits zu befördern«, stellte Mertens mit belegter Stimme fest, nachdem mehrere Minuten niemand etwas gesagt hatte und die anwesenden Beamten die unsägliche Stimmung, die in dem Raum herrschte, auf sich wirken hatten lassen.

»Haben Sie irgendwelche Dokumente oder etwa ein Handy bei ihm gefunden, Herr Maier?«

»Nichts dergleichen, er hatte lediglich ein paar Münzen in der Hosentasche«, antwortete der Spurensicherer achselzuckend und reichte der Kommissarin die Asservatentüte mit dem Geld. Sie betrachtete die Stücke eingehend, um dann nochmals das im Todeskampf verzerrte Gesicht zu betrachten.

»Das gibt's ja nicht, Sie müssten den Mann eigentlich auch kennen.« Skeptisch kam Maier gleichfalls näher und sah sich den Ermordeten nochmals an. Plötzlich kam ihm die Erleuchtung.

»Aber natürlich, das ist doch der Augenzeuge unseres letzten Baustellenmordes.«

»Richtig, und das erklärt auch die Münzen, die er bei sich trägt. Es handelt sich um rumänisches Geld. Der südosteuropäische Staat ist zwar in der EU, verfügt jedoch noch nicht über den Euro.«

Jetzt war auch Ganter herangetreten, der sich bisher im Hintergrund gehalten hatte.

»Falls Sie Probleme haben mit dem schrecklichen Anblick, können Sie gerne vor der Haustüre auf mich warten, Herr Ganter.« Mertens wollte den neuen Kollegen nicht schon jetzt verheizen.

»Nein, nein, das macht mir im Prinzip nichts aus, ich habe bei Verkehrsunfällen auch schon schrecklich entstellte Leichen gesehen, wenngleich diese Menschen in der Regel nicht mit Absicht getötet wurden wie der Mann hier«, antwortete Ganter betont souverän. »Aber eine Sache verstehe ich nicht, wir haben den Mörder von Kranzler und seinen Auftraggeber in Gewahrsam. Was für einen Sinn macht es, den Augenzeugen auch noch zu töten?«

Der Hauptkommissarin war ein ähnlicher Gedanke im Kopf herumgeschwirrt und sie nickte anerkennend.

»Das haben Sie gut erkannt, Herr Ganter. Entweder haben die beiden Morde nichts miteinander zu tun und Johannis fiel einem anderen Täter zum Opfer. Oder unsere beiden Inhaftierten sitzen zu Unrecht und der wahre Mörder läuft noch frei herum. Fakt ist jedenfalls, dass wir von diesem Sven Pätzold ein Haar gefunden haben und er daraufhin ein Geständnis abgelegt hat. Dann haben wir noch die Aussage von diesem Malowski, der seinen Chef schwer belastet.«

Plötzlich kroch ein unglaublicher Verdacht in ihr hoch. Was, wenn das Beweisstück vorsätzlich dort platziert worden war? So schnell der Gedanke gekommen war, so schnell verwarf sie ihn wieder, denn das machte doch keinen Sinn, dass jemand einen Mord gestand, den er nicht begangen hat, um dafür fünfzehn Jahre ins Gefängnis zu gehen. Trotzdem mussten sie dringend nochmals mit diesem Sven Pätzold und vor allem mit Baur reden. Vielleicht will dem Bauunternehmer jemand etwas anhängen, dachte sie. Auch wenn sie es bisher noch nicht beweisen konnten, war sich die Hauptkommissarin sicher, dass hier illegale Geschäfte abliefen, die in den Morden mündeten. Zuerst wurde dieser Typ vom Zoll ermordet und dann auch noch der Augenzeuge, der, wie sie von Nadja Krenz wusste, durch Erpressung zu dieser Arbeit gezwungen worden war. Das brachte sie wieder zu Lopescu, der ihrer Ansicht nach eine entscheidende Figur in diesem tödlichen Spiel war und auch am meisten zu verlieren hatte. Konnte es sein, dass diese Tat so eine Art Ritualmord war, der die anderen Bauarbeiter, die womöglich etwas zu verbergen hatten, abschrecken sollte? Das hieße dann, dass der Fall mitnichten abgeschlossen und weit vielschichtiger war als angenommen.

Magdalena beschlich plötzlich ein ungutes Gefühl bezüglich Pauls Ausflug ins Rotlichtmilieu. Sie war zwar keineswegs begeistert von der Idee gewesen, doch angesichts des geständigen Täters hatte sie auch nicht das Gefühl gehabt, dass etwas passieren könnte. Das war jetzt anders und sofort zückte sie ihr Handy und rief zu Hause an. Sie würde Paul bitten, das Ganze abzublasen. Nach mehrmaligem Klingeln schaltete sich der Anrufbeantworter ein und Magdalena legte auf, um es erneut zu versuchen. Wieder ging der Älbler nicht ran, wahrscheinlich war er bereits zu seinem Ausflug nach Stuttgart aufgebrochen. Da er kein Handy besaß, konnte sie ihn telefonisch nicht erreichen, das hieß, die Kommissarin müsste nach Stuttgart fahren und ihn vor dem Lokal abpassen. Doch das konnte sie aufgrund des Mordes und der damit verbundenen Ermittlungsarbeit vergessen.

42

FREITAGMORGEN

Gianna hatte das Gefühl, dass sie von Lopescu verfolgt würde und blickte sich laufend um. Nachdem sie auch nach mehrmaligem Umdrehen niemanden erkennen konnte, verfluchte sie ihre Paranoia und versuchte, ruhiger zu werden. Wieder einmal kam der jungen Frau zu Bewusstsein, dass ihr behütetes Dasein erst mal dahin war. Mit zitternden Fingern öffnete sie das Schließfach und holte den Rucksack heraus, in dem Gheorghes Sachen verstaut waren. Dabei rechnete sie regelrecht damit, niedergeschlagen und beraubt zu werden, während sie sich, weiterhin nach allen Seiten umschauend, aus dem Bahnhofsgebäude entfernte.

Es wäre jetzt ein Leichtes, Lopescu zu kontaktieren und ihm den Laptop zu geben, doch Gianna wollte nicht ein weiteres Mal vor ihren Gefühlen für Gheorghe davonlaufen. Das gemeinsame Frühstück am gestrigen Morgen und der verletzliche Zustand des Journalisten hatten ihr endgültig die Augen geöffnet, sie hatte sich in ihn verliebt. Es musste eine andere Lösung geben, als Gheorghe an den Sklavenhändler auszuliefern und dadurch ihren Vater zu retten.

Sie nutzte ihren Aufenthalt in Reutlingen, um im Büro der Firma vorbeizuschauen. Vorgestern hatte sie den Angestellten angeboten, sich vorerst freizunehmen und heute wieder zu erscheinen, die Geschäfte mussten schließlich weiterlaufen. Lediglich Frau Zerne hatte sie gebeten, an ihrem Platz auszuharren.

Sie ließ ihren Wagen am Bahnhof stehen und machte sich zu Fuß ins Büro auf. Dabei kamen Gianna schlagartig die Konsequenzen zu Bewusstsein, die die Verhaftung ihres Vaters für sie mit sich brachten. Damit hatte sie sich die letzten beiden Tage nicht befasst und die Verantwortung, die sie plötzlich innehatte, unterbewusst vor sich hergeschoben. Doch Fakt war, dass sie jetzt die Leitung des Betriebs übernehmen musste.

Zu ihrer Beruhigung rief sie sich ins Gedächtnis, dass ihr Vater einige exzellente Bauingenieure und Betriebswirte angestellt hatte, die ihr mit Rat und Tat zur Seite stehen würden.

Als sie kurz davor war, das Bürogebäude zu betreten, kam ihr die Frage in den Sinn, ob die gutbezahlten Leute auch noch bei der Stange bleiben würden, wenn sie erfuhren, dass der Chef im Knast saß, weil er im Verdacht stand, einen Mörder gedungen zu haben.

»Guten Morgen, Frau Zerne«, grüßte sie und versuchte, so normal zu klingen, wie es ihr angesichts der prekären Situation möglich war. »Was gibt es Neues?«

»Hallo, Frau Baur, außer, dass beinahe die Hälfte der Beschäftigten sich krankgemeldet hat, eigentlich nichts«, entgegnete die Sekretärin mit ernster Miene.

Die schlimmen Befürchtungen Giannas hatten sich also bewahrheitet, die Ratten verließen das sinkende Schiff. Und als ob das nicht schon schlimm genug wäre, fügte die Assistentin hinzu:

»Ach ja, der Polier von dem Objekt in der Oberamteistraße hat angerufen. Dort mussten die Arbeiten eingestellt werden, weil auch auf dieser Baustelle ein Mann ermordet wurde.«

Gianna hielt den Atem an, das konnte alles doch nicht mehr wahr sein.

»Um Gottes willen, wissen wir schon Näheres? Und um wen es sich handelt?«

»Leider konnte ich bisher überhaupt nichts in Erfahrung bringen. Ich habe sofort bei der Polizei nachgefragt, aber wie Sie sich vorstellen können, wollte mir aus ermittlungstechnischen Gründen niemand etwas sagen.«

»Ich danke Ihnen, Frau Zerne, ich wüsste nicht, was ich ohne Sie machen würde«, lobte Gianna die zuverlässige Frau, die bereits seit mehr als fünfundzwanzig Jahren für ihren Vater arbeitete. Sie war äußerst loyal und Gianna hatte sich in den letzten Jahren mehrmals gefragt, ob sie und ihren Vater mehr verband als das berufliche Verhältnis.

»Außerdem haben noch einige Bauherren angerufen, mit denen schon Verträge abgeschlossen sind und haben gefragt, wie es jetzt weiterläuft mit ihren Bauvorhaben. So etwas macht offensichtlich schnell die Runde.«

Eine Hiobsbotschaft folgte der anderen und Gianna wäre am liebsten in Tränen ausgebrochen. Doch sie durfte jetzt keine Schwäche zeigen.

»Bitte rufen Sie die Leute an und erklären ihnen, dass alles wie gewohnt weiterlaufen wird. ›Baur baut‹ hat schließlich einen sehr guten Ruf zu verlieren, und erzählen Sie ihnen, dass die Verdächtigungen gegen meinen Vater haltlos sind und es nur noch eine Frage der Zeit ist, bis er aus dem Untersuchungsgefängnis entlassen wird.«

»Das gefällt mir an Ihnen, Frau Baur, Sie sind genauso kämpferisch wie Ihr Vater und mit Ihnen an meiner Seite bin ich wieder zuversichtlich. Bestimmt kommt alles zu einem guten Ende«, entgegnete Beatrice Zerne und lächelte zum ersten Mal, seit Gianna das Gebäude betreten hatte.

»Ich danke Ihnen für die aufmunternden Worte. Das Beste wird sein, wenn wir die verbliebenen Mitarbeiter ebenfalls auf die neue Situation einstimmen. Bei denjenigen, die sich krankgemeldet haben, gehe ich von mangelnder Loyalität aus und ich bin überzeugt davon, dass wir die nicht mehr wiedersehen.«

Eine Stunde später war alles so geregelt, dass der Betrieb wieder beinahe wie vorher weiterlaufen würde. Die Aufgaben der abwesenden Kollegen waren auf mehrere Schultern verteilt und Gianna hatte das sichere Gefühl, dass sie sich auf die Verbliebenen verlassen konnte. Dass dieser zwielichtige Malowski von der Fahne gegangen war, wunderte sie nicht. Sie kam in den Empfangsbereich, um sich von Beatrice Zerne zu verabschieden. Die umtriebige Vorzimmerdame war gerade am Telefon und hörte angestrengt zu und Gianna winkte ihr zu, bevor sie die Tür öffnete.

»Warten Sie, Frau Baur, es gibt eine wichtige Neuigkeit«, rief sie atemlos hinterher. »Bei dem Ermordeten handelt es sich offenbar um den rumänischen Leiharbeiter, der beim ersten Mord wohl Augenzeuge war.«

»Woher wissen Sie das, von der Polizei?«, fragte Gianna geschockt und ihre Gedanken rasten.

»Nein, die lassen zum jetzigen Zeitpunkt noch nichts raus. Aber der Polier hat die anderen Arbeiter nochmals eingehend befragt und einer hat den Toten wohl gekannt.«

»Bitte versuchen Sie, Betzmann zu erreichen und lassen Sie sich nicht abwimmeln, sagen Sie denen, es ist äußerst wichtig. Ich nehme den Anruf im Büro meines Vaters entgegen.«

Mit einem merkwürdigen Gefühl betrat sie den großen Raum und setzte sich nach einem kurzen Zaudern auf den Schreibtischstuhl ihres Vaters. Während sie so dasaß und auf das Klingeln wartete, fragte sich Gianna, ob sie bereits so weit war, die Leitung des Betriebs zu übernehmen, falls ihr Vater tatsächlich zu einer langjährigen Haftstrafe verurteilt werden würde. Verhielten sich die anderen Angestellten gleichfalls so loyal wie Beatrice Zerne oder würden sie sich von einer Frau, noch dazu von einer ziemlich jungen, nichts sagen lassen? In diese Überlegung schrillte das Telefon.

»Guten Tag, Frau Baur, Dr. Betzmann am Apparat. Als mir meine Sekretärin die Dringlichkeit Ihres Anrufs mitgeteilt hat, habe ich sofort alle Termine verschoben.«

Für den Stundensatz, den ihr bei uns verrechnet, kann ich das auch verlangen, dachte Gianna süffisant.

»Hallo, Herr Dr. Betzmann, wie Sie sich denken können, geht es um meinen inhaftierten Vater. In dem Fall gibt es eine neue Entwicklung, auf einer unserer Baustellen wurde erneut jemand umgebracht.« Sie schilderte dem Anwalt mit wenigen Worten, was sich in der Oberamteistraße zugetragen hatte, und fragte ihn nach seiner Einschätzung.

»Das ist in der Tat eine Entwicklung, die sich positiv auswirken kann. Da Ihr Herr Vater nicht direkt am Mord beteiligt war und nur von zwei übel beleumundeten Typen der Anstiftung bezichtigt wird, kann ich mir sehr gut vorstellen, dass wir ihn gegen Kaution freibekommen. Zumal dieser Augenzeuge, wie ich den Ermittlungsakten entnehmen konnte, von dem zwielichtigen Geschäftspartner ihres Vaters, diesem Lopescu, massiv eingeschüchtert wurde. Außerdem ist ja bis dato noch nicht nachgewiesen, welchen Grund Ihr Herr Vater gehabt haben soll, den Herrn Kranzler aus dem Weg zu räumen. Ich habe bei der Finanzaufsicht nachgefragt, und sie mussten kleinlaut zugeben, dass bisher jedenfalls keinerlei handfeste Beweise für eine illegale Zuwendung ihres Vaters zugunsten von Kranzler aufgetaucht sind. Also wenn Sie es wünschen, werde ich bei dem zuständigen Richter vorstellig und leite das mit der Kaution in die Wege.«

Wieder dachte sie an die beinahe unverschämten Stundensätze, doch diesmal in einem positiven Aspekt, denn Betzmann war wirklich jeden Cent wert.

»Bitte veranlassen Sie alles in Ihrer Macht Stehende, damit mein Vater keine weitere Nacht im Gefängnis zubringen muss. Die Höhe der Kaution ist mir egal, am Geld soll es nicht scheitern.« Zum Glück hatte Gianna Zugriff auf alle Konten. Als ob er es geahnt hätte, war ihr Vater eine Woche vor ihrem gemeinsamen Skiurlaub damit angekommen, ihr die Verfügungsgewalt sämtlicher Konten sowie sämtliche wichtigen Passwörter auszuhändigen. Zuerst hatte sie sich geweigert, doch im Nachhinein war sie froh darüber.

»In Ordnung, ich kümmere mich persönlich darum. Ich möchte nicht zu viel versprechen, aber spätestens morgen Abend können Sie Ihren Vater wieder zu Hause begrüßen.« Mit diesen Worten legte er auf und Gianna blickte jetzt deutlich zuversichtlicher in die Zukunft.

Nachdem sie noch kurz die eingegangenen Mails durchgegangen war und zum Teil beantwortet hatte, verließ sie endgültig das Gebäude.

Gianna beschloss, spontan in die Fußgängerzone zu gehen und einen dort ansässigen Biobäcker aufzusuchen. Herzhaft biss sie in eine Butterbrezel, und als sie an einer Metzgerei unweit der Marienkirche vorbeischlenderte, drehte sie kurz entschlossen um und kaufte ein Rinderfilet für sich und Gheorghe zum Abendessen. Da sie nie gelernt hatte, zu kochen, würde sie Anna, die gute Seele, bitten, etwas daraus zu zaubern.

Während sie zu ihrem Auto weiterging, fing es leicht an zu regnen. Sie dachte sich auch nichts dabei, als aus dem leichten Regen ein peitschender Niederschlag wurde. Erst als sie in Richtung Gönningen unterwegs war und die Temperaturanzeige null Grad anzeigte, wurde es ihr langsam mulmig.

Mittlerweile war aus dem Regen Schneefall geworden und die Autos, die ihr entgegenkamen, waren bereits mit einer weißen Schicht überzogen. Der Radiosender hatte in den Verkehrsmeldungen keine Störungen auf ihrer Strecke gebracht, deshalb dachte Gianna, dass die Straßen soweit befahrbar sein würden. Doch nachdem sie die scharfe Kurve am Gönninger See passiert hatte und etwa zweihundert Meter bergauf in den Wald hineingefahren war, tauchte wie aus dem Nichts ein Lkw, dessen Reifen durchdrehten, vor ihr auf. Gianna riss das Steuer herum und wollte links an dem Lastwagen vorbeiziehen, da es rechts sehr abschüssig war. Gerade, als sie auf die Gegenfahrbahn gewechselt hatte, kam ihr ein Räumfahrzeug entgegen.

43

FREITAGMORGEN

»Zum zweiten Mal innerhalb kürzester Zeit hast du mich gerettet, Kevin. Aber eines verstehe ich immer noch nicht, weshalb haben Schubert und sein Helfershelfer mich so bereitwillig ziehen lassen?«

Wie schon am Tag zuvor frühstückten die beiden gemeinsam und ließen den Abend Revue passieren.

Nach der hektischen Fraktionssitzung hatte Haberland nur noch nach Hause gewollt und sich auf den geplanten Restaurantbesuch mit Miriam gefreut. Mit schnellen Schritten war er durch den nächtlichen Park gegangen und war plötzlich auf eine Szenerie gestoßen, deren Gefahr greifbar war. Offenbar wurde eine junge Frau von zwei zwielichtigen Typen bedrängt, die ihr wahrscheinlich Gewalt antun wollten. Hatte er kurz noch mit dem Gedanken gespielt, einfach umzudrehen und Hilfe zu holen, so besann er sich jetzt eines Besseren.

»Hallo, kann ich Ihnen helfen?«, hatte er laut auf Französisch geschrien. Die drei drehten sich verdutzt in seine Richtung und Haberland erkannte zu seiner völligen Überraschung sowohl die Frau als auch den vorderen Typen.

»Kevin!«, rief Miriam mit Erleichterung in der Stimme.

»Haberland!«, entfuhr es Schubert, und sein Bodyguard blickte unsicher von einem zum anderen. Der Politiker ging entschlossen auf Miriam zu und legte demonstrativ den Arm um ihre Schulter.

»Ich wusste gar nicht, dass du außer mir noch weitere Leute in Brüssel kennst, Miriam.«

Er betrachtete Schubert eingehend und sah deutlich, dass dem Juwelier sein Auftauchen gar nicht behagte.

»Äh, ja ... also er ist der äh ... Freund meines Vaters, von dem ich dir erzählt habe«, stammelte die junge Frau.

»Genau, Monsieur Haberland, wir wollten Madame Neuburg sicher nach Hause geleiten, aber jetzt sind ja Sie gekommen und wir können uns wieder verabschieden. Es hat mich gefreut, au revoir«, hatte Schubert erwidert und war mit seinem Begleiter in Richtung Europaviertel verschwunden.

Unschlüssig waren Miriam und Kevin noch eine Weile stehengeblieben. Er hatte auf erklärende Worte gewartet, denn wie das Wiedersehen mit einem väterlichen Freund hatte das Tête-à-tête auf Haberland nicht gerade gewirkt.

»Wollen wir dann mal los, ich muss noch duschen, bevor wir zum Dinieren gehen«, hatte Miriam die Stille unterbrochen, und sie waren in Richtung Boerenstraat marschiert. Beim Essen wurde das Thema gleichfalls ausgeklammert und sie hatten sich lediglich über belanglose Dinge und über ihre gemeinsame Schulzeit unterhalten.

Erst beim heutigen Frühstück hatte sich Miriam ein Herz gefasst und war auf das zufällige Treffen am gestrigen Abend eingegangen. In knappen Worten erzählte sie von ihrer Entführung durch Schubert und seinen damaligen Geschäftspartner und dem daraus resultierenden Mord an ihrem Vater.

»Ich fasse es nicht, Miriam, du spazierst einfach in den Laden von einem deiner Erzählung nach äußerst gefährlichen Mann, der darauf aus ist, dich unschädlich zu machen, und spielst den Lockvogel? Was wäre passiert, wenn ich nicht gekommen wäre?« Fassungslos hatte Kevin ihre Beichte angehört.

»Aber du bist ja gekommen«, erwiderte sie trotzig.

»Noch mal zu meiner Frage, woher kennst du Schubert und weshalb haben die zwei uns ungeschoren davonkommen lassen? Schließlich kenne ich seine wahre Identität und kann ihn durchaus in Bedrängnis bringen.« Interessiert beobachtete Miriam Haberlands Mienenspiel, als er sich eine Antwort überlegte.

»Na ja, Brüssel ist ein Dorf und Schubert ist mit einer Frau zusammen, die davor mit einem Parteifreund von mir liiert war. Er ist ein honoriger Bürger und verkehrt in den gehobenen Kreisen der Stadt. Darüber hinaus soll er ziemlich vermögend sein und ist auch karitativ kein unbeschriebenes Blatt. Wenn es stimmt, was du mir erzählt hast, woran ich keine Zweifel hege, könntest du ihn ziemlich in die Bredouille bringen. Das heißt, er hat viel zu verlieren und wird alles daran setzen, dich unschädlich zu machen. Weiß Schubert, wo du wohnst?«

»Ich habe seinem Angestellten deine Adresse mitgeteilt«, antwortete Miriam kleinlaut.

»Du hast was?« Haberland war von seinem Stuhl aufgefahren und die Zornesröte stieg ihm ins Gesicht.

»Miriam, um Gottes willen, was hast du dir dabei gedacht? Wolltest du in meiner Wohnung mit einer Knarre in der Hand auf ihn warten und Rache an deinem Vater verüben oder was?«

»Ehrlich gesagt, hatte ich keinen konkreten Plan, ich wollte diesen Mistkerl einfach aus der Reserve locken und ihn zu einem Fehler verleiten. Dabei habe ich auf deine Mithilfe gezählt, ohne dir ihm Vorfeld Bescheid zu geben. Tut mit aufrichtig leid, du musst mich für eine völlig durchgeknallte Tussi halten. Ich werde deine Wohnung nachher sofort verlassen und wieder nach Stuttgart zurückkehren.« Zerknirscht und resigniert war Miriam in sich zusammengesunken. Sie hatte einen völlig unbeteiligten Menschen in ihre Rachefantasien verwickelt und Kevin dadurch in tödliche Gefahr gebracht.

»Deshalb also hast du solch ein Interesse an Brüssel und an mir gezeigt, als wir uns in Stuttgart gesehen haben, und ich dachte schon, es hat mir zu tun.« Versonnen blickte Kevin zu dem Panoramafenster hinaus.

Ihr schlechtes Gewissen ließ Miriam keine Ruhe und sie erhob sich gleichfalls. Ohne ein Wort zu sagen, stellte sie sich neben ihn und betrachtete die beeindruckende Silhouette des Europaviertels. Kevin war sich der Nähe der attraktiven Frau bewusst und legte, nachdem sie mehrere Minuten ruhig verharrt hatten, seinen Arm um ihre Taille. Miriam ließ es geschehen, vielleicht wegen des schlechten Gewissens oder einfach nur, weil sie in diesem Moment dringend jemanden zum Anlehnen brauchte. Es dauerte nicht lange und die beiden lagen sich in den Armen.

Kevin ging ganz behutsam vor und befreite Miriam von ihrem flauschigen Bademantel, unter dem sie nichts anhatte. Nachdem er sich seines Bademantels gleichfalls entledigt hatte, trug er sie zu der Chaiselongue, die unweit des Fensters stand. Er küsste sie zärtlich an den empfindlichsten Stellen und Miriam ließ es geschehen. Erst, als er in sie eindringen wollte, hielt sie ihn sanft zurück.

»Bitte, lass mir etwas Zeit. Ich bin durch die Sache mit Schubert noch völlig durch den Wind«, hauchte sie und Kevin ließ abrupt nach. Miriam dachte schon, sie hätte ihn beleidigt, doch als sie ihm ins Gesicht blickte, sah sie, dass er die Zurückweisung mit stoischer Miene hinnahm.

»Kein Problem, ich bin nicht der Typ, der eine Frau zu irgendetwas zwingt.«

Sie kuschelten noch ein wenig, bevor beide ihre Bademäntel wieder anlegten. Als ob nichts gewesen wäre, fuhren sie mit dem Frühstück fort und Miriam nahm den Gesprächsfaden wieder auf.

»Das Beste für alle Beteiligten wird sein, wenn ich mich gleich nachher auf den Weg mache. Dann bringe ich niemanden in Gefahr«, meinte sie aufgebracht.

»Aber, aber, du brauchst wirklich keine Angst zu haben, ich kenne Schubert gut, er ist eine Art… sagen wir, Geschäftspartner. Wenn du mir versprichst, nicht gleich zur Polizei zu rennen, kläre ich die Sache mit ihm.« Bei diesen Worten hatte Kevin seine Hand auf ihre gelegt und strich zärtlich über den Handrücken. Diese Geste bewirkte, dass die junge Frau sich beruhigte.

Wenngleich sie fixiert auf die Rache war, hatte Miriam mittlerweile eingesehen, dass ihre Alleingänge zu nichts führten. Für die Kripo in Reutlingen war der Fall schon lange abgeschlossen, und wie sie dem letzten Gespräch mit Sascha entnommen hatte, würde er auch nicht mehr aufgerollt werden. Die Polizei hier in Brüssel würde sie wahrscheinlich für verrückt erklären, wenn sie mit einer Anklage gegen Schubert vorstellig werden würde.

»Dann kommt das Schwein mit seiner Tat also davon«, brachte Miriam resigniert hervor und sah, dass Kevin mit den Achseln zuckte.

»Auf die Art und Weise, wie du es angestellt hast, wirst du ihn jedenfalls nicht hinter Gitter bringen. Bitte bleib trotzdem noch ein paar Tage. Ich habe bis nächsten Mittwoch frei und du bist gerade wirklich nicht in der Stimmung, alleine nach Hause zu fahren. Du wirst es nicht bereuen und eine wundervolle Stadt entdecken, das verspreche ich dir.«

Obwohl es gegen ihre impulsive Art war, ließ Miriam

sich erweichen. Sie gestand sich zögerlich ein, dass es mit ihrem Nervenkostüm gerade nicht zum Besten bestellt war. Jetzt zurückzufahren war Irrsinn, zumal sie nicht wusste, welche Überraschungen der Winter auf der Straße momentan für sie noch bereithielt.

»Na gut, du hast mich überzeugt, ich bleibe dir noch ein paar Tage auf der Pelle hocken«, nahm sie in gelöster Stimmung sein Angebot an.

»Super, du weißt gar nicht, wie mich das freut. Ich habe schon eine Idee, wie wir den Nachmittag verbringen«, entgegnete Kevin voller Tatendrang.

»Bevor wir gehen, möchte ich mit meiner Mutter telefonieren und sie fragen, ob das für sie in Ordnung ist, wenn ich noch ein paar Tage bleibe. Vielleicht sind meine beiden Mädels auch schon von der Schule zu Hause, dann kann ich ihnen auch gleich guten Tag sagen«, und kann Sascha auch gleich informieren, fügte sie in Gedanken hinzu.

Wie erwartet, hatte Gerda Neuburg keine Einwände, obwohl Miriam ihre Lüge eingestanden hatte. Sie erzählte ihr von Kevin Haberland und davon, dass er sie nach Brüssel eingeladen hatte. Von ihrem eigentlichen Vorhaben brauchte ihre Mutter zu diesem Zeitpunkt noch nichts wissen.

Anne und Sylvie hatten tatsächlich schon frei und waren ganz aufgeregt, weil sie ihrer Oma im Laden helfen durften. Entsprechend kurz angebunden waren die Kinder. Aus Annes Stimme meinte Miriam eine gewisse Freude herauszuhören. Die Oma um den Finger zu wickeln und Ausgang zu bekommen, war deutlich einfacher als bei der Mutter.

Nachdem das alles geklärt war und sie auch kurz mit Sascha gesprochen hatte, zog Miriam sich um und ging noch kurz unter die Dusche. Sie wanderten zu der nächsten Metrostation und fuhren mit der S-Bahn zur Bourse.

Dieses Gebäude erinnerte an einen griechischen Tempel und Kevin führte die staunende Miriam einmal um die Börse herum. Er erklärte ihr die Entstehungsgeschichte der vier total verschiedenen Fassaden und betonte besonders die von dem berühmten französischen Bildhauer Auguste Rodin geschaffenen Kunstwerke an der Südfassade.

»Wollen wir tatsächlich in die Börse reingehen, nichts gegen deine Planung, aber ich kann mir durchaus interessantere Orte vorstellen, als das Börsenparkett«, gab Miriam zu bedenken, nachdem Kevin entsprechende Anstalten machte.

»Ich denke, du wirst positiv überrascht sein, denn seit der Börsenfusion mit Amsterdam und Paris sind die Händler in ein modernes Gebäude umgezogen. Aus dem Tempel des Kapitalismus ist ein Tempel des Biers geworden.«

Fragend blickte Miriam ihren Begleiter an, doch als sie das Innere betraten, war ihr klar, was er meinte. Es war, als ob man eine überdimensionale Kneipe betrat. Die verschiedensten Bierhersteller, ob Großbrauereien, Klosterbrauereien oder Craftbeerhersteller konnten hier ihre wohlschmeckenden Erzeugnisse präsentieren.

»Wow, diese Umnutzung war eine gute Idee, wenngleich ich als passionierte Weintrinkerin hier eigentlich fehl am Platz bin«, meinte Miriam erstaunt und belustigt zugleich. Trotzdem folgte sie Kevin zu einem kunstvoll gearbeiteten Tresen und nahm das von einem gemütlich wirkenden Mann eingeschenkte Bier dankbar entgegen. Der Politiker war offenbar schon öfter hier gewesen, denn der Barmann nannte ihn beim Vornamen.

»In Deutschland wird ja gerne mal die Nase gerümpft, wenn es um belgisches Bier geht, weil wir puritanischen Biertrinker absolut keinen Zusatz wie etwa Sirup, in unserem Nationalgetränk brauchen können. Doch ich habe mich, seit ich in Brüssel lebe, eines Besseren belehren lassen. Die Vielfalt und der daraus resultierende Geschmack der angebotenen Getränke sind einfach phänomenal.«

Miriam, die zu Hause nur wenig Bier trank, weil es ihr meist zu herb war, musste ihm recht geben, es war für jeden Geschmack etwas dabei. Nach dem sechsten Glas jedoch verwehrte sie sich.

»Entschuldige, Kevin, ich finde es außerordentlich spannend hier, aber wenn ich noch einen Schluck trinke, kannst du mich nach Hause bringen.«

»Keine Angst, ich habe das richtige Gegenmittel«, versprach er grinsend.

Sie verließen diesen gastlichen Ort und flanierten in Richtung Grand Place. Vor einem unscheinbaren Imbissstand blieb er stehen. Der Verschlag wirkte zwar wenig einladend, aber der Geruch, der Miriam in die Nase stieg, war einfach köstlich.

»Das ist eine der unzähligen Frittenbuden, Friture auf Französisch, und diejenigen Betreiber, die etwas auf sich halten, schnippeln ihre Fritten selber. Ketchup ist auch verpönt, am liebsten isst sie der Belgier mit Mayonnaise oder einer selbst gemachten Würzsoße«, erklärte Kevin und Miriam lief bereits das Wasser im Mund zusammen. Mit jeweils einer großen Portion dieser Brüsseler Spezialität gingen sie kauend weiter.

Den Grand Place kannte Miriam bereits und die Nähe zu Schuberts Juwelierladen verschaffte ihr ein mulmiges Gefühl. Doch die Anwesenheit von Kevin zerstreute ihre Ängste und sie musste sich eingestehen, dass sie dessen Nähe genoss.

Er nannte ihr die Namen der verschiedenen Zunfthäuser und erzählte in launigem Stil die dazugehörigen Geschichten. Genauso wie beim ersten Mal, als sie diese verschwenderische Pracht gesehen hatte, war sie wie geblendet von der filigranen Schönheit der Gebäude.

Ihr persönlicher Reiseführer geleitete sie zu der Kathedrale St. Michel, die ganz in der Nähe stand.

»Die gotische Fassade mit den zwei eindrucksvollen Türmen ist ja eher schlicht gehalten, wenn man sie mit anderen bedeutenden Kirchen dieser Zeit vergleicht. Das wirklich Imposante wartet im Inneren auf uns, und zwar zählt man nicht weniger als zwölfhundert Glasgemälde aus dem sechzehnten Jahrhundert. Dazu ein ziemlich monumentales, dass das Jüngste Gericht darstellt.«

Interessiert hörte Miriam ihm zu und musste beim Eintritt in das Gotteshaus zugeben, dass er nicht übertrieben hatte. Sie war schlichtweg beeindruckt von der hohen Kunst dieser Glasmalerei.

Kevin führte sie zu einer Kanzel, wo ein offenbar sehr fantasievoller Holzschnitzer die Vertreibung aus dem Paradies dargestellt hatte. Die schaurigen Figuren ließen Miriam frösteln.

Danach gingen sie noch in den Untergrund, wo bei Ausgrabungen ein Teil der ursprünglich romanischen Kirche, die mutmaßlich aus dem achten Jahrhundert stammte, freigelegt wurde. Nachdem sie genug von dem modrigen Atem der Geschichte hatten, verließen sie das Gotteshaus.

»Und was steht jetzt an?«, wollte Miriam wissen und sah, wie Kevin demonstrativ auf seine Armbanduhr schaute.

»Leider müssen wir so langsam zurückgehen, da ich heute um neunzehn Uhr eine wichtige Verabredung mit meinem Fraktionsvorsitzenden habe. Das heißt, du hast den Abend zur freien Verfügung, Miriam. Aber habe ich dir das nicht gestern schon gesagt?«

Verwundert blickte sie ihn an und schüttelte den Kopf.

»Nicht das ich wüsste, aber das ist schon in Ordnung, du sagst mir einfach, wo ich als Frau alleine gefahrlos hingehen kann«, nahm Miriam die Absage für den heutigen Abend mit Humor.

Haberland geleitete seine Begleiterin zielsicher zur nächsten Metrostation und sie fuhren wie Miriam am Abend davor bis zur Haltestelle Schumann im Europaviertel. Doch dieses Mal nahmen sie den Weg durch einen anderen Stadtpark. Dieser Parc du Cinquantenaire oder zu Deutsch Jubelpark war nicht zu vergleichen mit dem deutlich kleineren Leopoldpark.

Im späten neunzehnten Jahrhundert, also zu einer Zeit, als Belgien eine wirtschaftliche Supermacht war, hatte der damalige König die Devise ausgegeben, nicht kleckern, sondern klotzen. Ein riesiger Triumphbogen mit einer Bronzequadriga dominierte den weitläufigen Platz, an ihn angelehnt befanden sich links und rechts zwei Paläste.

»Diese bescheidenen Gebäude beherbergen die Königlichen Museen für Kunst und Geschichte. Falls dich diese Thematik interessiert, können wir gerne morgen hingehen.«

»Gerne, und ich muss dir sagen, dass ich jetzt schon begeistert von dieser Stadt bin, obwohl ich bei Weitem noch nicht alles gesehen habe.«

Auf dem Weg zur Boerenstraat machte Kevin noch diverse Vorschläge für Unternehmungen in den nächsten Tagen und ging beim Eintreffen in der Wohnung sofort ins Bad. Nach einer ausgiebigen Dusche nannte er Miriam für den Abend eine kleine Auswahl an Restaurants und Bars.

»Ich denke, die Sitzung wird bis ungefähr zwölf Uhr gehen, falls du zu dieser Zeit noch unterwegs bist, ruf mich an und ich schau auf einen Absacker vorbei. Aber du musst mir versprechen, dass du alle Wege mit dem Taxi zurücklegst und dich nicht mit rechtsextremen Politikern einlässt«, fügte er augenzwinkernd hinzu.

»Danke für die Tipps. Ab jetzt frage ich jeden, der mich anspricht, zuerst nach seiner politischen Gesinnung«, entgegnete Miriam grinsend und gab Kevin zum Abschied einen Kuss auf die Wange.

Auf der Straße hielt Haberland ein Taxi Bleu an und gab dem dunkelhäutigen Fahrer die gewünschte Adresse an. Wie immer fand das Treffen in einem Art-déco-Haus in der Avenue Franklin D. Roosevelt in unmittelbarer Nachbarschaft zur Villa Empain statt. In dieser feinen Gegend befanden sich unter anderem Botschaften und Stiftungen, und dieses Juwel gehörte der Stiftung eines der reichsten Männer Europas. An dem Eingangsportal standen diskret zwei gut gekleidete und vor allem gut gebaute Männer, die dafür sorgten, dass nur ausgewählte Herrschaften das Innere der Villa betraten.

»Bonsoir Monsieur Haberland«, grüßte einer der beiden Türsteher Kevin und machte ihm den Weg frei, während der andere die Umgebung im Blick hatte.

»Bonsoir«, erwiderte Haberland freundlich, obwohl es ihm peinlich war, dass er sich den Namen des Mannes immer noch nicht gemerkt hatte.

Wie jedes Mal, wenn er hierherkam, war Haberland beeindruckt von dem geradezu verschwenderischen Luxus, mit dem das Interieur dieses Gebäudes ausgestattet war. Roter Marmor dominierte die Wände und der Boden war abwechslungsweise mit weißem Marmor und hochwertigem Holzparkett belegt. Der Architekt in den frühen Dreißigerjahren war dem damaligen Stil gefolgt, der klare Linien verlangte und sich abgewandt hatte von den Verschnörkelungen des Neoklassizismus oder des Jugendstils.

Kevin durchschritt die weitläufige Eingangshalle und

wandte sich einer Art Bar zu, an der bereits mehrere Männer standen und sich mit einem Drink in der Hand angeregt unterhielten.

»Ah, Monsieur Haberland, schön dass Sie es auch einrichten konnten«, wurde er von einem hageren, hochgewachsenen Mann begrüßt.

»Die Freude ist ganz meinerseits, Monsieur Merriweather, meine Herren«, er machte die Runde und begrüßte jeden der fünfzehn Männer mit Handschlag, wobei er ziemlich überrascht war, Merriweather persönlich anzutreffen. Anscheinend standen wichtige Entscheidungen an. Nachdem Kevin gleichfalls einen Longdrink bekommen hatte, ergriff der Hagere wieder das Wort.

»Ich möchte nicht drängeln, aber da wir jetzt vollzählig sind, können wir uns dem eigentlichen Grund unserer Zusammenkunft widmen.« Mit einer einladenden Geste deutete er auf eine massive Holztür, hinter der sich die zum Sitzungssaal umfunktionierte Lounge befand.

Der Erbauer der Villa, ein Goldhändler, hatte in diesem Raum seinem Hobby gefrönt, teure Zigarren zu rauchen und erlesene Highlandwhiskys zu trinken. Da er jüdischen Glaubens gewesen war, wurde er von den einfallenden Deutschen zwangsenteignet und konnte gerade noch rechtzeitig nach Großbritannien emigrieren. Während der Besatzungszeit wurde das Haus von einem hohen SS-Funktionär requiriert, dessen Aufgabe es war, untergetauchte Juden aufzuspüren und sie den Henkern zu übergeben. Dieser Kerl jedoch war ein ziemlicher Bonvivant und feierte, anstatt seinen Aufgaben nachzugehen, lieber die ausschweifendsten Feste. Nach dem Krieg wurde das Gebäude vom belgischen Staat verwaltet, bis sich in den späten Sechzigerjahren endlich ein Nachkomme des Erbauers meldete und seine Besitzansprüche geltend machte. Doch der neue Besitzer hatte weder

Lust noch Geld, die prächtige Villa instand zu halten, und so machte der damals schon schwerreiche Merriweather, der eine Bleibe in der aufstrebenden Stadt suchte, dem völlig überforderten Mann ein Angebot, dass er nicht ablehnte.

Seither waren viele Millionen in den Erhalt der historischen Bausubstanz geflossen, die die Stiftung, die Merriweather gegründet hatte, selbstredend von der Steuer absetzen konnte. Die Ziele dieser Stiftung waren etwas nebulös und sie war eigentlich nur mit dem Zweck gegründet worden, das Vermögen von Merriweather vor dem Zugriff des Staates zu schützen. Denn er verglich den Einzug von Steuern gerne mit Wegelagerei, vor der sich ein guter Kaufmann schützen musste. Wie der Staat seine Infrastruktur in Form von Schulen, Straßen etc. aufrechterhalten sollte, wenn jeder so denken würde wie er, war Merriweather egal. Seine zahllosen Firmen hatten so viele Angestellte, die brav Steuern zahlten, dass er von seinem sauer verdienten Geld nicht auch noch die gefräßigen Finanzämter füttern musste.

In der Mitte des rechteckigen Raumes, dessen Wände mit Bücherregalen vollgestellt waren, befand sich ein großer, ovaler Tisch, der von fünfzehn Stühlen umgeben war. Die eingeladenen Männer begaben sich auf ihre Sitze und jeder schien zu wissen, welcher Platz für ihn vorgesehen war. Als alle saßen, begab sich Merriweather zu dem thronartigen Sessel, der sich genau gegenüber vom Eingang befand und den er neben vielen anderen Dingen von seinem alten Herrn geerbt hatte.

Merriweathers Vater war ein rücksichtsloser Mann gewesen, der seine Chance beim Schopf gepackt und im boomenden Ölgeschäft des vergangenen Jahrhunderts zu Reichtum gelangt war. Das einzige Mal, dass er den Hauch eines Gefühls gezeigt hatte, war, als er bei einem Geschäft in Brüssel die bildhübsche Dolmetscherin davon überzeugen konnte, ihn zu heiraten und ihm einen Stammhalter zu gebären. Merriweather war genauso rücksichtslos wie sein Vater, doch weitaus charismatischer. Er vervielfachte den Reichtum des Vaters und wurde von Forbes in der Kategorie der reichsten Männer mittlerweile auf Platz fünfundsechzig geführt, wobei diese Liste keineswegs seine wahren Besitztümer aufzeigte. Hätte er auch seine illegalen Geschäftsfelder offengelegt, wäre er wohl deutlich weiter vorne gelandet. Zu seinen glänzendsten Schachzügen gehörte zweifellos, dass Merriweather sich frühzeitig die Arbeit von Lobbyisten gesichert und in jeder führenden Nation sowie in den aufstrebenden Schwellenländern solche Zirkel gegründet hatte wie der, dem er heute vorstand. Sie bestanden aus Politikern und Wirtschaftsleuten der jeweiligen Länder, wobei er Wert darauf legte, nicht jene aus der allerersten Riege zu rekrutieren, sondern eher ehrgeizige Männer, die den Mächtigen zuarbeiteten und einflüsterten. Der hiesige Kreis bestand aus EU-Politikern und Unternehmern, die zusätzlich zu ihren guten Verbindungen keine Skrupel hatten, auch in der Grauzone Geschäfte zu machen.

»Ich möchte nicht lange drum herumreden, die neueste Entwicklung, sowohl was diesen vermeintlichen Klimawandel angeht als auch die bevorstehende Vereinbarung mit Georgien, gefällt mir gar nicht. Diesem Treiben müssen wir noch entschiedener entgegenwirken.«

Kevin konnte sich denken, dass die Friday-for-Future-Bewegung, die die verantwortlichen Politiker vor sich hertrieb, Gift für die Geschäfte von Merriweather war. Er wusste, dass dessen Firmenkonglomerat einen großen Teil seiner märchenhaften Gewinne mit der Kohleförderung und dem Handel damit machte. Der andere Punkt, den er angesprochen hatte, betraf eine mögliche Vereinbarung der EU mit mehreren ehemaligen Sowjetrepubliken, damit die von dort entsendeten Arbeiter einen legalen Status bekamen. Neben dem Geschäft mit der Kohle waren der Handel und der Bau von Immobilien ein weiteres wichtiges Standbein von Merriweathers Imperium und die niedrigen Löhne der illegal beschäftigten Arbeiter, die auch noch schwarz ausbezahlt wurden, trugen ebenfalls zu seinem ständig wachsenden Reichtum bei.

»Was ist mit Ihnen, meine Herren Politiker, tun Sie genug, damit alles beim Status quo bleibt?« Der Milliardär heftete seine kalten Augen stellvertretend für die anwesenden EU-Abgeordneten auf Haberland, und der Liberale fühlte sich plötzlich unwohl in seiner Haut.

»Ich habe in den letzten Wochen und Monaten ziemlich viele von meinen Kontakten aktiviert und tatsächlich haben wir erreicht, dass der Kohleausstieg unserer Mitgliedsstaaten erst in über zwanzig Jahren beginnt. Bis dahin kann noch viel passieren«, verteidigte sich Haberland.

»Davon habe ich gehört, das ist eine Entscheidung, mit der ich erst mal leben kann. Somit wäre dieses Thema einstweilen vom Tisch. Aber was mir noch mehr unter den Nägeln brennt, ist diese Sache mit den osteuropäischen Staaten, die nicht der EU angehören. Wie ich gehört habe, steht eine Entscheidung darüber unmittelbar bevor.«

»Auch hier waren wir nicht untätig«, meinte Kevin und suchte die Blicke seiner Kollegen von Volkspartei und Rechten, die sich gleichfalls im Raum aufhielten. »Die Mehrheit für die Abstimmung nächste Woche, in der darüber entschieden wird, steht. Sie können sich beruhigt zurücklehnen, bevor diese Staaten ihre unklare politische Lage nicht im Griff haben, wird ihr Antrag abgelehnt werden.«

Dank der guten Nachrichten hellte sich die Miene Merriweathers auf. Kevin hatte bei den bisherigen Begegnungen mit dem Milliardär festgestellt, dass er über die Gabe verfügte, sein Mienenspiel der jeweiligen Situation anzupassen. Es wurde nun weiter darüber diskutiert, wie man die aufstrebende grüne Politik weiter eindämmen könnte. Pierre Bartez schlug vor, sowohl die Politiker dieser Couleur als auch die namhaften Wissenschaftler, auf deren Studien sich alle beriefen, noch mehr als bisher auf sämtlichen sozialen Medien zu diskreditieren. Er nannte den ehemaligen amerikanischen als auch den brasilianischen Präsidenten, die in dieser Hinsicht eindeutig zu Vorbildern taugten. Nach zwei Stunden beendete Merriweather die Sitzung und bat seine Gäste in den Empfangssaal, wo bereits ein üppiges Bankett mit allerlei Fingerfood aufgebaut war. Kevin sah, dass der asketische Merriweather sich mit drei Unternehmern, die sehnsüchtig auf die dargebotenen Köstlichkeiten blickten, an einen Stehtisch ein wenig abseits von den anderen gestellt hatte. Der gesamte Zirkel bestand aus sechs aktuellen und sechs früheren Politikern, acht Firmenbossen, deren Radius nicht nur auf Belgien beschränkt war, sowie Merriweather. Von den dreien, an die er gerade das Wort richtete, wusste Kevin, dass ihre Geschäfte auch außerhalb der Legalität stattfanden. Die Vorgaben Merriweathers waren nicht so klar geregelt, trotzdem war jedem der Unternehmer klar, was von ihnen erwartet wurde. Aus Erzählungen von Mitgliedern, die länger als Haberland dem Zirkel angehörten, wusste er, dass auch schon Leute wieder ausgestiegen waren, denen die Geschäfte zu heiß geworden waren, weil sie nicht über die notwendige Nervenstärke verfügt hatten. Neugierig hatte Kevin nach deren Zukunft gefragt und hatte erfahren, dass leider keiner mehr von ihnen lebte. Einige hatten wohl Selbstmord begangen und andere waren Verkehrsunfällen zum Opfer gefallen. Die zwölf Politiker und Expolitiker wurden nicht ausdrücklich über die illegalen

Geschäfte informiert, um sie nicht angreifbar zu machen. Von ihnen wurde allerdings erwartet, dass sie bei Kollegen, die nicht durch Argumente zu überzeugen waren, durchaus auch unmoralische Methoden anwandten. Kevin wusste von mehreren Fällen, in denen standhafte Politiker sich plötzlich kompromittierenden Fotos oder Videos gegenübersahen und alles taten, damit ihre Ehefrauen oder die Öffentlichkeit nichts davon mitbekamen. Auch die zahlreichen Detektive, die in Diensten von Merriweather standen, schreckten vor keiner Schweinerei zurück und deckten bei beinahe jedem Politiker die Schwachstelle auf.

Mit seinem Teller stellte er sich an den benachbarten Stehtisch und widmete sich den Köstlichkeiten, die der Privatkoch Merriweathers kreiert hatte. Wenngleich der Milliardär keinen großen Wert auf Haute Cuisine legte, hatte er einen Headhunter auf diesen Sternekoch angesetzt, der als einer der Besten und Kreativsten der Welt galt. Der hatte dem Maestro ein umwerfendes Angebot gemacht und ihn aus der Knochenmühle des Drei-Sterne-Restaurants, in dem er angestellt war, befreit. Heute konnte nur noch ein erlesener Kreis von Leuten die von ihm erschaffenen Gaumenfreuden genießen. Merriweather gab ihm freie Hand, und er konnte nach Herzenslaune experimentieren, was den Exzentriker offenbar zufriedenstellte.

»Wie ich gehört habe, gibt es in Süddeutschland ein Problem.« Überrascht blickten die drei Männer auf Merriweather. Sie hatten offenbar vergessen, dass der große Zampano sich von seinen Zuträgern auch die scheinbar unwichtigen Dinge, die sich in seinen Geschäftsfeldern zutrugen, erzählen ließ.

»Na ja, Problem würde ich das nicht nennen«, antwortete einer der drei Männer, ein dicklicher Mittvierziger, »ein Zollfahnder ist auf gewaltsame Weise zu Tode gekommen und ein Tatverdächtiger, der mittlerweile gestanden hat, wurde festgenommen. Dem Mann wurde glaubhaft versichert, dass man sich um seine bettlägerige Mutter kümmern würde. Daneben wurde eine Million Euro auf ein Konto auf den Bahamas transferiert, dessen Inhaber er mittlerweile ist, und außerdem wird ihn ein erstklassiger Anwalt bei seinem Prozess verteidigen. Was ihm das alles nützt, wenn er im Gefängnis plötzlich stirbt, liegt nicht in unserem Ermessen. Ich kann Ihnen also versichern, dass die Geschichte keinerlei Auswirkungen auf unsere Geschäftstätigkeit haben wird. Um das Ganze wasserdicht zu machen und um ein Exempel zu statuieren, wurde einer unserer Kunden, ein Bauunternehmer, diskreditiert und sitzt gleichfalls in Haft. Sie sehen also, dass unsere Geschäftspartner die Lage im Griff haben.« Offenbar war Merriweather mit der Antwort des Mannes zufrieden, denn er ließ die sichtbar erleichterten Unternehmer zum ersehnten Büfett gehen.

»Sie sind einer meiner Hoffnungsträger, Haberland, wissen Sie das?« Nachdem die hungrigen Männer verschwunden waren, war Merriweather an den Stehtisch herangetreten, an dem Kevin alleine stand und in seinem Teller stocherte.

»Wie Sie sich denken können, lasse ich Sie beobachten und das, was mir berichtet wird, klingt alles sehr hoffnungsvoll. Sie sind auf einem guten Weg und wir können gemeinsam Großes erreichen.«

Eher untypisch jovial klopfte er Haberland auf den Rücken und ging zu dem nächsten Tisch. Fast hätte sich Kevin an einem Bissen verschluckt, als er das mit dem Beobachten hörte, doch eigentlich war es ihm immer klar gewesen, dass jeder aus dem elitären Zirkel von dem Milliardär ausspioniert wurde. Merriweather war ein Typ, der über alles in seinem Umfeld die totale Kontrolle haben wollte.

»Auf ein Wort, Haberland, Sie können sich denken, worüber ich mit Ihnen reden will?« Der Typ, der jetzt an seinen Tisch herantrat, war einer derjenigen gewesen, die vorhin mit Merriweather am Nachbartisch eine geheime Unterredung gehabt hatten, von der Kevin einiges aufschnappen hatte können. Und ja, natürlich konnte er sich denken, was sein Kollege von ihm wollte.

»Was wollten Sie von Miriam?« Während er seine Frage stellte, beobachtete Kevin sein Gegenüber mit scharfem Blick.

»Schauen Sie, durch diesen von Monsieur Merriweather initiierten Kreis sind wir doch fast so etwas wie Brüder im Geiste, und es würde ihm doch bestimmt nicht gefallen, wenn wir bei einer Sache gegeneinander arbeiten würden. Das sehen Sie doch bestimmt genauso wie ich, oder?«

Kevin verstand sehr wohl, dieser Schubert appellierte an seine Loyalität, die er gegenüber jedem der hier Anwesenden aufbringen musste. Obwohl nicht in einer Satzung festgeschrieben, gab es einen Ehrenkodex, an den sich jedes Mitglied halten musste. Merriweather als der Initiator und eigentliches Oberhaupt würde nicht davor zurückschrecken, diese Loyalität von jedem Einzelnen einzufordern.

»Ich werde Ihnen natürlich in jeder Weise weiterhelfen, Monsieur Schubert, doch an dem Abend im Park war ich etwas überrascht. Deshalb wäre ich Ihnen dankbar, wenn Sie mich ein wenig über die näheren Umstände aufklären würden, die Sie und Ihren Begleiter dorthin geführt haben.« Dieser Typ war ihm von Anfang an nicht geheuer gewesen, Kevin spürte förmlich die kriminelle Energie, über die Schubert verfügte.

»Wir brauchen nicht um den heißen Brei herumreden, Monsieur, diese Dame kenne ich aus meinem früheren Leben und sie weiß gewisse Dinge, von denen ich nicht will, dass sie publik werden. Deshalb möchte ich mich bei ihr rückversichern, dass sie nichts davon bei der Polizei oder einer anderen Behörde ausplaudert.«

Nach dem, was Miriam ihm über ihre Begegnung mit Schubert in seinem früheren Leben berichtet hatte, war das eine blumige Umschreibung dafür, dass er sie unschädlich machen wollte.

»Wenn ich recht informiert bin, wohnt sie bei Ihnen, das heißt Sie sind relativ eng befreundet, oder?«

Kevin spürte deutlich, dass Schubert gleich massiv werden würde. Der honorige Bürger wollte die Sache mit Miriam so schnell wie möglich klären und wenn Haberland sich nicht täuschte, auf seine Mithilfe pochen.

»Na ja, eng befreundet würde ich es nicht nennen, Frau Neuburg hat eine Weinhandlung, die meine Mutter in Stuttgart beliefert. Dabei sind wir uns mal zufällig über den Weg gelaufen und haben uns unterhalten. Als sie erfuhr, dass ich in Brüssel lebe, ließ sie nicht mehr locker und wollte mich unbedingt besuchen. Jetzt ist mir auch klar, weshalb sie so darauf gedrängt hat, hierher zu kommen«, beeilte sich Kevin zu erklären.

»Dann bin ich ja beruhigt. Ich habe schon gedacht, sie ist Ihre Freundin«, entgegnete Schubert scheinbar erleichtert. »Aber da sie mehr oder weniger nur eine Zufallsbekanntschaft von Ihnen ist, sind meine Bedenken zerstreut.«

Nachdem sich Schubert nach allen Seiten umgedreht und sich somit vergewissert hatte, dass ihnen keiner zuhörte, machte er Kevin einen Vorschlag, wie er Miriam in seine Gewalt bringen und Haberland nicht in die Sache hineingezogen werden würde.

»Also Hand drauf, es soll nicht zu Ihrem Schaden sein«, meinte Schubert lächelnd und hielt Kevin seine Rechte hin, die der andere herzhaft ergriff.

44

FREITAGMORGEN

Paul war am Hauptbahnhof ausgestiegen und schlenderte um die Baustelle von »Stuttgart 21«. Er hatte sich damals ziemlich gut informiert und bei der Volksbefragung gegen das Bauvorhaben gestimmt. Mittlerweile war das Ganze finanziell so aus dem Ruder gelaufen, dass böse Zungen behaupteten, die 21 stünde für die Anzahl der Milliarden, die für das Projekt aufgewendet werden mussten. Um zu dem Museum zu gelangen, nahm Paul die S-Bahn und genoss die Ansichten der Großstadt, die sich ihm boten.

»Eh, Alter, steh auf, du sitzt auf meim Platz oder gib mirn Fuffi, dann kannst du sitzenbleiben.« Erst allmählich begriff Paul, dass die Aufforderung ihm galt und blickte den Heranwachsenden belustigt an.

»Ich bin ja nicht oft in Stuttgart, mein Junge, aber so viel weiß ich Landei auch, dass man hier keine Plätze besetzen kann. Außerdem ist ja noch einiges frei, wo du dich platzieren kannst«, entgegnete der Älbler bestimmt und wandte sich wieder dem Fenster zu.

»Bist du schlecht von Begriff, Alter, steh auf oder ich mach dich platt!« Der aggressive Kerl suchte augenscheinlich Ärger und Paul wollte definitiv keinen. Also erhob er sich und stand vor den deutlich kleineren und schmäleren Burschen hin. Die anderen Fahrgäste gaben sich teilnahmslos und sahen angestrengt zum Fenster raus, als ob es dort etwas Interessantes zu sehen gab.

»Das ist gut, dass du aufstehst, aber den Fuffi gibst du mir trotzdem, sonst passiert was«, drohte er und zückte ein Messer, um seiner Forderung Nachdruck zu verleihen.

»Ist ja gut!«, beschwichtigend hob er seine Hände. »Lass mich mal nachsehen, ob ich einen Fünfzigeuroschein dabeihabe.« Paul griff mit einer Hand in seine hintere Hosentasche, wo er sein Portemonnaie hatte. In diesem Moment machte die S-Bahn eine Kurve und Paul legte sein ganzes Gewicht in die Waagschale, um den Angreifer mit Schwung von den Beinen zu holen. Der hatte nicht mit dem Angriff gerechnet und fiel mehrere Meter nach hinten. Dabei verlor er sein Messer. Langsam hob Paul die Waffe auf und ging auf den am Boden Liegenden zu.

»So, jetzt steh auf und sag noch mal, was du auf dem Herzen hast.«

»Ich, äh, Entschuldigung, das war ein Versehen.« Der Junge rutschte auf dem Boden zurück vor dem bedrohlich näherkommenden Paul.

»Vorsicht!«, rief eine Stimme weiter hinten und Paul drehte sich instinktiv zur Seite. Ein anderer Junge, offenbar ein Kumpel des ersten Angreifers, wollte sich von hinten auf ihn stürzen. Mit dieser Reaktion hatte er nicht gerechnet und verfehlte sein Ziel. Doch er konnte im letzten Moment eine Haltestange greifen und blieb auf den Beinen. Angetrieben durch den Angriff seines Kumpels hatte sich der andere wieder erhoben. Paul hatte zwar das Messer in der Hand, doch er machte sich keine Illusionen. Mit einem wäre er fertig geworden, aber gegen zwei Jugendliche, die deutlich reaktionsschneller waren als er, hatte er vermutlich keine Chance. Plötzlich stand ein dunkelhäutiger Mann neben ihm und blickte feindselig auf die Jungen.

»So, Freunde jetzt ist es ausgeglichen«, meinte Paul gedehnt. Die beiden Angreifer starrten ihr vermeintliches

Opfer herausfordernd an, doch als die S-Bahn anhielt, verließen sie fluchtartig den Wagen.

»Dein schönes Messer gebe ich auf der nächsten Polizeidienststelle ab, dann kannst du es dir dort holen«, rief Paul hinterher. Obwohl er nach außen hin versuchte, gelassen zu wirken, war ihm diese Aktion ziemlich an die Nerven gegangen.

»Vielen Dank, das war knapp.« Er drehte sich zu seinem Verbündeten um und hielt ihm die Hand hin. »Wer weiß, was passiert wäre, wenn Sie mir nicht zu Hilfe gekommen wären.« Der Fremde ergriff Pauls Rechte und blickte ihn mit seinen dunklen Augen an. Paul betrachtete das Gesicht des anderen und vermutete, dass er aus Indien oder Südostasien stammen könnte. »Sie waren es auch, der mich gewarnt hat, stimmt's?«

Der mittelgroße Mann nickte und wollte sich abwenden

»Entschuldigung, ich würde mich gerne erkenntlich zeigen, lassen Sie uns irgendwo hingehen was trinken. Ich lade Sie ein«, schlug Paul vor.

»Danke, das ist sehr nett von Ihnen, aber ich habe eine dringende Verabredung im Lindenmuseum«, meinte er, und obwohl er gut Deutsch redete, war ein Akzent unverkennbar, den Paul jedoch nicht einordnen konnte. Seit vielen Jahren arbeitete er ehrenamtlich als Höhlenführer in der Bärenhöhle und hatte durch diese Tätigkeit viel mit Touristen aus aller Herren Länder zu tun. Der Älbler bildete sich deswegen ein, die Herkunft der meisten Menschen grob bestimmen zu können.

»Ha, das trifft sich gut, dort will ich auch hin. Ihre Verabredung ist nicht zufällig bei dieser Aztekenausstellung?«

»Doch, das ist genau mein Ziel«, meinte der Mann ein wenig erstaunt.

Die beiden unterhielten sich angeregt und im Laufe des

weiteren Gesprächs stellte sich heraus, dass Carlos aus Mexiko stammte. Seine Abstammung väterlicherseits war aztekisch und er war von einem der Ausstellungsmacher, der über einen Bekannten auf Carlos gestoßen war, gefragt worden, ob er sich für eine Sonderführung bereiterklären würde. Spontan hatte er zugesagt, um den Deutschen seine Kultur näher zu bringen, und diese Führung war ausgerechnet heute Nachmittag. Jetzt im Nachhinein erkannte Paul auch den spanischen Akzent des Mittelamerikaners und musste sich eingestehen, dass er mit seiner Einschätzung der Herkunft völlig danebengelegen hatte. Wie es manchmal bei einer zufälligen Begegnung ist, fanden die zwei Männer aus den unterschiedlichen Kulturkreisen sofort einen guten Draht zueinander. Carlos musste viele Fragen zu seinem Heimatland beantworten und beinahe hätten sie ihre Haltestelle verpasst.

»Oh, verdammt, ich glaube, wir müssen hier raus«, stieß Paul hervor, und kurz bevor die Türen wieder selbststätig schlossen, konnten sie sich gerade noch durchdrücken. Am Eingang des Museums trennten sie sich, da Paul sich in die Schlange vor der Kasse einreihen musste und Carlos als temporärer Ausstellungsführer freien Eintritt hatte.

»Du musst die Sonderführung buchen, Paul«, riet der Mexikaner.

»Alles klar, mach ich. Wir sehen uns nachher.« Bisher hatte sich Paul noch nicht so richtig mit der präkolumbianischen Geschichte auseinandergesetzt und hatte lediglich in historischen Romanen über die angebliche Grausamkeit der Azteken gelesen. Er kaufte sich eine Eintrittskarte und wartete geduldig auf den Beginn der Sonderführung. Die zum Teil sehr kostbaren Exponate kamen als Leihgaben von namhaften Museen weltweit. Zwischen den Ausstellungsstücken waren übersichtliche Tafeln angeordnet, die das Leben dieses faszinierenden Volkes erklärten. Bei der heutigen Führung übernahm Carlos den Part des Erklärenden und sämtliche Teilnehmer hingen gebannt an seinen Lippen. Man hätte beinahe denken können, dass er damals dabei gewesen wäre, so glaubhaft vermittelte er die Geschichte seines Landes.

Paul blätterte gerade in dem Begleitbuch zur Ausstellung und beschloss es zu kaufen, als er mit einem Seitenblick eine Gruppe südamerikanisch aussehender Menschen wahrnahm.

»Hallo Carlos«, rief Paul seinem neuen Freund zu, der inmitten der Leute den Gift Shop des Museums verlassen wollte. Der Mexikaner stutzte kurz und kam dann zu Paul rüber.

»Das war wirklich hochinteressant, man könnte meinen, dass du das professionell machst«, lobte Paul. »Hör mal, Carlos, ich kann mir vorstellen, dass du lieber mit deinen Leuten zusammen sein möchtest. Trotzdem würde ich dich gerne ins Museumscafé auf ein Bier oder was auch immer einladen.«

Paul wollte nicht, dass dieser sympathische Mensch einfach so sang- und klanglos wieder aus seinem Leben verschwand. Spontan sagte Carlos zu und erklärte seinen Bekannten wortreich, dass er mit Paul noch etwas trinken gehen wollte.

»Ich liebe das deutsche Bier«, bekannte der Mexikaner wenig später und nahm einen herzhaften Schluck aus seinem Glas. »Es ist eines der Dinge, die mir über mein Heimweh hinweghelfen.« Trotz seines Schmunzelns glaubte Paul einen leicht melancholischen Ausdruck in Carlos' Gesicht zu erkennen.

»Heimat ist für jeden Menschen wichtig und ich kann mir vorstellen, dass du Mexiko, deine Freunde und deine

Familie sehr vermisst. Trotzdem kann auch das neue Land zu einer geliebten Heimat werden«, philosophierte Paul. »Ich selbst musste das zum Glück nie herausfinden, da ich mein ganzes Leben in meinem Geburtsort verbracht habe. Mich würde interessieren, wie es zugegangen ist, dass du in Deutschland gelandet bist.« Fragend blickte der Älbler auf seinen Gesprächspartner.

»Oje, das ist eine lange Geschichte.«

»Das macht nichts, ich habe Zeit bis ungefähr um neun, dann habe ich eine Verabredung.«

»Na schön, ich bin im Norden geboren und aufgewachsen, doch schon früh musste ich erkennen, dass das Leben in einer der von den Drogenhändlern heiß umkämpften Grenzstädte äußerst gefährlich ist. Mein Vater war Polizist und zu Beginn seiner Laufbahn ein aufrechter Mann. Aber nachdem er von Mitgliedern einer Bande angeschossen worden war, hat er ebenso wie die meisten anderen die Hand aufgehalten. Er hat sich danach weitgehend aus allem rausgehalten, doch der Preis dafür war, dass er sich nur noch betrunken im Spiegel anschauen konnte. Benito, mein älterer Bruder, war mit Anfang zwanzig in die USA geflüchtet und auch ich wollte nichts wie weg. Meine geliebte Mutter überzeugte mich davon, erst das Abitur zu machen und danach abzuhauen. Ich bin ihr heute noch dankbar dafür, dass sie so einen ungeheuren Druck aufgebaut hat. Mein nächster Weg führte mich nach Mexico City, wo ich ein Jurastudium begann, das ich jedoch im sechsten Semester abbrach, um mit meiner damaligen Freundin nach Cancún an die Karibikküste abzuhauen. Sie stammte von da unten und ihr Vater hatte eine kleine Tauchschule.«

Fasziniert hing Paul an den Lippen des Mexikaners.

»Die Liaison hielt immerhin so lange, bis ich meine Ausbildung zum Tauchlehrer beendet hatte. Natürlich musste ich nach dem Ende der Beziehung die Tauchschule wechseln, aber das ist dort unten überhaupt kein Problem. Bei einem Tauchgang, der mich und meine Gruppe in ein Wrack am Meeresboden führte, sah ich jemanden, der sich offenbar in einem der alten Taue verheddert hatte und hilflos mitansehen musste, wie der Sauerstoff langsam zu Ende ging. Ich befreite die Taucherin mit meinem Messer und brachte sie nach oben. Es stellte sich heraus, dass es sich bei der Verunglückten um eine Frau aus Stuttgart handelte. Anfangs lud sie mich aus Dankbarkeit in diverse teure Restaurants ein und aus der Dankbarkeit wurde ein heftiger Urlaubsflirt. Als sie versprach, zurückzukommen, sobald sie wieder ein paar Tage Urlaub haben würde, hielt ich das natürlich für bloße Lippenbekenntnisse.« Er unterbrach sich kurz, um einen Schluck zu trinken.

»Waren es aber keine, sonst würdest du nicht hier sitzen«, konstatierte Paul und nippte an seinem Apfelschorle. Er wollte am Abend einen klaren Kopf behalten und verzichtete deshalb auf Alkohol.

»Genau, sie reiste in dem Jahr noch fünfmal nach Cancún und am darauffolgenden Silvester beschlossen wir zu heiraten. Carmen überzeugte mich davon, mit ihr nach Deutschland zu gehen, um dort unseren Lebensmittelpunkt zu haben. Als Tauchlehrer verdient man für mexikanische Verhältnisse zwar auch nicht schlecht, doch mit dem, was Carmen in ihrem Spitzenjob im gehobenen Management eines Stuttgarter Modehauses verdiente, konnte ich natürlich nicht mithalten.«

»Seit wann bist du jetzt schon hier?«

»Hm, lass mich nachdenken … das müssten jetzt genau fünfzehn Jahre sein, eine gefühlte Ewigkeit«, antwortete Carlos mit Wehmut in der Stimme.

»Aber als Tauchlehrer hier Arbeit zu finden, stell ich mir doch etwas schwierig vor.«

»Ha, ha, da hast du recht. Der Schwerpunkt meiner Tätigkeit liegt in der Kindererziehung. Da Carmen beinahe sofort nach der Geburt unserer Zwillinge wieder ins Berufsleben eingestiegen ist, habe ich den Part nach langen und heißen Diskussionen übernommen. Bei uns in Mexiko ist es üblich, dass der Mann das Geld nach Hause bringt und die Frau sich um die Erziehung kümmert.«

Paul nickte verständig, er konnte sich die Meinungsverschiedenheiten bildlich vorstellen.

»Mittlerweile habe ich mich mit meiner Rolle abgefunden, und da unsere Kinder nächste Woche dreizehn werden, sind wir aus dem Gröbsten raus, wie man hier sagt. Deshalb habe ich Zeit für andere Tätigkeiten, wie etwa, diese Sonderführung zu gestalten. Falls du Spanisch lernen willst, gebe ich hier an der Volkshochschule Kurse für Anfänger und Fortgeschrittene. Des Weiteren begleite ich Süd- und Mittelamerikaner, deren Deutschkenntnisse noch nicht so gut sind, bei Behördengängen und berate sie bei Rechtsfragen. Da kommt mir mein abgebrochenes Jurastudium zugute«, erklärte Carlos und wirkte durchaus stolz.

»Das mit dem Spanischunterricht ist eine interessante Sache und ich bin sicher, dass meine Lebensgefährtin da gleichfalls mitmachen würde. Allerdings müssten wir das vielleicht als Privatkurs in Reutlingen machen. Du kommst zu uns und kannst dann dort übernachten.« Ihm gefiel der Gedanke, eine Sprache zu erlernen, hieß es nicht immer, so etwas beuge der Demenz vor? Und Magdalena wäre bestimmt begeistert von der Idee, noch dazu, wenn es sich bei dem Lehrer um solch einen sympathischen Zeitgenossen handelte.

Die beiden unterhielten sich noch eine Weile, wobei es

hauptsächlich Carlos war, der redete und auf Pauls interessierte Fragen zu dessen Heimatland Mexiko Auskunft gab.

»Oh, so spät schon«, rief Carlos aus, nachdem er einen kurzen Blick auf sein Handy geworfen hatte. »Um achtzehn Uhr dreißig muss ich meine Tochter zum Ballettunterricht bringen, da muss ich mich jetzt aber beeilen. Tut mir leid Paul, ich habe völlig die Zeit vergessen.« Carlos verfiel jetzt in Aufbruchstimmung, es war ihm offenbar wichtig, den Termin mit seiner Tochter einzuhalten. Paul hatte sich ebenfalls erhoben und legte seinem neuen Freund die Pranke auf die Schulter.

»Danke für den schönen Nachmittag und natürlich nochmals Dank für dein Einschreiten in der S-Bahn. Die Rechnung übernehme auf jeden Fall ich. Jetzt musst du mir bloß noch eine Telefonnummer von dir geben, damit ich dich bezüglich des Spanischunterrichts kontaktieren kann.« Nachdem Carlos seinen Mantel angezogen hatte, griff er in seine Geldbörse und entnahm ihr eine Visitenkarte.

»Hier bitte, Paul, es hat mir auch viel Spaß gemacht und ich bin mir sicher, dass wir uns mal wieder über den Weg laufen.« Sie schüttelten sich herzhaft die Hände und der Mexikaner verließ das Café und ließ einen zufrieden lächelnden Paul zurück. Im selben Moment dachte er an seine Aufgabe für den heutigen Abend und das Lächeln verschwand aus seinem Gesicht.

Da es in dem Café nur kleine Snacks und Kuchen gab, fragte er den Kellner nach einem Speiserestaurant, das er ihm empfehlen könnte. Angesichts des üppigen Trinkgelds, das ihm der Älbler gab, nahm der sich Zeit und beschrieb Paul mehrere Anlaufstellen, die sich lohnten.

Paul musste nicht lange überlegen und entschied sich für einen Mexikaner, der laut dem Ober bekannt war für seine urmexikanischen Gerichte, die nichts mit den Dingen gemeinhatten, die über die USA nach Europa gekommen waren.

Zu Fuß waren es gerade mal zehn Minuten bis zu dem Restaurant, und Paul betrat voller Vorfreude den Gastraum. Beinahe alles war besetzt oder reserviert, doch nach kurzem Umherblicken fand er einen Tisch, der für vier Personen eingedeckt war. Fragend blickte er auf den Ober, der gönnerhaft nickte. Es stellte sich heraus, dass es sich nicht um einen Angestellten, sondern um den Patron handelte.

Die Speisekarte war übersichtlich gestaltet, trotzdem hatte Paul einige Fragen, die der Chef des Hauses geduldig und freundlich beantwortete. Nach kurzem Überlegen entschied er sich für Enchilladas. Dazu bestellte er sich ausnahmsweise ein Corona, ein mexikanisches Bier. Die Maismehlfladen waren gefüllt mit Hähnchenfleisch, Käse, Zwiebeln und Koriander und wurden mit einer aus grünen Tomaten hergestellten Spezialsoße serviert. Das Gericht schmeckte hervorragend, und auf Geheiß des Chefs genehmigte er sich noch einen Tequila, der die Farbe eines guten Brandys und mit dem ansonsten mit Salz und Zitrone servierten Schnaps überhaupt nichts zu tun hatte.

Derart gestärkt machte er sich schließlich auf ins sogenannte Bohnenviertel, wo sich die Bar befand. Er hatte durch den Zwischenfall in der S-Bahn zwar keine Angst bekommen, zog es aber aus Bequemlichkeit vor, sich ein Taxi dorthin zu nehmen. Der Fahrer machte mehrere anzügliche Bemerkungen, als Paul sein Ziel nannte. Offenbar wirkte er auf den Chauffeur wie ein alter Lustmolch aus der Provinz. Seine Armbanduhr zeigte kurz nach neun, als Paul vor dem baumlangen Türsteher stand, der das Etablissement bewachte. Paul war auch nicht gerade klein und schmächtig, doch gegen diesen Typen kam er sich beinahe vor wie ein Hänfling. Nach einer kurzen Musterung nickte ihm der Gorilla zu und machte Platz. Es ging einige Stufen nach unten und Paul kam zu einer Garderobe. Er überlegte kurz und beschloss dann, seine Jacke lieber mitzunehmen. In dem schummerigen Licht, das in dem weitläufigen Raum herrschte, konnte er mehrere halbnackte Tänzerinnen erkennen, die sich entweder an Stangen wanden oder sich auf kleinen Bühnen lasziv zum Klang der Musik bewegten. Vorhin im Restaurant hatte er die Fotos, die ihm Magdalena gegeben hatte, nochmals eingehend studiert. Dadurch fiel es ihm leicht, die Gesuchte eindeutig zu bestimmen.

Tanja Paullinger wäre ihm aber auch so gleich ins Auge gestochen, denn sie war für seinen Geschmack die Hübscheste und offenbar der Star in dieser Tanzbar. Die Bühnen der anderen Damen waren in einem Kreis um die gruppiert, auf der Tanja ihren aufreizenden Tanz vorführte. Ihrem langsamen Striptease folgten auch die meisten Augenpaare und auch Paul blieb bei der Darbietung beinahe die Luft weg. Wenngleich er absolut nicht im Sinn hatte, Magdalena untreu zu werden, war er doch auch nur ein Mann.

»Was darf ich Ihnen zu trinken bringen?« Eine gleichfalls leicht bekleidete Bedienung riss ihn aus seiner Erstarrung.

»Äh, also … ein alkoholfreies Bier bitte«, sagte Paul, doch die junge Frau schüttelte mit dem Kopf.

»Hier gibt's nur mit Alkohol«, raunzte ein zwielichtiger Typ, der neben der Serviererin aufgetaucht war.

»Na gut, dann ein normales Pils bitte.«

Wenig später kam das bestellte Getränk.

»Zwanzig Euro bitte.« Paul schluckte schwer und langte aus seinem Geldbeutel die gewünschte Summe, doch die Dame gab sich nicht zufrieden und wartete offenbar auf

Trinkgeld. Widerwillig drückte er ihr noch einen Fünfer in die Hand. Wenn das so weitergeht, bin ich um zehn Pleite, dachte Paul schockiert. Vielleicht sollte er bei der Reutlinger Polizei eine Spesenabrechnung vorlegen.

Tanjas erotischer Tanz dauerte beinahe eine halbe Stunde, bevor sie schließlich nackt war. Die johlenden Zuschauer wären wohl handgreiflich geworden, wenn nicht ein paar stämmige Typen sich vor der Bühne postiert hätten. Trotzdem stolzierte sie mit einem Hut auf dem Kopf als einzigem Kleidungsstück zur Musik von Joe Cockers »You Can Leave Your Hat On« durch die Zuschauerreihen und verschwand hinter einer als Backstage gekennzeichneten Türe. Die nächste Tänzerin, die Tanjas Platz einnahm, war das genaue Gegenteil ihrer blonden Vorgängerin und erinnerte in ihrem Aussehen und ihrer Wildheit an die junge Grace Jones. Dem Älbler trieb der Auftritt der exotischen Schönheit gleichfalls den Schweiß auf die Stirn und er beschloss, an die Bar zu gehen.

Ich bin eindeutig zu alt für diese aufreizende Art der Unterhaltung, dachte Paul und nahm einen kleinen Schluck seines kostbaren Biers. Unauffällig ließ er seinen Blick umherwandern, doch die Typen auf den Bildern, die ihm Magdalena mitgegeben hatten, waren bisher nicht vertreten. Dafür kam in diesem Moment Tanja Paullinger wieder in den Raum und setzte sich ausgerechnet auf den Barhocker neben Paul. Nun bot sich ihm die Gelegenheit, der Frau etwas auf den Zahn zu fühlen. Ihre Schönheit strahlte nach wie vor, doch jetzt wirkte sie deutlich reservierter. Das konnte jedoch auch daran liegen, dass sie keine offenherzigen und figurbetonten Kleider mehr trug wie die, die sie während ihres Tanzes abgelegt hatte. Paul überschlug kurz seine Barschaft.

»Darf ich Sie auf ein Getränk einladen? Ich habe Sie ja

vorher noch nie gesehen, trotzdem bin ich jetzt schon ein großer Fan von Ihnen. Ihre tänzerischen Fähigkeiten sind grandios, wenn ich das bemerken darf.«

Müde lächelnd betrachtete Tanja diesen Typen und dachte, dass doch alle gleich waren. Die Kerle waren überzeugt davon, dass sie Freiwild war, weil sie sich auf der Bühne so freizügig gab.

»Und glauben Sie mir, ich muss es wissen, denn ich betreibe eine Tanzschule«, fügte Paul hinzu und flunkerte ein wenig, um sich interessant zu machen. Er hatte sein bestes schwäbisch gefärbtes Hochdeutsch hervorgeholt, das er sich aufgrund seiner Tätigkeit als Höhlenführer in der Bärenhöhle angeeignet hatte. Tatsächlich erkannte Paul, dass ein gewisses Interesse in ihre gleichmäßigen Züge getreten war, als sie sich ihm zuwandte.

»Wo haben Sie Ihre Schule?«, fragte Tanja und gab dem Barkeeper ein kurzes Zeichen, worauf er ihr einen Gin Tonic einschenkte.

»In Balingen«, antwortete er, in der Hoffnung, dass sie sich in dieser Stadt nicht auskannte. Paul hatte mit seiner verstorbenen Frau, die aus einem Dorf im Landkreis Balingen stammte, eine Zeit lang in einer Tanzschule in Balingen getanzt. Deshalb war er spontan auf diese Kleinstadt gekommen und kannte sich dadurch auch ein wenig mit dem Tanzsport aus.

Offenbar hatte er Tanjas Interesse geweckt, denn sie stellte Fragen zu den angebotenen Tanzkursen und der Anzahl der Tanzlehrer. Hoffentlich durchschaut sie mich nicht, dachte Paul, während er acht Tanzlehrer und zahlreiche Kurse erfand. Als ob er es geahnt hätte, hatte er am Vormittag Kleider angelegt, die zwar nicht piekfein, aber doch einen gewissen Stil hatten und ihn nicht gerade als einen Bauern von der Alb abstempelten.

»Natürlich kann dort niemand mit der Eleganz und Erotik, die Sie beim Tanzen versprühen, mithalten.«

Das Kompliment verfing bei Tanja, die sich selbst als herausragende Tänzerin sah. Plötzlich betrachtete sie diesen Typen mit anderen Augen. Er war zwar mindestens doppelt so alt wie sie, aber mit Sicherheit nicht unvermögend. Vielleicht sollte sie sich diesen Kerl warmhalten.

»Dreißig Euro, bitte«, verlangte der Barkeeper, ohne rot zu werden. Um seiner Legende Nachdruck zu verleihen, bezahlte Paul mit einem Zweihunderteuroschein, es war leider der Einzige, den er besaß. Sehr viele Drinks konnte er sich hier nicht mehr leisten. Aber offenbar machte das Eindruck und der Barkeeper ging zu dem Typen, der Paul vorhin schon genötigt hatte, Alkohol zu trinken, und flüsterte ihm dezent etwas ins Ohr. Paul unterhielt sich unterdessen mit Tanja übers Tanzen und spürte, dass er einen gemeinsamen Nenner mit der jungen Frau gefunden hatte. Sie waren unterdessen sogar zum »Du« übergegangen.

»Entschuldige, wenn ich so direkt bin, aber hast du einen Freund?«

Tanja überlegte kurz, aber offenbar hatte sie Vertrauen zu ihm gefasst. Pauls messerscharfer Verstand hatte bereits erkannt, dass die Dame bei Weitem nicht so klug, wie gut aussehend war.

»Mein … mein Lebensgefährte ist vor Kurzem gestorben. Wir wollten dieses Jahr noch heiraten.« Paul bemerkte die Tränen, die ihr in die Augen traten.

»Das tut mir leid. Aber weshalb machst du keine Pause und trittst schon wieder auf?«

»Was soll ich zu Hause rumhocken, da fällt mir die Decke auf den Kopf.« Sie wischte die Tränen mit einem Taschentuch weg. »Außerdem hätten wir beide uns dann nicht kennengelernt.«

»Ich kann mir vorstellen, dass du nicht darüber reden willst, aber manchmal tut es gut, darüber zu sprechen. Hat dein Freund einen Verkehrsunfall gehabt oder womöglich eine tödliche Krankheit?« Paul tastete sich langsam heran und fühlte sich sichtlich wohl in seiner Rolle als Spitzel.

»Weder noch, stell dir vor, er ist auf hinterhältige Weise ermordet worden«, stieß Tanja hervor und erschrak kurz, als der Barkeeper Pauls leere Bierflasche abräumte.

»Das glaube ich jetzt aber nicht. Um Gottes willen, wurde der Mörder wenigstens gefasst?«, zeigte sich Paul echauffiert und betrachtete aufmerksam das Gesicht seiner Gesprächspartnerin. Tanja überlegte kurz, bevor sie zu einer Antwort ansetzte.

»Die Polizei hat einen Tatverdächtigen gefasst, der auch ein umfangreiches Geständnis abgegeben hat.«

Instinktiv hatte Paul in diesem Moment das Gefühl, beobachtet zu werden. Er täuschte einen Hustenanfall vor und drehte sich von Tanja weg. Dabei sah er, wie der Barkeeper auf zwei Männer einredete, die daraufhin betont unauffällig zu ihm und der jungen Frau rüberschauten.

»Na, wenigstens ist der Täter dann hinter Gittern und die Tat wird gesühnt. Aber dir bringt das natürlich den geliebten Menschen nicht zurück«, meinte Paul mitfühlend.

»Hm, da hast du recht. Außerdem bezweifle ich, dass der Typ tatsächlich derjenige ist, der Erich getötet hat. Ich habe einen Beweis gefunden, der nahelegt, dass es auch jemand anders gewesen sein kann.« Paul wurde hellhörig und legte nach.

»Aber weshalb gehst du dann nicht zur Polizei, wenn du meinst, dass der wahre Mörder noch frei rumläuft?«

»Hm, das geht nicht, aber jetzt lass uns von was anderem …«

»Entschuldige Tanja, aber der Chef will dich kurz sehen.

Es gibt wohl noch Fragen zu deinen Arbeitszeiten in der kommenden Woche«, unterbrach eine üppige Schönheit das Gespräch.

»Es … es dauert bestimmt nicht lange. Ich bin gleich wieder zurück.« Mit diesen Worten ging Tanja zu den beiden Männern. Paul bekam keine große Gelegenheit mehr, ihr hinterher zu blicken, er wurde von der vollbusigen Frau sofort in Beschlag genommen.

»Das tut mir jetzt echt leid, aber ich verspreche dir, dass ich mich mindestens so gut um dich kümmern werde wie Tanja. Ich bin übrigens Natascha.« Sie rückte ganz nah an Paul heran und bestellte sich ein Glas Sekt.

»Bist du nicht ganz bei Trost?«, schnauzte Carlo Hartmann, der offizielle Besitzer des Etablissements, Tanja an, während sein Gesprächspartner die beinahe schwarzen Augen auf die Tänzerin heftete.

»Weshalb erzählst du einem wildfremden, alten Knacker, dass du Zweifel am Geständnis von Kranzlers Mörder hast, und was sind das für Beweise, die du angeblich hast? Der Typ wollte dich nur aushorchen, hast du das nicht geschnallt? Die Sache ist gegessen, kapiert?«

Tanja nickte eingeschüchtert, sie hatte in ihrer Verzweiflung völlig die Überwachungskameras mit den sehr sensiblen Richtmikrofonen vergessen. Hartmann packte sofort wieder das Zuckerbrot aus und nahm seine Angestellte in den Arm.

»Ich weiß ja, dass ich mich auf dich verlassen kann«, meinte er versöhnlich und nahm sie in den Arm.

»Aber jetzt geh nach oben und zieh dich um, du kannst dir ein paar Tage frei nehmen.«

»Äh, ich muss kurz auf die Toilette«, meinte Paul und erhob sich, nachdem er zähneknirschend weitere dreißig Euro über den Tresen geschoben hatte. Er folgte der Ausschilderung und kam dabei ganz nah an den zwei Männern vorbei, die auf Tanja einredeten. Die junge Frau schenkte ihm ein gequältes Lächeln und Paul bekam immer mehr den Eindruck, dass hier etwas nicht stimmte. Als er wieder zurückkam, waren die drei nicht mehr da, dafür hatte seine neue Gesprächspartnerin bereits ein frisches Glas von dem prickelnden Getränk vor sich stehen. Jetzt wurde es ihm langsam zu bunt, doch die Rolle vom vermögenden älteren Herrn, in die er sich hineinmanövriert hatte, musste er jetzt wohl oder übel weiterspielen.

»Ich habe dir auch gleich ein neues Bier bestellt, das ist dir doch recht, oder?«

»Aber natürlich«, antwortete Paul mit einem aufgesetzten Lächeln und prostete Natascha zu, bevor er einen kleinen Schluck nahm. Wenn die in dem Tempo weitertrinkt, bin ich in einer halben Stunde blank, dachte der Älbler. Er hoffte immer noch, dass Tanja zurückkehrte und ihm weiter von ihren Zweifeln berichten würde.

»Na, mein Süßer, wollen wir ein wenig nach oben gehen?« Sie legte ihm den Arm um die Schulter und drückte ihre imposante Oberweite an seinen Oberarm. Eigentlich hätte er in diesem Moment erregt werden müssen, doch Paul fühlte einen plötzlichen Schwindelanfall und wie aus dem Nichts sackte sein Kopf auf die Theke.

45

FREITAGABEND – SAMSTAGMORGEN

Gianna hatte innerhalb von Sekundenbruchteilen reagiert und eine Vollbremsung hingelegt. Der unvermeidliche Aufprall war ziemlich heftig gewesen und hatte die junge Frau in die Sicherheitsgurte geworfen und den Airbag ausgelöst. Obwohl der aufmerksame Fahrer des Räumfahrzeugs gleichfalls sofort gebremst hatte, konnte er nicht verhindern, dass sein Unimog den Mini mehrere Meter bergab schob. Zu Giannas Glück war zu diesem Zeitpunkt kein Fahrzeug von unten gekommen.

»Hallo, können Sie mich hören?«

Gianna war bei Bewusstsein und bemerkte ein heftiges Pochen gegen ihre Autotür. Eine gedämpfte Stimme rief ihr etwas zu, doch Gianna verstand nichts, denn sie schien Watte in den Ohren zu haben. Sie befreite sich von Gurt und Airbag und stellte fest, dass sich ihre Glieder alle bewegen ließen. Offenbar funktionierte die Elektrik noch, denn sie konnte den Schließmechanismus deaktivieren.

»Um Gottes willen, wie geht es Ihnen?« Der besorgte Fahrer riss die Tür auf.

»Es ging mir schon besser. Könnten Sie mich stützen?«, bat Gianna und der Mann half ihr, vorsichtig aus dem Wagen zu klettern. Die kalte Luft traf sie mit voller Wucht und sie fing sofort an, mit den Zähnen zu klappern, was allerdings nicht nur an der Kälte, sondern auch an ihrem angegriffenen Nervenkostüm lag. Der Fahrer des steckengebliebenen Lkws, den Gianna hatte überholen wollen, war ebenfalls herbeigestürmt und legte ihr eine Decke über die Schultern.

»Mädchen, da hast du mehr Glück als Verstand gehabt«, meinte der bullige Fahrer kopfschüttelnd.

»Vor allem hat sie gut reagiert«, entgegnete ihr Unfallgegner und dirigierte sie zu seinem Streufahrzeug.

»Bitte setzen Sie sich erst mal hier in meine Fahrerkabine, da ist es warm und wir können unser weiteres Vorgehen besprechen.«

Ergeben gehorchte Gianna und kroch auf den Beifahrersitz. Hier war es tatsächlich wohlig warm und sie entspannte sich ein wenig.

»Frau …?«

»Baur.«

»Mein Name ist Erwin Steinmann. Eigentlich müssten wir jetzt den Krankenwagen und die Polizei benachrichtigen. Doch angesichts der prekären Wetterlage würde ich vorschlagen, dass der Lkw-Fahrer Ihren Mini auf den Parkplatz bringt, der sich oberhalb der scharfen Kurve befindet, und ich dann auch da runterfahre. Vorausgesetzt, der Wagen ist noch fahrtauglich.« Zur Untermauerung seines Vorschlags deutete er nach hinten, wo bereits einige Lichter von wartenden Autos zu erkennen waren. Auch von Gönningen waren mittlerweile mehrere Fahrzeuge bergauf gekommen, die hinter dem liegengebliebenen Lkw standen.

»Es sei denn, Sie wollen unbedingt, dass ein Streifenwagen und ein Sani kommen. Dann gibt es heute Nacht eine Vollsperrung hier und ich verspreche Ihnen, dass Sie mehrere Stunden hier festsitzen«, gab er zu bedenken und dachte dabei auch an sich. Keinesfalls wollte er sich hier die Nacht um die Ohren schlagen. Erwin Steinmann wurde in dieser schneereichen Nacht noch an anderen Albaufstiegen gebraucht.

»Sie können es so machen, wie Sie vorgeschlagen haben, Herr Steinmann«, entgegnete Gianna nach kurzer Überlegung.

»Danke.« Steinmann verließ das Fahrzeug und ging zu dem Lkw-Fahrer, der den Mini gerade begutachtete.

»Na, Meister, was meinst du, kann man mit der Karre noch fahren?«, fragte Erwin und legte dem Mann, der sich als Toni vorstellte, seinen Plan dar.

»Deinem Schild fehlt jedenfalls nichts. Der Mini dagegen hat ein paar ordentliche Dellen davongetragen«, antwortete der Mann grinsend und setzte sich in den Kleinwagen. Er ließ das Auto an und Giannas Wagen schnurrte ganz normal.

»Dem Motor fehlt nichts«, rief er aus dem geöffneten Seitenfenster raus.

»Also gut, ich fahr da jetzt rückwärts mit Warnblinker auf der Überholspur runter und du folgst mir mit deinem Räumfahrzeug. Aber wie bekomme ich meine Karre wieder flott?«

»Das besprechen wir nachher.«

Bevor der umsichtige Mann sich in den Mini setzte, ging er zu den auf seiner Spur wartenden Autofahrern und erklärte ihnen sein Vorhaben. Einige von ihnen knurrten und wollten sich darüber beschweren, dass sie nicht mehr von der Stelle kommen würden, doch angesichts Tonis entschlossenen Auftretens behielten sie es für sich. Es waren fahrerisches Können und Ruhe vonnöten, aber schließlich erreichte er, gefolgt von dem Streufahrzeug, den Parkplatz. Toni verließ den Mini und kam heran. Steinmann ließ das Seitenfenster herunter, um sich mit dem anderen über das weitere Vorgehen zu besprechen.

»Entschuldigen Sie, wenn ich mich einmische«, unterbrach Gianna die beiden. »Ich möchte mich nochmals vielmal bei Ihnen beiden bedanken und hätte da eine Idee. Mein Vater hat eine größere Baufirma, ›Baur baut‹, vielleicht haben Sie schon mal davon gehört. Jedenfalls steht am Lager in Albingen ein riesiger Traktor, der den Lkw mit Sicherheit wieder flott bekommt. Eine kleine Bedingung würde ich allerdings daran knüpfen.«

Fragend betrachtete Toni die junge Frau.

»Sie fahren mich mit meinem Wagen nach Hause, dort steht auch die Maschine. Da unsere Firma im Dorf den Winterdienst macht, hat der Fahrer bereits Ketten aufgezogen.«

»Hm, das hört sich gut an, wer weiß, wann ich sonst geborgen werde«, antwortete Toni, ohne lange zu überlegen.

»Dann fahre ich die Steige wieder hoch und ihr folgt mir. Hoffentlich prescht mir nicht noch mal jemand auf mein Schild.«

Zur Sicherheit baten sie den ersten wartenden Fahrer, der vorhin ziemlich verständig reagiert hatte, den Verkehr oberhalb des gestrandeten Lkw anzuhalten. Nachdem der Mann in Position war, fuhr der Unimog, gefolgt von Giannas Mini und den anderen Autos, an Tonis Laster vorbei. Hinter dem Räumfahrzeug herzufahren, erwies sich als äußerst entspannend. Oben angekommen, trennten sich die Wege der beiden Fahrzeuge, Erwin fuhr geradeaus, um die nächste Steige frei zu räumen und Gianna und ihr Chauffeur bogen rechts in Richtung Albingen ab. Sie verband ihr Handy mit der Freisprechanlage und wählte die Nummer von Hubert Wagner, dem Hausmeister. Mit wenigen Worten erzählte sie ihm, was vorgefallen war und wies ihn an, den Traktor fahrbereit zu machen.

Als sie auf das weitläufige Gelände fuhren, hatte der zuverlässige Wagner den Motor bereits angelassen und offenbar auch Gheorghe Bescheid gegeben, denn der Rumäne stand mit ernster Miene neben dem Fahrzeug. Sobald der Mini angehalten hatte, stürzte Gheorghe herbei und öffnete von außen die Beifahrertür.

»Um Gottes willen, Gianna, was ist passiert?« Die junge Frau war mittlerweile weiß wie eine Wand und schaffte es gerade noch, Toni zu danken, bevor sie sich in Gheorghes Arme fallen ließ.

Beinahe mühelos hob er sie hoch und trug sie zum Aufzug. Oben in ihrer Wohnung angekommen, legte er sie sanft auf das Sofa und deckte die stark zitternde Frau zu.

»Bitte, lass mich nicht alleine«, bat sie, als Gheorghe sich entfernen wollte.

»Keine Angst, ich wollte dir lediglich einen Tee mit Rum machen, das ist jetzt genau das Richtige, glaub mir«, meinte Gheorghe mitfühlend, und wenig später brachte er das dampfende Getränk. Vorsichtig nahm sie winzige Schlucke und hielt sich an der heißen Tasse fest. Das Zittern ließ nach und ihre Miene entspannte sich allmählich. Gheorghe setzte sich zu ihr auf die Bettkante und nahm ihre Hand.

»Ich muss dir so viel erzählen.« Gianna begann, davon zu berichten, wie sie den Laptop aus dem Schließfach genommen hatte und hörte dann mitten im Gespräch auf. Lächelnd bemerkte Gheorghe, dass sie beim Reden eingenickt war.

»Hast du gut geschlafen?«, fragte Gheorghe, als Gianna am nächsten Morgen die Augen aufschlug. Er hatte bereits das Frühstück gerichtet und sich dann noch eine Weile hergesetzt, um sie zu beobachten.

»Wie ein Stein, ich bin wohl gestern während meines

Berichts eingeschlafen. Tut mir leid.« Wackelig erhob sie sich und schlang die Arme um ihn.

»Als ich meine Sachen aus dem Mini holen wollte, habe ich zufällig Hubert getroffen, der seinen Einsatz gerade beendet hatte. Nachdem, was er mir alles erzählt hat, hast du wohl wieder mal sehr viel Glück gehabt.« Er drückte sie fest an sich und geleitete sie zum Frühstückstisch.

»Obwohl mein Retter diesmal nicht dabei war, bin ich sehr glimpflich davongekommen. Bestimmt sind meine neun Leben bald aufgebraucht«, meinte Gianna mit einem Grinsen und nahm einen Schluck Kaffee.

»Du wolltest mir gestern Abend noch ganz viel erzählen, bevor du eingeschlafen bist«, erinnerte Gheorghe sie an den gestrigen Tag.

»In der Tat. Ich habe einiges erfahren, doch das Wichtigste für dich dürfte der neuerliche Mord auf einer unserer Baustellen sein.«

Entsetzt betrachtete Gheorghe die junge Frau und er schüttelte den Kopf.

»Nein …, nicht Johannis!«, stieß er hervor und seine Stimme brach. Doch die ernst dreinblickende Gianna nickte leicht mit dem Kopf.

»Leider doch, Gheorghe«, antwortete sie und strich sanft über seine Hand.

»Die näheren Umstände kenne ich zwar nicht, aber offenbar steht fest, dass dein Kollege umgebracht wurde.«

Gheorghe erhob sich und trat an das Panoramafenster. Sein trauriger Blick heftete sich auf irgendeinen nicht greifbaren Gegenstand.

»Das wird Lopescu büßen, das schwöre ich bei meiner Mutter.«

Gianna war herangetreten und erschrak beinahe über den entschlossenen Zug, der in sein Gesicht getreten war.

»Du meinst, dass er es war, der Johannis getötet hat?«

»Sicherlich nicht er selbst, dieser feine Herr macht sich die Hände schon lang nicht mehr schmutzig. Trotzdem wird er dafür bezahlen.« Zur Bekräftigung seiner Worte hieb er mit der rechten Faust in seine linke Hand. »Ich habe Johannis zwar nur ein paar Tage gekannt, doch in dieser Zeit ist er mir ans Herz gewachsen. Vielleicht auch deshalb, weil er das geborene Opfer war und ich ihm helfen wollte. Trotz allem war er ein feiner Kerl, der es verdient hätte, mit seiner geliebten Frau in der Heimat alt zu werden. Dieser Mann steht stellvertretend für alle von Lopescu und Konsorten unterdrückten Menschen. Man muss diesen Leuten endlich Einhalt gebieten, sonst ändert sich nie etwas.«

»Wenn ich dich so reden höre, meldet sich mein schlechtes Gewissen wieder, weil wir unter denjenigen sind, die davon profitieren. Ohne Bau- und Immobilienunternehmer, die die modernen Sklaven beschäftigen, würde das ausbeuterische System nicht funktionieren. Sobald mein Vater wieder auf freiem Fuß ist, werde ich ihn vor die Wahl stellen. Entweder er stellt nur noch reguläre Arbeiter ein oder ich steige aus.«

Gheorghe heftete seine dunklen Augen auf die Frau, in die er sich verliebt hatte, und versuchte herauszufinden, ob sie das bloß so daher sagte oder es tatsächlich ernst meinte.

»Meinst du, dein alter Herr kommt trotz des gegen ihn erhobenen Verdachts bald frei?«

»Ich habe gestern mit unserem Anwalt geredet und er meinte, dass er aufgrund der veränderten Sachlage, die durch den Mord an dem Augenzeugen aufgetreten ist, versuchen will, meinen Vater auf Kaution herauszubekommen. Er hat für beide Taten ein Alibi und wird als jemand, der sich bisher nichts zuschulden kommen hat lassen, von zwei zwielichtigen Gestalten beschuldigt, sie angestiftet zu haben. Der Rechtsanwalt meinte, dass wir gute Chancen haben, ihn spätestens bis Montag freizubekommen«, meinte sie zuversichtlich, während Gheorghe sie weiterhin scharf beobachtete.

»Glaubst du, dass dein Vater nichts mit dem Mord an dem Zollbeamten zu tun hat?«

Die Frage brachte Gianna ein wenig aus dem Konzept, schließlich antwortete sie bestimmt.

»Bevor das mit Johannis vorgefallen ist, hatte ich ehrlich gesagt so meine Zweifel. Doch mittlerweile bin ich mir ziemlich sicher, dass er unschuldig ist«, bekräftigte sie und wartete auf eine Reaktion seinerseits.

Gheorghe nickte leicht.

»Okay, dann folge ich deiner Einschätzung und konzentriere mich ganz auf Lopescu.« Er trank seinen Kaffee leer und erhob sich.

Wenig später kam Gheorghe mit seinem Laptop wieder zurück und schob seinen Teller auf die Seite, um Platz zu machen.

»Sei mir nicht böse, aber ich muss mich noch mal ein wenig hinlegen«, meinte Gianna.

»Kein Problem, ich kontaktiere meinen belgischen Kollegen, vielleicht hat er neue Erkenntnisse gewonnen.« Seine regulären E-Mails hatte Gheorghe bereits mit dem Smartphone abgerufen. Bevor er den Account des Belgiers aufrief, schaute er kurz in den Ordner mit den Junk-Mails. Das machte er gewohnheitsmäßig alle paar Wochen und tatsächlich waren bisher manche wichtigen Mails hier gelandet.

»Verdammt!«, stieß der Journalist hervor, als er die Adresse erkannte.

»Das gibt es ja nicht.« Gheorghe rieb sich die Augen, bevor er die Nachricht in rumänischer Sprache las.

»Hallo Gheorghe, wenn du das hier liest, bin ich wahrscheinlich schon tot oder auf dem Weg in die Heimat. Sie sind mir dicht auf den Fersen und ich wusste mir nicht mehr anders zu helfen. Mein altes Handy habe ich versteckt und mir ein neues geholt. Auf dem versteckten Mobiltelefon ist ein Video drauf, das ich heimlich von dem Mord gemacht habe. Davon weiß außer mir und jetzt dir niemand etwas.«

Im weiteren Verlauf der Mail nannte Johannis den Sicherheitscode sowie den Ort, an dem er das Beweisstück deponiert hatte.

»Jetzt kann mir nur noch der liebe Gott helfen, dass ich mit dem Leben davonkomme und meine geliebte Jana noch mal sehe. Ich wünsche dir alles Gute und hoffe, dass du die Dreckschweine mit meiner Hilfe drankriegst. Johannis.«

Gheorghe las den Text noch ein weiteres Mal und wurde immer zorniger sowohl auf die Leute, die ihn getötet hatten, als auch auf Johannis selbst. Weshalb hatte der alte Maurer ihn nicht an jenem Abend, als sie sich zum letzten Mal gesehen hatten, um Hilfe gebeten?

Gheorghe stand jetzt völlig unter Strom und tigerte im Raum umher. Wie sollte er weiter vorgehen, fragte er sich. Sollte er Gianna einweihen und damit in Gefahr bringen oder in Versuchung, ihn doch noch bei Lopescu zu verraten? Obwohl er sich eingestanden hatte, sie zu lieben, konnte er ihr noch nicht rückhaltlos vertrauen, zumal er nicht glaubte, dass Baur unschuldig war. Er trank seinen Kaffee leer und ging dann in sein Zimmer, um sich anzuziehen. Dezent klopfte er wenig später an Giannas Türe.

»Ja?«

»Ich bin es, entschuldige die Störung, aber ich wollte dir nur sagen, dass ich den nächsten Bus nehme und nach Reutlingen fahre.«

Völlig orientierungslos blickte sie ihn an, offenbar hatte sie tief und fest geschlafen. Erst allmählich kam Gianna zu sich.

»Du … weshalb willst du in die Stadt?«

»Ein Kollege hat mir eine Nachricht geschickt, er hat meine Sachen, die ich in unserer Unterkunft zurücklassen musste, zur Seite gepackt und will sie mir an einem neutralen Ort übergeben, nachdem er Feierabend hat«, log Gheorghe überzeugend.

»Aber warte doch, bis ich wieder fit bin, dann bringe ich dich mit meinem Auto runter. Außerdem bist du auch noch nicht vollständig genesen. Das sehe ich dir an.«

Gheorghe musste sich ziemlich zusammennehmen, um ihr nicht die Wahrheit zu erzählen.

»Das Problem an der Sache ist, dass der Typ morgen früh nach Rumänien zurückkehrt. Deshalb muss ich schnell handeln.«

»Meinst du nicht, dass das eine Falle ist?«, gab Gianna zu bedenken.

»Nein, das glaube ich nicht, der Arbeiter ist ein ehrlicher Kerl und hasst Lopescu genauso wie ich.«

»Na gut, aber lass dich wenigstens von Hubert abholen, wenn du deine Angelegenheit erledigt hast.«

»Das werde ich auf jeden Fall machen, also bis heute Abend.« Er beugte sich zu ihr hinunter und gab ihr zärtlich einen Kuss.

Gheorghe begab sich zur Haltestelle und musste nur wenige Minuten warten, bis der Bus ankam. Freudig erkannte er, dass es derselbe Fahrer war wie beim ersten Mal, als er Gianna besuchte. In dem beinahe leeren Omnibus sah er sich kurz um und setzte sich dann hinter den Fahrersitz.

Es entspann sich eine lockere Unterhaltung, und die beiden tauschten am Ende der Fahrt die Handynummern aus, um sich irgendwann zu treffen.

Als er das Fahrzeug verließ, sah er sich verstohlen nach allen Seiten um, doch niemand schien sich für ihn zu interessieren. Aber offenbar war er in seiner Aufregung ein wenig nachlässig geworden. Der Fahrer des Autos, das dem Bus seit einiger Zeit gefolgt war, beobachtete den Rumänen aus einiger Entfernung und stellte seinen Wagen dann im Halteverbot ab, nicht ohne vorher ein offiziell aussehendes Schild von innen an die Frontscheibe zu heften.

Zielstrebig ging Gheorghe in ein nahe gelegenes Café und bestellte zu dieser relativ frühen Zeit ein Bier, was absolut gegen seine Gewohnheit war. Nach den ersten Schlucken entspannte er sich ein wenig und wurde ruhiger.

Immer wieder rief er sich ins Gedächtnis, was passieren würde, sollte sein Plan, den er kurzfristig gefasst hatte, fehlschlagen.

Das alkoholische Getränk gab ihm auch einen Teil seiner Zuversicht zurück und er erhob sich beinahe euphorisch, um das zu tun, was er glaubte, Johannis schuldig zu sein. Er bezahlte an der Theke und ging hinaus.

Die Kapuze seiner Jacke zog er weit ins Gesicht, sodass nur die Augen sichtbar waren. Etwa fünfzig Meter vor dem Haus blieb er stehen und blickte sich nochmals gründlich um. Jetzt könnte er noch das Weite suchen, verwarf den Gedanken jedoch sofort wieder. Wenn er kniff, würde es sich Gheorghe sein Leben lang vorwerfen. Nachdem er fünf Minuten gewartet hatte, marschierte er mit klopfendem Herzen zu der Haustüre. Seine Finger zitterten trotz der beruhigenden Wirkung des Biers, als er den Schlüssel ins Schloss drückte. Seine Hoffnung, dass der Schließzylinder nicht ausgetauscht worden war, erfüllte sich und so konnte er ohne Gewaltanwendung hineingehen.

Beim Eintreten in die Wohnung schlug ihm der Gestank nach ungewaschenen Männerleibern entgegen, den Gheorghe beinahe schon vergessen hatte. Er blieb kurz stehen und lauschte angestrengt, aber außer dem Kühlschrank, der merkwürdig gurgelnde Geräusche von sich gab, war nichts zu hören. Offenbar war der Georgier, der mit ihm wegen Krankheit daheimgeblieben war, genötigt worden, die Arbeit wieder aufzunehmen. Dabei waren bei dem Kollegen die Grippesymptome weit ausgeprägter gewesen als bei Gheorghe. Solche Dinge waren für Lopescu nicht relevant, bei ihm hatten die Arbeiter zu funktionieren. Bei Krankheit tauschte er denjenigen einfach gegen einen gesunden Arbeiter aus.

Nachdem er sich in einer Küchenschublade einen Schraubendreher gegriffen hatte, schlich er auf Zehenspitzen in den Verschlag, wo Johannis' Bett stand.

Den Kleidern, die darauf lagen nach zu urteilen, schlief hier schon der Nächste, dem Geruch nach war die Bettwäsche allerdings noch dieselbe. Gheorghe ging zum einzigen Fenster, das sich nur schwer öffnen ließ und dessen Rollladen seit längerer Zeit klemmte. Er drehte den Griff in die Öffnen-Stellung und musste beinahe seine ganze Kraft anwenden, um es aufzubekommen. Mit dem Schraubendreher öffnete er die Reparaturklappe des Rollladens und fasste hinein. Seine Hand tastete sich in dem engen Kasten vorwärts, bis er plötzlich auf etwas Kleines, Rechteckiges stieß. Beinahe wäre Gheorghe in Jubelschreie ausgebrochen, als er sah, dass es sich tatsächlich um ein Handy handelte. Behutsam steckte er es in die Tasche und schraubte den Deckel wieder drauf. Er räumte den Schraubendreher auf und verließ mit einem Hochgefühl die Wohnung. Als er die Haustüre öffnete, stand unvermittelt jemand vor ihm und Gheorghe erschrak beinahe zu Tode.

46

SAMSTAGMORGEN

»Hast du dich gestern Nacht amüsiert?«

Kevin Haberland betrachtete Miriam, die genauso übernächtigt aussah, wie er sich fühlte.

Die Mitglieder des Zirkels waren nach ihrer Sitzung noch in einem elitären Club gelandet und Kevin war erst gegen vier Uhr nachts nach Hause gekommen. Um diese Zeit schlummerte Miriam bereits und er hatte den Impuls sie zu wecken gerade noch unterdrücken können.

»Na ja, ›amüsiert‹ ist vielleicht nicht das richtige Wort, aber wenigstens bin ich keinem Extremisten verfallen.« Miriam lächelte süffisant. »Zufällig habe ich noch einen Platz in dem kleinen Restaurant bekommen, in dem ich mit Pierre Bartez war und habe nach dem leckeren Essen den Kellner nach einer Empfehlung für einen Tanzschuppen gefragt. Doch in dem Techno-Club, den mir der junge Mann empfohlen hatte, war ich die Disco-Oma. Schließlich bin ich frustriert in dem Bistro in deiner Nachbarschaft auf einen Absacker gelandet. Kurz habe ich mit dem Gedanken gespielt, dir eine Nachricht zu schicken, war aber irgendwie hundemüde und bin dann schlafen gegangen. Und bei dir, war eure Sitzung interessant? Konntest du den Fraktionsvorsitzenden von deinen tollen Ideen überzeugen?«

»Knochentrocken würde es eher treffen und meine tollen Ideen, wie du dich ausdrückst, landen meistens auf dem Misthaufen der Geschichte. Vielleicht kann ich was bewegen, wenn ich selbst einmal die Fraktion anführe. Aber das wird ein dornenreicher Weg, der noch viele Jahre dauern kann.« Kevin machte einen betont resignierten Eindruck und Miriam schien ihm die Lüge abzunehmen. »Doch ich möchte dich nicht mit den Niederungen der europäischen Politik langweilen, sag mir lieber, auf welche Unternehmungen du heute Lust hast.«

»Ich vertraue meinem Reiseleiter, der mich bisher so galant durch die Stadt geführt hat«, meinte Miriam lächelnd. Obwohl sie innerlich damit abgeschlossen hatte, mit Kevin eine Affäre zu beginnen, genoss sie die Zeit mit ihm sehr.

»Also gut, die Museen dürften heute und morgen noch überfüllter sein als sonst. Deshalb schlage ich aufgrund des kalten, aber klaren Wetters eine Exkursion mit ausgedehnter Wanderung außerhalb Brüssels vor. Und zwar zu einem Städtchen, dessen Namen weltberühmt ist. Man kann mit Fug und Recht behaupten, dass sich dort das Schicksal Europas entschieden hat.« Haberland spannte sie ein wenig auf die Folter.

»Das hört sich gut an, ich bin gerne in der freien Natur. Doch jetzt raus mit der Sprache, wie heißt dieser Hotspot?«

»Waterloo.«

»Oh, natürlich, davon habe ich in der Schule schon mal gehört. Da war irgendein Gemetzel, ich muss jedoch zu meiner Schande gestehen, dass ich die genauen Umstände jetzt aus dem Stehgreif auch nicht mehr weiß.« Geschichte war bei Weitem nicht Miriams Kernkompetenz, wenngleich sie sich durchaus dafür interessierte.

»Da geht es dir wie vielen unserer Zeitgenossen und dieser Ort ist durch den alten Hit von Abba bekannter als durch seine historische Bedeutung. Aber ich verspreche dir, dass du heute Abend alles Wichtige darüber weißt, ohne vorher irgendwelche Historienschmöker gelesen zu haben. Wollen wir in einer Stunde losfahren?«

»Von mir aus, ich muss mich nur noch ein wenig frisch machen.« Mit diesen Worten stand Miriam auf und wollte ins Bad gehen.

»Äh, eine Sache noch, können wir dein Auto nehmen? Mein Wagen ist bis Montag zur Inspektion in einer Werkstatt. Wir könnten natürlich auch den Bus nehmen, aber mit dem Auto wären wir unabhängiger.«

Zur Bestätigung hielt Miriam den Daumen nach oben und verschwand hinter der Badezimmertür. Während sie sich ein leichtes Make-up auflegte und die Zähne putzte, legte Kevin einen kleinen Gegenstand in ihre Handtasche.

Wenig später saßen sie in ihrem Wagen und fuhren stadtauswärts. Es hatte durchaus seinen Reiz, wenn U- und S-Bahnen vor der Haustüre verkehrten, dachte Miriam und war ein wenig genervt, als sie bereits zwei Straßen von Kevins Wohnung im Stau standen. Sie kannte die Situation von Stuttgart her, einer der Stauhochburgen Deutschlands, doch laut Kevin toppten die Verkehrsbehinderungen hier in Brüssel alles.

»Verdammt, ich Idiot hätte es eigentlich besser wissen müssen, dass man am Samstag um die Mittagszeit die Karre zu Hause lässt«, meinte Kevin zerknirscht.

»Mach dir nichts draus, so haben wir Zeit, uns zu unterhalten, und du kannst mir alles über dieses Waterloo erzählen, was du weißt.«

Kevin machte gute Miene zum bösen Spiel und teilte mit Miriam sein Wissen um die legendäre letzte Schlacht Napoleons, des großen französischen Kaisers, nach der er endgültig von der politischen Bühne Europas verschwand.

Nach eineinhalb Stunden, die sie für die gerade mal achtzehn Kilometer brauchten, kamen die beiden an einem weitläufigen Touristenparkplatz an. Bereits von Weitem sahen sie den »Butte du Lion«, den aufgeschütteten und mehr als vierzig Meter hohen »Löwenhügel«, zu dessen Füßen das Museum »Memorial 1815« anlässlich des zweihundertsten Jahrestags der Schlacht errichtet worden war.

Das Museum bot sehr viel Wissenswertes und Interessantes, doch Kevin drängte seine Begleiterin, gemeinsam mit ihm den Bergkegel mit der riesigen Löwenskulptur zu erklimmen. Von hier oben hatte man eine perfekte Rundumsicht über das Gelände der Schlacht. Da sich in den vergangenen zwei Jahrhunderten hier natürlich auch manches verändert hatte, war viel Vorstellungsvermögen vonnöten, um sich das damalige Geschehen vorzustellen. Kevin hatte zwei Headsets besorgt, die den Schlachtenlärm simulierten und auf diese Weise die Fantasie anregten.

»Natürlich ist vieles auch Legende, aber es trug sich wohl so zu, dass Napoleon die vereinten Briten, Holländer und Belgier am Rande einer Niederlage hatte. Ich weiß nicht, ob du das berühmte Zitat des englischen Generals Wellington schon mal gehört hast.«

Miriam blickte ihn fragend an.

»Sinngemäß hat er wohl gesagt ›ich wollte, es wäre Nacht oder die Preußen kämen‹. Die Nacht war noch fern an diesem regnerischen Sommertag, aber die Preußen kamen am späten Nachmittag angerückt. Napoleon hat seine Männer zwar noch angetrieben und versucht, sie zu unmenschlichen Taten anzuspornen, doch am Abend sah er ein, dass er gegen die deutliche Übermacht keine Chance haben würde und floh vom Schlachtfeld. Die fünfzigtausend toten Soldaten, die am Boden lagen, konnten das nicht mehr tun.«

Miriam erschauderte bei dem Gedanken, dass sich hier vor zweihundert Jahren mehr als dreihunderttausend Soldaten an die Gurgel gingen.

Während er gemeinsam mit Serge in seinem riesigen BMW in südlicher Richtung unterwegs war, dachte Schubert zufrieden lächelnd an den gestrigen Abend. Nachdem Haberland gegangen war, hatte er nochmals das Gespräch mit Merriweather gesucht.

»Was halten Sie von dem Nachwuchspolitiker?«, hatte er den Milliardär gefragt.

»Oh, ich bin überzeugt davon, dass er uns noch gute Dienste leisten kann. Offenbar ist er sehr talentiert. In puncto Skrupellosigkeit muss er noch ein wenig an sich arbeiten. Er scheint mir noch etwas zu weich zu sein, um in den inneren Zirkel aufgenommen zu werden. Aber ich schätze ihn als durchaus lernfähig zu sein. Wars das?«, wollte Merriweather ungeduldig wissen und blickte demonstrativ auf seine Schweizer Präzisionsuhr im Wert eines gehobenen Mittelklassewagens.

»Na, ja, ich bin nicht ganz so überzeugt von Haberland, vor allem nicht mit seinem Umgang, was Frauen anbelangt.«

Schubert hatte es geschafft, Merriweathers Interesse zu wecken.

»Wie meinen Sie das?«

»Nun, er hat da was laufen mit einer Frau aus Deutschland, die ich zufällig kenne. Deren früherer Mann ist ermordet worden und ihr jetziger Lebenspartner ist Kommissar bei der Mordkommission.« Es hatte Schubert einen Anruf gekostet, um Näheres über Miriams derzeitige Situation zu erfahren. »Dieser Beamte hat sich einen Namen gemacht, indem er und seine Kollegin eine geheime Sekte zerschlagen haben. Würde mich nicht wundern, wenn die Frau den Auftrag hat, uns auszuspionieren.«

»Das ist jetzt aber ziemlich an den Haaren herbeigezogen. Welches Interesse sollten deutsche Polizisten daran haben, unsere Organisation zu infiltrieren?« Mit einer unwirschen Bewegung wischte Merriweather durch die Luft und gab Schubert damit zu verstehen, dass er das Ganze für ziemlich hanebüchen hielt. Er wandte sich ab, doch der Juwelenhändler gab nicht auf und rief ihm hinterher.

»Zufällig ermittelt dieser Kommissar in dem Mordfall, der unseren Leiharbeiter das Leben gekostet hat. Sie wissen schon, wir haben vorher darüber gesprochen.«

Merriweather drehte sich um und blickte Schubert kalt an.

»Hm, die Sache fängt an zu stinken.«

»Sie haben recht, und sollte die junge Dame Herrn Haberland vor ihren Karren gespannt haben, so stinkt sie sogar gewaltig.«

Grübelnd sah Merriweather auf einen imaginären Punkt. Er hielt große Stücke auf Haberland, doch wenn er auf irgendeine Weise ein falsches Spiel spielte und die Organisation dadurch gefährdete, war er eine Belastung.

»Regeln Sie das, Schubert, aber so, dass nichts auf uns zurückfällt. Haben wir uns verstanden?« Merriweather wartete die Antwort nicht ab und verließ den Raum, ohne sich von den anderen noch Anwesenden zu verabschieden.

»Waren Sie schon mal in Waterloo, Serge?«, hatte Schubert seinen Leibwächter gefragt, nachdem Haberland um die Mittagszeit eine WhatsApp-Nachricht geschickt hatte.

»Sehr oft sogar, ich bin in der Nachbargemeinde aufgewachsen.« Serge grinste.

»Gut, dann sagen Sie mir, wo wir das Ding am besten durchziehen.« Gespannt betrachtete Schubert seinen Mitarbeiter, der sich mit dem Zeigefinger leicht auf den Mund klopfte, während er überlegte.

»Ja, das ist es, er soll mit der Frau zur Ferme d'Hougoumont gehen, und zwar am besten, wenn es schon dunkel ist. Ich denke, dass wir in dieser Gegend um diese Jahreszeit ungestört sind.«

Schubert schrieb seinerseits eine Nachricht an Haberland und schickte sie ab.

Kevin griff nach seinem Smartphone und las die Nachricht, die er gerade erhalten hatte.

»Siehst du das Gebäude dort?« Er deutete mit seiner rechten Hand in südwestliche Richtung.

»Das ist die Ferme d'Hougoumont, dort hat die Schlacht ihren Anfang genommen und vielleicht wurde sie dort auch entschieden, weil Napoleon hier nicht weiterkam. Ich denke, mit diesem etwa einstündigen Fußmarsch könnten wir unsere Exkursion abschließen. Was meinst du?«

Miriam machte diese Wanderung nichts aus, sie hatte lediglich Bedenken wegen der einsetzenden Dämmerung und der aufziehenden dunklen Wolken. Doch sie wollte ihren Reiseführer nicht brüskieren.

»Warum nicht? Aber danach musst du mich in eine Bierkneipe und anschließend in ein gutes Restaurant führen.«

»Nichts leichter als das«, entgegnete Haberland grinsend.

Auf der baumbestandenen Allee wurde es immer dunkler und am Schluss musste Kevin die Taschenlampe seines Handys aktivieren, um die Hinweisschilder erkennen zu können.

»Jetzt haben wir es gleich geschafft«, meinte er und zeigte auf die Ansammlung beleuchteter Gebäude, die von einer Mauer umschlossen waren.

»Hoffentlich haben die Ausstellungsräume noch offen, das hier ist wirklich sehr interessant.«

Sie schritten durch den Durchlass an der Mauer und kamen zu der Eingangspforte des Haupthauses. Sie sahen, wie drinnen sich noch Leute um die Vitrinen scharten, wurden jedoch am Schalter von einer jüngeren Dame freundlich, aber bestimmt mit dem Hinweis abgewiesen, dass es bereits zwanzig Minuten über dem eigentlichen Schließtermin war. Alles Reklamieren nutzte nichts, auch nicht der Hinweis darauf, dass beide extra aus Deutschland angereist waren, um sich die Ferme d`Hougoumont anzuschauen. Unverrichteter Dinge verließen sie das Hauptgebäude und wandten sich dem Rückweg zu.

»Ich hoffe, dass dies nicht dein letzter Besuch in Brüssel war, die Ferme holen wir dann nächstes Mal nach.« Kevin wirkte beinahe ein wenig enttäuscht, doch Miriam sah das Ganze ein wenig entspannter.

»Der Besuch dieser Erinnerungsstätte hat mir sehr gut gefallen und ich habe mehr über das Geschehen, das sich hier abgespielt hat, erfahren, als während des Geschichtsunterrichts.«

»Ab und zu betreue ich ja auch deutsche Schulklassen, die Brüssel besuchen, und diese Resonanz habe ich von den Jugendlichen auch schon oft gehört. Vielleicht täte es dem manchmal angestaubten und bei vielen Schülern ungeliebten Geschichtsunterricht gut, wenn die Lehrer mit den Schülern öfter mal historische Stätten besuchen würden. Ich finde es ungemein wichtig, die Zusammenhänge zu kennen, wie das entstanden ist, wo und wie wir heutzutage leben. Aber jetzt genug davon, wir müssen zusehen, dass wir schleunigst zurückkommen. Ich weiß nicht, ob du das vorhin gesehen hast, aber gegenüber dem Löwenhügel gibt es ein nettes Restaurant, wo man gut essen kann«, schlug Kevin vor, verschwieg jedoch, dass es eine Busverbindung zurück gab.

»Na, worauf warten wir dann noch, ich weiß ja nicht, wie es dir geht, aber ich habe einen Bärenhunger.«

Mit schnellen Schritten wanderten die beiden die schlecht beleuchtete Allee zurück und Miriam fragte ihren Begleiter nach den Einzelheiten der Schlacht aus. Woher ihr plötzliches Interesse für die Historie kam, war ihr schleierhaft, aber es musste mit der Aura dieses geschichtsträchtigen Ortes zu tun haben. Etwa auf halber Strecke hielt Kevin an.

»Ich muss mal kurz für kleine Jungs«, meinte er grinsend und verschwand hinter einem der dicken Bäume. Kopfschüttelnd schlenderte Miriam langsam weiter, es war immer wieder dasselbe mit den Männern. Nachdem sie bereits mehrere Minuten alleine gegangen war, fiel ihr auf, dass Kevin offenbar immer noch nicht fertig war. Abrupt blieb sie stehen und lauschte in die Dunkelheit, aber abgesehen vom Motorenlärm der unweit verlaufenden Straße war nichts zu hören.

»Hallo Kevin, wo bleibst du denn?«, rief sie in die Richtung, in die er verschwunden war.

»Tja, der Herr Haberland wird so schnell wohl nicht mehr kommen. Guten Abend, Frau Neuburg, es freut mich, dass wir uns so schnell wiedersehen.«

»Schubert!«, stieß die junge Frau hervor und suchte blitzschnell nach einem Ausweg, doch als sie sich umgedreht hatte und zurückrennen wollte, stellte sich ihr Serge in den Weg. In ihrem Kopf rasten die Gedanken, wie hatte Schubert von ihrem Aufenthaltsort erfahren? Außer Kevin hatte das niemand gewusst. Aber das durfte nicht wahr sein!

»Ich fürchte, Sie erleben gerade Ihr Waterloo«, meinte Schubert mit einem sardonischen Lächeln.

47

Magdalena hatte ihren Kollegen Sascha Gross an diesem Samstagmorgen zum späten Frühstück eingeladen und war zum Bäcker gegangen. Normalerweise ließ Paul es sich nicht nehmen, diesen Gang am Samstagmorgen auszuführen, aber heute war der strapazierfähige Bauer von seinem Abenteuer noch ein wenig derangiert.

Nachdem die Hauptkommissarin endlich um 22 Uhr Feierabend gemacht hatte, war sie sofort nach Hause gegangen in der Hoffnung, Paul dort vorzufinden. Doch bei näherer Betrachtung konnte das natürlich nicht sein. Der Nachtclub, den er besuchte, öffnete seine Pforten sicherlich nicht vor 22 Uhr. Sie blickte auf den Anrufbeantworter, aber das Gerät hatte keine Nachricht von Paul aufgezeichnet. Magdalena hatte sich ins Bett gelegt und war irgendwann in einen unruhigen Schlaf gefallen. So gegen halb drei hatte es dann plötzlich geklingelt. Sascha war vor der Tür gestanden mit einem schwankenden und offenbar bis obenhin abgefüllten Paul. Gemeinsam mit ihrem Kollegen hatte sie den schweren Mann ins Haus geschleift und ihn auf das breite Sofa im Wohnzimmer bugsiert.

»Ist Paul schon wach?«

»Hallo Herr Gross, kommen Sie doch erst mal herein.« Sie hielt ihrem Kollegen die Tür auf. Zielstrebig ging er hinein und legte seine Winterjacke ab.

»Wir bereiten alles vor und dann wecke ich ihn. Währenddessen können Sie mir ein wenig über den Ablauf des gestrigen Tages erzählen.«

»Was habt ihr mit dem Mann gemacht?«, hatte Sascha den Typen angeraunzt, der gerade zusammen mit einem Kollegen im Begriff war, den ohnmächtigen Paul hinauszuschaffen. Dabei hatte er wie beiläufig seine Polizeimarke gezeigt.

Während er gestern am Spätnachmittag zu Hause gesessen war und über seine Zukunft mit Miriam gegrübelt hatte, hatte plötzlich sein Handy geklingelt. Seine Vorgesetzte Mertens hatte ihm in knappen Worten von Pauls Ausflug ins Stuttgarter Nachtleben erzählt und ihn gebeten, den Älbler abzuholen, da es ihr aufgrund der Ermittlungen nicht mehr reichen würde, rechtzeitig dort zu sein. Von ihren Ängsten bezüglich des Undercover-Einsatzes, hatte sie geschwiegen.

Sascha war noch nicht zu hundert Prozent wiederhergestellt, erklärte sich jedoch bereit, dem langjährigen Freund seines verstorbenen Vaters zur Seite zu stehen.

»Kommen jetzt schon die Bullen, wenn einer mehr säuft als er vertragen kann?«

»Hör mal zu, mein Junge, hier wimmelt es gleich von ›Bullen‹, wie du dich ausdrückst, und ich versichere dir, dass wir dich und deinen Kollegen wegen schwerer Körperverletzung und Beamtenbeleidigung drankriegen, haben wir uns verstanden?« Sascha funkelte den Rausschmeißer grimmig an. Tatsächlich hatte er seinen alten Kumpel Ulf Widmann, den er auf der Polizeihochschule kennengelernt hatte, angerufen, bevor er das Lokal betreten hatte. Er hatte mit vielem gerechnet, aber dass Paul wie leblos am Tresen hängen würde, darauf war Sascha nicht vorbereitet. Der ehemalige Bauer war sicherlich kein Kostverächter, doch dass er sich sinnlos volllaufen ließ, das hatte er noch nie erlebt.

»Legt ihn da drüben auf den Tisch, aber dalli!« Widerwillig befolgten die beiden den Befehl des Kommissars.

Zum Glück hatten sie sich nicht die Mühe gemacht, Saschas Marke genauer anzusehen, denn hier in Stuttgart hatte er überhaupt keine Handhabe.

Mit schnellen Fingern wählte er die Nummer von Widmann und bat ihn, einen Notarzt anzufordern. Danach tastete er nach Pauls Puls, der zum Glück regelmäßig war. Sascha atmete erst mal auf, schließlich war es genau genommen seine Idee gewesen, Paul hierher zu schicken. Im Nachhinein hatte es sich als Schnapsidee herausgestellt und Sascha hoffte, dass Paul keine bleibenden Schäden von dem Mittel davontragen würde. Dass es sich um irgendwelche K.-o.-Tropfen handeln musste, war ihm sofort klar gewesen, als er den Rentner entdeckte.

Die beiden Gorillas hatten sich aus dem Staub gemacht und auch der dunkelhaarige Typ, den er beim Reinkommen aus den Augenwinkeln wahrgenommen hatte, war nicht mehr zu sehen. Lediglich der andere Mann, der sich mit dem Dunklen unterhalten hatte, war noch anwesend.

»Gestatten Sie, dass ich mich vorstelle, Hartmann, ich bin der Geschäftsführer dieses Etablissements. Beim besten Willen kann ich mir nicht vorstellen, wie das geschehen konnte, dass der ältere Herr so viel Alkohol bekommen hat, dass er bewusstlos wurde.«

Sascha ignorierte den öligen Typen und kümmerte sich um Paul, der ruhig atmete. Um ihn zu stabilisieren, bettete er ihn in die Seitenlage. Es dauerte nicht lang und die Sanitäter strömten herein, gefolgt von uniformierten Beamten.

»Wir haben den Schuppen abgeriegelt, Sascha. Ich hoffe im Interesse meiner und deiner Karriere, dass wir nicht nur einen betrunkenen Freier finden«, raunte ihm Widmann zu, der herangetreten war. Sascha nickte geflissentlich, schließlich hatte er schon genug Ärger an der Backe. Ein Gedanke machte sich in seinem Gehirn breit, während er auf den betäubten Paul sah, der gerade von einem Notarzt untersucht wurde. Weshalb hatte irgendjemand den Älbler ausgeschaltet? Er kannte Paul und schätzte ihn als passablen Schauspieler ein. Irgendetwas musste er herausgefunden haben, sonst hätten sie ihn in Ruhe gelassen.

»Wo ist Tanja Paullinger?«, fragte er den Geschäftsführer und schaute ihn scharf an.

»Wer?«

»Hören Sie zu, wenn Sie mir nicht sofort eine vernünftige Antwort auf meine Frage geben, dann ist dieser Laden hier Geschichte, haben wir uns verstanden?«

Sascha betrachtete den Mann, der offenbar abzuwägen schien, von welcher Seite ihm mehr Ungemach drohte.

»Ach, Sie meinen unsere Tanja, ja, die hatte heute frei. Lassen Sie mich kurz nachdenken, meines Wissens tritt sie morgen wieder auf.«

Im Hintergrund war plötzlich ein raues Würgen zu hören und beinahe im selben Moment erbrach sich jemand. Sascha drehte sich um und sah zu seinem Erschrecken, dass es Paul war, der sich die Seele aus dem Leib zu kotzen schien. Er ließ Hartmann stehen und eilte zu dem Tisch, auf dem die Sanitäter den Älbler behandelten. Während er sich langsam beruhigte, sah Sascha, dass er die Augen aufschlug.

»Verdammt, wo bin ich?«, stieß er hervor. Mit einem feuchten Tuch wischte ihm einer der Sanis die Speichelfäden aus dem Gesicht.

Pauls Augen wanderten unstet im Raum hin und her und er suchte offenbar nach irgendwelchen Anhaltspunkten bezüglich seines gegenwärtigen Aufenthaltsorts. Dann blieb sein Blick an Sascha haften und seine verwirrten Züge glätteten sich allmählich.

»Scheiße, da hat mir so ein Saukerl irgendwas ins Bier gepanscht.«

Paul erhob sich und versuchte, auf wackeligen Beinen zu stehen. Doch sofort knickte er ein und wenn ihn Sascha nicht im letzten Moment aufgefangen hätte, wäre der stämmige Älbler hingefallen wie ein Mehlsack.

»So schlecht ging's mir das letzte Mal mit sechzehn, als ich zu viel von dem heimtückischen Apfelmost meines Großvaters probiert hatte.« Schweiß war auf seine Stirn getreten und er blickte herausfordernd in die Runde. »Ihr braucht mich gar nicht so anzuschauen, ich habe heute sicherlich nicht übermäßig gesoffen. Das kann sich bei diesen Preisen eh kein normaler Mensch leisten.« Allmählich kehrten seine Kräfte zurück und er bat Sascha, mit ihm hinaus an die frische Luft zu gehen. Pauls Lungen barsten schier, als er die kalte Luft einatmete.

»Es tut mir unendlich leid, dass ich dich in eine solch bedrohliche Lage gebracht habe durch meine Idee«, entschuldigte sich Sascha mit hängenden Schultern. Dem Kommissar war anzusehen, dass es ihm ziemlich nah ging, was mit Paul passiert war.

»Ist schon in Ordnung, mein Junge. Als ich dich zuerst bewusst wahrgenommen habe, dachte ich an Halluzinationen. Denn ursprünglich wollte mich Magdalena abholen und dich wähnte ich eigentlich im Krankenhaus.«

»Die Klinik hat mich vor ein paar Tagen schon entlassen und ich bin seither mehr oder weniger nutzlos zu Hause gehockt. Heute hat mich dann die Chefin gebeten, nach ihrem Paul zu sehen, weil sie in einem neuerlichen Mordfall ermitteln muss.« In wenigen Worten erzählte Sascha von dem Mord an dem rumänischen Maurer und Mertens' offenbar begründeter Angst um Paul.

»Ihr müsst dieser Tanja mal auf den Zahn fühlen. Ich bin ja alles andere als Polizist, aber es würde mich nicht wundern, wenn die Dame der Schlüssel zu den beiden

Fällen wäre. Mit meinem unnachahmlichen Charme hatte ich sie beinahe so weit, dass sie mir alles gesagt hätte. Als sie anfing, von einem Beweis, den sie angeblich entdeckt hat, zu berichten, wurde sie weggelotst und ich aus dem Verkehr gezogen. Den anderen Typen auf dem Foto habe ich übrigens ebenfalls gesehen.«

»Lopescu«, spie Sascha aus. Er ließ den soweit wiederhergestellten Paul stehen, und rannte hinein. Nach geraumer Zeit kam er unverrichteter Dinge wieder.

»Sowohl Tanja Paullinger als auch der Sklavenhändler sind verschwunden.«

Mit diesen Worten beendete Sascha seinen Bericht.

»Ich habe doch von Anfang an geahnt, dass mit dieser Stripteasetänzerin etwas nicht stimmt. Sie hat unseren Kollegen Ganter damals gehörig um den Finger gewickelt und er ist darauf reingefallen. Dass sich dieser Lopescu dort herumgetrieben hat, den Paul erkannt haben will, kann doch kein Zufall sein. Ich bin mehr denn je überzeugt davon, dass der Sklavenhändler selbst oder auf Geheiß von Baur diese Tanja auf Kranzler angesetzt hat, um ihn erpressbar zu machen. Und sollte sie tatsächlich irgendeinen Beweis für den Mord an ihrem Liebhaber haben, ist sie in tödlicher Gefahr. Denken Sie nur an Johannis, den Augenzeugen.«

Paul war inzwischen ebenfalls eingetroffen und setzte sich.

»Wie geht es dir?«, fragte die Kommissarin besorgt.

»Ich fühle mich abgesehen von hämmernden Kopfschmerzen wie das blühende Leben«, antwortete er zerknirscht und nahm sich eine Brezel.

»Entschuldige, wenn ich dich nochmals wegen gestern Abend belästige. Hat diese Tanja erwähnt, um welche Art von Beweis es sich handelt?«

»Ich hatte das Gefühl, dass sie kurz davor war, mir Näheres darüber zu erzählen, aber dann wurde sie abberufen.«

Magdalena ließ es jetzt auf sich beruhen und wechselte das Thema. Doch die Sache mit dem angeblichen Beweis ging ihr nicht mehr aus dem Sinn.

»Wie geht es eigentlich Miriam? Wir haben sie und ihre Kinder jetzt ja eine Zeit lang nicht mehr gesehen«, wollte sie wissen, nachdem sie einen Schluck von ihrem mittlerweile kalten Kaffee getrunken hatte. Bevor Sascha antwortete, sah Magdalena in seinem Gesicht, dass sie einen wunden Punkt getroffen hatte.

»Na ja, also, in letzter Zeit hatten wir doch die einen oder anderen Probleme. Aber als ich im Krankenhaus lag, hat sie mich besucht und wir haben die Unstimmigkeiten aus dem Weg geräumt. Derzeit besucht sie einen alten Freund in Brüssel, sie braucht ein wenig Abstand vom Alltag.« Sascha wollte seiner Vorgesetzten die genaueren Umstände von Miriams Mission nicht unter die Nase reiben.

»Aha, Brüssel, das ist eine wirklich schöne Stadt und immer eine Reise wert. War da nicht irgendetwas mit dem Mörder ihres Vaters?«

Schweißperlen traten auf Saschas Stirn nach der misstrauischen Frage seiner Chefin. Es war wie verhext, die erfahrene Ermittlerin konnte man nur schwer hinters Licht führen.

»Oh, ja, natürlich, jetzt, wo Sie es sagen, aber diesbezüglich hat Miriam überhaupt nichts gesagt«, versuchte er sich rauszureden.

»Herr Gross, ich bitte Sie, wenn Ihre Freundin auf eigene Faust diesen äußerst gefährlichen Mann jagen will, dann kann das für Miriam lebensbedrohlich werden. Ich hoffe, Sie sind sich dessen bewusst.«

»Glauben Sie mir, Frau Mertens, ich habe Sie eindringlich davor gewarnt, irgendwas in dieser Richtung zu unternehmen«, verriet sich Sascha. »Vielleicht will sie ja wirklich nur eine schöne Stadt besuchen und einen Jugendfreund dort wiedertreffen. Er ist Europaabgeordneter und wird sie schon vor Dummheiten bewahren.«

Magdalenas Bedenken waren nicht ganz ausgeräumt, das sah Sascha deutlich, und auch er selber war äußerst besorgt, obwohl er versuchte, sich nichts anmerken zu lassen. Um sich über etwas Unverfängliches zu unterhalten, wechselte Paul das Thema und erzählte von seiner Begegnung mit dem Mexikaner Carlos.

»Diesen Spanischkurs machen wir auf jeden Fall, vielleicht schließen sich noch einige Leute an, damit es sich für ihn lohnt, hierher zu fahren.« Magdalena war begeistert von der Idee und machte bereits Terminvorschläge.

Doch nach geraumer Zeit klagte Paul über Kopfschmerzen und wollte sich niederlegen. Die Hauptkommissarin stand gleichfalls auf und begann damit, dass Geschirr abzutragen. In diesem Moment klingelte ihr Telefon.

»Guten Morgen, Herr Köttmann.« Mit stoischer Miene hörte sie ihrem Vorgesetzten zu, der ihr offenbar einen Rüffel erteilen wollte.

»Wir waren alles andere als untätig und wissen mittlerweile, dass Frau Paullinger, die Geliebte des Opfers, über einen Beweis verfügt, der die Tat an Kranzler hoffentlich auflösen wird«, rechtfertigte sie sich mit einem unüberhörbaren Triumph in der Stimme, obwohl sie außer der Aussage von Paul überhaupt nichts in der Hand hatte. Im nächsten Augenblick bereute Magdalena ihre unbedachte Äußerung. Bestimmt würde ihr Chef jetzt überall herumtönen, man habe den wahren Mörder geschnappt und sie musste es später ausbaden, wenn dem doch nicht so war.

Köttmann sagte noch etwas, das bei Magdalena ein genervtes Augenrollen hervorrief.

»Aber ich bitte Sie, kann man damit nicht noch ein paar Tage warten?« Wieder war die schnarrende Stimme des Kriminalrats zu hören.

»Na gut, lassen Sie uns im Präsidium darüber reden, ich bin in etwa einer Stunde da«, verabschiedete sie sich und legte auf.

»Das ist ja wohl die Höhe. Die Anwälte Baurs haben offenbar einen Richter in dessen wohlverdientem Wochenende aufgescheucht und eine Freilassung auf Kaution erwirkt. Entschuldigen Sie, Herr Gross, aber ich muss jetzt sofort ins Büro gehen. Wir müssen diese Tanja Paullinger so schnell wie möglich ausfindig machen. Da Sie ja noch krankgeschrieben sind, werde ich Sie auf dem Laufenden halten.«

»Frau Mertens, das ist nett von Ihnen, aber ich werde den behandelnden Arzt bitten, mir ein Attest auszustellen, damit ich am Montag wieder arbeiten kann. Dieser schwierige Fall verlangt doch wohl alle verfügbaren Kräfte.« Sascha sah, wie seine Vorgesetzte ihn von oben nach unten taxierte und ob der noch sichtbaren Spuren der Schlägerei alles andere als einverstanden schien.

»Wenn Sie das Gefühl haben, soweit wiederhergestellt zu sein, nehme ich Sie natürlich gerne wieder in mein Team auf. Aber erst am Montag«, meinte sie entschieden und verabschiedete sich von Sascha und Paul.

Auf dem Weg zum Präsidium rief sie bei Ganter auf dem Handy an und zitierte ihn ins Büro.

»Hallo, Herr Ganter, ich hoffe, ich habe Sie bei keiner wichtigen Freizeitaktivität gestört, glauben Sie mir, es ist dringend.«

Ganter wollte schon erwidern, dass er sich bereits auf

dem Weg zum Skilaufen auf die Alb befunden hatte, ließ es angesichts der ernsten Stimme von Mertens jedoch bleiben.

»Sie waren bei Frau Paullinger und Ihnen ist bei dem Gespräch überhaupt nichts aufgefallen?«

»Wie, was hätte mir denn auffallen sollen?«

Mit wenigen schneidigen Worten erzählte sie ihm vom Einsatz eines verdeckten Ermittlers in Stuttgart am gestrigen Abend, wobei sie Pauls Namen geflissentlich verschwieg. Als Ganter ins Büro kam, redete er drauf los:

»Ich, ich habe die Dame eingehend befragt. Mir gegenüber hat sie nichts von einem Beweis erwähnt und ich habe wirklich intensiv mit ihr geredet, das müssen Sie mir glauben«, versuchte er rauszureden.

»Na, schön, Herr Ganter, ich will Ihnen glauben, doch möchte ich Sie bitten, bei der nächsten Befragung einer attraktiven Frau einfach kühlen Kopf zu bewahren. Auch wenn es schwerfällt.« Die Hauptkommissarin registrierte zufrieden, dass Ganters Gesicht rot anlief und sie somit mit ihrer Äußerung ins Schwarze getroffen hatte.

»Kann ich Sie mit der Suche nach Tanja Paullinger beauftragen oder soll ich lieber einen erfahrenen Kollegen auf die Frau ansetzen?«

Ohne lange zu überlegen stimmte Ganter dem Auftrag zu und versprach hoch und heilig, sich nicht mehr von den gewiss vorhandenen Reizen dieser Frau verwirren zu lassen. Schließlich war ihm sein Verbleib bei der Kripo wichtiger als ein Abenteuer mit einer Dame von zweifelhaftem Ruf.

Mit gemischten Gefühlen fuhr Ganter zu der Adresse, die ihm noch in sehr guter Erinnerung war. Gerade, als er die Klingel betätigen wollte, öffnete ein jüngerer Mann die Haustüre von innen. Ganter drückte sich an dem drahtigen Kerl vorbei und ging nach oben. Während er die Treppen emporstieg, überlegte er sich sein weiteres Vorgehen. Er durfte sich kein zweites Mal von Tanja einwickeln lassen, soviel war sicher. Als er oben ankam sah er, dass die Wohnungseingangstür nur angelehnt war. Hm, bestimmt hat sie es eilig gehabt und vergessen, zuzuziehen. Vorsichtig drückte er sie weiter auf und trat ein.

»Hallo Tanja, ich bin es, Ganter von der Kripo Reutlingen«, rief er, um sie vorzuwarnen und nicht erneut einer halbnackten Frau gegenüberzustehen. Er wartete ein paar Augenblicke, bevor er weiter voranging. Bestimmt stand sie auf dem Balkon und rauchte.

»Tanja, hallo, bist du zu Hause?« Je weiter er in die Wohnung eindrang, desto stärker hatte er das Gefühl, dass hier etwas nicht stimmte. Schubladen waren herausgezogen und einige Regale umgeworfen.

»Was soll ich jetzt tun«, flüsterte er vor sich hin und griff nach seinem Handy. Doch bevor die Verbindung hergestellt war und er Verstärkung anfordern konnte, legte sich ein kräftiger Arm um seinen Hals und drückte zu. Ganter versuchte verzweifelt, sich aus dem Griff zu befreien und kratzte und trat nach allen Seiten. Er bekam die Haare des Angreifers zu fassen, aber der andere war einfach zu stark und hatte das Überraschungsmoment auf seiner Seite. Das war nicht Tanja, dachte Ganter, als ihm allmählich die Sinne schwanden.

»Sieh an, sieh an, der verlorene Sohn ist zurückgekehrt.«

Gheorghes Überraschung war perfekt, als er in Malowskis fieses Gesicht blickte. Blitzschnell wog er seine Chancen ab, doch die drei finster dreinblickenden Typen waren keine Heranwachsenden, die er hätte in die Flucht schlagen können.

»Da wird sich der Chef aber freuen.« Klausi zog eine

Knarre aus der Hosentasche und drückte sie dem überraschten Gheorghe in die Seite.

»Hör mal zu, mein Freund, ich habe eine Idee. Hier können wir nicht bleiben, weil in Kürze deine früheren Kollegen von der Arbeit kommen. Das heißt, wir bringen dich auf die Baustelle in der Altstadt. Die ist nur ein paar Straßenzüge von hier entfernt. Wir tun so, als ob wir alte Freunde wären, aber falls du eine Dummheit machst, knallt dich mein Kumpel ab wie einen räudigen Hund.«

Malowski und Klausi umarmten Gheorghe und die drei wirkten wie ein besoffenes Trio. Die wenigen Leute, die ihnen entgegenkamen, wichen entsetzt aus. Daran, dass auch eine Polizeistreife unterwegs sein könnte, dachte Malowski nicht. Doch zu Gheorghes Pech lief alles nach Plan für die Entführer. Als die Gruppe ankam, drängten sie ihn durch die behelfsmäßige Tür in das alte Gemäuer und fesselten Gheorghe mit Kabelbindern.

»Was machen wir jetzt mit dem Knaben?«, wollte einer von Malowskis Handlangern wissen.

»Schafft ihn in den Gewölbekeller, der kommt einem Verlies am Nächsten, ha, ha.«

Sie schubsten und traten den Journalisten vorwärts, bis sie an einer alten Brettertüre ankamen. Malowski öffnete den Verschlag und leuchtete mit seinem Handy hinein. Gheorghe sah zu seiner Bestürzung eine lange und ziemlich baufällige Treppe, die in den ehemaligen Vorratskeller führte. Sie schoben ihn hinunter, wobei er bei den letzten Stufen ausrutschte und hinunterfiel. Keiner machte sich die Mühe, dem vor Schmerz schreienden Mann aufzuhelfen oder ihn zu untersuchen. Stattdessen umwickelten sie seine Beine mit Kabelbindern und überließen ihn seinem Schicksal.

»Ah, das tut höllisch weh, ihr könnt mich doch nicht so

liegenlassen. Bitte nehmt mir wenigstens die Fesseln ab«, bettelte Gheorghe.

»Die Schmerzen, die du jetzt hast, sind nichts im Vergleich zu dem, was dich erwartet, wenn der Boss sich mit dir beschäftigt.« Mit diesen Worten ging Malowski, gefolgt von seinen Helfern, nach oben und schloss die Holztür von außen ab.

Durch einen kleinen Lüftungsschacht kam ein wenig Tageslicht in die Finsternis und Gheorghes Augen gewöhnten sich langsam an die Lichtverhältnisse in seinem Verlies. Zum Glück war es hier unten im Vergleich zu den eisigen Temperaturen draußen einigermaßen erträglich. Irgendwo hatte er mal gelesen, dass in solchen Kellern, sommers wie winters, eine gleichbleibende Temperatur um die acht Grad herrschte. Er versuchte, seine Schmerzen so gut es ging zu ignorieren und einen kühlen Kopf zu bewahren.

Malowski hatte immer vom Boss gesprochen, aber wen hatte er gemeint? Gheorghe war verwirrt, der Vorarbeiter stand in Diensten von Baur, doch wie Gianna ihm erzählt hatte, war Malowski gegen seinen Chef als Zeuge aufgetreten. Das konnte alles jedoch auch eine Finte sein und die Frau, die er glaubte zu lieben, hätte ihn erneut hintergangen.

Außer ihr hatte niemand davon gewusst, dass Gheorghe heute nach Reutlingen zurückkehren würde. Er hatte ihr zwar etwas vorgegaukelt, aber Gianna war intelligent und brauchte nur zwei und zwei zusammenzuzählen.

Zum Glück hatten ihn die Kerle bei der Festnahme auf der belebten Straße keiner Leibesvisitation unterzogen, um nicht aufzufallen. Unter ungeheurer Anstrengung schaffte er es schließlich, mit den vorne zusammengebundenen Händen sein Mobiltelefon aus seiner Jackentasche herauszuholen. Mit zittrigen Fingern tippte er seinen Code ein, doch wie er insgeheim befürchtet hatte, gab es hier unten kein Netz.

Verdammt, dachte Gheorghe, heute war Samstag, das hieß, er war den Typen zwei Tage lang ausgeliefert, bevor am Montag wieder Leben auf der Baustelle einkehren würde. Plötzlich fing er an zu schwitzen, als er sich der Ausweglosigkeit seiner Situation, bewusst wurde. Hier also in diesem Loch würde sein Weg enden.

Vorsichtshalber hatte Lopescu Tanja in der Nacht, als die Razzia stattfand, mitgenommen, bevor die Polizisten unangenehme Fragen stellen konnten.

»Wieso hast du dem alten Sack irgendwelche Storys über Kranzler erzählt?«, hatte er sie ziemlich barsch gefragt, als sie zurück nach Reutlingen gefahren waren. Kleinlaut hatte sie sich herausgeredet und hatte ihm dann unvermittelt die Hand auf den Schenkel gelegt. Frauen sind einfach meine Schwachstelle, dachte Lopescu und genoss die anschließende Massage. Da er sich nicht mehr so auf den Straßenverkehr konzentrieren konnte, verließ er sich auf die Assistenzsysteme seiner Luxuskarosse.

Nachdem er einen kleinen Vorgeschmack erhalten hatte, konnte Lopescu es kaum erwarten, in seine Wohnung zu kommen. Er hatte Tanja schon mehrere Male zu sich nach Hause geholt und war stets sehr zufrieden gewesen. Seit er sie mit der Aufgabe betraut hatte, sich um Kranzler zu kümmern, hatte er sie längere Zeit nicht mehr gehabt. Es gab also einiges nachzuholen, zudem musste er sie offenbar wieder auf Linie bringen und mehr über die angeblichen Beweise rausfinden. Tanja war ein gutes Pferd im Stall, aber nicht unersetzlich. Es hatte den Anschein, als ob sie die Sache mit Kranzler zu ernst genommen hatte. Das konnte mal passieren, war aber unprofessionell. Wenn er ihr nicht uneingeschränkt vertrauen konnte, musste eine andere Lösung her.

Gerade als er um die Ecke bog, öffnete sich das Eingangstor zur Tiefgarage. Die Luxuswohnanlage, in der er eine riesige Penthouse-Wohnung besaß, beschäftigte mehrere Wärter, die das Grundstück überwachten. Jedes Mal, wenn er die Gebäude sah, trat ein feines Grinsen auf seine Züge und er dachte daran, dass selbst hier im Hochpreissegment seine Schwarzarbeiter für »Baur baut« tätig gewesen waren.

Im Fahrstuhl drückte er sich an die aufreizend gekleidete Tanja und wäre wohl hier schon über sie hergefallen, wenn im ersten Stock nicht eine ältere Dame zugestiegen wäre.

Oben angekommen, legte er seinen Daumen auf den Fingerabdruckscanner seiner Eingangstüre und begann bereits im Flur damit, sich auszuziehen.

Dieser animalische Typ bereitete Tanja einerseits Angst, andererseits genoss sie es, mit ihm zusammen zu sein. Plötzlich klingelte das Telefon, doch Lopescu ignorierte das Klingeln, war aber bereits ein wenig abgelenkt. In seiner Branche wurde erwartet, allzeit bereit zu sein. Als es das zweite Mal läutete, nahm er fluchend ab und hörte dem Anrufer schweigend zu.

»Verdammt, jetzt war ich so in Stimmung, aber diese Sache duldet keinen Aufschub. Du kannst es dir hier so lange gemütlich machen, es dauert bestimmt nicht lange, und danach werde ich mich ganz auf dich konzentrieren, das schwöre ich.« Nachdem er schon beinahe zur Tür hindurch gewesen war, drehte er abrupt auf dem Absatz um.

»Ich habe es mir anders überlegt, du darfst mich begleiten, damit du siehst, wie ich mit Leuten umgehe, die mich hintergehen.«

Tanjas Gesicht lief rot an und sie hoffte, dass Lopescu es aufgrund der Schminke nicht auffiel.

»Stell dir vor, der Typ ist so ein durchgeknallter Reporter und hat sich bei mir eingeschlichen. Das ist doch krank, oder?«, spie Lopescu aus, als sie mit dem Wagen in Richtung Innenstadt fuhren. Er spielte kurz mit dem Gedanken, direkt vor dem Haus zu parken, aber sein Auto war einfach zu auffällig und an diesem Samstagnachmittag war in der Altstadt trotz der niederen Temperaturen bestimmt einiges los.

Sie gingen vom Parkhaus am Rathaus, wofür sich Lopescu entschieden hatte, in Richtung der Baustelle und Tanja hakte sich wie selbstverständlich bei ihm unter. Er klopfte heftig gegen die gesicherte Stahltüre und blickte sich nach allen Seiten um, bevor sie eintraten.

»Wo ist das Dreckschwein?«

»Unten im Keller, das ist doch der beste Platz für eine Befragung, habe ich mir gedacht«, beeilte sich Malowski zu sagen und ging voraus.

Lopescu hatte sich früher viel in solch alten Gemäuern herumgetrieben, doch seit er teure Designerklamotten trug, versuchte er, solche Buden, in denen seine Garderobe Schaden nehmen konnte, zu meiden. So war er auch jetzt beim Abstieg in den Keller bemüht, nirgends anzustoßen oder gar hängen zu bleiben. Malowski ging voraus und Tanja folgte ihnen ergeben, obwohl sie sich fragte, in was für einen Schlamassel sie hier reingeraten war.

»Sieh an, so trifft man sich wieder. Als ich deine Visage im Wohnheim zum ersten Mal gesehen habe, bist du mir schon irgendwie bekannt vorgekommen. Aber erst, als die bezaubernde Gianna was von einem Journalisten gefaselt hat, der sich bei uns eingeschlichen hat, ist bei mir der Groschen gefallen. In Lech habe ich dich schon mal gesehen, in diesem Nobelschuppen, wo wir eine Art Kongress hatten«, stellte Lopescu fest, der mittlerweile in seine Heimatsprache gewechselt war. Aus strategischen Gründen schickte er Malowski wieder nach oben.

»Das ist richtig, da waren noch mehr solche Typen da wie du, die für ein bisschen Profit ihre eigene Mutter verkaufen würden. Du kannst mich umlegen, das bedeutet mir nichts, aber ich habe schon Schritte in die Wege geleitet, die…« Weiter kam Gheorghe nicht, denn in diesem Moment traf ihn der Stiefel von Lopescu so heftig im Magen, dass er sich übergeben musste. Der nächste brutale Tritt traf ihn am Kopf und Gheorghe blieb benommen liegen.

»Du miese kleine Ratte, du wirst noch betteln, dass ich dich umbringe. Aber glaube mir, das werde ich erst machen, nachdem du Schmerzen erlitten hast, von denen du gar nicht wusstest, dass es sie gibt.« Diesmal trat er Gheorghe ins Gemächt und der Journalist, der sich bisher beherrscht hatte, schrie laut auf.

»Sterben wirst du auf jeden Fall, doch du kannst die Qualen, die ich für dich vorgesehen habe, abmildern, wenn du mir alles sagst, was du weißt.«

Wimmernd kauerte Gheorghe am Boden und wartete auf die nächsten Schläge.

»Also, mein Freund, was hast du über unsere Organisation in Erfahrung gebracht?«, fragte er gefährlich leise. Dazu packte er Gheorghe und stellte ihn auf die Beine.

Es störte Lopescu nicht, dass Tanja zugegen war. Nachdem sie mit ansah, was dem Journalisten widerfuhr, würde sie zeitlebens loyal ihm gegenüber sein.

Schwankend stand Gheorghe vor dem Sklavenhändler und drohte im nächsten Moment umzufallen. Trotz der höllischen Schmerzen hatte er bemerkt, dass ihm bei den verabreichten Schlägen das Handy aus der Tasche gefallen war. Verzweifelt versuchte er mit dem Fuß, das Teil abzudecken.

»Oh, ein Handy, da haben Malowski und seine Jungs wohl gepennt.« Mit Schwung warf er Gheorghe wieder auf den Boden und schnappte sich das Smartphone.

»Bestimmt haben dich die Deppen nicht gefilzt, als sie dich gefasst haben.«

Gründlich holte Lopescu die Untersuchung nach und fand auch noch das Telefon von Johannis. Aufmerksam betrachtete er die Handyhülle, auf der eine Frau und ein Mann abgebildet waren.

»Das ist doch dieser Johannis«, rief Lopescu, und ein wölfisches Grinsen trat in sein Gesicht. »Jetzt frage ich mich natürlich, wie du an das Handy eines Ermordeten kommst. Lass mich raten, er hat dir irgendwie die Information zukommen lassen, wo du es findest. Deshalb hast du dich auch in Gefahr begeben und bist noch mal ins Wohnheim zurückgekommen, nicht wahr? Aber hast du wirklich geglaubt, dass ich keine Wachen um das Haus postiert habe? Antworte, oder ich zerquetsche dir die Eier!«

Offenbar war das mit dem Handy für Lopescu jetzt wichtiger als Gheorghes Recherchen. Der Sklavenhändler kniete vor seinem Opfer nieder und umfasste dessen Geschlechtsteile, die von dem Tritt noch wahnsinnig schmerzten.

»Bitte nicht«, bettelte Gheorghe und vergaß seinen Stolz. »Ich sage Ihnen alles, was Sie wissen wollen, aber bitte tun Sie mir nicht mehr weh.«

»Da siehst du es, Tanja, mit ein bisschen Druck erfährt man doch mehr als durch gutes Zureden«, meinte Lopescu und blickte mit einem maliziösen Lächeln auf die junge Frau, der es dabei eiskalt den Rücken runterlief. Wahrscheinlich würde sie nach Gheorghe an die Reihe kommen.

»Was sind auf dem Handy für wichtige Informationen, dass du es riskierst, in meine Hände zu fallen?«

»Da ist …« Gheorghe wollte gerade von dem Video erzählen, als sich die Kellertüre knarrend öffnete und jemand langsam herunterkam.

»Ich habe doch gesagt, dass ich von niemand gestört werden will«, brüllte Lopescu, ohne sich umzudrehen.

»Von mir schon«, erwiderte eine schneidende Stimme und Gheorghe sah einen massigen Mann mit einem roten Haarkranz.

»Hallo, Gisel«, begrüßte Lopescu den Mann und entspannte sich. Zu spät sah der Sklavenhändler, dass der Zollbeamte eine Waffe aus dem Hosenbund zog. Lopescu wollte gleichfalls nach seiner Beretta greifen, doch in diesem Moment traf ihn ein Schuss ins Herz.

Seelenruhig hob Gisel Lopescus Hand, die die Waffe umklammert hatte, auf und richtete sie auf Tanja. Die junge Frau wollte losschreien, aber ihr versagte die Stimme. Der Schuss wirbelte sie umher und sie stürzte zu Boden.

»Bitte, verschonen Sie mich, ich habe Ihnen doch nichts getan«, bettelte Gheorghe bereits das zweite Mal an diesem Tag um sein Leben, aber die Pistole des Mannes zeigte unmissverständlich auf seine Brust.

Schubert und sein Bodyguard hatten Miriam in ihr Auto gezerrt und in den Kofferraum gesperrt. Von Haberland war nichts zu hören und zu sehen, entweder hatten sie ihn zum Schweigen gebracht oder Kevin hing in dieser Sache mit drin.

Seit sie damals ein paar Tage im Keller des Hauses ihrer Freundin gefangen gehalten worden war, hatte Miriam panische Platzangst. Ohnmächtig klopfte sie mit den Fäusten gegen den Deckel, gab es jedoch irgendwann auf, als ihr die Ausweglosigkeit ihrer Situation bewusst wurde.

Je länger sie darüber nachdachte, desto mehr war sie überzeugt davon, dass Haberland sie an Schubert ausgeliefert hatte. Sie rief sich die Szene in dem Park in Erinnerung, als Schubert und sein Leibwächter ihr schon einmal aufgelauert hatten. Die beiden kannten sich, wie gut, das hatte Kevin nicht eindeutig beantwortet. Doch es musste etwas sehr Wichtiges sein, was sie verband, sonst hätte Kevin sie niemals verraten.

Miriam versuchte, sich irgendwie abzulenken, sonst würde sie in ihrem engen Verlies verrückt werden. Mit Tränen in den Augen dachte sie an ihre Kinder, die sie wohl niemals wiedersehen würde. Weshalb sie dieser Serge nicht an Ort und Stelle abgeknallt hatte, war ihr ein Rätsel. Wahrscheinlich hatte Kevin darum gebeten, dass sie irgendwo anders hingerichtet werden würde, um die Tat nicht mitansehen zu müssen.

Damals, als Schubert sie das erste Mal in seine Gewalt bringen konnte, hatte sie wenigstens die Hoffnung, gegen wertvolle Goldmünzen ausgetauscht zu werden. Dieses Mal würde er kurzen Prozess mit ihr machen, das war Miriam klar, denn sie war die einzige lebende Zeugin für Schuberts Verbrechen. Das Beste wäre, sich selbst das Leben zu nehmen, aber es gab nichts, womit sie Hand an sich legen konnte.

Am schlimmsten war der Gedanke an die Zukunft ihrer beiden Mädchen. Ihre Mutter könnte das nicht mehr allzu lange leisten und mit Sascha hatte sie sich zwar versöhnt, doch er würde die Erziehung der beiden auch nicht in die Hand nehmen wollen.

Hilflos fing sie jetzt hemmungslos an zu weinen und zu schluchzen. Sie wollte noch nicht sterben. Plötzlich wurde der Wagen langsamer und kam schließlich zum Stehen. Wahrscheinlich mussten die Typen tanken, dachte Miriam, aber weshalb haben sie mich dann nicht geknebelt.

Wenige Minuten später hörte sie, wie jemand auf Französisch die Insassen des Autos im Befehlston aufforderte, auszusteigen, während Schubert lautstark auf seine Position in dieser Stadt verwies.

»Hilfe«, rief sie mit dem wenigen an Energie, das ihr noch zur Verfügung stand. Es dauerte nicht lange, bis der Kofferraum geöffnet wurde und sie in das Gesicht eines uniformierten Polizisten blickte.

»Monsieur Schubert, können Sie mir erklären, weshalb sich eine gefesselte junge Frau in ihrem Kofferraum befindet?«, herrschte der Beamte den Juwelenhändler an. Der Gefragte verstrickte sich in Erklärungen, von denen keine die Polizisten zufriedenstellte. Während Miriam herausgeholfen wurde, legten andere Uniformierte Schubert und seinem Bodyguard Handschellen an. Eine Beamtin geleitete Miriam, die noch ziemlich wackelig auf den Beinen war, zu einem Minibus.

»Du?« Kevin Haberland war wohl der letzte Mensch, den sie hier erwartet hatte.

»Entschuldige Miriam, aber das war eine einzigartige Gelegenheit, diesen Schurken festzusetzen«, versuchte er eine Entschuldigung.

»Du hast mich als Köder benutzt, um an Schubert ranzukommen? Bist du dir dessen bewusst, dass das auch hätte schiefgehen können? Was hättest du getan, wenn diese Typen mich gleich an Ort und Stelle abgeknallt hätten?« Miriam war so aufgebracht wie selten zuvor in ihrem Leben und ließ sich auch von Haberlands Erklärungen nicht beruhigen.

»Guten Abend, Frau Neuburg, mein Name ist Leclerc und ich bin Leiter der Soko Korruption, Schwarzarbeit und Bandenkriminalität der Brüsseler Polizei. Ich bin ebenfalls nicht ganz unschuldig daran, dass Sie solche Unannehmlichkeiten hatten. Aber glauben Sie mir, Sie waren zu keiner

Zeit in Gefahr, meine Männer hatten immer Tuchfühlung zu Schubert und seinem Handlanger. Dank Ihrer unfreiwilligen Mithilfe wird es uns gelingen, die Organisation, der Schubert angehört, zu zerschlagen, das verspreche ich Ihnen.«

»Welche Organisation?« Fragend blickte Miriam die beiden Männer an, die mit ihr zusammen in dem Minibus saßen.

»Leider darf ich Ihnen zu diesem Zeitpunkt nichts Näheres darüber sagen, aber irgendwann wird Ihnen Herr Haberland die Wahrheit berichten. Und jetzt entschuldigen Sie mich. Wenn Sie so freundlich wären, meinem Kollegen eine Zeugenaussage zu geben. Danach kann Herr Haberland Sie nach Hause bringen.«

Der vierschrötige Polizist mit dem kantigen Gesicht drängte sich hinaus und machte einem anderen Platz, der die zwei Aussagen zu Protokoll nahm. Nachdem der Beamte sie entlassen hatte, fuhren sie schweigend zu Kevins Wohnung.

Wenig später begann Miriam damit, ihre Sachen zu packen und wollte sich wortlos zur Tür hinausdrängen.

»Du kannst jetzt in diesem Zustand nicht nach Hause fahren. Warte wenigstens bis morgen früh.«

»Keine einzige Sekunde möchte ich weiter mit dir unter einem Dach verbringen, das musst du doch verstehen.«

»Herrgott noch mal, Miriam, ich kann nicht mehr, als mich dafür zu entschuldigen. Glaub mir, ich habe mich genauso in Gefahr gebracht wie du. So viel kann ich dir verraten, vor Monaten bin ich von Leclerc schon in dieses Syndikat eingeschleust worden. Jederzeit hätte ich auffliegen können, und das hätte mein sicheres Todesurteil bedeutet. Sieh es doch mal von der pragmatischen Seite, der Mörder deines Vaters wird auf diese Weise seiner gerechten Strafe zugeführt und eine Verbrecherorganisation, die zahllose Menschenleben auf dem Gewissen hat, wird zerschlagen.«

Allmählich gewann Miriams gesunder Menschenverstand die Oberhand. Es war ohnehin nicht ihr Naturell, längere Zeit nachtragend zu sein.

»Also gut, Kevin, ich bleibe diese Nacht hier, aber morgen früh fahre ich wieder zurück. Sobald du wieder in Stuttgart bist, musst du mir jede Einzelheit über Schubert und seine feinen Freunde erzählen. Und jetzt lass uns eine Flasche Wein trinken und etwas essen.«

»Hör mir jetzt genau zu, mein Freund.« Der Lauf von Gisels Waffe zeigte unmissverständlich in Gheorghes Richtung. »Diesen Lopescu habe ich in Notwehr erschossen und die Dame war seine Geisel, die er im Eifer des Gefechts abgeknallt hat, hast du mich verstanden?«

Gheorghe nickte eifrig.

»Solltest du es dir später anders überlegen, bist du ein toter Mann.« Er zog seine feinen Gummihandschuhe aus und steckte sie in seine Jackentasche. Danach ging der Zollbeamte nach oben und rief die Polizei an. Unter größten Anstrengungen robbte Gheorghe unterdessen zu dem toten Lopescu. Wie er es geschafft hatte, sein eigenes und Johannis' Handy wieder in seine Gewalt zu bringen, wusste er später nicht mehr.

Nicht einmal zehn Minuten später wimmelte es von Polizisten in dem Keller.

Bereitwillig händigte Gisel dem Spurensicherer seine Waffe aus und blickte auf die kleine ältere Dame, die offensichtlich die oberste Beamtin war.

»Hauptkommissarin Mertens«, meinte sie bestimmt und hielt dem rothaarigen Mann, der ihr bekannt vorkam, ihren Ausweis unter die Nase.

»Sie haben die beiden erschossen?«

»Nicht beide, einen, diesen Gangster namens Lopescu musste ich in Notwehr ausschalten. Er hatte zwei Gefangene hier unten und hat die Frau getötet, bevor ich reagieren konnte. Danach ging alles sehr schnell und ich habe geschossen, als er diesen jungen Mann gleichfalls unschädlich machen wollte.« Gisel holte nun seinerseits einen Ausweis hervor, der ihn als Kriminalrat der Zollbehörde Ulm auswies.

»Hoppla, Sie sind also der Vorgesetzte des ermordeten Herrn Kranzler und mit unserem Kriminalrat Köttmann befreundet?«

»Genau, der bin ich«, entgegnete Gisel eine Spur zu arrogant, was bei Magdalena Mertens überhaupt nicht gut ankam.

»Können Sie mir sagen, warum jemand in Ihrer Position hier in diesem Keller auf eine Unterweltgröße wie Lopescu trifft? Ich meine, der Mann ist in höchstem Maße gefährlich und Sie treten ihm allein entgegen?«

»Hören Sie zu, gute Frau, wir waren diesem Sklavenhändler schon lange auf den Fersen und zudem war Erich Kranzler mein bester Kumpel.« Bei diesen Worten kam Magdalena die Begebenheit vor Kranzlers Haus in den Sinn, als sie nach einer Befragung der Ehefrau Gisel vor deren Haus gesehen hatte.

»Ich beobachte diese Tanja schon seit Längerem und bin ihr heute, da ich frei habe, gefolgt. Gleich als ich gesehen habe, dass diese Schlampe Lopescu so ängstlich wie ein Hündchen gefolgt ist, habe ich gedacht, dass da etwas nicht stimmt. Zuerst habe ich dann seine Handlanger unschädlich gemacht und danach den Boss.«

»Danke, Herr Gisel, und nun zu Ihnen.« Die Hauptkommissarin drehte sich um und wandte sich Gheorghe zu.

»Sprechen Sie deutsch, junger Mann?« Gheorghe nickte und hielt einem uniformierten Beamten die gefesselten Hände hin, der die Kabelbinder mit einem Messer aufschnitt.

»Ich nehme an, Sie können die Aussage von Herrn Gisel bestätigen, Herr …?« Sie betrachtete aufmerksam das dunkle Gesicht, das keinerlei Zeichen von Angst aufwies, dafür aber deutliche Spuren von Schlägen.

»Petrescu, Gheorghe Petrescu ist mein Name. Ja, zum Glück ist dieser Mann im richtigen Moment gekommen, Lopescu war gerade dabei, die Frau und mich hinzurichten.« Dankbar sah Gheorghe den Zollbeamten an, der generös nickte.

»Weshalb hatte er Sie und Tanja Paullinger in seiner Gewalt?« Die Hauptkommissarin bemerkte, dass der Rumäne zögerte. »Sie brauchen keine Angst zu haben, wir ermitteln wegen der Morde und nicht wegen Schwarzarbeit.«

»Bei ihr weiß ich es nicht, aber mich hatte er im Verdacht, den Mord an meinem Kollegen Johannis mitangesehen zu haben«, log Gheorghe.

»Und, haben Sie?«

»Nein, natürlich nicht, ich habe ihn einen Tag vor seinem Tod zum letzten Mal gesehen.«

»Glauben Sie, dass Lopescu ihn umgebracht hat?«

»Hm, vielleicht.« Gheorghe zuckte mit den Achseln. »Zugetraut hätte ich es ihm, er hat seine Arbeiter nicht gerade mit Samthandschuhen angefasst«, antwortete der Rumäne und zeigte auf sein zerschlagenes Gesicht.

»Na gut, das wars fürs Erste. Sie können gehen, aber halten Sie sich zu unserer Verfügung.«

»Und was ist mit mir? Ich muss zu Elisa Kranzler und ihr die frohe Nachricht überbringen, dass der Mann, der verantwortlich ist für Erichs Tod, jetzt gleichfalls ins Gras gebissen hat.« Mertens sah Gisel verwundert an und wollte schon widersprechen, besann sich dann aber eines Besseren.

»Es wird eine genauere Untersuchung geben, doch wie ich die Sache sehe, haben Sie laut dem Augenzeugen in Notwehr gehandelt. Zudem wissen wir ja, wo Sie zu finden sind, falls es noch offene Fragen gibt.«

Gheorghe hatte sich kurz verabschiedet und war die Kellertreppe hinaufgewankt. Er wollte von diesem Ort so schnell wie möglich verschwinden und seine Schritte beschleunigten sich, als er das Gebäude verlassen hatte.

Zunächst einmal wollte er zurück nach Albingen zu Gianna. Kurzentschlossen nahm er sich ein Taxi. Während der Fahrt dachte Gheorghe über die schrecklichen Geschehnisse nach und wurde sich erst allmählich der Gefahr bewusst, der er entronnen war. Wenn dieser Gisel nicht aufgetaucht wäre, hätte Lopescu ihn kaltgemacht wie einen beliebigen Straßenköter. Allerdings war es schon ziemlich befremdlich gewesen, dass der Zollbeamte diese Frau ebenfalls abgeknallt hatte.

»Stimmt so«, meinte er zu dem Taxifahrer und stieg aus. Unterwegs hatte er Gianna bereits kontaktiert und als er ankam, kam sie ihm entgegen. Sie wollte ihn umarmen, hielt dann jedoch mitten in der Bewegung inne.

»Um Gottes willen, was ist mit dir passiert?«, fragte sie besorgt.

»Lopescu«, stieß Gheorghe hervor und sah überrascht, dass Giannas Vater gleichfalls herantrat. Offenbar war er bereits aus dem Gefängnis entlassen worden.

»Was will dieser Bursche hier?«, fragte Baur seine Tochter. »Den habe ich doch schon mal gesehen, das ist einer von Lopescus Arbeitern. War der nicht schon mal hier?« Baur war ziemlich misstrauisch, wenn es um seine Tochter ging. Nicht, dass er glaubte, dass Gianna sich mit so einem einlassen würde. Er traute dem Mann mit dem dunklen Teint eher zu, dass der sie belästigte.

Gheorghe sah, dass Gianna mit sich rang, ob sie sich zu Gheorghe bekennen sollte oder nicht.

»Also gut …« Die junge Frau holte tief Luft und blickte ihren Vater an. »Ich bin dir eine Erklärung schuldig. Wir lieben uns und Gheorghe ist keiner von Lopescus Arbeitssklaven, sondern ein investigativer Journalist, der sich bei ihm eingeschlichen hat und eine Reportage über den modernen Sklavenhandel machen will.«

»Was ist los?« Baurs Gesicht nahm eine dunkelrote Färbung an.

»Bitte reg dich nicht auf, Papa, denk an deinen Blutdruck. Lasst uns hineingehen und das Ganze in Ruhe bereden.«

Ohne eine Antwort ihres Vaters abzuwarten, öffnete sie das Tor und hakte sich wie selbstverständlich bei Gheorghe unter. Baur trottete ergeben hinterher und gab seiner Tochter zähneknirschend recht. Er musste sich nach den Aufregungen der letzten Tage schonen, sonst würde er zusammenklappen.

Nachdem Gheorghe sich das Blut abgewaschen und ein wenig frisch gemacht hatte, setzte er sich an Giannas Esstisch, wo die beiden bereits saßen. Wortlos entkorkte Gianna eine Flasche badischen Spätburgunder, den ihr Vater so liebte.

»Trinken wir einen Schluck zur Beruhigung, bevor wir Tacheles reden«, schlug Gianna vor und prostete den Männern zu.

Danach fing sie an, ihrem Vater von den zufälligen Begegnungen mit Gheorghe zu erzählen und davon, wie der Rumäne ihr mehrfach das Leben gerettet hatte.

»Aber warum hast du nichts gesagt, ich hätte diesem von Bose eine Abreibung verpasst, die er in diesem Leben nicht mehr vergessen hätte.«

»Es war mir peinlich, außerdem hast du doch so große Stücke auf den Schnösel gehalten.«

Baur schüttelte leicht den Kopf und er war den Tränen nahe.

»Du hast recht, ich habe in dem miesen Kerl eine gute Partie gesehen, doch das haben wir nicht nötig. So, wie ich es sehe, ist ein Journalist, getarnt als einfacher Arbeiter, wahrscheinlich die bessere Wahl.«

Zum ersten Mal seit Gheorghe hier war, trat ein Lächeln auf Baurs Gesicht, offenbar besann er sich auf seine eigene Herkunft.

»Ich möchte mich in aller Form bei Ihnen bedanken, Herr …?«

»Gheorghe, nennen Sie mich einfach bei meinem Vornamen.«

»Aber jetzt interessiert mich brennend, was mit dir passiert ist«, wechselte Gianna abrupt das Thema und sah Gheorghe fragend an.

Er begann von seinem Einbruch in das Wohnheim zu berichten und wie er dann von Malowski festgehalten und in das alte Haus gebracht worden war.

»Malowski, diese miese Ratte, hat mich böse hintergangen. Ich habe ihn aus der Gosse geholt, ihm einen Spitzenlohn gezahlt und dann wechselt er wegen ein paar Euro die Seiten. Aber dieser Lopescu hat wenigstens seine gerechte Strafe bekommen«, stieß Baur hasserfüllt aus.

Gheorghe hatte immer noch Vorbehalte, ob Baur nicht mit Lopescu unter einer Decke gesteckt hatte. Doch dieser Gefühlausbruch schien echt zu sein.

»Wenn ich Sie richtig verstehe, haben Sie nichts mit den

Morden und meiner Gefangennahme zu tun, Herr Baur?«, stellte Gheorghe seine grundsätzliche Frage in den Raum.

Magdalena Mertens war gerade dabei, im Ein-Finger-System einen Bericht abzufassen, als Ganter zur Tür hineinwankte.

»Oh, Herr Ganter, was ist mit Ihnen passiert«, rief die Hauptkommissarin aus und riss ihre Augen auf. Ganters ohnehin schon großer Kopf war durch eine dicke Beule verunstaltet.

»Jemand war vor mir in Tanjas Wohnung und hat mich hinterhältig niedergeschlagen«, stieß Ganter hervor. »Aber ich habe mich gewehrt und dem Kerl ein paar Haare rausgerissen«, fügte er triumphierend hinzu. Er hatte die Kopfhaare in eine kleine Tüte gepackt und Magdalena betrachtete sie nachdenklich.

»Irgendwas stinkt an der Geschichte, Herr Ganter. Wir müssen so schnell wie möglich einen DNA-Abgleich machen und ich muss mich noch mal dringend mit jemandem unterhalten. Sie gehen ins Krankenhaus, wahrscheinlich haben Sie eine Gehirnerschütterung. Ich bitte einen Kollegen, Sie hinzufahren, und keine Widerrede.« Sie nahm ihre Jacke vom Haken und stürmte hinaus. »Ach ja, gute Arbeit, Herr Ganter«, rief Mertens noch in den Raum hinein und war verschwunden.

Bevor sie ihren Wagen startete, betätigte sie ihr Smartphone, das sie sich auf Drängen von Paul vor einiger Zeit angeschafft hatte und startete ein Suchprogramm. Nachdem sie gefunden hatte, wonach sie gesucht hatte, fuhr sie los.

Die Frau, die die Hauptkommissarin besuchen wollte, war gerade im Begriff, gemeinsam mit ihrer Tochter das Haus zu verlassen. Notgedrungen bat sie den unerwarteten Besuch herein.

Wenig später verließ die Hauptkommissarin mit zufriedener Miene das Haus und fuhr dann zur Wohnung von Sascha Gross. Unterwegs klingelte ihr Handy, und dank der Freisprecheinrichtung konnte sie den Anruf entgegennehmen. Als sie aufgelegt hatte, klopfte ihr Herz wie wild und sie tätigte ein weiteres Telefonat.

»Herr Gross, ich muss einen schwierigen Gang antreten, würden Sie mich bitte begleiten. Sind Sie zu Hause?« Sie wartete die Antwort ab. »Dann hole ich Sie in fünf Minuten dort ab.« Hoffentlich habe ich ihn jetzt nicht überrumpelt, dachte Mertens, aber sie brauchte für diese heikle Mission den Assistenten an ihrer Seite.

»Es tut mir aufrichtig leid, dass ich Sie jetzt bereits zum zweiten Mal belästige, wo Sie doch krankgeschrieben sind«, entschuldigte sich Magdalena und erläuterte Gross ihr Vorhaben.

»Das ist aber auch keine schlechte Wohngegend.« Sascha pfiff anerkennend durch die Zähne.

»Da haben Sie Recht, neben Achalm und Georgenberg ist der Lerchenbuckel, wie er im Volksmund heißt, die teuerste Adresse in Reutlingen.«

Sie blieb vor einem stattlichen Gebäude stehen, das von einem großen Garten umgeben war. Das Haus war allerdings ein wenig in die Jahre gekommen und bedurfte dringend einiger Reparaturen. Mertens betätigte die Klingel und wenig später öffnete der Hausherr.

»Was wollen Sie hier?«, war die pampig vorgetragene Frage.

»Entschuldigen Sie, Herr Köttmann, aber wir müssten dringend mit Herrn Gisel, ihrem Gast, reden«, beharrte Magdalena und ließ sich von dem Unmut ihres Vorgesetzten nicht beirren.

»Das geht jetzt nicht, meine Frau hat gekocht und wir

erwarten noch weitere Gäste. Die Sache hat doch wirklich Zeit bis Montag und jetzt verschwinden Sie, sonst bekommen Sie mal richtigen Ärger. Habe ich mich klar ausgedrückt?« Köttmann schlug die Haustüre vehement zu, doch Sascha schaffte es gerade noch, seinen Fuß in die Türe zu stellen.

»Was fällt Ihnen ein, Sie …?«

»Glauben Sie mir, Herr Köttmann, wenn es nicht dringend wäre, würden wir Sie nicht am Samstagabend behelligen. Aber immerhin geht es um zwei Morde, die wir aufklären müssen, und sobald wir die passenden Antworten haben, sind wir wieder weg.«

Dieser Hinweis ließ Köttmann einlenken und zähneknirschend ging er ins Haus.

Es dauerte geraume Zeit, bevor sich etwas bewegte, und die beiden Kommissare traten angesichts der Kälte von einem Fuß auf den anderen.

»Was gibt's denn jetzt noch? Ich habe Ihnen doch alles ausführlich erklärt, oder haben Sie etwas nicht begriffen?« Gisel stand in der Tür und hinter ihm lauerte Köttmann.

»Na ja, wie mans nimmt. Mich würde interessieren, was Sie bei Tanja Paullinger gesucht und weshalb Sie unseren Kollegen Ganter niedergeschlagen haben?«

Bei dieser Frage blieb dem arrogant wirkenden Zollbeamten die sprichwörtliche Spucke weg.

»Was … was erlauben Sie sich?«

»Tja, Herr Ganter hat dem Einbrecher ein paar Haare rausgerissen und die gehörten zweifelsfrei zu Ihnen.« Instinktiv fasste sich Gisel an den Kopf und Mertens wusste nun, dass ihr Schuss ins Blaue ein Volltreffer war, denn so schnell war die DNA nicht ausgewertet worden.

»Ja, also … Elisa Kranzler hat mich gebeten, in der Wohnung nachzuschauen, ob ein wertvolles Schmuckstück, das sie von ihrer Oma bekommen hat, dort rumliegt. Als dann dieser Typ plötzlich aufgetaucht ist, habe ich gedacht, es ist einer von Lopescus Leuten und ich habe ihn niedergeschlagen. Aber was wollen Sie daraus konstruieren?«

»Das kommt mir jetzt aber etwas seltsam vor, denn Herr Gross und Herr Ganter haben Sie auf Ihrer Dienststelle aufgesucht, somit müsste Ihnen der Kollege bekannt vorgekommen sein. Es gibt leider noch weitere Ungereimtheiten, deshalb möchte ich Sie bitten, uns aufs Präsidium zu begleiten.«

Köttmann war hin und hergerissen. Sein Führungsstil war zwar meistens, gelinde gesagt, nicht sehr kollegial, wenn er allerdings spürte, dass seine Beamten Rückendeckung brauchten, gab er sie ihnen.

»Gerd, ich fürchte, du musst die beiden begleiten. Selbstverständlich komme ich auch mit und du fährst bei mir mit. Nachher, wenn die Sache aufgeklärt ist, schmeckt uns der Rehrücken umso besser.«

Gisel schien nicht sehr begeistert davon zu sein, fügte sich jedoch seinem alten Kumpel. Schließlich hatte er nichts zu befürchten.

»Herr Gisel, Sie und Herr Kranzler waren nicht nur Kollegen, sondern auch sehr gute Freunde, stimmt das?«

Der Zollbeamte trommelte gelangweilt mit den Fingern auf dem Tisch und ließ sich schließlich zu einer Antwort herab.

»Wir waren die besten Freunde, die ihr euch vorstellen könnt, deswegen habe ich keinerlei Gewissensbisse wegen diesem Lopescu.«

»Weshalb kommen Sie immer auf Lopescu? Es dürfte Ihnen bekannt sein, dass es einen geständigen Verdächtigen gibt.«

»Ach was, der wurde von dem Rumänen angeheuert und anschließend hat er seinen Arbeiter eigenhändig gekillt, der wohl unfreiwillig Zeuge des Mordes geworden ist. Muss ich Ihnen jetzt noch zeigen, wie erfolgreiche Ermittlungsarbeit geht?« Gisel blickte spöttisch lachend zu Köttmann, dem aber nur ein verkrampftes Lächeln gelang.

Mertens hingegen fuhr unbeirrt fort.

»Es gibt einen weiteren interessanten Aspekt, den wir bisher übersehen haben, Elisa Kranzler ist Ihre Halbschwester. Stimmt das?«

»Was hat das damit zu tun, lassen Sie Elisa aus dem Spiel. Wenn Sie keine weiteren Fragen haben, würde ich jetzt gerne gehen.«

Ohne eine Antwort abzuwarten, erhob sich Gisel und wollte hinausgehen. Auf ein Zeichen seiner Chefin hin stellte sich ihm Sascha Gross in den Weg.

»Ich bin noch nicht fertig mit Ihnen, Herr Gisel, das Essen muss noch warten. Wir haben eine Selbstanzeige von Herrn Baur von ›Baur baut‹ vorliegen.«

Zum ersten Mal trat so etwas wie Unsicherheit auf Gisels Züge.

»Kennen Sie Herrn Baur?«

»Kann sein, aber was glauben Sie eigentlich, wie viele Anzeigen ich auf meinem Schreibtisch täglich liegen habe und bearbeiten muss«, blaffte Gisel und war drauf und dran, Sascha aus dem Weg zu drücken.

»Bitte, Herr Gisel, machen Sie es uns nicht so schwer und setzen Sie sich doch einfach kurz hin.«

Der Zollbeamte blickte hilfesuchend auf Köttmann, doch sein Freund zuckte lediglich mit den Achseln.

»Also noch mal zu Herrn Baur, den Sie angeblich nicht so richtig kennen. Er jedenfalls hat uns gebeichtet, dass er dem verstorbenen Herrn Kranzler und Ihnen Bestechungsgelder im hohen fünfstelligen Bereich über mehrere Jahre gezahlt…«

»Was fällt Ihnen ein!«, unterbrach Gisel die Hauptkommissarin lauthals.

»Wenn Sie mir so kommen, hetze ich Ihnen meinen Anwalt auf den Hals wegen übler Nachrede. Und was ist mit dir?« Mit hochrotem Kopf wandte er sich an Köttmann.

»Du schaust zu, wie diese niederen Chargen deinen Freund in die Pfanne hauen?«

Köttmanns Gesichtsausdruck verhärtete sich und er räusperte sich vernehmlich.

»Äh, Frau Mertens, er hat natürlich recht. Hat Baur irgendwelche Beweise für diese absurde Behauptung?« Ihm war es sichtlich peinlich, so zwischen den Fronten zu stehen.

»Der Bauunternehmer hat natürlich keine Belege gesammelt für seine illegalen Machenschaften, aber er wird vor Gericht gegen Sie aussagen, Herr Gisel. Ich sage Ihnen jetzt einmal, wie sich für mich als erfahrene Kriminalbeamtin dieser Sachverhalt darstellt. Laut Baurs Aussage wollte Kranzler aussteigen.«

»Na, den können Sie nicht mehr fragen«, meinte Gisel augenzwinkernd, der sich offenbar beruhigt hatte.

»Ich habe Elisa Kranzler, Ihrer Halbschwester, ins Gewissen geredet und sie meinte, dass Sie sehr aufgebracht waren, als sie Ihnen von der wohl ziemlich ernsthaften Affäre ihres Mannes erzählt hat. Sie haben Erich Kranzler angerufen, als er mit Tanja im Hotel war und ihn zu der Baustelle zitiert. Dort wollten Sie ihn wieder auf den richtigen Weg bringen und zusätzlich bitten, mit Tanja Schluss zu machen. Die Sache ist dann irgendwie aus dem Ruder gelaufen und Sie haben Kranzler getötet.«

»Diesen Schwachsinn höre ich mir nicht länger an, mein

Anwalt zerpflückt diese Theorie in einer Minute, denn Sie haben außer der Aussage dieses zweifelhaften Baulöwen keinerlei verwertbare Beweise. Haben Sie irgendwelche Handydaten von mir? Mit Sicherheit nicht. Wenn du mich jetzt bitte zu dir nach Hause fahren würdest, damit ich meinen Wagen abholen kann, Köttmann? Ich verzichte auf den Rehbraten und betrachte unsere angebliche Freundschaft hiermit als beendet.«

»Aber ich bitte dich, die Beamten machen nur ihren Job und sei doch deswegen nicht gleich eingeschnappt. Ich sehe es ja genauso wie du, die Ermittler haben keinerlei Beweise für ihre These. Frau Mertens, wenn Sie nicht mehr haben, dann gehen …«

Weiter kam Köttmann nicht, denn Magdalena zückte ihren letzten Trumpf.

»Herr Gross, bitte zeigen Sie Herrn Köttmann die Aufnahme.«

Verwirrt blickte der Kriminalrat von einem zum anderen und betrachtete das Video auf dem Smartphone, das Sascha ihm vor das Gesicht hielt. Nachdem er den Film, der etwa eine halbe Minute dauerte, angesehen hatte, hielt der Kriminalrat Gisel das Handy wortlos hin und drückte auf Start.

Der sonst so hochnäsige Zollbeamte brachte keinen Ton mehr heraus.

»Wenn Sie jetzt anfangen, das Ganze als Fake und unecht zu bezeichnen, dann kann ich Sie beruhigen, unsere Kriminaltechniker haben das Video eingehend geprüft und die Echtheit bestätigt.«

Auf der Fahrt ins Präsidium hatte die Hauptkommissarin zu ihrer Überraschung einen Anruf von Baur bekommen. In wenigen Worten hatte der Bauunternehmer von der Bestechung erzählt und außerdem behauptet, das

Handy des ermordeten Augenzeugen zu haben, auf dem sich ein wichtiger Beweis befinde.

Mertens war vor Aufregung auf die Gegenfahrbahn geraten und beinahe auf ein entgegenkommendes Auto geprallt. Die Tochter von Baur hatte ihr das Handy dann gegeben, damit die Kommissare Gisel damit konfrontieren konnten.

»Der Idiot hat kalte Füße bekommen und ich wollte lediglich mit ihm reden. Doch als die Sprache auch noch auf diese Hure gekommen ist, flippte Erich völlig aus. Ich habe ihm dann eine gescheuert und er fiel unglücklich auf den Betonboden. Es hat so ein komisches Geräusch gegeben und ich dachte, er wäre tot. Dann bin ich auf die Idee mit dem Montageschaum gekommen. Erst hinterher habe ich von Köttmann erfahren, dass er zu diesem Zeitpunkt noch gelebt hat. Es war ein Unfall, das müssen Sie mir glauben«, bettelte Gisel ganz devot.

»Ich glaube eher, dass Sie ihn vorsätzlich umgebracht haben, weil er auspacken wollte und Sie mit in den Abgrund gerissen hätte. Aber das können wir Ihnen ohne den Augenzeugen leider nicht beweisen. Musste der rumänische Maurer deshalb sterben?«

48

RÜCKBLICK

»Ich kann verstehen, wenn Sie mich verachten, Gheorghe, aus der schwierigen Situation der Billigarbeiter habe ich Kapital geschlagen. Aber weder mit dem Tod an Kranzler noch mit dem Ihres Kollegen habe ich etwas zu schaffen, das müssen Sie mir glauben. Weiterhin kann ich Ihnen sagen, dass die beiden Zollbeamten auf meiner illegalen Gehaltsliste waren.«

»Alle beide? Kranzler und wer noch?«, fragte Gheorghe.

»Na, seinem Vorgesetzten, diesem Gisel, habe ich auch heimlich Zuwendungen gemacht. Unterm Strich weiß ich wirklich nicht, ob sich das gelohnt hat. Einige Male haben sie mich gewarnt, wenn wieder mal Stichproben auf einer meiner Baustellen stattfinden sollten, aber besonders dieser Gisel wurde immer gieriger. Kranzler war offenbar nicht so skrupellos und wollte wohl aussteigen, wie er mir gegenüber erwähnt hat, kurz bevor wir nach Lech gefahren sind. Das wäre allerdings nicht so einfach gewesen, denn Lopescu hatte ihn wohl zusätzlich mit einer Frau am Haken.«

»Das musst du so schnell wie möglich dieser Frau Mertens erzählen, damit wirst du vielleicht vollständig entlastet«, bat Gianna ihren Vater inständig.

»Was den Mordauftrag anbelangt vielleicht, wobei dieser Sven nach wie vor felsenfest behauptet, ich hätte ihn angestiftet. Dann kommen Beamtenbestechung und die Beschäftigung illegaler Arbeiter hinzu. Das bedeutet, dass ich wohl den Rest meines Lebens im Knast verbringen werde.« Der stolze Bauunternehmer vergrub ob der Ausweglosigkeit der Situation den Kopf in seinen Armen. In diesem Moment zückte Gheorghe das Handy von Johannis und ließ ein Video abspielen.

»Ich habe die Kommissarin angelogen und wollte das für meine Recherchen über die Machenschaften dieser Sklavenhändler nutzen. Aber ich denke nun, auch in Ihrem Interesse, Herr Baur, wäre es bei der Polizei besser aufgehoben.«

Nachdem sie es mit wachsender Fassungslosigkeit angeschaut hatten, war Gianna Gheorghe um den Hals gefallen. Reumütig hatte ihr Vater schließlich bei Mertens angerufen und die beiden hatten Baur aufs Präsidium begleitet.

49

»Nach dem Tod von Erich habe ich mich nach reiflichem Überlegen Lopescu offenbart. Von ihm kam dann der Vorschlag, diesen Sven Pätzold als Täter zu präsentieren. Auf diese Weise konnten sie auch noch Baur, der gleichfalls aussteigen wollte, in die Scheiße reinreiten. Lopescu hatte diesen Augenzeugen eigentlich im Griff, aber dann hat der wohl Gewissensbisse bekommen und Lopescu hat die Sache auf seine Art erledigt«, gestand Gisel weiter.

»Und Sie haben schließlich Lopescu hingerichtet. Hat er Sie erpresst oder was war der Grund? Sie können uns ruhig die Wahrheit sagen, der Mann, der in dem Kellerloch gefangen war, stützt Ihre Aussage nicht mehr.« Die erfahrene Hauptkommissarin spürte deutlich, dass nun der Moment bei Gisel gekommen war, vollständig auszupacken.

»Es war der größte Fehler meines Lebens, mich in die Hände dieses skrupellosen Verbrechers zu begeben. Der Morast der Abhängigkeiten wurde immer tiefer und er verlangte immer mehr Gefälligkeiten von mir. Aber dann hat er den Bogen überspannt, indem er andeutete, Bea Kranzler, die Tochter von Elisa, könnte einen unglücklichen Unfall haben. Da ich keine eigene Familie habe, ist mir Bea besonders ans Herz gewachsen. Außerdem bin ich ihr Pate und somit verpflichtet, sie zu beschützen.« Jetzt gewann wieder der kämpferische Teil seines Charakters die Oberhand.

»Weshalb haben Sie Frau Paullinger auch noch erschossen?« In dem Moment, als sie diese Frage stellte, kroch ein furchtbarer Verdacht in der Hauptkommissarin hoch.

»Na gut, ich komme in diesem Leben ja sowieso nicht mehr aus dem Knast raus«, antwortete Gisel spöttisch nach einer kurzen Bedenkzeit. »Das Luder wollte mich erpressen. Sie hat wohl das Gespräch, das Erich mit mir führte, mit angehört. Weil der Idiot sein Handy im Hotel liegen gelassen hatte, konnte die Schnepfe ein Foto von meiner Nummer machen. Sie hat eins und eins zusammengezählt und dann gedacht, sie könnte sich an mir schadlos halten.«

»Deswegen waren Sie in ihrer Wohnung?«

Gisel nickte und Mertens atmete erleichtert auf. Tanja Paullinger musste nicht etwa sterben, weil sie bei Köttmann das Gerücht gestreut hatte, die Tänzerin hätte einen Beweis. Sondern weil sie tatsächlich etwas gegen Gisel in der Hand gehabt hatte. Wäre die junge Frau mit ihrem Wissen zur Polizei gegangen, würde sie womöglich noch leben.

Der geständige Täter ließ sich ohne Widerstand Handschellen anlegen und abführen.

»Äh, also, wie soll ich es sagen, ich danke Ihnen für die ausgezeichnete Arbeit, Frau Mertens.« Mit diesen Worten rauschte Köttmann hinaus, eine Entschuldigung brachte er nicht über die Lippen, aber damit hatten die Kommissare auch nicht gerechnet. Mertens und Gross gingen in ein angrenzendes Nebenzimmer, wo Baur mit seiner Tochter und Gheorghe wartete.

Der ehemals so selbstsichere Firmenpatriarch war nur noch ein Schatten seiner selbst und zu ihrer Überraschung sah Magdalena, dass die schöne Tochter mit dem Zeugen Händchen hielt.

»Was geschieht jetzt mit mir?«, fragte Baur.

»Hm, nachdem der wahre Täter gefasst ist, haben Sie mit dem Mord nichts zu tun. Für Ihre anderen Vergehen sind die Kollegen von der Wirtschaftskriminalität zuständig. Ich danke Ihnen auf jeden Fall, Herr Baur, dass Sie mir von den Bestechungen erzählt haben und Ihnen …«, sie wandte sich Gheorghe zu, »sollte ich eigentlich böse sein, weil Sie eine falsche Zeugenaussage gemacht und Beweismittel zurückgehalten haben. Ich werde Sie natürlich nicht belangen, aber sagen Sie mir wenigstens, weshalb Sie das getan haben.«

Nach kurzem Zögern berichtete Gheorghe von seinen Undercover-Recherchen und seiner Tätigkeit als Journalist sowie von seinen Beweggründen.

»Obwohl Sie sich gehörig in Gefahr gebracht haben, ist es gut, dass es so Leute wie Sie gibt«, meinte sie anerkennend.

Mertens und Gross verließen das Zimmer in Hochstimmung.

»Die Kerle, die Sie zusammengeschlagen haben, sind dieselben, die diesen Gheorghe gefangen genommen haben, Herr Gross. Und auch dieser Pätzold, der uns als Mörder präsentiert worden ist, war wohl dabei.«

»Alles Kumpels von unserem Freund Malowski«, spie Sascha aus.

»Wenn ich die mal erwische …«

»Dazu werden Sie in den nächsten Jahren keine Gelegenheit haben, da die Jungs erst mal für eine ganze Weile einfahren werden. Aber vielleicht ist Ihnen das eine Lehre, Ihre Bekanntschaften in Zukunft sorgfältiger auszuwählen, Herr Gross«, gab Mertens ihm schmunzelnd auf den Weg.

50

»Ich möchte dir die Leitung des Unternehmens übertragen, Gianna.« Baur fuhr sich mit der linken Hand durch die Haare und hielt mit der Rechten das Steuerrad seiner Luxuskarosse.

»Die einzige Bedingung, die ich dir stelle, ist, keine Billigarbeiter mehr zu beschäftigen. Wenn ich dir einen Rat geben darf, dann fragst du Gheorghe, ob er dir dabei hilft, die Firma in ruhiges Fahrwasser zu bringen. Dieser Bursche hat mehr auf dem Kasten als sämtliche von Boses dieser Welt.« Er beobachtete das turtelnde Paar auf dem Rücksitz und war trotz der zu erwartenden Strafprozesse zufrieden.

SONNTAGABEND, EINE WOCHE SPÄTER

»Meinst du, das Gratin ist schon fertig?«, meinte Magdalena aufgeregt. Paul bückte sich und betrachtete die Kartoffelbeilage. Er wog den Kopf hin und her.

»Wir geben ihm noch fünf Minuten, ich schenke unseren Gästen derweil einen Aperitif ein.«

Während er die Sektgläser füllte, starrten die beiden in die flackernden Flammen des offenen Kamins, der sich an der Außenwand des geräumigen Wohnzimmers befand. Magdalena konnte sich dunkel daran erinnern, dass ihr Vater während ihrer Kindheit ab und an ein Feuer darin entzündet hatte. Doch seit ihre Eltern gestorben waren und sie alleine die Jugendstilvilla bewohnte, war die Feuerstelle mit irgendwelchem Krimskrams zugestellt gewesen. Paul hatte ein paar Reparaturarbeiten durchgeführt und seither versammelten sie sich vor dem offenen Feuer, sobald die Temperatur unter zehn Grad absackte.

»Danke«, sagte Miriam und nahm das prickelnde Getränk entgegen. Als auch die Hausherrin sich dazugesellte, stießen sie dezent miteinander an.

»Wenn ich mal ein eigenes Haus habe, lasse ich mir auch sowas einbauen«, meinte Sascha und deutete auf die prasselnden Flammen.

»Tja, das hat schon was Archaisches.« Paul schob mit einem Schürhaken die brennenden Holzklötze durcheinander. Danach gab er die selbst gemachten Spätzle in die Pfanne und briet sie kurz an.

»Holst du mal das Kartoffelgratin aus dem Ofen, mein Junge?«

Sascha tat, wie ihm geheißen, und stellte das Backblech auf die Kochinsel. Derweil nahm Paul den Braten aus dem Bräter und schnitt dünne Scheiben davon ab. Er verfeinerte die Soße etwas und Magdalena reichte den Gästen die Teller.

»Das schmeckt ja fantastisch und das Fleisch zergeht auf der Zunge«, lobte Miriam.

»Kein Wunder, fast alles stammt von Pauls Bauernhof und das Rind hatte ein glückliches Leben, bis es für uns geschlachtet wurde. Apropos schlachten, Sie haben am Telefon etwas angedeutet, Miriam, dass Sie den Mann, der für den Tod Ihres Vaters verantwortlich war, getroffen haben.«

Die junge Frau schluckte den Bissen hinunter und begann zu erzählen. Zuerst ganz zaghaft, doch Mertens entlockte ihr durch dauerndes Nachhaken auch die brisanten Details.

»Aber Miriam, weshalb …«, wollte Sascha unterbrechen, doch unter dem Tisch traf ihn Pauls Schuh und er schwieg.

»Verzeih mir«, meinte sie und legte ihre Hand auf Saschas.

»Im Nachhinein betrachtet war die ganze Aktion sehr egoistisch von mir und wenig durchdacht. Aber das Ergebnis gibt mir wenigstens recht.«

Sie hatte sich am Freitag mit Kevin getroffen, nachdem er sie angerufen und signalisiert hatte, dass er in Stuttgart sei. Die Brüsseler Polizei hatte Schubert wohl vor die Wahl gestellt, auszupacken oder wegen Entführung und versuchtem Mord für viele Jahre hinter Gittern zu verschwinden.

»Das Dreckschwein hat sich für ein Zeugenschutzprogramm entschieden und sitzt jetzt irgendwo in einem Versteck. Aber wie mir Haberland versichert hat, klappern ihm wohl dauernd die Zähne, weil er berechtigte Angst hat, dass ihn seine mächtigen ehemaligen Freunde finden werden. Er ist also offiziell in Freiheit, kann das Leben an sich jedoch nicht mehr so genießen, wie er es während seiner Zeit in Brüssel getan hat, und damit kann ich leben.«

»Darauf wollen wir anstoßen, was wir damals nicht geschafft haben, haben Sie im Alleingang erledigt, Miriam.«

»So unglaublich es klingt«, nahm Magdalena den Faden wieder auf, nachdem sie getrunken hatten. »Es hat sich im Zuge der multilateralen Ermittlungen herausgestellt, dass dieser Lopescu ebenfalls ein Rädchen in dieser europaweit operierenden Organisation war. Köttmann hat mir gestern erzählt, dass die Zollbehörde wohl sämtliche leitenden Beamten einer eingehenden Prüfung unterzogen hat. Zum Glück waren Kranzler und Gisel die Einzigen, die ihre Position genutzt haben, um sich zu bereichern.«

»Du kannst stolz auf deine tapfere Freundin sein, Sascha. Sie ist doch noch deine Freundin, oder?« Pauls Frage hatte einen Nerv getroffen oder etwas ausgelöst. Jedenfalls sahen sich die beiden zuerst unschlüssig an und fielen sich dann in die Arme.

Seine Stirn legte sich noch mehr in Falten als ohnehin schon, während er die Titelgeschichte im neuen »Spiegel« las.

Die Organisation war also aufgeflogen, weil jemand ausgepackt hatte.

Merriweather wusste natürlich bereits, um wen es sich bei dem Verräter handelte. Er würde keine lange Freude an seinem neuen Wohnort haben, dachte der Milliardär, und ein maliziöses Lächeln trat in sein Gesicht. Obwohl der Mann ihn selber nicht belastet hatte, konnte Merriweather so etwas natürlich nicht dulden.

Seine Unterhändler hatten bereits mit den Chefs der europäischen Polizeibehörden einen Kompromiss ausgehandelt. Mehrere Regionalbosse mussten über die Klinge springen und im Gegenzug würden die weiteren Ermittlungen im Sande verlaufen. Es half immer wieder, wenn man gut vernetzt war. Gewiss würde es ihn eine Menge Geld kosten, die Organisation neu zu strukturieren, doch in spätestens einem halben Jahr würde die Kohle zehnfach wieder hereinkommen.

Skrupel hatte er keine, es konnte halt nicht jeder auf der Sonnenseite des Lebens sein.

Genüsslich nahm er einen Schluck Single Malt Whisky, der von der wertvollsten Destillerie Schottlands hergestellt und mehr als dreißig Jahre gelagert worden war. Diese Firma hatte er sich letztes Jahr zum Geburtstag gegönnt.

Nach einem weiteren Schluck spürte er plötzlich ein

schmerzhaftes Stechen in der Herzgegend. Verzweifelt rang Merriweather um Luft und ging dann zu Boden wie ein gefällter Baum.

ENDE

Julian Letsche

wurde Undingen geboren und begann nach der Schule eine Ausbildung als Zimmermann. Getrieben vom Fernweh ging er auf die Walz und machte sich nach der Rückkehr in seinem Heimatort mit einem Holzbaubetrieb selbstständig. Aus einer Laune heraus eröffnete er mit mehreren Kumpels die Musikkneipe »s'Fabrikle«, in der auch die Irish-Folk-Band »Lads go Buskin« entstand, wo Letsche bis heute mitspielt. Nach diesen bewegten Jahren gründete der Autor eine Familie und widmete sich nebenher dem Schreiben. Es entstanden mehrere historische Romane, bevor er sich dem Genre Regionalkrimi widmete. Nach »Tatort Lichtenstein« und »Tod auf der Achalm« folgt mit »Mord im Fachwerk« ein weiterer Krimi mit dem Ermittlerduo Magdalena Mertens und Sascha Gross.

Dieser Kriminalroman spielt an realen Schauplätzen. Alle Personen und Handlungen sind frei erfunden. Sollten sich dennoch Ähnlichkeiten mit lebenden oder verstorbenen Personen ergeben, so sind diese rein zufällig und nicht beabsichtigt.

Postfach 16 42 · 72706 Reutlingen

Titelbild: © Adobe Stock
Gestaltung: PMP Agentur für Kommunikation, Reutlingen
Lektorat: Bernd Storz
Korrektorat: Sabine Tochtermann
Satz: Uhl + Massopust, Aalen
Druck und Bindung: CPI books GmbH, Leck
Printed in Germany
ISBN 978-3-96555-120-6

ISBN 978-3-96555-026-1
12,95 EUR

ISBN 978-3-88627-894-7
10,95 EUR